倒數50天，女孩追尋生命解答的末路之旅

Я выбираю жизнь：50 дцмс

史黛西‧克拉默 著
Стейс Крамер

梁瓊 譯

我選擇
活下去

她叫格洛莉婭·馬克芬，

她還有 50 天的時間來決定是否繼續活下去。

輕生不是岸，是深淵

我從未想過，有一天，我會寫一部關於輕生的小說。

像我這樣熱愛生命的人，平日裡關愛自己的一絲一髮，一想一念，對輕生的行為向來是無法理解的。直到有一天，我身邊的一個好朋友有了自殺的想法。

她為什麼會有想死的念頭呢？

帶著這個疑問，我一邊惡補關於自殺的心理學知識，一邊小心翼翼地關照著朋友的內心，企圖找到令她厭棄生命的根源。

隨著對她內心瞭解的深入，我漸漸發現，能令一個人想要結束自己生命的，未必是激烈的、重大的打擊，那種毀滅性的力量，更可能源自我們平時生活中一次次不起眼的失望感的累積。在「壓垮駱駝的最後一根稻草」來臨之前，當事人往往會先經歷一段自我價值感逐漸磨滅的過程。

「我活著真的有價值嗎？」、「如果這個世界沒了我，別人會不會活得更好？」、「我覺得我對於這個世界，就是多餘的……」

那段時間充滿我朋友心頭的，正是這些灰色的念頭。

於是，我決定和她玩一個遊戲（或者說成約定更合適）。

我建議她：「既然你也不能確定自己活著是不是真的有價值，那也沒有必要急著去死吧，不妨再給自己一段時間，比如說 50 天，去找一找自己存在的價值。這段時間裡，你放鬆一些，嘗試一些新的活法，做一些新的

事，認識一些新的人。50天後，再決定要不要自殺，好不好？」

她頗感意外地看著我說：「有必要這樣嗎？好麻煩。」

我說：「你看，你連死都不怕，還怕什麼麻煩嘛。」

她居然笑了：「說的也是，試一下也未嘗不可。」

第50天的時候，我再去見她，她告訴我，她決定繼續活下去，並把她這段時間的經歷和內心轉變告訴了我。最後她說：「親愛的，你是個作家，可以寫寫我的這個經歷嗎？也許能幫到像我一樣的人。」

我忍不住哭了，是開心的眼淚。

我一口答應了，這件事自然是義不容辭，於是，就有了這本書。

聲明一下，雖然這個故事源自真實生活事件，但為了保護朋友的隱私，我對事件相關人物的名字和背景進行了虛構化處理。

如果你有緣讀到這個故事，就不要糾結於故事的主角到底是誰了。

如果你剛好喜歡這個故事，就請把它分享給更多需要它的朋友吧，或者能讓更多的人明白「輕生不是岸，是深淵」，進而找到活著的真正意義。

最後，祝你閱讀愉快。

——史黛西・克拉默

第一章

我所在的生活只不過是一座監牢

我沒有家，只有一座監牢，

在這裡我沒有自由，也感覺不到快樂。

第1天

「格洛莉婭，格洛莉婭，別睡了！」

是的，我的日常早晨就這樣開始：媽媽滿屋子喊叫，整個佛羅里達都能聽到，屋裡飄著燒焦的煎餅味，還能聽見爸爸輕輕的腳步聲，他就像什麼也沒注意到似的。

> 親愛的日記！
>
> 距離我離開這個世界，還有整整49天。這些日子裡，我要麼找到熱愛生活的理由，要麼深信我有理由選擇死亡。今天星期五，是最後一個上學日。這意味著我可以心安理得地去外婆家，我已經一整年沒去探望她了，如果在離開這個世界之前沒有見她最後一面，我想是不應該的。所以我主要的計畫就是懇求媽媽同意讓我去外婆家。
>
> 第1天　格洛莉婭・馬克芬

我飛快地跑去洗澡，然後梳頭，隨意抓起衣櫃裡的一件衣服穿上，迅速下樓，進入廚房。

「你知道你已經遲到了嗎？」

「知道，媽。」我回答的同時，拿起有點焦的草莓煎餅塞進嘴裡。

「怎麼，你又看那部低能的電視劇到半夜了嗎？」

「不，媽媽，當然沒有，電視劇沒有播那麼晚。」我沒跟她說節目早就播完了，我就是非常享受對我媽媽撒謊的感覺。實際上我每晚都看那部電視劇，如果錯過一集，就會像毒癮發作一樣難受。正是因為這樣，我才會

經常睡過頭。媽媽已經習慣了，但她還是會生氣。

「大家早，我先去上班了。」爸爸走進廚房，拿起煎餅，迅速離開了家。

「你看到了嗎？為什麼他總是裝作我們都很好，實際上根本不是這樣，為什麼？」

我真不知道該怎麼回答媽媽，我只知道，他們彼此厭惡。日復一日，我越來越確定這一點，這也是我決定自殺的原因之一。

我們家曾經也非常和睦，在生活中基本沒有爭吵。他們即使爭吵，遲早也會結束，接著又會重新和好。

但有一次，爸爸和他的女上司背叛了媽媽。我不知道這是怎麼發生的，但我確定，爸爸喝醉了，要不然以他那麼清醒的腦子不可能幹出這樣的事。媽媽知道了這件事後，她也背叛了爸爸，當作是報復。然後，爸爸也知道了。從那時起，我們家就充滿了無止盡的爭吵，媽媽指責爸爸，爸爸指責媽媽，每天都這樣。

我每天生活在仇恨和不信任的氛圍中，而且再過一個月他們就要離婚了。為此我都快瘋了，我愛他們兩個人，他們離婚後還要爭奪我的監護權。我自然會留下和媽媽一起生活，但我無法容忍只有週末甚至更少的時間才能見到爸爸。

「算了，媽，我去上學了……對了，放學後我能去外婆那兒嗎？」

「你把東西忘在她那兒了嗎？」

「我只是想去看看她。」

「你穿過整座城市，就為了去看望一個一週打不到一次電話給我們的女人？」

「是……」

「……你想去就去吧！」媽媽疲憊地說道。

「謝謝！」

我從家裡跑了出去，按了一下大門的按鈕，但門沒打開。真見鬼！這個該死的裝置又卡住了。我把裝滿課本的4公斤重書包扔到大門外，爬了上去，這時鎖卻被觸發，門就開了！我跌在地上，還摔掉了手機。我想選擇自殺的另一個原因就是，我是個非常倒楣的人──比如這次，我得像個傻瓜一樣坐在門上，門才能打開。我看了一下時間，發現第二堂課已經遲到了。慘了！這可是諾伯理夫人的歷史課。諾伯理夫人很凶，我可能會因此遇到更嚴重的問題。幸好學校離我家非常近。

我穿過校園，跑到了主入口，用盡全力推開門……我竟然撞倒了諾伯理夫人！這太噩夢了！我就說我是個頭號倒楣蛋！諾伯理夫人手上的資料散落一地，我很害怕，顫抖著雙手開始撿文件。

「馬克芬！這是怎麼回事？」

「對……對不起。」

諾伯理站了起來，拍拍身上的灰塵，把她的東西從我手上拿了過去。

「你遲到了！」

「諾伯理夫人，」我壓低聲音說，「我們家的大門故障，按鈕打不開了。我和媽媽等了一個小時，才等到人來修它。」

「……好吧，又是一個令人信服的謊言。算了，快去上課吧！」

我的天哪！這樣的事為什麼會發生在我身上？幸好這次不用去見校長。

好不容易找到歷史課教室。老師還沒來，教室裡的人就像瘋了一般。有人在課桌上跳舞，有人在講電話，有人在哈哈大笑。不能說我們學校不好，但在這裡讀書的確實都不是最勤奮的學生。

「洛莉，你去哪兒了？」

哦哦，我立刻聽出了這溫柔又甜美的聲音來自我最好的朋友潔澤爾‧維克利。她是學校裡最受歡迎的女生，所有男生都想得到她，所有女生都想和她交朋友。我和潔澤爾從幼稚園開始就是好朋友，我們一起長大，一

起上小學和中學，所以我親暱地稱呼她為潔兒。她身材很好，很漂亮，這就是她如此受歡迎的原因。

而我與潔澤爾完全相反。我的頭髮是淡褐色，潔澤爾的是金色的。我身材不好，長相也普通，沒什麼能引人關注的地方。然而，潔澤爾總跟我說我很漂亮，要我不要沮喪。也許正是因為這樣，我才很喜歡她，雖然其實她是個壞蛋。潔澤爾喜歡嘲笑新生，喜歡取笑相貌不好的人或者胖子，但跟我和她的男朋友麥特在一起時，她表現得像個天使。

說到麥特，他是個帥氣的男生，喜歡打橄欖球，因此手臂肌肉很發達，他高大、英俊，而且……我也喜歡他。是的，我喜歡我最好的朋友的男朋友。我知道，這聽起來很不好。我試著假裝若無其事，但這讓我變得更加難受。

「我睡過頭了。」我坐在潔澤爾旁邊，把書包放到課桌的抽屜裡。

「哦哦，那太可惜了。第一節是生物課，費奇先生穿了一件非常帥氣的襯衫，你應該來看看他。」潔澤爾哼哼道。

潔澤爾滿腦子總是關於男人和時尚。而我現在的腦海裡只有如何無痛地死去，以及在死前讓父母言歸於好。下一秒，我的心跳突然開始加速跳動起來，因為麥特走到了我的桌邊。

「潔兒、洛莉，我們今天要在游泳池舉辦派對，我來邀請你們。」麥特微笑著跟我們說。

「太棒了，我們會去的，是吧，洛莉？」

「呃，不，我去不了，我放學後要去看望我的外婆。」

由於和潔澤爾是好朋友的關係，我每次都能參加很酷的派對，通常只有上流社會的人才能收到邀請，所以，即便錯過這個派對，也沒什麼。

「所以這次我們要自己玩了，是吧，潔兒？」

中午，我和潔澤爾一起去學生餐廳吃飯，這裡是幾秒鐘內八卦就會迅

速蔓延的地方，這裡是最有可能發生鬥毆的地方，還是舉行最垃圾的校園派對的地方。

「對了，我想告訴你一件事，但我剛才……」潔澤爾說，然後仔細看了看我，「啊，我想起來了！你身上這件糟糕的毛衣是怎麼回事？你知道咖啡色不適合你嗎？」

「我都遲到了，隨便抓了件衣服就穿上了。」

潔澤爾脫下自己的粉紅色外套，只剩下一件黑色的上衣。她把粉紅色外套遞給我。「快點穿上吧，你的毛衣太讓我不舒服了！」

正如我之前所說，潔澤爾滿腦子都是時尚的事，而我也總是嘗試跟隨潮流，但我總是跟不上。我穿上潔澤爾的外套問她：「這樣好些了嗎？」

「好多了。」

我們手牽手走進學生餐廳，來到餐桌旁，一如既往地從一成不變的菜單中挑選食物：菠菜沙拉（多麼令人討厭的東西呀！但潔澤爾說我得吃它，否則我會發胖），兩個芝麻麵包和氣泡水。

「洛莉，你看，我們的痘痘王正看著你呢。」

「痘痘王」指的是查德·麥庫柏，他是一個普通的男生，臉上有雀斑，戴著眼鏡。聽說他在解剖學的學術比賽中贏了大概十次，但這不是最糟糕的事情，最糟糕的是今年情人節，他竟然送給我一張情人節賀卡！這也是我生命中唯一收到的情人節賀卡。

這也是我計畫自殺的另一個原因——沒人喜歡我，即使有人喜歡我，也是類似查德這樣的男生，很聰明，但醜得有點可怕。而我喜歡的是像麥特這樣的男生——帥氣，高大。最重要的是，當你和他手牽手走過校園時，所有的女孩都會因嫉妒而消瘦憔悴。但是，唉，像麥特這樣的男生只會喜歡像潔澤爾這樣的女生。

我和潔澤爾坐在最精緻的桌子旁。它之所以精緻，是因為它位於餐廳

的正中間，其他桌子都位於兩側，所以我和潔澤爾一如既往地是眾人關注的焦點。當麥特走近我們的桌子時，我的心又開始瘋狂地怦怦跳起來。他穿了件橄欖球衣，非常貼身，我能看到他肌肉的每一條曲線。我的天哪！為什麼他沒有雙胞胎兄弟？如果有，我會死皮賴臉地與他在一起。

「又見面了。」麥特說。

「你不是應該在訓練嗎？」潔澤爾說。

「是的，但我決定順道來這裡跟你打個招呼。」

潔澤爾從椅子上站起來挪出位置讓麥特坐下，潔澤爾緊挨著坐在他旁邊。你能想像，看著你最好的朋友與你喜歡的男生這麼親熱是什麼感覺嗎？我覺得我吃醋吃得都要爆炸了，所以我得快點離開這裡！

「呃，潔兒，我要去上數學課了。」

潔澤爾甚至沒有聽到我說話，當然，如果我被這樣的男朋友抱在懷裡，我也不會聽到任何人說話，就像在天堂一般。

我緊張地從椅子上站起來，拿起托盤，轉身……迎面撞到了查德。他把柳橙汁和一盤子番茄醬灑在我身上，潔澤爾的外套變得一團糟。

「我的天哪！查德！」

「對不起，對不起，我不是故意的。」

潔澤爾終於從自己的小世界裡醒來。「這是我的外套耶，你瞎了嗎？」

「我不是故意的……我，我沒看見。」查德神情慌張，還有點手足無措。

「算了，潔兒，我把它拿去乾洗店。」我說，「我們走吧。」

我們往出口走的時候，聽到後面的麥特說：「如果你再靠近這張桌子一步，你的腦袋就會被鏟下來，聽清楚了嗎？」

查德嘟嚷了幾句作為回應。麥特不屑地看著他，大家都開始嘲笑痘痘王。麥特抬著頭驕傲地向我們走來，雖然他的行為像個野蠻人一樣，但我更喜歡他了。

「麥特，我好愛你。」潔澤爾的眼睛都冒出星星了。

「潔兒，我很抱歉你的外套變成這樣。」我打斷了他們的幸福，說道。

「沒差，丟掉吧，我有一堆這樣的。只是覺得有必要教訓一下那個醜八怪而已。」潔澤爾諷刺地笑了笑，走了。

「教訓一下那個醜八怪」這句話刺傷我了，彷彿是在對我說一樣。其實，查德根本不是醜八怪。如果他剪麥特那樣的髮型，穿正常的衣服，脫掉他爺爺的襯衫，去掉雀斑和眼鏡，他也會像麥特一樣帥氣。好吧，也許沒那麼帥氣，但也差不到哪裡去。

數學課。勞倫斯小姐凶巴巴的，就像巴斯克維爾獵犬一樣在教室裡四處走動，分發改好的考卷。「你們的成績相當令人失望，除了艾曼達——你拿了A。卡爾，你和平常一樣不及格，潔澤爾——B-，格洛莉婭——C+。」

「怎麼是C+？」

「你的計算過程是對的，但答案錯了。」

「可惡。」

「好了，別垂頭喪氣。不過是數學而已，只有魯蛇才會拿高分。」潔澤爾安慰地說。

「那我還真希望我是魯蛇。」

剩下的課，我又在半睡半醒中度過。我閉上眼睛，便再也睜不開，唯一能拯救我的，只有下課鈴聲。大家都散開了，勞倫斯小姐向我喊道：「馬克芬，請你留下來一下。」

「我在外面等你。」潔澤爾說。

「好吧。」我討厭下課後被留下來。「勞倫斯小姐，有什麼事嗎？」

「你看看你的成績，明顯下降了。」

「……我知道，我會努力的。」

「格洛莉婭，告訴我，你家裡還好嗎？」

「……你說什麼？」

「父母有吵架嗎，或者有其他什麼事？」

「勞倫斯小姐，我家一切都很好。」

「既然這樣，那麼我會在下週二家訪。」

「為什麼？我是說，我的父母都很忙。」哦，不，我還不夠慘嗎？

「我會事先通知他們，你可以走了。」

我太吃驚了，離開教室，走到外面。潔澤爾正在打電話給某人，但當她看到我時，立刻結束了通話。

「她找你幹嘛？」

「她下週二要來我家。」

「太可怕了！」

「超可怕。」

「那怎麼辦？你父母會罵你嗎？」

「潔兒，我並不害怕這個。我家才是最可怕的，我爸媽討厭彼此，一天到晚對對方大吼、吵架，如果勞倫斯小姐看到這些，她肯定會要我去找輔導老師，到時候學校裡會謠言四起。」

「潔兒，快點！」麥特坐在車裡喊。

「好的！麥特。我和麥特要去參加派對了，我們可能沒時間聊了，你還好嗎？」

「沒事。」

「愛你，」潔澤爾擁抱我，在我耳邊悄悄說，「會沒事的，知道嗎？因為我們是最酷的。」

「再見。」

潔澤爾上車走了，我立刻跑到學校的公車站，希望還能趕上公車。我很想知道外婆對我的突然拜訪會有什麼反應。對了，我根本沒時間通知

她。我爬上了公車，直奔最後一排座位，戴上耳機睡覺。

公車打了個急轉彎，雨滴惱人地拍打著玻璃窗，整個車程我都在睡覺，還差點坐過了站。我下車的時候，雨變大了。外婆住在城市的盡頭，到她家差不多要坐兩個小時的公車，還要再走半個小時的路。

下車後，我從肩膀上取下背包，把它頂在頭上，這樣我才有力氣跑到外婆家。我感覺到雨滴慢慢浸入皮膚，身體在傾盆大雨下顫抖了起來，但我終於抵達了目的地。我按了幾次門鈴，沒有人開門，甚至都沒有聽到腳步聲。我又按了幾次門鈴，還是沒有回應。我覺得外婆可能出去了，但我有一個備用計畫，這種天氣，我是絕對不會就這樣回家的。我折了一根樹枝，把窗戶掀起來，這樣就可以順利鑽進外婆家了。

「外婆？」我喊了一聲，確定沒有人在家。

好吧，我只能等她了。我脫掉濕冷的衣服，換了件白色的浴袍，然後去洗澡。我的天哪！在這麼惡劣的天氣裡，沒有比洗個熱水澡更好的事了。總之，我非常喜歡待在外婆這裡，至少這裡總是很安靜，沒有任何爭吵，可以隨時與外婆談論任何話題，她永遠都會理解和支援你。這就是為什麼在我死之前，想和她一起度過週末的原因。因為她可能是唯一愛我的人。我沖掉身上的沐浴乳，聽到浴室門打開了，然後……我聽到了男人的聲音。

「喔，你已經回來啦？」

我開始尖叫，就像有人把我開膛剖腹一樣，那個人也開始尖叫，然後衝出浴室。

這是誰？外婆家裡怎麼有一個男人？我的心又開始瘋狂地跳動，我把水關上，迅速穿上浴袍。謝天謝地，外婆的浴室裡有一部電話，我立刻打電話給她。

「喂！外婆，是我。」

「格洛莉絲，寶貝，我好想你。」她總是叫錯我的名字。

「外婆，我現在你家裡，但這裡有一個奇怪的男人！」

「那是馬西米連諾，我在義大利認識他的。」

「我不懂你的意思。」

「我和馬西已經在一起兩年了，我不敢告訴你和茱蒂這件事，但既然現在發生了，那麼……」

「什麼？……」

「他非常可愛，我希望你能和他成為朋友。」

「好吧，我之後再打電話給你。」

我55歲的外婆有一個年輕的小情人？我越來越不能理解了。我打開浴室的門，外面沒有人。我輕輕地往前走，聽到大門口有一些吵鬧聲。我打開門……看到門口有一排警察——什麼？

「就是她！她潛入了我家！」馬西喊著。

「小姐，把手舉起來，否則我們將使用武力。」警察說。

「等等，這是一個誤會！」

「我真是快被這些年輕的小偷煩死了，快抓住她，打電話給她的父母。」馬西說。

警察走過來要給我戴上手銬。「我不是小偷。這是我外婆的家！」

「什麼？科妮莉亞沒有孩子，更不用說外孫女了。」

「她有一個女兒，我是她的外孫女！」

「我剛才打電話給她，她說你叫馬西，而且你們已經同居了兩年。」

馬西非常驚訝地站了起來。「我想這真的是個誤會。」他向警察說道。

今天也太美好了吧！我要瘋了，我差一點被帶到警察局。

等一切都恢復正常，我和馬西在廚房坐了下來，他沉默不語。他看起來大概25歲，天啊！他們之間差了30歲！

「我不懂為什麼科妮莉亞沒有告訴我她有女兒和你的事。」

「我不知道，她也沒有告訴我們關於你的事……」

「她明天早上回來，我們得和她認真地談一談。」

「馬西，我可以在這裡待一晚嗎？我住在離這裡40英里遠的地方，現在已經沒有公車了。」

「當然可以。我幫你準備一張乾淨的床。」

事實證明，他非常可愛，正如我外婆所說的那樣。

第2天

親愛的日記！

還剩48天。我現在在外婆家裡。昨天真是充滿震驚的一天，特別是外婆與一個25歲的年輕人同居。我當然明白，每個人都有追求幸福的權利，但不知道為什麼，這個消息無法讓我平靜，再想到即將面臨的死亡，加上勞倫斯小姐不久後的家訪以及我外婆的愛情，今晚我甚至失眠了。還有這場該死的雨，它肆無忌憚地敲打著屋頂。臨近早晨，雨停了，我才終於睡著。現在我聽到廚房裡傳來一些聲音，我覺得我得暫時忘記我被破壞的睡眠狀態，去看看那裡發生了什麼。

第2天　洛莉

我還來不及換掉睡衣，就從自己的房間走了出去。說到這個房間，我一直都很喜歡它，外婆從來不動房間裡的任何東西，不像我媽，她總是想動我房間裡的東西。在外婆家，我的房間是我童年的一部分回憶，柔軟的粉紅色窗簾，我最喜歡的書整齊地擺放在書架上，還有我喜歡的有鏡子的衣櫥，上面放著我的玩具。

總之，正如我所說的，我喜歡來外婆家。只有在這裡，我才能在腦海裡留下美好的回憶，忘記所有該死的青少年問題。

我走進廚房，看到外婆在跟馬西說話，他們顯然為了什麼事很生氣，但我決定打斷他們的談話：「外婆，歡迎你回來！」

「格洛莉絲，親愛的！讓我抱抱你。」

「我是格洛莉婭，您什麼時候才能叫對我的名字？」

「茱蒂和大衛還好嗎？」

「老樣子，他們仍然討厭彼此。」

「我想你已經認識馬西了。」

「是的……已經認識了，你不想跟我說點什麼嗎？」

「格洛莉婭，你是一個成年人了，應該理解我。我和馬西彼此相愛。」

「這……當然，太好了，但媽媽那兒怎麼辦？她遲早會知道的。」

「我知道，但我已經決定了。既然現在已經這樣了，那今天我就宣布我和馬西的關係。」

「今天就宣布嗎？」馬西問。

「對，我不想再拖下去了。畢竟，我的女兒應該要知道她的媽媽很幸福。」

「好吧，也許這樣比一直隱瞞所有人更好。」

「是的，我覺得如果我們聚在一起，在我們湖邊的老房子裡度過這個週末也不錯，你還記得嗎，格洛莉婭？」

哦不，只要不是那裡就行！那個房子與我有關，我半生都在試圖逃離它。事實上，這是一個平凡的單戀故事。從出生開始，我就經常去這座房子裡度假。那裡很美，有茂密的森林，有隨處可見的小房子，還有一個巨大的湖泊。

每年夏天我都在那裡度過。但有一個問題——我沒有什麼朋友。那裡當然有和我同齡的小孩，但我很內向，沒辦法主動認識別人。

有一天，我坐在碼頭，有個男孩走近我，他跟我說話，逗我笑，我們就這樣一起度過了一整天。他叫亞當，他和他的爸爸住在一個半塌的舊房子裡，他的媽媽在生產時去世了。雖然家裡的情況很糟，但他仍然很可愛，看起來總是很開心的樣子。我每天都和他一起形影不離的度過。我當

時大概6歲，留著愚蠢的捲髮，髮色還帶著一種奇怪的紅色，臉上長滿痘痘，可能是對花粉過敏的反應。不僅如此，我還有點胖，而且因為天生視力不好，戴著難看的眼鏡，但我現在改戴隱形眼鏡了。

　　總而言之，我有夠醜！但亞當並沒有注意到這一點，雖然我有這些缺點，但他還是我的朋友。我非常希望夏天快點來，這樣我就能再去那裡，和亞當一起散步。直到有一次我意識到，這不再是友誼，我喜歡上了他，這是我的初戀。

　　當我10歲時，我決定不再為自己的感情感到羞恥，所以我告訴亞當我愛他。他也向我坦白說對我有感覺，於是我們開始一起生活並愛著彼此，即使那時我們年紀還那麼小——哈哈！我真希望是這樣！事實上，他只是當著我的面笑了，然後告訴了所有當地的男孩，之後大家開始欺負我。你能想像我所經歷的痛苦嗎？我兒時的朋友在所有人面前嘲笑我。

　　從那時起，我再也沒有去過那裡，我努力地盡快忘記這個讓我心碎的渾蛋，但我承認，這樣做實在不容易。現在六年過去了，我又想起了亞當，再次難受了起來，就像那時一樣。

　　「外婆，也許我們最好在你家裡聚會，或者選一家還不錯的餐廳？」

　　「我可以想像，在得知這樣的消息後，茱蒂會有多大的壓力，森林和湖泊會讓她的神經稍微放鬆一些。」

　　「我認為這是一個好主意，科妮莉亞。」馬西咕噥道。

　　「⋯⋯好吧，太棒了⋯⋯」我只好說謊。

　　我簡單地說說我們的準備工作。外婆很快打了電話給媽媽，要她和爸爸一起去那個房子，馬西此時正在準備食物。或許我們去那裡也不錯，至少，在我死之前再去一次那個讓我經歷初戀悲傷的地方，也是值得的。

　　馬西開車，外婆坐在他旁邊，我直著身子躺在後座上，看著車窗。我真不敢想像我母親的反應，她完完全全是一個歇斯底里的人，我們的整個

週末都會被她破壞。我睏了，但手機鈴聲突然響起，是潔澤爾。

「嗨，週末過得怎麼樣？」

「還可以，你呢？」

「父母要我整個週末都要跟著一個法文老師補習，爛死了。但我有個好消息告訴你。」

「什麼好消息？」

「麥特的父母週三要去加州，他家將是我們的天下啦！我們決定舉辦一個小型派對。」

「小型？你知道怎麼舉辦小型派對嗎？」

「不難啊，我們決定舉辦情侶派對。」

「但是我……」

「……對你，我們就例外啦，你可以一個人來或者帶一個人來，隨你高興，但不能不來。」

「好吧，我想想看。」我掛掉了電話。

20分鐘後，我們把車開到了湖邊。通往房子的路上長滿了齊人高的雜草，我們不得不把車停在500公尺外。我下了車，看到怒氣沖天的媽媽，一頭亂糟糟的頭髮，衣服也很髒。

「終於到了！」媽媽吼著。

「茱蒂！」外婆下了車，然後去擁抱媽媽。

「嗨，媽。」

「嗨，科妮莉亞！」爸爸說。

「嗨，大衛。哇，你瘦好多，是運動的關係嗎？」

「完全不是，是你女兒的功勞，她快把我的精力榨乾了。」

「大衛，你該閉嘴了吧？」媽媽咆哮道。

「路上還好嗎？」外婆問。

「有夠難忘！」媽媽說，「車子在半路上壞了。大衛忘記先把車開去維修，我每天都提醒他，但他還是一如往常地忘了。他從來不聽我的話。」

「親愛的，我真的有很多工作，我忘了。」

「我也有很多工作，但我從來不會忘記任何事情！我們走了5公里，幸好有一輛破舊的皮卡願意載我們過來！」

「茱蒂，你有心情好的時候嗎？」

「如果我有一個正常的丈夫，而不是一個該死的騙子，我就會有好心情！」媽媽吼著，「你站在那兒幹什麼？還不快把行李都拿進屋裡。」她轉向馬西，顯然以為他是外婆的司機。

「好的，女士。」馬西附和道，然後拿起行李。我們拿著剩下的行李，一起進屋。

媽媽和爸爸又吵架了。正如我所說，我每天都會看到他們吵架，但我到現在都還沒習慣。因為，我只想要家中和平。

這是一幢木造小屋，破舊的窗戶略微發黃，如果我沒有記錯的話，我外曾祖母的媽媽曾經住在這裡。

「我覺得是時候把它拆了。」媽媽說。

「不，你說什麼呢，我們有這麼多與它有關的回憶。」外婆回答道。

「我們很久沒來這裡了。」爸爸說。

「是很久沒來了，這就是為什麼我選擇在這裡度過這個週末。」

我決定不介入他們的談話，直接上了二樓。房子實在太舊了，每邁出一小步，木板都會發出令人討厭的吱吱聲。不知道為什麼，二樓有很多房間，但大多數房間都是釘死的。從幾扇門中，我認出了自己房間的門，我推開門走進去，如果沒有灰塵、一堆蜘蛛網和腐爛木板的味道，這裡還是非常好的。房間裡還保留了我的舊塗鴉，你知道，孩子們總是喜歡趁父母不注意，偷偷地在牆上畫畫。我特別喜歡窗外的美景，放眼望去，眼前是

一面湖水，周圍種滿了杉樹，還有一些不認識的樹木，你可以享受這幅美景一整天。

半小時後，我下樓了。父母已經擦乾淨椅子上的灰塵，把食物擺在桌子上。

「我餓壞了。」媽媽說。

「那麼，我們自己找位置坐下來吧。」外婆建議道。

我有預感幾分鐘後這裡會一團糟，我在桌邊坐下，當作什麼也沒發生過，夾了雞翅放在盤子裡。

「那麼……茱蒂、大衛、格洛莉婭，我有話要對你們說，」外婆用平靜但顫抖的聲音說道，「跟你們介紹一下，這是馬西。我們彼此相愛，並且準備結婚。」

結婚？我的外婆精神錯亂了！

「什麼……她剛剛說什麼？」媽媽勉強地說出了一句話。

「茱蒂，我很早就想告訴你這件事了，但不敢告訴你。」

「媽，你怎麼了？你真的瘋了嗎？」

「不，我絕對有這個責任和能力。」

「你知道他多大嗎？他都可以當你兒子了。太搞笑了，他高中畢業了嗎？」

「我……」馬西想說話，但媽媽打斷了他：「閉嘴！媽，我忍受了你所有的情人，但這太過分了！」

「茱蒂，我以為你會理解我，我不能永遠一個人！」

「我以為你愛爸爸，即使他去世了，你也會忠於他……」一陣寂靜隨之而來。「我祝你幸福，但你的婚禮不用叫我參加了！」媽媽轉身去了二樓。

「我的天哪！我做了什麼！」外婆的眼中充滿了淚水。

「科妮莉亞，冷靜下來，一切都會好起來。」馬西擁抱外婆。

「我去抽菸。」爸爸說。

「外婆，你早就知道媽媽會有什麼反應了，我相信她很快會接受的。」

「我也希望是這樣。」

這不是我第一次面對家庭爭吵，但由於某些原因，在這種情況下我仍覺得特別困難，我不知道如何平息外婆和媽媽的情緒，這就像夾在兩顆原子彈中間一樣。最後，我決定去散散步，希望他們自己能解決這個問題。我迅速換上泳衣跑到湖邊去了。

首先，這裡雜草叢生，其次，不知怎麼的，感覺湖似乎變小了，但我還是準備下去泡一會兒，雖然已經是秋天，天氣仍然非常熱。

我游離岸邊，開始享受寧靜。周圍一個人也沒有，這讓我的心情好了起來，但也沒讓我高興多久。我游到湖中間時，感覺腿被什麼纏住了。我開始拉扯，但沒有成功。我覺得自己正慢慢下沉，水開始湧入我的耳朵，好像有什麼東西把我往下拉。我覺得非常可怕，開始手腳亂動，用力掙扎，但我覺得已經喘不過氣了。

「救救我！」我喊道。但我的嘴裡灌滿了水，再過一會兒就到鼻子裡了。「有人嗎？」我明白我的喊叫是徒勞的，因為周圍沒有人。我下沉得更厲害了，用鼻子呼吸時水流進呼吸道……我失去了意識……

腦海裡有一些奇怪的聲音，我睜開眼睛，周圍很昏暗，我覺得空氣不足，深吸一口氣，水從我的嘴裡流了出來。我翻過身來，意識到剛才自己躺在地上。水繼續從我的身體裡流出來，這種感覺讓我想吐。我的天哪！這到底是什麼事？

「嘿！你還好嗎？」有個陌生的年輕男生坐在我旁邊。

「我沒事，沒事了。」我邊說邊狠狠地呼吸著空氣。

「需要打電話叫醫生嗎？」

「不，不需要……謝謝。」

　　　　　　　　　　　　　　　　　　我選擇活下去

最後，我眼前的渾濁消失了，我可以看清那個男生了。這個男生皮膚黝黑，顯然是當地人，深色的頭髮，褐色的眼睛，他也開始仔細打量我，但我們的平靜被外婆的聲音打斷了：「格洛莉婭，你還好嗎？」

「格洛莉婭？好美的名字。」男生微笑著說。他救了我，就像浪漫愛情電影裡演的一樣。這太刺激了，我可能會死，但他救了我的命。

「我的救命恩人叫什麼名字？」我嬌媚地問。

「我……傑克。我不是第一次救人了。已經五年沒有人在這個湖裡游泳了，因為它變淺了，到處都是漁網。」

「我的天哪！你全身都發青了！」外婆走到湖邊。

「我得走了，希望能再見到你。」傑克說。我不知道這個小鎮裡也住著這麼好這麼可愛的人。

「外婆，我很好，只是吞了很多水。」

「我們快點回去，你得躺著休息。」

這一天剩下的時間我幾乎都躺在沙發上。我仍然感覺嚇壞了，全身發抖，但這並不是最糟糕的。媽媽和爸爸甚至沒來我的房間，也沒問我怎麼了。我只聽到他們在隔壁房間裡互相大吼大叫。我從沙發上站起來，身體裡湧現出一種莫名強烈的痛苦，我沒在意它，去了媽媽和爸爸的房間。

他們甚至沒有注意到我，我像個幽靈一樣站在他們面前。

「媽、爸，別吵了。」我受不了了。

「格洛莉婭，請你不要多管閒事！」

「你為什麼對我們的孩子尖叫？為什麼你總是對著所有人尖叫？潑婦！」

「你說什麼，當你睡你老闆的時候，你想到我們的孩子了嗎？渾蛋！」

「媽，別說了！」

「我告訴過你，不要多管閒事，滾開！」

我的眼裡充滿了淚水，像個孩子一樣，我忍不住大喊起來：「你知道

嗎？今天我差點死了，這個週末差點就要用我的葬禮來結束了！」

「你在胡說什麼！想用自己引起大人注意嗎？」

我全身都開始顫抖起來，我感到淚水如傾盆大雨一樣從眼裡湧出來。

「⋯⋯沒⋯⋯沒什麼。你忘了它吧。」

我轉身下樓，拿起我的灰色帽T跑出了房子。我拚命地跑著，不顧一切。我的心裡既委屈又痛苦，我想喝酒和狂叫。我無法描述我那一刻的感受。比起這種感覺，如果我被淹死就更好了，如果我死去的蒼白身體躺在媽媽面前，那就更好了。

我停了下來，氣喘吁吁，轉身發現已經離家很遠了。我平靜地向前走，淚水繼續慢慢地滑下臉頰，眼睛都哭腫了。我的心開始刺痛，我看到了自己當年和亞當坐在一起的碼頭。我走向一個小的木造碼頭，這裡也是一個人都沒有，我躺在冷冰冰的木板上，閉上眼睛。我甚至沒有想到，天黑了，該回家了。

我在碼頭上大約躺了一個小時。我不想離開，這裡十分安靜祥和，但這份安寧被某人的腳步聲打斷了。

「嘿！」

我驚訝地跳了起來，是傑克。

「碼頭關閉了，你不能繼續待在這裡。」

「我以為它廢棄了。」

「不，我在這裡工作。」

「我知道了⋯⋯」

我準備離開時，再次聽到了傑克的聲音：「附近有一支我們當地的搖滾樂隊要表演，叫『小鎮』。當然，不是什麼都市型的派對，但也很有趣。」

「真的嗎？在哪裡？」

「我帶你去。」

我現在最想要的就是忘記家裡發生的事情，我迫切地想要轉移自己的注意力。我和傑克一起前往小鎮裡的中心廣場，聽到傳來的音樂。

「你從哪裡來的？」傑克問。

「布里瓦德。」

「哦，有點遠，要在這裡待多長時間？」

「沒，只是來過一個週末。」

又是一陣沉默。正如我所說的，我是一個相當孤僻的人，但這時候我決定先開口：「傑克……你認識一個叫亞當的男生嗎？」

我的天哪！為什麼？為什麼我問他這個問題？

「亞當？名字聽起來很耳熟，我聽說過他，他大約三年前離開這裡去都市了。怎麼，你認識他嗎？」

「也可以這麼說吧。我小時候來過這裡，那時我們是好朋友。」

哦，多麼絕妙的開脫，亞當不在這裡，傑克幾乎不認識他，回憶起那時的情形，我仍然臉紅。總之，傑克是亞當之後，第二個和我來往的男生，當然很多男生和我來往過，但大多是同年級的同學，還有麥特，雖然麥特只在潔澤爾在他旁邊的時候才跟我說話，平時他根本就沒注意過我。算了，我怎麼又想起這些不愉快的事了。

「我們到了。」傑克說。

小鎮廣場上聚滿了人，中間有一個小舞臺，人們用可怕的聲音低吼喊著。這是我第一次參加搖滾音樂會，因為我不是這種音樂類型的狂熱粉絲，但在我死之前，我必須做我以前從未做過的一切，去我以前從未去過的地方。

傑克陪著我，這非常好，因為廣場上有很多醉醺醺的男人，讓我有點害怕。我買了一杯酒精濃度適中的雞尾酒，開始享受這個夜晚和音樂。所有人都在喊叫、跳舞、跟著音樂人一起歌唱。如果潔澤爾在這裡，她會發

瘋的，因為她敏感的心靈無法忍受這樣的混亂。不知不覺中，我跟著音樂律動舉起雙手，頭髮亂甩，手裡還有一杯半空的雞尾酒。雖然這裡溫度很低，但我感覺非常好，甚至很熱，我脫下帽T繫在腰上，只剩一件上衣。

「這裡有一個很酷的地方。」傑克突然抓住我的手。

「什麼地方？」

「走吧。」

我失去理智，跟著傑克去了，然後一個不太愉快的想法出現在我腦海裡：他要帶我去哪裡？要是他是個強姦犯或者是其他什麼人呢？我和他一起進入了樹林，但我仍處於半醉狀態，什麼都沒弄清楚，我想停下來，但我的腿還在繼續邁步向前。在這裡，我看到了令人難以置信的景象，在高大的樹叢中，在陰森恐怖的樹幹間，有一個巨大的被廢棄的摩天輪。

「哇！」我張嘴驚嘆道。

「還沒，我們要爬到上面去。」

「呃……但是上去不會有事吧？」

「不會的，沒有人看著。跟著我爬，抓緊了。」

「……好吧。」

我們走到破舊生鏽的樓梯口，可以通向上面的觀景艙，我的膝蓋開始劇烈地顫抖，我知道，如果我往下看，那麼我會死得很快。我努力地盡快換手，感覺我們已經離地很高了。我的手開始出汗了，還是繼續費力地爬著，我看到傑克已經爬到最上面的觀景艙了，然後他伸手拉我，我成功地站在他身邊。

我整理了一下自己的思緒，還是無法理解我們為什麼要冒著生命危險偷偷爬上這個摩天輪，然後我轉身看到了非常美麗的景象——日落。桃色的天空看起來離我們那麼近，我真想用手觸摸它呀！它的美讓我屏住了呼吸。

「哇，好漂亮呀！」

　　　　　　　　　　　　　　　　　　　　我選擇活下去

「是的，我經常來這裡跟太陽告別。」

我的天哪！他是個多麼浪漫的人呀，從來沒有人用如此美麗的景象打動過我。我不小心往下看了一眼，頓時有些頭暈。

「最重要的是，不要用手肘靠在……」我沒聽到傑克的話，因為害怕，我用雙手扶著艙門壁和……支撐觀景艙的鋼纜脫落了，艙體歪向一邊。

「我的天哪！它在往下掉！」我尖叫。因為恐懼，全身開始像被無形的針扎一般刺痛，稍微動一下，觀景艙都會吱吱作響。

「不要慌，我們走樓梯。」傑克說，他試圖爬上樓梯，但是觀景艙突然下降，我們掛在一根鋼纜上，幾分鐘後就要跌落下去。

「沒事，我有B計畫。」

「什麼計畫？」我歇斯底里地問。

傑克伸手拉住我，我們小心翼翼地往上爬，我看到下面有一座小紅磚建築的屋頂。他想讓我們跳下去。

「不……我不行……」我的聲音開始顫抖得很厲害。

「這是唯一的出路。」

「我們可以找人幫助我們。」

「沒有人會聽到我們的聲音。這裡只有喝醉的人和嘈雜的音樂。」

傑克慢慢地將腳跨過艙壁，觀景艙開始搖晃起來，響得更厲害了，然後他不再扶著，直接跳到屋頂上。因為恐懼，我開始發熱，全身都在顫抖。

「傑克！」

「我沒事，現在換你了！」

「我……我不行……」

「來吧，格洛莉婭，你行的！」

我緊握拳頭，伸開腿。我非常清楚，如果留在這裡，觀景艙就會掉下去，這裡離地面至少有20公尺。我沒有打算這樣死去，我的頭再次天旋地

轉，覺得馬上就會掉下去。

「數三下！一、二、三！」

我跳了，瘋狂地一邊尖叫一邊揮舞著手臂。我膝蓋著地，發現手上有血，我的腿被割破了，傷口很深，但沒關係，最重要的是，我和傑克還活著。

「你還好嗎？」傑克朝我跑過來。

「……很好……我差點被淹死了，還差點被摔死了。真是美好的一天！」

「只是一些小擦傷，如果我們留在那個觀景艙裡，我們就真的死了。」

我強迫自己冷靜下來，可怕的事情已經過去了，但我的身體和意識並不聽使喚，我一直在顫抖。

「休息一下吧。」傑克躺在屋頂上。

我也做了同樣的事，躺在他旁邊。我完全沒注意到，街上已經很黑了。我和他一起躺在屋頂，看著星星。一片寂靜，沒有人打擾，我們保持著沉默。

我的天哪！我從來沒有和一個人如此美好而安靜地相處過，如果只和他在一起，我可以在這裡一直躺下去。我很好奇，他是不是喜歡我？滿有可能的吧，否則他不會這麼浪漫，也不會把我帶到這裡來。

一小時後，也許更久，我們起身離開。廣場上的聚會仍在繼續，但是要在草叢裡找到一根針都比在這裡遇到一個清醒的人更容易。

我們離開廣場，朝著碼頭走去。

「我走那邊，你一個人能回去吧？」

「……當然。」

「那麼明天見。」

傑克轉身離開。嗯，真是太好了，我們的紳士走了。外面天很黑，周圍一個人也沒有，我還要獨自走路回家。雖然我喜歡他，他卻冷漠地把我

丟下了。

我成功地回到家，擦傷處還在流血，但我完全不在意。現在我得快速潛入房間，上床睡覺。但顯然我挑錯時間了，當我走進房子時，正好看到整個精神分裂的家庭聚集在一起。

「格洛莉婭，寶貝！」外婆心疼地喊我。

「你去哪兒了？我們都在擔心你！」媽媽喊道。

「你的腿怎麼了？」爸爸問。

我的天哪！我真是受夠他們了，我要徹底重新考慮與家人的關係。

「我摔倒了。」

他們很稱職地扮演充滿關愛的家人，但我只想笑。我朝著樓梯走去。

「格洛莉婭，等一下，」媽媽以一種令人驚訝的平靜語氣說道，「請原諒我，我不該對你大叫。我很抱歉。」你看看她，慈母，我的天哪！太可愛了吧。

「我也是。我去睡覺了。」我冷冷地回答她。

「等等，」媽媽抓住我的手，「你身上這是什麼味道？你喝酒了？」

「沒有。」

「格洛莉婭，別騙我！你喝酒了嗎？」

「媽，不要多管閒事。晚安。」

我轉身上樓。是的，酒精自己會發揮作用，在清醒的狀態下，我永遠不會那樣回答媽媽的話。走上樓梯，我可以感覺到他們有多震驚。

我想我會記住這一天很久。

第3天

　　我的頭！我的天哪！我昨天只喝了一杯雞尾酒，現在頭都要裂開了，就像喝了伏特加一樣。木地板最輕微的吱吱聲都讓我頭痛難耐，我好不容易集中精神，從床上起來。已經12點了，我幾乎不記得上一次我這個時候醒來是什麼時候了。我走到鏡子前面，頭髮像雞窩，明顯的黑眼圈，口中散發著莫名難聞的氣味，看起來像個典型的酒鬼，雖然我不常喝酒。我得立刻洗澡，不然這種氣味太噁心了。

　　我小心翼翼地下樓，然後想到，昨天我和媽媽說了些什麼？我不僅半夜才回來，而且喝醉了，還頂嘴。我覺得我又得面臨惡夢般的一天了。

　　我走進廚房，外婆和馬西正在做飯。等馬西轉過身，他們才終於注意到我。「哦，格洛莉婭，你醒了？」馬西說。

　　「你還好嗎，寶貝？」外婆問。

　　「我很好……」我撒了謊，「媽媽和爸爸去哪兒了？」

　　「他們開車去維修了。」外婆回答道。

　　「知道了，我去洗澡。」

　　哦，多麼輕鬆啊！媽媽和爸爸不在，這意味著我可以平靜地度過這寶貴的幾個小時了。

　　我不喜歡這棟老房子，因為浴室在外面，如果可以這麼稱呼它的話。這個半塌的木造浴室，光是用看的都很可怕，更別說進去了。但別無選擇，我不得不接受現狀，至少還有這麼一間浴室。

　　我走進浴室，裡面很暗，而且非常窄，在裡面待著，我感覺自己就像一個100公斤的大媽。我脫下T恤，開始摸水龍頭，轉開它，冰冷的水從水龍頭裡噴射出來。但這還不是最糟糕的，因為我覺得背後有什麼東西！我感到不安，於是關掉水，好像有什麼東西抓住了我的頭髮。然後我抬眼向

　　　　　　　　　　　　　　　　　　　　　我選擇活下去

上看，從木板的縫隙中透進來的昏暗光線讓我看到了……浴室裡有三隻大蝙蝠！

我開始瘋狂尖叫，我從小到大都非常害怕這些瘋狂的令人討厭的生物。我跑到外面，全身發抖，我尖叫得更厲害了，同時試著將牠們從我身上抖落，但我覺得牠們還在我身上！

最後，我終於發現牠們還在浴室裡，我很安全。我睜開瞇著的眼睛，看到傑克站在我面前。

「傑克！」

「……嗨，格洛莉婭。」

打完招呼後過了幾秒鐘，我驚恐地發現自己袒胸露背地站在他面前！我從浴室跑出來，忘了穿衣服。我的天哪！我恨不得找個地洞鑽進去。傑克轉過身，他顯然也很不自在，我快速跑進浴室，穿上T恤。

「……我什麼也沒看見，真的。」傑克紅著臉尷尬地說。

「你可以轉身了。」我用顫抖的聲音說道。

「聽說，你今天要走了，對嗎？」

「對，怎麼了？」

「嗯，只是想說我們還可以去散散步。」

「好，這會很棒。」

「好，那我們6點在碼頭見吧？」

「那就這麼說定了。」

傑克轉身離開。我的天哪！當然，我以前遇到過難為情的局面，但這也太超過了。我該怎麼面對他？這是我生命中最糟糕的早晨。我試著冷靜下來，走回家去。

「格洛莉婭，是你在尖叫嗎？」外婆問。

「三隻蝙蝠襲擊了我。」

「哦，我的天哪！你超怕牠們的！」

「對，完全正確。」

「那麼，現在讓我們一起來享用我做的煎餅吧。」馬西一邊說，一邊把一大盤煎餅放在桌子上。

「馬西做得非常好吃，試試吧。」

哦，味道好香呀，草莓果醬煎餅，如果潔澤爾看到我打算吃掉，會立刻割了我的舌頭，因為她討厭一切澱粉食物，也建議我不要吃。

幸好潔澤爾並不在這裡，這意味著我可以充分享受這些美食。

「真是太好吃了。」我說。

「看，我說得對吧，這是我按照我親愛的媽媽們給的招牌食譜做的。」

「親愛的媽媽們？」我沒聽懂。

「是的，馬西有兩個媽媽。」外婆回答道，「她們是女同性戀。」

下一塊煎餅哽在我的喉嚨裡。我還是第一次看到女同性戀養大的人。

「……很酷！」我吞了一塊煎餅說道。

「我非常愛你。」外婆對馬西說。

「我也愛你。」馬西回答道。

我嘆了口氣，從桌子邊站起來，回到我的房間。

親愛的日記！

還剩下47天。昨天一半的時間過得很棒，另一半過得很糟糕。我認識了酷酷的男生傑克。我相信他喜歡我，我也喜歡他。

多虧了他，我才暫時忘記了和媽媽的爭吵。說到爭吵，我現在還不知道該怎麼辦。媽媽和爸爸很快就要從維修廠回來了，我覺得我們會進行一段嚴肅的談話。我已經不是12歲的小孩子了，即使

在我慶祝自己滿16歲時，潔澤爾一直叫我喝一點酒，我也沒喝一滴。我覺得這裡不是我的家，只是一座監牢，在這裡我沒有自由，也感覺不到快樂。

　　星期三，在潔澤爾的派對上，所有人都會成雙成對地去那裡，只有我是一個人。儘管潔澤爾說我可以例外，但我絕對不喜歡這個例外。想像一下，所有人都成雙成對地坐在一起、擁抱。到時候，我會像是一個傻瓜，只能乾坐在那裡，看著他們。我不知道該怎麼辦，如果我拒絕參加，潔澤爾就會生氣，說實話，我真的不想看到她和麥特在我面前曬恩愛。停！日記，我想到了個超級棒的主意！我為什麼不能和傑克一起去這個派對呢？他陽光可愛，我想那群人會喜歡他的。太棒了，這個問題解決了，我6點會去和他散步，順便告訴他這件事。

第3天　洛莉

　　要是不算上可怕的早晨的話，我這一天都算過得平安無事。剩下的3小時裡，我躺在沙發上，聽著MP3，看《古柯鹼的浪漫》這本小說。外婆和馬西去湖邊了，家裡就是我的天下。我拿起手機撥給潔澤爾。

　　「喂？」

　　「嗨！潔兒，我想了一下派對的事……我會去的，而且不是一個人去。」

　　「真的假的？怎麼，你這個週末來得及去勾搭一個人來嗎？」

　　「不，他只是我的朋友。」

　　「哦，我真是迫不及待地想認識他了，他長得怎麼樣？」

　　「嗯……他很高，曬得黑黑的，非常可愛。」

　　「真有你的！」

我笑起來，突然窗戶的另一邊傳來的可憐的吱吱聲打斷了我的笑聲。

「潔兒，我等等再打給你，好嗎？」

「好吧，每次總是在說到最有趣的地方掛斷。」

「再見。」

我掛了電話，走到窗戶邊，吱吱聲變得更響亮了。我探身到窗外，然後我聽到狗叫聲，往下看到一隻大黑狗，牠對著什麼東西叫嚷著。我抬眼，看到一隻縮成一團、髒髒的小白球。這是一隻小貓，被大黑狗追到了二樓外面的窗臺上。

大黑狗繼續叫著，嘴裡流著口水，好像想要吃掉這隻不幸的小貓。看著這隻可憐的小貓，我的心都要碎了。我知道我可以幫助牠，我爬上窗臺，小貓在離我三個窗戶遠的地方。我緊緊抓住屋頂的木梁，試著爬上去。我向上一跳，就到了屋頂。

正如我所說的，這棟房子已經很老了，因為擔心屋頂可能會塌陷，我內心充滿了恐懼，但我別無選擇。我小心翼翼地沿著屋頂爬著，終於到了小貓所在的窗戶上方。牠因為害怕，蜷縮成一團，繼續發出吱吱聲。我伸出手抓住了牠的脖子。當小貓到了我手中以後，我從屋頂上撿了塊石頭，用盡全力朝大黑狗扔去，讓牠離我們遠一點。

我小心翼翼地下來，回到房間。奇怪的是，這次我居然沒有因為懼高而感到頭暈目眩，此刻我一心把注意力放在這個不幸的小東西身上。我把牠放在床上，牠顫抖得很厲害，我發現我手上有血跡，我把小貓仰面轉過來，看到牠的爪子被咬傷了，甚至連骨頭都能看到！側面也還有一些咬傷。我想像著牠正在經歷的疼痛，眼淚忍不住順著臉頰滾落下來。

我把牠留在床上，跑到樓下找急救箱，又跑回房間。牠還是那樣，一動也不動。急救箱中只有一些繃帶、OK繃、消毒酒精和一些藥片。我不是獸醫，這個偏遠的小村子也沒有動物醫院。我決定先替牠止血，我用酒精

消毒傷口，在傷口塗上藥膏，也沒有別的可以用。我在牠的爪子上亂七八糟地綁了繃帶，血就止住了。

牠又蜷縮成一團。我撫摸著牠，聽到牠的嗚嗚聲，好像在感謝我。我再次跑到一樓，拿了些牛奶、吃剩的煎餅和香腸回到自己的房間。小貓聞到了味道，然後開始吃東西。牠的毛上都是髒東西，眼睛也化膿了，而且牠太瘦了，吸氣時每根肋骨都看得很清楚。

我的眼裡再次充滿了淚水，牠在這個世界上是如此無助和孤單，我很想帶牠回家，但有一個問題——我媽不能忍受動物。以前我有一隻狗叫卡斯特爾，那時我還很小，但直到現在，我仍然記得牠善良和忠誠的眼睛。媽媽對牠的存在很惱火，有一天晚上我睡覺了，她把牠扔到外面，關上大門，希望牠能離開。她的願望成真了——卡斯特爾跑了，再也沒有回來，牠感受到背叛，因為委屈躲了起來。我們的一個鄰居說，她親眼看到牠好像被一輛車撞了。我盡量不相信這些話，強迫自己認為牠還活著，在遠方的某個公園裡散步，並且有好心人扔給牠麵包和骨頭。

總之，我完全明白，如果我把這隻小貓帶回家，我媽就會無情地把牠趕走。

一樓傳來一些聲音。我下樓，媽媽和爸爸回來了，正在與外婆和馬西談話，但我決定打斷他們：「媽媽、爸爸！」

「我的天哪！你清醒了嗎？」媽媽嘲弄地說。

「媽，對不起，我昨天的行為是不對的。」

「你說對了，你被禁足了！兩個星期，明白了嗎？」

「但是媽，我……」

「你沒有說不的權利，去收拾吧，我們要走了。」

「茱蒂，我們可以晚點出發，大家一起。」外婆說。

「我昨天已經說過了，我不打算待在這裡，我討厭這裡！格洛莉婭，你

沒聽見我說話嗎？去收拾東西！」

「你可以和爸爸一起回去，我晚點與外婆和馬西一起回去。」

「我說你和我們一起回去，如果你現在不去收拾東西，禁足就延長兩個星期！」

我默默地上樓。差不多6點了，我答應傑克，我會去見他。我該怎麼辦？小貓無憂無慮地在床上睡著了，牠好不容易有了安全感。我甚至不知道要怎麼把牠留在這裡。我的天哪！為什麼我總是只能聽每個人的話？我想清楚了，我沒必要服從誰！

我用手緊緊地抓住五斗櫃，將它移到門背後，這樣就無法從門外打開門。我要和傑克見面，邀請他去參加即將舉行的派對，否則在潔澤爾的眼裡，我就會是個徹頭徹尾的笑話。我從五斗櫃裡拿出箱子，鋪上小墊布，把小貓放了進去，然後把箱子藏在床底下，以防媽媽進來。然後我站在窗臺上，到地面約有3公尺，左邊有一根排水管，我緊緊抓住它，就像走鋼索一樣小心，慢慢地順著它滑了下去。

我從沒想過自己會這樣逃離這棟房子。我用盡全力跑到碼頭，與此同時，我腦海裡仔細想了一下，等我回家時我要和媽媽大吵大鬧一場。老實說，我總是害怕冒險，只做別人告訴我該做的事。但是，既然我活不了多久了，為什麼不嘗試「冒險」這個甜蜜的詞呢？為什麼不展現我擅長的呢？每個人都認為我是一個可愛、聽話的女孩，是時候讓他們失望了。我到了碼頭，但那裡沒有人。

這很奇怪，已經6點了。我走向碼頭，突然有人叫我：「格洛莉婭！」

我嚇得再次跳了起來，是傑克。「對不起，我沒有想嚇你。」

「沒事……嗨。」

「嗨，」傑克遞過來一包小金魚香脆餅：「你喜歡小金魚餅乾嗎？」

「喜歡，非常喜歡。」

我們走到碼頭盡頭坐了下來。

「雖然這麼問很蠢，但是……你現在正和某人談戀愛嗎？」

他的問題讓我有些措手不及，還沒有人問過我這個問題。「……沒有，怎麼了？」

「沒什麼，只是有點好奇。」

為什麼男生們都這麼猶豫不決？沒必要這樣拖拖拉拉的，我現在就可以直接接受並邀請他參加派對。「我和朋友們準備舉辦派對，可以邀請自己的朋友參加，你想來嗎？」

「好啊，在哪裡？」

「我給你地址，」我從口袋裡拿出一支鉛筆和一張紙，寫下地址，「這就是地址，拿著吧。」

「酷，我一定會去的。」

「你參加過派對嗎？」

「老實說，沒有。」

「第一次會很難忘的！」

「謝謝……我有話想對你說。」

「我在聽。」

「你記得嗎，你昨天問過我關於……關於一個男生……亞當？」

「……是的，我記得。」

「其實……我就是亞當。」

此時此刻我的內心就像玻璃破碎了一樣，感到一種強烈的令人厭惡的痛苦。這是夢，這就是一個夢，這不可能。不。「什麼？」

「我昨天晚上就想告訴你，但是……」

「等等，什麼意思，你在開玩笑嗎？」我跳了起來。

「不，我以為你會馬上認出我。」

「我的天哪！太棒了！有夠棒！你再一次讓我變成了一個十足的傻瓜！」

我現在的感受已經無以言表，有一件事我可以肯定：我準備好去死了。我非常害怕再見到的人，原來這段時間就在我身邊！

「格洛莉婭，我……」

「為什麼，告訴我，你為什麼要欺騙我？還用別人的名字自我介紹？」

「我不知道。我只是一個普通的鄉下男生，你變得這麼……漂亮。我怕你再也不想跟我說話了。」

「你這樣想真是太對了！連跟你說話都令我噁心！再見。」

我轉身離開碼頭。我的內心滿是痛苦。

「格洛莉婭，等等！讓我們忘記兒時所有的委屈，像大人一樣重新開始吧。」

「傑克……亞當。我最討厭別人騙我！因為在這麼短暫的一生中，我已經被騙過幾百次了。例如，我媽說，她愛我勝過她的生命，事實並非如此。或者爸爸說，家庭對他來說是最重要的，其實他和他的女老闆偷偷上床了！我已經受夠這些了！我只想找一個哪怕只有一點點誠實的人和我在一起。」

「……好吧，我承認，我是一個大壞蛋。但昨天跟你在一起感覺很好，雖然我們差點就死了。我好像又回到了小時候，因為有你的存在，才是光明的……祝你好運。也許，我們永遠不會再見了。」傑克轉身離開。

我的心開始瘋狂地跳動，我知道，再過一秒，他就再也不會出現了。

「亞當！」我的話讓他停下來轉向我，「我……接受你的建議。忘記一切，就像你說的，像大人一樣重新開始。」

「太好了，那麼我們去碼頭坐一下吧。」

我不明白他想從我這裡得到什麼，但我還是順從了他的話。我再次坐在碼頭上，向遠處望去。亞當坐在我旁邊。

「嗨，你在做什麼？」他問道。

「……我……只是坐著看日落。」我不懂他是什麼意思。

「我懂了，我是亞當，你叫什麼名字？」

「……格洛莉婭。」

我終於明白了亞當的想法，我們重新認識對方，就像六年前那樣，而且現在我們忘記了所有的委屈，又重新開始了。

他變化很大，所以我沒有立刻認出他來，他變得更高、更陽剛了。我們在碼頭坐了將近半個小時，告訴對方這六年來發生的事情。然後他突然起身，向我伸出手。

「我想給你看些東西，走吧。」

「不會又是一個摩天輪吧？」

「不，這次是一個更安全的地方。」

我們沿著一條鄉間小路漫步，回想起一起度過的童年時期。

「我記得我們在這裡散過步。附近有個高空彈跳設施，有一次我綁上繩子，但我太怕了，不敢跳下去。」

「對，你大喊大叫，全鎮都聽得到你的尖叫聲。」

「你還記得嗎？我們在田野裡跑來跑去，看到一群野牛，某人還嚇得尿褲子了？」

「喂，那時我才6歲，而且那麼多野牛，就算是成年人也會尿褲子的。」

「嗯，那當然。」

又走了一會兒，亞當停了下來。「我們好像到了。」

我轉過頭來，周圍都是樹，沒什麼特別的。

「我們在哪兒？」

「拿著。」亞當給了我一把小鏟子。

「這裡有什麼，秘密基地嗎？」

「更好。」

我和他開始一起挖地，但我完全摸不著頭腦。

「我好像發現了什麼。」

「還差一點。」

我們繼續挖著，直到地裡出現一個小彩色盒子。

「我想起來了！這是我們的秘密盒子，我們放了我們的東西在裡面。」

「是的，我們發誓永遠是朋友，並且約定很多年後要來挖出它們。」

我的天哪！我的心立刻變得溫暖。我又回到了小時候的感覺，生活似乎並不那麼艱難。

「不敢相信！」我們打開盒子，裡面有一些我們兒時的照片、一些我們寫的筆記、各種小石頭、最喜歡的糖果包裝紙和剪報。

「看，我們的友誼手鍊。」我真的要哭了。我拿起一條手鍊遞給亞當，「幫我戴上。」

亞當替我繫上手鍊，然後拿起另一條。「替我繫上。」我在他手腕上繫上友誼手鍊。

「現在這是你的了。」他拿起盒子遞到我手裡。

「……不。這是我們的，一起的。」我將盒子放回洞裡。「我們再把它埋起來吧。」

「你確定嗎？」

「是的。」我把我最喜歡的耳環摘下來放進盒子裡。亞當從脖子上摘下一個像護身符的東西，也把它放進了盒子裡。我們再次把盒子埋回地下。

「我們走吧？」我問。

「我們來發個誓要嗎？」

我微笑著單膝跪下。「我，格洛莉婭·馬克芬發誓，我永遠是亞當的朋友，我將在很多年後與他一起挖出我們的秘密盒子。」然後我在掌心裡吐

了一下口水，把手伸向亞當。

亞當也單膝跪下，說著誓言。「我，亞當·格雷斯發誓，我永遠是格洛莉婭的朋友，我將在很多年後與她一起挖出這個秘密盒子。」他也在掌心吐了一下口水，我們緊握雙手確認了彼此的誓言。

我們又共度了一個美好的夜晚。當然，因為他欺騙了我，我還在生氣，但我又非常強烈地被他吸引。我會原諒他，只因為他是我生命中的一部分。

他送我到家門口。還有幾分鐘就要說再見了，我會回家，那裡有一場「死刑」等著我。

「那麼，派對上見了？」

「到時候見。」

他靠近我，像是暗示要接吻，但我阻止了他。「亞當，我們是朋友。」

「對……抱歉，我……我會去的。我迫不及待想再見到你。」他吻了吻我的手，離開了。

我的天哪！我現在像在天堂一樣，我是認真的。

「格洛莉婭！」哦不，是媽媽，我的翅膀斷了，幻想破滅，回到現實。

「格洛莉婭，你這個壞孩子，你竟敢鎖房門逃跑！」

「媽，請不要尖叫，我可以解釋。」

「我不需要你白痴的解釋！禁足一個月！現在快去收拾該死的東西！」

我知道，任何多餘的話只會使情況變得更糟，所以我默默地走進房間，迅速收拾東西。當我走向房門口時，聽到了吱吱聲。

是那隻小貓。牠從床底下爬出來，勉勉強強一瘸一拐地走向我，一邊發出嗚嗚聲。我蹲下，看著牠可憐兮兮又疲憊不堪的小眼睛。

「對不起，小傢伙，但我得把你留在這兒……」

我的多愁善感自己知道，淚水湧出我的眼睛。我知道，當我放棄這個

與我相互信任的小東西，讓牠自生自滅時，我就是一個渾蛋了。我把牠放進一個大包包裡，我知道牠會不舒服，但當務之急是把牠不知不覺地運回家裡，回家後再作打算。

我下樓時，爸媽已經在車裡等我。我小心翼翼地拿著包包，坐在後排座位上。暫時沒有人看到，我偷看一下小貓在裡面的狀況，牠睡著了。我深深地鬆了一口氣，我們開車離開。

這個週末真是太令人難忘了！我看著自己戴著友誼手鏈的手，想起了亞當。我很幸福，多年過後我們又見面了。我看向汽車的後風窗玻璃，發現自己離那個讓人開心的地方越來越遠了。從明天起又要開始上學，我得思考如何去參加潔澤爾的派對。

我選擇活下去

第4天

親愛的日記！

你不會相信，我比往常醒得早很多，今天我不會遲到了。時間是早上7點，我已經洗完澡，吃了東西並且穿好衣服。我的心情再好不過了，因為昨天我和亞當度過了一個美好的夜晚。當然，我仍然討厭他騙了我，但我明白了人是可以改變的。當然不會完全從本質上改變，但可以獲得更好的品性。

但是，日記，現在出現了另外一個問題，非常小又引人注意的問題。我偷偷帶了一隻貓回家，媽媽卻討厭所有貓、狗和會排便的東西。我偷偷地從冰箱裡拿食物餵牠。對了，我已經幫牠想了個名字——王子。我當然沒有多天才，但我喜歡這個名字，而且王子似乎已經開始對自己的新名字有回應了。總之，我不知道該拿牠怎麼辦，也不可能背著媽媽把藏牠很久，我根本沒有足夠的勇氣告訴媽媽關於牠的事。但還有另外一個問題：我死後，誰來照顧牠？媽媽只會毫不客氣地把牠趕出去。每一天我都會出現新的問題。日記，我要去上學了，我迫不及待地想見潔澤爾，跟她聊聊我的週末。

還剩46天，洛莉

可怕的一週又開始了，週末之後很難立即調到工作模式，頭髮蓬亂的老師慌張地趕到學校，因為還有幾分鐘就開始上課了。所有的學生都在林間草地（這是一個巨大的草坪，你可以坐在草地上，甚至可以躺在草

地上，是課後放鬆休息的地方），互相聊聊週末的情況。這已經是一個傳統——你的週末應該過得比對方更酷。

我環顧四周，潔澤爾還沒來。我避開那些吵鬧的夥伴，在最安靜的地方坐下來，從包包裡拿出一本文學課本看了起來。然後有個熟悉的聲音從身後傳來：「洛莉！」

我起身跑向潔澤爾。「嗨，潔兒！我們才一個週末沒見，卻感覺已經很久了。」我們互相擁抱。

「我好想你！而且我知道你度過了一個愉快的週末。來吧，跟我講講！」

「沒什麼特別的，我只是遇到了我的老朋友，他的名字叫亞當。」

「怎樣，夏娃的舊情重燃了嗎？」

「不是，我們只是聊得很愉快。」

我的天哪！我每天被迫忍受的感覺又來了，那種對麥特的欣賞和愛的感覺。我看到麥特出現在潔澤爾身後，他向我們揮手。他穿了件樸實而雅致的灰色背心、經典的灰色長褲，而且，他弄了個很酷的新髮型。

我的天哪！這髮型怎麼這麼適合他！潔澤爾從未注意到麥特的變化，但我注意到了。我研究了他的每一個細節，我甚至知道他用的牙膏口味！我準備好要一直關注他了，翹掉所有的課也不足惜，但是潔澤爾的話打斷了我的神遊狀態。

「洛莉！洛莉！你能聽見我說話嗎？」

「啊……對不起，潔兒，我……你說什麼？」

「我說，放學後你要跟我去精品店買連身裙嗎？」

「你為什麼要連身裙？」

「我們星期三舉行派對，你忘記了？」

「不，我沒有忘記，但你已經有兩櫃子的裙子了。」

「那些裙子每一件我都已經在派對上穿過兩次，我想要買一些新的，你

「會陪我去吧？」

「可能不行。」

「為什麼？」

「……我被禁足了。」

「真的假的？你做了些什麼？」

「我為了和亞當見面，從家裡跑出去了。」

「喂，外星人！你對洛莉做了什麼？把我的朋友還給我！」我們開始瘋狂地哈哈大笑。「告訴你的父母，你和我一起去，你媽媽很喜歡我，我相信她會允許的。」

「好，我會問她。」

「那我們說好了！」

上課鈴聲響了。我們很快跑到文學教室，因為賴丹夫人討厭別人上她的課遲到。當然，沒有一個老師喜歡這個，但賴丹夫人喜歡懲罰犯錯的學生，而且非常嚴厲。我記得我們班以前有個叫艾瑪的女生，有一次她遲到了，賴丹夫人竟然叫她脫裙子！這就像是個烙印。我能想像艾瑪的感受，我要是她，我就叫這個老太婆去死，然後離開教室。但她屈服了，那天之後，她從學校帶走了自己的東西，去了另一個州。總之，正如你所理解的那樣，監獄甚至比我們學校更人性化一些。幸好我們沒有遲到，我們很快就坐在座位上，開始認真聽關於法國作家作品的講解。

「你跟你父母說勞倫斯小姐的事了嗎？」潔澤爾低聲問道。

「還沒有……我覺得她家訪後我就無法去參加派對了。」我低聲說。

「你16歲了，是可以不用聽父母指示的年紀了。」

「潔兒，我很想這樣，但是……」

「馬克芬和維克利，難道你們的舌頭沒事可幹了？如果你們不立刻閉嘴，就把黑板上的粉筆灰舔乾淨，明白了嗎？」賴丹夫人大聲說道。

「好的。」我平靜地回答。

「好的，賴丹夫人。您穿了新的羊毛衫嗎？非常適合您！」

「謝謝，潔澤爾。但是我不喜歡拍馬屁的人！這是最後一次警告。」

潔澤爾的邏輯是：巴結老師，那麼所有問題都解決了。但是對賴丹夫人來說，這行不通。所以我直接閉嘴，開始聽老師講課。

「這個老女人，她可能從出生就開始更年期了。」潔澤爾低聲說。謝天謝地，賴丹夫人沒有聽到這些，否則全班都會欣賞到我最好的朋友是如何舔粉筆灰的。

後面的五節課沒那麼有趣。我差點不及格，因為我又忘記了愚蠢的幾何理論。我的天哪！為什麼要證明正方形的所有邊都相等或者這個圓的直徑的確是這個圓的直徑？這不是胡說八道嘛！幸運的是，我還記得某些公式，這拯救了我。

西班牙語課，我搞混了否定冠詞與片語的搭配規則。也許，我該認真學習這門課了，而不是只在課前用幾分鐘讀一段話。

倒數第二節是哲學課。康納利先生是位老人家，他78歲了，但他很愛這份工作，他會在學校工作到身體化為灰燼的那一天。他咕噥著講著蘇格拉底的生平，教室裡大家都做著自己的事。舉例來說，有人在聊天，因為康納利有點耳背；有人在睡覺，因為老人的視力也很差。

「你覺得他還會勃起嗎？」潔兒問。

「潔兒，他都快80歲了。」

「你看這是什麼。」潔兒說，手上拿著一包威而剛。

「你哪裡弄來的？」我驚訝地笑了。

「你不要知道比較好。」

潔兒從她的包包裡拿出一個杯子和一瓶水，把水倒進杯子裡，然後把藥片放進水裡，讓它溶解。「我猜康納利先生口渴了，你把這杯水拿給他

吧。」她把水杯推給我。

「潔兒，這太殘忍了！」

「才不會，他會感覺很爽，我們會覺得很有趣。」潔兒不僅是個很懂得開玩笑的人，還是一個迷人的美人。她說得對，這確實是個讓課堂氣氛活躍起來的好方法。

我拿起杯子。「康納利先生，我可以出去一下嗎？」

「什麼？」

「我可以出去嗎？」我喊道。

「噢，當然可以，當然可以。」

我從座位走向講台，很快的把杯子放在講桌上，然後離開教室。5分鐘後，我回到我的座位。「他喝了嗎？」我問潔兒。

「那還用說！整杯都喝了！」

「你沒有放多少藥進去吧？」

「抱歉……我情不自禁，我放了6顆。」

「幾顆？潔兒！你知道他會發生什麼事嗎？」我們開始大笑，笑到沒注意下課鐘聲響了。

「今天的課到此結束，大家可以走了。」康納利先生從桌子後面站起來，而且……嗯，你們可以想像一下吃了6顆威而剛會讓他的身體有什麼反應。全班都開始對著他的「小木偶」褲子大笑。

「怎麼了，你們在笑什麼？」康納利先生困惑的問。

化學老師派珀小姐突然走進教室。

「大家午安。」她剛要開始說話，卻因為瞄到康納利先生的下半身而一陣停頓。

「嗨，茱莉亞！」

「嗯……康納利先生……同學們，我來通知你們，接下來一星期都不會

上生物課，費奇先生外出了，我們改上化學課，請到我的教室來。」派珀困難地說完，拔腿就跑了。

「天啊，生活還有什麼意義，我整個星期都看不到費奇先生的二頭肌了。」潔澤爾說。

珍貴的最後一節課飛快地過去，整個班包括派珀小姐在內都沒辦法擺脫哲學課事件的影響。

我和潔澤爾穿過校園向大門走去。「我的外婆要嫁給一個25歲的男生。」

「真的嗎？你開玩笑吧！」

「我還真希望這是一個笑話。」

「洛莉，我真喜歡你家。」

「我媽現在脾氣變得更差了，而且她還和外婆吵了一架。」

「我18歲的表姐嫁給了一個60多歲的男人。你想像一下，每天早上她都和皮膚鬆弛、滿臉皺紋和滿是毛髮的身體睡覺。所以，洛莉，你不是唯一一個擁有瘋狂家庭的人。」我非常喜歡和潔澤爾談論迫切需要解決的問題——她總能給我幫助、支持，或者把一切變成玩笑。

我們走向麥特的同伴——這些都是他橄欖球隊裡的朋友。

「麥特。」潔澤爾說。

「哦，嗨。」麥特擁抱潔澤爾。

「嗨，美女。」球隊某個成員說，並用手拍了下潔澤爾的屁股。

「尼克，你幹嘛，你有病呀！麥特，他當著你的面非禮我！」

「拜託，他只是在跟你開玩笑，他可是我最好的朋友。而且，今天是他的生日。」

「生日快樂喔！白痴！」潔澤爾挖苦地說。「嘿，親愛的，我和洛莉要一起去精品店買衣服，回程你可以來接我們嗎？」

「當然，沒問題。」

最後，我們放學各自回家了。現在最重要的是在媽媽面前表現正常一點，這樣她就可以讓我和潔澤爾一起去精品店。潔澤爾和我在十字路口分手，各自回家，提前約好15分鐘後見面。我回到家，一樓一個人也沒有。

「媽，我回來了！」我把書包扔在椅子上。

媽媽走下樓梯。

「哦，我的寶貝，你今天過得怎麼樣？」

我幾乎要被媽媽溫柔的語調弄暈了。

「媽，你還好嗎？」

「啊！該死的！我不好，你來解釋一下，為什麼你的老師明天要來我們家吃晚飯？」

「……勞倫斯小姐……媽，她常去別人家，例如，她上星期去了潔澤爾家。」

「別跟我說謊。她說你的數學成績急劇下降，還不只這樣！」

「……我知道，但我會改正，我保證。」

下一秒，我們聽到二樓有什麼東西掉下來摔碎了。

「發生了什麼事？」媽媽困惑地說。

我們迅速爬上樓，看到了媽媽的花瓶被打碎了，碎片們躺在角落裡。我驚恐地發現，這是王子的傑作。

「哦，我的天哪！我的花瓶！我最喜歡的花瓶！」媽媽注意到碎片中間的王子，並抓住了牠的爪子，「這是什麼？格洛莉婭，你給我解釋一下！」

「……不，我不知道牠是從哪來的。」我撒謊。

「哦，你這個壞蛋！」媽媽用力將貓摔在牆上。

我的心瞬間糾結成一團。「媽，你在幹什麼！」我小心翼翼地抓住小貓，牠傷心地喵喵叫著。

「把牠丟了！這是我最喜歡的花瓶！」

「……不，媽。我是在我們的老房子裡發現牠的，牠差點被狗咬死了，我不能把牠留在那裡！」

「所以，你就偷偷把這隻畜生帶進我們家？要麼你把牠丟了，要麼我來。」

「到底誰才是畜生？」

「你說什麼？」

「這只是一隻小貓！牠沒有做任何可怕的事，你可以在任何商店買到這種廉價花瓶！我告訴你，牠會在我的房間裡生活，我會餵牠並照顧牠。你聽到了嗎？」我受不了了，我的內心在沸騰，那一刻我意識到我是多麼討厭我媽。她張著嘴，說不出話來。

「洛莉，我來了！」潔澤爾在一樓喊道。

「是潔澤爾，我現在要和她一起去精品店。」

「……去什麼精品店，你被禁足了。」

「噢，是嗎？就是因為前天你對我說『滾出去！』，我才會離家出走！別擔心，媽，從現在開始我會經常這樣做！」我轉過身，帶小貓去我的房間，拿著信用卡下樓。

「你終於來了。您好，馬克芬太太！」潔澤爾說。

「……我要瘋了，我的丈夫是個渣男，我的女兒不聽話。我恨這樣的生活！」媽媽轉身走進客廳。

「走吧。」我跟潔澤爾說，她站在那兒，根本不知道發生了什麼回事。

我喜歡和潔澤爾在精品店裡試衣服，我們甚至有用來購物的個人信用卡，所以設計師們所有最酷的新品都會出現在我們的衣櫥裡。

「我媽也瘋了，她決定做第15次整形手術。」潔澤爾一邊說，一邊在精品店裡選衣服。

「你爸爸怎麼說？」

「他才不在乎，他甚至不看她，如果他早就有一個很正的情婦，我也不會感到驚訝。」

「你居然可以這麼冷靜地談論這件事。」

「不然我怎麼辦？最重要的是——他們給我錢買衣服，也給我自由。」

潔澤爾的父母也不能說多富有，但他們買得起所有的東西，如果她小時候有一個粉紅小馬農場，我也一點都不會感到驚訝。

潔澤爾選了一件連身裙，拿給我看。「你看，這件很酷吧！」

「很讚，快去試穿！」

潔澤爾去試衣間試衣服，我繼續找裙子。最重要的是價格不能超出預算，因為我不是潔澤爾，我的父母都是普通律師，在不同的事務所工作。我們當然不窮，但在不那麼重要的東西上，我們會盡量節省。

「該死！不可能呀！」潔澤爾喊著。

「怎麼了？」

「我穿不下！」

「潔兒，這是46碼的，你總是穿這個尺寸。」

「我知道！但我穿不下！」

「等等，我馬上回來。」

我拿著裙子走向陳列架，選了一條類似的裙子，然後我的視線落在窗戶上，我看到了麥特的車。他即將到這裡來欣賞潔澤爾。

「看，這兩件幾乎是一樣的，只不過這件是粉紅色的。」我把衣服遞進試衣間，她遞給我她的。

這條裙子簡直太令人驚豔了，裙子是白色的，緊身胸衣上鑲滿了水晶，下面是蓬蓬裙。我想試一下，不，我一定要試一下。我走進試衣間，脫掉衣服，穿上這條裙子，幸運的是，拉鍊已經拉上了，也不是很緊。我照了照鏡子……我的美麗真有些不可抗拒！

說真的，我從沒見過自己這麼漂亮，這件衣服簡直太神奇了，它十分收腰貼合，感覺我似乎擁有了完美的身材。

　　「洛莉，它完美地穿在我身上了！」潔澤爾在旁邊的試衣間說。

　　「太棒了！」

　　「麥特，你覺得怎麼樣？」

　　「一如往常，非常好。」

　　我不知道，我要出去嗎？好吧，畢竟，我還是得聽聽潔澤爾的意見，這條裙子是否值得買。我走出試衣間。麥特和潔澤爾的注意力都轉向我，他們只是看著我，什麼都沒說。

　　「哇，洛莉，你看起來非常棒！」麥特說。我覺得自己要融化了！

　　「是的，太棒了！」潔澤爾說，「但是這條蓬蓬裙顯得你的大腿太粗了。」

　　「真的嗎？」

　　「是的，」潔澤爾從陳列架上隨便拿了條裙子，「你看，這條裙子也很棒，紫色現在很流行，它的緊身胸衣也很別緻！」

　　「好吧。」

　　我聽潔澤爾的，買了這件紫色的連身裙，不太貴，潔澤爾也覺得好看。我們付了錢，離開精品店。有人打電話給麥特，他走到一邊去接電話。我和潔澤爾沉默地站著，她先打破了這個局面。

　　「對不起，我是個愛吃醋的傻瓜。你穿那件白色連身裙真的太讓人驚豔了，大腿的事我說謊了。」

　　「為什麼？」

　　「因為麥特那樣看著你，我幾乎要爆炸了。」

　　「潔兒，你認真嗎？」我開始大笑起來。「我的天哪！你有時候真的很傻，麥特只是禮貌地稱讚我，畢竟他只愛你。」

　　「所以你不生我的氣了吧？」

「當然不會。」

「你最好了。」潔澤爾緊緊抱住我，麥特來到我們身邊。

「美女們，尼克打電話給我，他舉辦了一個豪華的生日派對，邀請我們所有人去。」

「不，我才不會去這個白痴那裡！」潔澤爾說。

「他在海邊有棟房子，還有一個日光浴場。」

「好吧，我去，但完全是看在日光浴場的份上！洛莉，你呢？」

「嗯……我不知道……」

「我們一起去吧！那裡很酷。」麥特把手放在我的肩膀上，而我完全無法拒絕。

「好吧……如果不會很久的話。」

我們坐進入麥特的車──一輛1969年的紅色克萊斯勒敞篷車。我們一路飛馳到海邊，我在後座上，潔澤爾坐在麥特旁邊。我所有的思緒都被他占據了，他今天對我的讚美我認為不僅僅是出於禮貌。我要把這一天在日曆中標記起來，我會常常想起它。

麥特和潔澤爾之間絕對不是愛情，只不過，最受歡迎的男生和最受歡迎的女生應該在一起，這是自然法則。至少是為了互惠互利，畢竟成為學校裡最美麗的一對也是最酷的成就。潔澤爾不止一次告訴我，她早就想甩了麥特，因為她已經膩了，但因為他很帥，她無法與他分開。

我們到了尼克的家。對了，尼克是麥特最好的朋友，他也打橄欖球。他有一頭黑色的捲髮，肌肉發達。但他是個色鬼，聽說他與女孩子的關係都沒有持續超過三天的。他從房子裡走了出來。

「哇，麥特，你給我帶了這麼酷的辣妹來！」麥特笑著和他握手。

「你這個變態！如果你再用你的手指碰我，我就把它砍下來，明白了嗎？」

「當然，美女，沒問題。」然後尼克的注意力轉向我：「哦，可愛的女孩，我總是忘記你的名字。」

「我叫格洛莉婭。」

「哦，多麼美麗、溫柔的名字啊，就像你的嘴唇……」尼克靠近我，低頭，潔澤爾將他從我身上推開。

「你在幹嘛！色狼！你敢碰她試試！我不僅會把你的手指切斷，連你那長方形的東西我都不會放過！走吧，洛莉！」

我們走進屋子，看到一群人，音樂非常大聲，以致於牆上的畫都在晃動，桌子上擺著酒，總之，這個派對跟我以前參加過的任何一個都差不多。

我們走到大廳的正中心。

「請大家注意！」尼克說，「跟大家介紹一下，這是格洛莉婭，美女潔澤爾和我最好的朋友麥特！」大家大聲鼓掌。「派對繼續！」

音樂讓我不由自主地跳起舞來，只有在這樣的派對上，我才會忘記自己所有的問題。到處閃爍著五顏六色的燈光，彌漫著香菸的煙霧，這裡有各種各樣的酒，但我不碰酒精了，因為我不想再和媽媽吵架。尼克家的房子非常大，一樓和二樓都容納了50人，甚至更多。我跳舞跳累了，找了張空沙發坐下來，從包裡取出手機，看到爸爸的四個未接來電。看看時間，差不多9點了，我甚至都沒有發現自己已經在這裡待了3個小時。我從沙發上站起來，朝潔澤爾走去。

「潔兒，我要回去了。」

「你怎麼了，為什麼？」

「我怕我爸媽擔心，他們還不知道我在這裡。」

「你忘了他們吧！徹底脫離他們！你要龍舌蘭酒嗎？」潔澤爾給了我一杯，但我拒絕了。她端起高腳杯，將龍舌蘭酒一飲而盡。

「你在做什麼？你從來不喝酒。」

「嘗試一些新的東西也很快樂。」從她的語調來看，這不是潔澤爾喝的第一杯龍舌蘭酒。嘈雜的音樂和擁擠的人群讓我的頭痛得很厲害。

我去浴室，想讓自己清醒一下。手機鈴聲響了，我把手機從包包裡拿出來，還是爸爸，我猶豫不決要不要接電話，但我別無選擇。

「爸爸。」

「格洛莉婭，你在哪兒？」

「我……我在潔兒家裡，我們在一起做家庭作業。」

「好，半小時後回家吧。媽媽很難過。」

「她怎麼了？」

「她喝光了整個酒櫃的酒。」

「我的天哪！我現在就回家，不用擔心我。」我掛掉電話，把它放回包包裡。

媽媽喝醉了。我很害怕這個，她可能會失控，開始持續一個星期甚至一年的狂飲。而這都是因為我，如果我沒有對她大吼大叫，這一切就不會發生。所以，我要盡快回家。我知道潔澤爾和麥特還要在這裡逗留很久，但我不能繼續待在這裡了。

我從浴室出來，向門口走去，但尼克抓住了我的手。

「格洛莉婭，你不喝酒嗎？」他手裡拿著一杯綠色的東西。

「這是什麼？」

「苦艾酒。」

「不，謝謝，我戒酒了。」

「來吧，一口就好。」

「不，我得走了。」

「今天是我的生日，你就不能達成我的願望嗎？只是和我一起喝酒而已。」

「……好吧。」

他喝了半杯，然後把杯子遞給我。我喝了一口，然後……好像後勁上來了，嘴裡散發著非常噁心的味道，體內都在燃燒，我想把它們全部吐出來，但是苦艾酒已經進了食道，我一陣眩暈，落入了尼克的懷抱。

「小心……我看有人應該要躺一下，我們走吧。」他牽著我的手，把我帶到了某個地方。

我稍微清醒了一點。「尼克，我沒事。」

但他沒有停下來，我們走到一個房間的門口。尼克打開門，這是一間普通的客房，房間中央有一張大床，左邊有一個床頭櫃，上面擺放著一瓶水和一個玻璃杯。我坐在床邊。

「你還想喝點什麼嗎？」

「我只想喝水。」

「等一下。」尼克倒了一杯水遞給我。「你以前喝過苦艾酒嗎？」

「沒有。」

「你喝過酒嗎？」

「喝過一些酒精濃度不高的。」

「你多大了？」他的問題讓我措手不及。

「差不多17歲。」

他坐在我旁邊，開始撫摸我的脖子。「很想知道，我之前為什麼沒有注意到你？」他吻了我的嘴唇，然後是脖子，他的吻越來越往下。

「尼克，你在幹嘛？」

「別害怕，沒事。你只要放鬆就好。」尼克把我攔腰抱起，推倒在床上。

「不，不可以！」我開始推他。

「你很漂亮，我看到你時，差點失去了理智。我不會讓你痛的。」

哦不！我的天哪！這不行，他想跟我睡。不，不，我的身體因為恐懼而

開始發熱。

「不!」我尖叫。他用力抓住我的手腕,我覺得好像要骨折了。

「放開我!」我反抗著,但他繼續吻我,動作很激烈,讓我覺得很痛。

「你明明很清楚來這裡是什麼意思!不用裝得這麼純潔。」他開始撕我的衣服。我全身都在顫抖,牙齒因恐懼而打顫。

「放我走!拜託!」我竭盡全力試著將他推開,但尼克比我強壯太多,我的反抗只會讓他更興奮,「救救我!」

他舉起手,狠狠地搧我的臉,血從我的嘴角流了出來。他開始脫褲子,這一刻,憤怒席捲了我的全身,我手裡還有一個杯子,我拿著它,用力擊中了他的頭部,他倒在地上。我躺在床上,上衣幾乎完全被撕破了,嘴上血流不止,淚水如傾盆大雨從我的眼中湧出,身體不停地顫抖。我起身下床,迅速拿起包包,準備開門出去,但我突然停了下來,轉身看著尼克,他一動不動,我小心翼翼地靠近他,發現他沒有呼吸了!

「尼克!」

他沒有回應。我把手伸到他的頭上,發現他的太陽穴在流血!

「我的天哪!」

我顫抖得更厲害了,我只有一個想法──逃跑。我打開門從房間跑了出去,一邊跑一邊推開路上遇到的所有人。我打開大門,跑到了外面。我趕緊跑到路邊,試著攔車。我開始歇斯底里,大聲咆哮。有輛車停了下來,我立刻跳上車。明明有其他人在,我卻一直哭,我的歇斯底里並沒有停止。

「喂,你還好嗎?」

不,我一點也不好。我剛剛殺了一個人,我殺了一個人。

第5天

我醒了，因為感覺有人碰了一下我的腦袋，原來是王子。我睜開眼睛，但我的感覺似乎停滯了，覺得自己整晚都沒有闔眼。我穿著我在派對上穿的衣服睡著了。

我的腦子開始清醒一點了。尼克……我的手上到現在都還殘留著他的血跡。我的下嘴唇腫了，變成了深藍色。因為哭了的關係，黑色的睫毛膏蔓延在臉上，我的身體又開始顫抖。首先，我擊中了尼克的頭，不知道他是死是活，其次，差不多快12點了，我已經遲到了兩節課，我得去學校跟老師說明情況。我忘了洗澡，只洗了洗臉，穿上乾淨的衣服，梳頭，然後下樓去。我必須表現得好像什麼也沒發生過一樣，因為我沒有錯，我只是自衛。

媽媽站在廚房，自言自語著什麼。

「媽。」

「早餐已經冷掉了。」

「你為什麼不叫醒我？」

「坐下，格洛莉婭。」

我乖順地坐在椅子上，心跳得很厲害，但我試著控制自己。

「嘿，寶貝。從今天起，從這一分鐘起，我就不再是你的母親了。你想去參加派對是吧？隨便你！你想喝醉是吧？沒問題！現在起沒有任何禁令了。」

母親的話讓我措手不及。「媽，我不懂你在說什麼。」

「是嗎？昨天我想通了，你已經差不多是個成年人了，不需要我再對你發表意見了。現在朋友們可以給你建議，男朋友給你愛情，酒精給你好心情，你不再需要我了。所以我決定從今天開始，我將不再是你的母親。當

我選擇活下去

然，我會養你，買東西給你，我必須履行這些職責直到你成年，但你要知道，離婚後，我會搬去加州，你會和你爸爸住在一起。」

「你在胡說什麼，媽，我需要你！」

「……去上學吧！你想參加派對一輩子嗎？隨便你！但是別忘了上學！」媽媽轉身離開。

這是怎麼回事？媽媽為什麼對我這樣？我試著說服自己，這只是她早晨的怪脾氣，她並不是認真的。但她的話還是繼續在我腦海裡迴響：「我不再是你的母親……」

我跑到學校，沒有注意到水坑，也沒有注意到路人，我現在有多少問題呀！我真的要瘋了。尼克、媽媽、上學、麥特、父母離婚——這些東西提醒著我，我絕對活不過這50天，因為5天對我來說都異常困難。明天亞當要來，我們會去參加派對，可是如果我還沒有解決昨天那個嚴重的問題，我怎麼能思考去這個派對的事呢？

課間休息時，校園裡有很多人。有人坐在林間草地上，有人在主入口處八卦閒聊。我從他們身邊走過，盡量不看任何人的眼睛，但是大家都看著我，轉過身來，就差用手指指點點了。

我立刻倉惶失措起來，像往常一樣，我開始顫抖——他們是不是知道了我對尼克的所作所為？

也許有人看到或者聽到了昨天在那個房間裡發生的爛事。我的天哪！我希望只是在做夢，因為我根本無法承受這一切。

「有人昨天玩得很開心喔！你是要來上第三節課嗎？」潔澤爾抓住我的手，開始打量著我，「嗨！」

「嗨。」格洛莉婭，記住，你要表現得好像什麼也沒發生過一樣！

「你的黑眼圈怎麼這麼嚴重？你忘了有粉底這種神奇的東西嗎？嘴唇又是怎麼回事？」潔澤爾好像什麼都不知道，這樣我就放心了。

「我只是回家的時候沒有開燈，亂撞亂碰了一頓。」

「你昨天有平安到家了吧？我和麥特沒有找到你。」

「有，我搭了個順風車。」

「好，我們走吧。要上體育課了，我到更衣室裡給你看我今天穿的新款義大利內衣。」

我的天哪！跟潔澤爾在一起多好，跟她在一起，我會覺得很有自信，好像什麼也沒發生過一樣。而且我為什麼要擔心那個壞蛋？他差點強姦了我，正義會站在我這邊的，如果有人知道了我的所作所為，我是不會保持沉默的，我是為了自衛。

「你昨天太早離開派對了，錯過了最精彩的節目。」

「發生什麼事？」

「你敢相信嗎？尼克在一間客房裡被發現了，躺在血泊中！」

「他活著嗎？」我猛地問道，內心充滿了恐懼。

「當然，現在他還昏迷不醒，在一個很好的醫院裡躺著。真好奇是誰把他弄成這樣，為了什麼？」

我聳聳肩。謝謝，謝謝，上帝，你還是存在的！我不是殺手！雖然這個渾蛋還活著，但我的心愉快的跳動著。

我們走進更衣室，走到最裡頭的角落，換上運動服。我無意中聽到同學們的談話，他們都在談論昨天的派對和尼克。

突然，更衣室的門打開了，校長助理格林先生走了進來。「格洛莉婭‧馬克芬和潔澤爾‧維克利，請跟我來。」

「請問有什麼事嗎？」潔澤爾問。

「到校長辦公室，我們會搞清楚的。」

在完全困惑的情況下，我和潔澤爾迅速換好衣服，跟著格林先生離開。我們到達校長金斯利夫人辦公室門口，打開門。顯然並不只有我和潔

澤爾被找來，麥特正坐在校長辦公桌前面，也同樣困惑。我們坐在他旁邊。

「潔澤爾、格洛莉婭、麥特，你們昨天參加了尼克‧休士頓的生日派對是嗎？」

「是的，他邀請了我們。」潔澤爾回答道。

「你們幾點回家的？」

「我和潔兒凌晨2點左右一起回去的。」麥特回答道。

「你呢，格洛莉婭？」

「我……爸爸打電話給我，叫我回家，大約9點鐘。」

「你們都非常清楚在這個派對上發生的事情。參加派對的某人用重物襲擊了尼克的頭部，如果他再晚一點被發現，就會因失血過多而死，」聽完這些話以後，我的膝蓋又開始顫抖起來，「他的爸爸是一名非常有影響力的人，他想要弄清楚，是誰差點殺了他的兒子，這就是為什麼我把你們找來。你們有沒有注意到，尼克與誰有過衝突嗎？」

「金斯利夫人，我和洛莉從未與尼克有過來往，因為他就是個笨蛋，打他頭的人，肯定是個非常聰明和善良的人，如果您找到他，請替我們與他握手。」

「潔澤爾，誰都可能面臨他的情況，生命遭遇到危險。」

「拜託，金斯利夫人，如果他的爸爸沒有贊助學校，您的第一件事就會是開除尼克，因為他讓每個人都很困擾！」

「……謝謝，潔澤爾，沒你的事了。」

潔澤爾起身，驕傲地抬著頭，離開了辦公室。只剩下我和麥特了。

「麥特，據我所知，你和尼克的關係很好？」

「是的，如果他和別人有任何問題，他會告訴我，但他什麼也沒有說。」

「那好吧，謝謝你，你可以走了。」

我和麥特從辦公室出來，我打算去體育場，麥特在我身後說：「洛莉，等等，」我停了下來，「昨天在尼克被發現的房間裡，我找到了一樣東西，」他在口袋裡翻找，並拿了出來，「這好像是你的。」

是友誼手鍊，正是亞當繫在我手上的那串友誼手鍊。顯然，在和尼克扭打的過程中，它飛出去了。

「是我的……好奇怪，它怎麼會在那兒？」

「我不知道，你去過那個房間嗎？」

「不，我一直都在大廳裡，然後馬上就回家去了。」

「我知道了。」麥特轉身離開了。

我站在那裡好幾分鐘都沒有動，看著這條友誼手鍊。如果麥特把這條手鍊拿給校長看，我就已經進警局了。所以，就跟往常一樣，格洛莉婭，一切都會好的，你並不是殺人兇手！

我立刻去體育場，跑在跑道上時遇見了潔澤爾。

「我的天哪！早知道就不去參加這個派對了，出了這麼多問題！」

「你覺得尼克醒過來了嗎？」

「應該還沒有，不然大家就會知道是誰襲擊了他。等等，你為什麼這麼擔心他？你怎麼回事？被他迷住了？」

「……不，我只是……」

「只是什麼？洛莉，你不應該喜歡這種男生，他非常糟糕。尼克和每個女生都是玩玩的，然後就像不要的玩具一樣甩掉人家。那些女生要夠幸運，才不會在被甩以後出現什麼問題。」

「我沒有喜歡他。」

「是嗎？很好。我提醒過你了喔。」

我們繼續慢跑。此刻我腦海中，思緒一直在跑。放學後，勞倫斯小姐會來我們家，我和媽媽吵架了，我甚至無法想像我的家人會有什麼反應。

我選擇活下去

尼克到現在還沒醒過來，我狠狠地打了他，但那是因為當時我很激動，如果我手裡拿著刀，我甚至可能會割斷他的喉嚨，還好我手裡只有一個杯子。幸好他活了下來，如果他死了，我無法原諒自己。

慢跑結束了，我們排好隊，專注地聽體育老師傅利曼先生講話。突然我眼前一黑，出現了失重的狀態，腿一陣痠痛，我抓住了潔澤爾的手。「潔兒……潔兒……」

我的後腦勺狠狠地撞在柏油路上。

「洛莉！」潔澤爾跑到我身邊，但不知為什麼，我看不到她。「傅利曼先生，洛莉不舒服！」

我覺得有人在搖晃我，說了些什麼，但我只聽到一些奇怪的回聲。最後，我醒了過來，發現自己正躺在學校醫務室的沙發上。我手上有一團棉花，顯然，有人幫我打了一針。護理師檢查了我的眼睛，潔澤爾坐在我旁邊的椅子上，看著這一切。

「你以前這樣過嗎？」護理師問。

「沒有。」

「這是我生命中第一次看到有人暈倒，這太可怕了。」潔澤爾喊道。

「沒什麼可怕的。這可能發生在任何人身上。格洛莉婭，告訴我，你今天好好吃早餐了嗎？」

「我……來不及吃早餐，我上學遲到了。」

當然，撒謊並不好，但在這種情況下，這是必要的。事實上，我已經差不多兩天沒吃飯了，因為發生了一堆問題，吃飯是我最後才能想到的問題。

「好吧，吃了這個。」我把藥丸放進嘴裡，然後用水服下。「我幫你簽個假條。」

「不，不用了，已經最後一節課，我沒事的。」

「好吧，那麼趕快去學生餐廳吃點東西！如果你又頭暈就立刻來找我，不能拿身體健康開玩笑。」

「好的。」我從沙發上站了起來，和潔澤爾一起離開醫務室。

「你嚇到我了。」潔澤爾說。

我保持沉默，不知道該說些什麼。我的內心深處有種痛苦。就像我身在一個電玩遊戲中，不斷面臨越來越複雜和敏感的任務。

西班牙語課。這個老師的名字，即使我努力嘗試，也發不出那個音。課程進行得十分緩慢和枯燥無味，以至於我都要睡著了。

「洛莉，你還好嗎？」潔澤爾問。

「……還好。」

「你有點奇怪。又發生什麼事了嗎？」

「……我和我媽吵架了。」

「第幾次了？」

「這次非常嚴重。」

「也許不用想得太嚴重？我們都會和父母吵架，但遲早會和解的。」

「她說她不想再當我媽了。」我的淚水奪眶而出。

「洛莉，我不知道該給你些什麼建議。如果你願意，你可以和我一起住一段時間，遠離這一切，休息一下。」

「我不知道。」

「不要誤會我的意思，我當然非常希望你們能和好。但不管怎樣，你都可以考慮我的建議。」

我一定會考慮，但不是現在，因為現在我的腦子裡只有媽媽和尼克。媽媽對我來說是最珍貴的人，即使她後來的行為像一個壞蛋，有時我也討厭她，但我愛她。即使有這些爭吵和諷刺的言語，我仍然愛她。

下課後，我飛速回家，在勞倫斯小姐來我們家之前，我得跟媽媽談一

談。在回家的路上，我試著斟酌談話的用詞，但到目前為止，只有「原諒我，我需要你」。我真的需要她，雖然在某種程度上我已經變得更加成熟，但我仍然不能沒有她。

回到家，我扔下書包，跑到二樓，打開父母臥室的門，看到了我害怕看到的景象。媽媽用莫名其妙的姿勢躺著，手裡拿著一支空的朗姆酒瓶。我衝向媽媽，開始搖晃她。「媽、媽，醒醒！」

「你需要什、什麼？」媽媽說，困難的把字句組合起來。

「兩個小時後勞倫斯小姐就要來我們家，你卻喝醉了！」

「閃開！」

我覺得我憤怒得快爆炸了，但是我克制住自己，跑下樓去，從包包裡拿出手機打給爸爸。「喂，爸爸！」

「格洛莉婭，我現在很忙。」

「爸爸，我有重要的事！我的老師今天會來我們家，你有空嗎？」

「可能不行，我有很多工作要做。」

「爸爸，拜託你了！」

「好吧，我盡量。」

爸爸只是被迫回來，我不想被勞倫斯看成一個父母一點都不關心的不幸福女孩。她會在學校告訴所有人，每個遇到的人都會同情我，都會認為我來自一個不圓滿的家庭。不，我不要這樣。

我上樓回到自己的房間。我很討厭自己正在扮演一個無人理解的受害者角色，但不幸的是，我沒辦法快點擺脫這個角色。我躺在床上，茫然地盯著天花板，王子跳到我的肚子上。

「王子……」我撫摸著牠，牠溫柔地發出嗚嗚聲，「我希望你愛我……」我低聲說。因為沒有人再愛我了。

親愛的日記！

我多希望這是我生命中的第50天，這樣我就能問心無愧地選擇去死了。因為我不能再這樣了。很快所有人都會知道，我差點殺了尼克，我不敢想像到時候會發生什麼事。媽媽又酗酒了，我一直以為她很堅強，可以應付一切，事實證明我錯了。我覺得很糟糕，覺得我的家隨時都會支離破碎。我們曾經過得那麼快樂，直到我的父母犯下那些可恨的錯誤，而我正在承受後果。

今天上體育課時，我暈過去了。你知道嗎？我可以告訴你，那種感覺自己還活著，實際上卻半死不活的狀態有多可怕。如果不是我的親愛的潔兒一直陪在我身邊，我根本撐不下去。即使她每天取笑我，我還是那麼愛她，超過我曾愛過的任何人。我很可能會決定搬去跟她住幾天，看看她幸福的家庭，體驗一下與那些愛你、尊重你的人一起生活和用餐是什麼感覺。

還剩45天，洛莉

討厭的門鈴聲把我吵醒了，我應該是抱著王子睡了半個小時。我迅速下樓，深吸一口氣，打開家門。

「您好，勞倫斯小姐！」

「嗨，格洛莉婭！」

「請進。」不要緊張，正常地表現自己，記住，你家裡的一切都很好。

「你父母在哪兒？」

「……媽媽在睡覺，她生病了，我爸很快就回來。您要茶還是咖啡？」

「我喝茶。」

我去了廚房，勞倫斯小姐坐在客廳的沙發上。當往杯子裡倒開水時，

我選擇活下去

我的手開始瘋狂地顫抖。幾分鐘後，我拿著托盤走進客廳。

「我在茶裡加了檸檬，您喜歡檸檬嗎？」

「當然，謝謝，」勞倫斯小姐喝了一小口，目光看向一邊，「你們家辦聚會了嗎？」

我也看向那邊，發現角落裡有十個朗姆酒瓶子。媽媽——她昨天把家中酒櫃裡的酒都喝完了。

我的臉突然變紅了，我得快速想出一個藉口。

「外婆帶著男朋……生意上的合作夥伴來我們家……我們辦了一個小聚會。」

勞倫斯喝了幾口茶。「格洛莉婭，你覺得你的成績為什麼會下降？」

「嗯……課程變得更難、更複雜了……而且，我也翹了幾節課。」

「我覺得不是因為這個。你家裡發生什麼事了嗎？」

「勞倫斯小姐，我家裡都很好，我已經告訴過您好幾次了。我們住在一起，彼此相愛，雖然我們也會吵架，但這對任何一個家庭來說，都是無法避免的。這很正常。」

「正常？我在你家裡看到了一堆酒瓶，今天你又餓到昏倒，手上還有無數瘀傷！格洛莉婭，我來這裡，並不是因為我是你的數學老師，而是一個想要幫助你的人！」

「我不需要幫助，勞倫斯小姐，我很好！」我的回答被門鈴聲打斷了。

我打開門，幸運的是，真的是爸爸。

「您好！」爸爸說。

「晚安，馬克芬先生，不好意思打擾你們了。」

「別這麼說，我也想知道我女兒的學習情況。」

「好，我帶了成績單，您看看。」

我覺得我要羞愧得找個地洞鑽進去了，我知道我的數學成績幾乎都在C

跟D之間。

「這些成績都不是很好，格洛莉婭，你要努力了。」爸爸冷靜地說道。

「就這樣嗎？你只能對她說這些嗎？馬克芬先生，您能告訴我您女兒學校的名字嗎？」

「……我不記得了。」

「我不意外。」

我們突然聽到樓梯上傳來腳步聲。這是媽媽，她腳步不穩，搖搖晃晃地從二樓走下來。

「我的頭，我的天哪……」

「您好，馬克芬太太。」

「你是誰？」

「抱歉，我要準備離開了。」

媽媽沒聽完她說話，就去了洗手間，然後我們聽到她好像吐了。勞倫斯小姐起身往門口走去。

「……我很高興認識您，但是，馬克芬先生，請記住，現在開始我的家訪會變得很頻繁，因為我和您不一樣，我不會對您女兒的命運漠不關心！」

勞倫斯小姐離開了。至於我現在的感受，我什麼也不想說，這個家讓我深惡痛絕，深惡痛絕。我上樓回到自己的房間，坐在地板上，開始用力地哭泣。你可能覺得這就是我唯一能做的事嗎？但是，我的靈魂承受著太多重壓，我想放聲尖叫，讓別人能聽到我的呼喊。

我餓得有點胃痛，但我不想離開我的空間，不想看到我父母的臉。我不想活了，我越來越確定這一點。口袋裡的手機震動了起來，我拿出手機，發現是麥特打來的。麥特……「喂……」

「我們在中央公園見一下面，我等你。」

什麼……麥特第一次打電話給我，我甚至不知道他有我的電話號碼。我

的臉上立刻浮現出愚蠢的笑容，我走到外面，趕緊攔計程車去公園。

在最遠的長凳上，我找到了麥特。他穿著灰色帽T、藍色牛仔褲、運動鞋。最重要的是，他身邊沒有潔澤爾。

「麥特……」他轉過身來，「你從來沒有打電話給我過。」

「我有個特殊的理由。」

「你想說什麼？」

「尼克醒了，他說是你襲擊他的，是嗎？」

結束了，揭開真相的時刻到了。我早就應該為此做好準備，因為無論如何它遲早都會發生。

「……是的。」

「你為什麼這麼做？」

「……他想強姦我！他在那個房間裡非禮我。」

「不，我不相信。尼克不可能這樣做。」

「你看，這些是他在我身上留下的瘀傷、吻痕和我被咬破的嘴唇。當他撕我衣服的時候，甚至把我的友誼手鏈都從手腕上弄掉了！」

「……好吧，但你為什麼要讓他死呢？」

「我很害怕！我現在也很害怕！我不希望發生這樣的事。」

「我們走吧。」

「去哪裡？」

「去醫院。」

「不，麥特，我不能……」

「我叫你去！」

我乖乖地上了他的車。為什麼要去那裡？是為了逼我再次和那個混蛋對望嗎？我什麼都不懂。為什麼我這麼天真？我明知道他會對我做什麼，卻還是跟他走進了那個房間。我只知道一件事，他的老爸會像所有那些特別

愛兒子的爸爸一樣徹底毀了我，他們會為了保護心愛的、無恥的兒子，不惜三番五次剝光別人的皮，只為了確保沒人能讓他們的寶貝兒子受一點傷。

我們開車到了醫院。不知為什麼，我表現得非常冷靜，可能因為我心煩意亂、焦躁不安，以至於再也沒有力氣了。

我們走進醫院大廳，見到了尼克和他的爸爸。

「你好，休士頓先生！」麥特一邊說，一邊和他握手。

「麥特，很高興見到你！」

「嗨，麥特。」尼克說，然後把注意力轉向我，「爸爸，就是她，就是她襲擊我的！」尼克表現得就像一個小男孩！我的天哪！

「真的是你嗎？」

「……是的，是我做的。」

「很好，你自己來了，省得我們花時間找你。我會立即報警，沒什麼好說的。」

「請等一下，我可以解釋！」我說。

「你去向律師解釋吧！你差點殺了我唯一的兒子！他對你做了什麼嗎？是劈腿了，還是沒有回應你的感情？不管是哪種情況，我保證你會在監獄裡過得很好！」

我的眼裡充滿了淚水，我看著麥特，他也看著我。然後他抓住尼克爸爸的手：「等等。她不是故意這樣做的。尼克想強姦她。」

「麥特，你在胡說什麼！」尼克說。

「這是真的嗎？」休士頓先生問道。

「不，爸爸，這不是真的！我沒有碰過她一根手指頭！」

「這是真的！」麥特打斷他，「我、我女朋友和其他幾個人看到他把她拖到那個房間裡去了。」

「麥特，你瘋了嗎？」

「他說的是真的嗎？」

「是真的，我打他只是出於自衛。我發誓，我並沒有想要殺他。」

「所以，休士頓先生，不需要報警，因為都是尼克的錯。」

「呵，這是什麼意思？為了保護這個小妞，你要背叛你最好的朋友！」

麥特用盡全力撲向尼克。「我最好的朋友永遠不會摸我的女朋友，更不會強姦她的朋友！你這個渾蛋！你把自己當成一個無辜的受害者，你才是最需要被審判的人！」

「麥特，冷靜一下！」休士頓先生說道。「你和這女孩可以走了，我和尼克會弄清楚這個問題。」

麥特放開尼克，朝我走過來。

「你和她！給我記住，你們會後悔招惹我！我向你們保證！」尼克喊道。

「我們走吧。」麥特說。

我一個字也沒有說，但我很驚訝。麥特犧牲了他與尼克多年的友誼，為我打抱不平。這件事終於解決了，我對此感到非常高興。因為麥特，一切都解決了。

「我很抱歉，我把你拖下水了。」

「不，都是我的錯。如果不是我太輕浮，我不會和他一起去那個房間，那麼他也不會受傷，你還是他最好的朋友。」

「我遲早還是會發現他是個渾蛋。」

我們走到停車的位置。「麥特，這件事只有我們知道，好嗎？」

「好。要我送你回家嗎？」

「好，如果可以的話。」

「上車吧。」

我心中滿是愉快的輕鬆感，好像什麼也沒發生過一樣，但我還在回想麥特與尼克打架的場景，我沒想過他會這樣做。現在我在他旁邊，坐在他

的車裡，坐在潔澤爾專屬的副駕，我可以不停地隨心所欲地看著他。

麥特在商店門口把我放下，我得買些吃的給王子。

「那麼，明天派對見？我希望不會再有什麼意外事件發生了。」麥特說。

「我也希望。明天見。」

他走了。我一直看著他的車遠去，直至消失在十字路口。我好愛他！真的，直到今天我才真正明白。

我迅速地買好貓飼料，然後回家。外面已經很晚了，雖然有足夠的照明，但仍然顯得有點昏暗。而且，我住在布里瓦德這樣一個地方，這裡有荒涼無人的街道。我加快步伐往家裡走去，但是突然有人朝我腳下扔了個煙霧筒。我非常害怕，摔倒在地上，開始有些喘不過氣來，煙霧開始腐蝕我的眼睛，然後我發現眼前有一些東西。有人，是四個人，或許更多，他們朝我走過來。

「格洛莉婭‧馬克芬？」其中一個嘶啞的聲音問道。

「你想幹什麼？」

「你有大麻煩了。我想你知道為什麼。」

我很害怕，而且似乎喪失了說話的能力，我甚至無法動彈一下。

這些陌生人轉身離開。我沒有看到他們的臉、他們的衣服，我只記得那令人厭惡的嘶啞的聲音，到現在我仍然感到毛骨悚然。似乎我曾經稱之為的「問題」，都只是小孩的牙牙學語，真正的問題，現在才正式開始……

第二章

世界上最重要的是你
是什麼樣的人

是的，到了明天，一切都會解決，

明天會被那個習慣於打破一切的人破壞。

第6天

又是一個悲慘的早晨，我在飄滿刺鼻的燒焦味的家中醒來。我下樓，發現整個一樓都被煙霧籠罩著，因為這燒焦味，我都開始咳嗽了，我在廚房裡發現一些動靜，原來是爸爸。

「我們家著火了嗎？」我問正在開窗戶的爸爸。

「不，沒事，我只是想做早餐。」

「早餐？你？」

「是的，茱蒂還睡著，所以我決定自己做飯。對了，你知道還有20分鐘就是上課時間了嗎？你還穿著浴袍？快去洗澡，吃早餐，然後去學校。」

「對不起，爸爸，你什麼時候開啟了『關心女兒的爸爸』這個功能？」

「因為你是我唯一的女兒，我希望你成為一個正常人。怎麼，沒聽到我跟你說的話嗎？」

我完全不知所措，上樓去洗澡，換上牛仔褲和灰色的高領毛衣。說真的，爸爸從來沒有對我和我的生活感興趣過，但我對這種情況也很滿意，不然如果每天媽媽和爸爸都對我說教，我也會發瘋。但是現在他變得有點不同了。我想，昨天勞倫斯的家訪可能影響了他，不管怎麼樣，我對爸爸目前的行為有點不滿。

我去吃早餐，在盤子裡代替食物的是，一些莫名其妙的東西，深灰色，散發著令人作嘔的氣味。

「這是什麼？」

「這是培根煎餅。」

「爸爸，這不是培根煎餅，這是一種黑色的東西，聞起來臭臭的，肯定不能吃。」

「好吧，下次換你做飯，但現在我們只能吃現有的東西。」

我選擇活下去

「我的天哪！」

我試著用刀切一小塊我眼前「最美味」的早餐，但感覺它是用橡膠做成的，因為把盤子切成兩半都比切爸爸準備的早餐更容易。

意外的門鈴聲打斷了我的努力。爸爸要去開門，但我阻止了他。

「你不是該去上班了嗎？」

「我請假了，為了讓我們的家變得井然有序。」

井然有序？哈哈，謝謝，爸爸，真好笑。我已經開始防備他難以理解的行為。

爸爸打開門，潔澤爾站在門口。「您好，馬克芬先生。」

「你好，潔澤爾。」

潔澤爾來廚房找我，爸爸跟在她身後。

「洛莉，祝你用餐愉快……這是什麼？炒老鼠？」

「潔兒，請不要侮辱我爸的煎餅。」

「哦，哦，對不起，馬克芬先生，這可能非常好吃。」

「當然。想試試嗎？」爸爸問。

「……不，謝謝，我正在節食。我不吃所有的肉類……和不能吃的東西。」

我覺得我要笑出聲來了。

「好吧。不要聊得太久了，上學別遲到。」

「好的，爸爸。」我催促爸爸說道。

爸爸去了二樓。我和潔澤爾兩人待著。

「他怎麼了？」潔澤爾問道。

「你不會想知道的，」我拿著早餐盤子，把東西扔進了垃圾桶，「家裡一團亂。我媽已經酗酒三天了，我爸突然決定成為一個上進的廚師和一個好爸爸。」潔澤爾開始大笑。「你是來找我的嗎？人生中你第一次主動來找

我。」

「是的，我們聊聊。我等不及到學校了。」

「發生了什麼事？」

「嗯，今晚不是要舉行派對嗎？」

「……所以？」

「總之……我和麥特……今天決定……做點什麼。」我被聽到的話弄得渾身發熱。

「……你確定……我是說，你一點也不害怕嗎？」

「有一點點，但我好像準備好了，為什麼不試試呢？」

「嗯……我真替你高興……你下定決心……」

「我們已經16歲了，我想，這是正常的，只是……我想聽聽你的意見，我是不是很瘋狂？」

「……潔兒，我不知道。如果你真的為此做好了準備……如果是為了愛……」

「我愛他。」潔澤爾打斷我。

「……那就去做吧，然後告訴我是什麼感覺！」

「當然！」

我擁抱潔澤爾，試圖支持她，但我覺得淚水要奪眶而出。我已經習慣了她和麥特當著我的面親吻，擁抱，互相說著甜言蜜語，但這是另外一回事。這不是簡單的青少年遊戲，而是要跨越到進一步的關係。我很難過，我非常難過，而且我確定，我無法接受這件事。

我們一起去上學，同時聊著香奈兒的最新系列和某個跟學校橄欖球隊隊長約翰・派克談戀愛的女生。如果我認為麥特是地球上最帥的人，那麼約翰就是宇宙中最帥的人，因為他身材高大，肌肉性感，穿衣服有品味。好吧，我已經告訴過你我就讀的是一所什麼學校，是妓院、監獄和中學教

育的三合一。

我們走到大樓的主入口。

「派對要在麥特家裡舉行，我已經選好了一個房間，一切都會在那裡發生。」潔澤爾說。

「潔兒，你還記得我們在六年級和七年級的夢想嗎？」

「當然，我記得！」

我還沒來得及說完話，麥特就加入了我們的隊伍。「嗨！」

「嗨，親愛的！」

「嗨！洛莉！」

「嗨！」

「我們現在是物理課還是化學課？」潔澤爾問。

「不知道，好像是物理課。」

「好，我們走吧。」

我準備跟在潔澤爾後面走，突然麥特攔住了我。「等等。」

我停下來，帶著疑惑的表情朝潔澤爾喊道：「潔兒，我等等過去，我的鞋帶掉了！」

「好！」

「怎麼了？」我問麥特。

「昨天都還好嗎？」

「你指什麼？」

「你是平安回到家的嗎？沒發生什麼事吧？」

昨天的記憶閃進我腦海裡，該怎麼辦？要不要告訴他？但即使告訴他我被攻擊了，也不能改變什麼，這些是我的問題。「是的，一切都很好。為什麼這麼問？」

「尼克信誓旦旦地說要報復我們，他會立刻這麼做的。」

「我覺得他只是嚇唬我們，什麼都不會發生。怎麼了？你怕他嗎？」

「沒有。我擔心你。」

我的內心劈啪作響。他真的這麼說，還是我在做夢？我快要被融化了。「麥特，不用擔心我，因為什麼都不會發生。而且我差點殺死了他，這就代表著我沒什麼好怕的。」

「好吧。」

「我得走了，潔兒在等我……」

我轉身離開。「我擔心你。」——這話在我的腦海中持續迴響了好幾分鐘。但我又想起來，在今天的派對上，他將和潔澤爾上床。我又陷入一種無力的狀態，當你很想改變一些東西時，卻發現自己根本沒有力量和可能性。

物理課。我用手托著臉頰，試著認真聽物理老師科斯托先生講課，他本質上非常熱愛他的職業。他將近60歲，已經開始老年癡呆了，因為他幾乎每堂課都跟我們講，他年輕的時候認識了艾薩克・牛頓，牛頓教了他這門科學。他要我們相信這個故事，我們假裝真的相信他。算一下時間，如果這是真的，就是一個300歲的木乃伊正在給我們上課。

「你打電話給你的朋友了嗎？」潔澤爾問。

「朋友？哦，你說亞當嗎？還沒有，沒來得及。」

「喔好。但我看得出來，你喜歡他。」

「像朋友一樣的喜歡，我們發誓要永遠做朋友。」我向她展示友誼手鏈。

「這真是太蠢了。」潔澤爾笑著說。

物理課似乎已經持續了很長時間，實在太久了，但下課鈴終究還是響了。我和潔澤爾約在大廳見面，在放著一張小皮沙發的角落。我們朝著不同的方向走去：我要去儲物櫃裡拿課本，還要拿日記和繪畫工具。

我走到儲物櫃跟前，打開櫃門，拿走我想拿的東西，突然發現其中一本書裡有一個白色小信封。打開一看，裡面有張字條，上面用黑色墨水潦草地寫著：「**你不擔心他會發生什麼事嗎？**」

　　尼克？我腦海中的第一個念頭是：這是他想要嚇唬我的另一個惡作劇，我認為他成功了。我的手開始顫抖，這裡的他是指誰？誰會發生什麼事？我倉惶失措地把字條和信封揉成一團，扔進了垃圾桶。冷靜，格洛莉婭，你不應該害怕他的惡作劇。沒事的！我走向大廳，突然潔澤爾的聲音把我嚇了一跳。

　　「洛莉！」她和麥特互擁著坐在沙發上，看著我。「你怎麼這麼害怕？感覺就像看到了鬼一樣。」

　　「沒什麼。我只是沒想到你突然叫我。」

　　「嘿，我們必須提前為派對做準備，以免有什麼疏漏，所以我們現在要離開學校。」

　　「離開學校？我們這麼做不會有麻煩嗎？」

　　「什麼都不會發生。你昨天暈倒了，今天也可能會暈倒。」

　　我不懂潔澤爾試圖暗示我什麼，但幾分鐘後我終於明白了她的計畫。我們去了學校的醫務室，我假裝虛弱，處於半暈倒狀態。潔澤爾打開了門。

　　「洛莉，小心。」

　　「發生什麼事了？」護理師問。

　　「格洛莉婭又暈倒了。」

　　「讓她坐在沙發上。」護理師蘿絲瑪麗太太再次替我打針，並讓我吃藥。

　　「你又沒吃早餐嗎？」

　　「我根本沒有胃口，我不知道我怎麼了。」我用疲憊的聲音說道。

　　「這樣，我替你開張假條讓你回家休息，但是你明天一定要去醫院。」

「好的……」

「蘿絲瑪麗太太，如果洛莉回家後再次暈倒怎麼辦？我可以陪她嗎？」

「當然可以。」

我和潔澤爾彼此對看了一眼，大家的臉上都是滿意的表情——計畫很成功。我們沒翹課，我們離開是有充分理由的，所以沒有人能抓住我們的小辮子。

我和潔澤爾離開學校，大笑起來。

從學校到麥特家，步行約3公里，我們決定不搭車。半路我們去了商店，那裡可以買到享受浪漫晚餐所需的一切用品。潔澤爾挑選了整整兩袋東西，最後，準備好所需的東西後，我們來到麥特的家。

麥特的父母是一家知名公司的「大人物」。因此，房子與他們的地位完全一致。寬度差不多和我們學校一樣，淺米色，一樓和二樓都是巨大的窗戶。我們走進家門，裡面和外面一樣漂亮：大大的淺色大理石樓梯，直徑有我身高四倍那麼大的半圓形精緻吊燈。如果拿他家與我家比較，我家根本只是一個狗窩。

「我們先把所有值錢的東西從大家的視線中移開，你還記得我上一次派對的結果嗎？」潔澤爾問道。

「當然，我記得。」

在潔澤爾的上一次派對當中，有人偷走了兩張白金信用卡和一座金鷹雕像。潔澤爾的父母非常生氣，一個月內都禁止她辦派對。如果這發生在我家裡，我的父母至少會把我分屍並燒毀，但潔澤爾的父母更人性化和更有錢。

「我去二樓，你負責一樓。」潔澤爾說。

「好。」

我開始收拾所有值錢的東西，同時整理一些雜物，偶然間看到相框裡

　　　　　　　　　　　我選擇活下去

有一張麥特和家人在熱帶地區度假照，我再次覺得不舒服，因為我知道今晚會發生什麼事。

「洛莉，來一下！」潔澤爾喊道。

我爬到二樓，潔澤爾站在一個房間門口。

「看。」

我走進房間，看到一個真正的愛情小天堂：到處都有香薰蠟燭、玫瑰花瓣、水果盤、香檳，還有兩個高腳杯，豪華大床上鋪著柔軟的紅色床罩。這個房間真的有愛情與溫柔的氛圍。

「哇！」我走到一張放滿小蠟燭的桌子邊，拿起其中一根蠟燭，閱讀上面的標籤：香薰蠟燭有助於調節氣氛。在胡說八道什麼啦？我笑了。

「放回去。商店的店員說，它們真的有幫助。」

我繼續嘲笑潔澤爾的幼稚和天真。我坐在床上，把手掌放在柔軟的絨毛床罩上。「我想麥特會喜歡的。」

「真的嗎？」潔澤爾坐在旁邊，「我很擔心，我甚至無法想像，今晚我會變得……完全不同。」

「你知道，學校裡有一半的女生都認為你很久之前就……完全不同了。」

我和潔澤爾都笑了。

「如果我突然出錯了怎麼辦？我後悔了怎麼辦？」

「潔兒，愛情是不會有錯的。麥特真的值得成為你的第一個男人。」我痛苦地說。

潔澤爾躺在床上，我也跟著她躺了下來。「我愛你……真的。在我看來，除了你和麥特，再也沒有其他人能讓我覺得親近了。」

「你這麼說，好像今晚你就要死了。」

「別說了，這是我最後一次以處女的身分和你一起躺在這裡。」

我們握著對方的手，再次大笑起來。接下來的幾分鐘，我們靜靜地躺

著，看著白色的天花板，想著自己的事。但我們的安寧被意想不到的門鈴聲打斷了。

「是快遞送食物和酒來了。」潔兒說完，離開了房間。

剩下我一個人在房間裡等待著。關於今晚的想法重新浮現在我的腦海中。我最好的朋友將和她的男朋友——我瘋狂喜歡的男生——初嘗禁果。這樣說起來滿可怕的，某個瞬間，我都要歇斯底里了，但我仍然克制自己，起床並靜靜地離開了房間。

接下來的兩個小時，我和潔澤爾收拾好房子，製作雞尾酒，在托盤上把食物分類，整理出舞池區域。我們完成自己的工作後，各自回家，打扮好自己。

我回到自己家，聽到媽媽和爸爸之間大聲地談話：他們又在爭論一些事情，我已經厭倦了，即使他們的爭吵對我來說已經成為每日的慣例。

我爬上二樓，經過父母的臥室，關上他們房間的門，稍微壓低了他們的叫喊聲，但是當我走到自己的房間時，臥室的門打開了，爸爸走了出來。

「格洛莉婭？你怎麼這麼早就回來了？」

「我們提前下課了。」

「好，回房間做作業，我會去檢查。」

「你要檢查我的作業？你從來沒有這樣做過。」

「現在開始我會這樣做，因為我希望你有正常的成績。」

「好吧，監視員先生，但我先說一下，今晚我要去潔兒家玩。」

「你哪裡也不能去。」

「什麼？」

「我說你哪裡也不能去！從今天開始，我禁止你去朋友家。」

「但是，爸爸，我已經和她約好了！」

「這不是我要擔心的事。朋友讓你分心了。」

「我的天哪！昨天和勞倫斯小姐的對話對你的影響這麼大嗎？」

「對，因為我表現得像一個令人討厭的爸爸，但現在我想糾正這個錯誤！」

「你乾脆用鏈子把我拴住不是更好嗎？」

「這也不錯。回房間做作業，快點！」

媽媽從房間出來了。

「媽媽！」

她沒有看我，從旁邊走過，下樓去。我轉身回到自己的房間。我的擔心是有道理的，爸爸簡直要讓我瘋了。這只是某種懲罰，當然，我現在表現得像一個被寵壞的女孩，不想讓她的父母管她。我內心現在非常憤怒，如果憤怒是燃料的話，那我大概可以繞地球轉三圈。

> 親愛的日記！
>
> 　　我生命中毫無意義的另一天到來了，充滿了嘲諷和震驚。今天每個人都應該和他的另一半一起參加派對，但出現了一個問題：我的爸爸是個白痴。依我看，在這些家庭中長大的孩子將來都會成為殺人兇手，因為他們每天都在囉嗦，內心再強大的人也無法忍受這個。
>
> 　　爸爸不讓我去找潔澤爾，不僅如此，他還不讓我走出家門。你看到了嗎？他的爸爸本能覺醒了。他認為，憑著他愚蠢的說教，就能在我身上實現些什麼。最糟糕的是亞當就要來了，我應該向他解釋一切，但我覺得這並不容易。
>
> 　　雖然這樣可能會更好，因為這個派對上應該會發生一些故事。潔澤爾要和麥特一起過夜，和我的麥特。這個勁爆的消息讓我目瞪

口呆。你知道嗎？日記，我明白了，愛一個永遠不可能和你在一起的人有多麼困難。它甚至不能說是困難，而是非常痛苦，簡直讓人無法忍受。唉，唉，唉！

還剩44天，洛莉

　　接下來的幾個小時，我在做作業，我沒想到自己居然完成了那些我從沒辦法在生活中運用的科目。做完最後一門功課後，我走到一樓，爸爸坐在客廳裡。

　　「爸爸，我作業都寫完了！這是歷史，從20世紀開始，我寫了一篇『關於印度的經濟發展』的文章，我還做完了所有的物理題目。還有，英語沒有留作業；文學我背了幾首俄羅斯詩人的詩，你可以檢查；最後是數學，我解完了勞倫斯小姐要我們做的所有題目，當然，有點難，但我還是做完了。」

　　「好，太棒啦！」

　　「我可以去找潔澤爾了嗎？」

　　「我已經說過了，不行。」

　　「但是，爸爸，我現在有時間，我已經做完了所有的作業，為什麼不行？」

　　「因為你需要清醒一下，你得停止和朋友來往！」

　　「你知道嗎？我這16年沒有你的管教，生活得很好，我也會繼續這樣生活下去！」

　　「如果你再不閉嘴，我會禁止你看電視，沒收你的手機，切斷網路！」

　　媽媽正好從廚房走了出來。

　　「媽！」她再次無視我，「媽，等等！」我抓住她的手，「你難道就這樣看著這個暴君對我做的事嗎？」

「我絕對不在乎他對你的所作所為，就算他把你肢解了我也不在乎。」

媽媽的話傷害了我，以至於我的身體都沒了感覺，我一動不動站了好幾分鐘，直到我聽到我們家的門鈴響了。

「格洛莉婭，開門。」爸爸說。

我順從地走到門口，打開門，原來是亞當。

「嗨！」他說。

「……亞當？你怎麼來得這麼早？」

「我怕遲到。」

「格洛莉婭，這是誰？」爸爸問道。

「這是……我的同班同學，我們要一起完成小組作業。你不反對他到我的房間去吧？因為我將來的成績也取決於這個作業。」

「去吧。」

我和亞當走進我的房間。

「同班同學？」亞當問道。

「對不起，我必須要這麼說。我很高興你來了。」

「你家很漂亮。」

「謝謝。」

「派對幾點開始？」

「亞當……計畫有變，我沒辦法去了。但是我會把地址給你，沒有我，你也可以玩得很開心。」

「我不想自己去。你為什麼不能去？」

「我和我爸出了點問題。他瘋了，不讓我離開家門一步。」

「我和我爸也常這樣。你沒有試著跟他溝通嗎？」

「教我的貓跳會黏巴達比說服這個人更容易。」

「那好吧，沒關係，只是一個派對。如果你不介意的話，我在這裡待一

下，然後回家，好嗎？」

「當然可以。」

下一秒，我聽到我的電話響個不停——是潔澤爾。「喂，潔兒。」

「洛莉，你準備好了嗎？」

「……我們去不了了，我很抱歉。」

「什麼？為什麼？」

「等我到學校會向你解釋。」

「今天是我生命中最重要的一天，你卻不在我身邊！」

「我知道……我很遺憾。我想去，但我去不了。」

「想想辦法吧。別拋棄我！」

潔澤爾可憐兮兮的哀號聲讓我想到了一個主意。「好吧，我想我有辦法了。」

「太好了！我們等你。」

我掛掉電話。「亞當，準備一下，我們去參加派對。」

「你爸爸怎麼辦？」

「我知道如何解決這個問題，但我先去換衣服。」

我趕緊跑進浴室，穿上我新買的紫色連身裙，化妝，梳頭，然後再次回到房間。

「我看起來怎麼樣？」我問亞當。

「你美極了。」

「謝謝。我們現在靜靜地離開這個房間，別讓人聽到我們的聲音。明白了嗎？」

「好。」

我從音響那兒拿出遙控器，放入雷姆斯汀*的唱片。我和亞當安靜地走出房間，躲在轉角處，爸爸坐在一樓。我拿著遙控器，把音量調到最大，然後把遙控器朝著我房間那一側扔去。因為超大的音量，牆壁都開始震動。

　　「格洛莉婭！」爸爸大聲喊道，「格洛莉婭！」他受不了這個，然後他飛奔到二樓我的房間。

　　「快跑！」我尖叫著。

　　我和亞當拚命從房子裡跑了出去，全速奔向前方。我穿著華麗的連身裙和高跟鞋，鬆散的頭髮，像一個奧運長跑選手一樣奔跑著。我體內的腎上腺素都要爆炸了。我什麼都不想，只想盡可能地有多遠跑多遠。當意識到已經離家很遠的時候，我們停了下來。

　　「成功啦！」我大聲喊叫著，累得直喘氣。

　　「等你回家後會發生什麼事？」亞當問道。

　　「現在考慮這事還為時尚早，現在最重要的是派對。」

　　在前往麥特家的路上，我向亞當介紹了當地的景點。雖然我居住的城市也不是很大，但仍有許多值得紀念的地方——公園、古橋樑和中央廣場，我們這裡有這麼多遊客也就不足為奇了。

　　「你知道嗎？在和你的朋友見面之前，我有點擔心。」

　　「為什麼？」

　　「他們畢竟來自另外一個圈子。」

　　「我也來自另外一個圈子。」

　　「也就是說，你是特別的。」

　　「嘿，不用擔心，我的朋友都很正常。對他們來說，你是誰或者你來自

＊ 雷姆斯汀（Rammstein）是世界知名的重金屬樂團，成立於 1994 年，由德國東部地區一群厭倦了工廠生活的無產階級組成。

哪裡都不重要，最重要的是你是什麼樣的人。」

「但我甚至不知道該和他們聊些什麼。」

「好吧，這方面我會幫你。我最好的朋友潔兒只對時尚、電影和明星感興趣。她的男朋友麥特熱衷於橄欖球，所以如果你對運動感興趣，一定要和他聊聊這方面。剩下的都是不重要的人，你可以隨便聊，最重要的是不要不說話，也不要坐在角落裡。」

「我會記住的。」

我們經過校園，我詳細的向亞當介紹了學校。「這是我的學校。」

「真是太大了。」

「對啊。看到那座高臺了嗎？」

「看到了……」

「有一次，我和潔兒翹了數學課，然後偷偷去了那裡，沒人能找到我們，但後來從那裡下來時，我們超害怕，拚命尖叫。」

「可以想像你們當時是怎麼被罵的。」

「那還用說嗎！我做了很多瘋狂的事情，都算不出來有多少了。」

「經過剛才的事，我完全相信了。」

「我不是第一次離家出走。」

「你完全不害怕後果嗎？」

「你知道嗎？如果你總是害怕，生活還有什麼樂趣？」

「我剛在想，如果我當時沒有遇見你，會怎麼樣？」

「我覺得你的生活會更加平靜，不是嗎？」

「不，」他停下來握住我的手，「我根本不能沒有你。」

「但我沒有你……」然後我繼續往前走，「我們走吧，快到了。」

半小時後，我們到達了麥特家，外面都可以聽到震耳欲聾的音樂聲。

「好吧，你準備好了嗎？」

「我想是的。」

我們打開門。裡面應該有上百人，所有人都成對地跳舞、喝酒——這種氛圍最美妙了。我用眼睛搜尋著潔澤爾，終於找到了她和麥特，並帶著亞當來到他們跟前。

「大家，認識一下，這是亞當。亞當，這是潔澤爾和麥特。」

「嗨。」亞當膽怯地說。

「很高興認識你。」麥特說。

「亞當，我也很高興認識你。歡迎你來！放輕鬆，當自己家！」

「好的，謝謝！」

潔澤爾把我帶到一邊。「洛莉，他很帥！」

「我知道。」

我們開始跳舞。我、亞當、潔澤爾和麥特都在舞池中央，大家都看著我們。我感覺音樂從血管悄悄地蔓延到我心裡。我感覺非常好，剎那間，我忘記了所有的問題，完全沉浸在舞蹈中。亞當握著我的手，我覺得很溫暖，我希望這個派對永遠不要結束。

我和潔澤爾坐在小皮沙發上，亞當和麥特從我們眼前消失了。

「我們的男朋友相處得很好。」潔澤爾說。

「太酷了！」

「你能告訴我你不能來的原因嗎？」

「有什麼好說的？你早就知道了。」

「又是因為父母？」

「對，這次是我爸。」

「嘿，別想了。放鬆一下，會好起來的。」

「我希望真的是這樣。」

經過短暫的休息後，我又去了舞池，這次我一個人，亞當不在。我盡

量不去想回家後會發生什麼事，現在最重要的是心滿意足地度過這段時光，好讓我一直記住它。

大約十分鐘後，我又看到了亞當，我朝他走去。「你去哪兒了？」

「麥特帶我參觀了他的家，我們聊了一下，他問我們是怎麼認識的，以及我們成為朋友多久了。」

「奇怪，我以為他對這些不感興趣。」

「顯然，他有興趣。」

幾分鐘後，潔澤爾來找我們。「亞當、洛莉，要喝一杯嗎？」她手裡拿著兩杯軒尼詩。

「不，謝謝，我如果喝酒會失去理智。」亞當說。

「這可真酷，這就是我們聚在這裡的原因！來吧！」她遞給他一杯，他喝了一口，「洛莉？」

「不，我不喝。」

「幹嘛，只是一個派對，又不是葬禮。」

「潔兒，我不想喝！」

「她好無聊啊！走吧，亞當，我想跳舞！」

潔澤爾抓住亞當的手，走向舞池，最驚訝的是亞當順從了她。當然，她這麼美麗，他一定會愛上她，無法拒絕她。我站在那裡，像一個被丈夫拋棄的女人，然後我回到沙發上，開始看潔澤爾和我最好的朋友一起跳舞。

麥特走到我跟前。「你為什麼不跳舞？」

「跳累了。」

麥特在我身邊坐下。「大家都喜歡你的朋友。」

我微笑。「怎麼樣，你準備好了嗎？」

「準備什麼？」

「潔兒告訴我，你們今天……」

「啊，你說這個嗎？我不知道，可能吧，我不太確定。」

「不確定什麼？」

「潔澤爾。就是她是不是想從我這兒得到一切，然後拋棄我？」

「你知道嗎？通常是女生會這樣說，而不是男生。」

「真的嗎？」

「是的。」

我抑制不住開始大笑起來，麥特也是。我的天哪！請讓這些時間永遠繼續下去吧。我願意獻上一切來換得今晚和他在一起的時光。

突然，有人關掉了音樂，所有人都停了下來。

「大家晚安！」我的內心頓時充滿了恐懼——是尼克。

「他在這做什麼？」麥特說。

「見鬼，尼克？我們沒有邀請你！」潔澤爾說。

「冷靜點，美女！我有權回來找我最好的朋友。」

「滾出去！」麥特說。

「麥特，我沒有惡意，我只是想找點樂子而已。」

「我說了，滾出去！」

「你幹嘛？我只是想解決我們的問題，但你卻要把我從你家趕出去。」然後尼克用盡全力打了麥特一拳，麥特被撞向牆壁，他起身還擊。麥特把尼克推倒在地，開始猛力地毆打他。

「麥特！」潔澤爾大叫起來，但麥特沒有聽到她的聲音。「麥特，住手！」麥特繼續毆打尼克，大家開始跑出去。「等等！你們要去哪裡？」沒有人聽潔澤爾的話，一大半的人都走了。

麥特停了下來。「我再說一遍，滾出去！」

尼克勉強地站起來，鼓足力氣，朝麥特的臉上啐了一口口水，離開。

「你幹什麼？」潔澤爾喊著。

「潔兒，你怎麼了？」

「你毀了一切！因為你，所有的人都走了！我已經叫你停下來了！」

「那又怎麼樣？讓他們走！這些人對你這麼重要嗎？」

「重要！因為我的名聲是他們決定的！」

「我看錯你了。對你來說，重要的是人們對你的看法，而不是我們的關係！」麥特轉身朝外面走去。

「麥特！」潔澤爾開始大叫。

「潔兒，冷靜一下。」我說。

「我很冷靜……冷靜。謝謝你留下來，派對還沒結束！」

剩下大約十個人，但是潔澤爾仍然開著音樂，手裡拿著一瓶威士忌，然後走到房子的其他空間，我跟在她後面。

「潔兒，你在做什麼？」她喝了一大口威士忌，我從她手裡搶下了酒瓶。

「我恨他！大家會怎麼看我？」

「但是尼克先開始的。」

「我不在乎！我以為我的男朋友更聰明，會先停手！把威士忌還給我！」

「你表現得像……」

「像誰？說吧，朋友！」

「……就像一個十足的低能兒！」我把威士忌酒瓶還給她，然後向大廳走去，我感覺到潔澤爾跟在我身後。

「亞當……」我剛要說話，但是潔澤爾打斷了我。

「亞當！洛莉要走了，你會留下來和我一起嗎？」

「我也要回家。」

「拜託……我的男朋友和閨密都把我拋棄了，難道你也要拋棄我嗎？」

「亞當，我們走吧！」我抓住亞當的手說，但他把我推開了。

「格洛莉婭，我……等等就來。」

我選擇活下去

潔澤爾用陰險的笑容看著我，我覺得這一切都非常令人討厭，我獨自走向出口，然後轉身看到亞當擁抱著潔澤爾，喝了一口威士忌。我的內心已經徹底瓦解了。我那可愛的鄉下男孩變成了像尼克一樣令人厭惡的敗類。我要走了。我想大哭，但我已經沒有力氣了。我跑回家，即使我家離麥特家很遠，我都沒停下來。我想用疲勞和腿部的疼痛來掩蓋心靈的痛苦。

我到了家門口，開始按門鈴，但是幾分鐘過去了，沒有人來開門。我用拳頭敲門，還是一片寂靜。驚慌中，我發現我把包包忘在麥特家裡了，裡面有家裡的鑰匙。

「見鬼……」我又按了門鈴，「媽媽、爸爸，開門！」

沒有人聽到我的聲音，或者也許聽到了我的聲音，但為了給我一個深刻的教訓，爸爸故意不幫我開門，想懲罰我從家裡逃跑。

我坐在門廊的臺階上，希望他改變主意，憐惜我，把門打開。因為天氣很冷，我開始發抖，外面已經是秋天，雖然佛羅里達氣候溫和，今天的溫度大約是攝氏16度，但現在已經將近半夜一點，氣溫變得更冷了。爸爸還是不開門。這個人得多麼討厭我，才會在這樣寒冷的天氣裡，還想讓我在街上睡覺。我的腿和腳趾都凍僵了，無法起身，但我仍然鼓足力量，再次瘋狂地敲門並按門鈴。還是不開門。好吧，只剩下一條出路——回麥特家拿我的包包。我又開始全力奔跑，好讓身體暖和起來，讓自己感受到血液的溫暖。

到了麥特家，我走了進去。這裡好暖和！房子裡空蕩蕩的，所有人都回家了，也沒看見麥特。我慢慢地尋找我的包包，這樣我就可以找回溫暖和安寧。最後，我找到了它。當我朝著出口走去時，我聽到有人在笑。也許我聽錯了？過了一下子，我又聽到了同樣的笑聲。好像是從二樓傳來的聲音。

我不知道是誰的聲音，我小心翼翼地爬上樓。笑聲越來越近了。我到達我和潔澤爾去過的那個房間的門口，笑聲是從那裡面傳來的。我打開門，然後……潔澤爾和亞當糾纏在那張床上。我用雙手遮住臉，以免讓背叛

在此刻成為事實，我放任自己的歇斯底里，淚水從我眼中流了出來。我跑下樓，走到外面，試圖集中精神。

「洛莉，」我轉身看到了麥特，「我以為你已經走了。」

「我忘記拿包包了。」

「潔兒還在這裡嗎？」

「……嗯……她喝多了，我把她拖到其中的一個房間去了，所以現在最好不要打擾她。」為什麼？我為什麼要袒護她？

「好吧，我送你回家，已經很晚了。」

「謝謝。」

我再次與麥特開車穿過這座城市。我思索著幾分鐘前親眼所見的一幕——最好的朋友和閨密的背叛行為。麥特還不知道潔澤爾做了什麼。當然，我可以告訴他，但我已經麻木了，我看著遠方，說不出一句話。等他回到家時，讓他自己看到那一切吧。

終於到了我家。

「連續兩晚……」

「什麼？」

「你連續兩晚送我回家了……」

「嗯……潔澤爾很生我的氣嗎？」

「……有點吧。」我下了車。

「算了，希望明天一切都沒事了……」麥特說。

「我也這麼想……」我轉身，走進家門。

會的，都會變好的。那個習慣毀掉別人生活的人將毀掉她自己的生活。潔兒，讓我們來看看，誰比較弱，是你還是我。

第7天

親愛的日記！

現在才早上7點，但我真心羨慕那些在早上被發現死亡的人。昨天我又逃家了，幸好我不是一個人，而是和亞當一起。凌晨兩點半左右，我回到家，家裡每個人都睡著了，沒人注意到我是怎麼進來的。剩下的所有時間，我只是睜著眼睛躺在床上，無法入睡。腦子裡有太多想法，我覺得我的大腦都要爆炸了。

潔兒，我最喜歡的潔兒，這個夜晚和我童年的朋友亞當一起度過，這件事深深地傷害了我。我非常傷心，我想要號啕大哭，為了不讓人聽到我的聲音，我咬住了自己的手。我一句話也說不出來，實在沒有想到他們會這樣，但現在我真的明白了，眼前折磨我的人，正是那些我曾想要為了他們而活下去的人。

早上6點時，我還睡在睡，但是鬧鐘把我吵醒了，不知為什麼我就醒了，手上滿是自己哭泣時咬傷流血而留下的傷口，我的眼睛腫了，渾身起了雞皮疙瘩。外面看起來似乎很暖和，但我還是很冷。我鼓起勇氣去洗澡，把自己收拾好。我打算回到自己的房間，但爸爸就站在我的房門口。我無法形容他「賞」給我的那種眼神，那是一種人們只有對大規模連環殺手，傷害了數百名無辜的人時，才會給予的眼神，而他就是這樣看著我。

然後爸爸說現在我被嚴格的禁足。他會開車接送我上學放學，以便完全掌控我的行蹤，如果我反對，他就要把我送到英國的女子寄宿學校！當然，我不能反對，因為我想在家裡度過我生命的最

後一段時光，和我的家人及朋友在一起，所以我同意了他的最後通牒。日記，我真的像在監獄一樣，這樣的監禁要讓我發瘋了。

還剩43天，洛莉

我穿上白色T恤、深藍色西裝外套、同樣顏色的褲子，快速梳好頭，然後下樓。

「爸爸，我準備好了。」

「上車，我馬上就來。」

我乖乖地出門，去車子那裡等爸爸。在此之前，我從信箱裡取出一份報紙、一本折疊的印刷品和一封信。然後我坐進車裡，乖乖地等著爸爸。突然我注意到了那封信，這是寫給我媽媽的信。我知道看別人的信不好，但是這一刻我充滿了好奇，所以我立刻撕開信封，看了信中的內容。原來是來自媽媽公司的一封信：**「親愛的茱蒂・馬克芬，我們很遺憾的通知您，從2011年9月15日起，您不再是我們公司的員工。我們會將從失業救濟金帳戶中提撥一筆資遣費轉入您的帳戶。」**

媽媽被炒魷魚了？但是⋯⋯為什麼？雖然問這個問題很愚蠢，在與爸爸和外婆爭吵之後，她已經不怎麼出門，根本忘記了自己的工作，並且把所有時間都花在了酗酒上。什麼樣的公司會容忍這樣的員工？

我心裡感到不安，我一直不欣賞父母只有一方工作的家庭，因為所有的錢都必須花在最必要的東西——食物（但有節制）和房貸上。現在我成了這群人中的一員。最讓我擔心的不是這個，而是我的媽媽。她一天天的變得更糟，她對生活失去了興趣。如果她像我一樣想要自殺呢？不⋯⋯不⋯⋯我不想考慮這些。

爸爸上了車。「離上課還有多久？」他問道。

　　　　　　　　　　　　　　　　　我選擇活下去

「半個小時，我從來沒有這麼早去過學校。」

「你要習慣，從現在起，你會一直很準時到學校。」

爸爸開動車子，我們出發了。我仍然把信拿在手裡，要不要告訴他？我不知道。我大概會把它交給媽媽，讓她自己決定該怎麼辦。

廣播裡放著某個老牌樂隊的歌曲，我完全不認識。

「轉大聲點，這是我最喜歡的歌曲。」爸爸說。我調高了音量，爸爸跟著主唱一起唱了起來。

「你喜歡這支樂隊嗎？」他問道。

「不。」

「可惜了，這是一支非常好的樂隊。」

「這首歌在唱什麼？」

「關於在老夜總會裡工作的單腿妓女。」

我的天哪！我的音樂品味和爸爸完全相反，這真是太好了。

爸爸在校門口停下車。「我會來接你，如果你不在，你自己知道等待你的是什麼。」

「當然，監視員先生！」我下了車，然後走進校門。

我開始思考潔澤爾和麥特目前的情況，想像了一下昨天發生的事情。麥特發現她和亞當在房間裡，他們赤身裸體開始為自己辯解，並且他明白了，潔澤爾為了別人，把他拋棄了。我希望是這樣的。

第一節是歷史課。我在課堂開始前15分鐘找到了教室。我走進教室，尋找著潔澤爾哭泣過的眼睛，但她不在這裡。因為昨晚的事，她沒有來學校。當然，和一個認識不到一天的男人一起背叛了自己的男朋友——我要是她，我昨晚就自殺了。

我坐在課桌前，拿出課本，觀察著麥特——他正在和來自義大利的交換生卡爾洛斯聊天，整個教室都能聽到他們的笑聲。麥特表現得不像一個昨

晚和女朋友分了手的人。也許，他根本不想表現出他不佳的狀態。

這一天過得非常快：一眨眼歷史課、英語課和文學課都過去了。沒有潔澤爾，我無法忍受獨自一人走在學校裡，似乎大家都只是看著你並且在談論你。我沒有可以聊天的對象，因為我只和潔澤爾來往，學校的其他人都只是路人。

我想到我把日記忘在了學生儲物櫃裡，所以我必須到學校的左側樓去拿。在途中，我遇到了尼克的朋友們。幸好他們並沒有注意到我，只是像平常一樣從旁邊走過。儘管如此，我的心卻瘋狂地怦怦直跳。我到了儲物櫃跟前，打開櫃門……我面前又放著一封用白色信封裝著的信。尼克的朋友們剛剛從左側經過——又是他們。我小心翼翼地打開信封，把信拿出來，裡頭寫著：「昨天的驚喜會讓你永生難忘。」

當然！尼克搞砸了昨天的派對，而且潔澤爾和麥特因為這事吵架了，然後我發現亞當和我的閨密上床了——非常驚喜，無話可說！我再次把信揉成一團，扔進了垃圾桶，前往餐廳。

這兒人太多了，我獨自一人，沒有潔澤爾在身邊，怎麼都覺得不習慣。我撥了她的號碼，但我只聽到千篇一律的令人惱怒的嘟嘟聲，她不接電話。我不打算在她面前放低身段，況且她才應該打電話跟我道歉，而不是我打給她。

我把氣泡水和兩個小麵包放在托盤上，然後我看到麥特獨自坐在中央餐桌旁。我朝他走去。

「嗨！」我說。

「嗨！她在哪兒？」

「潔兒？我不知道，我還想問你呢。」

「也許是因為我的關係，她才沒有來。」

「什麼意思，你昨天沒跟她說話嗎？」

「沒有，我回家時，家裡已經沒有人了。」

怎麼回事？怎麼會沒有人？怎麼可能……他怎麼可能什麼都不知道。她和亞當怎麼可能會在他回家前消失？我真不知道要說什麼了……雖然我現在就可以告訴麥特昨天我看到了什麼，但我沒有說出來。

「……奇怪，我還以為她會和你一起待到早上。」

「我有打電話給她，但她沒有接。」

「……我也是。」

「我做了什麼可惡的事，讓她這麼痛恨我？」

她背叛了你。她背叛了你。格洛莉婭，立刻告訴他！

「麥特，我覺得她只是在鬧彆扭，很快都會過去，你們會和好的，你就再等等吧！」我的願望與我的行為絕對不相符。為什麼不告訴他呢？只要說出口，麥特就是我的。但是當尼克經過我們的餐桌時，這種想法很快就消失了。我手握成拳，開始顫抖起來。

「你還好嗎？」

「……什麼？你為什麼這麼問？」

「那個怪胎從我們身邊經過時，你嚇得臉色發青。」

「沒什麼……我很好，」我吞了一大塊麵包進去，最後說，「其實不……不好。連續兩天，都有人在我的儲物櫃裡放了信。」

「什麼樣的信？」

「第一封信寫著：你不擔心他會發生什麼事嗎？第二封信中寫著：昨天的驚喜會讓你永生難忘。」

「你認為這是尼克幹的嗎？」

「可能是，但我不確定。」

「那好吧，如果他在昨天之後還是什麼都沒學會，那我會再教訓他一次！」

「麥特，不要這樣！他很危險。」

「他哪裡危險？我和他認識很久了，他看起來像個無所不能的紈絝子弟，內心卻是個膽小鬼，什麼都害怕。」

告訴麥特一切之後，我變得很平靜，好像我有了一個私人保鏢。他為什麼這樣做？為什麼要讓我越來越鍾情於他？我不會告訴他關於潔澤爾的任何事情，我只是不想看到他受傷害。讓潔澤爾……當然，如果她還有良心的話，自己告訴他發生了什麼，我認為這樣會好很多。

接下來的兩節課和之前的課一樣過得很快。因為我今天自己一個人坐，沒有人可以說話，所以不得不聽老師講課。我強迫自己不要在老師眼前睡著，還要裝作很聰明的樣子，聽得懂他們講的內容（雖然大多數情況下並非如此）。我不想說自己真的腦筋遲鈍，只是當你一直想著最好的朋友們的背叛行為，想著你遲早會被尼克和他們一幫人折磨，你也不會想上課。

幾何課上，老師要我把作業轉達給潔澤爾知道，因為下一堂課要小考。我很不想看到我朋友那虛偽的眼睛，但我似乎不得不這樣做。

我去了數學教室，突然聽到麥特的聲音從我身後傳來。「洛莉，」我轉過身，「我們今晚去酒吧怎麼樣？」

「你和我？……」我天真地問道。

「還有潔澤爾，我也邀請了亞當。」

「我去不了……」不能說我被禁足了，我得想一些更聰明的理由！「明天社會學課要做一個作業，所以我很忙。」

「洛莉，我想和潔兒和好，她是你最好的朋友，她會聽你的。拜託了！」他握著我的手，我在他的觸碰下立刻開始融化。我怎麼可能拒絕他？我不會原諒自己的！

「好吧，我想我可以晚點再做作業。」

「謝謝。」

我選擇活下去

我像個傻瓜一樣站在那裡，笑容滿面。我之前從未與麥特這麼接近過，以前我們的來往僅限於「你好，再見」，還只是潔澤爾在場的時候，但現在一切都變了，我想尼克事件讓我們的距離更近了，我喜歡這樣。然後我後退了一步，撞到了痘痘王，第二次了！課本從我手中掉落，紙張到處亂飛。

「查德！」

「對不起，我沒注意到。」

「你故意的吧！」

「我真的不是故意的，我馬上把它們撿起來。」

查德跪下來開始撿我的課本。他害怕到讓我覺得是自己的錯。但總之事情解決了，我繼續前往數學教室。

我喜歡學校裡的所有課程，甚至是康納利老先生教我們的那堂無聊的哲學課，但我完全無法忍受數學課。並不是我完全不懂數學，重點是，我的腦袋並不適合計算這些愚蠢的平方根、方程式和圖形，我完全無法理解這些內容。在其他科目中，我可以讀一些東西或將文本背下來，直到對那些內容開始有些了解。但我爸爸認為我必須在所有科目上都試著有傑出的表現。

勞倫斯小姐一邊解說新一課，時不時看著我，一開始我只是懷疑而已，後來我確定她真的一直沒把目光從我身上移開。我又做錯了什麼？最近我真的認真複習功課，否則我爸爸會扒了我的皮，我再也不想跟家人爭吵了。

這一堂課終於結束了，我鬆了一口氣。

「下課了，大家自由活動。」勞倫斯小姐說，停頓片刻之後，她轉向我：「格洛莉婭，請留下來。」

好吧，我一點也不意外！難怪她在整節課過程中都那樣看著我。現在

又要對我訓話，再度威脅要去我家了嗎？為什麼這些事總是發生在我身上？

「我看了你昨天的考卷，想要恭喜你，你得了B+！」

「好極了！我說過，我會努力的。」

「做得很好！」

門開了，爸爸走了進來。「您好，勞倫斯小姐！」

「您好，馬克芬先生！」

「爸爸，看，我得了B+。」我有些興奮地向爸爸展示我的分數，但他好像完全沒有注意到我。

「好極了！勞倫斯小姐，我要感謝您，是您讓我意識到自己是個多麼糟糕的爸爸。」

「別這麼說，每個人都會遇到這樣的情況，最主要的是你及時改正。」

他們和悅地相互微笑著。我的天哪！我要吐了。我還是強迫爸爸離開了教室，我和他一起去車上。「請把我送到潔兒家。」

「你忘記我告訴你關於朋友的事了嗎？」

「不，我記得，只是潔兒今天沒來學校，老師要我跟她說作業的事。」

「好吧，你只有5分鐘，最多5分鐘！」

我很快就要面臨一個困難的考驗了，我甚至都不知道要怎麼看著她的眼睛，不是因為我討厭她，但是……等等，不，我的確討厭她，因為我沒想到她會做出這樣的事。我們當朋友已經大概14年了，我完全知道她是一個能夠殘酷操控他人的噩夢。但我從沒想到她會和其他男人上床，還瞞著她的男朋友。而且，如果我有像麥特那樣的男朋友，我會替自己戴上鐵製貞操帶。

我們開車到了潔澤爾家。我拿著一張紙，上面寫著給潔澤爾的家庭作業，走到門口，開始按門鈴。

幾分鐘後，門開了，潔澤爾走到門口，沒有濃妝，水腫的很可怕。

「嗨，洛莉。」

「嗨，潔兒，我帶了作業給你。」

「謝謝……進來吧。」

「不，我不能，我爸爸在車裡等我。」

「5分鐘就好，」她抓住我的手，將我拉進家門，「對不起。」潔澤爾擁抱我，開始哭泣。

「……怎麼了？」

「昨天的事，我表現得像一個十足的傻瓜！」

「嗯，我已經習慣了。」

「別說了！你應該說：沒事，你只是喝得太醉了！」

「你是一個傻瓜，而且你喝得太醉了。」

「你不打算原諒我嗎？」

我剛想張嘴回答，潔澤爾的手機鈴聲響了。她拿起手機，掛斷電話，扔在椅子上。

「是誰？」我問。

「麥特……他問起過我嗎？」

「……對，」我痛苦地說，「他想見你。」

「我不想。」

「為什麼？」我假裝不懂潔澤爾害怕什麼。

「因為……因為我討厭他！他對我這麼惡劣！我不想跟他說話！」這才是潔澤爾的風格。她完全清楚自己做了多麼可怕的事，但她卻責備麥特。

我不認同地看著她，真想當面對她說出一切，但我的個性就是這樣，無法言行一致。「如果你和他見面，我會原諒你的。」

「好吧，我會打電話給她。」

「很好，那我走了，我被禁足了。」

「真的嗎？第幾次了？」潔澤爾笑著說。

「我已經懶得數了。」我笑道。

從潔澤爾家裡出來，我心裡有一些疑惑，她沒有告訴我任何事，她甚至不怕和我對視，她一點都不感到羞愧。真是一個好朋友！

我一臉冷漠地坐在車裡，爸爸開著車，看向我，但此時我用仇恨的目光死死地盯著柱子，想像這就是潔澤爾。

「我不喜歡你沉默不說話。」爸爸說。

「對不起？」

「你還記得我們最後一次像父女一樣談話是什麼時候嗎？」

「難道曾經發生過嗎？」

「這就是我要說的。格洛莉婭，你可以告訴我你擔心的所有事情，或者問一些事情，我隨時都會回答你。」

我沉默了幾分鐘，然後我問了爸爸一個問題：「爸爸，為什麼人們要撒謊？」

「嗯，這很常見。人們總是隨時隨地撒謊，只有兩個原因。第一個原因——他們想在某些情況下替自己辯解、解圍；第二個原因——他們想要保護他們所愛的人。」

很好，有這種解答專家，我可以立刻在脖子上套上絞索了。

「謝謝……你『幫』了我很大的忙。」

「我承認，我不是什麼心理專家，但我體力很好，如果有人讓你受委屈，告訴我，我一定會讓他後悔的。」

「好吧，如果學校的一個男生想要殺了我，因為我差點殺了他，怎麼辦？」

「這笑話不錯，格洛莉婭。但下次告訴我一些正經的事情。」

「我沒開玩笑，爸爸，我沒開玩笑！」

幾分鐘後，我們到家了，我上樓回到房間裡。今天是出奇平靜的一天，沒有任何意外發生在我身上。我懷念這種可以只專注於自己問題而不用擔心新問題的日子。我開始做明天要交的作業時，潔兒突然打來，讓我分心了。

「洛莉，你為什麼沒告訴我麥特叫我、你和亞當去酒吧？」

「你打電話給他了？」

「我不得不打。」

「潔兒，你得和他見面，打電話不能解決問題。」

「我知道，但你會來嗎？」

「如果我爸覺得我夠乖，他可能會讓我去吧。但是我不確定。」

就在這時，爸爸走進了房間。「格洛莉婭，你在和誰說話？」

「這不重要。為什麼這麼問？」

「把手機給我。」

「但是爸爸……！」

「我說把手機給我！」

「你不讓我出去，不讓我和朋友來往，現在還要拿走我的手機？」

「沒錯。」

我重重嘆了口氣，我猜他巴不得讓我戴上腳鐐吧，這樣才算徹底地在坐牢。我交出了手機。

「相信我，我這麼做都是為了你好。」

我沒有回答，轉過身背對著他，開始在練習本上寫字。他離開了。我生命中的最後一段日子將徹底過著被監禁的生活，失去與外界的聯繫，真是太好了！我開始意識到我是多麼討厭我的父母，因為這個想法，我的手都有些顫抖。我用手掌捂住臉，試著冷靜下來。畢竟，我沒有殺人！也沒有搶銀行！只不過數學得了幾個C+，而且我只用了幾天就改善了，我甚至

在去參加派對前就完成所有的功課。這根本不公平。

王子跳到我的膝蓋上，嗚嗚叫著。

「怎麼了，親愛的？」我低聲說。我抱著牠，和牠一起躺在床上。我閉上眼睛，盡量不去想任何事情。幾秒鐘後，我覺得我的眼皮越來越沉重，睡著了。

莫名其妙的談話把我吵醒了。當我睜開眼睛時，談話聲變得更大了。現在是7點半，我大約睡了4個小時。我覺得渾身痠疼，王子蜷縮在我旁邊。幾分鐘後，我才回過神來。我仔細聽了一下談話，好像有人來我們家了。

我下樓，看到外婆和馬西站在門口。我的臉上立刻露出笑容，我非常想念他們。

「外婆！」

「格洛莉婭，我太想你了。」我們互相擁抱。

「嗨，馬西！」

「嗨！這是給你的。」他給了我一大盒巧克力。

「謝謝！我很高興你們來！」

「看來你是這家裡唯一一個對我們的到來感到高興的人。」外婆說。

我轉身看到媽媽和爸爸不滿的表情。

「媽，我真的不懂，你為什麼來找我們？你一切順心如意，很快就要和這個還在吃奶的小子舉辦婚禮，如果你想邀請我們，那你已經知道我的答案了。」媽媽說。

「是的，我知道，我來並不是為了這件事。這個星期六我要去巴黎訂製一件婚紗，我希望格洛莉婭可以跟我一起去。」

這可讓我跌破眼鏡。

「去巴黎？外婆，你認真的嗎？」

「再認真不過了！」

「我的天哪！我真的很想去。」

「就算你再怎麼想去，你也哪裡都去不了。」爸爸說。

「為什麼？」我問道。

「你被禁足了！忘了嗎？」

「大衛，別擔心，這趟只去兩天，我會看著她，一切都會沒事的。」

「哦，是這樣嗎？你想誘拐我的女兒？你搞清楚，你不會得逞的！我不准格洛莉婭和一個60歲的人盡可夫的笨蛋去別的地方！」媽媽喊道。

「什麼？」外婆聽完她的話，幾乎站不住了，我的內心也有些難受……

「閉嘴，媽！」我尖叫，「你怎麼可以這樣跟她說話？」

「你敢吼我？」

「就像你對你媽一樣！」

「哦，你這個賤人。這就是你說話的方式嗎？她用昂貴的旅行誘拐你，你立刻就愛上了一整年連個電話都不打的外婆？我不知道我的女兒是這樣的！難怪我從你出生的第一天開始就討厭你，早知道我就把你丟在孤兒院！」

涙水不由自主地從我眼中掉下來。我張著嘴，屏住呼吸。我聽到自己心臟的跳動聲，手握成拳，聽完這些後，鼓足力氣重新開始說話。

「……沒錯，在孤兒院更好，因為有一個像你這樣的母親讓我覺得很丟臉！」我含著淚說道，「你看看你自己！整天喝酒，在大家面前嘔吐，你的味道令人噁心！」我大喊大叫，從口袋裡掏出母親公司寄來的那封信，「還有，你知道嗎？爸爸，媽媽已經失業了！她被資遣了！」

「什麼……？」爸爸問道。

「看看你的成就！你是一個徹頭徹尾的失敗者！」我用盡全力把信甩在媽媽臉上，然後跑出了家門。

我變得好歇斯底里，我表達出了內心長期累積的東西。我很痛苦，我

覺得我媽也很痛苦，但我絕不會可憐她，我甚至很高興，她終於知道我對她的看法了。

外婆來找我。「格洛莉婭……不要哭，寶貝。」

「外婆，謝謝你還在……」

「好了，你說什麼呢……這樣吧，你先回去收拾東西——今天你去我家過夜，明天和我們一起準備去巴黎！」

「外婆，我不想讓你在我身上花錢。」

「說什麼傻話呢？我真的希望你遠離這場噩夢，至少休息兩天。如果你願意，可以叫個朋友一起去，閨密什麼的。」

「潔澤爾？好，我想。」

「嗯，很好，那打電話給她吧，我們三個人一起去會更有趣的。」

「好的。那我去收拾東西了？」

「嗯，我們在這裡等你。」

「我很快回來。」

我跑回家裡，看到爸爸在廚房裡對媽媽大吼大叫，因為她被資遣了，但是我不在乎，我只想盡快離開這個家。

我光速拿出行李箱收拾東西，然後帶著明天上課的書包和課本。王子開始磨蹭我的腳，可憐兮兮地喵喵叫著。

「對不起，王子。我保證，我很快就回來。」然後我迅速走下樓梯，離開了家。

「來這坐。」外婆說。

「你幫我拿一下東西，我等等就回來，我想去找潔兒，邀請她跟我們一起去旅行。」

「好吧，但不要太晚回來，否則我會擔心。」

「好的。」

外婆和馬西離開了，與此同時，我搭計程車去酒吧。

當我到達餐廳時，已經是晚上8點15分。我們鎮上沒有太多既便宜又舒適的選擇，所以我們選了一個位於市中心的地方。此外，這裡不查身分證，所以某次我們慶祝潔兒生日時，我第一次嘗試了啤酒。

我走進酒吧，看到潔澤爾坐在窗邊最遠的桌子旁。

「你終於來了，我還以為你不會來。」

「麥特和亞當呢？」

「他們去抽菸了。」

「好。你跟他說話了嗎？」

「還沒……我害怕。」

「你怕什麼？」

「洛莉，你應該知道……那晚我和亞當在一起……」潔澤爾開始號啕大哭。

「……你們做了什麼？」

「我失去了……好吧，你知道的……」

「這是怎麼發生的？」我假裝很驚訝的樣子。

「我和亞當喝了一整瓶威士忌，我們什麼都不記得了。我很抱歉……」

「你為什麼要道歉？」我說。

「亞當本來是你的朋友……」

「只是朋友，不是男朋友。沒關係。」

「我該怎麼跟麥特說？我背叛了他……」

好吧，至少她覺得愧疚。但我必須把局面掌握在自己手裡。「什麼都別說。我不會告訴他任何事，我想亞當也不會。讓它成為我們之間的秘密。」

「……你覺得這樣做好嗎？」

「無論如何，他不應該知道這件事。你不是故意的。」

「不，我不是故意的……但我覺得自己是個混蛋。」

「跟你說，我有個好消息要告訴你。」

「你覺得這個好消息可以讓我開心起來嗎？」

「我覺得可以。外婆要帶我們兩個跟她一起去巴黎！」

「什麼？你在開玩笑嗎？」

「不！我們可以好好享受一下，忘掉煩惱，度過一個愉快的週末。」

「洛莉，我愛死你了！」潔澤爾淚流滿面地微笑著，然後她緊緊擁抱我。

此時，麥特和亞當回來了。

「你們怎麼這麼高興？」麥特問。

「我和洛莉要去巴黎！」

「真的嗎？」

「是的。」潔澤爾笑著說。

「那我們應該慶祝一下！」亞當說，「調酒師！」調酒師很快給了我們一人一杯龍舌蘭。

「潔兒，你能原諒我嗎？」麥特問。

「我怎麼可能說不？」

他們的吻著彼此的嘴唇。我看著這一切，回想著發生的事情，眼淚漸漸湧上眼眶。無論如何，是我讓他們和好的，所以我不該把任何事情放在心上。我一口氣喝下一杯龍舌蘭，其他三個人也跟著乾了。我口中一陣灼熱，但我根本不在意。我走到餐廳中央，開始跳舞。麥特要店家把音樂聲調大，然後他們三人也一起加入。整個晚上就這麼過去了，我們喝著龍舌蘭，跳著舞，完全不理會其他人。

當外面的天色完全變黑時，我們決定結束我們的小派對。我喝得夠多了，但是，我覺得自己還算清醒。

「大家再見！」麥特摟著潔澤爾的腰說。

「明天見!」潔澤爾說。

「準備好去巴黎喔!」

「再見!」亞當說。

潔澤爾和麥特走一邊,我和亞當走另外一邊。

「今天很開心。」亞當邊說邊牽住我的手。

「別碰我!」

「格洛莉婭,你怎麼了?」

「不要假裝你什麼都不知道!你怎麼能這樣,亞當?」

「我真的不知道,你指什麼?」

「你和潔澤爾,以及你和她一起度過的那個夜晚!」

「你怎麼知道的?」

「潔兒都告訴我了,我們是好朋友!」

「我不是故意的……我不知道那是怎麼發生的……」

「是喔!潔兒就算了,她很蠢,又喝醉了。但是你!你非常清楚她有男朋友,我看你還和他相處得很好。你為什麼要這樣做?」

「是她想要的,我只是忍不住屈服了……」

「亞當,我以為你和別人不一樣……」我轉身往前走。

「格洛莉婭……我不是因為我喝醉才那樣做……我覺得我愛上她了。」

我猛然停下腳步。「你在亂說什麼?你什麼時候愛上她了?」

「我不知道……昨天你離開後,我們聊了很久,我了解她實際上是什麼樣的人……」

「她是一個什麼樣的人?」

「她很出色,讓人難以忘懷。」

「就算是這樣,她有男朋友,你必須忘記她。」我繼續往前走。

「你也希望他們分手!」

「你說什麼？」

「你知道我說的是對的，」他走近我，「你以為我沒有注意到，當麥特吻潔兒的時候，你是怎麼看著他的？承認吧，你喜歡他！」

「亞當，別胡說八道了！」

「我想留在這裡。我會租房子，我會找到工作，如果我到城裡來，我爸爸會很高興。只是我需要找個地方住幾天，好安頓下來。」

「哪裡，我家嗎？」

「不行嗎？格洛莉婭，你是我在這個城市裡唯一的熟人。你能幫我嗎？」

「這樣我有什麼好處？」

「嗯……我們可以結盟。只有聯手，我們才能拆散他們，同時不會傷害任何人。」

「我的天哪！你在說什麼？」

亞當在手掌上吐了口水，伸到我面前。「你要合作嗎？」

為什麼不呢？如果亞當喜歡潔澤爾，而我喜歡麥特，為什麼我們不結盟呢？而且這對「甜蜜」情侶已然處於分手的邊緣。

我在手掌上吐了口水，和亞當握手。「好。」我希望潔澤爾和麥特分開。我想和麥特在一起……

第8天

　　早晨如此明亮而溫暖。沉睡世界的寧靜只會被廚房裡的碗碟碰撞聲打破。在這裡，我不怕睜開眼睛，因為我感到完全安全。我也絕對不想想起我的父母或回憶起他們憤怒的表情，我需要這幾天的平靜與安寧，不希望發生任何特別的事情

　　我穿上藍色襯衫和牛仔褲，我帶的東西不多：幾條褲子、四件T恤、一件毛衣和這件襯衫。當然，我還帶了日記，這是我的一部分，我不能丟下它。

　　我走進廚房，外婆站在爐灶旁，亞當坐在桌子邊和她聊天。

　　「大家早安！」

　　「早安，寶貝！」外婆說。

　　「早安！」亞當說。

　　「早餐你可以吃煎餅，或者你最喜歡的穀片。」

　　「謝謝外婆，但我什麼也不想吃。」

　　「這怎麼行？你要在學校上課一整天，你得吃點東西！」

　　「我再去咖啡廳隨便買個東西吃吧，但我現在沒有胃口。」

　　「好吧，但我還是要幫你打包一個蘋果和幾片煎餅當午餐。」外婆去了另一個房間，剩下我和亞當待在一起。

　　「她太貼心了。」亞當說。

　　「對，我很愛她。你今天有什麼計畫？」

　　「我會試著找找工作，也開始找房子。」

　　外婆再次來到廚房，打斷了我們的談話。「找房子？為什麼，亞當？你可以住在我這兒。」

　　「我不好意思給您添麻煩。」

「你說什麼呢？你就像我的孫子一樣，你和格洛莉婭幾乎所有的童年時光都在一起度過，你可以住在我這裡！」

「謝謝你，瑪莉布列斯小姐。」

真想不到，他還記得外婆的姓氏。

「你可以叫我科妮莉亞。」外婆和亞當微笑著。「格洛莉婭，馬西送你去學校，準備一下。」

今天是最後一天上課，明天我將欣賞到巴黎的美景。真不敢相信，但現在看來確實很好。我很快就收拾好了背包，今天的課除了化學都不難，昨天我半醉才回到外婆家，沒有力氣再複習功課。

我剛走到家門口，身後就響起了外婆的聲音：「格洛莉婭……」

「怎麼了，外婆。」

「或許你該打個電話給你媽？」

「為什麼？」

「她可能會擔心你。」

「她不會擔心，我向你保證，最近唯一讓她擔心的是家裡酒櫃的波爾圖甜葡萄酒庫存。」外婆沉默了，我知道她絕對同意我的看法。

我坐上馬西的車。馬西從包包裡拿出一個小鋁罐，打開它，喝了一口。

「你在開車時喝酒嗎？」

「這是能量飲料，我得提提精神。雖然科妮莉亞不喜歡我這麼做。」

「你和外婆要結婚了，你的父母有說什麼嗎？」

「他們不知道，他們也不感興趣。」

「你不和他們來往嗎？」

「不，我18歲的時候就離開家，因為我無法忍受和他們在一起生活。他們折磨我、控制我，我受夠了，然後我就逃跑了。」

「你從那時起就連電話也不打給他們了嗎？」

「不打，他們有自己的生活，我有我的生活。當然，獨立生活不容易，但也有挺有滋味的。」

我笑了。

我們開車到了學校，我看看表，離第一堂課開始還有5分鐘左右，我慢慢地走到英語課教室，途中我順道去了儲物櫃那邊，打開它……又是一封信，看來這個玩笑開得有點久。我把信封揉成一團，把它扔進空垃圾桶裡。我已經受夠了，尼克到底想要幹什麼？他為什麼總給我這些寫著奇怪訊息的信？每當我的生活看起來要趨於平靜的時候，尼克就會再度出現。

在圖書館旁邊，我遇到了潔澤爾和麥特。他們站在那裡擁抱著，潔澤爾吻著麥特的耳朵，讓他忍不住笑出來……我要吐了。

「嘿！」我說。

「洛莉，你看，你覺得我看起來像法國女人嗎？」

潔澤爾穿了一條格子短裙，頭上也是同樣的色調，一件剪裁精緻的白色襯衫使她更顯豐滿。

「你看起來比較像小賈斯汀的13歲粉絲。」

「我也這麼想！但麥特說這套衣服非常適合我。」

「我不是什麼時尚評論家，但裙子很短很性感，我很喜歡。」

「潔澤爾，請過來一下。」勞倫斯小姐說。潔澤爾乖乖地去見她。

麥特向我走來。「今天沒發生什麼意外吧？」他問道。

「你指什麼？」

「我指的是信。」

「……尼克沒有停手。」

「他又寫了什麼？」

「我沒看，馬上就扔掉了。」

「為什麼？難道你不想知道這個怪胎今天想幹嘛嗎？」

「信還在垃圾桶裡。」

「我們走吧。」

麥特抓住我的手,我們走到垃圾桶邊,他小心翼翼地從裡面拿出一個皺巴巴的信封,打開它,信上寫著:**「你想躲起來嗎?」**

「這是什麼意思?」

「你跟誰說過去法國的事嗎?」

「沒有……」

「奇怪,他怎麼知道這件事。」

「我快有妄想症了,我覺得他無時無刻不在跟蹤我。」

「他只是想嚇你,讓你害怕,不用在意他。」

「嘿!你們在這兒做什麼?」潔澤爾喊道。

「我們要去拿日程表。」麥特撒謊說。

我們一起去上課,已經遲到3分鐘了。我和潔澤爾開始討論我們的行程,我們已經想好去巴黎要逛哪些商店。

英語課和物理課很快都上完了。我的物理課差點不及格因為我沒有做作業,但我靠背出力學單元的兩條規則勉強救了自己。化學是我非常害怕的一門課。有一部分原因是雖然派珀小姐是一個相當溫和的人,但她很容易當人,這是我現在絕對不想要的。

「對了,我忘了告訴你,在旅行之前我們得把自己整理一下,所以我替我們預約了我朋友工作的美容沙龍。」

「潔兒,不需要。我沒錢了,而且我住在外婆家……」

「你別擔心,我已經付錢了,而且,這是我欠你的。」

「……亞當決定留在這裡生活。」

「什麼?為什麼?」

「他喜歡我們的城市,而且,他不想把自己的人生都浪費在那個小鎮上。」

「好極了！他一定會告訴麥特一切。」

「他不會說，他沒有理由這樣做，況且他與麥特相處得很好。」

「你這麼認為嗎？」

派珀小姐走進教室，我很開心聽到她說出「我們要做實驗」這幾個字，我心裡變得輕鬆起來。像往常一樣，她把我們分組做實驗。我像往常一樣，祈禱我的夥伴是個書呆子，這樣我們的實驗就可以得到 A。幸運的是，我的祈禱被聽到了，我的夥伴是查德·麥庫柏。

我沒聽清老師的指令，但查德在便條紙上記下了派珀的話，我很訝異他上課這麼認真。

「查德，如果你不反對，你做實驗，我觀察並記錄，可以嗎？」

「當然不反對。但是你不做實驗有些可惜，化學可以讓你學到很多。」

「那得看對誰而言了，查德。」

我看著他清洗幾個試管並確認上面的標籤。說實話，他開始讓我有點煩了，他那副厚重的鏡片，實在讓他的眼睛看起來很小。

「那麼，為了得到硫酸鉀，我們要將氫氧化鉀和硫酸混合。」

「就這樣？」

「是的，寫下反應的名稱，我們可以去交作業了。」

「……反應的名字……」

「中和。」

「是的，的確是！中和！我只是忘記了。」

「如果你願意，我可以教你化學。」

「不，查德，我看一下就會懂的。」查德把派珀小姐叫到我們桌子旁。

「那麼，格洛莉婭，你們得到了什麼反應結果？」

我張開嘴，說不出一句話，因為我什麼都不知道。

「反應的結果……它……總之……」

「格洛莉婭想說反應成功了，我們得到了硫酸鉀和水。」查德救了我。

「是的！還有水……」

「幹得好，我給你們Ａ。」

我鬆了一口氣。我現在真的很需要Ａ，也許有了這個Ａ，爸爸就不會再折磨我。

「謝謝你，查德。」

查德不好意思的臉紅了。

得到Ａ總是令人愉悅，我的心情立刻變好了。

親愛的日記！

現在是幾何學課，但我沒有在想這些圓周和公式，我完全沉浸在未來之旅的想像中。我沒有去過法國。我很少離開這座小城市。如果沒去過一個令人嚮往的地方，就這樣死去，我會覺得很委屈。我和潔兒還有外婆要一起去。在這次旅行中，我應該試著不去想媽媽和爸爸，因為我已經受夠了這些問題。昨天，和往常一樣，我們又大吵了一架，我當著媽媽的面說出了一切，當時我不覺得羞愧，現在我也一點都不覺得羞愧。我身上發生了一些變化，只是我還沒搞清楚是什麼。也許，我變得更成熟了。也許，我只是失去了耐心，因為每個人都沒有永恆的耐心。

還剩42天，洛莉

放學後，麥特送我們去美容沙龍。說實話，我想像不出來我的外表可以改變成什麼樣子。我們走了進去，這裡彌漫著令人愉悅的花香。大廳裡空無一人，所有的美容師都只為我們服務。潔澤爾與沙龍的首席造型師登

聊了一會兒，從他的姿態和語調中可以馬上知道他是同性戀。他塗了黑色的指甲油，還帶著閃閃發光的亮片，臉上塗著淡淡的腮紅，起初我以為他畫了眼妝，後來我發現他戴著厚厚的黑色假睫毛。

兩個亞洲臉孔的女孩開始為我們修腳，第三個女孩修指甲，第四個為我們的肌膚塗上一些奇怪的綠色混合物。登說，這是一種特殊的奇異果和伽藍菜製成的面膜。臉上很快有了舒適感和清涼感，我在這樣的天堂裡睡著了。

幾分鐘後，我們洗掉了面膜，潔澤爾跟登說：「登，你覺得格洛莉婭適合深色頭髮嗎？」

「毫無疑問，她絕對會變得更漂亮。」

「那就開始弄吧。」

「潔兒，我不要。」我說。

「洛莉，你一定得釣到一個法國人，這就是為什麼我一定得讓你變成一個美女，所以你就閉嘴吧。」

登開始在我的頭上塗染髮劑，頭髮根部周圍有輕微的刺痛感，但是，總而言之，我還是很愉快的，主要是他按摩我的頭部讓我覺得很放鬆，我開始旁若無人地傻笑。

我不敢相信不久之後我頭髮的顏色會變得不一樣。我從未染過頭髮，因為媽媽說我的頭髮顏色很漂亮，沒必要破壞它。

登用溫水將染髮劑洗掉，並吹乾頭髮，然後他把我的座椅轉向鏡子。

哇！我都不認識自己了。這根本不是我，而是一個可愛的棕髮美女。我的頭髮暗了三個色調，在燈光的照射下，變得非常美麗，我甚至無法將目光移開。

「登，你真是個魔法師！」我說。

潔澤爾也染了頭髮，但仍然是金髮，只是弄了一些淺灰色的挑染。

我們離開美容沙龍後，攔了計程車，我們得盡快回家收拾東西，因為航班是在清晨。

「我不知道該如何感謝你。」我說。

「好了啦，只是染個頭髮而已。現在你知道自己有多漂亮了吧？」

「謝謝。對了，你還沒有告訴我，你那天晚上覺得怎麼樣。」

「說實話，我只記得剛開始，有些溫柔又靦腆的撫摸，他脫掉我的衣服，然後是一個又長又美好的吻……感覺真的很不一樣。」

「他進入的時候你會痛嗎？」

「天啊！洛莉！」潔兒笑了。「我當時太醉了，酒精像麻醉劑一樣有用。但隔天早上我花了很多時間用熱水袋熱敷我的肚子。是真的蠻痛的。」

說到這裡，我們大笑起來，連計程車停下來了都沒注意到。

我回到外婆家。一開始沒有人認出弄了新髮型的我，但後來他們說這很適合我。幸運的是，亞當在汽車維修中心找到了一份工作，他不斷感謝我幫他在這個陌生的城市裡安頓下來。

明天，我的夢想之旅即將啟程。也許，這會是我死前最好的事。

第9天

親愛的日記！

我現在在離地面6,000公尺的高空。再過9個小時，我們將抵達巴黎！飛機上出奇地冷，雖然我已經穿了一件相當暖和的帽T，而且還要了一條毛毯。我坐在舷窗旁，潔兒坐在我旁邊看雜誌，最外面坐著裹著毯子的外婆。我的耳朵耳鳴得很厲害，我也被禁止聽我的隨身聽，餐點服務還要一段時間才開始。總之，旅行的開端並沒有讓我很開心。我一直很害怕坐飛機，總覺得在我飛行時會發生一些不好的事，身為一個想要自殺的人，我和生命的關係有點太脆弱了。我們的空少很可愛，我已經按了兩百次按鈕，請空少拿一條毯子過來，或者一杯水，但他只是微笑著禮貌地說等一下。有幾對法國情侶坐在我身後，他們用他們的語言聊了整整一個小時。非常令人討厭！我強迫自己睡著，希望醒來的時候已經落地了。我們在巴黎只待短短的兩天，但我希望能永遠待下去。

還有41天，洛莉

經過13個小時的飛行，下午4點飛機降落了。我處於半夢半醒的狀態，勉勉強強地終於弄清楚我們在哪裡。所以，我在巴黎啦。終於到達這座城市的這件事讓我興奮不已。巴黎跟布里瓦德以及整個美國很不一樣，不一樣的房屋風格、天氣、人和空氣！我拿出相機，拍每一處街景。沒多久就拍了數百張房屋、鴿子、人、車和看板的照片。我真是太瘋狂了！但我不能向任何人解釋，這是我生命中的最後一次旅行。

我們坐在公車上，潔澤爾帶著一個大大的紅色行李箱，怎麼樣放都不是很舒適。我欣賞著巴黎的街道，看到遠處的艾菲爾鐵塔，聽說夜晚燈光亮起的時候非常美麗。這裡很冷，今天是個陰天，下著小雨，但這不會破壞我對這座城市的印象。從小我就夢想來巴黎，但我的父母總是很忙，外婆總是到處去旅行，因此我只能待在家裡，看很多關於法國的書。所以可以這麼說——我期待已久的童年夢想已經成真啦。

半小時後，我們抵達布萊瑟飯店。飯店有12層樓，建築看起來非常漂亮。巨大的柱子，古色古香的窗戶，深米色的石頭，彷彿是19世紀的建築。三個接待員帶著我們上樓，其中一個走在前面帶路，剩下的幫我們提行李。

「我訂了兩個房間，隔得非常近，所以我們不會迷路。」外婆說。

我們的房間在9樓，我和潔澤爾住一個雙人房。雖然我們成為朋友很長一段時間了，但我從來沒有和潔澤爾一起過夜過。

我們走進房間。這只是一個普通的房間，靠窗有一張床，我在另一張靠牆的床坐下，然後把身子向後一仰。這次旅行讓我很疲憊，我覺得雙腿隱隱作痛。

「我累了。」我說。

「洛莉，你在幹嘛？」潔澤爾坐在我旁邊，要我站起來。

「我想躺著。」

「如果是在偏僻的布里瓦德，你可以躺著，但在這裡你要去找樂子。」

「我覺得奇怪，你哪來的這麼多精力？」

「我自己也很驚訝，」潔澤爾走到窗前，拉開窗簾，「你看看，從窗戶這兒可以看到多美的景色……引人注目的垃圾桶、幾家商店，我好像還看到了噴泉。」潔澤爾笑著說。

要是窗外的景色能更美一些就好了！

「好吧，我們收拾一下，然後去晃一圈。」我說。

「好極了！對了，我聽說法國的門僮是最帥的。」

「我的天哪！你是為了這個目的來的嗎？」

我們開始收拾東西。我只有一個裝滿衣服的小背包，我把東西整齊地擺放在衣櫃的架子上。潔澤爾有一個很重的行李箱，感覺我們要在這裡待一年似的，但我們一整年可能都用不完這麼多東西。

收拾完東西後，我們到一樓去。這裡有很多人，每個人都拖著行李箱。我看到一些阿拉伯人、法國人、英國人和日本人，他們都很著急，好像有人要搶走他們的房間似的。

潔澤爾和我平靜地走到前臺，潔澤爾是對的，這裡的門僮真的非常帥。他們穿著紅色的西裝，黑色的頭髮和令人愉悅的法國口音。

「午安，我可以幫您什麼？」門僮問道。

「請問，你們飯店提供免費的香檳給美麗的女孩嗎？」潔兒賣弄地問道。

「如果這些女孩和你一樣美麗，那麼當然，請稍等。」法國人向一邊走去。

「他太可愛了！」潔澤爾大叫。

「潔兒，我不喝酒，我外婆在這兒。」

「洛莉，放鬆享受，現在她不在這兒。」

門僮再次回到前臺，給我們每人一杯香檳。

「謝謝，非常感激你。」潔澤爾一邊說，一邊靠近門僮，親了親他的臉頰。門僮臉紅了，笑了笑，我和潔澤爾也笑了起來，喝了一口香檳。

接下來的一段時間裡，我和潔澤爾互相摟著拍照——飯店裡有很多鏡子，每一面鏡子前都留下了我們的身影。我盡可能地拍了很多照片，這樣我就可以在回家後看著它們，感覺好像我在法國一樣。

身後響起了外婆的聲音：「女孩們！」

「外婆。」

「我現在有事要出去，為了讓你們在剩餘的時間不在這裡乾等，我替你們預定了旅遊行程。」

「所有的景點嗎？」我高興地問。

「當然，所以去準備一下，遊覽車30分從正門出發。」

「謝謝，外婆，我愛你！」我擁抱外婆。

「謝謝，科妮莉亞！」潔澤爾說。

「玩得開心！」

我們迅速回到房間，把錢和其他的小東西放進包包裡，換衣服，然後去正門。

遊覽車幾乎坐滿了，只有我們兩人的座位還空著。我們坐下來後，遊覽車就啟動出發了。導遊是一位45歲的女士，聲音很動聽，她歡迎我們的到來並開始講述巴黎的歷史。我幾乎沒聽她的講解，看著窗外，再一次欣賞周圍的建築，感受城市的氛圍。有些人匆匆忙忙，有些人從容地坐在長椅上看報紙，或者成對地喝著咖啡。我看到許多綠草如茵的公園，黃色的落葉與它們形成了鮮明對比。

我們即將到達宏偉的凱旋門。遊覽車停下來讓我們下車，當知道這個拱門的高度是49公尺時，每個人都屏住了呼吸！導遊告訴我們，拱門建於路易十四統治時期。我們拍了很多照片後，重新回到車上。

下一站是羅浮宮，我們欣賞了蒙娜麗莎的微笑，導遊還向我們簡要地介紹了達文西的其他作品。

天已經黑了，我們前往艾菲爾鐵塔，然後耐心地等待燈光亮起。這一刻終於來臨，異常美麗。燈光陸續緩緩地亮了起來，並且越來越亮。

之後我們參觀了幾處歷史古跡，最後一站是一個古老的法國博物館。導遊在這裡繼續向我們講述著巴黎的歷史，我們看到了皇室服飾、寶座和

我選擇活下去

畫作。

「幾點了？」潔澤爾疲倦地問。

「11點半。」

「我要睡著了。」

「你對這些沒興趣嗎？」

「不，我很有興趣～～我總是對誰的屁股坐在這個寶座上感興趣。」

「潔兒，安靜點！」

她惱火地嘆了口氣，往旁邊走。我跟上她。「你要去哪？」

「聽著，我是來玩的。」

「你覺得這樣不好玩嗎？」

「不好玩！我覺得我像在學校一樣，這些資訊充斥在我的腦袋裡，讓我覺得頭很暈。」

「好吧，我打給外婆，請她來接我們回去。」

「等等，我從來沒去過巴黎的夜店」

「別擔心，你的人生還很長呢。」

「我不想等了，我現在就想去。」

「不可能，我外婆已經為我們的行程付錢了。」

「噢，拜託！你不想在法國有個快樂的時光嗎？」

「我們不熟這座城市，也不懂法文，我們要去哪？」

「巴黎有一堆美國觀光客，我們會遇到他們。」

「不！如果你對行程沒興趣，你就走吧，但我要待在這！」

「好啊！」潔兒轉身離開。

我害怕獨自一人留下來，所以我去追她。「潔兒。」

我們從觀光行程中逃跑了，攔了一輛計程車，請司機帶我們到最近的夜店。外婆要是知道會殺了我的。但難道我不能在生命中至少做出一次瘋

狂的舉動嗎？當然可以！

「好了，別生氣。」潔澤爾說。

「走開。」

「洛莉，我只是想盡可能地讓你記住這次旅行。」

「我已經完全記得了！鬼知道我該如何向外婆隱瞞這件事！」

「唉，你真是很不知道變通欸！」

我們坐車到了 La Suite 夜店，潔澤爾付了車費。其實我不喜歡去夜店，我搞不懂，和一群喝得醉醺醺、渾身是汗的人一起伴著刺激的音樂跳舞，有什麼快感。

我們進入夜店，這裡播放的音樂和美國夜店的音樂完全不一樣，但有一點，所有的夜店都差不多──一堆繽紛的聚光燈讓你眼花撩亂，人工煙霧和香菸煙霧相互交織，隨處可見，大家穿著奇怪的衣服微笑、跳舞和聊天。

「把你的頭髮放下來。」潔澤爾說，但我聽不到她說話。

「什麼？」

「我說，把你的頭髮放下來！這樣我們會有更多的機會勾搭上別人。」

我聽潔澤爾的話，鬆開了頭髮上的髮圈。「我不敢相信我這樣做了。」我們來到吧台。

「你要喝點什麼？」潔澤爾問。

「什麼也不要。」

「好吧，調酒師，請給我們兩杯威士忌。」

「我說了我不喝！」

「閉嘴！」

調酒師在桌子上放了兩杯威士忌。

「謝謝。」潔澤爾給了我一杯，另一杯她立刻就喝完了，我也照做。

「現在該去舞池了！」她一邊說，一邊牽著我的手。

酒勁很快就上來了，我變得輕鬆起來，我跟著這種莫名其妙的音樂舞動。我們沒有注意到有兩個男生開始在我們周圍跳舞，他們兩個都盯著我們看。在夜店裡，這可能是一種想要認識一下的暗示，潔澤爾明白這個暗示，我們一起回到了吧台。

　　「小姐們，你們叫什麼名字？」其中的一個男生問。

　　「我是潔澤爾，這是格洛莉婭。」

　　「非常高興認識你們。我叫西奧，這是我的朋友安德列。」

　　「你要喝什麼，女士？」安德列問。

　　「和你一樣。」潔澤爾賣弄風情地回答道。

　　「你們不是本地人吧？從哪裡來的？」西奧問。

　　「佛羅里達州的邁阿密。」潔澤爾說謊。

　　「哇，你為什麼會來巴黎？」

　　「可能我們覺得會在這裡遇見你們。」

　　「讓我們為此乾一杯！」安德列提議道，給每個人一杯雞尾酒。

　　男生們開始打聽我們的情況，我們是誰，我們喜歡什麼，我只是害羞地微笑，而潔澤爾正在賣力地調情。在這個過程中，我們又喝了幾杯難聞的雞尾酒。

　　「我想跳舞！要一起嗎，西奧？」潔澤爾問。

　　「我很樂意。」

　　他們去了舞池，剩下我和安德列面對面。

　　「以邁阿密來說，你太白了。」

　　「這是……遺傳的。我的皮膚幾乎曬不黑。」

　　「你和潔澤爾是朋友，卻截然不同，真是神奇。」

　　「這倒是沒錯。」

　　「我喜歡像你這樣的女孩，謙虛……純潔……」

「安德列，我有男朋友，潔澤爾也有。」

「但這對她沒有影響。」

「但我們不同。」

「我懂了。好吧，至少你不會拒絕再和我喝一杯吧？」

「當然不會。」

我們又喝了幾口酒，一起加入了潔澤爾和西奧的行列。

我又開始隨意舞動。今天我覺得自己特別醉。我總是控制自己別喝太多酒，但今天我已經喝太多了。突然，潔澤爾跌入我的懷抱。我的心瘋狂地跳動著。

「潔兒，你怎麼了？」她沒有回答。我環顧四周，每個人都在跳舞，沒人注意到我們。我把潔澤爾拖到女廁所。「看著我！」我開始拍打她的臉頰。她終於清醒了。

「我怎麼了，洛莉？」

「……我不知道。」我的雙眼開始模糊不清，腦子裡嗡嗡作響。

「我頭很暈……」潔澤爾說。

「我也是。」我靠在牆上，恢復了意識，但我立刻有種奇怪的感覺，感覺缺了什麼東西。包包，我手裡沒有包包！

「潔兒，你把包包放在吧台了嗎？」

「……我不記得了……」

「在這裡等我，我馬上回來。」

我走出廁所，跑到吧台——我們的包包不在那裡。

我向調酒師喊道：「抱歉，剛才有兩個男生在這裡，其中一個繫著紅色領帶，他們去哪兒了？」

「他們已經走了。」

我開始在人群中尋找西奧和安德列的身影，但他們真的離開了。我跑

到外面，希望他們還沒來得及走遠，但哪裡都看不到他們。我有一種可怕的驚慌感。我們的東西被偷了！

我再次跑回廁所，上氣不接下氣，開始號啕大哭。

「洛莉，發生了什麼事？」

「我們的包包不見了！」

「……怎麼會不見？……」

「那兩個法國人偷偷在我們的雞尾酒裡放了一些東西，趁機拿走我們的包包……」

「……我的信用卡也在裡面……還有一部很貴的手機……哦，我的天哪！……」潔澤爾靠著牆，跌坐在地板上。

「這都是因為你！」我歇斯底里地尖叫。

「因為我？」

「對！我們本來可以好好在飯店休息，但你急於和法國人調情，現在我們既沒有錢，也沒有證件，什麼都沒有！」

「冷靜一下，我們想想辦法。」潔澤爾從地板上站起來。

「什麼辦法？我們能想出什麼辦法？」

「我們走吧。」

我們離開夜店，開始尋找路人，一個老人停了下來。潔澤爾問他最近的警察局在哪裡，但他不懂英語，我們開始用音節對他說「PO—LI—CE」。最後，他終於懂我們要幹什麼，並為我們指了路。

我臉上的睫毛膏花了，看起來像個未成年的妓女。我們到達警察局，潔澤爾告訴警察我們的事，我什麼也沒說，只想盡快回到房間去睡覺。

「我已經打電話給妳外婆了，她馬上就過來。」

「他們說了什麼？」

「我們遇到了騙子，這不是他們第一次對觀光客下手，他們的慣用手法

是跟著遊客進入夜店，試圖贏得信任。」

「我⋯⋯我只想休息⋯⋯」

「對不起⋯⋯」

「閉嘴吧，我不想聽你說話。」

幾十分鐘後，外婆來接我們。我的天哪！我羞愧地看著她的眼睛。走出警察局後，我的嘴裡還有非常噁心的酸味，我走到一邊，開始嘔吐。潔澤爾抓住我的頭髮，遞給我一塊手帕。外婆站在計程車旁邊，看著這一切。

「快點上車！」

「外婆，我不想⋯⋯」

「我沒想到，你竟變成這樣⋯⋯」

「什麼樣？」

「和你母親一樣，令人討厭！」

這些話深深地刺痛了我的心。都是我自己的錯，我非常清楚這一點。我每天都在犯下可怕的罪行，我再也不想活下去了。

這個世界上唯一愛我的人也在今天對我感到失望了。我恨這一天。

第三章

我們如此愚蠢和天真

我們不知道如何區分好人和壞人，
因此我們相信遇到的每一個人。

第10天

口渴,渴到有點想吐。我睜開眼睛,明亮的光線刺痛了我的眼睛。難道昨天我真的喝了這麼多嗎?我覺得很噁心,我的身體好像被摔打過一樣。

潔澤爾張著嘴巴躺在我旁邊。現在是12點半。

「潔兒,」我用嘶啞的聲音說,但她沒有聽到我說話,「潔兒,醒醒!」我喊得更大聲,推推她的肩膀。

她終於醒了。「別吵我。」潔澤爾喃喃道。

「潔兒!」

「該死的……我的頭!」

哦,是的,這種頭痛可能會在我的意識中持續一週。除了這種疼痛,我沒有其他任何感覺。我鼓足力氣起床,走到小鏡子面前。

「我的天哪……」眼睛黑漆漆的,睫毛膏面目全非地沾滿了臉頰,頭髮像是乾稻草一樣。

「給我點水……」潔澤爾勉強地說道。

我把杯子倒滿水,然後走到床邊。「拿著,」她再次熟睡過去,「潔兒!」

她聽不到。我內心充滿前所未有的憤怒,不僅是因為她讓我經歷了這些痛苦,而且她仍然沒有注意到我。我用力揮動杯子,將冷水潑到她的頭上。

她立刻醒了過來。「你在做什麼,你這個白痴!」

「早安!」我把杯子放到桌子上,去了洗手間。潔澤爾跟著我。

「你瘋了嗎?」潔澤爾繼續喊著。

「我先洗澡!」

「好……」潔澤爾把我推進淋浴間,打開冷水,淋在我身上。

「住手！」我邊說邊笑。然後我從她手中拿過蓮蓬頭，開始反擊。

我們徹底濕透了，整個浴室都是水，潔澤爾跑進房間，我緊跟著她。我們繼續瘋狂地大笑，並沒有注意到外婆站在我們面前。

「呃……早安，科妮莉亞！」潔澤爾說。

「這樣的早上不太安。」

「……外婆，對不起……都是潔兒，她拉我去夜店，我不想去的。」

「噢，對，當然是我！是我幫你戴了項圈拉著你去的！」潔澤爾尖叫道。

「我能怎麼辦？沒有我跟著，你肯定會不見了！」

「可惜我沒有不見！」

「你們兩個都閉嘴！」外婆說，「我以為你們已經是成年人了，獨立並且可以對自己的行為負責，看來是我錯了！」潔澤爾和我站著，目光低垂，「快點整理好自己，去吃早餐！」

外婆走出房間。

「把所有錯都推給我？真是太棒了！」

「難道不全都是你的錯嗎？」

「我有錯！但你也不是天使！」

「外婆是唯一理解我的人，我不想讓她失望。但是因為你，我和她之間什麼也沒有了！」我轉身，又去了洗手間，剩下潔澤爾獨自一人。

今天晚上9點，我們會乘坐航班返回佛羅里達。雖然發生了昨天的事，我還是不想離開這裡。雖然當地的警察告訴我們他們會追查這些騙子，並用包裹寄回我們丟失的東西，但現在我根本沒力氣去想被偷的包包，我現在只想到外婆。如果她告訴爸爸關於夜店的事，他真的會把我用手銬銬起來。

中午的時候我們化了妝。總之，我們終於回歸了人樣。我們沒有交談，也沒有什麼可以告訴彼此的話。我們都知道，譴責別人是愚蠢的，我

們都陷入了昨天的爛事當中，我們必須一起擺脫它。

最後，我們來到飯店一樓的一家小餐館。這裡非常漂亮，四周白色的牆壁用玫瑰花雕像裝飾。這裡的人非常好客，看著他們，會覺得他們每個人過得都很好，而你是唯一一個坐在那兒、有很多的問題卻不知道如何解決的人。

潔澤爾打開菜單。「我看到什麼都想吐。」

「還是你要點威士忌，反正你這麼喜歡它。」冷嘲熱諷從我嘴裡脫口而出。

「你能閉嘴嗎？」

「服務生！」穿著白色西裝的男生很快就走到我們的餐桌旁，「我要拿鐵和提拉米蘇。」

「您要什麼？」他問潔澤爾。

「我要一樣的。」

潔澤爾的第二支手機響了。「是的，親愛的……我和洛莉在一起吃早餐，我不在的時候你過得如何？不要想我，我們很快就會回來，我非常愛你……親一個。」

潔澤爾結束了談話，我想知道是怎麼回事。「麥特打的電話？」

「嗯，他問我們在這兒怎麼樣，非常羨慕我們。」

「欸，潔兒，我想知道你難道不擔心麥特會猜測你不是處女嗎？」

潔澤爾沉默了一會兒。「我想過這個。到時候我們還來得及分手。」

「為什麼？」

「我不知道，但那晚之後，我開始以不同的方式看世界。麥特那麼有自信，他認為他是最出色的，每個人都想要他。而亞當……他這麼可愛、敏感……如果不是我，我們之間什麼也不會發生，我可以想像他有多麼羞愧。」

「所以你想說……」

「我什麼也不想說。」

「……你喜歡亞當？」

「我沒有這麼說。」

「但，是這個意思。」

「……洛莉，我很困惑。我覺得要先剎車一下，才能搞清楚這一切。」

外婆來到我們的餐桌旁。「女孩們，我現在得去看禮服了，但我不知道該怎麼讓你們自己好好地待在這裡。」

「外婆，如果可以，我想和你一起去。」

「我也是。」潔澤爾說。

「那好吧，20分鐘後我在門口等你們。」

我的心情變好了不少。我仍然可以欣賞巴黎的風景，此外，我還知道了一則不太真實的新聞：潔澤爾喜歡亞當。也就是說，我與亞當的計畫正在悄然實現。

20分鐘後，按照外婆的吩咐，我和潔澤爾來到飯店的正門，外婆已經在計程車裡等我們了。我再次拿出相機，拍下成千上萬張照片，捕捉我們穿過巴黎無數廣場時的一切。

不敢相信我還40天就要死去。現在一切似乎都很好，我開始後悔自己做了這個決定。也許情況會好轉，這只是一段倒霉的時期，這種情況每個人都會遇到。然而，我已經做出了決定，我會堅持到底。我只要把我要自殺的秘密藏好就行了。

我們到達訂製外婆婚紗的服裝工作室。我想到自己可能永遠都不會結婚，也不會穿上每個女孩從小就夢想的白色蓬蓬婚紗，不會瞭解這麼多結婚要操心的事，也不會知道在進教堂前會如何狂熱地心跳。這樣可能比較好，我不會成為某人的命運，毀掉某人的生活。

外婆去試穿婚紗，潔澤爾和我坐在大廳裡，她跟我說話，但我沒聽到，我完全沉浸在自己的思緒中。

「你為什麼這麼憂鬱？」潔澤爾問。

「……我很好，只是……我不想離開這裡。回去以後問題又要重新開始，又要繼續爭吵，我不想回家。」

「洛莉，我提議過好幾次，叫你和我一起住一陣子，但你拒絕了。」

「我沒拒絕，我只是不想給你添麻煩。」

「你在說什麼？我父母老是一連好幾天都不在家。要麼到處旅行，要麼去公司聚會。家裡幾乎每天都是我的天下。」

「如果真的是這樣……那就太好了。」

「這會很酷的！想像一下，我和你一起醒來，一起上學，上煩人的課，一起做飯。太棒了！」

「……而且太讓人難忘了！好！我願意！」

「太棒了！而且這只個開始！」

外婆穿著別緻的白色婚紗走下樓梯。婚紗鑲滿了水鑽，因此當陽光照射進來，婚紗就像鑽石一樣閃閃發光。

「外婆，你太漂亮了！」

「科妮莉亞，非常適合您！」

「真的嗎？但我覺得穿起來有點不舒服。」

「說什麼呢？非常棒。馬西看到你的時候，肯定會發瘋的。」

「好吧，既然會發瘋，那就值得買。」

我們都笑了。

離出發去機場還有5個半小時。在這短短的兩天裡，我不知怎的，眷戀著巴黎。如果能再次來這裡，我會很高興，但我擔心來不及在剩下的40天裡發生了。

　　　　　　　　　　　　　　我選擇活下去

我們在整個城市裡漫遊，同時在紀念品商店停留，買了四袋各種小東西，途中我們還在每座紀念碑前拍照留念。

雖然下著大雨，但我們還是不想回飯店，我們非常想在美麗的巴黎再待幾分鐘。我們找了一個公園，這裡種滿了掛著彩帶的許願樹。我把手上的友誼手鏈取下來，把它綁在樹枝上，同時許了一個願——不要再有其他人帶著自殺的想法來法國，不要再有人想要快點與這該死的生活告別，就讓我成為這類人中的最後一個。

親愛的日記！

我在機場。一個小時後，我們將永遠離開巴黎。昨天發生了一件不太愉快的事。我和潔澤爾從觀光行程中離開，去了夜店。在那裡，我們遇到了法國人西奧和安德列，他們把我們灌醉，並偷走了我們的包包。昨天我對這件事歇斯底里，但現在由於某種原因，我覺得這件事有些好笑。我們太愚蠢太天真了，最重要的是，我們不知道如何分辨好人和壞人，因此我們相信遇到的每一個人。這兩天在我的人生中並非毫無意義，至少，我能夠重新獲得外婆的信任，現在我和潔澤爾的關係更加密切。生活中的錯誤就像人生的教訓，只有感謝它們，我們才能瞭解什麼是好、什麼是壞。這是真實世界中的一面鏡子。現在我看著那個整個機場都能聽到她哭聲的小女孩，她邊哭邊向她的媽媽不斷地說，她不想去那個讓她覺得不舒服的地方。這個女孩看起來大約5歲，她已經知道不舒服是什麼感覺了。很令人驚訝。

再見了，巴黎！我會想你。

還剩40天，洛莉

第11天

　　早上9點。我覺得非常疲憊，此刻我只想不被打擾的睡一場很久的覺。一個小時後，我將重新回到布里瓦德。經過13個小時的飛行，我開始深深懷念巴黎的氣氛、居民、街道和空氣。到目前為止，唯一讓我感到欣慰的是，我要去潔澤爾家裡住幾天。和她在一起，我總是很好。

　　潔澤爾停下來，看著機場的人群。

　　「洛莉，我覺得好像是你媽站在那兒？」

　　我看向人群，是真的！媽媽站在接機區的中間，環顧四周，彷彿在尋找誰。

　　「茱蒂？」外婆也看見了我媽。

　　「她在這兒做什麼？」我問。

　　「很有可能是在等我們。」

　　我們走向她。我不明白她為什麼來這裡，她受不了外婆，受不了我，難道她忘了？

　　「媽、格洛莉婭，你們終於來了，我已經等你們很久了！」

　　「茱蒂，我們沒想到你會來接我們。」

　　「我決定來接你們，你們應該也很累了，我已經叫了計程車。」

　　媽媽轉身帶我們到出口。

　　「我不認識我的女兒了。」

　　「外婆，我覺得她好像想做什麼事，我不喜歡這種感覺。」

　　我們停下來，互相看了對方一眼。

　　「嘿，你們快點！」潔兒喊著。

　　我們走向計程車，街上很熱，空氣沉悶，不像在巴黎。這裡離邁阿密海灘很近，因此溫度總是很高。

我選擇活下去

如果是布里瓦德，會比較冷一點。

　　車裡一片安靜，沒有任何人交談。我看著媽媽，試圖瞭解她怎麼了，她的想法是什麼。我們經過佛羅里達這座大都市，高樓大廈，來來往往的人群和汽車，沒有一點秋天的跡象。再過一個小時車程，高樓大廈將被普通的房屋所替代，時尚的商店將被堆滿黃色落葉的小型廢棄公園所替代，我們回到布里瓦德。

　　當計程車停在我家附近時，媽媽飛快地從車上下來。「所有人都進來吧，我烤了一塊大餡餅，我擔心它已經冷了。」

　　「洛莉，我得走了。」潔澤爾跟我說。

　　「等一下，潔澤爾，時間還早，你得嘗嘗我拿手的餡餅！」

　　「馬克芬太太，我很想試試，但我的父母非常擔心，所以我得趕緊回家了。」潔澤爾說完就離開了。

　　「茱蒂，我可能也要走了。」

　　「怎麼了？我準備很久的。」

　　「問題是你為什麼要準備？上次見面時，我沒有留下什麼好的回憶。」

　　「我知道，媽，我想彌補。我們回家，喝點茶，好好談談行嗎？」

　　「好。」外婆走進屋。

　　「格洛莉婭，我很想你，讓我抱抱你。」媽媽向我伸出雙臂。

　　「別碰我……」我推開她，向屋裡走去。

　　外婆坐在客廳的桌子旁等著媽媽，我沒有注意她，逕自走上樓去，經過父母的臥室時，發現爸爸正坐在床邊。他只是看著牆壁，就像他根本沒有在呼吸。我嚇得不寒而慄。

　　「爸爸……」

　　「歡迎回來，親愛的。」

　　「我帶了個紀念品給你。」我從包包裡拿出一個小小的艾菲爾鐵塔雕

塑，「拿著。」

「謝謝。」

「出了什麼事？」

「你指什麼？」

「我說的是媽媽。她有點奇怪。她跟每個人說話都很客氣，還試著表現得善良。」

「這都是她的心理醫生的功勞。」

「她去看心理醫生了？」

「嗯，你出發後，她預約了療程並重新回去上班。」

「……真是不敢相信。」

「她想改變。」

「你認為她會成功嗎？」

「我不知道……我只能相信。」

「格洛莉婭，來喝茶！」媽媽喊道。

媽媽真的決定改變自己了嗎？如果是這樣就太好了。至少，她克制自己，沒有歇斯底里，她親切地和外婆說話，這再好不過了。

我走進房間，扔下包包，拿起手機（剛才我和爸爸說話的時候，我把它悄悄地從桌子上拿走了），並打電話給潔澤爾。「潔兒，我晚上去找你。」我低聲說。

「太好了，我去幫你準備房間。」

「你知道嗎？我媽去看了心理醫生。」

「那麼，現在你家和平安寧了嗎？」

「似乎是這樣。」

「你為什麼說話這麼小聲？」

「出發前我爸沒收了我的手機，所以我不得不把它偷了出來。」

「好吧，真是偉大的和平與安寧。算了，我等你。」

「等等見。」

我把手機藏在床頭櫃下面，發現王子躺在床上，牠只有吃飽之後才睡得很熟，這表示母親在這兩天裡沒有忘記牠。老實說，這真是讓我感到很安慰。

我下樓，媽媽和外婆邊聊邊笑著。

「快坐下，我無法忍受大家喝冷茶。」媽媽對我笑著說道。

「這是什麼？核桃餡餅嗎？」

「是的，放了黑莓。非常好吃，吃看看！」

「……媽，我對核桃過敏。」

「……哦，當然，過敏……我怎麼會忘記……」媽媽尷尬地看了我一眼，又轉頭看了看外婆。

「沒事！還記得我忘了你對柑橘類過敏，然後買了一種含有青檸成分的面霜給你嗎？然後你的臉就像被紅色的樹皮蓋住了一樣，而且那天學校還剛好有冬季舞會。」外婆笑著說。

「對，那時我非常生你的氣！」媽媽也笑了起來。

不，你看看——這個女人不久前還當著她的媽媽的面說了令人作嘔的話，現在卻和她的媽媽一起笑著甜蜜地回憶過去。這把我激怒了。

「你們夠了吧？」我尖叫道。媽媽和外婆盯著我看，「外婆，你真的忘了她對你說過的話嗎？她是如何像趕癩皮狗一樣把你趕出家門的？」

「……不，我沒有忘記……」

「而你，媽，難道看了一次心理醫生，真的能教會你重新愛自己的媽媽嗎？」

「你去看心理醫生了？」

「對。媽，我認為這是唯一的方法。我真的很想改變，我想求得你的原諒。我和你說那些話的時候，簡直像是一個討人厭的生物，我討厭自己，我

很高興你結婚了，你被愛了。原諒我！」媽媽開始號啕大哭，外婆和她一樣。

「茱蒂，我早就原諒了你，因為我非常愛你！」

她們擁抱著哭泣。我覺得再待在這裡一分鐘，我也會開始號啕大哭。

親愛的日記！

我又重新回到我不喜歡的布里瓦德市。原則上，這並不是一個如此糟糕的小城市，但因為居住在這裡的人們，我對它有了這樣的印象。因為媽媽，現在似乎想成為另外一個人的媽媽；因為爸爸，這輩子絕對被動只是偶爾關心家庭的爸爸；因為朋友，似乎不那麼愚蠢卻又做出5歲孩子都不會做出的行為的朋友；因為麥特，自以為是卻性格軟弱的麥特。這些是我做出那個選擇的主要原因。但沒有他們，我可能活不過剩下的日子，太困難了。

還剩39天，洛莉

我睡了大約3個小時。起初我想了很多，想著也許我們的家庭仍然可以恢復正常。如果媽媽和爸爸不離婚的話會怎麼樣？是的，那我就會成為世界上最幸福的人！因為這些亂七八糟的想法，我不知不覺睡著了。現在我覺得自己精力充沛。

外婆離開了，我甚至沒跟她告別。我對她大喊大叫，我覺得很羞愧。爸爸上班去了，只有我和媽媽在家。她坐在臥室裡，整理架子上的東西。

「媽……」

「怎麼了，格洛莉婭？」

「我想抱抱你。」

「太好了！」

我走近她並擁抱她。這樣的擁抱我怎麼都不嫌多！之前的日子裡，我們只是吵架，而現在她正抱著我，我能聞到她身上草本洗髮精的味道。

「請原諒我的那個晚上……原諒一切。」我說。

「你說什麼呢？你不用道歉，都是我自己的錯，把我的孩子也帶入了這樣的狀態！」我笑了，媽媽吻了我的額頭，「但接下來一切都會不一樣，我保證。」

一樓的電話響了，母親走出房間。我仍然處在幸福的狀態中，第一次感覺這麼好。突然，我的目光落在房間的書桌上，我看到一張名片。我拿起名片，上面寫著：「弗雷醫生：我會一直幫助你！」名片最底下是電話號碼和地址──今天有一次治療。

媽媽正在準備出門。我的腦海裡浮現出一個主意──也許，我也可以去那裡。如果這位神奇的醫生能讓我相信生活真的很美好呢？而且，我也要感謝他幫助我媽，讓我們的家庭變得和諧。

我很快就穿好衣服，從家裡出來，跟著媽媽。但是她應該不知道我跟著她，所以我戴上帽兜，小步慢慢地走著。

在城裡繞來繞去繞了半個小時，媽媽轉過一幢紅房子的拐角，爬上半塌的樓梯，走進一棟建築物裡。我覺得這個「魔法師」的診所太不怎樣了。但輪不到我選擇，幾分鐘後我走進這棟房子。對了，裡面相當不錯，放著令人愉悅的音樂，明亮，角落裡還有一張小桌子，坐著一位接待員。

「您好，您要去哪兒？」接待員問。

「我找弗雷醫生。」

「在大廳，診療即將開始。」

我進入所謂的大廳，就是一個窗戶比較大的小房間，這裡聚集了很多人，他們正在說說笑笑。我在一群人中看到了媽媽，她正和某人聊天。為了不讓她注意到我，我趕緊走到最後一排，坐在椅子上開始等待。

很快，一個50歲左右的男人走進大廳，我想這就是弗雷。

「歡迎你們！」他說道，每個人都從椅子上站了起來，把右手放在心臟上，然後鞠躬，他隨後說道：「我很高興在這裡見到你們。」

我有點警覺起來，每個人都向他鞠躬，從側面看起來有些奇怪。

「你們完成我交辦的事了嗎？」

「是的，大主教！」大家都齊聲回答。

大主教！這些人，你們瘋了嗎？

「格列格，你有沒有求得親人的原諒？」

從第一排站起來一個男生，鞠躬然後說道：「是的，大主教！」

「莫娜，你有沒有求得親人的原諒？」

一個女孩從第二排起身，也同樣鞠躬然後說道：「是的，大主教！」

「茱蒂，你有沒有求得親人的原諒？」

媽媽從第三排起身，鞠躬：「是的，大主教！」

我的天哪！我感到不安，這些人就像僵屍一樣。

「我對你們很滿意，而現在我們將進行一項新的練習，」他手中拿著一個發光的盒子，「每人拿一個刀片。」

每個人都乖乖地拿了刀片，甚至沒有人問為什麼。弗雷走到我身邊，驚訝地看著我。「所有人閉上眼睛，請你自我介紹一下。」

我站起來，膝蓋抖得很厲害。「醫生」用他的目光直直地盯著我。

「我……我是莫莉，我來到這裡……希望您可以幫助我。」我說了腦袋裡最先能想到的話。

「好的，莫莉，我會滿足你的要求。」我從盒子裡取出一個刀片，「睜開眼睛。」

我重新坐在椅子上，開始不停地顫抖。

「那麼，跟著念：我比你們所有人都強大！」

「我比你們所有人都強大！」所有人都異口同聲地說道。

「我內心擁有自己的大主教！」

「我內心擁有自己的大主教！」

「我會向大家證明！」

「我會向大家證明！」

然後每個人都拿起刀片，開始割自己的手腕。而且，他們之中沒有一個人因為疼痛而流眼淚，每個人都望向遠方，割著自己的手。

我腦中只有一個念頭：格洛莉婭，快跑！當弗雷轉過臉時，我站起來跑出了大廳，幸好沒有人注意到我。

「等等，你必須支付診療費！」接待員說。

「我要打電話報警！」

接待員不說話了，我跑到外面，上氣不接下氣。這是邪教！像弗雷醫生這樣的人專門尋找有家庭問題的不幸福的人下手，然後利用他們的脆弱，敲詐勒索金錢，把他們變成行屍走肉。

我母親遇到了麻煩，我得救她。但怎麼做呢？她會聽我的並停止繼續參加這些療程嗎？我無論如何也要試一試。

我攔下一輛計程車，幾分鐘後我就回到了家裡。

我眼前還浮現著那些人自殘的面孔，包括我的媽媽。我從來沒有參加過這樣的活動，我總是盡可能避開它們。我不懂，像媽媽這樣一個受過教育的律師，為什麼還能被人利用不幸福的弱點進行敲詐？

我試著讓自己冷靜下來，並尋找合適的說詞和母親談話。

我坐在自己的房間裡，聞到了來自廚房的誘人香氣。媽媽回來了。格洛莉婭，你必須說服她。我下樓，媽媽坐在在爐灶旁。

「好香啊！」

「我做了西班牙烤肉，你對香料都不過敏吧？」

「不，」我注意到她纏著繃帶的手，「你的手怎麼了？」

「哦，發生了一件很蠢的事。我從商店出來，然後一隻大狗猛地撲了過來，可能是聞到了我的袋子裡鮪魚的味道，它咬了我一口。」

「真是太慘了……媽，我覺得你的治療效果很好，也許你不用再去了？」

「你說什麼呢？我必須做完整個療程。心理問題可不能開玩笑，況且這也不會讓我變得更糟。」

「媽，但治療需要錢，我們並沒有多餘的錢……」

「你怎麼了？我很感謝這些治療，我終於變得正常了。你不喜歡嗎？」

「我不喜歡你騙我。」

「我騙你？」

「是的，我知道你沒被狗咬傷！這不是心理治療，而是一個真正的邪教！」

「你在說什麼？弗雷醫生是博士！」

「我不管他是誰，但他可以摧毀你！媽，請你不要再和他們往來了。」

「不，弗雷醫生正在幫助我。」

「他怎麼幫助你？正確地割腕嗎？」

「不要那樣說他！」媽媽拿起一把刀。

「……媽，他真的是個騙子！」

「閉嘴！」媽媽推開我，手裡拿著一把刀，差一點點，她就會刺到我。幸運的是，爸爸回來了。

「茱蒂，你在幹什麼？」

「沒什麼，親愛的，我只是滑倒了。」

「格洛莉婭，你還好嗎？」

「……不，爸爸，我不好……」

我回到自己的房間，一隻手拿著還未打開的行李包，另一隻手抱著王子，再次下樓。沒有看父母一眼，我離開家去找潔澤爾。

外面很黑，有點涼，我試著走快一點，我只想躺在床上，閉上眼睛，什麼也不多想。我到了潔澤爾的家，按響門鈴。幾分鐘後，門開了。

「洛莉，進來。」

「我不是一個人來的。」我給她看了看我的貓。

「哦，這個小可愛是誰？」

「牠叫王子，對不起，我不能把牠留在那兒。」

「沒關係，這裡總有地方能讓牠待著。」

「你爸媽去哪兒了？」

「我媽去參加一個朋友的婚前派對，爸爸去慶祝簽約成功了。來吧，我帶你參觀你的房間。」我們爬到二樓。潔澤爾的家非常寬敞，除此之外，還有昂貴的傢俱，我覺得自己彷彿置身於皇宮一樣。「這間是客房。」

我走了進去。藍色的牆壁，高高的天花板上裝點著不計其數的燈，精緻的雙人床，碩大的衣櫃和柔軟的地毯。「哇，像是總統套房。」

潔澤爾笑了。「住下來吧，當自己家，我是說，不是你那個家。」

「謝謝。」

「別這麼說。你餓了嗎？」

「不，我什麼都不想吃。」

「好吧。如果沒其他事的話，我要去睡覺。我實在太累了。」

「沒事，快去吧。」

「浴室在房間裡，你可以在衣櫃裡找到睡衣、浴袍之類的。晚安！」

「晚安，再次謝謝你。」

王子已經躺在床上了。

今天我受夠了。現在，我只求老天不要讓我整個晚上都在思考如何把我的母親從一個真正能把她毀滅的邪教中拉出來。只要不想這個就行。只要不想……

第12天

住在別人家裡是很不習慣的，這裡有不同的規則，不同的生活方式。我不能說我在家更好，但即使在潔澤爾家裡，我也感到有些不方便。我是最後一個醒來的，我快速穿上衣服，洗漱好，跑到廚房，潔澤爾和她媽媽已經在那裡吃早餐了。

「大家早安。」我說。

「早安，格洛莉婭，你在我們家睡得好嗎？」潔澤爾的媽媽問。

「好極了！您這裡非常舒適。」

我坐在桌邊開始津津有味地吃早餐：一小杯濃縮咖啡，一塊糕點，一小盤培根和一點沙拉——看起來都很美味。

「格蕾絲！快點過來！」潔澤爾喊著，「我們竟然有這樣一個笨頭笨腦的女傭！」

「我喜歡格蕾絲，她非常樂於助人。」

一分鐘後，一個身材不高的女人走到桌邊，腰差點彎到潔澤爾的腿那兒了。「是的，女士。」

「我不喜歡咖啡裡放鮮奶油！你為什麼連這些基本的事情都記不住？」

「對不起，女士，我會改進的。」

「來不及了！從你的工資裡扣200元！」

「對不起，女士，請不要這樣做。您昨天縮減了我的工資，我沒錢養活孩子了。」

「我不在乎，你可以走了。」

女人默默地離開了。

「媽，你什麼時候才要解雇她？」

「我很同情她，況且，以你的行為來說，沒有人會來我們家工作。」

　　　　　　　　　　　　　我選擇活下去

「你想說什麼？」

「沒什麼。」

「那你就閉嘴吧，媽。」

這個家的溝通方式讓我驚訝。似乎這裡誰也不尊重誰。

潔澤爾的爸爸經過餐桌，他正在跟某人打電話，沒有注意到我們。

「早安，親愛的！」潔澤爾的媽媽說，但他沒有聽到她的聲音，「親愛的！」

「爸爸！」他繼續他的談話，一邊走出家門。

「他真是個工作狂！」

「我覺得他只是不在乎我們。」

「這也有可能。」

下一秒，我們聽到外面傳來響亮的汽車喇叭聲。

「該死的，是麥特，我還沒準備好！」潔澤爾起身離開。

「格洛莉婭，我想問問，你家裡還好嗎？」

「您怎麼這麼問？」

「會去朋友家過夜，通常都是家裡發生了什麼不好的事。」

「一切都很好，維克利太太。」

「太好了，如果出了什麼事，記得告訴我。我會聽你說，盡我所能幫助你。」

「謝謝。」

有人打給潔澤爾媽媽，她接起手機說：「親愛的……嗯，他已經走了……當然，來吧……我等你……親一個。」她笑了起來，然後去了二樓。

是的，家家有本難念的經。讓我好奇的是，潔澤爾知道她媽媽做的事嗎？一定知道，真羨慕她有辦法忍受。

我走到外面，麥特的車已經在門口。有這樣一個帥哥來接你，真是太

酷了！我還有一分鐘可以嫉妒潔澤爾。如果可以，我想用我所有的一切來交換。

「嗨！」

「嗨，潔兒要出來了嗎？」

「應該是。」

我坐進他的車裡，立即想起了與尼克打架和派對結束之後他送我回家的日子。我坐在副駕駛座上，感受他的溫暖。我好想念這種感覺！

「巴黎好玩嗎？」

「那裡非常酷！我們拍了很多照片！」

「我還沒有去過那裡，我的爸爸總是去西班牙或者義大利，他在法國有一些不愉快的回憶。」

我們的安寧被潔澤爾打斷了，她出了家門，朝車子方向走來。「嗨，親愛的。」

「嗨。」

他們開始在我眼前接吻。看到這個真是令人太不愉快了，但我試著撐下去。

「開快點，我們要遲到了。」潔澤爾說。車啟動出發。

我又回到了學校，好像法國之旅從未發生過一樣。還是要上課，還是要痛苦地期待課間休息，坐在教室裡，我又想睡覺了。

生物課上，班上的女孩都像往常一樣，盯著費奇先生的二頭肌。正如我所說的那樣，他非常性感，我們學校裡的每個女生每上完一節課，都會更愛他。但我現在想的不是他，而是等一下的抽考。我什麼也沒背，如果再不及格，我不會有好下場的。

「我的天哪！他好帥呀！他的妻子太幸運了，洛莉？」我試著快速記住一段課文，但潔澤爾妨礙了我，「洛莉……」

「潔兒，不要分散我的注意力，我在背書。」

「你冷靜一下，這只是生物課罷了。」

「如果我不及格，我的父母會給我一趟地獄之旅！」

費奇先生已經開始用手指在班級名冊裡尋找要回答問題的倒楣蛋的名字。「今天要回答問題的是……馬克芬！」

「該死……」我從椅子上站了起來，「……多虧了大量的研究……啊……確定……就是發現了一個理論……其中……」

「馬克芬，你有複習嗎？」

「費奇先生，我……」下一刻，我感覺到潔澤爾用力推我，然後我倒在了地上。

「格洛莉婭，你怎麼了？」費奇先生很快地跑到我身邊。

「沒事，我只是頭暈……」

「快點去醫務室。」

「費奇先生，我可以帶她去嗎？」潔澤爾問。

「當然，潔澤爾。」潔澤爾牽著我的手，帶我離開教室。

「你幹什麼？」我問。

「我救了你，你這個傻瓜。現在他會同情你，不會讓你不及格。」

「好吧，謝謝……我們這是第幾次這樣騙人了？」

「這也沒什麼啦！當然我很喜歡費奇，但他講課太枯燥無味了，我都要睡著了。」我們大笑起來，但下一刻我們沉默了。我們聽到一個女人和一個男人的聲音，有人在笑，有人在說話：「你真漂亮，我想要你。」

「你聽到了嗎？」我說。

「嗯，似乎有人正在上不雅的調情課。」

「這是勞倫斯的辦公室。」

「哇，我以為她是一個35歲的處女。」

我們走近一些，出於好奇，我從門縫裡想要看能不能看到些什麼，最後，我看到了，但看到的場景讓我目瞪口呆⋯⋯

「爸？」我低聲說。

「真是個蕩婦。」

他們竊竊私語，笑聲也很輕。爸爸撫摸著她的肩膀，她閉上眼睛⋯⋯我現在就想殺了這個賤貨！「不，我不想再聽了。」我想打開門，但是潔澤爾阻止了我，把我推到牆上。

「住手！你在做什麼？」

「那是我爸！我不能站在這裡什麼都不做！」

「嘿，難道你沒發現這是一個完美的把柄嗎？」

「什麼意思？」

「你可以威脅她，你就不用擔心你的數學成績了。」

「潔兒，你在說什麼？」

「凡事都有它的好處。現在勞倫斯會向你搖尾乞憐，否則她的生活會變成地獄。」

「但這是我爸⋯⋯我的家庭正在被摧毀⋯⋯」

「難道它還沒有被摧毀嗎？」

事實上，我家什麼也沒有了。母親去了某個怪物那裡，正在被洗腦，而我發現自己的爸爸偷偷地和數學老師偷情。我的家再也不存在了，只留下不能相互容忍的彼此。

校園裡空蕩蕩的，此時大家要麼在學生餐廳，要麼在體育館。我一個人坐在學校的長凳上，試圖讓自己混亂的思緒靜下來。我好想結束自己的生命，這樣就可以免受痛苦，可以什麼也感受不到。

我聽到了腳步聲，是麥特。

「潔兒在哪兒？」他問道。奇怪，他在這裡做什麼，難道他真的沒有猜

到潔澤爾在學生餐廳嗎？「洛莉……」

「嗯？」

「發生了什麼事？」

「沒什麼。」我希望他離開，因為我覺得只差一點點，我就要淚流滿面，我不想讓他看到我的眼淚。

「又是尼克嗎？」

「麥特，我……想一個人待會兒……」

「我懂了，對不起，我走了。」

「不，沒事……我也要走了。」

我加快了步伐，朝最近的角落奔去。我淚如泉湧，無法停止。我太軟弱了！我已經受夠了為了每件事而哭泣，但我無法控制。我的父母正在一點一滴地殺死我。

「別傷心，美女。」

我的心又開始瘋狂地跳動起來，我竟然看到在我家附近恐嚇我的那些人高馬大的渾蛋。周圍沒人，即使我開始尖叫，也沒有人能聽到我的聲音。

「你們想幹什麼？」

「告訴我們你遇到什麼麻煩了。」其中一人挖苦著說道。

「去死啦！」我試圖掙扎著逃跑，但是他們中最壯的一個人把我推倒在地，撞到了尾椎，非常痛。

「你以為你能躲得過尼克嗎？他不會放過你的。」

「喂，放開她！」我看到麥特出現在他們的背後。

「看，你的保鑣及時趕到了。」

「我說，放開她。」

「不然你想怎樣？」

「我不想為了尼克的跑腿小弟弄髒我的手，但我猜我還是會這樣做。」

「等等，我們來這裡只是為了警告你們。你們有麻煩了，而且是非常大的麻煩。」這幫渾蛋說完轉身就走了。麥特扶著我站起來。

「你還好嗎？」

「還好……你怎麼會來找我？」

「你的書裡掉下一封信。」麥特把信封遞到我手上。

「『**你有危險了**』……我的天哪！我討厭這些！他們到底想幹什麼？」

「我們傷了他的自尊心，現在他正在報復我們。」

「什麼時候才能結束？」

「當我們結束它的時候。」麥特快速地走向學校的正門。

「麥特……」我跟著他。他走向餐廳。我覺得他很生氣，可能會出任何事。這讓我很害怕。「麥特，你想幹什麼？」

「我想一勞永逸地結束它。」他掙脫我的手，跑進餐廳，在尼克的桌子旁停了下來。「喂，尼克。」尼克轉過身來，麥特用盡全力打向他的下巴。

尼克飛出去幾公尺遠，大家都開始尖叫，其中包括潔澤爾。「麥特，你在幹什麼？」

麥特沒有聽到她說話，尼克想要站起來，麥特再次撲向他，並開始毆打他。

「麥特！」潔澤爾全力地尖叫著。

與此同時，我們的校長金斯利夫人飛快地跑進餐廳。「發生什麼事了？」麥特和尼克沒有理會她。「麥特·金斯，立刻住手！」

橄欖球隊的隊員們將這兩位曾經的好朋友分開。

「你的麻煩才剛開始，渾蛋！」麥特最後喊道。

「兩個人都到我的辦公室去，快！」

麥特和尼克乖乖地前往金斯利的辦公室。

潔澤爾開始有些激動。「他為什麼這樣做？」

「潔兒，冷靜一下。」

「他又在整個學校面前讓我們丟臉！」

「我解釋給你聽，只是你要冷靜。」

我們離開餐廳去廁所。廁所暫時沒有任何人，我告訴潔澤爾發生在我身上的一切。關於那天晚上，我差點殺了尼克；關於他如何恐嚇我和麥特，並威脅要處理我們。我不想再向她隱瞞了，畢竟朋友之間不應該有任何秘密。

「所以你才是罪魁禍首⋯⋯瘋了⋯⋯為什麼你之前什麼都沒告訴我？」

「我不想讓你知道這件事。因為那個愚蠢的夜晚，我的生活徹底地被毀了。」

「如果報警會怎麼樣？」

「他們會扭曲事實把我們變成罪人。」

「不，我當然知道尼克就是個白痴，但他意圖強姦，然後報復⋯⋯我想不通這件事⋯⋯」

「我不知道現在該怎麼辦。」

「聽著，他總會有膩了的時候，所以你必須再忍耐一下，就是這樣。」

「我認為他不會停手。」

兩節課過去了，麥特沒有出現在教室裡，潔澤爾臉上一副明擺著擔心他的表情。這一天過得太震撼了！麥特打架、爸爸與勞倫斯小姐的事。還好今天沒有數學課，否則下一場上演的戲碼就是我和這個老女人打架。

我們從學校出來，在校門附近看到麥特站在他的車旁。潔澤爾跑向他，我跟著潔澤爾。

「麥特，她說什麼了？」潔澤爾問。

「沒什麼特別的。下課後我得負責刷教室地板。」

一如既往，她想出了一個「別出心裁」的懲罰。

「你瘋了！我真的很擔心你。」

潔澤爾擁抱麥特。他看著我，我不明白他想用這眼光告訴我什麼，我坐進他的車裡。

親愛的日記！

我獨自一人在潔澤爾的房間裡，我旁邊有王子，他似乎已經習慣了新的環境。今天發生了一件可怕的事，爸爸和勞倫斯小姐幽會！我不敢相信，她來我們家談完關於我成績的事情後，我爸爸竟然對她產生了好感。潔澤爾說我手裡握著一張王牌，也許這樣更好，但我覺得如果我沒看到會更好。

媽媽待在某個邪教裡，她認為她會變得更好。昨晚我試圖勸服她，但她差點拿刀撲向我。我覺得很糟糕。我已經忘記家人之間可以相互理解、相愛和支持的日子了。想要控制發生在我身上的這些情況很困難。也許，我該接受自己不再有家的事實了。我還要度過剩下的日子，然後一切都會變得容易多了。

我發現，每個全新的一天都會出現一個意外。當然，死亡不是解決所有問題最好的辦法。但對我而言，它可能是首選。

還剩38天，洛莉

「洛莉……洛莉，快來！」

我快速下樓，看潔澤爾喊我幹什麼。「潔兒，怎麼了？」

「你覺得紅色的唇膏適合我嗎？」

「你大喊大叫就為了這個？」

「對啊，怎麼了？」

「我以為你要被殺死了！」

「你才等不到那一天！」

我們笑起來，突然有人給潔澤爾打電話。「喂……你好……不，不忙……好吧，幾點？……好，到時候見……再見……」潔澤爾掛掉電話，「猜猜是誰打來的？」

「麥特？」

「不，是亞當！」

「哇！他說什麼？」

「他約我今晚在他的汽車維修中心見面……太蠢了！」

「我倒是覺得很可愛。晚上，有汽油的味道，破舊的車輛，和你們兩個人，多浪漫！」我笑了。

「得了吧，但不是兩個人，而是我、你和他。」

「我不懂。」

「你和我一起去！」

「不要，潔兒。」

「要，洛莉。你們是老朋友，很久沒見了，我們可以好好的待一下。」

「但他邀請的是你！」

「那又怎麼樣？洛莉，我有男朋友，所以我不能獨自去見其他男生。」

「但你們都……！」

「不要扯開話題。走吧，準備出發！」

「潔兒，我不想成為多餘的第三者。」

「但是我不想再犯一次愚蠢的錯誤，因為那件事，我一直責備自己。幫幫我，洛莉。」

「……好吧。」

「千萬不要跟麥特提一個字。」

「我知道了。」

幾個小時後，我們搭計程車前往目的地。外面已經很黑了，亞當邀請我們去的地方，一個人也沒有。環境很昏暗，我冷得都要起雞皮疙瘩了。「你確定是這個地方嗎？」

「嗯，他說，在盧森堡公路的交叉口。」

在離我們10公尺遠的地方，我們看到一棟不大的建築物。是那個汽車維修中心，但看不出來裡面有沒有人。

「奇怪，他在哪兒？」潔澤爾環顧四周問道。

「打電話給他。」

「我現在就打，」潔澤爾從包包裡翻出手機，「該死，沒電了。」

「我的手機忘在家裡了。」

潔澤爾開始敲門。

「亞當！」

幾分鐘後，維修中心的自動門打開了，牆上裝飾著不計其數的燈條，閃閃發光，讓我們眩暈。

「嗨，我以為你會一個人來。」

「嗨。」潔澤爾笑了笑。

「抱歉，亞當，她要我和她一起來。」

「沒關係，進來吧。」

裡面很漂亮，到處都閃爍著燈光，好像耶誕節一樣。

「這裡很酷。」潔澤爾說。

「我盡力弄了。」

「外婆還好嗎？」

「非常好，我都沒想過我們這麼快就能和睦相處。」

「亞當，我餓了，你有什麼吃的嗎？」潔澤爾問。

「當然有，等一下。」亞當去了另一個房間。

「這是什麼？約會嗎？」潔澤爾低聲問我。

「似乎是這樣。」

「洛莉，我不能，我得走了。」

「等等，他都準備好了，我們不能就這麼離開。」

「……也是。」

「這裡有吃的。」亞當拿著一個大托盤，上面放滿了各種好吃的東西。

「謝謝。嗯，看起來都很美味！」潔澤爾說。

「格洛莉婭，可以占用你一點時間嗎？」

我從矮軟凳上起身，去找亞當。

「我們的計畫怎麼樣？」

「一切進行得都很順利。在巴黎的時候，她承認她喜歡你。」

「真的嗎？」

「是的，所以繼續保持這樣的氛圍。」

「我安排了一頓浪漫的晚餐。」

「你真是個天才！潔澤爾喜歡給她驚喜的男生。我要回家了，但你必須向我保證。」

「什麼？」

「控制好自己的感情。記住，她還有男朋友，如果被他發現了，那你就得下地獄。」

「我保證，記住了。」

我們又回到了潔澤爾身邊。「潔兒，我得走了。」

「什麼？你要去哪兒？」

「我……我想起來我沒有還沒有餵王子，而且，我還有許多明天要交的功課沒做完，所以我得走了。」

「……好吧。」

「再見，亞當。」

「再見。」

我走出汽車維修中心，往公路走去。

現在大約是晚上10點，路上一輛車也沒有。我冷得發抖，街燈散發著昏暗的燈光，人們勉勉強強能看到自己面前的東西。當我絕望地以為搭不上便車時，一輛車窗裝了有色玻璃的黑色吉普車停在我旁邊。我知道這是我回家的唯一機會。我坐進車裡，關上了車門。

「請送我去……」

我頓時僵住，嚇得快窒息了，車上坐著我和麥特今天遇到的那幫渾蛋。

「你又落到我們手裡了，美女。」

「……不。」我想開車門，但我知它已經被鎖住了。汽車開動了。「停車！」

「如果你不閉嘴，我就把你打暈！」

我開始拍打車窗玻璃：「喂，救命！」

「我警告過你了。」

下一秒，我覺得有什麼重物打在我頭上，我失去了知覺……

第四章

真正的悲觀
總是容易被誤解為樂觀

我生命中的問題解決了嗎？

我可以不偏執地思考我的日常生活了嗎？

我無法相信自己。

第13天

「洛莉……洛莉，你能聽到我說話嗎？洛莉？……」有人拍打著我的臉頰，我睜開眼睛，嘴裡有血腥味，幾秒鐘後我的意識清醒過來。

「……麥特？」

「謝天謝地！」

我抬頭環顧四周，只有我和麥特在房間裡，這裡像是某個地下室，天花板上有一盞小燈。

「我們在哪兒？」

「……我不知道。」

他的額頭上也有凝固的血液，顯然他和我一樣，是被拖到這裡來的。我充滿憤怒，開始用手奮力地敲門，尖叫著：「喂！放我們出去，你這個渾蛋！」

「洛莉，冷靜一下。」

「放我們出去！」

「洛莉，」麥特把我推到了牆上，「大叫沒用的，沒有人會聽到我們的聲音。」

「為什麼？」

「我應該知道這是什麼地方。這是尼克的秘密俱樂部，舉辦私人派對用的。這裡的音樂總是放得很大聲，但外面聽不到任何聲音。」

「那現在該怎麼辦？」

「等著。遲早他會打開這扇門，然後我們再看著辦。」

我蹲下，靠在牆上，陷入一種無法描述的疲憊狀態。我想哭，但我不能，連哭的力氣都沒有，我好想結束這一切！如果能用我在世界上的一切交換，可以回家與我的爸爸和媽媽在一起該多好啊！我甚至可以忍受他們，

我選擇活下去

只要能離開這裡。

　　我們沉默了大約半個小時，我看著一個點發呆，盡量不想任何事，但麥特打斷了我們的沉默：「我想吃東西，就算是蟲拌番茄醬我都能吃下。」

　　「我想離開這裡。」

　　「你害怕嗎？」

　　「不。我討厭這裡，我非常討厭在這裡，非常討厭不知道接下來會發生什麼。」

　　「這是尼克的復仇計畫。在事情沒有如他所意之前，他不會停手。」

　　「如果他殺了我們怎麼辦？」

　　「我不認為會這樣。尼克是個膽小鬼，他不敢。」

　　突然我聽到門外有一些聲音。「你聽到了嗎？」

　　「聽到了，是腳步聲，」麥特走到門口，開始用手捶門，「尼克，打開這該死的門……尼克！」

　　「我什麼都聽不到了。」

　　「我也是。」

　　我再次靠在牆上，發現水泥地上有一個項鍊盒子。「這是什麼？是你的嗎？」

　　「對，我買給潔澤爾的。」

　　「很漂亮，她會喜歡的。」

　　「她有跟你說我們的事情嗎？」

　　「你指什麼？」

　　「可能，她對我有什麼不滿。」

　　「沒有，沒說。」

　　「她最近一直很奇怪，我們的關係發生了變化。她沒告訴你什麼嗎？」

　　我跳了起來，憤怒地開始尖叫：「麥特！我現在都不知道自己在什麼鬼

地方，根本不知道會發生什麼事，而你卻在想潔澤爾？」

「你凶什麼？」

「都是因為你，我們才會在這裡！」

「因為我？」

「如果你沒在學生餐廳發生那場愚蠢的打鬥，我們就不會在這裡！」

「如果你沒有在那個派對上和他一起去那個房間，那就什麼都不會發生！」

「我不知道會發生這樣的事！」

「我也不知道會發生這樣的事！」

我呼出一口氣。我的天哪！我真是個傻瓜，我才是害我們被困在這的原因，但是我卻把怒氣發洩在我喜歡的人身上。

「對不起。」

「我也很抱歉，這是我的錯。」

「不，都是我的錯。如果能回到過去，一切都能改正過來……」

下一秒，金屬門打開了，一個男生走了進來。

「早安，兩位。請跟我來。」

「我們哪兒都不去。」麥特說。

「麥特，照他說的做。」我起身。

「看到了嗎？你不想學學你聰明的女朋友嗎？」

麥特沉默地站在我旁邊。

我們沿著長長的走廊一直走。這裡的燈光有夠昏暗。

「戴夫，我想知道他付了多少錢讓你做這骯髒的工作？」

「夠了！麥特，夠了！」

「你這樣巴結他不覺得很浪費時間嗎？」

「你都快死了，如果我是你，就不會這樣跟我說話，否則到時候連你媽

都會認不出你。」

我們走到某扇門前，戴夫打開門。眼前是一個巨大的空間，更像是一個地下停車場。這裡充滿潮濕的氣味，令人討厭的光線，生鏽的牆壁，中間有一張大桌子，飄來陣陣食物的香氣，而尼克站在桌子旁邊。

「終於來了，我都等得不耐煩了。你們要吃早餐嗎？」

「去死吧。」麥特說。

「你呢，格洛莉婭？」

「……不，謝謝。」我盡可能好好說話，重點是別激怒他。

「那麼，我們直接了當地說說吧。過來點。」

我向前走幾步，麥特站在原地沒動。

「麥特，我說過來一點。」

「去死吧！」

「格洛莉婭，寶貝，別害羞，靠近點。」

我走到桌邊，心跳在幾秒鐘內加速跳動，我真的很害怕。「尼克，對不起。我知道我錯得離譜，讓你受傷流血，到現在我都還在做噩夢！請原諒我，我不想這樣的。」

「好！很好！這正是我想從你口中聽到的話！換你了，麥特。」

「我沒打算向你這個渾蛋道歉。」

「我給你時間考慮。要麼你跪下來道歉，我讓你安然無恙，要麼一切都會完全不同。」

「你想得美！」

「好吧……傑克。」一個高大的男人從走廊進入房間，並立即朝我走過來。然後，他從口袋裡拿出一把刀，貼著我的喉嚨。

「麥特，要麼你道歉，要麼傑克會割斷她的喉嚨。我數三下，一。」

我要窒息了，感覺到刀片穿透了我的皮膚。

「你在幹什麼？放開她！」

「二。」

「立刻放開她！」

「二點五⋯⋯」麥特看著我的眼睛，我覺得血沿著脖子流了出來，「三。」

「住手！」麥特跪倒在地，「對不起，對不起！我是個渾蛋。請原諒我，求求你！」

「傑克，放開她。」

我跪在地上，按住喉嚨。我開始抽搐般地顫抖。

「你看，麥特，這並沒有那麼困難。」

「現在你能讓我們走了吧？」麥特問道。

「你知道嗎？我還想和你們玩玩。我非常喜歡看你們保護彼此的樣子。」

尼克伸出手，把我拉起來。「格洛莉婭，你抖得這麼厲害，這讓我更加興奮了。」他向我俯身，「你知道我想要什麼嗎？」我吞了吞口水，「回答，你知道不知道？」

「不知道！」

「我想繼續我們在那次派對上沒有完成的事。」

我變得歇斯底里，哭得上氣不接下氣。「尼克，不要這樣！」我哭著說。

「別碰她！」麥特喊著。

尼克拍了兩下手，七個身材高大的男生走進房間，他們圍住麥特，開始殘忍地毆打他。

「你選吧，格洛莉婭，要麼你同意，要麼他會被打死。」

我渾身發熱，看著麥特逐漸接近死亡，我非常害怕。我不想和尼克發生關係，與此同時，我只能同意，才能拯救麥特。畢竟，我愛他，我不能

讓他因我而受苦。

「別聽他的，洛莉。」麥特喊道。

「時間要到囉。」尼克快樂地說。

來吧，格洛莉婭，你必須照做……

「我同意！」我泣不成聲地喊道。

「住手，」尼克命令道，「你總是懂得如何取悅我，寶貝。走吧！」他抓住我的手，朝走廊走去。

「不，洛莉，不要和他去！」麥特勉強地說道。

我聽不到他的聲音。我們走進走廊，我毫不反抗地跟著尼克。為什麼要反抗呢？我不想看到麥特倒在血泊中，但我和尼克之間即將發生的事將成為我自殺最重要的原因。我很清楚，我會毫無眷戀地離開人世。

尼克打開門，我們走進一個小房間，房間中央有一張大床，還有三個人也跟著進了房間。

「他們是誰？」

「啊，抱歉，我忘了告訴你。我的朋友們也非常喜歡你，他們也想加入我們，你不反對吧？」

房間裡有四個身材高大的傢伙，我一個人，我甚至不敢想像他們會如何虐待我。

「坐下！」尼克把我推倒在床上，那些傢伙坐在我旁邊。

「我已經向你道歉了，你還要什麼？」

「你知道我要什麼。脫衣服。」

我坐在床上，像一尊雕像，彷彿癱瘓了一般。

「脫衣服，否則我就殺了你！」尼克威脅道。

我開始摸衣服最上面的扣子，但隨後我的視線落在床頭櫃上，剛好上面放著一個大玻璃杯。我迅速拿起玻璃杯，用力打碎它，抓起一大塊碎

片，緊貼著牆。

「哇！表演開始了！」尼克大笑。

「尼克，你別用死來威脅我！我不怕，相反的，我正數著日子等著它，但我猜這天來得比我預期的快……但是請你放了麥特，他畢竟曾經是你最好的朋友！你知道嗎？當他發現我對你做的事時，他本來要讓我付出代價，因為你們感情很好！他甚至準備好要報復我了！」

我用碎片劃向手臂，玻璃深深地刺入皮膚，疼痛讓我尖叫了起來，房間裡的每個人都張大嘴巴、睜大眼睛，恐懼地看著這個過程，彷彿被嚇呆了。我劃了第一下，血迅速地流了出來。

「你看，尼克……結束自己爛透了的人生很簡單……」

就在這時，麥特突然闖進了房間，手裡拿著一把手槍。「你們這群渾蛋聽著！要麼你放了我們，要麼我就開槍了！」

「你們三個出去吧。」那三個傢伙離開了房間。

「來吧，開槍呀，你還等什麼？」

「我不想這樣做，就讓我們走吧。」

「我不會讓你走的，開槍！」麥特一動也不動。「你看，你是個懦夫！你一直都是個懦夫！我才是最好的，你總是在嫉妒我。」

「對，當然了！好像被所有人討厭就很酷一樣。他們不會朝你臉上吐口水，只是因為你爸是個大人物！尼克，我真為你感到可憐！」

「好啊，既然我這麼可憐，殺了我，來啊！」

麥特把手指放在扳機上。

「麥特，別這樣做！」我說。

麥特注意到我手臂上的鮮血。「洛莉，他對你做了什麼？……」

尼克利用這個瞬間襲擊了麥特，從他那兒搶走了手槍，麥特摔在牆上，然後尼克把我推向麥特。「好了，寶貝，該說再見了！」

下一分鐘，四名警察跑進了房間。

「該死！」尼克說。

「尼克‧休士頓，你被捕了。」

我覺得生命正漸漸離我而去。

「洛莉……」麥特拍了拍我的臉頰。「喂！她流太多血了！趕快送她去醫院！」

第14天

燈，燈太亮了，刺眼得讓我忍不住開始流眼淚。四周都是白色的牆壁，我的身上蓋著白色的床單，手臂被包紮過了，我已經完全感受不到疼痛。我在醫院的病房裡，這裡很溫暖，我深呼吸一口氣，知道自己終於徹底安全了。

當我轉過頭看到麥特坐在我床邊的椅子上時，臉上露出了笑容。他在睡覺，身上打著石膏，傷口都被處理過了。我從床上坐起來，叫醒他。

「麥特……麥特。」我低聲叫著。

他醒過來，看到我，和悅地笑了起來。「你醒了，覺得怎麼樣？」

「很好。」

「醫生說傷口不深，很快會癒合。你很幸運。」

「嗯……一切都結束了嗎？」

「是的，整個噩夢都結束了。尼克會被關很久。」

「你是怎麼報警還拿到手槍的？」

「很簡單。尼克的手下很強壯，但都很蠢。他們留下我獨自一人，桌子上有一支手機和一把手槍，」麥特停頓了一下，「你知道嗎？你不需要那樣做。」

「那我能怎麼辦？」

「你不用因為我跟他一起去。」

「他們差點打死你。」

「他們沒有打死我……」

「我別無選擇。」

麥特再次沉默，然後開始在口袋裡翻找，並掏出一件東西。「我想把它送給你。」他手上拿著那條項鍊。

「這是你買給潔澤爾的？」

我選擇活下去

「我想它更適合你。」他拿起我纏著繃帶的手,把項鍊放在我掌心裡。

「謝謝。」我低聲說。

他握著我的手。我們之間發生了什麼?難道他和我有一樣的感覺嗎?我感到前所未有的快樂。我愛了多年的人現在正握著我的手,送給我一條非常昂貴的項鍊。我不希望這一切結束,但亞當和潔澤爾突然走進病房。

「洛莉、麥特!」潔澤爾跑向她的男朋友並擁抱他。

「嗨,你還好嗎?」亞當問道。

「我們沒事,還活著。」麥特笑著說。

「我要瘋了!」潔澤爾看著我的手。「我的天哪!」

「潔兒,沒事了,都已經過去了。」

「你不知道我有多擔心!」潔澤爾停頓了一下。「我的天哪!我是多麼自私的一個人呀!我很高興你們都沒事。」

「我還沒來得及告訴你父母。」亞當說。

「謝天謝地。我不希望他們知道這件事。」

「你確定嗎?」

「……確定。」

「從現在開始我不會再讓你們離開我的視線了。知道了嗎?」潔澤爾說。

我們笑了起來,一名護理師走進病房。「格洛莉婭·馬克芬,你覺得怎麼樣?」

「非常好,我覺得我可以回家了。」

「我先幫你做一下檢查。」

護士走近我,用手電筒照了照我的眼睛,按我的手臂測量脈搏。

「你不是故意自殘的,我想你可以不用去看心理醫生。」

「謝謝。」老實說,如釋重負。

「麥特·金斯,你感覺如何?」

「再好不過了。」

「你也很幸運，骨頭很強壯。你捱過了嚴重的毆打，但是向我保證，你不會再幹這樣的蠢事了。」

「我保證。」

「好吧，一小時後，你就可以回家了。」

終於可以回去了。我想讓自己維持正常狀態，盡力忘記這糟糕的一切。

「我不知道還有這麼可愛的護士。」亞當說。

「你看她穿著超短的護士服。」麥特接著說。

「麥特，我還在這裡，我都聽到了！」潔澤爾小聲說道。

「抱歉，我可能已經開始恢復健康，我的本能也回來了。」麥特笑著說。

「潔澤爾，讓他們休息一會兒吧？我們先去熱車。」亞當提議道。

「好，別太想我。」

亞當和潔澤爾離開，又剩下我們兩個人了。

「好像什麼也沒發生過一樣。」我說。

護理師重新走進病房。「麥特‧金斯，你不打算回病房嗎？」

「噢，要。」麥特起身向出口走去，「回頭見。」

「有這樣的男朋友，你很幸運。」

我立刻臉就紅了。「他不是我男朋友。」

「好吧，是朋友。整晚都坐在你身邊，真讓人感動。」

我的臉上再次浮現出白痴般的微笑。他坐在我旁邊，看著我睡覺。我想，他的腦子被打壞了。

幾個小時後，我回到潔澤爾家裡。我感覺力氣倍增，快樂地想去學校，但醫生說我應該至少在床上躺一天，避免過度勞累。

「你不去上學嗎？」我問潔澤爾。

「上什麼學？我會陪你一整天。」

「潔兒，沒必要，我很好。」

「你知道嗎，如果換成其他人，他們會很高興一整天都有人送果汁和餅乾給他們。」

我們笑了起來。我生命中的問題解決了嗎？我現在可以不帶偏執地思考我的日常生活嗎？我自己都無法相信……

親愛的日記！

我不知道如何描述這兩天發生在我身上的事。尼克綁架了我和麥特，然後羞辱我們，要我們跟他道歉並且……想和我上床。如果不是麥特，那這一切會如何結束仍然是個未知數。我不會告訴我父母這件事，他們為什麼要煩心我的問題呢？媽媽因為要和爸爸離婚而瘋狂，爸爸卻和勞倫斯小姐上床。真是一個不錯的家庭！

但現在不說這個。我和麥特之間發生了一些事，這聽起來很糟糕，但在某種程度上，和尼克發生的事讓我很開心，因為這件事，我和麥特變得更加親近，這是我一直夢想的。當他和潔澤爾在我眼前接吻時，我心裡想像他不是在親吻潔澤爾，而是在親吻我。這非常愚蠢，但我非常愛他，是的，這不只是迷戀，而是愛。我要試著讓潔澤爾有更多的時間和亞當在一起，到時候，也許……

還剩36天，洛莉

我洗了澡，換上乾淨的衣服，躺在床上。王子在我身邊，他已經磨蹭我的腳整整一個小時了。我想要這種平靜的狀態很久了！

潔澤爾拿著一個大托盤走進房間。

「格蕾絲為你做了奶油濃湯。」

「我真的很想吃,但是我沒胃口。」

「你忘了醫生跟你說的話了嗎?只能臥床休息和多吃東西,所以不要違背醫生的話!」潔澤爾把托盤放在桌子上,我拿起湯匙喝了一小口湯。

「非常好吃!」

「格蕾絲雖然呆頭呆腦的,但她做飯好吃極了!」我又多喝了幾口,她繼續說道:「你知道嗎?我想像過,如果你和麥特回不來的話該怎麼辦?這對我來說是多大的損失。」

「潔兒,都結束了,我們必須試著忘掉它。」

「你想自殺……當你切斷血管時,你想到我了嗎?想到你媽和你爸了嗎?那時你到底在想什麼呢?」

「我沒有別的辦法。你知道嗎?相較於可能發生在我身上的事,死亡並不是最可怕的。」

「但對我來說,這是最可怕的!」潔澤爾的眼中浮現了淚水。

「冷靜一下。我在這兒,和你在一起,小貓在我們身邊發出呼嚕聲。這不是很好嗎?」

「真是個討厭的樂觀主義者。」

「對了,這兩天你有餵王子嗎?」

「當然。哦,對你來說,這隻小貓比你最親愛的朋友更重要嗎?」潔澤爾坐在我的肚子上,開始搔我癢,她最清楚我最怕癢了。

「你說什麼呢?你們兩個對我都很重要!」

「好啊,謝謝你把我和流浪小貓咪一起相提並論!」我們笑個不停。

「好了,我們不聊這個了。你快告訴我,我離開後,你和亞當發生了什麼?」

「哦不,別說這個……」

「不行，我要知道細節！」

「沒什麼特別的。我們只是聊了聊，吃了點東西，然後他送我回家並且……」

「並且什麼？」

「……並且邀請我今天去散散步。」

「你怎麼回答的？」

「我沒回答。但我多半不會去。」

「為什麼？」

「因為，洛莉，我重複一千次了，我有男朋友！他差點被打死了，我不能再對他這樣了！」

「嘿，只是和他一起散步，沒人會知道。」

「我不知道……我超想和他一起去，但心裡有些東西在阻止我。」

「去吧，去化妝，穿上你漂亮的裙子，打電話給亞當！」

「麥特怎麼辦？」

「什麼麥特？他在家休養呢，他現在顧不上你。」

「也許，你是對的。我去打電話給亞當。畢竟，我和他只是朋友！」

「沒錯。」

「沒錯。」

潔澤爾從床上起來，朝門口走去。

「好好休息。」

我該怎麼辦？為了能和麥特在一起，我特意把她推向亞當。我的天哪！這太可怕了！最重要的是，她相信我，並且聽我的建議，如果我是她，我早就看出這些操縱手段了。

幾個小時後，亞當來接潔澤爾，他們一起去約會。如果潔澤爾真的和我的兒時同伴談戀愛怎麼辦？畢竟他們非常相配。潔澤爾現在對麥特只是

裝模作樣，他們很少在一起消磨時光，看電影，打電話聊天。雖然他們在學校的公共場合親吻、擁抱，並試圖假裝他們是完美的一對，他們之間非常好，但我個人對此已經看得非常厭煩。我真的希望潔澤爾幸福，麥特也是。他們只有分開，彼此才會幸福。

整個家都是我的天下啦！我參觀了所有的房間和照片。這裡很空曠，到處都是昂貴的傢俱和裝飾。在這個家裡，你甚至會迷路。

突然，我聽到有人在門口按門鈴。可能，潔澤爾已經玩夠了。但是我猜錯了。我打開門，看到麥特站在門口。

「嗨，潔兒在家嗎？」

「不，她……她去找法文家教了。」我撒謊道。

「我知道了。」

「進來吧，家裡沒人。潔兒的父母出去旅行了，格蕾絲已經結束工作了。」

麥特走了進來。「我帶了一些東西來。」

我看到他手裡拿著一瓶威士忌。

「哇！你要為她準備一頓浪漫的晚餐嗎？」

「不，我只想我們一起喝了它，慶祝我們戰勝尼克這個渾蛋，你不反對吧？」

「酒精對我而言是禁忌。」

「拜託，喝一杯不會怎麼樣。」

「好吧，只喝一杯喔。」

我們走進大客廳，坐在地板上。麥特把威士忌倒進高腳杯裡。

「來，為了我們喝一杯？」

「慶祝我們設法克服了一切。」

我一乾到底。威士忌的苦味讓我想起那個在巴黎的夜晚，當時我和潔

澤爾認識了當地的竊盜犯。

「你看，喝酒不會發生什麼事，我們再喝一杯？」

「麥特……一點點就好。」我又喝了一口威士忌，背靠著沙發。

「如果他被放出來怎麼辦……畢竟他的爸爸無所不能。」

「別擔心，我爸爸正在盡全力確保尼克能高高興興待在牢裡。」

一陣沉默。我看著壁爐，覺得酒勁上來了。

「你知道嗎？那時在醫院裡，我想告訴你一件事。」

「什麼？」

然後麥特的電話響了。「我馬上就來。」

他起身走進另外一個房間。他想跟我說什麼？麥特，你不能這樣引起別人的好奇心！幾分鐘後，他回來了。

「誰打的電話？」

「我媽，她問我在哪裡。」

我控制不住地笑了起來。

「你笑什麼？」

「對不起，我只是沒想到，這樣一個強壯的大男生仍然受到父母的控制。我以為你是個男子漢。」我繼續笑著。

「我就是個男子漢！」

「好吧，當然！」不經意間，我又喝了一杯威士忌，「不要這樣看著我，你現在看起來像一個 5 歲的小男孩！」

「哦，是嗎？」

我迅速從位置上離開，用盡全力開始跑，麥特跟在我身後。老實說，我們就像兩個傻瓜。他試圖追上我，但我又溜掉了。我沿著樓梯迅速下樓，在走廊上奔跑，打開一扇陌生的門，原來是游泳池。麥特跑了進來，我再次逃之夭夭，我們笑得像瘋了似的。找到一個合適的時機，我將麥特

推進了游泳池，他開始掙扎，我狡詐地笑著。

「怎麼樣，男子漢，冷不冷？」

「好吧，你贏了。」

他游到我身邊，抓住我的手，我尖叫著跌進了游泳池。

「白痴喔！」

我濺得他滿身水，他用同樣的方式回應我。水滴落在耳朵上、眼睛裡，但我沒在意，繼續反擊麥特。他突然抓住了我的手臂，我再也無法繼續動作了。他離我這麼近，我看著他的眼睛，他也看著我的眼睛，我們的呼吸變得沉重起來，就像剛跑完越野賽一樣。池中的水漸漸恢復了平靜。沉默中摻雜著我們的呼吸聲。我感覺他輕輕地摟住了我的腰，令我在水中想入非非。

難道要發生了嗎？真的嗎？是的。我們的鼻子互相碰觸，我閉上眼睛，雙手放在他肩膀上，我們的嘴唇貼在一起。他是如此溫柔。我體內血液沸騰，雞皮疙瘩都起來了，臉頰瘋狂地燃燒著。他都沒想停下來，但我睜開眼睛，又重新找回理智。我在和最好的朋友的男朋友接吻，我應該停下來！我推開麥特，快速游到游泳池邊，離開水面。

「洛莉！」麥特說。

我的呼吸變得更急促。我迅速走到外面，好讓自己清醒。

麥特也走到外面。「你怎麼了？」

「別靠近我！」

「至少先進去吧，很冷。」

「我不冷！」我回答道，牙齒直打顫。

麥特全身濕透了，冷得直打哆嗦，他靠近我：「那時我就想告訴你，我不再只把你當成普通朋友。」

「別說了……」

「我有更多其他的感覺。」

「求你別說了⋯⋯」

「而且這個吻，不是意外。」

「我們只是喝醉了⋯⋯喝醉的人經常有些愚蠢的行為⋯⋯」

「難道你什麼感覺也沒有嗎？」

「感覺到了，麥特！我感覺到我們喝太多威士忌了！」我從他身邊走開，他仍看著我。「你回家吧！」

「不。」

「⋯⋯那我走。」我轉身離開。

第15天

當你醒過來，知道等待你的並不是美好的一天時，該有多絕望。昨天我很晚才回來，幸好麥特已經不在了，潔澤爾在自己的房間裡睡覺。在散步期間，我有時間好好思考。我跟麥特接吻了，這不是我想要的嗎？但為什麼我的良心備受折磨？潔澤爾總是支持我，聽我說話，而我卻這麼對她，還和亞當想出了這個愚蠢的方法。我真是糟透了。

今天我根本不打算去學校，這樣我就不會再看到潔澤爾和麥特了，但是我已經好幾天沒有上課了，金斯利會打電話給我父母，我不要這樣。所以我早上5點半就醒了，迅速穿好衣服，靜靜地走到一樓。

我正打算開門，聽到身後傳來格蕾絲的聲音：「早安，小姐！」

「早安，格蕾絲！」

「我沒想到你這麼早就醒了，稍等幾分鐘，我為你準備早餐。」

「不，謝謝，格蕾絲。我急著出去。」

我打開門，但回頭再次跟潔澤爾的家庭女傭說道：「格蕾絲……」

「什麼事，小姐？」

「請告訴潔澤爾，我在學校等她。」

「好的，小姐。」

我走到外面，攔了一輛計程車，告訴司機外婆家的地址。

半小時後我到了她家附近。我必須向亞當解釋一切，我不能背叛我最好的朋友，背著她和她的男朋友搞陰謀詭計。這很卑鄙。

按了好一會兒門鈴，幾分鐘後，外婆才來開門。

「格洛莉婭，寶貝！」

「嗨，外婆。亞當在家嗎？」

「在，他正準備去上班。」

　　　　　　　　　　　我選擇活下去

「請幫我叫一下他。」

「你先去廚房吧，我正要叫他。」

「不，我趕時間，我現在就要找他。」

「你的手怎麼了？」外婆看著我包紮過的手腕。

「自殺沒成功。」

「你真會開玩笑！」

嗯，外婆，我一點也沒開玩笑……5分鐘後，亞當從家裡走了出來。

「嗨。」

「我要取消約定。」

「什麼？哦，哦，你說這個呀！為什麼？」

「昨天……麥特吻了我。」

「太酷了！還差一點點，他們……」

「夠了！一切都太失控了。我自己都不知道自己在做什麼。潔兒對你很好，但她不會拋棄麥特的。」

「難道不是你告訴我，我做的都是正確的嗎？」

「我是說過……但我們得看清事實。你是一個好人，即使潔兒愛上了你，她也只會偷偷地跟你見面，因為她需要派對、上流社會，你能給她什麼？在公園散步？在汽車維修中心約會？」

「……但是她喜歡這樣……」

「亞當，忘了她，也忘了我們的約定。」我轉身走了幾步。

「你能忘記麥特嗎？」亞當懊惱地問道。

我再次轉身面對他。「會……我會試試。」

看吧，我做到了。現在，當我看著潔澤爾的眼睛時，我可能不會那麼難熬了。

我還來得及去上課。英語老師還沒有進入教室，像往常一樣，他還沒

出現，這裡就是個瘋狂的世界。我透過門縫，看到潔澤爾正在準備上課。麥特還沒來。好極了！也許他今天不會來？這正合我意。

我走進教室。

「洛莉，你去哪兒了？」潔澤爾問。

「我早早就起床了，去了外婆那裡一趟。」

「你至少應該告訴我一聲！」

「抱歉……」

突然我覺得有人用手拍了拍我的肩膀。是麥特。「嗨！」他說。

我緊張地垂下視線，試圖避開他的目光。「嗨！」我迅速說道，並緊張地在書包裡找課本，假裝沒注意到他。

課堂持續了很久，我盡量不去想我和麥特的吻。即使我非常喜歡他，我也永遠不會和他在一起。為什麼還要徒勞地折磨自己？況且我活不了多久了，我不希望他因為我而受苦。剩下的時間，我試著與潔澤爾和麥特分開度過，我不想再打擾他們了。讓這一對小情侶獨自相處，弄清楚自己的感受。

我走到有儲物櫃的那棟樓去拿課本。這裡總是很安靜。我打開儲物櫃，照照鏡子，用手摸了摸眼睛下方的黑眼圈，並發現課本裡有一個信封。

我真不敢相信自己的眼睛！還沒結束嗎？我打開信封，上面寫著：**「你做出了正確的選擇。」**

這是什麼意思？還有什麼選擇？我試著理解這封信的意思，完全沒有注意到麥特此時站在我旁邊。

「你為什麼要躲著我？」

「我沒躲著你。」

「真的嗎？我不懂，你不和我們一起上課，是為了避免見到我？」他注意到我手中的信，他的表情瞬間也變了，「這不可能……」

「他被放出來了嗎？」

「不，尼克被抓了，他的同夥都在被警察審訊。」

「那麼，這代表……」

「這代表這些信不是他給你的……」

「好吧，太酷了……我真的要瘋了。」

「我們必須找到這個瘋子，從他那兒弄清楚一切。」

「不，沒必要。如果他喜歡用這些信來威脅我，那就讓他繼續這樣做吧。遲早他會厭煩，不再對我做這樣的事。」

「好吧……洛莉，我想了一下關於昨天的……」

「麥特……」我打斷他。

「聽我說，你是對的，我們喝醉了。我們必須忘掉它。」

「是的……」

「那現在我們又回到過去快樂的時光了？」

「當然。」我勉強笑著說道。

麥特離開了。我覺得不自在。一方面我希望盡快忘記他，另一方面我仍然愛他，而且聽到他這樣說很傷心。我的天哪！我真的要瘋了。

數學課。我真的不想上這門課，並不是因為我沒有完成作業，而是當我看到勞倫斯的臉時，立即就會浮現爸爸和她在一起的畫面，我只想吐。

「格洛莉婭，請到前面來。」

呸，賤人，不要叫我的名字！我置若罔聞地翻著作業本。

「格洛莉婭·馬克芬，請到前面來。」

「我不要。」

「你說什麼？」

「我說，我不要。我心情不好。」

勞倫斯的臉上寫滿了憤怒。「請你立刻站起來！」我慢慢地起身。「馬

克芬，你這是什麼態度？我應該通知金斯利夫人嗎？」

「請吧，然後順便告訴她，我爸的接吻技術很好。」

勞倫斯目瞪口呆。我看到她眼中的驚訝，充滿了恐懼。全班都呆住了，很多人張大了嘴巴。大家都看著我，我感覺內心的怒火在翻湧，甚至想把那個老女人的眼睛給抓出來。

「……坐下。我們繼續上課。」

「怎麼了？勞倫斯小姐，你是不是太羞愧所以不敢直視我的眼睛？你的確應該羞愧，因為你的純真無瑕都是裝出來的！」

「馬克芬，現在在上課，請不要妨礙我。」

「我不應該毀了你的課，但你可以毀了我的家嗎？」我在教室裡咆哮。我抓起自己的東西跑到走廊上，我一點也不想哭，我只想逃離這個地方。

親愛的日記！

我恨她，恨她，恨她，恨她！讓這個女人下地獄吧！她和我的爸爸上床，還不知羞恥地看著我的眼睛，假裝什麼也沒發生！在我自殺之前，我的目標是讓父母和好如初。畢竟爸爸可以回心轉意並原諒媽媽，媽媽也可以原諒爸爸。但這個老女人妨礙了我，並毀了我所有的計畫。爸爸喜歡她什麼呢？骨瘦如柴，難看的捲髮，戴著眼鏡，喜歡數學。他怎麼能喜歡這樣的人呢？我不懂。算了，一切都在我的掌握中！我會讓她知道自己惹錯人了！

還剩35天，洛莉

　　　　　　　　　　　　　我選擇活下去

第16天

今天是我一生中第一次在星期五沒有翹課，我過去每個星期五都會翹課，我的爸媽和老師已經習慣了。但今天潔兒和我都沒有這麼做，畢竟，我們很快就要寫學期末的論文了。我意識到，如果我把心思全部放在學業上，那麼就能更快地忘記麥特和我家的問題。當然，這一切都和往常一樣是徒勞的。

物理課。我們瘋狂的老師科斯托先生正在講解某位科學家的成就，除了查德，沒人聽他講課。我看著窗外……看到爸爸拿著一束鮮花站在勞倫斯小姐身邊。

「這是我的幻覺嗎？」我大聲說。

「什麼？」潔澤爾問。

「看窗外。」

「天啊，你爸爸跟那個賤人……」

「所以，我沒產生幻覺。」我舉手，「科斯托先生！」

「怎麼了？」

「我可以出去嗎？我得去醫務室一趟。」

「當然。」

我起身。

「洛莉，你要去哪兒？」潔澤爾疑惑地問道。

「我必須阻止他們！」我閃電般沿著走廊跑下樓梯，差點把校長撞倒在地，然後跑到外面。

爸爸和勞倫斯擁抱著，甜蜜地微笑，我覺得我要在馬路上嘔吐了。我走近他們，但他們沒有注意到我。「嗨，爸爸！」

爸爸看到我，幾乎說不出話來。「格洛莉婭……你終於回來了！我和茱

蒂到處找你！你去哪兒了？」

「哇！你這麼關心我嗎？」我神經質地大笑起來。

「不要笑！我們很擔心。我甚至來找勞倫斯小姐幫忙找你。」我的天哪！聽聽他的謊言，我的腦子快要爆炸了。

「真的嗎？那這些花是給我上墳用的對嗎？」

「不，你在說什麼！這些花……是給你的。」他把花束塞進我手裡。

我冷笑著看著他，帶著前所未有的厭惡。

「大衛，她知道了。」勞倫斯小姐說。

「她知道什麼？」

「所有事，爸爸。從她把舌頭放進你嘴裡開始……」

「夠了！」勞倫斯打斷我，「我再也受不了了。格洛莉婭，我理解你的感受，但……幾週後你的父母就要離婚，到時你的爸爸就自由了……」

「那又怎樣？這表示你有權和他睡嗎？」

「格洛莉婭！」爸爸介入，「我喜歡勞倫斯小姐，我想和她一起生活。你會和你媽一起生活，我會幫你們租一間漂亮的房子，我們還會經常見面。」

「是嗎？我寧願死也不願再見到你……」

我轉身離開，但我沒走回教學大樓。體育場很安靜，一個人也沒有。我一個人坐著，號啕大哭起來。我非常討厭忍受這一切。「我想和她一起生活……」渾蛋！他很清楚媽媽現在很糟糕。雖然她痛恨他做出的惡行，但她仍然愛著他。如果媽媽發現他又再犯，那她一定會失去理智的！我恨我爸，但我更恨勞倫斯。她真的這麼喜歡當一個拆散別人家庭的人嗎？她知道這對我和媽媽都不好嗎？我猜這個賤貨根本不在乎，她甚至可能已經列好婚禮的客人名單了。

我聽到腳步聲，抬起頭，因為眼淚，周圍都變得模糊起來，但我認出

熟悉的夾克顏色。

「洛莉，你怎麼了？上課被趕出來了？」麥特問道。

「你在這裡做什麼？」

「我在訓練。」

我擦掉眼淚，從看臺上站起來，想要離開，我再次聽到麥特的聲音：「等等，發生了什麼事？」

「是發生了一些事，我想一個人待會兒。」

「也許你最好說出來，這樣會覺得好一些？」

「這對你有什麼好處？」

「洛莉，我們一起經歷了很多事，我想我們已經不是陌生人了。」

我知道他是對的。我再次坐回看臺上，他坐在我旁邊，我告訴他一切。關於爸爸、勞倫斯小姐、媽媽，關於我的苦惱，他認真地聽我傾訴，點了點頭：「嗯……太可怕了。但也許會變得更好呢？」

「你指的是什麼？」

「如果你的父母不喜歡對方了，那他們為什麼要一起生活相互折磨呢？」

「我不知道……但我無法理解，他們離婚後我就沒有家了。」

「為什麼？你還是有家。畢竟，你愛你的爸爸媽媽，他們只是要分開住。」

我沉思了一下：如果他真的是對的呢？如果我放開爸爸，讓他做他想做的事？我和媽媽兩人一起住，我會支持她，這樣可以嗎？

「金斯！快去訓練！」教練喊道。

「麥特，謝謝你的安慰……真的，我非常感激你。」

「得了吧……不用謝。」

他起身，準備離開，突然他轉身吻了吻我的臉頰。然後，一言不發地走了。我坐著，像個傻瓜一樣笑著。你為什麼開心？你又一次犯了同樣的

錯誤。

　　我把自己整理好，還來得及去上生物課。費奇先生站在教室中間，準備告訴我們一些重要的事情。

　　「同學們，我有一個消息要告訴大家。大家都知道，學期末你們必須提交學年論文。和往常一樣，大多數學生都要寫生物課學年論文。因此，我決定替你們安排一趟兩天一夜的旅行！」費奇高興地說。全班都處於驚訝的狀態。週末要在森林裡度過？開什麼玩笑？

　　「為什麼我沒在你們的臉上看到快樂的表情？」課堂上一片沉默。「嘿，我們會整天在森林裡散步，認識不同的植物和動物，多令人興奮啊！」所有人都沉默了。

　　同學們的表情看起來像是飽受折磨。

　　「我不管你們喜不喜歡這個消息，都必須要出席！否則，你們將無法得到生物課成績。大家都清楚了嗎？」

　　「清楚了⋯⋯」大家疲憊地回答道。

　　好吧，超級棒！整個星期天我將與全班同學還有性感的、惹人生氣的費奇先生一起度過。

　　下課後，我悄悄地背著潔澤爾迅速攔了一輛計程車走了。我說出我家的地址。是的，我想見見我媽，聽聽她的聲音。畢竟，她獨自一人在那裡。如果此時我還和朋友們一起出去玩，我會覺得自己是個混球。

　　計程車開到了家門口，我猶豫很久才走了進去。這裡十分空曠和灰暗，感覺房子似乎被遺棄了，或者屋主們去度假了。我沿著吱吱作響的樓梯爬到樓上。這裡很安靜，我甚至可以聽到自己脈搏跳動的聲音。我打開父母臥室的門，媽媽蜷縮著躺在床上。我看著她，微笑著，淚水開始在眼眶裡打轉。她看起來如此無助和孤獨。我想擁抱她，溫暖她。我坐在床邊，慢慢撫摸她的頭髮。然後她醒了過來，眨眨眼，認出了我。

「……格洛莉婭。」

「嗨！」

她起身，從抽屜裡拿出一瓶藥，從裡面倒出藍色的藥片吞下。然後重新躺回床上，閉上眼睛。我白擔心她了，我靜靜地站起來朝出口走去。

「留下來……」

我急忙轉過身，母親看著我，淚水止不住地流了下來。

「請你留下來……不要讓我一個人。」

我擁抱她。「媽……媽，你怎麼了？」

「別離開我……拜託……」

「冷靜一點……我會和你在一起……」

「別離開我……留下來和我在一起。」

「噓，噓，我會留下來。」我親吻媽媽的頭頂。「我會留在你身邊……」

第17天

　　我一早醒來，站在爐灶旁煎培根。媽媽還在睡覺，昨天我們聊到了半夜。我試圖以某種方式巧妙地暗示爸爸有了新的情人，但我難以啟齒。

　　我聽到樓梯傳來的腳步聲，是媽媽。

　　「你這麼早就醒了。」她說。

　　「對啊，我把我們的早餐準備好了。」

　　媽媽微笑著。當她看到走道的衣帽架上沒有爸爸的外套時，又變得陰鬱起來。「大衛沒回來……」

　　「可能他有很多工作要完成。你也知道他是一個工作狂。」

　　「他不知道已經多少天沒在家裡過夜了……」

　　「媽，這有什麼關係？我們兩人住在這個大房子裡，我們有很多食物。」我給媽媽一片乳酪。

　　「這行李是怎麼回事？」她看著徒步旅行的背包問道。

　　「我要和費奇先生還有全班同學一起去旅行，我忘記告訴你了。」

　　「你要走了嗎？」

　　「只去兩天一夜。」

　　她從睡衣的大口袋裡拿出一罐相同的藥，然後又吃了一把藥片。

　　「你吃的是什麼藥？」

　　「弗雷醫生開的藥。」

　　「你還去找他嗎？」

　　「格洛莉婭，我知道你不喜歡，但在那裡我覺得不那麼孤單。那裡有很多人，我們會溝通，也會笑……感覺這個世界似乎並不那麼空虛。」

　　「媽，現在開始我會一直和你在一起。我保證不會再讓你感到孤單。」外頭傳來汽車的喇叭聲。「是潔澤爾和麥特，我得走了。」

「你吃過飯了嗎？」

「我的背包裡有很多食物，所以不用擔心我。」我邊說邊背上沉重的背包。我走到外面，麥特的紅色克萊斯勒已經準備好出發了。

「嗨！」我說。

「洛莉，這是你的新興趣嗎？逃避每個人，也不說去哪裡和為什麼？」

「潔兒，對不起。昨天我來看我媽，我想知道她一個人待在這裡好嗎，然後……總之，我必須和她住在一起，否則，我覺得會有不好的事情發生。」

「好吧……你高興就好。」潔澤爾說，然後我們出發了。

要和全班同學一整天待在樹林裡，我並不覺得興奮。首先，我不想再讓母親獨自一人。其次，我不能忍受在帳篷裡睡覺，我得堵住耳朵，以免聽到有人打呼。許多人覺得這裡很浪漫，但很可惜，除了大量的蚊蟲叮咬和可惡的罐頭晚餐外，我什麼也沒發現。而且，我不得不面對隨處可能遇到麥特的情況。我以為星期天可以暫時遠離他，但好吧，沒錯，他昨天幫了我，還讓我感覺好多了。但那個吻依然在我心頭揮之不去。

等我意識到的時候，我們已經在大校車上了，費奇先生非常滿意，全班同學都來了，他恨不得親吻每一個人。他請勞倫斯小姐當他的助手。是的，這個賤人就是喜歡到處瞎攪和！我有預感這次旅行會讓我崩潰。我坐在座位上，潔澤爾和麥特坐在我身後，費奇正在宣布在大自然中的安全守則，勞倫斯每隔幾分鐘就數一下我們的人數。

校車開了半個小時，我們已經遠離城市。費奇把我們帶到盡可能遠的森林裡去，那裡會有更多的植物，通訊訊號也會消失，這樣就沒有人能和朋友聯繫或者上網聊天。他真的想要我們死。

校車停了下來。我們用麻木的雙腿跟著費奇和勞倫斯，在森林中繞了一小時後，我們到達一塊林間草地，將背包放在地上。

「我想我們可以在這裡紮營。」

今天是陰天，如果下雨的話，我想我和其他同學都會恨死這個世界。有人為了生火而收集乾樹枝，有人將背包裡的食物放在一起。有人臉上因為疲勞而一副愁眉苦臉的表情，有人恰恰相反，為這一天感到高興，但高興的只有兩個人——維多利亞和查德，我們班上最狂熱的書呆子。

「該死的帳篷！我的指甲都要斷了！」潔澤爾尖叫著。

「潔兒，要看說明書，照順序來。」

「既然你是帳篷專家，你來幫我裝好吧！」潔澤爾不快地喊著，然後去散步了。

我開始張羅著搭帳篷，麥特走近我。「費奇在我的背包裡找到了啤酒，然後把它沒收了。」

「真棒……我覺得我們在這裡會非常『愉快』。」

「聽著……昨天我吻你，只是想讓你冷靜下來，僅此而已，你別多想……」

「……要試著忘掉它嗎？麥特，我對這些話怎麼有似曾相識的感覺。」

我們開始旁若無人地大笑起來。

「格洛莉婭、麥特，既然你們無事可做，請過來這邊。」費奇說。

我們交換了一下眼色。

「還有人想和我們一起去到處探索一下嗎？潔澤爾？你要來嗎？」

「不，謝謝。我寧願留在這裡組裝我的帳篷。」她靠近我，在我耳邊說：「祝你探索愉快，魯蛇。」潔澤爾笑著離開。

不算費奇，我們有六個人，潘蜜拉、葛列格、查德、維多利亞、麥特和我。太棒了！我們身邊都是一些週末時不去參加派對的哥白尼愛好者。

「如果我們悄悄地離開這裡，你覺得他會注意到嗎？」麥特問道。

「難道你以為我沒想過這個？他的後腦勺上長著第三隻眼睛，他什麼都知道。」

我選擇活下去

接下來的半小時，我們在森林裡徘徊，在每個灌木叢附近停下來，弄清它的名稱、葉脈型和葉綠體顆粒大小。總之，你可以想像我們聽到這一切是多麼「有趣」。

我們走到一棵高大的樹前停了下來。

「看看這個神奇的東西。誰知道這是什麼？」費奇問道。

我們面前有一個落滿樹葉和樹枝的坑。

「這是個洞穴。」

「很好，維多利亞，這是矮貓鼬的洞穴。這些動物基本上很少在我們的地區生活，我們很幸運可以找到它。我想讓你們看看牠們。」費奇開始用樹枝敲擊，好讓小野獸從坑裡爬出來。

「費奇先生，也許沒必要這樣做？」查德說。

「有必要，查德。你永遠不要忘記這一點。」

他開始更用力地用樹枝敲擊，然後查德用手向上指了指。原來，有一個巨大的蜂巢懸掛在樹枝上，更可怕的是，它就要落在費奇的頭上了。

「太可怕了！我們得偷偷離開這。」麥特告訴我。

「費奇先生，那裡⋯⋯」

「我們走吧。」麥特不讓我說完，抓住我的手，我們就跑了。

「我們去哪兒？」

「遠離這個瘋人院。」

「但營地在另外一邊！」

麥特沒有回答我。我們繼續跑向森林深處。然後，當我們跑得夠遠時，我們停了下來。

「我們在哪兒？」

「不知道。但現在沒有人找得到我們。」

「你這個笨蛋！費奇會殺了我們，還有金斯利夫人。」

「我救了你！不然我們就得在整個林子裡狼狽亂竄躲避野生蜜蜂。」

我笑了出來，轉過頭，聽到灌木叢裡傳來一陣奇怪的聲音。

「看，那是什麼？」我朝著有聲音的地方走去，麥特跟著我。眼前出現了一個小瀑布，周圍環繞著低矮的樹木，岸邊有不計其數的石頭和落葉。

「哇！那些傻瓜居然不知道這裡有這麼美麗的地方。」麥特說。

我走到水邊，抓起一堆樹葉扔向麥特。

「喂，你幹嘛？」

「幹嘛？是你把我帶來的！」

我們再次像小孩子一樣，奔跑，互相扔樹葉，然後跑到了瀑布旁邊。麥特把我推入水中，我也這樣對他。水非常冷，但我們不在乎。等到衣服已經濕到滴水的時候，我們終於停了下來。

「都是你，我都濕透了！」

「我也是！」他把T恤脫下來。

「你在幹嘛？」

「把濕衣服脫掉啊，我們得把衣服弄乾，你也應該要跟我一樣。」

「是啊，當然了。我一直夢想著能讓你看到我那些你從未見過的每一面。」

「嗯，你自己決定吧。」麥特脫下牛仔褲。

「我的天哪！」我說，然後轉過身去。

「學校裡每個女生都夢想看到這個好嗎。」

「好，我很慶幸我不是她們。我們得回營地去了。」

「在我曬乾衣服之前，我哪裡也不會去。」他拿起打火機，點燃樹枝，在一根長棍上開始烤他的牛仔褲。

「他們很快就會開始找我們。」

「我沒想到你是這麼怕事的人。」麥特看著我說道。

「我沒想到你穿著南方公園圖案的內褲。」

「大家都穿了。」

「對啊，12歲的小男生都穿了。」我大笑起來。

麥特對此很生氣。「夠了……」我停不下來，「不要笑了！」

「抱歉，我停不下來。你看前面。」

麥特轉過身來，看到他的褲子上烈火熊熊。「該死的！」他跳了過去，牛仔褲變成一塊滿是黑洞的破布。

「你今天運氣不太好。」

「現在我絕對哪裡也不會去。」

「我們很快就會被野獸盯上的。」

「我不擔心動物。等天完全黑了，我們再回營地吧。暫時休息一下。」他裸著背躺在地上，閉上眼睛。

「好吧……」我走開幾公尺，模仿他躺下來。

「還是你要躺到我旁邊？」

「為什麼？」

「嗯……大家都是這樣取暖的。」

「這話說出來可能會讓人誤會，但我是不可能和你睡的！」我側身躺著，閉上眼睛。

天已經黑了，天空中布滿了無數明亮的星星，我開始發抖。麥特是對的，我得放棄所有的原則，去躺在他旁邊。他還在睡覺，我悄悄地靠近他，以便溫暖彼此。他突然起身撲向我：「啊哈，抓住你了！」

他跨坐在我身上，緊緊地抓住我的手腕。

「你在做什麼？」

「你掉進我的陷阱了。」

「放開我！」我開始掙扎，但他更加用力地握住我的雙手，「放開我！」

他沒有鬆開我的手腕，反而俯下身來吻我。我一開始沒有停止掙扎，但隨後這個吻讓我的反抗全都消失了。他的手慢慢鬆開我的手腕，與我的手指緊緊交纏在一起。我感覺到他在我身上顫抖，我的身體也起了雞皮疙瘩。但我顫抖是因為快感，而不是寒冷。我們的吻持續了一會兒，我沒有推開他。我躺在地上，他壓在我身上，我們緊握著彼此的手。我忘了我剛才還覺得很冷，現在我的內心在燃燒。

我們停下來喘息，四目相對。

「那……那是什麼？」

「……手電筒。」

「什麼？」

「我看到某人的手電筒。」他從我身上下來，迅速將T恤穿上。

「該死的，他們找到我們了。」我說。

「麥特、格洛莉婭？」黑暗中一個熟悉的聲音問道。

「嗨，勞倫斯小姐！」麥特說。

「你們在這裡做什麼？你們怎麼敢偷跑？」

「勞倫斯小姐，你不用把你寶貴的時間浪費在我們身上，你可以打給我爸爸，告訴他今天你穿著什麼樣的內衣。」我說完後，勞倫斯不再出聲。我抓住麥特的手，要他跟著我。

一路上我們都沒說話，後來我打破了沉默：「你還沒解釋，這算什麼？」

我們停下來，我們再次四目相對。

「是一個吻。」

「麥特，我不懂……為什麼？」

他用手輕輕地撫摸我的頭髮。「也許，因為我喜歡你？」

第五章

曾經，對我最重要的人
可能只是生命中的過客

只有當某個人在生活中愛上我時，

我才會愛這生活。

第18天

　　地上非常硬，即使在帳篷裡睡覺也很不舒服。我醒來時感到前所未有的不舒服，看見查德坐在我面前，因為太出乎意料，我甚至跳了起來。

　　「什麼鬼？」我驚呼。

　　「這就是你感謝我半夜讓你進來我帳篷睡的方式嗎？」

　　昨天發生了什麼事？我感覺有夠糟，糟到好像是我整晚都在狂歡一樣。當我和麥特回到營地時，大家早就在自己的帳篷裡睡著了。天非常黑，我隨便爬進了一個帳篷，立刻就昏睡了過去。也就是說，我進入了痘痘王的帳篷。我的天哪！太丟臉了！我和痘痘王共度了一夜。

　　我沒有回答查德，我迫切需要新鮮空氣。我走出帳篷，看見同學們已經醒了：有人在生火，有人在玩鬧，有人在拍照。而我和查德，像一對甜蜜的情侶，成為最晚從帳篷裡出來的人。

　　「算了，你不用感謝我。我不會生氣。」

　　我還是一句話也沒有回答，把他的話當耳旁風。

　　勞倫斯小姐靠近我們：「格洛莉婭，我需要和你談談。」

　　「拜託，不要一大早就來破壞我的心情。」我轉過身，找到麥特和潔澤爾，朝他們走去，遠離這個賤人。

　　他們在遠離人群的林間草地上，擁抱著坐一起聊著什麼。我喉頭一緊，麥特表現得好像昨天什麼也沒發生過一樣。

　　「哇！公主殿下終於醒了嗎？」潔澤爾刻薄地說。

　　「潔兒，不要這樣。我度過了一個可怕的夜晚，我在查德的帳篷裡待了一晚。」

　　潔澤爾做著鬼臉：「哎喲，太不幸了吧。你還好嗎？」

　　「還好。」

　　　　　　　　　　　　　　　　　　我選擇活下去

「對一個和痘痘王共度一晚的女孩來說，你看起來還活著。」麥特說道，然後他和潔澤爾大笑起來。

我看著他們的臉，一點也不懂。為什麼麥特要嘲笑我？在我們之間發生這些事以後。

「麥特，你開玩笑要小心點，洛莉可能會生氣。」

「不，我沒有生氣。」我咬牙切齒地說。

「這個大自然太讓我厭煩了，真希望能快點回去。」潔澤爾嘆息道。

「對，我完全不懂為什麼要來這裡？我寧願安靜地坐在家裡，看電視，喝熱巧克力。」麥特說。

「對啊，那樣多好。」潔澤爾親吻了麥特，他們的吻越來越深，似乎隨時都要將對方吞噬。我的天哪！太噁心了！他完全清楚我對他的感覺，他至少可以不要在我面前親她吧！

我跳了起來，離開他們。我再也受不了了。我走到臨時營地自製的洗臉池旁，用手掌取了一捧水，把臉泡入其中。我心裡很煩躁，想把麥特的氣味洗掉，想把昨天晚上的回憶洗掉，我想把這一切從我的記憶中抹去。

「孩子們，注意！」勞倫斯說，「我們等等就要回家了，但我們離主要道路還有一段距離，現在開始收拾自己的東西，然後去校車那裡集合。」

同學們疲憊地點點頭。

我想回家。我想把自己關在房間裡，忘掉這裡發生的一切。

「格洛莉婭……」

「你幹什麼？跟蹤我嗎？」我對勞倫斯小姐說。

「我跟你說過，我想跟你談談。」

「我不想跟你說話。」我用袖子擦了擦臉，向前邁出一步。

「等等……是關於你媽的事。」

「不准你說我媽任何事！」

「她生病了。」

我停下來，瞪著她。「你說什麼？」

「我知道她病了，大衛跟我說了所有事。我可以幫她。」勞倫斯從口袋裡拿出一張名片，「拿著，這是一位非常好的醫生的電話。」

「勞倫斯小姐，省省你的好心，我母親十分健康，她不需要任何醫生！」

「還是拿著吧，」她朝我走來，把名片放在我手裡，「如果你覺得不對勁的時候，就打電話去。」

勞倫斯離開了。

我站著發楞，腦子裡有一個莫名其妙的聲音。媽媽生病了？鬼才信！勞倫斯在打什麼主意，她一定是想要除掉我媽。這醫生又是怎麼回事？又一個邪教？還是精神病院？哦，不，勞倫斯，我才不會上你的當。我把名片扔進背包裡，坐在地上，試著把注意力集中在這樣一個事實上：我很快就會回家，我很快就能遠離麥特和爸爸的賤人。

「你想喝茶嗎？」我聽到一個我再也不想想起的聲音問我。

「我什麼都不想喝。」

「你又發生了什麼事？」

「關你屁事。」

他坐在我旁邊，遞給我一大杯茶。潔澤爾不在附近。「小心拿著，很燙。」

「我說過了，我不想喝。」

「你不能在露營的時候拒絕一杯熱茶。」

我從他的手中接過杯子，喝了一小口，嘴唇和舌頭感覺很燙，食道有一種不舒服的感覺。

「你怎麼了？」

「你在耍我嗎，麥特？」

「什麼？」

「你吻了我，然後取笑我，對我冷嘲熱諷。」

「不，我不是這個意思！」

「你就是這個意思！」因為太過激動，熱茶打翻在我身上，滲透了我的毛衣，燙到我的皮膚。

「小心點！」

我跳了起來，朝燙傷的地方吹氣。「該死的！」

「把毛衣脫掉。」

「什麼？不行！」

「不脫會更糟的。」

他的話讓我忘記了矜持。我脫下毛衣，他把他的衣服遞給我。我鎖骨周圍的皮膚和胸部都燙紅了，十分刺痛。

「很痛嗎？」

「當然不痛啊，我只是被熱茶燙傷而已！」

「對不起……」

「我是個失敗者……」

「這沒什麼，誰都可能發生。要說誰是失敗者，費奇就是。」費奇坐在自己的帳篷附近，整張臉都被蜜蜂叮腫了，腫得都看不到眼睛了。

「好可憐……我們不應該逃跑，如果當時把它弄走，就什麼都不會發生。」

「那樣的話，就會什麼都沒發生。」麥特說道，暗示著昨天的事。

「也許那樣更好。」

「你不喜歡嗎？」

「我喜不喜歡有差嗎？我們不能再繼續下去了。」

「我以為你喜歡我。」

我看著他的眼睛，覺得燙傷的疼痛漸漸蔓延。「我很喜歡你，但我們不

能繼續下去,你有女朋友,而且她是我最好的朋友!」

「當我親她的時候,我想的是你的嘴唇,一開始我以為我瘋了,但後來我意識到,和她見面,我才能靠近你。」

他的話深深觸動了我的內心,這種感覺讓我情不自禁地微笑。但當我看見潔澤爾用手摟住麥特的脖子時,我就回神了。

「你們在說什麼?」

「我們在說去哪都比待在這裡好。」麥特撒謊說。

「我也是……洛莉,為什麼麥特的衣服在你身上?」

「我把茶灑在自己身上了。」我把燙傷給潔澤爾看。

「看起來有點嚴重!你需要一些軟膏或其他東西……」

「軟膏?在森林裡?可能也能在這裡找到麥當勞喔。」

潔澤爾和麥特大笑起來。

終於結束了!我們終於收拾好自己的帳篷和其他東西,朝校車走去。滿頭包的費奇仍試圖用他腫脹的舌頭告訴我們關於這些植物的知識,勞倫斯確保沒有人落下。幾十分鐘後,我們終於坐上校車回布里瓦德。

我看著我們漸漸遠離不計其數的樹木和鳥叫聲。在這裡發生了一件美妙的事,我和麥特的吻,我可能會在我剩下的所有日子裡一直記得。我很感激這片森林讓我們更加靠近。但勞倫斯和她的名片仍舊讓我很困擾。她真的這麼恨我母親,恨到想用這種卑鄙的方式對付她嗎?真是難以置信。

親愛的日記!

我終於回家了。這兩天我和全班同學一起去旅行。今天我向麥特承認了我喜歡他,我沒想到會這麼容易。潔澤爾什麼都不知道,這非常好。當然,背著自己的好友和她男朋友見面很卑鄙,但是我

已經等太久了。我覺得我的夢想好像要成真了。在我死之前，我想知道和所愛的人在一起的感覺，親吻他，沉浸在他的溫暖中。

　　和這一切告別，會非常困難吧。

還有32天

第19天

　　課已經上完了，麥特在車旁等我們，而我和潔澤爾則不慌不忙地邊走邊聊著八卦。今天誰穿了什麼，誰和誰分手了，總之，我們談話的主題永遠是這些。突然，潔澤爾停了下來。

　　「看，你爸爸在那兒。」

　　是真的，停車場那兒站著的是爸爸。我的心情立刻跌入谷底。

　　「他又來找勞倫斯了。他們乾脆在我眼前胡搞算了。」

　　「呃，洛莉，不要這麼粗魯。我想他是在叫你。」

　　爸爸朝我做了個手勢，要我過去。「我不在乎，走吧。」

　　「如果是重要的事情呢？」

　　「我不在乎，我不會靠近那個男人。」

　　「你好像沒有選擇。」我順著她的目光看到爸爸朝我們走來。

　　「嗨，格洛莉婭！」

　　「你想幹什麼？」

　　「我需要跟你談談，這非常重要。」

　　「我不想跟你說話，你非常討厭。」

　　他抓住我的手。「我不在乎你要不要，你得跟我談談。」

　　「洛莉，那我先走了？」潔澤爾問。

　　「嗯，你走吧。」

　　「上車。」

　　我砰的一聲關上爸爸的車門，這裡滿是噁心的古龍水味，我打開車窗。

　　「好吧，我們走。」

　　「去哪？」

　　「你等等就知道了。」

「不！要麼你現在說我們要去哪，不然我就下車！」

「有點耐心，格洛莉婭，我又不是要帶你去屠宰場。」爸爸發動車子駛離學校。我看著路，試圖弄清楚我們要去哪兒。

「你在學校還好嗎？」我沉默。

「格洛莉婭？……」我再一次裝作沒聽到。

「聽著，無論家裡發生了什麼事，我都是你的爸爸，你是我的女兒！」

「學校很棒。每當我看到你的情人，就忍不住想像你如何背著媽媽和她滾床單。可以嗎？」我脫口而出。

「你為什麼這種態度？」

「再說一遍，我討厭你！我期待你和媽媽離婚的那一天，我再也不想見到你！」

「我沒注意到你這麼快就長大了。」

「親愛的爸爸，你不應該花那麼多時間和那種隨便的女生鬼混。」

車開了差不多半個小時，當我快要睡著時，車停了下來。

我下了車，發現自己在一座巨大的白色建築前，我看到了上面的標誌。「醫院？」

「是的，我們走吧。」

「你為什麼帶我來這裡？」

「走吧，你等等就知道了。」

我跟著他。我們穿過醫院的院子，那裡有很多病人。他們都帶著空洞的眼神，靜靜地走路，也不說話。每個人都頂著大大的黑眼圈，一臉憔悴的表情。這一切讓我感到不安。

我討厭醫院的氣味，它讓我想起了尼克的事，那時我和麥特的生命危在旦夕。

我們走進醫務室。這裡非常寬敞，中間放著一張深藍色的沙發。一位

身材高大的中年男子接待了我們。

「格洛莉婭，這是雷登醫生。」

「你好，格洛莉婭！」

「你好！」我強迫自己清醒一點。

「請坐！」我們坐在沙發上，醫生手裡拿著一些文件。

「測試結果已經出來了。」他把結果交給我爸爸。

「什麼測試？」我問爸爸，在其中一張紙上，我看到了「茱蒂」的名字。媽媽？

「茱蒂．馬克芬被診斷為第三階段的亢奮型神經衰弱。」

「這代表什麼？」爸爸問。

「這代表她需要在我們醫院接受緊急治療。」

「……等等，我什麼都沒聽懂。什麼神經衰弱？」我困惑地問。

「格洛莉婭，你有注意到你母親的心情經常變化嗎？冷漠，易怒，嗜睡？還有她大量酗酒？」

「……有，但是……就在幾個星期前，她就恢復正常了。」

「她心理已經生病了，並且離婚也是巨大的壓力，在這種疾病的發展中產生了決定性的作用。」

媽媽真的病了嗎？我簡直不敢相信……我簡直不敢相信……

「如果這病治不好會怎麼樣？」我含淚問。

「有一些人因絕望而自殺，另一些人則徹底會發瘋。」

他的話讓我感到震驚。我快速起身跑出去。我打開通往街上的門，呼吸一口不含藥物氣息的空氣。在裡面，一切都讓人發癢。我媽病得很嚴重，都是因為我爸，他把她推入了這樣的狀態。

「格洛莉婭，」爸爸跟著我跑了出來，「我知道，你很難接受，但我正在努力幫助……」

「別說謊！你故意把媽媽送到這裡來！」我歇斯底里地尖叫。

「冷靜一下，你自己也聽到醫生的話了，她需要治療。」

「你看看這些病人！他們是真正的精神病人！這裡不是媽媽該待的地方！」

「求求你，不要哭。我特地把你帶到這裡，是讓你明白它有多嚴重。」

「送我回去……」

「格洛莉婭，我們得討論一下。」

「帶我回去！我想回家！」

「好。」

我跳進車裡。

「在沒弄清楚茱蒂需要什麼之前，我不會把她送到這裡來。我只是擔心以後會為時已晚。」

我沉默，眼淚繼續順著臉頰滾落。

他們都錯了，我知道媽媽很健康。雖然她很容易生氣，但她一直都這樣，這是她的本性。這只是爸爸和勞倫斯想要擺脫她的陰謀，就是這樣。這個醫生顯然收了賄賂。這是騙局，我是不會同意的。我絕對不會把我的媽媽送到精神病院去！

爸爸送我回家。我沒有跟他說再見就下車了，而他開著車走了。我回到家裡，到處都倒著空酒瓶，臭氣沖天。現在才中午，媽媽就已經爛醉如泥，躺在客廳的沙發上。我朝她走去，卻被散落的瓶子絆了一跤。

「媽媽……媽媽……」

「哦，你回來了。」她勉強說完這句話，雙手立刻捂住嘴跑向浴室。我聽到接下來幾分鐘她都在嘔吐。

她真的病了嗎？我希望她沒有生病，但我分不清真相和虛假。媽媽走出了浴室。

「媽，你怎麼了？」我平靜地問。

「呃……我會清乾淨的。」媽媽困難地說著。

「你喝了多少？」

她不說話。我抓住她的肩膀，開始憤怒地搖晃。「你喝了多少？」

「泥蛇摸意思？」她口齒不清的說話。

我呼出一口氣，鬆開了她，但隨即又緊緊地抱住她。「請你、請你別這樣……我求求你。」我淚流滿面地對媽媽低聲說道。

「放看我，我想睡覺。」

「媽，你怎麼了？你完全變了，我只是想要一切都和以前一樣。」我緊緊地擁抱著她，我的哀求又變成了一貫地歇斯底里。

媽媽竭盡全力推開我。「偶說放看我！」她含糊不清地生氣說著，然後踩著腳走上二樓。

結束了……我永遠，失去了我的媽媽。

第20天

你知道嗎？不管你願不願意，在學校時我們會忘記與父母與男朋友的所有問題，我們的頭腦裡塞滿了各種方程式、講座和題目——它們就像止痛藥一樣有用。雖然聽起來很奇怪。

我試著遠離潔澤爾獨自待著，畢竟她光是看我的眼睛就會立刻知道我想隱瞞的事。昨晚我還是打了電話給她，告訴她我媽發生的事情。是否需要帶她去醫院？我還沒有決定。潔澤爾覺得目前的情況對我有利，她說我媽讓我如此傷神，我完全有理由送她去治療。而且家裡將是我的天下，因為爸爸暫居在勞倫斯那裡，（在死之前）我可以舉辦一堆派對。我喜歡潔澤爾的想法，但我又陷入了沉思，為了舉辦派對而將媽媽送到精神病院接受治療？這很殘忍，再怎麼說她也是我的媽媽。

儲物櫃中的課本又出現了新的信件，裡面寫著：「**對你來説他是誰？**」

這些信不再讓我感到驚訝，我根本懶得猜這些文字的意思。我甚至沒興趣知道是誰寫的，我不在乎。如果有人喜歡寫這些令人費解的信給我，那就繼續吧，我只會冷眼旁觀。

哲學課，潔澤爾坐在我身邊。「欸，我們放學後要去哪？電影院還是咖啡館？」

「潔兒，我不想去，我沒心情。」

「好了你！別愁眉苦臉的。你得找點樂子，一切都會好起來的。」

「潔兒，我媽生病了，我爸和我的數學老師偷偷在一起了。我永遠都不會『好起來』了。」

「你知道你最讓我生氣的是什麼嗎？」

「什麼？」

「你總是在抱怨，把自己變成受害者。洛莉，有些事總不盡如人意，但

沒關係，大家都還是照樣用某種方式生活。」

這些話激怒了我。潔澤爾，你知道什麼是問題嗎？你有一個完美富裕的家庭，所有男生都想得到你，甚至一些女生也想。你的家庭背景讓你的未來根本不會偏離正軌，你有什麼資格來教訓我？

「抱歉……」她看著我憂鬱的眼睛，明白她的話傷害了我。

「沒什麼……你說得對。」我真是對這些愚蠢的問題太鑽牛角尖了……

潔澤爾擁抱我，把頭靠在我的肩膀上。「我愛你，我知道你也愛我，只要我們在一起，一切都會沒事的。」

我馬上想起麥特和我們之間發生的事。我是背叛者，我真是太噁心了。

「嗯……我非常愛你。」我說。

我們的擁抱被哲學老師康納利先生打斷，他又開始無聊的講課。我打開課本，看到一張小字條。我打開字條，上面寫著：**「我8點來接你。麥特。」**

他在想什麼？現在不是開玩笑的時候，我必須停止這一切。

下課後，我像往常一樣挽著潔澤爾的手離開。正如潔澤爾所說，我們是精英，因此應該總是在一起，讓所有人都羨慕我們的友誼，甚至盡力模仿。聽起來當然很愚蠢，但當你和學校裡最受歡迎的女孩是好朋友時，這件事情就不意外。

突然潔澤爾停了下來。「該死的，別這樣。」

「怎麼了？」我問。

「亞當在那邊。洛莉，把我藏起來！」

「等等，不用藏。他來找你，你就去找他，我會去分散麥特的注意力。」

「好吧，我很快就來。」潔澤爾離開我去找亞當。

亞當沒有結束我們的遊戲，沒關係，我們可以繼續下去。我看到麥特，連忙叫他過來。

「你有看到我的字條嗎？」

「看到了。」

「盡量別遲到。第一次約會時，你們女孩子總是喜歡讓我們等。」

「別擔心，我不會讓你等的，我不去。」

「為什麼？」

「我不能去。潔澤爾對我來說非常珍貴，我不想毀了我們的友誼。」

「但我不想失去你……聽著，我知道你不想瞞著她，但我們需要一點時間做好準備再告訴她。」

「你覺得這是好主意嗎？」

「不是嗎？我應該和一個不再愛的人在一起嗎？」他的話把我驚呆了。

「我覺得自己像個背叛者，這種感覺真的很糟，麥特。」

「好吧，那我們換一種方式，我們來一場朋友式的約會。」

「朋友式的？」

「是的，畢竟朋友也可以一起去某個地方吧？這也不代表什麼。」

「好吧，既然是朋友式的，那為什麼不呢？」

「那很好。」

潔澤爾朝著我們走來：「我們走吧？」

「走吧。」麥特朝車子走去，我們慢慢地跟著他。

「他說了什麼？」我問。

「他邀請我去看電影。你知道嗎？麥特已經超久沒帶我去哪裡了。」

「那你同意了？」

「……洛莉，我真的很傻。我想和亞當結束，但我做不到。他太可愛了，我不能沒有他。」

「不要告訴我，你愛上他了。」

「不，當然沒有！我只是……在利用他，應該吧？這是常有的事吧。」

我們大笑起來。

家裡靜悄悄的，媽媽去找弗雷了。當她不在時，我覺得更加平靜。

我從來沒有約會過，即使是朋友式的約會。我完全不知道該如何表現，穿什麼，說什麼。在我這個年紀，女孩們都已經有了很多這方面的經驗，但我沒有，這是我的第一次。我翻遍衣櫃，找到一件墨綠色的連身裙——潔澤爾在我16歲的時候送給我的。我一直沒有機會可以穿它，但現在有理由穿了。頭髮要怎麼弄呢？放下來或者編辮子？我總是和潔澤爾商量所有事，但現在我得靠自己了。即使只是一個朋友式的約會，我也應該要好好的打扮。

> 親愛的日記！
>
> 我要和麥特約會了。這本來只能在我的夢裡實現，但現在成真了。我非常擔心，害怕自己表現得像一個徹底的笨蛋，怕他失望。約會會在哪裡進行呢？咖啡館還是公園？好吧，一切都是第一次，只要放鬆並且順其自然就好。
>
> 我正在找出門的理由，不用再看到媽媽發瘋了。今天是麥特幫我，但明天呢？後天呢？
>
> 或許，她去醫院真的會更好？
>
> 還剩30天

我穿上裙子，把頭髮弄捲。在麥特來接我的前一個小時，我就準備好了。終於，我聽到了門鈴的聲音。

麥特站在門口，看著我。我的心怦怦直跳。

「哇……我不知道該說什麼了……你非常漂亮。」

「你也很好看。」

「那，我們走吧？」

我關上門。麥特為我打開車門。「我們要去哪裡？」

「這是一個驚喜。」

夜晚的布里瓦德比白天更美。不計其數的燈光、汽車，夜生活如火如荼地進行著，可以看到很多快樂的人。有人下班回家，有人像我一樣去約會，有人只是在散步或坐在餐廳裡欣賞夜景。這種氛圍很迷人。

幾分鐘後，我們就到了。我還是不知道我們要去哪裡。這裡很黑，既沒有餐廳，也沒有咖啡館，周圍甚至沒有人，這裡只有我們。

「麥特，你要在這裡殺了我嗎？」我一邊說，一邊從車上下來。

「當然不是，跟我來。」

面前是一棟巨大的廢棄的高樓，非常昏暗，感覺裡面有連續殺人魔或怪物什麼的。我的第一次約會真棒！

我們沿著毀壞的樓梯往上爬。

「你知道嗎？我從小就怕黑。」我說。

「和我在一起，你還害怕嗎？」

「嗯……該怎麼說呢。」

「喂，我算是你的騎士吧。」

「嗯，當然，和你在一起我不害怕，但這裡還是有一點可怕。」

「我們快到了。」

我的雙腿已經累到麻木了。麥特打開某個門，我沿著鐵樓梯往上爬，一股清新的空氣撲面而來。我們在頂樓，面前有一張小桌子，上面擺放著一堆食物，旁邊有兩把搖椅，一個類似床的東西立在巨大的遮陽篷下。

「哇！」我說，「你自己一個人弄的嗎？」

「對，但這還不是最酷的。閉上眼睛。」

我聽他的話，他牽著我向前走。「抬起一隻腳……現在是第二隻，」他跟在我身後，「可以睜開眼睛了。」

我慢慢睜開眼……我們站在高樓樓頂的邊緣，下方有不計其數的彩燈，上方是無盡的星空，感覺它們是那麼近。我的呼吸要停滯了。

「我的天哪！太美了！」

「不覺得很像是將整個佛羅里達盡收眼底嗎？」

「我從來沒有見過比這更美的畫面，麥特。」

「我盡力了。」

我們站在樓頂邊緣很久。風吹動我的頭髮，我覺得自己像美人魚。

接下來的30分鐘，我們坐在桌子邊吃東西，同時聊著一些普通的話題。

「我可以問個問題嗎？」我說。

「當然。」

「你帶潔兒來過這裡嗎？」

「沒有。」

「為什麼？她也會喜歡這裡的。」

「這裡是我的秘密基地，就像童年時代的秘密基地一樣。當我想獨自一人時，我就來這裡。這裡很安靜，讓人平靜。」

「那我毀了你的秘密基地嗎？」

「不，現在它是我們共同的基地。」我笑容滿面。

我覺得要被凍僵了。我在頂樓穿著薄薄的絲綢連身裙，一點也不暖和，我的身體開始顫抖。「你應該提醒我，要我帶外套的。」

「小問題，我來溫暖你。」他從椅子上站起來，抱著我到床邊坐下。他用手緊緊地抱住我，我感覺好多了。

「你知道嗎？這個約會看起來不像是朋友式的。」我說。

「嗯，我得先讓你願意來。」

「所以你騙了我？你怎麼能這樣！」我笑著推開他，他躺在床上。

「如果你想回家的話也可以。」

「欸，你把我帶到這個地方，然後現在叫我回去？我才不要！」

他把我拉到他身邊，我躺在他肚子上，他再次擁抱我。這樣的時刻又來了，我只想默默地看著他深不可測的眼睛。他很帥，他真的很帥。

「我從來沒想過和你在一起會這麼好。」他說，用手掌撫摸著我的背。

我們十指交握。我吻了吻麥特的臉頰。我不知道我為什麼這樣做，但這讓我覺得很愉快輕鬆。我把頭枕在他胸前，他抱著我，吻了吻我的額頭。我看著天空，聽著他的心跳聲。不知不覺，我睡著了。

第21天

　　早上洗澡總是讓精神比較好。我閉上眼睛，水慢慢流過我的身體。我開始回憶昨天晚上，回憶麥特，我感覺很好。在他身邊的時候，我似乎充滿了能量，我想要活著，我想要呼吸，我想要再次見到他。我不知道，當你幸福時，要如何描述這種感覺。我很少真正有幸福的感覺。

　　我換上制服，想快點準備好，然後悄悄離開。媽媽還在睡覺，我不想打擾她。

　　我聽到門鈴響了，潔澤爾一臉擔憂地站在我面前。

　　「潔兒？……」

　　「洛莉，我遇到問題了。」

　　「發生什麼事了？進來吧。」

　　她走了進來，我關上門。「麥特失蹤了。」

　　「什麼叫失蹤了？」

　　「我昨天晚上打了一整晚的電話找他，但他都沒有接。」

　　「等等，你會不會有點大驚小怪？搞不好他只是跟朋友去了什麼地方？」

　　「可能吧。」潔澤爾重重地嘆了口氣，走進客廳，坐在沙發上。

　　「洛莉，我很困惑。」

　　「你要喝茶嗎？」

　　「不，我根本沒胃口。我該怎麼辦？我該繼續和麥特在一起還是選擇亞當？」

　　「你更喜歡誰？」

　　「……嗯，亞當很……很溫柔、很特別，我和他在一起感覺很好。而麥特，他……我需要他。」

　　「需要？是需要他這個人或是需要他當你的裝飾品？」

「你在說什麼？」

「我是說你應該先瞭解自己，然後才能確定你真正需要的是誰。」

半小時後，我們來到了學校。我都忘記最後一次上課是什麼時候了，最近發生了太多事。最讓我擔心的是，麥特到現在還沒來。他躲起來了？但是為什麼呢？我很想見到他，聞聞他身上的古龍水香味。

在學生餐廳裡，大家像往常一樣分散地坐在桌邊，每群人都聊著自己的事。不用花太多時間，這裡就會誕生各種各樣的八卦，不知有多少是談論我和潔澤爾的。潔澤爾喜歡成為大家關注的焦點，這讓她感覺高高在上，而我卻不同，儘管我已經無奈接受了，但還是無法完全釋懷。當每個16歲的女孩都認為她比我更瞭解我自己時，實在讓我覺得很惱火。

「我的天哪！你看她穿的！真是個噩夢！」潔澤爾邊說邊用手指指著那個女孩。她穿著側邊帶拉鍊的綠色牛仔裙和黑色針織外套。

「那是露易絲‧崔維斯。」我說。

「所以？」

「她的父母一個月前因為車禍去世了。」

「……我不知道這件事。但即便如此，我們是女生，在任何場合我們都必須穿著得體。」

我的天哪！潔澤爾有時真的會惹惱我。

下一刻，麥特走到我們的桌子跟前。「嗨！」他說。

「你去哪了？」

「對不起。」

「整個晚上我一直都在打給你，你卻一次都沒有接！」

「我……我在訓練，你也知道，我很快就要參加比賽了。」

「至少提前說一聲吧！」

「對不起，我沒想到你會這麼難過。」麥特說。「對了，我有件事要告

訴你們。」

「什麼事？」我問。

「夏莉要舉辦一場很酷的派對，我們都在被邀請之列。」

「夏莉是誰？」

「夏莉・艾德金是『曼哈頓』模特經紀公司副總經理的女兒，我們得去參加佛羅里達州最富有的女孩舉辦的派對。」

「我沒辦法去，我得和我媽在一起。」

「你可以偶爾有一次什麼都不考慮嗎？我們只是去那裡跳舞、聊天，這太棒了！」

「嗯，我覺得這是個好主意。你呢，洛莉？」麥特問道。他坐在我對面，我感覺到他的手靠近我的膝蓋，他握住我的手，我們十指交握。

「……好吧，既然你去，那我也去吧。」

「太好了！這正是我們所需要的！」

放學後，我立刻為即將到來的晚上做準備。我並不是特別想去那裡，但是我不去的話潔澤爾會失望，如果她心情不好，就會一直發牢騷，所以我別無他法。我迅速捲起直髮，提前化好妝，這樣我就不用傷腦筋了。

快6點的時候，我準備換衣服。我決定穿普通的藍色牛仔褲和T恤，我畢竟不是上流社會的一分子，我可以穿自己想穿的衣服去那兒。

我下樓時，麥特和潔澤爾已經在門口等我了。突然我聽到媽媽的聲音：「你要出去嗎？」

「對，我要出去。」

「你要去哪？」

「去夏莉・艾德金的派對，你是不是問太多了？」

「你在生我的氣嗎？」

「當然沒有，我非常喜歡回家時看到你醉醺醺的，更喜歡聽到你在浴室

裡嘔吐。繼續保持這樣的狀態，媽。」

「……對不起。」

「算了，我要走了。」

「你爸呢？」

「什麼？」

「大衛已經很多天都沒回家了。他在哪裡？」

這一刻已經到來，我得告訴媽媽，不再對她撒謊。「我想你應該知道這件事。爸爸……和另外一個女人在約會，我的數學老師，勞倫斯小姐。」

「……很久了嗎？」

「我不知道。我也是最近才知道的。他住在她那裡。」

媽媽沉默，垂下眼睛。我很擔心這樣的沉默。她走到梳妝檯前，拿起相框，裡面有一張她和爸爸微笑的照片，看著它，用盡全力扔了出去。相框的碎片散落滿地，她回到二樓自己的臥室。

我跟著她。「媽，冷靜一下，」我們坐在床上，我擁抱她，「你和他反正都要離婚了。」

「那又怎樣？我仍然愛他……」

「你怎麼能愛一個背叛你兩次的人呢？」

「幸好你還不用明白這種事情，也不用知道當你愛的人離開你的時候有多痛。」

這話緊緊地抓住了我的心。「如果你想，我可以哪兒也不去，留下來陪你？」

「不，去吧……」

「你很堅強……你做得到的。」我邊說邊撫摸著媽媽的背。

—◆—

夏莉・艾德金的家非常大。到處都閃爍著聚光燈，聽得到笑聲、高腳杯的碰杯聲。我非常喜歡這種氛圍。說實話，我沒有見過這個夏莉，但從她的家來看，她是個人物。

　　「豪華的房子！」潔澤爾說。

　　「嗯對，派對結束後，她家的女傭可能不會喜歡這裡的一團混亂。」

　　「喂，你們還在等什麼？走吧。」麥特說。

　　我們走了進去，裡面很暗，閃爍著不同顏色的聚光燈。裡面至少超過百人。每個女生都穿著優雅的連身裙，男生們穿著西裝。只有我一個人穿著牛仔褲來了，現在我明白為什麼大家都這樣盯著我了。

　　「嗨，夏莉！」潔澤爾說。

　　一個高高瘦瘦、頭髮垂到領口的女孩來迎接我們，她穿著一件天鵝絨棕色連身裙，與她黝黑的皮膚顏色一致。

　　「潔澤爾！很高興在我的派對上見到你。」

　　「這是我的男朋友麥特。」

　　「麥特・金斯，我聽過很多關於你的事。你是橄欖球隊的嗎？」

　　「是的。」

　　「很高興認識你。」

　　「這是我最好的朋友，洛莉。」潔澤爾說。

　　「嗨，T恤好可愛。」

　　「謝謝。」

　　「玩得開心，就當在自己家裡一樣。派對要開始了！」

　　我用一杯龍舌蘭酒當作今晚的開端。麥特和潔澤爾在舞池跳舞，我在變得沒那麼清醒之後加入了他們。

　　跳舞跳到腿痠痛時，我去了吧台，潔澤爾朝我走來。

　　「你怎麼一個人在這？」

　　　　　　　　　　　　　　　　　　　　　　　　我選擇活下去

「我還能做什麼？跳舞跳累了，現在我想休息。」

「洛莉，派對是認識人用的。」

「你看看周圍。在這裡大家都互相認識，我不想打擾他們。」

「我不是說這個，你可以在這裡找到一個很酷的男朋友。」

「別說了，我暫時還不想。」

「等我一下。」潔澤爾去了某個地方，消失在舞池的人群中。幾分鐘後，她挽著某個男生的手回來了。「認識一下，這是我的朋友洛莉。洛莉，這是詹姆斯。」

「嗨！」他說。

「嗨！」

「麥特在叫我了，我該走了。」

天啊！我該拿這個詹姆斯怎麼辦？他從頭到腳打量我一遍，然後說：「想喝一杯嗎？」

「好。」我脫口而出。

「等我一下。」

他幫我拿了一杯雞尾酒，我喝了一小口，知道這是朗姆酒混合了一些果汁之類的東西，不是很好喝。也許詹姆斯會發現我很無聊而且真的沒有很想跟他聊天，然後他就會離開？

「我沒想到你和潔澤爾是好朋友。」

「為什麼？」

「嗯，你們兩個看起來完全不同。」

「這倒是。」

此時開始撥放緩慢優美的音樂。

「要去跳舞嗎？」

「我不會跳舞。」我試著拒絕。

「我也不會。」

他牽著我的手帶我去舞池。我看著他的眼睛，我覺得偌大的房子裡只剩下我們。詹姆斯有淡褐色的頭髮、濃密的深色睫毛、藍色的眼睛，他有強壯的手臂和寬闊的肩膀。聲音很動聽，可能只是因為這個原因，我繼續與他交流。

「我聽到了一些關於你的事。」

「什麼事？」

「和尼克的事。」

「……我真的不想聊這個。」

「對不起，我懂。我曾經是尼克的朋友。」

「發生了什麼事？」

「我發現他是個畜生，所以我很高興他現在在坐牢。」

我們一直擁抱著跳舞，直到音樂變快了才停下。我們坐到皮沙發上，他告訴我他的事，同樣，我也告訴他我的事。麥特和潔澤爾加入了我們的行列。

突然，詹姆斯的手機響了。「我馬上回來。」

潔澤爾靠近我坐著。「你覺得他怎麼樣？」

「你為什麼這麼做？」

「我希望你能有一個男朋友。」

「但不是用這樣的方式。」

「你不喜歡他嗎？」

「也不是，他很可愛、很帥，和他聊天很有趣。」

「我不會介紹不好的給你。」

「潔澤爾，可以來一下嗎？」夏莉說。

「當然。」

剩下我和麥特待在一起。

「所以他很可愛？」

「潔兒瘋了，我根本沒有想要認識他。」

「但是，你說和他聊天很有趣。」

「嗯，他是一個不錯的聊天對象。」

「你要自己把他趕走嗎？還是要我幫忙？」

「為什麼？難道我不能再多了解他一點嗎？」

「看來得要我幫忙了。」

「麥特，不要這樣！我單身，而且我有權和我想交往的任何人交往。」

「如果他和尼克一樣呢？如果他拖你上床呢？」

「我會自己判斷。而且你才應該看緊你的女朋友。」

詹姆斯走到我們身邊。「洛莉，你想和我一起去走走嗎？」

「我很榮幸。」

我看著夜空，立刻想起昨天晚上。我在做什麼？我為什麼和詹姆斯在一起？麥特阻止過我。雖然，現在這樣可能會更好。詹姆斯似乎相當不錯，是潔澤爾介紹給我的，如果他能讓我忘記麥特，並開始過正常的生活呢？

「你知道嗎？我受夠了這個派對，想和我一起開車兜風嗎？」

「為什麼不呢？」

「只是我有一個問題要問你。」

「什麼問題？」

「你有男朋友嗎？」

「詹姆斯，如果我有男朋友，你覺得我現在會和你在一起嗎？」

「當然不會，這問題太蠢了。上車吧。」

在我面前是一輛巨大的黑色敞篷車，它閃閃發光，當我打開車門時，雙手甚至在顫抖。

「洛莉！」

我轉身看見麥特。「你要幹嘛，麥特？」

「你們要去哪裡？」

「不關你的事！」

「麥特，有什麼問題嗎？」詹姆斯站在我的身前。

「沒什麼，但洛莉不會跟你一起去。」

「麥特，你走吧。」我說。

「你的女朋友看起來迫不及待想跳進你懷裡。」詹姆斯咬牙切齒地說。

「喔，是嗎？那你覺得你的老婆和孩子現在想你嗎？」

「什麼？老婆和孩子？你在說什麼？」我困惑地問道。

「沒事，我們走吧。」

「等等，你幾歲了？」

「這有關係嗎？」

我轉身離開。

「別忘了幫你兒子買尿布。」麥特說。

我的天哪！難道這個世界上真的沒有真誠的人了嗎？我再一次覺得自己被騙了，感覺我的心就像一張廢紙一樣被揉成一團。

「洛莉，等等！」

「你怎麼知道他的事？」

「我是麥特・金斯。我可以知道所有人的一切。你想知道他多大了嗎？他31歲。」

「真是個噩夢……」我走到路邊招手。

「你幹嘛？」

「招計程車。」

「我可以送你回家。」

「不需要。」

「你因為這個詹姆斯生我的氣嗎？但他就是一個渾蛋，如果他真的跟你約會，一定是瞞著他的妻子！」

一輛計程車停在我身邊。「你不也一樣嗎？」

「你對我來說更重要。」

「我不在乎。」我坐上車走了。我恨我的生活，恨所有出現在我生活中的人，他們都是叛徒。成為一個離群索居的人或者乾脆死掉可能會更簡單。

我回到家裡。這裡又是一片寂靜，就像在墳墓裡一樣。

「媽，我回來了。」

沒有回應，可能在睡覺。我上樓去。我打開臥室的門，但她不在那裡。

「媽……」我檢查了所有的房間，空無一人。我走到一樓，發現浴室裡的燈亮著，門半開。

「媽，你在這裡嗎？」我推開門，媽媽躺在地上昏迷不醒，手裡拿著一小瓶弗雷開給她的那種藥。我的心揪了起來。

「我的天哪！」我衝向她，開始拍打她的臉頰。「媽！」

沒反應，她沒有呼吸了。我摸了一下，還有脈搏，她還活著。我趕緊跑到客廳，拿起電話打給爸爸。

「喂。」爸爸說。

「爸爸，快回來！」

「出了什麼事，格洛莉婭？」

「媽媽吞了藥，她沒有呼吸了！」

「等著，別慌，我在路上了，馬上打電話叫救護車！」

— ◆ —

我的眼皮腫了，因為流淚眼睛發紅，我坐著，沒注意到周圍任何人。

「一切都很好。醫生說幸虧你及時發現了她。如果再⋯⋯」爸爸說。

「我同意。」

「什麼?」

「我同意你送她去醫院。」

「好,這是正確的決定。她去那裡會好起來的。我想現在可以直接把她送到那裡。」

勞倫斯這個賤人向我們走來。「大衛,你和她一起去,我和格洛莉婭一起。」

「好。」爸爸和醫生離開了。我聽到汽車加速的聲音,媽媽離我越來越遠了。

「如果你想的話,我幫你泡杯茶還是別的什麼?」

「滾開。」

「格洛莉婭,相信我,我懂。而且我相信,你媽媽一定會好起來的。」

「從我家裡滾出去。」

「大衛可能忘了告訴你,我們要搬到這裡來,這座房子現在是你的,也是我的。」

「⋯⋯不。」

「你必須接受這一點。」

我再也受不了了,我現在立刻就想死。

第22天

　　明亮的光線刺痛了我的眼睛，我聽到有人在拉窗簾。我睜開眼睛，勞倫斯站在我面前。

　　「格洛莉婭，醒醒。」

　　我揉了揉眼睛，用嘶啞的聲音問她：「你在我房間幹嘛？」

　　「叫你起床。你已經錯過了一節課，但如果你想，我可以打電話給金斯利夫人，告訴她你生病了？」

　　「滾出我家。」

　　「我已經替你準備了早餐，所以起床吧。」

　　「勞倫斯小姐，你想用廉價的照顧來討好我嗎？」

　　「南希，你可以叫我南希。」

　　「好的，南希，請離開我的房間。」

　　「……好吧，我會和金斯利說你不去了，至少你有時間準備秋季舞會。」

　　該死的！秋季舞會，我完全忘記了，明天就要舉行這個舞會。該死的，該死的，該死的！算了，我得想出個充分的不去的理由。

　　手機鈴聲響了，我不情願地拿起電話。「嗨！」

　　「搞什麼鬼，你怎麼沒來上課啊？」

　　「潔兒……」

　　「你沒說一聲就早早離開派對，還翹課！你該不會連我們的計畫都忘了吧？」

　　「什麼計畫？」

　　「……我們得去店裡拿我們的裙子！」

　　「我不去舞會。」

　　「什麼？為什麼？」

「潔兒，我晚點向你解釋。」

「我不想晚點，現在就解釋！」

「我的母親吞藥差點死了，現在她躺在醫院裡。勞倫斯和我爸爸搬回了我們家，所以現在我沒辦法管舞會的事。」

「……太可怕了。你媽還好嗎？」

「好像沒事了。我不知道……我想去看她。」

「我們一整年都在期待這個舞會快點到來，我想成為舞會皇后。」

「你會的，你和麥特一起去，一切都會很順利。」

「但我希望你也在那兒！我們是一體的！」

「潔兒，我再打電話給你。」

「你不准掛電話！」

「再見。」

我迅速穿上衣櫃裡抓到的第一件衣服，下到一樓，然後往門口走去。

「我快把你們的廚房弄乾淨了，這裡很方便，所有東西都在伸手可及的範圍。」

「很棒。」

「你要去哪裡？」

「不關你的事。」

「你要去看你媽嗎？」

「對，怎樣，你有意見嗎？」

「不是，我只是想說我可以送你去。」

「不需要，我自己去。」

「你知道地址嗎？」

「我知道。」

我攔了一輛計程車到醫院。由於陰天的緣故，醫院似乎比平時看起來

更陰暗。而我媽會在這裡治療一段時間，太可怕了。

　　我走向櫃檯。「您好，我來探望茱蒂‧馬克芬。」

　　「稍等。」接待人員用電腦查詢了一下。

　　「你是她什麼人？」

　　「我是她的女兒。」

　　她繼續在電腦上做些什麼，然後對我說：「跟我來。」

　　我被要求穿上白色外套和鞋套，然後才可以進入她所在的大樓三樓的房間。這裡沒有人，只有兩張空蕩蕩的床。

　　「在這裡等一下。」

　　我聽她的話等著。幾分鐘後，病房的門開了，接待員牽著媽媽的手。她穿著病服，眼睛浮腫，膚色蒼白，一副筋疲力盡的樣子。

　　那個女人離開了病房，剩下我們兩個人。

　　「嗨，媽。」

　　她默默地坐在沙發床上。

　　「你覺得怎麼樣？」

　　「很好。」

　　「你嚇到我了。你為什麼這麼做？」沉默。

　　「你為什麼不跟我說話？」又沉默了。

　　我靠近她，抬起她的頭。「媽，媽媽，看著我！」她的眼裡一片空洞。

　　「媽！」她似乎沒有聽到我的聲音。

　　我走向門邊，打開門。「嘿！有人嗎？」

　　接待人員走了過來。「發生了什麼事？」

　　「你們給她打了什麼？」

　　「什麼意思？」

　　「你們給她注射了什麼？她就像僵屍一樣！」

女人走近媽媽。「茱蒂，你還想跟她說話嗎？」

媽媽慢慢地搖了搖頭，表示她不想。

「馬克！」一個年輕男子走進病房，帶走了媽媽。

「媽，等等！別帶她走！」

沒有人注意到我。

「冷靜一下，坐在沙發床上。她本人不想跟你說話。」

「你們給她注射了什麼？」

「鎮靜劑。聽說過嗎？對不起，你叫什麼名字？」

「格洛莉婭。」

「格洛莉婭，你媽試圖自殺，她這個年紀，毒素從體內排出的速度非常慢，我們正在努力幫助她。」

「幫她變成一棵植物嗎？」

「嘿，你的媽媽很快就會健康地出院，但你得有點耐心。」

—◆—

「你還要茶嗎，潔澤爾？」

「不，謝謝。」潔澤爾注意到我。「你終於回來了！你媽好嗎？」

「走開。」我對南希說，她順從地離開了。

「她還好嗎？」

「她被注射了鎮定劑，他們說她會康復的。」

「嗯，你看吧，什麼壞事也沒發生。那麼，你對舞會改變主意了嗎？」

「潔兒，你有什麼問題？我根本沒辦法考慮舞會的事情，我現在什麼都不想做。」

「洛莉，我懂你的感覺。」

「不，你不懂。」

「聽我說，我們一整年都夢想著在舞會上穿著漂亮的蓬蓬裙，這樣大家都會看著我們，羨慕我們。難道你想讓我們的夢想化為烏有嗎？」

「好吧，如果這對你這麼重要的話……」

「當然很重要，我可以自己去店裡幫你拿裙子，好嗎？」

「好，這樣比較好。」

「我愛你。」

「我也愛你。」

親愛的日記！

讓我們從這兒開始：我比以前更想自殺了。媽媽企圖自殺，我覺得這是家族遺傳。事實上，當我發現我愛的人快死的時候真的讓我非常痛苦，但沒有人會這麼在乎我。媽媽不會為我傷心，最近她被困在精神病院裡，爸爸更是不可能，他永遠不在意我。

麥特？哈哈哈，也許他會有點難過，然後很快就沒事了，他會找到新的對象並邀請她去屋頂看佛羅里達的夜景。潔澤爾會很失望她失去了她的小跟班，但我想她對我和我的問題毫不在意，她唯一在乎的就是自己。我母親差點死去，但她還有更重要的事情要考慮！比如，潔澤爾想要成為舞會皇后，每個人都應該要為了她放棄自己的一切。

我唯一能夠愛上這種生活的方式，就是找到愛我的人。

還剩28天

第23天

　　這一天從令人厭惡的髮膠味開始。整個上午，我和潔澤爾一起在美容沙龍待著弄頭髮。舞會晚上6點開始，在此之前，我們必須穿好衣服，化好妝，選好首飾，這些都讓我覺得很煩。對，一年前我夢想這個舞會快點到來，但那時候我不知道自己的生活會變成這樣一團糟。現在的我快樂不起來，也沒辦法想其他的事。最後，我活著的日子不是還剩下50天，而是只有27天，已經不到一個月了，你不知道我有多高興。我寧願被埋在厚厚的地下，也不想忍受這一切。

> 　　親愛的日記！
>
> 　　我在自己的房間裡，穿著一件蓬蓬裙。它太漂亮了！淡藍色，緊身胸衣，拖地長裙擺。穿上它讓我看起來像童話裡的女主角，和我的髮型再般配不過了。我的黑色頭髮被燙捲，用髮夾固定好。這條裙子完全露肩，我非常喜歡，真想被埋葬在這條裙子裡。
>
> 　　我還有不到一個月的時間活著。我必須仔細思考剩下的日子我要做什麼。
>
> 還剩27天

　　我聽到門外的腳步聲，是爸爸。他走進我的房間，看著我。「哇！格洛莉婭，你非常漂亮。」

　　「謝謝。」我隨口說道。

　　「喂，受什麼委屈了嗎？」

　　「我很好，爸。」

　　　　　　　　　　　　　　　我選擇活下去

「格洛莉婭，我覺得你有點不對勁。」

「為什麼你不能和我分開住？」

「因為你還是個孩子，我不能讓你一個人留在這個家裡。」

「我可以。」

「我是你的爸爸，我必須在你身邊。」

「好吧，做你想做的。反正很快就會結束了。」

「結束什麼？」

好樣的，格洛莉婭，你差點說漏了。「嗯，我會去上大學並且離開你們。」

「當然。我送你去學校，還是有人接你？」

「送我去吧。」

「好，我等你。」爸爸朝門口走去，但又停了下來。「南希愛你，她對你很好。」

「但我永遠不會愛她，因為她是一個陌生人，因為她不是媽媽……她永遠替代不了她。」

我勉強坐到車裡，爸爸啟動引擎。我們沒說話。我想知道我死後他會過著什麼樣的生活？我相信在幾個月後，他們會有一個孩子，他們會不時地將他帶到我的墳墓前來看我，然後有一天他們會完全忘記我。

我們開車到了學校。

「祝你玩得高興，公主。」

我默默地下車。學校被明亮的黃色燈串裝飾著，門邊的燈讓它看起來像一座城堡。我走了進去，裡面的光線有些昏暗，大廳裡掛著一個寫著「秋季舞會」的大字橫幅。通常大家都會成雙成對地參加這樣的活動，但我一如既往地與眾不同，獨自一人走進已經有很多人的大禮堂。所有的女生都穿著蓬蓬裙，男生們穿著時髦的晚禮服。禮堂播放著平靜溫柔的音樂，

到處都有數不清的燈串。

我找到了潔澤爾和麥特。我和潔澤爾的裙子幾乎一樣，只不過她的是淡粉色的。麥特穿著別緻的黑色燕尾服和襯衫，打著蝴蝶結。我牢牢地盯著他看。

「嗨！」我說。

「小妞，你穿這件裙子比我更合適。」潔澤爾微笑著說。

「但你還是那個一定會成為舞會皇后的大美人。」

「我希望是。好了，我要去打扮得漂亮一點，讓大家都投我一票。」

她離開我們而去。麥特看著我的眼睛，我看著他的。我簡直深陷其中。

「你太漂亮了！」

「謝謝。你看起來像個十足的王子。」

「可惜我沒有白馬。」我們笑了起來。「你還在生我的氣嗎？」

「忘了那件事吧！」

「好。」他握住我的手，我的心跳變得更快了。

「同學們，請大家注意，」金斯利說，「你們都知道，在晚會結束時，我們將選出舞會國王和皇后，但我們決定改變比賽的規則。晚會期間我們的攝影師會拍下你們的照片，我們最喜歡的那一對的照片就是贏家。」

「潔兒大概不會喜歡這個方式。」我說。

「嗯，這是肯定的。」

「什麼鬼？從古到今都規定，舞會國王和皇后透過投票選出，而不是愚蠢的照片！」潔澤爾歇斯底里地說。

「冷靜一下，我們的照片會是最好的，我向你保證。」麥特說。

接下來的兩個小時我們分開活動。所有的高中生都聚集在大廳裡，空氣變得很悶。大廳四周的長桌擺滿了飲料和甜點。潔澤爾是對的，我們的裙子與其他人的相比，真的非常別緻。音樂時快時慢，雖然女生們穿著裙

子移動起來有點不方便，但我們仍然在跳舞。

我把櫻桃飲料倒在高腳杯裡，查德走到我跟前。我沒認出他來。他沒有戴眼鏡，穿著優雅的黑色西裝，這樣顯得他更加高大魁梧。他很令人驚艷，臉上的痘痘也沒那麼明顯了。

「格洛莉婭……你真漂亮。」查德靦腆地說。

「謝謝，你也是。這件衣服非常適合你。」

「我媽幫我選了這件衣服，說我看起來像詹姆士·龐德。」

「看起來真的很像。」我笑了。

「你願意和我一起跳舞嗎？」

「好吧，既然我要獨自度過這個晚會，為什麼不呢？」

查德摟著我的腰，我用手摟著他的脖子。他身上的味道很好聞。以前我從未覺得他像現在這麼可愛，他的手臂如此強壯有力，我還以為他只是個對物理和國際象棋癡迷的書呆子，原來他是一個可愛又聰明的人。音樂非常緩慢，令人沉醉。似乎這個大廳裡所有的人都只看著我們。我聽到了麥特的聲音。

「洛莉！」

「我馬上回來。」我對查德說。

我走到麥特跟前，他面帶微笑看著我。「查德？你認真的嗎？」

「他只是請我跳舞。」

「你們看起來很可愛。」

「別說了，你想幹嘛？」

「或許我們可以暫時離開一下？」

「潔兒怎麼辦？」

「我跟她說我要打一通非常重要的電話。怎麼樣，我們走吧？」他向我伸出手臂，我不好意思地挽住它，看了查德一眼，我和麥特便離開了。

外面很冷，一片寂靜，校園裡只有我們。我們去了學校的花園。

「這裡誰也不會看到我們。」麥特說。

我們對面有一個小涼亭，全都裝飾著燈串。「這裡像在童話中一樣。」我說。

我覺得有人看著我們。我環顧四周，周圍沒有任何人。可能是錯覺。

「這位小姐，不和我跳個舞嗎？」

「這裡連音樂也沒有。」

「沒有嗎？你沒聽到嗎？」麥特摟著我的腰，開始跳舞，「但是我聽到了。」

我們開始跳華爾滋。

「我想我也聽到這首音樂了。」

周圍一片寂靜，但我們仍然在無數昏黃的燈光中跳舞。

「我怎麼也看不夠你。」他說。

「你這樣我很難為情。」

麥特抱緊我，用手撫摸我的頭髮，我們吻在一起。純真的吻變得熱情、灼熱。我忘記了在離我們大約200公尺遠的地方，整個學校都在盡情玩耍。我不希望這些時刻結束。我只想和他一起離得遠遠的，沒有人能找到我們。

— ◆ —

禮堂裡氣氛不錯，大家都很開心，跳著舞。幾分鐘後，比賽結果即將公佈。

我們去找潔澤爾，她整個人都很激動。

「你死哪裡去了？」

「潔兒，怎麼了？」

「我們一次也沒被拍過，你知道嗎？」

「那又怎樣？潔兒，這只是一場遊戲。」

「對我來說，這不僅僅是一場遊戲！你把我的夢想沖進馬桶裡了！」

金斯利出現在舞臺上：「好，我們的晚會就要結束了，最有趣的時刻即將到來。誰會成為舞會的國王和皇后？請注意看螢幕。」

當我在螢幕上看到我和麥特在涼亭接吻的畫面時，心都碎了。所有在場的人都張大了嘴巴。

「請麥特‧金斯和格洛莉婭‧馬克芬上臺！」

我感到一陣燥熱，我轉過頭看著潔澤爾。她也正在看著我，眼睛閃著淚光。

「潔兒，我……」

沒聽完我的話，她就跑出了禮堂。我和麥特追了上去。我們三個人在大廳裡停下，潔澤爾變得歇斯底里。

「潔兒，冷靜一下。」麥特說。

「……等等，我不懂……這是什麼意思？你們在一起嗎？」

「我們很久以前就想告訴你這件事。」

「很久以前？」

「潔兒，對不起。」我輕聲說。

「閉嘴！你怎麼能這樣？你是我最好的朋友……我一直支持你，在你身邊，而你……」潔澤爾泣不成聲。

「潔兒……」

「我說了，閉嘴！你，你怎麼會寧可不要我，而喜歡這個？」潔澤爾一邊跟麥特說，一邊用手指指著我。

「一切都變了，潔兒。我喜歡她。」

潔澤爾因為暴怒，臉變得通紅。「什麼？你這個渾蛋！壞人！」潔澤爾

撲向麥特，他推開了她。

「維克利、金斯、馬克芬，發生什麼事了？」金斯利出現在大廳裡。

「我恨你！」潔澤爾衝著我說。「我早該猜到是這樣！你真是一隻無辜的小羊羔。『可憐我，我好不幸』，你其實就是個渾蛋！」她推開我，我重重地摔倒在地上，頓時全身痛得要命。

「維克利，冷靜一下！」校長大聲喊道。

「我恨你！」潔澤爾坐在我的身上，開始打我的臉，我試圖抵抗她的攻擊。麥特和另外兩個男生把她從我身上拉開。「你最好和你發瘋的媽媽一起去死，聽懂了嗎？」

所有學生都從禮堂聚集到了大廳裡。有人用手機拍我們，有人在哈哈大笑，有人在喊：「揍她！」

我站起身。我的嘴流血了，因為她揍了我的眼睛，我的眼睛開始腫了。我一點也不意外，這不僅僅是一個男朋友被搶走的女生，而是潔澤爾‧維克利本人，她會活埋了想染指的東西或她的人的人。

「我知道了，」我回答道，「既然事已至此，我認為麥特也應該知道一些事情。或許你應該自己告訴他？」

潔澤爾沉默。

「好吧，我來說。麥特，你的女朋友和亞當一起背叛了你。他們背著你偷偷見面、約會，還要我保守秘密。」

「麥特，別聽她的話，她說的都是謊話！」

麥特一句話也沒說。他推開聚集在出口處的人群，走出大樓。

「如果你們再不停下來，我就報警了！」金斯利說。

潔澤爾盯著我的眼睛很久，然後默默地離開了學校。

結束了，我無法相信我們多年的友誼就這樣結束了……從現在開始，大家會一直談起這場舞會，持續兩年，甚至更久。

我走到外面，看見遠處的麥特，我跑了過去。「麥特！麥特！等等。」

他停了下來。「怎麼了？」

「你要去哪？」

「抱歉。」

「為什麼抱歉？」

「看起來跟過去說再見是很困難的事。現在整個學校都認為我是個渾蛋。」

「那又怎麼樣？關學校什麼事？現在我們可以在一起了，不用向任何人隱瞞。」

「我爸爸幾週前提議我們搬到加拿大去，要我去那邊讀書，那裡的教育更好，就是這樣。我想我會同意。」

「什麼？等等，你不能離開，那我呢？」

「我已經跟你道歉了。」

「什麼意思？你要拋棄我嗎？」

「我們之間有什麼嗎？很容易忘記的。」

「你不能這樣對我。」

「很抱歉……我會打電話給你，我保證。但我不會再回到這所學校，我受夠了。」麥特轉身離開。

我獨自一人站著，吹著刺骨的寒風，熱淚從腫脹的眼睛裡奪眶而出。「麥特！不要走！」

他甚至沒有轉身。每一秒，他都離我越來越遠。

我無力向任何人描述我的內心。空虛，肉體無比疼痛。一瞬間，我失去了這麼多年來我愛的好朋友和我愛的人。

—◆—

一瓶威士忌會讓人變得輕鬆，我喝光了所有的酒。我坐在橋上的人行道上，汽車從我身邊經過，也沒任何人在意我。喝完最後一滴威士忌後我搖搖晃晃地站起身，我從來沒有喝過這麼多酒。喝了第三口後，我已經斷片了，無法思考。我走到橋邊，把瓶子扔進運河，看著落下的瓶子，想像自己和它一樣飛起來，很快我就能感覺到，當身體全力落入水中時會有多痛。我想成為這個瓶子，我想死。今天，就是現在。

我把一隻腳放在鋼樑上，接著是另一隻，然後站了上去，用手緊緊抓住邊緣，從這個位置向下看。我淚流滿面，這真的是全部嗎？我的生命是如此短暫。據說自殺的人要在地獄中燃燒，因為他們自己放棄了生命。但我並不害怕，我完全不相信這些。有一點我非常確定：我死了，會停止呼吸，再也沒有感覺。大家會忘記我，我的墳墓會長滿雜草，因為經常下雨，墓碑也會逐漸坍塌，但這並不可怕。人們在墓地看著我出生和去世的年份時，會想知道為什麼我活得這麼短暫，究竟發生了什麼事。

「住手。」

我轉身，看見查德站在我身後。

「怎樣，你跟蹤我嗎？」

「可以這麼說。從那裡下來。」

「不要，走開。」

「格洛莉婭，別做傻事！」

「走開！」

查德走近一些，越過邊緣向我靠近。「如果你跳，我也會跳。」

「滾開！」

「你跟我一起，我才會離開。」

「我受不了了，我累了。沒有人在乎我，連我爸媽也是，他們假裝在乎，但根本沒有人需要我！我不想活了！」

「我需要你。」

「不，別騙我。」

「我真的需要你。」

「你說謊！」

「好吧，如果是這樣的話，那我也不需要再活著了。」查德跳了下去。

我的心揪成一團。「查德！」我開始喘氣，然後跟著他跳了下去。

冰冷的水讓我喘不過氣來。運河的水流很緩，我沉到底部，水因為天色黑暗幾乎是黑色的。我開始找人，但我快不能呼吸了，只好浮出水面，吸了一口空氣。我發現岸上有一些動靜，是查德，他擰著運動服看著我。

「喂，你還好嗎？」

我狂怒。我走上岸，因為寒冷，我的整個身體都在發抖。「你這個傻子！我還以為你淹死了！」我尖叫。

「你可以打我。但你還活著，我很高興。」

我鬆了一口氣。顯然他救了我，不是嗎？我不敢相信他為了我跳進這冰冷的水裡。

我們生了火，讓火焰溫暖我們，但穿著濕衣服的我怎麼都感覺自己像身處冰中一樣。

「你剛剛說你需要我。」

「從預備中學開始，我就喜歡你了。我寫了一百張情人節卡片想要給你，但只送給了你一張。因為我知道像你這樣的女生永遠不會跟我這樣的人約會……但我可以等。」

我們又沉默了。然後我開口：「我很冷。」

「穿我的運動服吧，雖然還是濕的，但現在好像已經稍微乾了一點。」

他坐在我旁邊幫我穿上運動服。我摸了摸他的脖子，這讓我覺得非常溫暖。我看著他的眼睛。他非常可愛，我可以透過濕答答的 T 恤看到他的

肌肉。他離得這麼近，我忍不住想親吻他，但他把我推開了。

「你在幹什麼？」

「別說話。」我再次吻了他，他躺著，我在他身上。然後我脫掉了他的運動服。

「格洛莉婭，你想要幹什麼？」

「我想知道性愛有什麼特別的。」

「我覺得我們不應該……」

「查德，你喜歡我，我喝醉了，我們當然應該試試看。」

我失去了自控力。除了查德，我什麼都不想要，我想要他。

第六章

換個髮色交個新朋友就會有一段新的故事

是時候讓一切重新開始了。

剩下的日子我要好好地活著，

我要記住它們很久。

第24天

　　頭像被劈成了成千上萬塊，我什麼也不記得了。濃霧和寂靜包圍著我，我們躺在潮濕的地面上。他還在睡覺，我希望他不會發現我離開。我的淡藍色連身裙變成了一團泥，因為可怕的宿醉，我走路搖搖晃晃的，但我想盡量遠離這裡。當我到達公路邊時，我突然感覺到，除了可怕的頭痛外，下腹也痛得難以忍受。我開始想起昨天發生的事……我和查德·麥庫柏上床了，這是我的第一次。天啊，不敢相信！竟然是在運河旁的荒地上發生的，還真是浪漫！我從沒想過我的第一次會是這樣的。

　　我恨自己，覺得自己像個妓女。這種狀態實在太令人討厭了。如果可以，我會剝了自己的皮，這副身軀讓我感到噁心。

　　我裹著查德的運動服走在路邊。汽車經過我身邊，司機像看著年輕的妓女一樣看著我。我盡量不去在意他們。

　　一眨眼，我就站在自己的家門口。我打開門。爸爸和南希坐在飯桌邊，他們一看到我，就從自己的座位上跳起，朝我跑了過來。

　　「格洛莉婭，你去哪兒了？我們一整晚都在找你！」爸爸喊道。他仔細地把我檢查一番，我看到他的眼中出現了恐懼和蔑視。

　　我走進浴室，打開水，開始號啕大哭。鏡子裡，睫毛膏使我的臉頰變成了黑色，頭髮像鳥窩，潔澤爾的毆打讓我的嘴和左眼都腫了。淚水順著我的臉頰滾落下來。

> 親愛的日記！
>
> 我想死。我想死。我想死。
> 昨天我失去了童貞，和一個每年只跟我說一次話的男生。我也

失去閨密了。麥特甩了我。我不懂，為什麼老天這麼恨我？

　　我的整個身體都很痛。

　　一個晚上我的生活就發生了翻天覆地的變化。我要怎麼挽回潔澤爾？我愛她。我不希望我們的友誼就這樣結束。而麥特？當他離開時，我覺得好像我的腿被砍掉了，很痛，動彈不得。

　　但昨天的舞會大家會記得很久。我可以想像會生出多少關於我、潔澤爾和麥特的流言蜚語。算了，不管怎樣，我沒有多久可活了，我期待著一切結束的那一天。

還剩 26 天

　　我躺在床上，一動不動，已經好幾個小時了。我什麼都不想做。我試著睡覺，但腦子裡被很多事情塞滿，思緒停不下來。我覺得自己很可憐。

　　房間的門打開了。

　　「格洛莉婭，我拿了一些食物來給你。」南希說，我聽到她把托盤放在梳妝檯上，「我知道昨天在舞會上發生的事，我相信你和潔澤爾很快就會和解。」

　　「非常感謝你的支持，但是你能離開我的房間嗎？」

　　「好……」南希走到門口，「有人來找你，要我轉告你很忙嗎？」

　　麥特立即浮現在我腦海中。真的是他嗎？我的天哪！真希望是他。我差點把勞倫斯撞倒在地上，我快速從一個臺階跳到另一個臺階下樓，四下張望，搜尋著他。當查德走進客廳的時候，我渾身發熱。

　　「嗨，格洛莉婭。」

　　「你來這裡做什麼？」我憤怒地問。

　　「我來看看，你跑了，我以為發生了什麼不好的事。」

「對，你占了我的便宜。」

「但是……是你自己想要的。」

「我喝醉了！我完全不知道自己在幹嘛！」

「對不起。我真的很內疚，但我這樣做是因為我愛你，我想和你在一起。」

「滾吧。」

「格洛莉婭，我……」

「滾吧，否則我會告訴我爸爸，說你強姦我！」

查德默默地看著我。然後，他一言不發地離開了我家。

南希走下樓梯。「查德走了嗎？我以為他會留下來喝茶。」

我用雙手抱著頭，四周的牆壁讓我覺得壓抑。這個家讓我作嘔。我跑了出去，攔下一輛計程車。

—◆—

我不知道為什麼來這裡。通常當我感覺非常糟糕時，我就會來這裡，顯然現在正是這樣的情況。我按響了門鈴，馬西來開門。

「哦，嗨，格洛莉婭。」

「嗨，馬西。外婆在家嗎？」

「在，進來吧。」

這個家裡總是有好聞的味道，最重要的是，在這裡的人總是樂於隨時聽你傾訴。

我們走進廚房。

「科妮莉亞，看看誰來了。」

「格洛莉婭！我很去看看你，我非常想你！」外婆擁抱我。

「嗨。」

「你的臉怎麼了？」

「絆了一跤，跌倒了。沒什麼大不了的。」

「馬西，幫我們準備咖啡好嗎？」

「沒問題，親愛的。」

我坐在小沙發上，外婆坐在我旁邊。「你真的沒事嗎？你看起來很累。」

我保持沉默，盡量不去看她的眼睛。

「格洛莉婭，告訴我發生了什麼事？」

「媽媽在醫院裡，她企圖自殺。」

「我知道，大衛把所有事都告訴我了。」

「你去看她了嗎？」

「沒有。現在事情太多，我還得準備婚禮，我下週末會去看她。」

「你知道爸爸正和一個新女人約會，而且他們住在我們家嗎？」

「這我也知道，我為大衛感到高興。」

「外婆，你怎麼了？你的女兒差點死了，而她的丈夫一點都不在乎！」

「格洛莉婭，茱蒂把自己弄到這個地步，我從來不覺得她的行為情有可原。」

「如果她不在了，你也會說同樣的話嗎？」

「是的。茱蒂早已不再以我女兒的身分存在。格洛莉婭，我愛你勝過我的生命，我希望你有一個真正充滿愛的家庭，大衛和南希就是這樣一個家庭。」

「不再以我女兒的身分存在」這句話銘刻在我的心裡。外婆和我媽完全一樣。對我媽來說，我也從未存在過。如果這件事發生在我身上，她也不會對我伸出任何援手。我真是個傻瓜。我一直認為外婆是個聖人，只有她才能理解我，我完全錯了。

「我們聊聊別的。馬西和我兩個月後就要結婚了，所以你應該要開始找

最漂亮的洋裝來參加婚禮！」

　　兩個月後，我將在棺材裡腐爛，外婆。

　　「科妮莉亞，我回來了。」

　　「哦，亞當回來了。我想你會想跟他聊聊。」

—◆—

　　「這麼說來，現在你和潔澤爾不再是朋友了？」亞當問道。

　　我們坐在外婆家附近的門廊上。我早就迫不及待想跟他說說話，解釋
這段時間發生的一切。畢竟，他是我兒時的朋友。我跟他說了昨天舞會的
事。

　　「對，都是我的錯。如果她這樣對我，我會恨她入骨。」

　　「你太誇張了吧？搞不好再過一陣子，也許只要兩個星期，你們就會和
好了。你只是需要和她談談，她會理解你原諒你的。」

　　「亞當，我們說的是潔兒，她不從來不理解誰，更別說原諒誰了。」

　　「我想吃棉花糖。」他說。

　　「什麼？」

　　「我突然很想吃棉花糖，我都要流口水了。」他很快地站起來，朝某個
地方走去。

　　「亞當，你要去哪裡？」

　　我勉強追上他。我們往遊樂園走去，那裡是棉花糖的國度。亞當有時
表現得有點像小孩子，但這讓我很高興。

　　「有時候我真不懂你們女人，你們可以當十幾年的朋友，然後又因為一
些蠢事痛恨彼此。」

　　「對你們男人來說，什麼都很簡單。」

　　「當然。如有必要，我們可以吵架、打架，但我們會和解，這很自

然。」

我們找到一個棉花糖攤子，我愛這糖的氣味！是童年的氣味。我立即回憶起當自己還很小時，那些幸福快樂、無憂無慮的時光。那時候媽媽和爸爸還在一起，我們所有人好像都很幸福，但現在都不復存在了。

亞當和我坐在一張長凳上吃著棉花糖。它在我的嘴裡融化，我覺得好多了，於是把頭枕在亞當強壯的肩膀上。

「你還會跟她來往嗎？」

「你知道嗎？你可能是對的。都市女孩不需要鄉下男孩。」

「不，我錯了。她對你的感覺遠遠超過麥特。而且現在他們分手了，你有機會實現自己的夢想了。」

「那你有機會嗎？」

「我？難道我沒告訴你故事的第二段嗎？」

「顯然沒有。」

「我和他分手了。也不是傳統意義上的分手啦，畢竟我們從來沒有約會過，但是……他決定去加拿大，忘記這裡發生的一切。」

「那你怎麼想？我本來以為他喜歡你。」

「我本來也這麼認為。但顯然這只是一場遊戲，只是一種迷戀。」

「你應該阻止他。」

「這沒有意義。」

「格洛莉婭，你們可能永遠不會再見到對方，你必須和他談談。」

「現在嗎？」

亞當從長凳上站起來，拉著我的手。「是的，我們走吧。」

「我不知道，我覺得這很蠢。」

「你想不想要他留下？」

我非常想要他留下。我微笑著，抓著亞當的手，一起跑去攔計程車。

—◆—

　　我的心怦怦直跳。我到現在還沒找到合適的言語。我要跟他說些什麼？這不是年少的傾慕，而是真正的愛情。雖然它不完美而且不是互相的，但如果我失去他，那會是我生命中最大的損失。我希望他能和我共度剩下的26天。

　　「祝你成功。」亞當說。

　　我走到門口，按門鈴。幾分鐘後，一個女人打開門。

　　「您好，我能見見麥特嗎？」

　　「抱歉，請問你是誰？」

　　「我……是他的同班同學。」

　　「麥特現在不在，他去申請文件，明天他要去加拿大。」

　　我感到一陣燥熱。就是明天，剩下的時間太少了。「他在哪兒？我急著要見他。」

　　「就像我剛剛說的，他在大使館申請文件。我不知道昨天晚上發生了什麼事，但他再也不打算留在這裡了。」

　　「……對不起。」

　　我轉身，太陽穴怦怦直跳。難道這就要結束了嗎？我很快就會死去，在我死前，我再也見不到他。這個想法讓我感到不自在。

　　「你是潔澤爾嗎？他的女朋友？」那個女人問我。

　　「不，我是格洛莉婭。」我用嘶啞的聲音回答。

　　「等一下。」她走進家門。我不明白發生了什麼事。然後那個女人再次打開門，遞給我一個黃色的信封。

　　「這應該是給你的。」

　　「這是什麼？」

　　　　　　　　　　　　　　　　　　　　　　　　　我選擇活下去

「他說把它交給洛莉。是你嗎？」

「……是的，謝謝。」

「再見。」

她關上了門。我的手在顫抖。我撕開信封，裡面有一張紙。

「洛莉，我知道你會生我的氣，但我必須得離開。我需要換個環境，認識新朋友。我想忘了這座城市、潔兒，和你。

　　我知道這件事不容易，我依舊記得你的眼睛和你的聲音。我記得我們在醫院的時候你手的溫暖，我也會很難忘記你的吻，很難清空你在我心上占據的位置。

　　請原諒我，我很想抱抱你，但我做不到，我知道如果我見到你，我會無法離你而去。請你也試著忘了我吧！或者恨我也好，我相信一切都會沒事的。你是這麼美好、這麼獨一無二，你可以帶給人們幸福，並讓他們變得更好。

我愛你，再見。」

我喘不過氣來。我覺得天旋地轉，眼裡滿是眼淚。為什麼他要這樣對我？為什麼他總是要把一切複雜化？為什麼？

我聽到亞當的腳步聲。

「我很抱歉。」

我開始號啕大哭，亞當擁抱我。我們什麼也沒說，也很難說什麼。我失去麥特了。我永遠失去他了。

—◆—

沿著布里瓦德狹窄的街道漫步，我只聽到了我們頻率一致的呼吸聲。已經很晚了，但我們沒打算回家。

「喂，你怎麼樣，好點了嗎？」

「我不知道。」

「洛莉，忘了他。如果他真的愛你，他就不會去任何地方。因為離開所愛的人去鬼才知道的地方，是一件很蠢的事。」

「你叫我什麼？」

「洛莉，我以為你喜歡別人這麼叫你。」

我記得麥特這麼叫我。我更加憂鬱了。

「我受夠了。我受夠這一切了，這座城市，這個秋天，所有人。連我頭髮的顏色都很暗沉，就像我的生活一樣！我覺得自己非常可憐，我覺得自己有夠沒用。」我從牛仔褲口袋裡掏出麥特的信。「我真的必須忘記一切，然後重新開始生活。」我把信撕成碎片，毫無遺憾地扔向空中，「我要改變，變成一個新的格洛莉婭。」亞當困惑地看著我。

「我們走吧。」我說。

過了一會兒，我們來到我和潔澤爾經常來的美容沙龍。

「嗨，登。」我說。

「寶貝，很高興見到你。舞會好玩嗎？」

「非常棒！有很多『愉快』的回憶。」

「坐下。告訴我，這是誰？你的男朋友？」他指著亞當。

「不，這是我的朋友，亞當。」

「亞當，你想要一個酷酷的髮型嗎？」登靠近亞當，氣息噴到他的臉上，「你的頭髮柔軟又厚實，可以弄出很多造型來。」亞當被他的話弄得不自在。登笑了起來，「你的直男朋友好可愛。」

我也跟著笑起來。亞當不知所措。

「來吧，想怎麼弄？」登問。

「我想把頭髮染成明亮的顏色，要與眾不同的。」

「來，這有完整的色卡，」登遞給我顏色目錄，「我建議你染紅褐色，

紅褐色現在很時尚，或者紅色，你也會變得很性感。」

　　我沒聽他的建議，明亮的天藍色引起了我的注意。

　　「天藍色。」我說。

　　「什麼？」

　　「天藍色很美。」

　　「我同意。但通常只有怪胎會染這種顏色。」

　　「我決定了，幫我把頭髮染成天藍色。」我合上目錄。

　　「什麼？你在開玩笑嗎？」

　　「不，我很認真，我要染天藍色。」

　　「好吧，我現在就弄。」登走進另一個房間。

　　亞當來找我。「你瘋了嗎？」

　　「我希望變得不一樣，亞當。」

　　「你覺得你把頭髮染成鮮豔的顏色，生活就會變得更好嗎？」

　　「為什麼不會呢？我想讓所有人震驚。」

　　「的確，這麼可怕，你肯定會讓所有人震驚。」

　　「那樣最好。」

　　登拿著一堆軟管和毛巾回來。「你確定要這種顏色嗎？」

　　「對。」

　　「你得先漂髮，但這過程不太舒服。」

　　「我會忍耐的。」

　　「我的天哪！你真的瘋了！」

　　「登，開始吧。」

　　在接下來的幾個小時裡，登處理著我的頭髮。在褪色的那一刻，我差點沒忍住眼淚，這真的令人很不愉快。我想起我和潔澤爾在這裡為巴黎之行做準備時第一次染了頭髮，它將永遠留在我的記憶裡。

登用吹風機吹乾我的頭髮。他暫時還不許我照鏡子。

「怎麼樣，準備好看成果了嗎？」

「好了。」

他轉過椅子。在鏡子裡，我看到了另外一個女孩。我天藍色的眼睛與頭髮的顏色融為一體。又亮、又藍、又柔軟的波浪髮型。我震驚了。

「太棒了！」我說。

「是。」

「我要給你多少錢？」

「千萬不要！弄得這麼糟糕還收錢？」

「登，你太棒了！謝謝你！」

我走到街上，在燈光的照射下，我的頭髮變得更加明亮。亞當一直盯著我看。「你瘋了。」他最後說道。

「我知道。」

—◆—

我急著回家。我可以想像得到爸爸會有什麼反應。我打開門，走了進去。廚房裡有燭光，他們好像在吃浪漫的燭光晚餐。好極了！正好可以破壞它。我站在他們面前。爸爸和南希睜大眼睛看著我。他差點噎到了。

「我的天呀！你的頭髮是怎麼回事？」

「我就知道你會喜歡。哦，這是什麼？義大利麵嗎？」我看著桌子，「我非常喜歡義大利麵！」

他們仍然繼續像看一個外星人一樣看著我，這讓我很開心。

是時候讓一切重新開始了。剩下的日子我要好好地活著，我要永遠記住它們。

第 25 天

豔麗的妝容，黑色眼線筆勾勒的雙眼，深色的眼影；齊肩的天藍色頭髮，皮夾克，黑色短褲——我打扮成這樣來到了學校。驚訝得無法合上的嘴巴，瞪大的眼睛，緊張的低語，詫異的眼光——我走在教學大樓的走廊裡，所有人都震驚地看著我。我充滿自信地走著，不理會任何人。我的內心在沸騰，真想叫出來讓大家都聽到：你們覺得我壞掉了嗎？才沒有！

我走進哲學課教室，同學們都說不出話來，特別是潔澤爾。她盯著我，我試圖假裝沒有注意到她張大的嘴巴，坐到座位上。我剛才在學校的儲物櫃裡發現一封信：**「要堅強。」**

我注意到查德驚訝地看著我。我看著他微笑，也許他不喜歡現在的我，但我無所謂。從今以後，我不想再喜歡任何人了，愛只會帶來痛苦。

在上課之前，金斯利夫人帶著一個女孩走進教室。

「大家注意，我想介紹新同學給大家認識，蕾貝卡·多涅爾。」這女生看起來很害羞，眼中充滿害怕。她非常瘦，一頭深色的頭髮，看起來很柔弱。我覺得她很可憐，因為她要在我們學校讀書，她會被摧毀，就像一根燃盡的火柴一樣。「蕾貝卡，我希望你能很快習慣並交到新朋友。」

「謝謝你。」她膽怯地回答道。

蕾貝卡沒自信地一瘸一拐地走到一張空桌子面前，擺放好自己的東西。

「還有，這堂課結束後，請格洛莉婭·馬克芬和潔澤爾·維克利來我的辦公室。」

說完之後，金斯利離開了教室。

該死！我怎麼沒想到，因為在舞會上搞出的事，我們有受懲罰的可能。好吧，俗話說，星期一總是艱難的一天，我得盡力忍耐。

上完哲學課，按照吩咐，我去了金斯利的辦公室。潔澤爾已經坐在校

長面前的椅子上，我加入了她們。

金斯利輕蔑地看著我的樣子。

「你們兩個在舞會上做了什麼好事？」

「金斯利夫人，你知道的，格洛莉婭·馬克芬已經在我們學校的妓女名單上了。」潔澤爾笑著說道。

「你說什麼？」

「她以這種造型出現並不意外，這才是她真正的樣子。」

「金斯利夫人，您別忘了，那件事情我才是受害者，因為潔澤爾撲向我，當眾毆打我。」

「她說得對。」校長說。

「她活該！她在照片裡親我男友！如果用我的方式，我會扭斷她的脖子，我絕對不後悔。」

「我對你們的私人關係不感興趣，我們就事論事。潔澤爾，你當眾毆打格洛莉婭，因此你將受到懲罰。」

「這不公平！」潔澤爾尖叫著。我看著她，臉上露出邪惡的笑容。

「因為這件事，麥特·金斯從我們學校轉學了。」

「什麼？」潔澤爾問。

「你不知道？他要搬去加拿大。」

潔澤爾一句話也說不出來，看來她完全不知道。但是我很高興，讓她感受到和我一樣的痛苦吧！

「金斯利太太，我們可以走了嗎？」我問。

「當然。」

不知不覺中，數學課、歷史課、英語課很快就結束了。我真的讓大家留下了令人震驚的印象。他們都習慣我不化濃妝、謙虛、不多話的樣子，但某些東西在我內心發生了變化，只是我還不完全確定那是什麼。

我走進學生餐廳。每群人都在談論我、麥特和潔澤爾的事。我開始喜歡這樣了，被關注並不是那麼糟糕的事。我看著我們的餐桌，潔澤爾和她的新朋友都坐在那裡，對我來說真的沒有多餘的位置。我手裡拿著托盤，環顧四周，所有的桌子無一例外地都被占了。我頭一次發現自己陷入了如此困難的境地。我看著最遠處的桌子，那裡坐著查德。他旁邊還有兩個座位。好吧，我得接受這種情況。

我走到他面前，他笑著看著我。他照樣戴著眼鏡，穿著格子襯衫，打著領結。我的天哪！我竟然把我的童貞交給這個男人。

「嗨。」他說。

「你不介意我坐在這裡吧？」

「當然不，但不要坐那把椅子，椅腿快斷了，你會摔倒。」

我坐在他旁邊。

「天藍色很適合你。」

「謝謝你，你是第一個這樣跟我說的人。」我拿起盤子裡的叉子。「請原諒我昨天趕走你的事，那個時候我心裡真的很亂。」

「好的，我理解。也請你原諒，我……」

「我知道，忘了吧。」

「嗯，你覺得我坐的這個位置怎麼樣？你喜歡嗎？」

「說實話，不喜歡。難怪我和潔澤爾稱它為魯蛇座位。抱歉。」

「我已經習慣了。但是這裡沒有人會趕你，也沒有人會注意到你。」

我們沒有注意到蕾貝卡來到我們的餐桌前。「嗨，我可以和你們一起坐嗎？」她靜靜地問道。

「當然。」查德說。

「謝謝。」她坐在那張壞了的椅子上，一瞬間，椅腿斷了，手裡拿著食物托盤的蕾貝卡摔在地上，托盤上的所有東西都撒在她身上。在場的人都

對這個新生哈哈大笑起來。

「天啊！蕾貝卡，你還好嗎？」我扶她站起來。

「我沒事，我沒事。」她重複道。

學生們仍然沒有安靜下來。

「我幫你拿一個新托盤。」查德說。

蕾貝卡倉皇失措地站著。我能理解她有多尷尬，恨不得找個地洞鑽進去。「我們走吧。」我說。我們去了洗手間，我幫她洗掉食物的殘渣。

「難怪我媽說新學校的第一天非常艱難。他們會取笑我，嘲弄我，你只需要忍耐就好。」

「看來你的襯衫是救不回來了。」我說。

「沒關係，這沒有很嚴重。」

門打開，查德走進洗手間。「喂，你們還好嗎？」

「查德，這裡是女廁。」我說。

「我知道，但從五年級起，高年級的學生就把我的頭塞進馬桶，所以對我來說，女廁還是男廁根本沒什麼不一樣。」

「格洛莉婭、查德，謝謝你們的幫助。我不知道該如何感謝你們。」蕾貝卡說。

「如果有什麼事，你可以來找我。我知道成為一個魯蛇是什麼感受。」查德說。

「對，你很會安慰別人，查德。」我笑著說。

—◆—

我的腦袋裡又亂成了一團。不久之前，我們三個人還一起走著。潔兒、麥特和我，我對一起都很滿意，包括我渴望和麥特成為一對的那些時刻。而現在，一切都消失了，幾乎是剛開始就結束了。潔澤爾一整天都用

我選擇活下去

那種惡狠狠的眼神盯著我。許多女孩在她身邊徘徊，想取代我的位置，成為潔澤爾‧維克利的閨密。一直以來，我都和那些看重別人意見的人一樣，整個人生只在乎自己在別人眼中是什麼樣子和自己在別人眼中有什麼價值。

我持續沉浸在自己的思緒中，沒有注意到蕾貝卡走在我旁邊。

「格洛莉婭，你能告訴我圖書館在哪裡嗎？還有，我最近剛來你們這座城市，如果你有空的話我能和你一起去走走嗎？你可以跟我介紹這裡。」

「我沒時間。」

「我知道了，我只是想……」

「蕾貝卡，我不記得我有說要跟你交朋友，而且我討厭別人跟著我！」

我加快腳步，躲到角落裡。我不需要朋友，現在不需要了。獨自一人比迎合某人、在問題中來來去去更簡單。我再也無法忍受友誼的破裂了。

潔澤爾從我身邊經過，然後她突然停了下來。

「你有新朋友了？也沒花多久時間嘛！她知道你會背著她和她的男朋友接吻嗎？這會嚇到她嗎？」潔澤爾諷刺地說。

「她不是我的朋友。」

「好，那代表我們可以正式舉行新成員的迎新儀式了。」

該死！我完全忘了這回事。「迎新儀式」是獻給新生的某種儀式。我和潔澤爾想出了各種令人討厭的笑話嘲笑新生。這種「儀式」的目的是羞辱人，告訴你在這所學校不受歡迎。這些人當中有一半直接離開學校，有些人則到現在為止還在這裡，但心靈創傷永遠存在。現在，潔澤爾想對蕾貝卡進行這個儀式。我真心為這個女孩感到難過，她是那麼天真而且容易相信別人，簡直是被欺負的最佳目標。

「潔兒，別這樣，她已經在餐廳裡當著所有人面出醜了。」

「首先，不要叫我潔兒，叫我潔澤爾。其次，餐廳不算。我自己會舉行

這個『儀式』。準備好相機吧，蕾貝卡會被徹底羞辱。」

不，我不能讓這種情況發生。我絕對無法成功阻止我卑鄙的前閨密，只能暫時成為蕾貝卡的保鏢。我無計可施，只好跟她交朋友。

我走進教室，現在是物理課。蕾貝卡獨自坐在課堂最遠的角落，沒有人注意到她，對所有人來說，她是個微不足道的人，簡直跟我一樣。

我走到她面前。「蕾貝卡，我想了想，我剛好今天不忙，所以可以帶你在城裡逛一圈。」

「真的嗎？這太棒了！謝謝你，格洛莉婭！」她像個孩子一樣擁抱我。

「我和你一起坐，貝卡，我可以叫你貝卡吧？」

「貝卡，這很酷！還沒有人這麼叫我。」她笑了。

「太好了。聽我說，貝卡，看到那個金髮女生了嗎？」我指向潔澤爾。

「看到了。」

「那是潔澤爾・維克利，她簡直是個巫婆，我建議你離她遠遠的。」

「為什麼？」

「相信我，並一直待在我身邊，這樣會更好。」

「你不是不喜歡我跟著你嗎？」

「現在我們是朋友了，朋友應該一直在一起。」

「酷！我上學的第一天就交到了朋友，我媽會很高興的。」

—◆—

終於下課了。我差不多已經接受，我得假裝是蕾貝卡的好友這件事。我的主要目的是保護她免受潔澤爾的傷害，我認為這是我的責任。

蕾貝卡站在正門口等我。

「我們走吧？」我問。

「……格洛莉婭，我今天去不了了。」

「怎麼了？」

「你別生氣。」

「貝卡，說吧。」

「潔澤爾來找我，邀請我去參加派對。」

「你同意了？」

「是的，從來沒有人邀請我參加派對！」

「我告訴過你要遠離她！」

「她並沒有像你描述得那麼可怕，而且，我覺得她很可愛。」

顯而易見，「儀式」將在聚會上進行。

「貝卡，別去，那是一個假派對，潔澤爾想在大家面前羞辱你。」

「我覺得你只是嫉妒我，因為你沒有被邀請。對了，潔澤爾告訴了我你的事。你搶了她的男朋友，這很不好！所以，抱歉了。」

蕾貝卡傲慢地轉過身，向前走去。

「蕾貝卡！」我喊道。

她不理我。好吧，讓這個矮瘦難看的女人自己拿主意吧！我不會在她面前自取其辱，就讓她去她想要去的地方。

「發生了什麼事？」查德走近我。

「沒什麼，她剛為自己簽下了死刑判決書。」

「你在說什麼？」

「潔澤爾要舉辦『新生儀式』，她邀請蕾貝卡去參加派對，她同意了。」

「你告訴她別去那裡了嗎？」

「說了，但她不相信我。」我看著查德的眼睛，想起麥特也是這麼看著我的眼睛，這立刻刺痛了我的心。我的天哪！快點讓我忘記他。「查德，我可以拜託你一件事嗎？」

「當然。」

「別再戴眼鏡了，你很帥，但戴著它，你看起來就像一個有著太多自尊問題的中年處男。」

「好。」查德笑著說，我也笑了。「那麼，我們該拿蕾貝卡怎麼辦？」

「就讓她去被羞辱吧，她就會明白潔澤爾·維克利是什麼人。這是給她的一個教訓。」

「你現在說話就像潔澤爾一樣。」

他的話刺激了我。「那你有什麼建議？」

「我們去參加這個派對，阻止潔澤爾進行她的計畫。」

「但我們沒有被邀請。」

「你總是這麼守規矩嗎？」

親愛的日記！

只要再稍微忍耐一下，一切就結束了。對我來說，永遠地結束。我仍然無法從與潔澤爾的友誼破裂中恢復過來，也無法不想念麥特。也許現在這樣會更好？我指的是我們之間發生的一切。潔澤爾和麥特是我最親近的兩個人，我不希望他們有人因為我的死亡遭受折磨；我不希望他們有人為我的死亡而惋惜，為我哭泣，為我煎熬，為我自責；我只是希望他們不要忘記我。

離我自殺還有25天的時間。我將永遠離開這個世界、這些人、這個毫無意義的生活。

還剩25天

我穿著寬鬆的條紋外衣、網眼褲襪和靴子下樓。捲捲的天藍色頭髮美麗地散落在肩上。看到我，爸爸差點說不出話來。「你打算去哪？」

　　　　　　　　　　　　　　　　　　　　　我選擇活下去

「不重要。」

「你又不聽話了？不但不在家過夜，你現在還要半夜跑出去嗎？」

「現在才晚上9點！」

「你要去哪裡？」

「參加派對。讓我去吧。」我推開他，他抓住我的手腕，很痛。

「你哪裡也不准去，尤其是穿成這樣！」

「爸爸，我們別讓一切又重新開始！我不需要你的『關心』。你有自己的生活，我有自己的生活！」

「要麼你回房間去，要麼我再次沒收你的手機，關著你！」

「大衛，讓她去吧。」南希介入道。

爸爸放開我的手腕。「你要幫她說話嗎？」

「對，大衛。我也曾經是青少年，我明白爸爸管得太多是什麼感受。」

爸爸沉默了。

我聽到查德按門鈴的聲音。「來接我的。」

我趕緊跑到門口，停了下來。「南希……謝謝。」

她笑了。

—◆—

我們站在維克利的家門口，聽到大聲的低音音樂。我和查德彼此對看了一眼。

「怎麼樣，你準備好了嗎？」他問。

「好了，我們得悄悄潛進去。」

「你這個頭髮，我擔心不會那麼容易。」查德指著我天藍色的頭髮。我們笑了。

幾分鐘後，我們進到房子裡。狹窄的大廳裡擠滿了一堆人。有人在跳

舞，有人在喝酒，有人在角落裡擁抱親吻。總之，派對正如火如荼地進行中。我搜尋著蕾貝卡的身影，但一點用也沒有，因為這裡人太多了，甚至連空氣都不夠了。

「你看到她了嗎？」我問查德。

「沒有，人太多了。」

我們走進屋裡，看到一個深色頭髮的小巧精緻的女生站在潔澤爾旁邊。是蕾貝卡！

「看。」我說。

「看來她取代了你的位置。」

「或許潔澤爾開始進行她的計畫了。」

我們躲在角落裡。「貝卡！」我喊道。

蕾貝卡注意到我們。「格洛莉婭、查德，你們也被邀請了嗎？」

「可以這麼說。你在這個派對已經待得夠久了，現在可以和我們一起去城裡逛逛。」我說。

「現在離開不太好，潔澤爾會不高興的。」

「貝卡，我最後問你一次，你要和我們一起去嗎？」

「不。對不起，我們下次再去逛吧，請別生我的氣。」

「蕾貝卡！……」我們遠遠地聽到了潔澤爾的聲音。

「哦，潔澤爾在叫我。改天見。」蕾貝卡離開了。

我氣極了。「我們走吧。」我說。

「等等，蕾貝卡怎麼辦？」

「聽著，我受夠了，我不要再扮演偉大的救世主了。我們已經提醒過她，剩下的都是她的事。」我抓住查德的手，向出口走去。突然，音樂戛然而止，我們聽到麥克風的聲音。

「女士們、先生們，很高興你們都來參加我的派對，我希望你們在這裡

玩得開心。」大廳中間有一個高臺,潔澤爾就站在上面。

屋子裡所有人都開始吹口哨和拍手。

「我想向你們介紹我的新朋友蕾貝卡·多涅爾!」蕾貝卡不太有自信地走上台。我覺得馬上就要發生點什麼了。「蕾貝卡,跟大家說說話。」潔澤爾遞給她麥克風。

「我……我很高興來到這裡……」

「夠了,蕾貝卡。好吧,讓我們的派對繼續,盡興地玩吧!」潔澤爾向某人點點頭。

突然有人把蕾貝卡身上的連身裙扯了下來,而潔澤爾把她推下台,我們看到她半裸著身體摔倒了。所有人,包括潔澤爾在內,都開始瘋狂地大笑起來。我的心碎了。

幾乎所有人都拿著手機拍著正在發生的畫面。蕾貝卡試圖用雙手遮住自己,她的衣服被扔在地板上。她拉著裙子,但是潔澤爾推她讓她向後倒去,潔澤爾搶過她的裙子,然後把它高高地舉了起來。

「潔澤爾,不要這樣。」蕾貝卡懇求道,她的臉上滿是淚水。

「親吻我的腳。」潔澤爾說。

「什麼?……」

「親吻我的腳,我就把衣服還你。」

大家都笑了起來。蕾貝卡俯身靠向潔澤爾的腳。好了,我再也受不了了。我堅定地推開人群。

「大家都給我散開!」我喊道,然後用所有的力氣從潔澤爾的手中搶走連身裙,扔向蕾貝卡,「查德,把她帶走。」查德聽話地拉起蕾貝卡的手。

「該死的!你想在我的派對上幹什麼?」潔澤爾喊著。

「喲,我怎麼能錯過潔澤爾·維克利的派對呢?」我諷刺地說。

「哦,你這個賤人!我恨你!」潔澤爾撲向我,但我及時用雙手抓住了

她的頭髮，潔澤爾痛得大呼小叫，但周圍的人甚至都沒想把我們拉開。

「聽好了，潔澤爾，」我用力推開她，她倒在地上，我等著她看著我的眼睛的那一刻，「你決定和我開戰了嗎？你最好想想，我生命中一半以上的時間都和你很好，我知道你的一切，一切細節。我知道你所有的弱點，你所有的恐懼。一旦我利用這些來對付你，你就完了！」大廳裡一片寂靜。潔澤爾驚恐地看著我。我微笑，然後，用傲慢的眼神看了她一眼，轉身。

現在我不再需要推開人群，他們自動讓出一條路，我慢慢地走著，沒有覺察到自己笑容滿面。我是最棒的！沉默不起眼的格洛莉婭，以及最近發生在我身上所有爛透了的事，都過去了。

我從房子裡走出來。查德和蕾貝卡坐在隔壁房子的門廊上。蕾貝卡淚流滿面。

「你還好嗎？」我問。

「格洛莉婭，對不起，請原諒我不相信你。我真是個傻瓜！我為什麼這麼幼稚？」蕾貝卡全身通紅，眼睛也哭腫了，膝蓋上有一塊巨大的擦傷，出血嚴重。查德把自己的夾克給了她，但她仍然緊張得顫抖。她讓我想起了我自己。我也因為自己輕信人的態度而厭惡自己。我信任尼克、麥特、潔澤爾。結果，讓我自殺的原因變得更多了。

「別擔心，明天就沒有人會記得這些了。」

「你剛才做了什麼？」查德問我。

「沒什麼特別的。貝卡，別哭了。我們走吧，我現在很餓，也想喝東西。」我們從門廊上站起來，手牽著手往前走。我、查德、蕾貝卡，這可能是一個新故事的開始。

我們坐在餐桌旁，面前的食物幾乎未被觸碰。這裡靜得能讓我聽到呼吸聲和我們的『家庭早餐』一口一口地被咀嚼和吞嚥的聲音。爸爸沉默地看著我。我假裝沒注意到他的目光，繼續冷靜地在盤中擺弄著叉子。

「我們這週末出去玩怎麼樣？天氣很好，可以去野餐。」南希說。她說完之後再次陷入惱人的沉默。

「這要持續多久？你還要折磨我多久？」爸爸問我。

「大衛，現在別談這個。」勞倫斯說。

「不，我現在就要談，因為她等下又不知道要跑去哪裡了！」

我不說話。

「大衛，她還是個青少年。」

「那又怎麼樣？16歲的青少年有變成妓女的才能嗎？」所有的注意力都集中在我身上，「怎麼不說話？你不想說點什麼嗎？」爸爸大吼著。

「請給我一塊乳酪。」我譏笑著說。

爸爸終於崩潰了，他拿起一盤切好的乳酪，用力把它扔到了地上，無數的乳酪片散落在地上，然後他推開椅子離開。

「那，要去野餐嗎？」勞倫斯安靜地問。

「南希，不用假裝我們是一個完美的家庭。你什麼也不是。你住在這裡，只是因為你跟我爸上床。」

「你怎麼能這樣說？」

「我能，」我推開椅子，走向門口，然後又轉身看著南希，「我只是不懂爸爸哪裡吸引你了？他就是一個渾蛋，他總是傷害所有人，總有一天你會明白這一點。」

—◆—

　　學校裡所有人都看著我，不是因為我天藍色的頭髮，而是因為昨天的派對。我很好奇潔澤爾怎麼樣了？她的聲譽可能一落千丈，但我不在乎。我從沒想過我有能力做到這一點，只要不要來招惹我，我通常都會袖手旁觀，這樣比較舒服。但現在一切都變了，我真的很喜歡這樣的變化。

　　文學課教室裡，查德坐在我旁邊。昨天，我、他和蕾貝卡幾乎整晚都待在一起，真是太棒了！總之，我從不知道像查德這樣的書呆子會這麼有趣，多虧了他，我開始有點忘記麥特了。

　　「嗨，你昨天還好嗎？」查德問。

　　「還好，只是頭有點痛，但可以忍受。」

　　今天查德沒戴眼鏡，哦，我的天哪！太適合他了。他穿著牛仔襯衫、深色的牛仔褲，看起來很酷。

　　潔澤爾走進教室。她第一次穿著有領的長袖上衣來上學，是因為我留在她身上的傷痕。她看起來很沮喪，我很喜歡。

　　「她怎麼了？」查德問。

　　「可能是因為派對成功了。」

　　「你在派對上對她做了什麼？」

　　「我告訴過你，沒什麼特別的。」

　　「沒什麼特別的？潔澤爾・維克利看起來像個被嚇到的孩子。」

　　「查德，我只是要她謹守本分。這是她應得的。」

　　賴丹夫人走進教室，幾分鐘後教室的門再次打開，蕾貝卡出現了。「對不起，我可以進來嗎？」

　　「可以，快點！」正如我說過的那樣，賴丹不能忍受別人上她的課遲到。

　　蕾貝卡急忙走到桌子邊，開始擺放她的東西。

「第二天來上學就遲到？」我說。

「我早上起不來。」

「你喝的是不含酒精的飲料呀！」

「那又怎樣？我的身體太容易受到新事物的影響⋯⋯何況我今天根本就不想來上學。」

「因為派對？」

「對⋯⋯」

「貝卡，大家早就忘記這件事了。」

「但我沒有忘記。我甚至夢見它了⋯⋯」

—◆—

我走進女廁，潔澤爾站在鏡子旁邊，肖娜在她身邊——一個高大的黑白混血兒，聲音非常令人討厭，可能是她的新朋友，她們兩個很像。

我走到鏡子前面。「那傷痕非常適合你。」我嘲笑著說。

「嗯，我不知道你怎麼想，但我已經累了，我建議停戰。」

「你投降了嗎？」

「不，我只是不想讓某個亂吼亂叫的人破壞我的聲譽，可以嗎？」

「好，我同意。」

「很好。肖娜，我們走吧。」

—◆—

「潔澤爾・維克利說要停戰？這真是新鮮事。」查德說。

我和他一起沿著走廊去放上課用品的儲物櫃那邊。「一開始我不相信，但事實證明她確實這麼想。」

「你同意了？」

「對，況且不管怎麼樣，我在這場戰鬥中都獲勝了。」

我打開儲物櫃，一堆課本上再次躺著一封信。「查德，幫我把書包拿到教室去好嗎？」

「好。」

我拿起這封信：**「你很完美。」**我臉上露出一絲奇怪的笑容。我已經開始喜歡這些信了。

「格洛莉婭……你要去上數學課嗎？」我嚇了一跳，轉過身看到蕾貝卡。

「要，我來了。」我把信揉成一團，扔進了垃圾箱。

——◆——

數學課教室裡一片安靜。勞倫斯直盯著我的眼睛，可能仍然無法忘記早上的事。

「我要用一個相當不愉快的話題開始我們的課。我改了你們的考卷，非常糟糕。學期都要結束了，你們的成績還這樣！格洛莉婭‧馬克芬，你有打算好好讀書嗎？有打算好好改正自己的錯誤嗎？」

「我無所謂，勞倫斯小姐。」

「你無所謂？再這樣下去，你很快就會被學校開除！」

「那我能怎麼辦？」

「要麼你改過，要麼我……」

「怎麼？把我爸叫到學校來或者你們在家裡談，就像一家人一樣嗎？」

「我會想辦法讓你改進。」

「你知道你可以去哪嗎，勞倫斯小姐？」班上同學們都張大嘴巴，目瞪口呆。

「你說什麼？」

「要我再說一遍嗎？」

「要麼你現在收斂你的態度，要麼從教室裡出去！」

我立刻把自己的東西裝進書包。勞倫斯震驚的看著我。

「你在幹什麼？」蕾貝卡低聲問道。

「把你的東西收一收。」

「什麼？」

「我說，收拾你的東西，快點！」蕾貝卡乖乖地把書塞進背包裡。然後我們兩人站起來，向門口走去。

「多涅爾，請你留下來。」南希說。

「請你閉嘴。」我一邊說，一邊抓住蕾貝卡的手。

我們離開教室，蕾貝卡變得很緊張。「你在搞什麼？」

「冷靜一點。」

「冷靜一點？我要被學校開除了！」蕾貝卡緊貼著牆。

「你不會被開除，勞倫斯沒辦法這麼做。」

「你怎麼知道？」

「我就是知道。她住在我家，和我爸上床。」

「你在開玩笑嗎……」

「我當然是開玩笑的，我很有幽默感。」我轉過身，迅速走到正門。

「格洛莉婭，等等！」

—◆—

學校被我們甩在身後。我告訴蕾貝卡關於我家裡的所有故事。關於爸爸對媽媽做的事，關於勞倫斯，我的新繼母，關於一切。我的內心很痛苦。我知道我和蕾貝卡認識頂多不過兩天，但我覺得我可以信任她，因為沒有別人可以信任了。

「……我沒想到勞倫斯還有這樣的本領。那你媽現在還好嗎？」

「我不知道，我已經好幾天沒去看她了，我希望她一切都很好。你看，現在我們是真正的朋友了，你瞭解我的一切。」

「但是你對我一無所知。對了，我想把你介紹給我媽，可以嗎？她很好，你會喜歡她的！」

「為什麼不呢？」

「只是要稍微晚一點，她才不會懷疑。」

「好，我剛好想去一個地方。」

—◆—

這裡很平靜。我喜歡來這裡忘掉所有事。這大概是這個城市我最喜歡的地方——一個荒廢的海灘。岸邊礁石林立，海浪猛烈地拍打著礁石。旁邊是一個廢棄的棧橋碼頭。除了我之外，其他人來這兒的可能性不大。

我和蕾貝卡直接躺在地上。我們閉上眼睛，聽著大海的聲音，各自想自己的事。如果可以，我想在這裡死去。

「那個麥特真的很帥嗎？」蕾貝卡問。

「非常……」

「在他對你做了那些事之後，你還愛他嗎？」

「我不知道。但是要停止愛那個對你的生命有意義的人非常困難。」

「你要忘記他，只需要從記憶中把他刪除。」

「如果這麼簡單就好了。」

「那潔澤爾呢？你曾是她最好的朋友，而現在她非常恨你。」

「如果我這樣對你，你會原諒我嗎？」

「……我會原諒。當然不會立刻，但如果我們是多年的朋友，我絕不會因某個男生而捨棄你。」

「你談過戀愛嗎？」

「沒有。」

「我說真的。」

「我也說真的，我從來沒談過戀愛。」

「這有可能嗎？」

「當你對其他的事感興趣時，有可能。」

「你對什麼感興趣？」

「上課，看書，上網。愛情會帶來痛苦，它就像毒品一樣。一開始你會感覺很好，然後就開始毒癮發作，你會覺得簡直就要死了。」

—◆—

我們到了蕾貝卡的家。說實話，我有點害怕認識她媽媽，我完全不明白這有什麼意義。蕾貝卡堅定地打開了門。「媽，我回來了。」

家裡飄著油炸的味道，立刻勾起了我的食欲。一個大約40歲的女人向我們走來，仔細地打量著我們。

「蕾貝卡，你怎麼這麼早回家？」

「我們提前放學了。媽，這是格洛莉婭，我的新朋友。」

「您好。」我禮貌地說。

「你好，你好。這就是和你玩到凌晨2點半的朋友嗎？」

「媽，我們現在別談這個。」

「聽你的。來廚房，我幫你們準備了熱巧克力。」

我覺得有點不自在。我們走進房子裡面，我看到書架上有一個大相框，我拿了起來。「很棒的照片。這是你和你的家人嗎？」

「是的，這是我、爸爸和弟弟。」

「他們現在在哪兒？」

「……他們在車禍中去世了。我弟弟麥可要去參加訓練，我爸開車送他

去，一輛卡車撞到了他們。我和媽媽為了克服這個難關，所以搬到這裡，想要……忘了這一切。」

聽了這些話，我頭都暈了。想像一下她所經歷的痛苦，讓人覺得害怕。

「……我很抱歉。」

「沒事。你看，現在你對我也有所瞭解了。」

「請坐，我幫你們拿了巧克力蛋糕和牛角麵包。」

「格洛莉婭，試試吧，我媽自己烤的。」

我拿起蛋糕咬了一口。「太棒了……很好吃，多涅爾太太。」

「謝謝，多吃點。」

「嗯，你覺得我們家怎麼樣？」蕾貝卡問。

「很漂亮，你家裡非常舒適。」我盡量保持禮貌。

「雖然我們還沒有布置好，但我希望我們能夠慢慢安定下來。」。

「格洛莉婭，說說你自己，你對什麼感興趣？」

「嗯……我以前喜歡跳舞，但後來我放棄了，我畫畫也不錯……」

蕾貝卡的媽媽用眼睛盯著我。「你成績好嗎？」

「媽，這重要嗎？」

「對我很重要。我希望我的女兒和跟她同水準的人來往。」

這讓我很生氣。我知道，她想讓我明白，我不應該在她女兒身邊。「我成績很差，多涅爾太太。你知道嗎？我喜歡蹺課，不做作業。」

「格洛莉婭……」蕾貝卡打斷了我。

「這是什麼意思？我只是回答了這個問題，有什麼問題嗎？」

「沒什麼問題。」蕾貝卡平靜地說。

「抱歉，洗手間在哪裡？」

「直走然後左轉，你不會迷路的。」

「謝謝。」我飛快地跑到洗手間。

真想快點逃離這裡。我沒想到蕾貝卡的媽媽是個虎媽。也許悲傷對她造成了很深的影響。沒有人想這樣，突然失去丈夫和兒子。如果這種事情發生在我身上，我承受不了的。

廚房傳來一些聲音。我把耳朵貼在門上。

「怎麼回事？這是怎麼回事？這個女孩太糟糕了！」

「不！她非常好。」

「我很肯定這個『好』會把你帶進一個壞朋友圈。」

「不要這麼說！」

「還有她的樣子！有誰是這個樣子的？」

「媽，別說了！」

我無法再忍受了。我走出洗手間，向大門口走去。蕾貝卡和她的媽媽走出廚房。「格洛莉婭，你要去哪兒？」蕾貝卡問。

「……我爸打電話給我，叫我趕快回家。」

「我送你。」

「不，不用，我自己可以。」

「那麼明天見！」

「明天見。再見，多涅爾太太。」

—◆—

當你靠近這個地方時，會特別呼吸困難。我手中拿著袋子，塞滿了各種各樣的東西。我想見見我媽。通常在這樣的見面之後我會不想再活下去了，但我真的很想念她，尤其是她的笑容。我必須去見她。

醫院裡空蕩蕩的，平日很少有人來探訪親人。我很快找到了媽媽的病房。我用顫抖的雙手打開門。她坐在一張小桌子旁，看著窗外。然後轉身。

「格洛莉婭？……」

「嗨，媽。你還好嗎？我帶了水果和一些東西給你。」

「你的……？」媽媽指了指我的頭髮。

「你注意到了嗎？我以為你還在……那種狀態。」

「如果我沒有打鎮靜劑，我會擰下你的頭和你這可怕的頭髮。」

「終於！我的媽媽回來了！」我們的臉上浮現著笑容。

「你還好嗎？」

「很好……但我非常想你，你保證不會再做傻事了。」

「我保證……」媽媽閉上眼睛，突然她臉上的表情發生了變化。

「怎麼了，媽？」

「安眠藥……我要睡著了。」

「我扶你躺下。」

我扶著媽媽的手臂，把她帶到床上，她已經失去知覺了。我盯著她看了很久，握著她冰冷的手。然後靠近她，吻了吻她的額頭。「我愛你。」

親愛的日記！

我崩潰了。我唯一能做的是祈禱媽媽好起來。我說過很多次我恨她，這件事讓我很痛苦。我希望她好好活著，希望她幸福。我非常希望我死後，她能找到她命中注定的男人。他們會生孩子，這些孩子不會過著我這樣糟透了的生活。

至於我爸，我希望他知道自己有多渾蛋。我希望他到死都遭受折磨，但願他們不會有孩子。我不希望任何無辜的小靈魂再叫這個人「爸爸」。

還剩24天　洛莉

第27天

一封新的信：**「你無法擺脫所有可能發生的問題。」**該死！你到底是誰？看來這個人瞭解我的一切，甚至比我對自己的瞭解還要多。

我希望自己不被關注，我想變成一個微不足道的人，這樣遇到的問題會更少。我試圖躲在一群學生中間，但她還是注意到了我。

「格洛莉婭……」蕾貝卡喊道，我假裝沒聽到，加快了步伐。「格洛莉婭，等等。」

蕾貝卡跑到我跟前，抓住我的手。「你怎麼了？」

「我只是想避開你。」

「為什麼？發生了什麼事嗎？」

「這難道不是你媽想要的嗎？」

「你聽到了……格洛莉婭，我不在乎我媽說的話。我想和你成為朋友。」

「你媽是對的，我會帶給你很多麻煩。」我急忙把手縮回，然後離開。

—◆—

「然後在酒精中加入硫酸。記住，酒精中加硫酸，別弄反了！」

化學實驗課。我一如既往地和查德搭檔。

「你還好嗎？」

「什麼？怎麼這麼問？」

「感覺你有點煩躁。」

「只是沒睡好。」

查德拿著一支空試管，我小心翼翼地將硫酸倒入其中。

「我沒想到你這麼不喜歡勞倫斯小姐。」

「『不喜歡』只是輕描淡寫，我很樂意把這硫酸倒進她的喉嚨裡。」

「和你在一起很危險。」

「別說了。」

我分心了，看著潔澤爾，她和肖娜是搭檔，她笑著，彷彿是故意要把我激怒。看著這一切真令人討厭！我盯著潔澤爾看了很久，直到我聽到一聲尖叫聲——我把試管裡的最後一滴硫酸滴到了查德的手上。

「我的天哪！查德！」我尖叫。

「查德，不會有事的，跟我走。」化學老師派珀小姐用不安的聲音說道。

我看到查德的手變成棕褐色。我的心怦怦直跳，全班的人都看著我。我恨不得找個地洞鑽進去。

—◆—

大約一小時後，查德在醫務室裡，我則坐在外面的走廊裡。我的天哪！我做了什麼？我只會帶給大家不幸。門開了，查德的手臂上纏著繃帶，走了出來。我的眼裡滿是淚水。

「查德，你還好嗎？」

「沒事，最糟糕的事情已經過去了。老師幫我打了止痛劑。的確，整隻手都會留下疤痕，但至少這沒有要了我的命。然後，他們要我回家休息。」

「請原諒我。我笨手笨腳的。」

「我已經說了，只是件小事。任何人都可能發生這種事。」

「不，我應該想辦法彌補我的過錯。」

「好了啦。」

「我很認真的。你想要什麼？起司漢堡？還是和一個很酷的女孩約會？說吧，我會安排好。」

「約會？這很好。」

「說吧，想和誰約會。」

「……和你。」

「搞不好和肖娜會更好？潔澤爾的新朋友？還是潔西卡？她是籃球員，身材非常好！」

「不，我只想和你約會。」

「好吧。什麼時候？」

「今天7點鐘到我家來。」

「好。」

我們的談話被校長的廣播打斷了：「請同學們和所有老師在體育館集合。」

—◆—

一群人聚集在體育館裡。我們坐在看臺上，很困惑為什麼把我們聚集到這裡來。

「親愛的同學們、同事們、貴賓們：我很高興我們聚集於此，我們要宣布一件非常重要的事。我們學校成立了基金會，來支持不幸家庭的青少年。」

剩下的時間裡——超過半小時，學校的貴賓們一個接一個地上臺發表演講。這太無聊了，我差點睡著了。大部分的話都是關於青少年在家庭中遭到凌辱、毆打和抹殺他們的個性。我理解每一個字、每一句話，就像他們在說我的生活一樣。但愚蠢的是，有人認為這個基金會能幫助某人。難道那些毫無價值的心理學家會改變你的生活嗎？讓你的父母愛你，明白你是一個活生生的人，你也有感覺。這些都是胡說八道。如果你無法改變自己的生活，那麼外人也未必能幫到你。

「好的，我們的活動即將結束。如果有人想對基金會提出建議，請到這

裡來。」

當我看到潔澤爾站在麥克風旁邊時，我口乾舌燥，驚呆了。

「大家好！我叫潔澤爾‧維克利。很高興我們學校創建了這樣的基金會。這非常好，我希望它能夠幫助很多人……比如，我的朋友格洛莉婭‧馬克芬。」我的心情緊張起來。「她的爸爸背叛了她的母親。但這不是最糟糕的。你們知道馬克芬太太企圖自殺嗎？現在她躺在精神病院裡。格洛莉婭不止一次離家出走，她可能已經接觸過毒品或者更糟的東西。我希望你們可以幫助格洛莉婭，請把她從不幸中拯救出來。我說完了。」潔澤爾用邪惡的笑容看著我，我看著她走出體育館。在場的幾百個人用眼睛盯著你並談論著你，熟悉的憤怒感又被喚醒。我快速走出體育館。

「潔澤爾！」我喊道。

她轉過身來，大笑起來。「怎樣，你還想打我嗎？」

我快速走向她，把她推到牆上。我伸展雙手，撐在冰冷的牆壁上，看著潔澤爾的眼睛。

「肖娜，拍下來。」她說。

「已經開始拍了，潔兒。」

「我只是想幫你，朋友。」潔澤爾挖苦地說道。

我深呼吸一口氣，摸到脖子上麥特送我的項鍊，扯下扔向她。

「麥特原本買了這條項鍊要給你，但他送給我了，因為他愛我，他只是利用你。」我把項鍊放在前閨密的手中，「真的很漂亮吧？」我笑著說，雖然覺得自己立刻就要淚如雨下。

我轉身，抬起頭，遠離肖娜和潔澤爾。

我雙手捂著臉，手掌已經完全被淚水弄濕了。我哭不是因為我覺得非常委屈，拜潔澤爾——我以前最好的朋友所賜，我把自己所有的秘密都告訴了她。而現在，數百人都知道了我的家庭問題。只有非常冷酷的人才會這

麼做。我哭是因為絕望。

27天前，我以為我的生活並不那麼糟糕，也許還有值得活下去的理由，但我又一次錯了。我坐在我和麥特在舞會時跳舞的涼亭裡，這裡非常安靜，沒有任何人的聲音，什麼也沒有。過了一段時間，我的寧靜被某人接近的腳步聲破壞了，是蕾貝卡。她默默地走進涼亭，坐在我身邊，緊緊地擁抱我。我什麼都沒說，她也沒有。我們沉默著擁抱彼此。這樣過了幾分鐘，我冷靜下來，擦乾因流淚而泛紅的眼睛。

「哭吧，你應該釋放一下。」蕾貝卡說。

「我已經感覺好多了。」

「她真是個渾蛋。我討厭她。」

當我聽到這些話時，我有了一個主意。「貝卡，你能幫幫我嗎？」

「當然，無論什麼都行。」

—◆—

好吧，潔澤爾，如果你決定繼續跟我鬥下去——我支持你的決定。

我們和蕾貝卡站在維克利家門前。我已經徹底想好我們的行動計畫。

「你確定要這麼做嗎？」

「是的。」

「如果我們被發現怎麼辦？」

「不會被發現的。」

「如果鄰居看到我們呢？」

「貝卡，你同意幫助我，就跟著我，別囉嗦。」

我也感受到蕾貝卡的緊張，如果我們真的被抓住了怎麼辦？維克利是這座城市裡非常有名的人，我們到死都會被折磨。雖然我剩下的日子並不多，但為什麼不再做一次瘋狂的行為？我們繞著房子走，面前有一根排水

管。我用手緊緊抓住它，開始往上爬。

「你還在等什麼？」我向蕾貝卡喊道。

她跟著我。我爬到屋頂的遮陽板處，左邊有一扇窗戶，我小心翼翼地用手摸到了金屬遮陽板下的木棍。然後我試著用這根木棍打開窗戶。

「快點，我手快抓不住了。」蕾貝卡說。

「還差一點點！」經過我幾秒鐘的努力，窗戶打開了，「準備好了！」

我爬進屋子裡，蕾貝卡艱難地跟上我。我們在維克利家的儲藏室裡。太棒了！計畫的第一部分完成得完美無缺。

「我覺得你不是第一次這樣做。」蕾貝卡說。

「小時候，當潔澤爾被禁足時，我就這樣偷偷進入她家，陪她一起看電視。」

我和蕾貝卡踮著腳走出儲藏室，朝樓梯走去。

「你確定是在這嗎？」

「噓——」我環顧四周。是的，我確定。我們所做的事是違法的，但既然潔澤爾決定要這麼卑鄙，那我就必須反擊。

「你聽到了嗎？」我低聲問道。

一樓傳來沙沙聲，是女人和男人的笑聲。他在這裡。我們輕輕地走下長長的樓梯，走向客廳門口。我從門縫裡窺視——維克利太太和她的情人正躺在床上享樂。當我住在潔澤爾家時，我非常清楚地記得潔澤爾的母親和這個喜歡老富婆的情人的對話。而且我也知道，維克利先生是一個非常嚴肅的人，即使他自己也有外遇，也不會原諒任何人的背叛。

「來吧。」我對蕾貝卡說。

她從包包裡取出相機，把門稍微打開，開始拍照。

「喔天啊，他們幾乎全裸！」

「快點拍！」

我們站在門口幾分鐘，然後我們聽到腳步聲，是格蕾絲。很好，我忘了他們的傭人了。「貝卡，快跑。」

我們迅速打開前門，用驚人的速度跑出維克利的家。我的臉上露出瘋狂的笑容。風刮在我們臉上，我和蕾貝卡飛快地跑著，好像警察正在追捕我們一樣。

當我們沖洗出照片時，天色已經黑了。我手裡拿著一封白色信封，上面寫著維克利先生公司的地址。裡面是他妻子和她情人的照片。我臉上帶著一抹憤怒的微笑，從沒想過報復的感覺如此甜美。

「不知道當她爸爸看到這些照片時，會是什麼表情。」蕾貝卡說。

「別忘了，明天還有另外一個驚喜等著潔澤爾。」

「一切都準備好了。」

我把信封丟進郵筒裡。好的，最有趣的部分要開始了。

— ◆ —

親愛的日記！

今天又長又累，讓我們總結一下：我差點殺了查德，所以答應和他約會；然後我在全校面前出醜，最後我和蕾貝卡弄到了一些維克利太太的醜聞照片。我不知道我怎麼了，我以前從沒這樣做過。可愛的、安靜的、不傷害人的格洛莉婭跑到哪裡去了？噢不，她再也不存在了，但很好，至少我現在知道，在大家面前展現真正的我有多酷，特別是當你的生命還剩下23天的時候。

還剩23天

藍色的絲綢連身裙在燈光之下閃閃發光。我到了查德家。雖然我答應他7點鐘來，但最終8點半才來。我按了門鈴，幾秒鐘後門開了。

　　「嗨，我還以為你不來了。」

　　「我總是得彌補我的過錯吧。」我走進屋。這裡非常舒適，味道也非常好聞。

　　「去客廳吧，我馬上就來。」

　　我按照他說的，打開客廳的門，被無數的小蠟燭弄得眼花繚亂。房間裡沒有開燈，但因為這些蠟燭到處都閃爍著光芒，房間滿亮的。但我再度想起和麥特在那座高樓的屋頂共度的夜晚，那很難忘。

　　「我不知道你喜歡喝什麼，所以我買了最貴的。」

　　「傑克丹尼？我們是在約會嗎？很棒的酒。」我咯咯笑著。

　　「我從來沒有約過會，別笑了。你覺得這裡還可以嗎？」

　　「很漂亮，你很浪漫。」

　　「我盡力了。」

　　「你的手還好嗎？」

　　「還好，說實話，我甚至很高興你這麼做。否則你永遠不會和我約會。」查德把威士忌倒進我的高腳玻璃杯裡，然後倒給自己，我們一起喝了一口。

　　「嘔，有夠難喝！」他帶著哭腔說。我又開始笑了。然後，我注意到廚房裡正冒著濃濃的白煙。

　　「查德，什麼東西燒起來了！」我尖叫。

　　「該死的！」

　　我們跑到廚房。他打開烤箱，取出類似蘋果派的東西。

　　「我的蛋糕！」他看著托盤說。

　　「你烤了蛋糕嗎？太可愛了。」我說，一直笑著。

「是的，但看來我是個沒用的廚師。還剩一邊可以吃，你要嗎？」

「好。」

查德切了一塊給我。我咬了一口沒烤焦的部分。「嗯，非常好吃。」

「算了吧，我知道它很糟糕。」

「沒錯！」我笑了。

「欸，你可以裝一下吧？」他也笑了起來。

我聽到手機一直響，我直接掛了電話。「我爸打來的。」

「你不接嗎？」

「我不希望他破壞這麼美好的夜晚。」

接下來的幾個小時，我們只是吃喝和聊天。我跟他講了今天他回家後學校發生的事情。和他在一起，我很舒服，很平靜。很想永遠這樣下去，不要回家，永遠不。

「我喝醉了。」

「我喝得比你還醉。」

「我從來沒有喝過這麼多酒，應該說我從不喝酒。」

「這麼說來，是我讓你變成了一個壞男孩嗎？」

「看起來是這樣喔！」

「你喜歡嗎？」

「非常喜歡。」

我們又喝了一口威士忌。

「我不知道我這個樣子要怎麼回家。」

「我送你。但如果你願意，你也可以留在我這兒。」

「這聽起來別有深意，查德，」我們笑了。「我累了……」

查德坐在地板上，我躺在他旁邊，把頭枕在他的膝蓋上。周圍布滿了小蠟燭，散發著令人愉悅的香氣和溫暖。他開始撫摸我的頭，溫柔地用手

穿過我的頭髮。我要融化了。

「你還愛麥特嗎？」

「……我想他，常常想他。」

「我懂，愛一個不珍惜你的人非常痛苦。」

他這是在說我。我起身，看著他的眼睛。「我珍惜，查德，真的。但是一切都很複雜。」

他用手掌捧著我的臉頰，我完全融化了。但他突然停了下來，避開我。

我看著他。他襯衫上端的鈕扣開了，我看到他強壯的胸肌。我體內的欲望被喚醒，我從未有過這麼強烈的感覺。我的身體充滿了愉快的顫抖。我抱著他緊張的身體，我覺得他也在顫抖。

「繼續……拜託。」

我沒有求他太久，查德很快就再次向我靠近。他抓住我的手腕，把我和他一起拉倒在地上，緊接著吻我。我們的手指交纏在一起，查德親吻我的脖子時我的身體感到一陣愉悅，我緊靠著他緊繃的身體，感覺到他也在顫抖。

我永遠不會讓你離開，你聽到了嗎？永遠不會。

我睜開眼睛，房間裡很明亮。他的手臂環抱著我，我轉向他的方向。

「早安。」他說。

「我感覺不太好。」我的頭痛極了，因為我們昨天喝太多了。

「我有驚喜給你。」查德的手中拿著一杯水和頭痛藥。

「這是你為我做的最好的事。」我笑著，配著水吞了藥。查德看著我，用手指撫摸著我的手臂，我覺得癢癢的，起了雞皮疙瘩。

「別看著我，我現在很醜。」

「亂講，你非常漂亮。」

「當然，腫脹的眼睛、嘴裡難聞的酒氣，真是一幅美麗的畫。」我們笑了，然後我看了一下時鐘，「該死的！」我跳起來，急忙開始找我的東西。

「怎麼了？」

「我們上學遲到了！」

「那又怎樣，我們只錯過第一堂課。」

「查德，我們現在應該在學校，快點把衣服穿上！」

—◆—

我們從房子裡走出來。「我去攔計程車。」查德說。

「好。」與此同時，我打電話給蕾貝卡。

「喂。」

「貝卡，你在哪裡？」

「我在學校，一切都準備好了。」

「好極了！我很快就到。」

查德已經攔到了車。我掛掉電話，坐上車。

「麻煩開快點！」我對司機喊道。

「你可以解釋一下為什麼這麼著急嗎？」

「我和蕾貝卡為潔澤爾準備了一個小小的驚喜。」

「什麼驚喜？」

「去學校你就知道了。」

— ◆ —

對敗壞名聲的恐懼、眼淚、窘迫、仇恨——潔澤爾正在經歷這一切，她剛到學校，就看到她母親和情人的照片掛滿了整個大廳。我和蕾貝卡特意沖洗了照片，現在全校都看到了。肖娜和潔澤爾開始撕照片，但已經太晚了，這些會被大家記住好幾年，甚至更久。

我和蕾貝卡站在中央樓梯上看著所發生的一切。

「做得好！蕾貝卡！」

「我們都做得很好！現在她知道在所有人面前被羞辱是什麼感覺了。」

我在人群中看到了查德，他走到我們面前。

「查德，你覺得怎樣？」我問他。

「你們做的事很不道德！」

「真的嗎？那她昨天對我做的事就很道德嗎？」

「或是她在那個派對上對我做的事呢？你已經忘了嗎？」蕾貝卡說。

「我只是覺得你們沒有必要跟她一樣沒水準。」他責備地看著我們，然後離開。

「查德！」我喊道，但他沒理我。

「多涅爾和馬克芬，立即到我的辦公室！快點！」金斯利叫喊著。

— ◆ —

我選擇活下去

「你們怎麼能做出這件事？你們知道這是犯法的嗎？」

「我們知道，但我們沒有別的辦法了。我們只不過是對潔澤爾・維克利以牙還牙罷了。」

「我知道潔澤爾沒有多好，但你們所做的事情已經越界了。我必須懲罰你們。」

「好啊，這次要幹什麼？洗馬桶？還是有什麼新花樣？」

「是，我想好了。我現在叫潔澤爾過來，你們兩個人要向她道歉。」

「不可能！我們不會向那個賤人道歉！」

「請注意你的措辭，馬克芬！」

「我就喜歡這樣說，金斯利夫人。」

「要麼你們道歉，要麼我會把你們開除。」

「我願意道歉。」蕾貝卡尖叫道。

「很好，蕾貝卡。」

所有人的目光都集中在我的身上。「好啊，開除我吧。」

「這是你的最終決定嗎？」

「對，所以你可以打電話給我爸，準備好資料手續，我都同意。但我永遠，聽著，我永遠不會向任何不值得的人道歉。」

「我願意為我們兩個人道歉。」蕾貝卡說。

「蕾貝卡，格洛莉婭已經做出了自己的選擇。」

「你不能開除她！」

「為什麼不能？格洛莉婭，你自由了，晚點我會叫你來教務委員會討論開除你的事。」

「走吧，貝卡。」

我們離開辦公室。蕾貝卡再次歇斯底里。「如果我知道事情會變成這樣，我一開始就不會幫你！」

「冷靜一點，沒事。」

「沒事？你要被學校開除了！」

「那又怎樣？這沒什麼大不了的。我要去找查德了。」

—◆—

我站在走廊上尋找查德。我必須向他解釋一切。我不想失去他。經過這幾天的相處，他對我來說非常珍貴。

潔澤爾的新好友肖娜來找我。「你做的事真讓人噁心。」

「真的嗎？但我覺得，這正好符合你朋友的風格。」

「因為你，她的父母離婚了。」

「是喔？真可憐。真想知道她要如何忍受這些，可憐的小東西。」我挖苦地說。

肖娜輕蔑地看著我，然後離開。好吧，我的復仇計畫百分之百完成了。我一點也不同情潔澤爾，相反地，我只覺得高興，因為她終於跟我一樣。在這場「戰爭」中，我贏了。我不覺得自己是個渾蛋，我甚至很高興我是這樣的人。

我看到查德走出教室，我喊他，他停了下來。

「嘿，不要生我的氣，至少我沒有對你做什麼不好的事。」

「我一直以為你很特別。你跟那些腦子裡只有男生、派對和報復前閨密的女孩不同。事實證明我錯了。」

「你說的沒錯，我並不特別，很遺憾你現在才發現。對了，我想告訴你，我罪有應得，我被開除了。」

「什麼？等一下，我以為只會像往常一樣受到懲罰而已！」

「也可以，但我選擇了第二個方案。」

「為什麼？」

我選擇活下去

「我⋯⋯希望所有人都忘記我。你，潔澤爾，蕾貝卡，就這樣忘記我。我得走了，教務委員會要開始了，要決定開除我的事，總之，有很多事要做。」在我準備離開時，我停下來看著查德的眼睛。「對了，昨晚很棒。」

他抓住我的手，但我急忙猛地把手縮回，轉身離開。

—◆—

「我們要就開除格洛莉婭・馬克芬一事做出最終裁決。」金斯利夫人說。

「我們還有什麼辦法可以解決這件事嗎？我不希望我的女兒被開除。」爸爸說。

「馬克芬先生，你女兒自己做出了這樣的決定。當然，如果她沒有改變主意的話。」所有人都盯著我看。

「不，我沒有改變主意。」

我看到爸爸怒氣衝天，臉色發紅。

「金斯利夫人，格洛莉婭還是個孩子，她不知道這有多嚴重。」南希介入說。

「勞倫斯小姐，我有足夠的理由開除格洛莉婭。理由一：她多次曠課蹺課；理由二：對老師蠻橫無理，破壞上課；理由三：打架；理由四：成績差；理由五：學校裡沒有一次打架鬧事是她沒有參與的。我還要繼續嗎？」所有人都保持沉默，只有我的爸爸喘不過氣來，憤怒地看著我。「而她今天做的事情根本不需要解釋，所以我要把格洛莉婭・馬克芬從我們學校開除，」金斯利在某張紙上簽字，並要所有人都跟著簽名，「這樣我們的會議就結束了。」

「好喔，終於結束了！」我笑著說完，離開辦公室。

親愛的日記！

我被學校開除了！我變得比以前還要壞，但我真的很喜歡這樣的我。我現在在家，聽到爸爸和南希在談論些什麼。與此同時，我一直想著昨晚的事，我和查德做愛。我很喜歡這次的經驗，我喜歡他的身體、他的溫暖、他的聲音。我從沒想過和他在一起感覺會這麼好。

至於學校，這很棒！我活著的日子還剩22天，我不想把它們浪費在功課上，我受夠了，我要快樂地享受剩下的日子。我想在死前好好感受自己至少還是一個人。

還剩22天

房間的門被打開，南希走了進來。

「格洛莉婭，大衛想跟你談談。」

「我現在沒心情跟他說話。」

「這很重要。不要生他的氣，你最好下來。」

我呼一口氣，起床，然後下樓。爸爸坐在客廳的桌子旁。噢，我覺得這段談話會很嚴肅。

「你想說什麼？又要說我是一個多麼壞的女兒嗎？」

「不，我說膩了。拿著。」

爸爸把一本小冊子遞到我手上，我讀了上面寫的東西，驚訝地睜大了眼睛。「女子軍校？你在開玩笑嗎？」

「完全沒有。既然我無法教育你，我希望軍裝和規矩能夠馴服你。」

「我不會去那裡！」我把小冊子撕成兩半。

「你現在去房間收拾東西，明天早上我送你去這所學校面試。」

我選擇活下去

「你聾了嗎？我不會去那裡。我哪裡也不去！」

「格洛莉婭，大衛是對的。這是一所非常好的學校，在那裡，他們會教會你紀律。」

「去你的！」

「你不准這樣跟她說話！」

「我在乎嗎？她又不是我媽！她現在甚至都不是我的老師了！我想怎麼跟她說話就怎麼跟她說話！」

爸爸抓住我的手腕。「聽我說，我不知道你以為你是誰，但我希望你像一個正常人那樣長大。你昨天沒有回家過夜，我們差點瘋了！」

我甩開他的手。「是嗎？聽著，我已經過了整整十六年沒有你關心和照顧的生活，因為當時你正在跟其他女人上床！現在你的父愛莫名其妙地被喚醒了，但太晚了，去死吧！你讓我和媽媽受盡折磨，因為你，她差點死了，你這個渾蛋！」我對著他尖叫。

「閉嘴！」

「不！我告訴你！我恨你！我會恨你一輩子，你去死吧！你死在哪我都不在乎！」

「閉嘴！」

「你想教我如何生活嗎？那你先想想你有什麼成就？什麼都沒有！渾蛋！」

爸爸揮手，用盡全力打了我一耳光。

「大衛！」南希喊道。

我飛了出去，頭撞到了咖啡桌角上。我失去了意識一下，然後我又醒了過來。一開始我覺得眼前發黑，後來視線變得有點模糊，耳朵裡有嗡嗡作響。我鼓足力氣站起來，摸到額頭上有擦傷，流血了。我看著我的爸爸，他的臉不再是憤怒的表情，而是我從未見過的其他東西——懊悔。

「對不起。」他平靜地說。

我從震驚中回神，向門的方向走了幾步。我不想待在這個家裡了，一秒也不要。爸爸抓住我的手，跪倒在地，望著我的眼睛。「對不起！」他大聲喊道。

　　我也看著他的眼睛，感覺血慢慢地從我的額頭上流了下來。「從今以後，你再也沒有女兒了。」我推開他，跑向門廊，腦袋天旋地轉，但我沒有停下來，我從衣架上抓起帽T，打開門，開始全力奔跑。

—◆—

　　我不知道自己現在在哪裡，哪裡有路我就往哪裡走。頭上的傷口似乎不再流血了，但頭痛得非常厲害。剛才真的撞得很大力，可惜沒撞死。

　　我的手機鈴聲響了。我唯一帶出家門的就是手機和日記。

　　是外婆打來的電話。我無視它，但幾秒鐘後，鈴聲再次惹惱我。

　　「該死的！」我大聲說。「喂。」

　　「格洛莉婭，寶貝！大衛說你離家出走了。」

　　「對，我離家出走了。」

　　「親愛的，來我這兒，我求求你。」

　　「不，去那裡他會找到我。」

　　「那就告訴我你在哪兒，我求求你。」

　　「我不能……外婆，我很好，不要擔心我。」我用顫抖的聲音說道。

　　「格洛莉婭，拜託……」

　　「再見。」

　　我掛掉電話，然後把它扔在柏油路上，用腳踩碎它。現在你們絕對找不到我了。

　　走了幾公尺後，我聽到音樂聲和嘈雜的人聲。我看到遠處有樂團在表演，聚光燈打在他們身上，我朝他們走了過去。

　　　　　　　　　　　　　　　　　　　　　　　我選擇活下去

一群人圍著三個正在彈吉他的人，他們在唱一首我不熟悉的歌曲。主唱的聲音相當動聽。我擠過人群，走到第一排，開始聽歌。

「女孩，我記得我們曾經躺在你家後院，看著流星劃破夜空。在你的床上度過幾個小時，我們許下的誓言呢？希望這一天永不結束。當我們追逐著影子時，我們從未如此接近陽光，而那些時刻將隨著時間消逝，就像雨中的淚水。」*

這音樂深入了我的內心深處，讓我顫抖，就像是主唱正透過這些聚光燈緊緊看著我一樣。

—◆—

表演結束了，大家漸漸散場回家。他們都很幸運，有地方可去，有人在等著他們，而這是我沒有的，那個地方還能叫做家嗎？不能。

我獨自一人坐在剛才表演的公園裡。天完全黑了，也變冷了。我戴上帽兜，把手插進口袋裡。難道我要在這裡過夜？瘋了嗎？

「嗨。」

我因害怕和意外而抖了一下。那個樂團的主唱正坐在我旁邊。

「嗨。」我說。

「你還好嗎？」

「沒有很好。」

他開始在口袋裡翻找。「要來根菸嗎？」

「我不抽菸。」

---

* Colt Silvers—Rain Comptine

「好。」他點燃一根菸，開始抽。

「我可以試試看嗎？」我說。

主唱給了我一根菸，我把它放進嘴裡，吸一口，下一秒我不停地咳嗽，吐出一股濃煙，我的頭天旋地轉，喉嚨在燃燒。這東西好噁心！

「你得吸更長一口氣。」他說。

「怎麼做？」我邊咳邊問。

「你看著。」他拿起菸吸了一口，拿開菸，再慢慢吸了一口氣，然後吐出煙。「你試試看。」我跟著他的指示另外吸了一口氣，再慢慢地呼出氣，這讓我有一點頭暈，但這次還感覺到了愉快。

「喜歡嗎？」

「還滿不錯的。」

「你可以留著它。」

「你們的音樂很棒。」

「謝謝你，一開始我不想唱這首歌，但後來我改變了主意。」

「你做得對，每個人都為你們瘋狂。」

「艾力克斯，你在那裡偷什麼懶？」樂團裡一個開朗的年輕人喊道。

「來了！」

「你叫艾力克斯？我是格洛莉婭。」

「美麗的名字。格洛莉婭，你喜歡流浪的搖滾音樂人嗎？」

「說實話，不喜歡。但你給我留下了深刻的印象。」

「明天我們會在布里瓦德海灘演出。如果你願意，就來吧。」艾力克斯起身，並漸漸離我越來越遠。

我目送他離去。

―◆―

　　　　　　　　　　　　　我選擇活下去

我又回來了。時間大約是凌晨一點半。我的天哪！我希望他能聽到我的門鈴聲，但他沒聽到，無論我按了多久，門都沒打開。格洛莉婭，看來你真的要在街上過夜了。

　　門突然開了。

　　「格洛莉婭？」

　　「嗨，又見面了。」我對查德說。

　　「你在這兒做什麼？現在已經很晚了。」

　　「你可以先讓我進去嗎？」

　　「當然，進來吧。」

　　我踏進查德家。我凍僵了，而且抖得很厲害。

　　「你的頭怎麼了？」

　　「沒什麼，我摔倒了。」

　　「說實話，你被攻擊了嗎？」

　　「是我爸。」

　　「我的天哪！我家有急救箱，你在這等等，我去拿。」

　　「查德，我離家出走了。除了你這裡，我無處可去。」

　　「你在說什麼？我的家就是你的家。浴室在那邊，你先洗澡，我找乾淨的衣服和急救箱給你，你會餓嗎？」

　　「嗯，有一點點。」

　　「很好，我剛點了外送，是中式的，冰箱裡應該有汽水，」查德走進廚房，我茫然失措地站著，「你要一直站在門邊嗎？」查德問。

　　我含著淚笑了，我真的很愛他，從沒有人像他這麼關心我，從沒有人像他這麼愛我。難道我真的承認我愛他了嗎？

　　是的，我愛他。

第29天

太陽光透過深色的窗簾照在我的眼睛上。我把手伸到床的另外一邊，發現只有我躺在床上。最後，我睜開眼睛，享受著這個安靜的環境。你知道這有多麼不尋常嗎？我竟然不是在爸爸的喊叫聲中醒來，不用聽到他們的吵架聲。

香噴噴的油炸味從廚房飄來。我起床，穿上查德大大的藍色襯衫，尺寸太大了，我幾乎都要被埋在裡頭了，但我還是喜歡穿他的衣服。

我走到廚房門口。查德站在爐灶邊，我看到他赤裸的身軀。我靠在門柱上，繼續欣賞他。他很好看，雙手熟練地在砧板上揮刀。我從沒想過男生可以擅長做飯，大概是因為我爸每次都把肉弄成炸皮鞋。

我走近查德，從背後擁抱他，把頭放在他的肩膀上。他甚至沒有嚇到，好像知道我已經睜大眼睛看著他很久。

「我想給你一個驚喜。」

「我迫不及待了，聞起來很好吃。」

查德轉向我，用手溫柔地摸著我的臉，確認我的傷口。「還痛嗎？」

「你在我身邊，我就不痛。」

「太可愛了。」他的手撫摸著我藍色的頭髮，同時吻著我。

「我要去洗澡。」我說。

「你介意我和你一起嗎？」

接下來的半小時，我們兩人在一個浴室裡洗澡。我從未覺得這麼放鬆過。

— ◆ —

「我從沒想過自己能和夢中的女孩共進早餐。」

我們坐在廚房的桌子旁，只有我和他，沒有其他人。好像我們獨自在

我們自己的小世界裡，除了我們之外，其他任何人都無法進入。

「查德，我有話要說。」

「怎麼了？吐司煎過頭了，還是牛排太鹹了？」

「不，牛排很棒。我想說……我從未感到如此幸福，和你在一起很好。」

「比麥特更好嗎？」

「不要再提他了，那都是過去的事了。」

「格洛莉婭，不要想他。」

「我只希望這永遠不要結束，無論發生什麼事，你永遠都在我身邊。」

「我愛你。但是，我得去上學了。」

他從桌子邊站起來，整理了一下自己的衣服。我還是很難相信，現在我不用去上學了，我覺得我好像少了什麼。

「那我要做些什麼？」

「任何你想做的任何事，這房子完全是你的天下了。但是答應我，別弄出火災或者水災出來。」

「我保證。」我走近他。

「還是，你要和我一起去學校，請求金斯利的原諒，她會再次接受你的，你覺得怎樣？」

「不，我才不要。」

「但你不能永遠待在家裡什麼都不做。讀書很重要。」

「我肯定想出要做什麼的，查德」我吻了他，「走吧，否則你要遲到了。」

—◆—

電視裡沒有一個好看的節目。從一個頻道轉到另一個頻道，我覺得我的眼皮就要慢慢合上了。

「天哪！太無聊了！」我說。我關掉電視，開始探索查德的家。當然，

如果將它與潔澤爾富麗堂皇的家相比，它並不是很大。

我發現其中一個房間像是一間小型圖書館。這裡有很多書，空氣中散發著令人愉快的書香。書架上放置著許多頁面泛黃的書，也有很多全新的書，打開幾本，我聽到它們的裝訂處發出嘎吱聲。我在這些書當中發現了自己從沒想過會見到的東西。

「性愛聖經？我現在知道你的知識是從哪來的了。」我輕聲說。

我把書放回去，注意力立刻被另一本封皮明亮的書所吸引——是一本食譜。在其中一頁上，我找到了標題——用美食取悅你喜歡的人。正好！這就是我要做的事，為查德做點可口的食物。我應該感謝他讓我住他家，並如此關心我。

—◆—

為了往後能獨立，我需要錢。一開始，這種想法讓我走進了死胡同。我要從哪裡拿到錢？我不能也不想回到爸爸身邊。而依靠查德生活，會非常奇怪也很讓人羞愧。但我想到了一個主意。如果一切按照計畫進行的話，那我的口袋裡會有很多錢。

我去了銀行。這個時間人很少，我走向一個無人排隊的櫃台，櫃台後面坐著一位年輕人，可能是一個實習生。好吧，這樣我的想法可能會更容易成功。

「您好。」我說。

「早安，請問有什麼可以幫您？」

「我遇到了一件麻煩事。我的錢包被偷了，裡面有我的信用卡。我現在該怎麼辦？」

「別擔心，我可以幫助您。您有帶身分證嗎？」

「身分證也在我的錢包裡。我已經去過警察局，但是他們也不知道什麼

時候才能找到小偷和我的錢包。」

「好吧，我們可以在一週內為您辦好新的卡。」

「一週？我現在就需要這張卡，這對我來說重要。請你幫幫我，我知道有一些例外的情況，你們可以在特定情況下立即重辦信用卡。」

「對不起，這不可能。」

「你知道我爸是誰嗎？你知道他可以把你怎樣嗎？我告訴你，我爸是理查·維克利，他是布里瓦德好幾家大公司的老闆，如果你不想丟了工作，你最好幫我的忙。」

聽到這番話，這男生愣住了。

「好吧……我想可以，但它會要您支付一筆費用。」

「沒問題。」

「您叫什麼名字？」

「潔澤爾·維克利。」

潔澤爾和我在巴黎被搶後，她就忘了那張信用卡，但那張卡的額度很高，我會比她更善加使用，因此我決定假扮成潔澤爾到銀行來拿。

「請告知您卡片的安全碼。」

「5、9、4。」

「正確。請填寫這張表格，重辦信用卡需要花幾小時。」

「好的。」

我知道潔澤爾的一切，所以這對我來說並不是難事。在銀行停留三個半小時後，我終於拿到了潔澤爾的信用卡，那是一張金融簽帳卡。當我得知自己有多少錢時，我驚訝得差點下巴都要掉了。新生活萬歲！

—◆—

我買了一堆食物，而且還來得及做飯。蘑菇燉豬肉，一些甜點和一堆

好吃的東西。

營造更浪漫氛圍所缺少的唯一東西是蠟燭，我正好忘了買。但是在上次約會之後，查德應該還剩下幾根。

我開始翻櫥櫃抽屜，然後進入儲藏室，這裡有很多布滿灰塵的老舊東西，在這些東西裡面我找到了我要找的東西，蠟燭！我太興奮了，一下子沒站穩，弄倒了身後一些用深色布料蓋著的盒子，發出了很大的聲音，我被嚇得大叫了一聲。慌亂中，我開始收拾掉在地上的東西，並且……在其中一個盒子裡，我發現一些讓我震驚的東西——信封。這是我收到神秘信件的信封。它與其他普通信封的不同之處，在於邊角處有一個小小的白色凸起的字母「L」。我驚訝地揉了揉眼睛，發現這個箱子裡有無數這樣的信封。我嚇壞了，身體開始顫抖。竟然是他嗎？不，不可能，他不可能這樣對我。當我在儲藏櫃發現這些信的時候，我有多恐懼！我現在只覺得害怕，不敢相信自己的眼睛。

—◆—

我聽到門打開的聲音。我想直接纏著他問這些信封的事，想知道為什麼他這麼對我。

「格洛莉婭，我回來了，」我坐在廚房的桌子旁發呆，盡量不去思考剛發生的事，但我做不到，「哇！你怎麼來得及準備這麼多食物？真讓我驚喜。」我沉默，「喂，發生了什麼事？」

我慢慢抬起頭，看著他的眼睛。

「請你坐下。」查德在我旁邊坐下，我雙手下垂，其中一隻手裡拿著那個信封，「我想告訴你一件事。」

「我在聽。」

「差不多有一個月了，有人偷偷地塞給我一些奇怪的信。我每天都在學

校的儲物櫃裡發現它們。一開始這些信件嚇到我了，後來我也習慣了。我從沒搞懂這些信的含義，而且我很想知道這些信是誰寫給我的。」

「太可怕了。有人想敲詐你嗎？」

「是的，有人⋯⋯」

「但現在你什麼也不用怕了，你離開學校了，這也代表著你再也不會收到這些愚蠢的信件。」

我輕蔑地看著他，我臉上寫著：「承認吧，你這個懦夫！」

「你怎麼了？」他問道。

我再也忍不住了，把信封拿上來給他看。

「我才想問你怎麼了，是你寫了這些信給我嗎？」

「你為什麼這樣說？」

「每封信都裝在這樣的信封裡。全城都找不到這樣的信封，而你有很多個！」

「這只是一個信封，我沒有寫任何信給你，我也不會恐嚇你。」

我吐出一口氣。「對不起⋯⋯我只是覺得要發瘋了。這個人感覺像我一樣，他瞭解我的一切，我的一舉一動。」

「嘿，我們忘了這件事吧？你做了很棒的午餐，我不想毀了它。」

我們開始用餐。突然一陣電話鈴聲打破了這份安靜，查德去客廳接電話，我聽到他和某人的對話：「喂⋯⋯不，我是他的兒子，有什麼需要轉達的嗎？⋯⋯等等，我記下來⋯⋯好的⋯⋯再見。」查德重新回到廚房。「有人打電話找我爸爸。」

「對了，你的父母現在在哪裡？」

「我也想知道他們在哪兒。我的父母是探險家，他們環遊世界，收集有關大自然的資料。總之，我有一個瘋狂的家庭。」

我們笑了。

「那你覺得我的廚藝怎麼樣？」

「非常好，我都不知道你這麼賢惠。」

「你先吃，我想去呼吸一下新鮮空氣。」

我走向客廳，正想打開大門，突然，查德剛隨手寫下的小字條吸引了我，它放在衣帽架附近的桌面上。我拿起這張字條，手再次開始瘋狂地顫抖。筆跡和那些信中的筆跡非常相似。我的天哪！這完全是一樣的筆跡！

「哦，我的天哪！」我低聲說。就是他。

門鈴響了，我從貓眼看到門外站著警察。為什麼他們會來這裡？

我跑進了廚房。「該死！」我說。

「怎麼了？」

「警察來了！」

「冷靜點，去藏起來，我會解決的。」

我倉惶失措地上樓，跑到一個房間裡，聽到查德打開門。

「午安，您是查德・麥庫柏嗎？」

「是的，我是。發生了什麼事？」

「您以前的同班同學格洛莉婭・馬克芬失蹤了，她的爸爸非常擔心，來向我們尋求幫助。您知道她的下落嗎？」

「我？我們是不同的朋友圈，我甚至不記得我有沒有跟她說過話。」

「太可惜了。如果您發現了什麼，請跟我們聯絡。」

「沒問題。」

「祝您一切順利。」

查德關上門。

我慢慢地走下樓，小心翼翼地看著查德。

「別害怕，他們已經走了，你的爸爸永遠不會在這裡找到你，」查德走向我，但我推開了他。「格洛莉婭，你怎麼了？」

「是你……是你寫這些信給我。」

查德垂下他的眼睛，然後轉身，靜靜地說：「是的……」

我再次覺得痛苦萬分。「我的天哪！為什麼，你為什麼這麼做？」

「我有做錯什麼嗎？那只是一些信，幾張紙而已。」

「如果那只是幾張紙而已，你為什麼要騙我？」

「格洛莉婭，冷靜一下。」

「在知道真相之前，我不想冷靜！你為什麼寫這些信給我？」

「我只是愛你愛得發狂，像著了魔一樣。這段時間我一直跟著你，跟著你的每一步。我看到你哭了、你笑了。我參加了你們所有的派對，其中麥特和尼克打架的那次，還有你以前最好的朋友和你鄉下的青梅竹馬上床的那次，我都記憶猶新。我看到你好幾次離家出走，到潔澤爾家或外婆家。當你去酒吧或其他地方時，我也跟著你。我甚至知道舞會時在涼亭裡發生了什麼事。我記得麥特離開時你哭泣的樣子。我看到了一切。我看到你買了一瓶威士忌，來壓抑失去好朋友和夢中情人的痛苦。我知道你的一切，格洛莉婭。一切，甚至比你想像的還要多。」

我的心像瘋了一樣怦怦直跳。我簡直不敢相信。「……你病了，你需要去看醫生！」

「格洛莉婭，我……」查德試圖向我邁進一步，但我再次避開了他。

「別靠近我！我很怕你。」

「你明明跟我說，你覺得和我在一起很好。」

「但直到現在，我才發現你是一個該死的精神病。」我繞過他，拿了自己的東西，走了出去。

「你要去哪裡？」查德喊道。我往前走，聽到他跟著我的腳步聲，「站住！」我加快了步伐，但他跑到我身邊抓住我的手，「為什麼你總是逃避這些問題？」

「放開我！」

「我愛你，你也愛我，我感受到了。」

「除了恐懼和厭惡，我現在對你沒有任何感覺！離我遠一點！」我推開他，跑了。

—◆—

我用自己的方式按著門鈴，希望不被忽視。除了她，我再也無人可找了。門打開了。

「您好，多涅爾太太。請問蕾貝卡在家嗎？」

「不，她出去了。有什麼需要轉達的嗎？」

我的天哪！當我如此需要她時，她在哪裡？

「……不，不用了。再見。」

「媽，誰來了？」我聽到蕾貝卡的聲音。天啊！她媽媽竟然說謊想趕我走，這激怒了我。

「沒什麼！」她喊道。

「貝卡，是我！」我大喊著。

蕾貝卡的母親用惡毒的眼神看著我，而我對她回報以微笑。

「格洛莉婭！」蕾貝卡跑到我身邊，擁抱我，「我整天都在想你。」

「蕾貝卡，快點回來！」

「媽，你怎麼回事？她是我的朋友，難道我不能和她來往嗎？」

「你不能和這樣的『朋友』來往，回來！」

「不要吩咐我該怎麼做！我不小了。」

「你是怎麼回事，沒聽到我的話嗎？」

「我聽得很清楚！」蕾貝卡抓住我的手，我們加快步伐離開了她家。

「蕾貝卡！」多涅爾太太尖叫著，「你如果走了，就不准回來了！你聽

懂了嗎？」然後我們聽到砰的一聲，門關上了。

我們停了下來。

「她把我氣壞了。」蕾貝卡說。

「我沒想到你竟然可以這樣做，我喜歡。」

「我覺得整個社區都聽到我們吵架了。」

「但你做得很好。」

「我們現在要去哪兒？」

「暫時不告訴你，但我相信你會喜歡那裡的。」

——◆——

我們在布里瓦德海灘。我來這裡，是為了忘記我和查德之間發生的事。

「太棒啦，這裡人真多！」蕾貝卡說。

「我們走近一點。那是一個非常出色的樂團，他們演唱的歌曲也很酷。」

我們推開人群，擠到前排。最終，我們到了舞臺旁邊。我緊緊地抓著蕾貝卡的手，發現她對這裡發生的一切感到欣喜若狂。

「現在我們將為大家演唱我們的新歌。」

所有在場的人都開始大聲尖叫，聲音震耳欲聾。

「你讓我幸福，你讓我變得更好，你讓我變得更確信，雖然我現在擁有的只是——只是你的照片。*

表演持續了一個半小時。這段時間我只欣賞音樂，盡量不去思考任何事。

———————————

* Incubus — Monuments And Melodies

「我從沒看過這樣的音樂表演，這太棒了！」蕾貝卡說。

「看吧，我說過你會喜歡的。」

當大家開始離開海灘時，我們也跟著離開。只剩下一個問題：我現在應該去哪兒？肯定不能回家，也不能去外婆家，我也不想看到查德，我不想跟那個神經病多待一分鐘。而無論如何我也不能去蕾貝卡家。那麼，看來我得睡在街上了。太棒了，我不知道該說什麼。

「格洛莉婭！」我們聽到背後傳來一個男人的聲音，我轉身一看——是艾力克斯。

「他怎麼知道你的名字？」蕾貝卡困惑地問。

「說來話長。」

艾力克斯走到我們身邊。「嗨，很高興你來了，還不是一個人。」

「嗨，艾力克斯。演出很棒，我們真的很喜歡。」

「對，我一定會把你們所有的歌曲都下載到我的隨身聽裡。」

「這是我的朋友蕾貝卡。」

「叫我貝卡就可以了。」

「好吧，貝卡，格洛莉婭，我和我的夥伴們要去一個很酷的地方，你們想和我們一起去嗎？」

我立即想到我沒有過夜的地方，警察還在到處找我。

「……不，我們要回家了。」蕾貝卡說。

「我想去。」我回答。

「太好了，那跟我來吧。」艾力克斯轉身離開。

蕾貝卡突然攔住我，像看一個瘋子一樣看著我。「你在搞什麼？」

「貝卡，他們很好！這裡有一堆女孩，但他選擇叫我們一起去。這太酷了！」

「這些搞音樂的！難道你不知道，他們要對像我們這樣的人做什麼嗎？」

「也許我想要呢？」

「格洛莉婭，你瘋了嗎！」

「嘿，如果你不想去，那就回家。你可怕的媽媽正在家裡等著你，她會把你永遠關起來，把你成為她的傀儡！快點走吧！你的生活仍舊毫無價值，你永遠都不會知道什麼是你想要的人生！」

「等等！」我停下來，看著蕾貝卡的眼睛。「……我和你一起去，但只是為了確保你沒事，明白了嗎？」

「我愛你！快走吧。」

我們趕上艾力克斯的腳步。下一刻，我們所看到的讓我和蕾貝卡同時屏住呼吸。

「歡迎來到我們的輪子小窩。」艾力克斯說。

在我們面前是一輛巨大的白色露營房車。我從來沒有坐過這樣的車。

「哇！」我說。

兩個年輕男子走到我們跟前。這是樂團的其他成員。其中一個是高個子，肌肉發達，五官分明的面孔，染著一頭金髮，另一個比金髮男子矮一點，黑色頭髮，有點喝醉了。

「這是誰？」金髮男子問道。

「認識一下，這是格洛莉婭和貝卡。女孩們，這是史蒂夫，」他指向金髮男子，「和傑伊。」

「你品味還不錯，艾力克斯。」傑伊說。

「你們會喜歡我們這兒的，女孩們。」史蒂夫笑著說道。

我們沿著樓梯爬進房車裡，裡面的空間比我想像的還要大。這裡有廚房、臥室、浴室和電視。總之，不錯，如果沒有「但是」的話。現在我真的開始感到不安。我和蕾貝卡正要和一群陌生人去陌生的地方。但是，我仍舊別無選擇。無論如何，這裡都比露宿街頭好。

「怎麼樣，我們走吧？」傑伊問。

「走吧。」艾力克斯說。

我和蕾貝卡環顧四周，年輕男子們像野獸盯著獵物一樣看著我們。我抓住蕾貝卡的手。

「格洛莉婭，我很害怕。」她低聲說道。

「我和你在一起，會沒事的。」

第七章

我們反抗生活
是因為我們從未感到幸福

意識到自己實際上是一個強大的人，

並且能夠克服困難，

是件多麼令人愉快的事。

第30天

　　我已經看著他一個多小時了。看他閉合的眼瞼、微張的嘴巴、放鬆的肩膀，就像個嬰兒，看起來十分無助，讓人不想把目光從他身上移開。

　　我們的床像是一個小島，這裡只有我和查德。我用手撫摸著他的額頭，然後是顴骨、嘴唇。他睜開眼睛，微笑。

　　「你醒很久了嗎？」

　　「是的。」

　　「一直看著我？」

　　「是的，」我笑了。查德略微起身，抱住我，「查德，你是個瘋子……但我愛你。」

　　「我也愛你，我保證不再用信嚇你了。」查德躺在床邊，看著我。

　　「希望這一天永遠也不結束。」我說。

　　「格洛莉婭。」

　　「什麼？」

　　「格洛莉婭！」

　　我抬起頭，疑惑地看著查德。「怎麼了，查德？發生了什麼事？」

　　「格洛莉婭！」查德抓住我的手，開始顫抖，我痛得大叫一聲。

　　「查德，你在幹什麼？」

　　他更加用力地握住我的雙手。

　　「查德！」我尖叫著，猛地睜開眼睛。

　　一扇巨大的窗戶。窗戶外面時而可以看到湖泊，時而是丘陵，時而是荒漠。

　　「格洛莉婭，你怎麼了？我總算把你叫醒了。」蕾貝卡說。

　　我終於回過神來。我們在露營車上。每一秒，我們都離家越來越遠了。

「我們在哪兒?」我問。

「我不知道。我怕出去見到他們。」

「我的天哪!我是怎麼搞的?」我低聲說。

所以從查德開始的美麗早晨只是一個夢?我起了一身的雞皮疙瘩。對未知的恐懼正困擾著我。我們要去哪兒?我們為什麼要去?我們會發生什麼事?

我們在露營車的一個小房間裡。我開門往廚房走去,蕾貝卡跟著我。金髮男人史蒂夫正坐在桌邊,手裡拿著像漢堡一樣的東西。

「嗨,愛睡蟲。」他說。

「艾力克斯在哪兒?」我問。

「在開車。」

我們走到前面,艾力克斯正坐在駕駛座上。艾力克斯和傑伊手裡拿著大麻菸,傑伊手裡還拿著一把吉他。

「早安,小姐們。」艾力克斯說。

「我們要去哪兒?」

「我說過了,一個很酷的地方。」

「我們想回布里瓦德去。」

艾力克斯和傑伊聽到我的話,開始瘋狂地哈哈大笑起來。

「抱歉,小小姐,但是布里瓦德已經離我們兩百英里遠了。」傑伊說。

我渾身充滿了憤怒。這些渾蛋要我們幹嘛?如果他們想要強姦我們,他們昨天為什麼不立刻就這樣做呢?而且他們還分給我們食物和房間。他們甚至沒有碰我們一根手指頭。

「停車。」我說。他無視我的話,這讓我更生氣了。「停車!」我撲向方向盤,並開始把它轉向另一個方向。

「你幹什麼,你這個白痴!」

「格洛莉婭！」蕾貝卡喊道，但我不想鬆開方向盤。

「你瘋了嗎？」傑伊抱住我的腰，把我從艾力克斯身邊拖走。

「停下這該死的車！」我大喊大叫，然後再次緊緊地抓住方向盤，迫使艾力克斯踩下剎車，但他猛地轉彎，然後下一秒我們巨大的露營車撞到了一根木造電線杆上。我們四個人的頭都撞在擋風玻璃上。

「幹！」傑伊吼著。

「如你所願，我們停下了……」艾力克斯說。

披頭散髮的史蒂夫跑進駕駛室。「喂，出了什麼事？」他問道。

「感謝那個藍頭髮的小妞吧。」艾力克斯說。

他們走下露營車，查看車禍造成的損傷。我呆呆站著，到現在都沒回過神來。

「格洛莉婭……我們差點被你害死！」蕾貝卡說。

「對不起，我犯了一個我人生中最可怕的錯誤。」

「我們得離開這裡。」

「你覺得要怎麼離開？」

「你問我？我們在這裡都是因為你，你忘了嗎？」

「……沒有。」

我們離開車子，走到外面。史蒂夫一看到我就猛地抓住我的肩膀。「你這個瘋子！」他喊道。

「我一開始有好好跟他說，但他不聽！」

「引擎壞了，我們得修好它，這樣我們就遲到了。」艾力克斯說。

「去哪兒要遲到了？」我問。

「傑伊，去拿工具。史蒂夫，你來幫我。」艾力克斯繼續說道。

「喂，你們能聽到我說話嗎？」我大喊大叫。

每個人都散開各自去做自己的事。男生們開始修理露營車，蕾貝卡冷

漠地站在一邊旁觀。

「貝卡……」

「別煩我。」

「貝卡，我沒想到會這樣。我只是想去夜店狂歡而已。」我靠近她。我自己也無法想像，我們會陷入這樣的境地。

「我們該怎麼辦？鬼知道他們會帶我們去哪裡……如果他們要把我們賣到色情場所怎麼辦？」蕾貝卡含著眼淚說。

「別哭，我們要不動聲色。我想我有個主意。」

「什麼主意？」

我抓住她的手，靜靜地向前走。

「我們去哪兒？」

「噓……」

每走一步，我們就慢慢地離露營車越遠。我加快步伐，轉過身，好像已經走得相當遠了。

「貝卡，快跑。」我說。

我不知道已經跑了多久，但我們沒有停下來，繼續逃離這群玩音樂的。我不覺得累，我身上充滿前所未有的能量。我也不知道要跑去哪裡，只想盡快找到一輛車並搭車遠離這個地方。

「停！我跑不動了。」蕾貝卡氣喘吁吁。

「來吧！再多跑一下就好。」

「不……」她摔倒在熾熱的柏油路上，上氣不接下氣。

我走到她身邊。「算了，我們休息一下吧。」

我坐在她旁邊，安靜得只聽得到我們的呼吸聲。我環顧四周，沒有任何人，沒有任何汽車的聲音。絕對是個荒無人煙的地方。

我聽到蕾貝卡開始哭泣了。

「我無法想像我媽現在的感受。」她說。

「貝卡，冷靜一下。」

「我沒辦法冷靜！我不知道我們在哪裡，不知道會發生什麼事！」

「……貝卡，我離家出走了。警察在找我。我想躲起來，因此我才和這群音樂人一起走了。」

蕾貝卡沉默了很長時間，接著說：「你知道嗎？我們只認識了幾天，但我已經明白你是個什麼樣的人了。」

「我是什麼樣的人？」

「你很自私。你不在意別人的看法，你希望每個人都按照你的方式行事。也許這就是你和潔澤爾感情好的原因，因為你們在這方面一模一樣。」

「我和她不一樣。」

「哪裡不一樣……對，你感覺很糟糕；對，你現在有煩惱；但是你難道沒想過有人的情況可能比你更糟嗎？你從未失去親人，你不知道真正的痛苦是什麼，但我知道。我看到我的爸爸和弟弟被埋葬在土裡，我看到我的母親差點跟著他們跳進墳墓。這個世界上每個人都有煩惱，格洛莉婭，你不應該因為太自溺而忘記這一點。」

聽到這些話，我呆住了。我看著蕾貝卡，最後說了句可憐兮兮的話：「你是對的……」

然後我又沉默了，蕾貝卡也沉默。

我真的很自私。我和潔澤爾一樣。這就是為什麼麥特拋棄了我，因為他以為我與眾不同，卻發現我只是潔澤爾的複製品。

當你終於明白你的生活是多麼糟糕，你自己又是多麼糟糕時，你能做的就是說服自己並決定自殺。這就是我的情況。

我們的沉默被汽車的噪音打斷了。

「你聽到了嗎？」我說。

「有車來了！我們得救了！」

我們站起來，環顧四周，我心一沉，因為我們看到那輛露營車向我們駛來。我們想再次逃跑，但無處可逃。

露營車停了下來，艾力克斯從裡面走出來。

「怎麼樣，晃夠了嗎？」

「我們想回家。」我說。

「但我們不想。」

「好吧……那你們走吧，我們會留在這兒等順風車。」

「等吧，只是提醒你們一下，小姐們，這條公路甚至不在地圖上。它已經關閉很久了，而且那些像我們一樣的隱士幾年才會經過這裡一次。離這裡最近的城鎮幾百英里遠。如果你們願意，可以走過去，這樣很健康。」

艾力克斯再次爬進露營車裡。蕾貝卡在我身邊站了幾分鐘，然後跟著艾力克斯上車了。

「貝卡……」

「我們沒有其他選擇。」

> 親愛的日記！
>
> 我不知道我在哪兒，也不知道如何離開這裡。他們三個人是誰？史蒂夫、艾力克斯和傑伊。他們並不像強姦犯，但他們把我們強行留在身邊，沒有解釋原因。我是個大傻瓜，居然同意和他們一起走，還把貝卡牽扯了進來。我感覺到她討厭我。
>
> 我總是常常想起查德，想起那些他寫的信，想起自己的怪脾氣。如果我平靜地聽他說，沒有逃跑，一切就都能好起來吧。
>
> 唯一讓我開心的是，我沒有看到或聽到我爸爸的消息。他因為

我而去找警察，假裝有多擔心我，讓我覺得很搞笑。

　　還有個懸而未決的問題——我和貝卡該怎麼辦？這種不確定性讓我加倍恐懼了起來。

　　　　　　　　　　　　　　　　　　　　　　還剩20天

—◆—

　　又過了幾個小時。天很快就要黑了，還是沒有看到任何城鎮的影子。露營車突然停了下來。蕾貝卡坐在床上，看也沒看我一眼。這期間我們只是看著窗外，沉默不語。

　　「貝卡，你要繼續這樣不跟我說話嗎？」

　　「我們要聊什麼？我什麼都不知道了。」

　　「嘿，我有個計畫。」

　　「如果我沒有記錯的話，你的一個計畫剛剛成功地失敗了。」

　　「這次會順利的。等我們到達那個地方就逃跑，直接跑去警察局。警察已經在找我了，你媽一定也開始找你了。他們會帶我們回家，貝卡。」

　　蕾貝卡臉上露出一絲笑容。我感覺輕鬆不少。

　　門開了，艾力克斯走了進來。「小姐們，晚餐準備好了。」他說。

　　我們走進廚房。小桌子的中央擺放著一盤烤雞。傑伊和史蒂夫已經就座了，我們也加入他們。這群男生開始吃東西，而我和蕾貝卡一根手指頭也沒動。我們的內心都有一種莫名其妙的感覺。不知道是害怕，還是只是討厭待在這裡。

　　「你們不喜歡雞肉嗎？」艾力克斯問道。所有人都盯著我們看。我決定撕下一小塊雞肉，蕾貝卡跟著做。「那好，我想，現在是時候介紹一下你們

　　　　　　　　　　　　　　　　　　　　　　　　我選擇活下去

自己了。誰先？」

我和蕾貝卡彼此對看一眼。

「你們先介紹，我們再介紹。」我說。

「我們只是音樂人。」

「為什麼你們需要我們？」蕾貝卡問。

「你們回答我的問題之後，我才會回答這個問題。」

我嚼完了一塊雞肉。「我是格洛莉婭。我離家出走了，因為我的爸爸狠狠地揍了我一頓，我差點失去意識。而且我也被學校開除了，因為我在整個大廳裡掛滿了我之前最好的朋友的母親的裸照。就這樣。」

男孩們看看蕾貝卡。

「我是蕾貝卡，我不久前搬到了布里瓦德，認識了格洛莉婭。我恨我的母親，我愛我的爸爸，不幸的是，他已經被長埋在地下。我說完了。」

「現在輪到我了。我把你們帶走，因為我覺得你們和我們一樣——隱士、脫離群體的人，想盡可能遠離煩惱的人。你可以這樣說，我實現了你們的夢想。」

沉默片刻。史蒂夫和傑伊繼續盯著我們看。顯然，我們說的不是他們想聽到的。

「傑伊，我們還有剩下的嗎？」艾力克斯問。

「我去看看。」傑伊起身，翻找了一會兒包包，然後回到桌子旁。他手裡拿著一個小袋子，裡面裝著一些粉末，遞給艾力克斯。「小姐們，你們想要一些嗎？」

「這是什麼？」我問。

「只是興奮劑。」

艾力克斯把一些粉末倒在桌子上，然後把袋子遞給傑伊，傑伊也這樣做。史蒂夫取了一些粉末，然後把袋子遞給貝卡。

「不，謝謝。」她說。

「為什麼？怕了？」史蒂夫笑著問。

「我不吸毒！」貝卡起身離開。

史蒂夫把袋子遞給我。我仔細查看，小小的黃色晶體在陽光下閃閃發光，讓人著迷。我在20天內就要死了，而我一輩子都沒有過嗨的感覺，我得為此做點什麼。

「格洛麗亞，你想都別想。」貝卡說。「你知道你試了會怎樣嗎？」

「感覺滿有趣的，雖然有點不尋常。你可能會吐，但這是值得的。」艾力克斯回答。

我弄了一條線，想到自己要吸入這些粉末，讓我不禁起了雞皮疙瘩。

「格洛麗亞！」貝卡大喊。

「貝卡，我只是想試試。」

艾力克斯、史蒂夫和傑伊輪流吸入粉末。輪到我了，我彎下身子靠近桌子，捏住一個鼻孔，猛地吸入另一個鼻孔的粉末。當我吸的時候，感覺刺痛，就像吸入了沙子一樣奇怪。

「那我什麼時候會有感覺？」我問。

「很快就會有了。」艾力克斯笑著說。

—◆—

晚上九點，我們來到一個陌生的地方。這裡相當暗，兩盞燈照亮了整棟樓，能聽到裡面傳來的強勁的搖滾樂聲。

「這是什麼地方？」蕾貝卡問。

「我們要在這裡與人見面。你們暫時可以好好玩玩，對了，這裡有一種非常好的啤酒，我建議你們試試。」艾力克斯說。

蕾貝卡抓住我的手。「格洛莉婭，我希望你沒有忘記我們的計畫？」

　　　　　　　　　　　　　　　　　　　　我選擇活下去

「什麼計畫？」

「怎麼，你全忘了？我們打算逃跑。」蕾貝卡低聲說道。

「當然，我記得！只是貝卡，稍微等一下，我想跳舞。」

「喂，你們要來嗎？」我們聽到遠處傳來的聲音。

「來了——來了。」我說。

我跑到傑伊身邊，抓住他的手，我們一起進入夜店。

音樂聲震耳欲聾，我的腿立刻跟著節拍跳動起來。我渾身充滿能量，想把它們釋放出來。「這是你說的很酷的地方嗎？」

「正是，你會喜歡這裡的。」

我們走到吧檯。傑伊從他的牛仔褲口袋裡拿出一包小藥丸。

「那是什麼？」

「搖頭丸。」

「我常常聽到這個東西，讓我試試看。」

「不行，你剛才已經吸了足夠的量了，這對新手來說太多了。」

「可是我想試試看！拜託，傑伊。」

「好吧，給你。」

傑伊遞給我一顆粉紅色藥丸，我們同時服下了這種藥。

——◆——

光，太多的光了。我睜開眼睛，看到的只有光。我開始四處走動，眼前浮現出我的童年回憶。我和父母曾經在沙灘上散步，那時一切都很好，至少對我來說是這樣。我喜歡還是小女孩的時候，因為那時我的父母總是假裝快樂，裝作我們是世界上最幸福的家庭。在沙灘上散步時，爸爸握著我的一隻手，媽媽握著另一隻手。我赤著腳走在溫暖的鵝卵石上，聽著父母聊工作，或許這是我童年中最美好的回憶。而現在我回想起我生命的最

後幾天，又一次開始歇斯底里地大笑。笑著，同時流著淚。

我揉了揉眼睛，但仍然看不見任何東西。只有一些光點和奇怪的光線。我感到有人推了我一下，我摔倒了，撞到了什麼硬物，是牆壁。然後我的視線逐漸清晰，感覺到什麼在我的手臂上爬行。我轉過身，看到整面牆上全是蠕蟲！太多蟲了，實在太多了。我厭惡地驚叫，低頭一看，地板上也全是蠕蟲，有些很粗大，有些很小，絕對超過一千隻。我的腿被牠們淹沒了。蠕蟲在我腳踝、手、臉頰上爬行。我試著把牠們甩掉，但簡直無窮無盡。我尖叫，我用力尖叫，但感覺沒有人聽到我。我孤單一人在這裡，讓蠕蟲活活吞噬我。

我在跑，但只看得到光，我不停地向未知的方向奔跑。突然，我感到冷風吹過我的皮膚。我四處張望，感覺自己像是在戶外，我繼續奔跑，卻撞上了某個人。

「嘿，你還好嗎？」一個男性的聲音問。

我抬頭看見查德。「你怎麼在這？」

「不然我應該在哪？」

「我好開心你在這裡！」我抱著查德。「我要告訴你一些事。」

「格洛莉婭，現在不行，我得走了。」

「拜託，不要走，我很抱歉我離開了……我愛你。」

「哇，你神智不清了嗎？」

「查德，聽我說！」

「查德是誰？我是艾力克斯。」

我的意識開始慢慢清醒過來，發現自己正在和艾力克斯說話。

「什麼……」我說，「我怎麼了？」

艾力克斯盯著我，他的眼中露出擔憂的神情。

然後我的視野充滿了光，我的眼睛裡再次閃爍著光點。我看不見任何

東西，感覺我的背撞上了什麼硬物。我試著用手抓住什麼東西，卻感覺到手指間有些非常奇怪且滑溜的東西。蠕蟲，又來了。我睜開眼睛，發現自己在一個洞裡，裡面全是蠕蟲。牠們爬進我的嘴裡、耳朵和鼻子。我能感覺到牠們在我的胃裡爬行。感覺太噁心了，我尖叫著，聲音大得無法忍受。

「救命！救命！」

「格洛莉婭。」不知從哪裡傳來一個男人的聲音。

「把我從這裡拉出去！」

我嘴裡都是蠕蟲，隨著每一秒的過去，感覺蠕蟲越來越多。我要被牠們淹沒了。

我睜開眼睛。白色的房間，我甚至想稱它為白色空間，沒有窗戶、門和天花板。我環顧四周，白色讓我覺得很刺眼。

「格洛莉婭。」我聽到一個女人的聲音。在一片白色中，我認出熟悉的臉龐。

「媽媽？」

「你還好嗎？」她問道。

「……不，我有點不對勁。」

媽媽開始用力地打我耳光，我尖叫，但她聽不到我的聲音。

「媽，你在幹什麼？」

媽媽繼續打我耳光，我覺得鼻子流血了。臉頰因為無數次的耳光變得火辣辣的，但她並沒有停止。我的淚水和血液混在一起，我感到自己再也無法承受更多的衝擊。如果再來一下，我的下巴就要掉下來了。我痛苦地哭泣，拚命喘著氣。

—◆—

我躺在柏油路上，勉強睜開眼睛。起初，一切都模糊不清，隨後都變

得清晰起來。艾力克斯、傑伊、史蒂夫和蕾貝卡都站在我身邊。

　　我勉強呼吸著，每一次微弱的吸氣都伴隨著肌肉莫名的疼痛。我轉過頭，看到我的手上和衣服上都被吐髒了。

　　「她好像已經清醒了，我很好奇她哪來的藥。」艾力克斯問道。

　　「是我，我給了她搖頭丸。」

　　「你瘋了嗎？」艾力克斯抓住傑伊的外套，他開始反抗。「你在想什麼？差一點，我們就得找地方來藏她的屍體！」

　　「放開我！我沒想到會這樣！」

　　「對啊，因為思考很難嘛。」艾力克斯放開傑伊。

　　「你留下來陪她，」他對貝卡說。「我們還得去見沙恩王。」他和史蒂夫離開了。

　　「嘿，她需要醫生。她快不行了。」貝卡說。

　　「她什麼也不需要。最糟的部分已經過去了。」傑伊說。

　　「嘿！你差點殺了我的朋友！我要告訴大家你們車上都是毒品！」

　　「首先，你想告訴誰就告訴誰，這裡沒有醫院，沒有警察，也沒有一個清醒的人。再來，是她跟我要搖頭丸的，這對她來說是一個教訓。」

　　傑伊離開了。

　　「格洛莉婭，你還好嗎？」

　　我鼓足力氣想動彈一下，蕾貝卡幫助我起身，我再次嘔吐，吐了很多東西出來。我覺得每一刻都有力量從我的身體中抽離，我沒想到我的身體對毒品反應這麼敏感。

　　我試圖向前邁一步，但我的腦子裡仍然有一些嗡嗡聲，完全失去了身體協調性。

　　「所以，這就是你充滿活力的生活嗎？在我看來，簡直是垃圾。」

　　我站著，閉上眼睛，試著讓身體服從我。我大聲笑起來，聲嘶力竭。

我選擇活下去

我歇斯底里的笑聲伴隨著淚水和哭泣聲。柏油路上有一片水窪，我看到了自己的倒影，倒影中的自己是如此淒慘，毫無價值和令人厭惡。我變得更歇斯底里了。

一台車在我們旁邊停了下來，車門打開了，有個男人盯著我們。

「嘿，小可愛，過來。」他說。

「去你的，王八蛋！」貝卡吼著。

「噢，這麼有個性啊。」

在那一刻，我又開始嘔吐了。那個人皺了皺眉，然後關上車門，開車走了。

艾力克斯、史蒂夫和傑伊走出夜店。他們臉上帶著笑容。

「照這樣下去，我們很快就能買自己的私人飛機了。」史蒂夫說道。

「是啊，真是一筆有夠棒的交易。」傑伊同意道。

艾力克斯走到我面前，開始上下打量著我。「你怎麼樣了？」

「感覺有人在我的腦袋上鑽洞。」

「這很正常，很快就會過去，你差點死翹翹。好了，我們走吧，這裡已經沒什麼事要做了。」

「那我們現在要去哪兒？」蕾貝卡問。

「嘿，難道到現在你還不明白，我們不會告訴你們我們的計畫嗎？你們必須接受這件事，我們就這樣。」史蒂夫說。

蕾貝卡抓住我的手，我和她一起跟在這群傢伙後面。再次離開，去未知的地方。

第31天

　　我處於一種好像被卡車反覆輾壓的狀態。感覺所有的骨頭都折斷了，我不知道該如何解釋這種無法忍受的疼痛。我睜開眼睛，蕾貝卡就躺在身邊，她睡得很沉，我不想叫醒她。露營車停在原來的位置，並且也沒聽到門外有任何聲音。我起身，跑進浴室，昨日「狂歡」的最後殘餘物被我吐了出來。我洗了個冷水澡，洗掉污垢，洗掉嘔吐物。我的皮膚黏黏的，我討厭這樣的自己。

—◆—

　　我走到外面，看見艾力克斯在不遠處。他站在那邊，看著日出，手裡拿著一支菸。我走向他。「幾點了？」我問。

　　「早上五點半。我喜歡在這個時候醒來。」

　　「我們現在在哪裡？」

　　「這很重要嗎？」艾力克斯轉過身來問我，「誰是查德？」

　　「不重要。他來自我過去的生活。」

　　「也許他是唯一讓你幸福的人，因為你把我錯認成他後看起來很高興。」

　　我笑了。「是的，對我來說，他太珍貴了。」

　　「你做得對，試著忘記這一切吧。只有這樣，你才能開始新的生活。」

　　艾力克斯轉身朝露營車走去。我決定繼續欣賞日出。

　　親愛的日記！

　　我第一次試了毒品，就像大家說的一樣，第一次總是很詭異。

　　我昨天差點死了，但沒死，這讓我有點沮喪。我有這樣的機

　　　　　　　　　　　　　　　　　　　　我選擇活下去

會，但艾力克斯救了我。我從橋上跳下去，本來可以淹死，但是查德拯救了我。大家似乎預感到我想死，好像想要保護我。

　　我又不知道我們要去哪兒了。這次我真的不在乎我們要去哪裡以及為什麼要去。我為什麼要擔心自己的生命？我真的不覺得它很重要。唯一令我心慌意亂的是蕾貝卡，我擔心她。如果我們跟這群搞音樂的一起度過我生命中剩下的19天，然後呢？我死了，只剩下貝卡和他們在一起？……我平白無故地將她捲進了這一切。我再次覺得自己是個笨蛋。

　　　　　　　　　　　　　　　　　　　還剩19天　洛莉

　　又過了幾個小時。從昨天開始蕾貝卡就不跟我說話了。如果我是她，我也不會跟自己說話。我壞透了，我討厭自己，因此我目前唯一目標的是盡快弄死自己。

　　露營車停了下來。我走出房間。

　　「發生什麼事了？我們為什麼要停下？」我問。

　　「我們得買些食物，希望在這個小屋裡能找到一些東西。」艾力克斯回答了我的問題。

　　我看向窗外，離露營車幾公尺外的地方有一家小商店。生銹的鐵皮搭成的屋頂，一半的窗戶都用木板釘緊了。好吧，就這麼個小地方。

　　「我和你一起去，我想走一下。」

　　「好，跟著我。」

　　我走出房間。「貝卡，你要跟我們一起去嗎？」

　　「不，我不想去。」

—◆—

儘管外面烈日炎炎，還是感覺很涼爽。一陣強風吹過，塵土飛揚到臉上，讓眼睛不太舒服。商店裡有股令人噁心的味道，但我們別無選擇。

　　「我們要拿些什麼？」我問。

　　「水和一些可以吃的。」

　　艾力克斯和我分頭行事。我環顧四周，拿起購物籃，把水果放了進去，其中一半已經腐爛了，但還有一部分可以食用。我又拿了幾包義大利麵、米、雞蛋、牛奶和瓶裝水。我和艾力克斯在櫃檯會合。

　　「真是太可怕了！這裡的食物比恐龍還老。誰會來這裡？」我說。

　　「和我們一樣的人。你得將就點，路上有什麼就吃什麼。」

　　收銀員是一個有年紀的亞洲人，他一直都沒有注意我們，最後他終於發現了我們並開始幫我們結帳。

　　櫃檯上放著一台古老的收音機，播放的音樂把我搞瘋了。然後音樂突然結束了。

　　「插播一則緊急尋人啟事：有個女孩失蹤了！年齡：16歲，特殊特徵：淺藍色頭髮，身穿灰色帽T和牛仔褲，額頭上有擦傷。如果您有這個女孩的消息，請聯繫警方，必有重謝！」廣播再次開始播放音樂，我的內心一陣抽搐。收銀員盯著我看，然後他的手移到電話的位置。我看著艾力克斯，他也看著我。下一秒，艾力克斯抓住了他的頭，用力地撞在桌子上。

　　「艾力克斯！」我害怕地尖叫起來。

　　但是他沒有理會我的尖叫聲，繼續痛毆著收銀員。我對眼前所見感到非常震驚，轉向門口，我發現有監視器，艾力克斯也發現了。

　　「快跑！」他說。

　　我們拿起食物跑出商店。史蒂夫和傑伊站在外面，看到我們奔跑，臉上一片慌亂。

　　「史蒂夫、傑伊，離開這裡。」艾力克斯說。

我們跑進露營車裡。我喘不過氣來。蕾貝卡走出房間。

「你殺了他？」

「沒有，他很快就會醒過來。」

「如果沒醒呢？」

「格洛莉婭，他想打電話給警察，你會重新回到你爸身邊。你想這樣嗎？」我保持沉默。艾力克斯和夥伴們去了駕駛座那裡。

「你還好嗎？」蕾貝卡問。

「嗯，還好。」

「來吧，我要告訴你一些事情。」我們走進房間。

「你們離開後，我看到電視裡正在播新聞，我把這段影片拍了下來。」蕾貝卡遞給我已經點開影片的手機。

「今天上午，知名罪犯阿爾伯特·沙恩，在黑社會中被稱為沙恩王的屍體被發現。」

我不寒而慄。

「艾力克斯、史蒂夫和傑伊昨天跟沙恩王見過面。」

「這麼說，這不僅僅是一次見面而已。」

「你認為他們殺了他？」

「我的天……」我說。

「現在你終於明白他們不僅僅是玩音樂的了吧？」

「我們該怎麼辦？」

「跑！如果不是你，昨天我們就成功了。」

「對，我們必須離開。」

天黑了。蕾貝卡仔細思考著我們的逃跑計畫，而所謂的過去生活的片段再次浮現在我腦海中。我想起尼克，他綁架了我和麥特，在這樣的情況下，我和麥特走得更近了。我想起我們第一次接吻的時候，想起潔澤爾在

大家面痛打我的時候，那一天，我和查德·麥庫柏在一起，失去了童貞。我真的不想回布里瓦德，儘管我內心的一部分因為查德而渴望回到那個地方，另一部分卻抗拒著，因為我知道關於我的流言蜚語將會因為爸爸和南希而重新開始，我也將不得不看到我媽媽因為服用鎮靜劑而昏昏沉沉。一切都會回到軌道上，剩下的19天將在無聊和乏味中痛苦地度過。

　　我們到達了目的地，一個小鎮。幾棟房子，幾輛車，一家商店和一家藥局。高速公路上有車輛不斷從我們身邊駛過，這是一個令人安心的跡象。我們五個人走下露營車。蕾貝卡看著我微笑。

　　「哦，該死的，我忘了拿錢包，你們先走，我們會追上你們。」她說。

　　「我們在俱樂部會合。」艾力克斯說。男生們走了。

　　「怎麼樣，你準備好了嗎？」

　　「……我不能。」

　　「什麼？『我不能』是什麼意思？」蕾貝卡問。

　　「也許艾力克斯是對的，我真的需要開始新的生活。」

　　「格洛莉婭，你怎麼了？你忘記他們是殺人犯了嗎？」

　　「沒有……但和他們在一起比和我爸爸在一起更好。」

　　「那我呢？」

　　「貝卡，你必須在沒有我的情況下逃跑。我會分散他們的注意力，你攔一輛車，盡可能遠離這裡。」

　　「我不會把你扔在這裡！」

　　「我會沒事的，我也希望你會沒事。想想你的母親，畢竟只有她一個人在那裡。」

　　「你媽媽也是。」

　　「我媽至少還有醫生照顧她，他們會幫助她。貝卡，你還沒有失去所有，離開這裡，當成一個噩夢忘掉。」

蕾貝卡開始哭泣，我也是。她緊緊地擁抱我，真希望這些擁抱別結束，我和她可能再也不會見面了。她看著我很久，然後默默地離開。

我背靠在露營車上。淚水落滿臉頰。格洛莉婭，冷靜一下。如果一切順利，蕾貝卡將過著正常的生活。正常——也就是說，沒有我的生活。我要為她高興。去俱樂部吧，以免那群玩音樂的起疑。

—◆—

這裡有很多人，他們已經爛醉如泥。這個地方更像是酒吧，而不是俱樂部。在一個小T型臺上，一支當地的樂團正在演出。在場的人都在喝啤酒、龍舌蘭和威士忌。我開始搜尋那群音樂人的身影。在人群中，我看到史蒂夫在接吻，同時非禮著某個輕佻女孩的胸部。

「史蒂夫！」我大聲喊道。

「哦，你朋友去哪兒了？」

「她……很快就來。你知道艾力克斯在哪兒嗎？」

「他現在很忙。」史蒂夫一邊說，一邊繼續親吻那個女孩。

那好吧，格洛莉婭，現在你真的是一個人了。這種想法讓我更加害怕。我從酒保那兒買了一大杯啤酒，用潔澤爾的信用卡付款。我的兩邊坐著一些男人，酒氣薰天，令人生厭。我喝完啤酒，開始找洗手間。

洗手間裡一個人也沒有。我照照鏡子，我的臉像我的頭髮一樣藍，可能我的身體還沒有完全從昨天的情形中恢復，嘈雜的音樂讓我的頭痛得像要裂開似的。我打開水龍頭，把臉浸入水中。兩個半裸的女孩走了進來，沒有注意到我，就開始親熱。我躲進一個隔間，等她們停下來。過了一會兒，她們終於離開了，我正要打開門，卻看到又有人進來了。這次只有一個女孩。她四處張望，從她的表情來看，她不想讓任何人看到她在這裡。我無法鼓起勇氣打開門。女孩把手伸到暖氣設備後面，拿出兩疊紙鈔。

「在這裡。」她對某人說道，應該是站在洗手間門外的人。

「拿著。」一個男聲說道。我只看到一個男人的手，拿著一小包白粉。

「喂，剩下的在哪兒？」女孩問。那個陌生人離她更近了，現在我終於能看清他的臉了。

「寶貝，價格已經變了。所以對不起啦。」艾力克斯說。

—◆—

我再次坐在吧台前，到目前為止，我都對我所看到的感到不安。原來這就是他們從事的事情——賣毒品，所以我們要去一些陌生的地方找買家。

不，我不想再待在這裡了，這群人不好惹。蕾貝卡是對的，必須在一開始就逃跑，否則不會有好下場。

我朝出口走去，突然有人抓住了我的手。

「你要去哪兒？」艾力克斯問道。

「放開！」

「貝卡逃跑了嗎？」

我的額頭上直冒冷汗。「你怎麼知道？」

「因為我想起來她沒有帶包包。」

「對，她逃跑了，我也想逃跑。我知道你們是什麼人，做了什麼事。」

「我們是什麼人？」

「你們是毒販，還會殺人，我知道你們殺了沙恩王。」

「好極了。你猜到了我們的秘密。現在你要離開嗎？」

「對。你說得對，我需要新的生活，但不是這樣的生活。」

「好吧，那我祝你好運。」

「你會放我走嗎？」

「我從來沒有強迫你留下。格洛莉婭，我沒想對你和蕾貝卡做任何壞

事，我甚至一個手指頭都沒有碰你們兩個人。我們生活的世界非常殘酷，我們只是普通的音樂人，我們殺人只為了在極端情況下自保。所以，如果你想離開就離開吧，只是小心一點，獨自應對這一切是非常困難的。」

艾力克斯的話深深觸動了我的內心。也許，這真的沒什麼可怕的？至少在我的生命中已經有更糟糕的人出現過。我一個人要怎麼辦？跟音樂人在一起，至少我覺得自己是被保護的，我甚至開始慢慢習慣他們了。此外，警方極有可能找到我，並送我回到爸爸身邊。哦，不，我不想這樣。

我又點了一大杯啤酒。酒精沒讓我喝醉，這惹惱了我。我看著艾力克斯，他和傑伊一起喝著龍舌蘭。我看著史蒂夫，他激情四射地從男洗手間出來，喘著粗氣。我發現某人的手放到了我的膝蓋上。我轉過身，看到有個猥褻的醉漢在我身邊亂蹭。

「把你的手從我身上拿開！」我憤怒地說。

但是他醉得太厲害，沒聽到我的喝斥，還繼續摸我。

「離我遠點！」我尖叫起來。

我的喊聲只是讓他更加興奮，迫不及待地再次伸手摸我。

我把所有的憤怒都集中在腳和拳頭上，用盡全力踢了他的腹股溝。他縮成一團，失去平衡，跌倒。我想起我爸是如何打我的，我把這個猥褻的人想像成我爸。我坐在他身上，開始用拳頭憤怒地、狠狠地揍他的臉。他沒有反抗，但我還在揍他，同時想像自己正在毆打我爸，報復他對我、我媽和我們家所做的一切。我的拳頭上沾染了這個亡命徒的血，他應該已經昏了過去。我站起來，氣喘吁吁地四處張望，這才注意到音樂停了，沒有人在跳舞了，所有人都在看著我和那個鼻子被打斷的傢伙。艾力克斯抓住我的手跑出俱樂部，史蒂夫和傑伊也跟著跑出來。

「發生了什麼事？」我問。

「你踢碎了一個大幫派老大的蛋蛋。」

我們全力飛奔著，我回頭一看，七個魁梧的男人正拿著手槍追我們。我充滿了恐懼，絆了一跤，摔倒在柏油路上。

「快點！」艾力克斯喊道。

我站起來，跟在他身後跑，史蒂夫和傑伊超過了我們。艾力克斯向後看，意識到這七個人已經趕上我們。我們在一棟建築物的轉角處轉彎，但那是條死巷子。

「該死！」艾力克斯說。

那群人當中的六個從我們身邊跑過，只有一個看著我們的方向並停了下來。我聽到他將手槍上膛的聲音。我的心瘋狂地怦怦直跳，我想用自殺來結束自己的生命，而不是被某個流氓槍殺。

他瞄準了我們。

艾力克斯看著我，我看著他，這一刻，我們聽到那個渾蛋背後傳來一個聲音。「放下槍！」

轉過身，我看到他變成了蕾貝卡的用槍瞄準目標。

「如果你不放下槍，我就開槍了！」

我旁邊有一小塊磚頭，我悄悄地把它拿在手裡，躡手躡腳地靠近那個流氓。他扣下扳機，槍聲響起，蕾貝卡及時臥倒在柏油路上，子彈從她身邊飛過。我揮動磚頭並擊中了那個流氓的頭部，他摔倒在地。我的恐懼與我們得救的快樂混合在一起，我幫助蕾貝卡站起來並擁抱她。露營車以瘋狂的速度靠近我們。

「快點上來。」傑伊說。我們跳上露營車。

「你為什麼不離開？」我問蕾貝卡。

「我再說一次，我不會留下你和這些殺人犯在一起。」

「你是怎麼找到我們的槍的？」艾力克斯問道。

「也許你可以先告訴我們，你們到底是誰？」

「貝卡，我知道一切。」我說。

「我也知道，你們是殺人犯！」

「我們只是為了自衛，就像現在。這樣的人罪有應得，你們知道沙恩王強姦並殺死了自己的親生女兒，還因為毒品賣了自己的兒子嗎？就算我們會下地獄，這些渾蛋也該與我們同在！」

—◆—

森林裡很黑，但是由於燃起了篝火，這裡又變得非常明亮和溫暖。我們在這裡休息一下，遠離幾小時前發生的事。我們獨自在森林裡，沒有人打擾，只有在這裡才能深呼吸。

傑伊坐在篝火旁彈吉他，旁邊坐著艾力克斯和史蒂夫。我和蕾貝卡坐在離他們遠一點的位置，欣賞夜空。我拿著一支菸，我開始喜歡它了。

「我不明白你怎麼能抽這些討厭的東西。」蕾貝卡說。

「我們度過了一個艱難的夜晚，得放鬆一下。」

「一支菸就能讓你忘記有人被殺了嗎？」

「他想殺了我們，艾力克斯做得對。」

「老實告訴我，你愛上他了嗎？」

「這兩件事有什麼關係？」

「因為只有戀愛中的人或瘋子才會為殺人兇手開脫。」

史蒂夫走近我們，遞給我們一罐雞尾酒。「接著。」

「謝謝，」我說，「你看，他們並沒有那麼壞。」

蕾貝卡嗤之以鼻作為回應。我和她一起喝了一口雞尾酒。

「艾力克斯，你過來一下。」我說。

「怎麼了？」主唱坐在我旁邊。

「警察會找我們嗎？」

「我覺得不會。那些幫派的人自己會把他的屍體藏起來，沒有人會知道任何事。」我鬆了一口氣。「對了，貝卡，謝謝你，你救了我們的命。」

「去死吧，」蕾貝卡起身，「我要去睡覺了。」

我笑了，艾力克斯也笑了。「我沒看錯你，你踢那個老大的時候真是太酷了。」

「希望他會好起來。」

「你想加入我們的事嗎？」

「……我不知道。你確定我的新生活應該是這樣的嗎？」

「當然。你可以透過瘋狂的行為來忘記你過去的生活。」

「艾力克斯，我的生活中已經有很多瘋狂的行為，多到不行。」

「例如？」

「……有一次我和我的好朋友以及她的男朋友一起去參加生日派對，然後，有個男孩想強姦我，我用玻璃杯打了他的頭，讓他血流不止。」

「好吧，還不錯……」

「我親自把我的母親送到了精神病醫院，雖然，可能，這是正確的，也許，她會康復。我偷偷和我最好的朋友的男朋友約會，然後她知道後開始報復我。就在不久前，我離開了一個給過我一些幸福日子的人，因此我現在和你一起坐在這裡，告訴你所有這些非常『有趣』的故事。」

「……如果我是女生，如果我是你的話，我早就自殺了。」此刻我真的想笑，也想說「我正好打算19天後這樣做」。「但是你遇到了我們，你的生活會發生巨大的變化，我保證。我們一起對抗整個世界吧！」

第32天

　　清晨，腳下是濕潤的土地，森林還沒有醒來。我悄悄地離開了我們的營地。我慢慢地向前走，享受寧靜，在這裡我心平氣和，我從未有過這樣的經歷。早晨的世界是多麼美妙啊！我環顧四周，記住這片森林的每一個細微之處。我永遠不會再來這裡了，我們將再次離開，前往一個未知的方向。

　　當我費力地爬上一個小斜坡時忍不住心跳加快。我終於達到了目的地，同時在我眼前呈現出一幅美麗的景色。我站在懸崖上，下面的河水嘩嘩作響，碧綠的湖水倒映著沿岸巨大的樹冠。我屏住了呼吸。

　　「漂亮吧？」

　　我旁邊站著查德。他看著美麗的風景，與此同時，我恐懼地看著他。他為什麼要出現在我面前？我怎麼了？難道我真的瘋了……

　　查德看著我。「我一直在你身邊。」

　　我覺得很溫暖，就好像我再次來到查德家一樣，我們吃了他烤焦的蛋糕，整個世界對我們來說似乎遙不可及。

　　「格洛莉婭，」我被嚇了一跳，猛地轉過身來，「你怎麼走了這麼遠？」蕾貝卡問道。

　　我發現查德已經消失了，心裡再次覺得空蕩蕩的。

　　「想閒晃一下。」

　　「艾力克斯正在找你。」蕾貝卡爬上來找我。

　　「艾力克斯？」

　　「是的，我覺得這個音樂人迷上你了。」

　　我笑了起來。「貝卡，你在胡說八道什麼啦？」

　　「我很認真。當然，他很奇怪，但也很可愛。」

　　我笑個不停。「他們來了。」我聽到傑伊的聲音越來越近。

三個玩音樂的都靠近我們，然後往下看，我發現他們的臉上洋溢著孩子般的喜悅。

　　「哇！天啊！」史蒂夫說。

　　艾力克斯站在我旁邊，抽完他的菸。「誰第一個？」他問道。

　　傑伊打破了沉默。「好吧，我先來。」他開始脫衣服。

　　「你打算跳下去嗎？」蕾貝卡問。

　　「不，我只是決定跳個脫衣舞給你們看。」

　　我們都笑了，除了蕾貝卡。「瘋子……」她咕噥道。

　　傑伊走了幾公尺遠，跑起來，跳了下去。懸崖差不多有五層樓那麼高。我們聽到傑伊「啪」的入水聲，水花四濺，隨後一切都停止了。我們驚恐地低頭看，此刻每個人的腦海中都在想：「他怎麼了，淹死了嗎？」當傑伊滿足地浮出水面時，這種想法頓時煙消雲散。

　　「水太棒了！跳下來！」

　　我們都鬆了一口氣。

　　「讓開！」史蒂夫已經脫掉衣服，他跑了幾步，跟著傑伊跳了下去。

　　「小姐們，下一個是誰？」艾力克斯問。

　　我往下看，毛骨悚然。「不，這不適合我。」我說。

　　「也不適合我。」蕾貝卡隨聲附和道。

　　「怎麼，你們害怕了？」

　　為什麼我要害怕呢？如果我因為跳水而死掉，那也不會太糟。誰會在乎？就只是把自殺的計畫時間提前了，跳下去不會怎樣。

　　「去死吧。」我說，然後開始脫掉T恤和牛仔褲。

　　「格洛莉婭，你不准把我一個人留在這裡！」

　　「那，跟我們一起？」

　　「不……千萬不要。」

　　　　　　　　　　　　　　　　　我選擇活下去

「你怎麼這麼害怕？」艾力克斯問道。

「我懼高，我怕那裡有各種各樣的魚，萬一那裡有鱷魚或鵝卵石怎麼辦？我的頭會摔碎，或者脊椎會折斷。」

「貝卡，你擔心太多了。」我說。

「我只是擔心我的生命，不像有些人。」

「那你走近一點，看我們是如何跳下去的。」艾力克斯建議說。

蕾貝卡慢慢地走近懸崖邊，我聽到她喘著粗氣，然後我注意到艾力克斯奇怪的表情，好像他在打什麼鬼主意。

突然，艾力克斯推了蕾貝卡一下，她撕心裂肺地叫喊著，從懸崖上掉了下去。那一刻，我想像著她正在經歷的恐怖。

蕾貝卡浮出水面，幾分鐘後回過神來。

「渾蛋！你們都是渾蛋！」她大喊大叫。我笑了起來。

「她看起來比鯊魚還可怕。」

「你準備好了嗎？」艾力克斯問道。

我給自己幾秒鐘的時間喘一口氣。「好了。」

艾力克斯握住我的手，幾秒鐘後，我們抬起腳，一起跳了下去。

我的身體像一塊石頭一樣墜入水中，重力將我往下拉。水冷得讓我感覺肌肉逐漸僵硬。我用手腳將自己往上撐，浮上水面，深吸了一口氣。心跳仍然快得驚人，我不敢相信自己竟然從那麼高的地方跳了下來。

我們五個人在水裡載浮載沉，互相潑水嬉鬧，笑得像孩子一樣。我喜歡這樣的感覺，感覺自己充滿了生命力。這樣的時刻讓我想好好活下去，忘記了所有發生過的不好的事情。這裡看起來像一片天堂的碎片。我仰望著天空，用雙臂保持浮在水面上，閉上眼睛，祈禱這些美好的時刻永遠不要結束。

—◆—

　　我們在露營車旁。我的頭髮仍然濕答答的，身體一直顫抖。蕾貝卡坐在快要燃盡的篝火邊。她披著一條毛巾，我看到她的下巴瑟瑟發抖。

　　「貝卡⋯⋯」

　　「我不想跟你說話。」

　　「只是開個玩笑罷了。你也喜歡這樣。」

　　「我可能會死！我有懼高症，你知道嗎？」

　　「又不是我推你的。」

　　「有差嗎？」

　　「格洛莉婭，來一下。」我聽到艾力克斯的聲音。

　　「你想生氣就生氣吧。」我說著，然後朝著主唱走去。

　　「你會用槍嗎？」

　　「開什麼玩笑？我的人生當中從來沒有拿過槍！」

　　「那現在你該學了。」

　　「你認真的嗎？」

　　「走吧。」

　　我們從營地走了幾公尺遠，找到一個四周環繞著巨大而茂密的樹木的空地。

　　「想像那棵樹是一個人，你要殺死它或傷害它。」艾力克斯擺出一個姿勢，手裡拿著手槍。那把槍看起來很小，幾乎像玩具一樣。他瞄準並開了槍。「直接瞄準心臟，」艾力克斯說，然後把手槍遞給我。

　　「也許我們不該這樣？」

　　他沉默了。顯然，我沒有其他選擇。我接過手槍，試著模仿艾力克斯剛才的姿勢。「好吧⋯⋯我該怎麼做？」

　　　　　　　　　　　　　　　　　　我選擇活下去

「緊緊握住槍柄，選好目標。」

我看著眼前的樹。「假設我想打中那根大樹枝。」我說。

「現在對準它。」我盯著目標，想像自己打中它。「將手槍稍微向下移半英寸。」我按照他的指示做。「把手指放在扳機上，輕輕地壓下去。」我的食指在聽從他的指示時顫抖著。一聲巨響響起。我放低手槍，發現自己沒有打中目標。

「看吧，我就說，我從來不會成功。」

「這只是你第一次嘗試，再試一次。」

我舉起槍，再次瞄準，重複艾力克斯的指示，我又沒射中了。

「艾力克斯，這不是好主意。」

「你如果沒打中目標就不能離開這裡。」

他移動到旁邊，我看著那棵樹。「這棵樹是一個人。」我告訴自己。

「嗨，格洛莉婭。」尼克說。這些奇怪的幻影似乎不肯放過我。「好久不見！難道你不歡迎我來嗎？」

我感到恐懼再次沿著脖子竄上來。我想起尼克叫他的跟班們打麥特，還有他的手下差點割斷我的喉嚨。恐懼與憤怒混雜，讓我想要報復他。尼克向我走來，我能看到他那張噁心的臉上露出怪異的微笑。我的手顫抖著，想像著尼克真的就在這裡，朝我走來。我扣下扳機，然後又一次，又一次。四聲槍響。

尼克消失了，我心中依然翻湧著情緒。艾力克斯跑到樹邊，我看到我瞄準的樹枝上出現了一個洞。四顆子彈全都命中目標。

「說實話，我從沒想過你能做到這麼好。幹得漂亮！」

親愛的日記！

我開始喜歡我嶄新的瘋狂生活了。一切都不同，不同的人，不同的關係。我們每天都去新的地方，結識新的朋友和冒險。我很驚訝，為什麼以前我的生活不是這樣？為什麼那時不是這些人在我身邊？為什麼事情糟到讓我決定自殺？

我不知道這趟旅程會把我和蕾貝卡帶到哪。這18天裡會發生什麼事？也許我會改變主意，不會自殺。誰知道呢？突然覺得我並沒有失去一切。

還剩18天

「開槍的感覺怎樣？」貝卡問。

我們坐在廚房裡，望著窗外，我喜歡行進的路線對我們來說依然是個謎。

「恐懼……還有某種渴望。」

「你有想過你有能力殺死一個人嗎？」

「我不會殺人，我只是想知道手裡握著致命武器的時候是什麼感覺。」

「我不喜歡這樣，我到現在都不知道自己為什麼會抓起那把槍，就連握著它都讓人感到恐懼。」

艾力克斯和傑伊走進廚房。

「如果這個音樂節如期舉行，那我們就要紅了。」艾力克斯說。

「什麼音樂節？」我問。

「獨立搖滾音樂節。那裡會有很多競爭對手，但我們會打敗他們所有人。」傑伊解釋道。

「我們當然會。」

傑伊從口袋裡掏出一袋白色藥丸。他和艾力克斯各自拿了一顆。

「格洛莉婭？」主唱把袋子遞給我。

「好啊。」我拿了一顆藥丸並喝了一口水。貝卡不認同地看著我。

艾力克斯和傑離開後，貝卡開始責備我：「你就是不從自己的錯誤中記取教訓，對嗎？」

「這只是一顆藥。我會嗨一下，然後一切都會像往常一樣。」

「格洛莉婭，你差點因為毒品死掉！」

「聽著，我受不了你一直嘮叨唸我了，我會對我自己還有我自己的錯誤負責，你不要再控制我了。」

「好啊！通常人們會很高興被照顧，看來你不是這樣想的。」

我嘆了口氣。「就……拿個捲餅或什麼的給我，拜託。」

貝卡不情願地站起來，走向冰箱。我趁著這時候打開袋子，拿出一顆藥丸，放進杯子裡，然後倒滿果汁。然後我幫自己倒了果汁到另一個杯子裡。

「沒有捲餅了，有三明治，但我不太確定還能不能吃。」

「好吧，那我們喝果汁吧。」我們喝了果汁。

「我覺得這果汁也過期了。」貝卡說。

「小姐們，過來一下。」

我們離開了廚房，看到面前有一個通往屋頂的金屬梯子。艾力克斯協助我們爬上艙口，來到露營車的頂部。這裡好高，車子以驚人的速度行駛著。藥效開始發作，我變得無所畏懼。我向前走了一步，舉起雙手，閉上眼睛。夥伴們吹口哨、大聲喊叫。風撲在我的臉上，讓我的藍色頭髮在陽光下閃閃發亮。我感覺自由無比，這是一種甜美的感覺。彷彿整個世界都屬於我們，我們可以隨心所欲地做任何事情。

—◆—

我們又抵達了一個不為人知的城市。這裡將舉辦搖滾音樂節。我和蕾貝卡決定在男生們準備演出的時候去閒逛一會兒。我們沿著街道前進，打量著過往的路人。在蕾貝卡旁邊，我覺得自己已不那麼孤單。這幾天，我們不太真實地相互親近。我珍惜她的關心，但有時候我會感到厭煩。可能因為在我短暫的生命中，很少有人真正關心我，當然，如果不算上我外婆的話。她對我來說是個聖人。現在她有了新的生活，新的年輕丈夫，我對她來說將成為一個16歲的巨大負擔。我不想這樣，所以把她溫暖、溫柔的雙手和善良的眼睛留在過去的生活中。

　　「我想知道是誰創造了這些被老天遺忘的城市？」蕾貝卡道。

　　「我喜歡這裡，只是這裡的人有些奇怪。」

　　「藍頭髮的女孩說道。」

　　我們笑起來。我發現有棟樓的角落裡有一家賣連身裙的商店。

　　「看看他們這裡有什麼。」我說。

　　我們朝商店走去。我想起我和潔澤爾幾乎每個週末都去精品店買連身裙。當然，我的連身裙與潔澤爾的連身裙不同，因為我要麼買打折款，要麼買最低價款。但我穿上它們也非常完美，和潔澤爾一樣。

　　現在我和蕾貝卡一起逛街，挑選連身裙。

　　「你覺得這件裙子適合我嗎？」蕾貝卡問道，她手上拿著一件藍色天鵝絨連身裙，上面裝飾著小水晶。

　　「我覺得可以，試試看吧。」

　　「算了，它要250美元，而我口袋裡連一塊錢也沒有。」

　　「貝卡，我有錢。」我向她展示了潔澤爾的信用卡。

　　「什麼，你偷了別人的東西嗎？」

　　「不，這是我的卡，」我撒謊說，「這樣我們就可以在這裡買到我們想要的東西。」

接下來的一個半小時裡，我們試穿了這裡每件連身裙。找到搞笑的款式時，我們會邊試邊笑。我好想念這些——簡單的女生聚會的氛圍，以及那種難以判斷這件裙子是否適合自己的過程。

最後，我們確定好了款式並前往收銀台。收銀員檢查了我們購買的物品。蕾貝卡選了一款白色天鵝絨裸肩連身裙，款式簡單，但穿起來很完美。我為自己買了一件黑色吊帶連身裙，上面鑲著巨大的紅色水鑽。我很喜歡它，非常顯我的身材。

我拿出信用卡。

「那我們買這些裙子要幹嘛？」蕾貝卡問道。

「我也不知道。」我笑道。

蕾貝卡在收據上看到「買方：潔澤爾·維克利」時，臉色沉了下來。

我拿起袋子走了出去。

「你說是你的卡？」

「貝卡，你管它是誰的，又沒差。」

「你偷了它！這是偷來的錢，所以這是偷來的連身裙。」

「聽著，潔澤爾的信用卡比你大腦裡的神經元還多！我看不出我們做的有什麼不對。」我注意到貝卡突然臉色蒼白，然後她顫抖著抓住我的手。

「你還好嗎？」

「我覺得頭很暈，視線模糊……」貝卡彎下身，試圖平靜呼吸。我站在那裡，靜靜看著她。「是果汁。你在我的果汁裡放了什麼！」她猛地甩開我的手，憤怒地盯著我。

「貝卡，你別擔心，很快就沒事了。」

「你怎麼可以這樣對我？」

「我沒有想要傷害你的意思，我只是覺得你應該找一些樂子。」

「你要我把自己降低到你的水準？」

「什麼？」

「讓我喝酒、抽菸還有吸毒？你真的想要我變得跟你一樣嗎？不可能！我真的很後悔跟你有瓜葛！」蕾貝卡轉身離開了。

「貝卡，我真的很抱歉！」她假裝沒聽到我說的話。「隨便啦！去死吧！」

— ◆ —

我慢慢地向露營車走去。我真的很不想和蕾貝卡吵架，畢竟她現在是我最親近的人。我應該向她解釋一切。

我上車，打開我們房間的門，但沒有任何人在。

男生們一邊聊天，一邊準備他們的樂器。

「貝卡還沒回來嗎？」我問傑伊。

「沒有。你沒有遇到她嗎？」

「沒有。」

又過了幾分鐘，蕾貝卡還是沒有出現，我很擔心。

「音樂節半小時後開始，開始前我們還要一些時間準備。」艾力克斯說。

我們走出露營車。

「欸，」我叫住他們，「可以等貝卡一下嗎？」

「她會自己回來的，不會發生什麼事。我們不能遲到。」史蒂夫說。

— ◆ —

巨大的舞臺、聚光燈和瘋狂女粉絲們的尖叫聲——這就是我看到的場景。從高中開始，因為潔澤爾，我參加了最酷的只邀請上流社會人士的派對，而這裡則聚集了許多社會邊緣人。但我已經開始習慣了，在這裡可以

找到和我一樣的人，對生活感到失望、正在尋找自我的青少年。

　　男生們在舞臺上表演，我看著他們，內心仍有一些擔憂，蕾貝卡不在這裡。我環視了三次，但沒有任何結果。她不可能逃離我們，而且她不喜歡單獨閒逛。那麼她在哪兒？

　　我再次在人群中尋找她——沒有。她出事了，這種想法把我嚇壞了。

　　男生們演出完，從舞臺上下來後，粉絲們炸開了鍋，我推開他們。

　　「艾力克斯——」我說，但是他要麼在與某人合照，要麼在某人的大腿上簽名，「艾力克斯！」沒反應。

　　「史蒂夫！」他也沒有回應我。

　　我抓住傑伊的手。「傑伊，等一下。」

　　「我們的演出很酷吧？」

　　「是的，是的。」

　　「我們輕易就打敗了他們！」

　　「傑伊，我們好像有點問題。」

　　「還有什麼問題？」

　　「蕾貝卡到現在都還沒回來。」

　　「呃，我還以為是什麼嚴重的問題呢。這裡有這麼多人，我相信她就在這裡的某個地方。」

　　「她不在這裡！我找遍了所有的地方……我和她吵架了，然後她朝另一個方向走了，我覺得她出事了。」

　　傑伊不知所措地站著。「好吧，我們走。」

　　—◆—

　　「我相信她現在一定坐在露營車裡。」

　　「我真的希望是這樣。」

「因為你，我錯過了簽名會，那些傢伙會殺了我的。」

我們走到露營車旁。我打開門，爬進車裡。

「貝卡？」一片安靜。我環顧所有的房間，包括浴室，空無一人。

「她不在這裡⋯⋯」

「看。」傑伊遞給我一張字條。

「你們的小妞在我們手裡，如果5小時內你們不拿6000美元來贖人，我們就殺了她。我們在墓地見！」

「哦，我的天哪！⋯⋯」我說。

「別慌，我們先去找其他人。」傑伊打開抽屜拿出什麼東西。「拿著。」他給我一支槍。「你知道怎麼用它了。」

—◆—

我們在人群中找到了艾力克斯和史蒂夫，其他樂團表演的時候，他們正在照片上簽名。

「艾力克斯，我們得離開這裡。」傑伊說。

「發生什麼事了？」

「昨天那些人跟蹤我們，綁架了貝卡。」

「⋯⋯該死！」

當艾力克斯和傑伊準備離開時，史蒂夫阻止了他們。

「喂，你們怎麼了，真的要離開嗎？我們努力爭取了這麼久！」

「史蒂夫，閉嘴。他們向我們宣戰了，我們接受挑戰。」艾力克斯說。

—◆—

露營車飛速疾馳著。我們都在駕駛室裡。我試圖集中精神，冷靜下來，但怎麼也做不到。蕾貝卡現在怎麼樣？她還活著嗎？我永遠也不會原諒

　　　　　　　　　　　　　　　　　　　　　　　我選擇活下去

自己。

「……這都是我的錯。我總是帶給所有人痛苦。」

「她沒事。他們需要錢，不會殺了她的。」艾力克斯說。

「我們要從哪弄到這麼多錢？」史蒂夫問道。

「會有辦法的。」

「就只是一個普通的女生而已，卻因為她毀了我們的計畫！」史蒂夫不屑地說。

我緊緊抓住他。「閉嘴！不准你再這樣說她，聽清楚了嗎？」

「喂，放輕鬆！不然我就把你趕出露營車！」

我深吸一口氣，把史蒂夫按到門上。我拉開把手，門開了，史蒂夫勉強抓住了扶手。

「你幹什麼，你這個白痴！」他喊道。

「我再說一遍，閉嘴！」

「格洛莉婭。」我聽到身後傳來艾力克斯的聲音。我的天哪！我幹了些什麼！我回過神來，閃到一邊，讓史蒂夫關上門。「我喜歡你的態度。」

—◆—

我們到達指定的地點。這裡非常黑，是一座墓地和一棟半塌的樓房。我全身都在顫抖，不知道這裡會發生什麼。無論如何，我只知道一件事，我準備為蕾貝卡犧牲自己的生命。我希望她活下去，擁有美好的未來。反正我也不怕死。

「喂，這裡有人嗎？」艾力克斯問道。

沒有人回答。在這個危險的地方，只有寒風和寂靜。過了一會兒，我們聽到了女人的聲音。

「救救我！」

「是貝卡。」我說。

我們四個人朝著聲音的方向跑去，似乎是從二樓傳來的。我們爬上樓梯，我們每個人都有武器，這給了我們信心。蕾貝卡真的在這裡，她旁邊有三個高大的男人。其中一個人用手摀著她的嘴，另一個人準備好了手槍，第三個人微笑地看著我們。我認出他，他是昨天在俱樂部糾纏我的人，我踢了他的腹股溝。正是因為這件事，他才報復我們。

我看到蕾貝卡在哭，我非常擔心她。

「又見面了。」老大說。

「戴斯蒙，放了她，我們會給你錢。」艾力克斯說。

「你們得先給錢。」

我們站著沉默了很久，我瑟瑟發抖，但是下一分鐘，我想到一個主意。

「給你！」我遞給他那張潔澤爾的信用卡，「這張卡上有一萬多美金。」

「我為什麼要相信你？我只要現金。」

我深深地咽了一口口水。我的計畫出了問題。

「如果你們一分鐘後不給我錢，我就會用槍打死她，然後再來是你們所有人。」

蕾貝卡看起來嚇壞了，我覺得她的身體顫抖得非常厲害。我走向男生們。

「你從哪裡搞到這麼多錢？」傑伊低聲問道。

「我晚點再解釋，現在這不重要。」

「我們露營車上有錢，但我不確定他是否會滿意金額。」艾力克斯說。

我又看了看蕾貝卡。她是因我而受苦，只有我才能解決這個問題。

「聽著，我們沒有現金，但我可以給你一些不一樣的……」所有人都呆住了，「我。」

蕾貝卡發出一聲驚呼，我沒有在意。

　　　　　　　　　　　　　　　　　　　　　我選擇活下去

「你放她走，但你想對我做什麼都可以。」

戴斯蒙從頭到腳打量著我，然後做出一個手勢，其中一個大塊頭放了她。她跑向我們。

「格洛莉婭，請不要這樣做。求你了！」她喊道，緊緊地抓住我的手。我把她推開，向那個老大走去。

「我早就喜歡你了，在俱樂部的時候。」

我看著艾力克斯，他點點頭，好像他知道我的想法。

「希望你可以原諒我對你所做的一切好嗎？」

「還不行，你得想法辦讓我原諒。」

我很靠近他，我能感受到他的氣息呼在我的皮膚上。

「我很樂意……」我用盡全力踢向他的膝蓋，他摔倒了。同一時間，男生們朝其他人開槍。我將老大推倒在地上，拿出槍指著他。

「你會後悔的！」

「開槍！」史蒂夫吼道。

我舉著槍，但沒辦法扣下扳機。我沒辦法殺人，我跟他們不一樣，我永遠都不會跟他們一樣。我放下槍，艾力克斯走到我身邊，一個動作就打暈了戴斯蒙。

「我們要立刻離開這裡。」他說。

—◆—

我坐在蕾貝卡身邊，卻無法因為她活著而高興。露營車逐漸駛離那個可怕的地方。我和蕾貝卡還在顫抖，不大可能忘記剛發生的事情。

「他們對你做了什麼？」我問她。

「沒什麼。他們只是告訴我不要大喊大叫，否則他們會殺了我……格洛莉婭，請原諒我跟你說過的話。」蕾貝卡哭著說道。

「忘了吧，我很高興你沒事。」我們互相擁抱，輕鬆地出了一口長氣。好吧，這就是生活給我們準備的「驚喜」。以前，我安靜地躺在自己床上睡覺，想著如何翹掉歷史課，現在這一切似乎都變得如此遙遠。

　「寶貝，我錯看你了。你還滿了不起的。」史蒂夫說。

　「如果你再叫我『寶貝』，我就踢破你的蛋蛋。」

　意識到自己是一個能夠克服生活中困難的堅強的人，感覺真的很棒。這段時間以來，我一直以為自己很弱。現在，我開始懷疑這個想法。如果結束生命是一個錯誤呢？畢竟，堅強的人是永遠不會選擇自殺的。

第33天

這個夜晚讓人很難入睡。我的腦子亂成一鍋粥，糾纏著一堆想法，頭都要炸了。我躺在床上，慢慢地睜開惺忪的眼睛。我聞到好香的味道，身心都醒了過來。

「早安。」蕾貝卡說。她手裡的托盤裝著煎餅、果醬和熱茶。

「我的天哪！你怎麼有時間做些？」

「我覺得應該以某種方式感謝你所做的一切。」

「我沒有做什麼特別的事。」

「對，你只是救了我的命。」

蕾貝卡把托盤放在床上，我坐了起來。聞起來香氣十足，我好像很久沒有吃過正常的家庭自製食物了。我拿起一塊煎餅，在它的邊緣塗上草莓醬，然後咬了一口。

「好好吃呀！」我說。入口即化，一瞬間，覺得彷彿正在外婆家。

「我媽教我做的。她很會做煎餅。」

「……你想她了嗎？」

「非常想。也許，只有在與某人分離後，我們才能明白這個人對我們的珍貴。」

我想起了查德，知道蕾貝卡說得很對。

「對……」我看著窗外，我們正在快速遠離那座可怕的小鎮，「你覺得我們現在在哪兒？」

「這裡絕對不是佛羅里達州。可能我們正靠近奧克拉荷馬州。」

「奧克拉荷馬州……我沒去過那裡。」

「我去過。我們在塔爾薩住了好幾年，然後我們搬了很多次家……然後發生了那起可怕的事故。」

我看到她的目光憂鬱起來。「貝卡，你必須忘掉它。」

「怎麼忘？那一天，讓我的心都碎了。」

「那一天已經過去了，它不會回來，事情也不會改變。我們所能做的就是變得更強大並向前邁進。」

聽完我的話之後，蕾貝卡的心情好了一些。

「那麼，奧克拉荷馬州萬歲？」她拿起一杯茶。

「奧克拉荷馬州萬歲！」我也拿起杯子，我們碰杯，微笑起來。

親愛的日記！

我可以很有自信地告訴你——我現在完全不同了，並且我非常喜歡這個完全不同的格洛莉婭。我不知道自己可以在短短幾天內變成一個全新的人。我所需要的，就是忘記所有曾經愛過的人，那些讓我受過傷的人，以及那些讓我如此思念的人。我必須忘記媽媽、爸爸、南希、外婆和馬西、麥特、潔澤爾、亞當和查德。我不確定自己還會不會見到他們，可能不見是最好的。我希望貝卡、艾力克斯、傑伊和傻頭傻腦的史蒂夫永遠在我身邊。

全新的我還是無法決定：活下去還是 17 天後死去。

還剩 17 天

—◆—

艾力克斯開車，傑伊和蕾貝卡在廚房聊天，這裡第一次出現了平和的氛圍。我走進浴室，鎖上門，轉身……我看到史蒂夫赤裸裸地站在我面前，身上沒有任何布料。

「我的天哪！」我叫喊著轉過身去。

「你沒學過敲門嗎？」

「我以為這裡沒有人。」我開始拉門鎖，但被卡住了！該死！

「鎖早就壞了，所以我們不關門。」

「喂，開門！」我大喊大叫，用手拍門。好像沒有人聽到我的聲音。

史蒂夫抓住我的肩膀，轉向他自己。

「嘿，如果這個小小的錯誤是為了創造一個愉快的過程呢？」

「你去酒吧和妓女一起享受這個愉快的過程吧。」

他開始用一隻手撫摸我的脖子，而另一隻手把我的腰摟得更緊。

我的天哪！他怎麼能對我做出這種事？「史蒂夫，如果你不放開我，我會從洗臉盆上拿你的刮鬍刀切掉你的小弟弟。」

他呼出一口氣，手緩緩鬆開。我再次轉身，開始弄鎖，希望可以打開這該死的門，但一點用也沒有。

「讓開，這種事情應該交給男人。」

「男人應該先用浴巾蓋住自己的身體。」

史蒂夫嗤之以鼻作為回應。幾分鐘之後，門終於打開了，我鬆了一口氣，走進廚房。

「我好像聽到你尖叫了？」傑伊問。

「我還用手拍門了，顯然你們很忙，什麼都沒聽到。」

「我看到史蒂夫走進了浴室。」蕾貝卡說。

「對，我就是在那裡遇到了他。」

「他沒糾纏你吧，有嗎？」傑伊繼續追問我。

「嗯，我覺得他的確有那方面的問題。」

「從現在開始他不會放過你了。」

「為什麼？」

「他喜歡像你這樣的女生。除非你跟他睡，不然他就會一直追著你，把你壓在角落裡。」

「……我覺得現在就可以把他闖了。」

露營車突然停了下來。因為停得太猛，我們差點都跌倒了。

「出了什麼事？」蕾貝卡問道。

艾力克斯走出駕駛室，走到我們身邊。

「我們跨過了州界，警察會臨檢露營車。」

「警察？如果他們找到我，那麼……」我的聲音開始顫抖。

「……我知道。格洛莉婭，你跟我來。」

艾力克斯把我帶到他的房間。這裡掛著很多知名樂隊的海報和數百張照片，地板上放著三把吉他，這個房間本身有一種有些不尋常的氛圍。艾力克斯打開一個類似小儲藏櫃的地方。「我希望這裡能裝得下你。」

我很驚訝，這麼小的空間怎麼能裝下我。我聽到警察在露營車周圍走來走去，開櫃子，房門，最後，他走進艾力克斯的房間，環顧四周，然後離開了。在這個小儲藏櫃裡再待三分鐘，我就會窒息。我走到外面，肌肉瘋狂地抽筋。我想讓自己的身體恢復正常，不經意間碰到了架子上的盒子，它掉了下去。該死的！如果警察還在這裡並且聽到了聲音該怎麼辦？我最好消失，否則我肯定會回家吃牢飯。幸好沒有人聽到聲音。

我開始撿盒子裡的東西，是一些照片。上面的女孩皮膚白皙得不自然、黑髮、細腰盈盈一握就要碎掉似的。有幾十張這樣的照片，狀況很好，好像被小心翼翼地保存著。我把東西都放回原位。門打開了。

「沒事了，可以出來了。」艾力克斯說。

我走到他身邊。「謝謝……」

—◆—

幾個小時後，我們到達一個小鎮。這裡至少還有繁華的街道，很多來往的路人、汽車，能感受這個小鎮是有生命的。在我們終於抵達這個看起來有文明的地方後，我們找到一家汽車維修中心。正如艾力克斯所說，警察堅持要我們去維修露營車，因為在（我促成的）那次事故之後，引擎出現了嚴重的問題。

　　由於沒有地方過夜，我們找到一家古老的旅館。這裡只有幾個房間。男生們住在二樓，我跟蕾貝卡住在三樓。

　　發黃脫落的壁紙，古老的綠色窗簾，感覺這個地方的冷戰時期還沒結束。兩張放著床墊的床臭氣薰天。是的，這就是我們的房間。看了它一眼，我想起和潔澤爾在巴黎的時候，那個房間也不完美，但至少它看起來不像是為流浪漢開設的小旅館。

　　「最好別去洗手間，我看到那裡有死的蟑螂。」蕾貝卡說。

　　我笑了。我從來沒有在這麼糟糕的環境中生活過，對了，我們支付的費用是每人50美元。

　　「在過了這些天之後又有真正的床可以睡還真奇怪。」我說。

　　「是啊⋯⋯」蕾貝卡望向窗外，幾公尺遠處是一堵磚牆。「你是怎麼做到的？」

　　「什麼意思？」

　　「讓別人愛上你，你是怎麼做到的？麥特、查德，現在是史蒂夫。」

　　我又笑了。

　　「首先，我和麥特之間只有好感。對，我愛了他好些年，但是當你得不到對方的回應時，你會逐漸疏遠他。再來，史蒂夫簡直是惡夢！他身上除了可憐的男性荷爾蒙之外，沒有其他東西了。第三，查德⋯⋯嗯，可能，你說得對。也許，他是唯一一個對我有感覺的人。等等，你為什麼這麼問？」

　　「沒什麼⋯⋯只是好奇。」蕾貝卡臉紅了。

「是傑伊，對吧？我到廚房時有注意到你看他的眼神。」

「他很聰明、英俊、有趣……我以前從未遇到過這樣的人。」

「那，還有什麼問題嗎？去追他。」

「說得簡單。他是音樂人，他認識超多我這樣的人。」

「你知道嗎？生活教會了我一些東西：如果你想要什麼，就必須努力去得到它，不要理會所謂的原則、恐懼和他人的意見。」

房間的門打開了。

「喂，我們打算去這個偏僻的小鎮逛一圈。你們要一起嗎？」傑伊問。

「給我們五分鐘，馬上就準備好。」我說。

門關上了。我打開旅館的衣櫃，我們的袋子就在那裡，我從中拿出了昨天買的東西。

「我好像找到連身裙的用途了。」

蕾貝卡的眼睛瞬間亮了起來。

—◆—

男生們困惑地站在那裡。他們從沒見我們穿過這樣的衣服，只見過我們穿牛仔褲和T恤。我和蕾貝卡用優雅一致的步調，微笑著走了過來。這幾個音樂人站在離我們幾公尺遠的地方，盯著我們穿著連身裙的身材。

「我以為我們只是去閒逛一下，而不是走紅毯。」艾力克斯說。

「你不喜歡？」我問。

「恰恰相反，你們很迷人。」

「咳，艾力克斯，這是什麼話？虧你還是個搖滾音樂人！寶貝，這些衣服讓你們看起來很可口！」史蒂夫說。

我和蕾貝卡同時都對他的話哼了一聲。

— ◆ —

在燈光和不同顏色招牌的照射下，這裡的夜晚似乎變得十分美麗，有點像布里瓦德，這座小鎮擁有自己的秘密和謎題。我們漫步在街道上，看著陌生人的臉孔。有完全空無一人的街道，也有繁華的街道，有大型商店、公園和停車場。我們觀察著周圍，夥伴們一直對視線所及的一切開玩笑。我和蕾貝卡牽著手，享受著這種氛圍，這是我們應得的。昨天我們度過了不愉快的一天，到目前為止，我回想起來，仍舊不寒而慄。

我們在一棟建築物旁的海報前停了下來。

「看，是80年代的派對，你們覺得怎樣，要去嗎？」傑伊建議道。

「如果我聽到 C. C. Catch* 的聲音，我的耳膜會破掉。」史蒂夫說。

「我覺得會很好玩，而且這裡還寫著免費提供飲料。」蕾貝卡說。

也許，男生們並不喜歡迪斯可類型的音樂，但免費的東西吸引了他們。

我們進到一棟建築物裡。這裡有很多人，但我沒有看到任何跟我們年紀相仿的，只有30歲、40歲和年紀更大的人。這一切讓我瘋狂地發笑，我們不關心老人們搖晃的身體。吧台向我們提供了海報上承諾的飲料——蘇格蘭威士忌。我從未嘗試過蘇格蘭威士忌，它比普通的威士忌更烈，喝一小口就已經讓我失去了自制力。我看著男生們一口氣喝完了一整杯，然後是第二杯、第三杯……蕾貝卡就像我一樣，喝了一小口，就把威士忌吐在地板上，最後她點了一杯不含酒精的雞尾酒。我沒有跟她一樣，而是將玻璃杯的威士忌喝得一滴沒剩，然後再要了一杯。

我已經有點微醺了，但還能跟著音樂擺動。最後，男孩們也加入了我。貝卡坐在吧台，只是看著我們，感覺很滿意。

＊　C.C.Catch，本名為 Caroline Catherine Mulle（卡洛琳・凱薩琳・穆勒），老牌歌星。

—◆—

　　我和艾力克斯背靠在牆上，吐著煙霧，正是最放鬆的時刻。我們什麼話也沒說，甚至沒有相互看對方一眼。人們繼續在80年代的熱門歌曲的伴奏下同步起舞，然後音樂停了。

　　「現在請想要贏得我們晚會大獎的人走到舞池中來——一張刻有80年代所有明星歌曲的黑膠唱片！」主持人說道。

　　我站了起來。

　　「你要去嗎？」艾力克斯問道。

　　「對，我喝太多了，為了不吐髒我的裙子，我覺得跳舞醒醒酒比較好。你要跟我一起嗎？」

　　「不，我在一旁看。」

　　主持人播放了一首節奏非常快的音樂，我跟著節奏讓身體自由舞動著，頭髮四處飛揚，手和腿都要與我分離了。我醉了，我徹底醉了，我喜歡這樣。我發現史蒂夫坐在艾力克斯旁邊，他們兩人都盯著我看，這給了我更多的動力和滿足感。我閉上眼睛，完全斷開意識，只隨著音樂起舞。感受到聚光燈直接照射著我的臉龐，我伸出雙臂，覺得自己彷彿不在這個地球上。我想像著，聚光燈照射在連身裙的水鑽上，閃閃發光，藍色的頭髮也閃閃發光，我渾身都散發著光芒。只有在這樣的時刻，我才覺得自己是完美的，所有人都看著我，欣賞我。

—◆—

　　蕾貝卡和傑伊坐在桌邊，我加入他們。

　　「你們在聊什麼？」

　　「傑伊在告訴我他們是如何決定組樂團的。」

「我從沒想過，像你這樣的人會喜歡搖滾樂。」

「……當然，我喜歡搖滾樂。」蕾貝卡勉強地說。

「我超愛米克‧傑格。」

「噢對……是非常棒的樂隊，我聽過很多次。」

「其實，他是滾石樂隊的主唱。」傑伊說。

我注意到蕾貝卡的臉開始紅了。

「啊，啊，啊，米克‧傑格？當然，他是一名主唱，我剛才好像聽成了一個非常有名的樂團的名字……」蕾貝卡開始圓謊。

一陣沉默。我覺得傑伊漸漸對蕾貝卡感到失望，她的臉如火燒。

「嘿，你們為什麼不去跳舞？」我提議。

「我不太會跳舞。」傑伊說。

「好極了！蕾貝卡跟我說過，她從小就跳芭蕾舞，現在正好放著慢音樂，所以她會教你。」

「好吧，反正也沒什麼事可做。」傑伊起身走向舞池。

「貝卡，做你自己，然後他會喜歡你的。」

「謝謝你……」

這一對在舞池中看起來還挺可愛，我又享受了幾分鐘我的「勞動成果」，然後開始找艾力克斯和史蒂夫，但我發現他們已經離開了。我也要走了，我太累了，喝了威士忌和瘋狂地跳了舞後，我的頭非常痛。

—◆—

旅館非常安靜。這棟建築物幾乎是半空的。我獨自走在走廊上，把房間的鑰匙插進門鎖裡，發現門是開的。我走了進去。太黑了！我用手在牆上摸著開關，按了一下，我看到史蒂夫躺在我的床上！

「嗨。」他說。

「史蒂夫，你在這裡做什麼？」

「你知道嗎？有些粉絲為了能和我上床，已經準備好要親我的腳了。你別錯過這個機會。」

「和一個自戀狂、妄自尊大的傢伙上床？腦袋裡只有荷爾蒙？謝了，我不需要。」

他從床上起身，抓住了我的手。「格洛莉婭，難道你不知道，用這種方式跟我說話，只會讓我更加興奮嗎？」

「讓我幫你滅火，」我用膝蓋踢向他的肚子，他縮成一團，「我只說一次，從我的房間滾開。」

但史蒂夫是一個難對付的人。他緊緊地抓住我，把我扔到床上。他開始親吻我的脖子、嘴唇，手上的力道絲毫沒有減輕。

「史蒂夫，你到底在幹嘛！放開我！」我哭喊著，但他置若罔聞。「有人嗎？救我！」我尖叫著。

「別說的好像我要強暴你一樣，我知道你很想要。」

「我唯一想要的就是把你的蛋蛋踢爆！」

我的話好像只是更加激怒他，他眼裡燃燒著強烈的渴望。下一秒，我感覺有人揪住了史蒂夫的衣領，將他拉離我，並用力地朝他臉上打了一拳。是艾力克斯。

「搞什麼，你瘋了嗎？」史蒂夫吼著。

「我有沒有警告過你，絕對、不准碰她們兩個人？」

史蒂夫什麼也沒說，只是不滿地離開了。

我坐在床邊，整理好衣服。

「你沒事吧？」

「我有種似曾相識的感覺。奇怪的是，我居然沒有用玻璃杯打破他的頭……」

「別在意他。我確定他不會再碰你一根手指頭了。」

「……謝謝你及時趕到。」

艾力克斯朝門口走去，又突然停下。「你舞跳得很好。」

「我只是喝醉了。」我笑道。

「教教我？」

我起身，拿起我的獎品走向艾力克斯。

「我贏到了唱片，你知道哪裡可以找到唱片機嗎？」

—◆—

我們在艾力克斯的房間裡。他在自己的東西裡翻了很久，最後找出一個舊的小行李箱，打開它，現在我看到它裡面是什麼了——唱片機。

「這是稀有的珍品，我非常寶貝它。」

我把唱片遞給他，他讓唱片機開始運作，我們終於聽到了音樂。

「那麼，艾力克斯，之前你教我如何開槍，現在換我教你如何正確移動你的骨盆。」

我們笑了。他摟著我的腰，我摟著他的脖子。

「跳舞時最重要的是放鬆。記住，音樂不是來自唱片機，而是來自你的內心。」

我開始教他最簡單的動作，他跟著我重複。我盡力讓自己別大笑，因為他實在太滑稽了。我和艾力克斯漸漸融入舞蹈中。這一切都伴隨著笑聲，我在艾力克斯的臉上看到了麥特，然後是查德，我不喜歡這樣。為什麼過去的回憶至今還困擾著我？正如艾力克斯所說，想要忘記一切，得做一些瘋狂的事。我盡可能地貼近他，令我驚訝的是，他並沒有推開我，相反地，把我摟得更緊。我們向後退了幾步，我坐在櫃子上，艾力克斯把雙手放在我裸露的肩膀上，突然他停了下來。

「我不能……」他說。

「我也是。」我撒謊道。

艾力克斯離開我身邊。我繼續坐在櫃子上。我體內都在沸騰，我的心臟怦怦跳個不停。

「你是因為查德嗎？」

「是的……那你是因為那個女孩嗎？」艾力克斯猛地轉過身，困惑地看著我，「在你的房間裡，我偶然發現了一個女孩的照片，她非常漂亮。」

「你翻過我的東西嗎？」

「我說了，我是不小心發現的。這個女孩是誰？」

「不重要，你該回你的房間去了。」

我沮喪地呼了一口氣。從櫃子上下來，向出口走去。

「艾力克斯，我告訴了你關於我的一切，為什麼你不能告訴我你的？」

「因為我沒必要告訴你任何事！走吧！」

我看著他很長一段時間。「我向你敞開心扉，而你……」

我從他的房間走出來，希望他會改變主意並阻止我，但我所有的希望都泡湯了。他的門關上了，我覺得很尷尬，我以為這個男人瞭解我，即使我們認識才不到一週。俗話說，有時候陌生人比親人更懂我們。也許我對艾力克斯有誤解，剛才發生的一切也可能只是一場巨大的錯誤。

查德筆直地站在我面前。他看著我，不知是憐憫還是鄙視。這讓我煩透了！如果艾力克斯不能幫我忘記另一種生活中發生在我身上的一切，那麼另一個人會幫我。

我敲了敲他的門。過了幾分鐘，門開了。

「哦，你是來道歉的，還是要來打傷我的第二隻眼的？」史蒂夫問道。

「……我來跟你說晚安。」

史蒂夫微笑著，握住我的手，把我帶進他的房間。門關上了。

　　　　　　　　　　　　　　　　　　　　我選擇活下去

第八章

即便我們沒有選擇，
生活也會替我們做出決定

我想朝著好的方向改變，而情況只是變得更糟。

我想變得更強大，卻變得更加軟弱。

我想遇到好人，

事實上，所有好人都已經疏遠我。

第34天

　　頭嗡嗡作響。一連喝好幾天從來都不是我的風格，但現在一切都變了。我已經開始忘記清醒和不用任何藥片麻痺自己是什麼感覺。我勉強睜開眼皮，噪音和太陽穴的疼痛快把我折磨瘋了。我環顧我所在的地方，是旅館的房間，到處散落著東西。我覺得我不是一個人在床上。我轉過頭，看到史蒂夫躺在我旁邊！喝了大量的蘇格蘭威士忌之後，我的腦子很難清醒，看來這個夜晚我是和他一起度過的。他是我的第二個男人，除了查德，我再沒有其他人。我的天哪！酒能讓人們做出些什麼事！儘管我做了傻事，但到目前為止，我滿腦子都是查德和我是怎麼離開他的。

　　我看了一眼被子下面，發現我和史蒂夫完全赤裸裸的。

　　我微微起身，坐在床邊，開始找我的內衣，等我終於把內衣穿上，史蒂夫把手放在了我的腰上。

　　「醒了，寶貝？」

　　「你忘了我跟你說過『寶貝』的事了嗎？」

　　「你生氣的時候，我覺得自己更愛你了。」他更靠近我一些，親吻我的脖子。

　　「史蒂夫，你是要離我遠一點，還是要我狠狠地揍你一頓？」

　　「等等，我不懂。是你跳上我的床的，你現在是在裝聖女嗎？」

　　「我來找你只是因為我很無聊，想要點新感覺。噢對了，你並沒有看起來的那麼棒。」

　　史蒂夫後退了一些，我轉過身看到他一臉被冒犯的樣子。

　　「你是第一個這麼跟我說的人。」

　　「那我希望我不是最後一個囉。」我站了起來，看著他，覺得很想笑。

　　「所以你的意思是我們只是一夜情？」

「對。」

「幹！我覺得自己被強暴了！」

我笑了出來。「請把我的裙子給我。」

史蒂夫眼中充滿了憤怒，這讓我忍不住笑了出來。我想這對他來說是一種全新的感覺——在一夜之後被拋棄。這正是他曾經讓那些女孩經歷過的感覺，也正是我所想要給他的。

—◆—

我朝自己的房間走去。我想知道蕾貝卡昨晚是怎麼度過的。我相信她現在非常生我的氣，而且一整天她都會煩人地問長問短。

房間的門打開了，我看到傑伊走了出來。我退後幾步，躲在牆後面，以免他發現我。他從我旁邊走過，沒有注意到我。我臉上露出了笑容。我的計畫奏效了，蕾貝卡有男朋友了，我們倆都準備開始新生活，沒有父母和其他的問題。

我打開門。蕾貝卡不知所措地站在那裡。

「格洛莉婭，你去哪兒了？我很擔心。」

「真的嗎？在我看來，你和傑伊度過了一個美好的夜晚。」

蕾貝卡的臉泛起紅暈。「……什麼也發生。我們甚至沒有接吻。只是聊了一夜，然後睡著了。在同一張床上。」

「我不覺得和搖滾音樂人在一起，能整晚不睡覺只平淡地聊天。」

「好了，別談我的夜晚了，你的呢？」

「我不想說這個。」

「喂，太不公平了！你有在俱樂部認識某個人，然後和他一起過了一晚嗎？」

「可以這麼說。」

「不敢相信！你是怎麼做到的？你難道不需要一些感覺或化學反應才能和一個人上床嗎？」

「貝卡，你只需要保險套和慾望就可以和某個人睡了。」她因為我說的話驚訝得下巴都快掉下來了。「好吧，我先去洗澡。」

親愛的日記！

逃離過去的生活，做一些我以前從未做過的瘋狂行為，好像非常有趣。再說一遍——我喜歡這樣的生活。沒有父母，沒有規則，沒有人控制我。我只做我想做的事，而不是別人想我做的事。

唯一讓我有些困惑的是艾力克斯，他有很多秘密。從我們第一次見面開始到目前為止，他對我來說是神秘的、奇怪的。為什麼他不想告訴我任何事？畢竟我對他很坦誠。希望我能很快得知照片中的這個女孩是誰以及她對艾力克斯的意義。

還剩16天

—◆—

我們坐在旅館附近的咖啡館裡。這裡幾乎沒有人。我的腸胃正在消化剛剛吃下的食物。

「有人看到艾力克斯嗎？」傑伊問。

「沒有。他又不是皇帝，還要通知他吃早餐。」史蒂夫暴躁地說。

「嘿，你怎麼了？我只是問問而已。」

「我也只是回答一下。」

「對了，你這個大大的黑眼圈非常適合你。顯然你度過了一個快樂的夜

晚。」傑伊笑道。

「閉嘴。你也不在房間裡，我想你也玩得很開心。」

「哦，當然。」

「和誰一起？」

我看著蕾貝卡，她的臉頰發紅，但她微笑起來。

「我在俱樂部裡找了一個，然後我去了她那裡。」

蕾貝卡臉上的微笑立刻消失了。難道傑伊羞於告訴大家昨晚的真相嗎？

「呃，噁心。她們都超過40歲了。」

「噢，你如果知道她們在床上能做什麼就不會這樣說了。」

「不好意思，我要打斷這段高智商的對話，你能閉嘴嗎？」我忍不住說。

蕾貝卡心神不定。我非常同情她，而傑伊，看他的樣子，並不在意。

服務生走到桌邊，遞來帳單，我給他那張潔澤爾的信用卡。

「對了，你說要告訴我們，你從哪兒弄到這麼多錢。」傑伊說。

「很簡單。因為我在販賣像你這麼好奇的傢伙的器官。還有問題嗎？」

史蒂夫大笑起來，而傑伊，從他的臉部表情判斷，他不喜歡我的冷嘲熱諷。

下一刻，艾力克斯朝我們走來。「嗨，大家早！」

「我去尿尿。」史蒂夫隨口說道，然後離開了。

艾力克斯沒在意這些，坐在我旁邊。

「我要回房間了，格洛莉婭，你跟我一起嗎？」蕾貝卡問。

「我等信用卡。」

蕾貝卡點點頭，離開了。

「你怎麼樣，哥們兒？」傑伊問。

「非常好。當你整個晚上都玩得很開心的時候，我寫了一首新歌。當然，它還未完成，但我想我們下一場演出的時候就可以唱了。」

「超棒！」

過了一會兒，一個穿著西裝的年輕人在我們的餐桌旁停了下來。

「對不起，我不小心聽到您說您寫了一首歌，也就是說，您是音樂人？」他問艾力克斯。

「是的，怎麼了？」

「我叫艾瑞克‧羅德斯，我負責安排婚禮，今天剛好有場這樣的活動。但這個城市很無聊，我沒找到適合正常婚禮派對的東西。您願意在派對上演出嗎？我保證有酬勞。」

艾力克斯想了幾秒鐘。「好啊！新觀眾總是很有趣。」

「好極了！這是我的名片，下午打電話給我，我會告訴你地址。」

「好的。」

艾瑞克拿著電話離開了桌子。

「艾力克斯，你真的要我們在婚禮上胡鬧嗎？」傑伊疑惑地說。

「第一，他會給錢。第二，我房間裡還有很多我急於處理掉的東西，我相信在派對上很多人不會反對用一些魔法粉來點綴他們的夜晚。」

——◆——

我進了房間。我和艾力克斯一句話都沒有說。我無法弄清楚我們當中誰覺得委屈：我或者他。這幾天，我變得過於依賴他，他有什麼東西吸引著我。這絕對不是愛情，而是別的東西，讓我在幾秒鐘內改變的東西。雖然宿醉很可怕，但我還是清楚地記得我昨天與艾力克斯的事。當然，我喜歡他。但為什麼他停了下來？在我看來，即使他像對待孩子一樣對待我，我也像個女人一樣吸引著他。

在床角坐著一個非常熟悉的輪廓，查德，又是他。我真的要瘋了，畢竟幻覺不會出現在正常人身上，尤其是當他們沒有喝醉時。

「查德，你在這做什麼？」

「你忘了嗎？我說過要永遠在你身邊。」

我呼了一口氣。有時我害怕他出現在我面前。以前他用帶有預言性的信件嚇唬我，而現在用他的幻影跟蹤我、嚇唬我。

「一切都變了……我變了。我想把你從記憶中抹去。」

「人不可能在幾天內改變。」

「我應該可以。求求你，別再跟著我。」

查德靜靜地坐了很久。「坐到我旁邊來。」他說。

我朝前走了一步，順從地坐下來。查德緊緊地握住我的手。他的手很溫暖，我不想放開它，我好想念與它的碰觸。

「我在這裡，我和你在一起，為什麼要改變這一切？」他問道。

「這只是一個夢。」

「但你已經感覺到我的手。」

「查德，住手。」

「我不想失去你。」

下一刻，我們的嘴唇緊緊貼在一起。我覺得溫暖，然後很熱，然後更熱。我不想停下來，不想醒來再次回到現實中，我充分享受這些令人痛苦的誘惑時刻。我吻他，緊緊握住他的手，然後睜開眼睛。

我躺在床上，我旁邊是史蒂夫，是他在吻我。我疑惑不解地推開他。

「該死的！」我尖叫。這麼說，這真的是一個夢，而不是查德，我親吻並握著史蒂夫的手……我的天哪！我真的瘋了。

「喂，別對我大喊大叫。我特意把你的朋友趕出了房間，這樣我們就可以單獨在一起，你難道不應該感謝我嗎？」

「難道你不懂嗎？我們之間的一切都只是因為酒精和毒品！」

「我懂了，我都懂。我想繼續這個。」

史蒂夫又朝我探身過來，但我再次把他從床上推了下去。「但我不想要。你滾開！」

他臉上的表情迅速變化，變得陰鬱起來，但嘴上露出惡意的笑容。「哦！原來如此！我們的藍髮女孩迷上了主唱，而我只是一個安慰品。一切都真相大白了。」

「你在說什麼？」

「只是要記住，寶貝，你對他來說什麼也不算。他只是因為你像隻無家可歸的流浪小貓才把你撿起來，一旦玩夠了，他就會把你趕走，像其他人一樣。」

「其他人？」我重問了一遍。

「當然。你以為你是唯一特殊的人嗎？做夢去吧！」

史蒂夫的話像把刀子一樣往我心上割。他不滿地離開了房間。

或許他是對的？如果照片中的那個女孩也是「其他人」之一怎麼辦？但她發生了什麼事？艾力克斯為什麼要保留她的照片並且不想提及她的任何事？這一切都很奇怪。

—◆—

「我們的計畫是這樣，我們會負責表演娛樂大家，蕾貝卡和格洛莉婭負責兜售。」艾力克斯說。

我們站在旅館大廳裡，這群男生拿著他們的樂器，艾力克斯給了我和蕾貝卡幾袋藥丸。

「你確定我們可以這樣做嗎？」我問。

「不，但你們同意會幫我們，對吧？」

「我不想。」貝卡拒絕著。

「想像一下，你們不是在賣毒品，是在賣其他東西。一旦你們找到了第

一個買家，就會進入狀況的，相信我。」

「嘿，說太久了，我們要遲到了。」史蒂夫說。

艾力克斯給了我們最後一袋藥丸。

「祝你們好運。」

—◆—

我的心跳狂亂不已。我還是不明白為什麼我同意了這件事。腎上腺素的感覺很棒，但不是用來做這種事。我今天晚上變成了個毒品販子，我甚至不知道該怎麼對人們說話，該如何用眼神來吸引他們注意，賣出更多。

天色暗下來了，遠處傳來過往車輛的聲音。我穿著磨損的運動鞋四處走動，試圖假裝自己很冷靜。

「我好害怕，你呢？」貝卡抓著我的手，她的手掌冰冷潮濕，讓我不由得顫抖。

「在幫派的事情之後，已經沒有什麼事會讓我害怕了。」我撒了謊。

「如果我們被抓怎麼辦？」蕾貝卡小聲說著。

「我們別想這件事。」

我們靠近那棟灰色建築，每一步都讓我們聽到愈來愈大聲的音樂，我越來越擔心了。

—◆—

人很多，重重的男低音和酒精的味道，沒什麼新鮮的。對我來說，這已經變成很熟悉的環境了。新娘和新郎在舞池中央玩得很開心，新娘的白裙都變得髒兮兮的了，而新郎感覺已經不記得今天是什麼日子以及他在這裡做什麼了。有人倒在自己的嘔吐物中，還稍微清醒點的人試圖想要搭訕女服務生。我厭惡地看著這一切，明白自己就是其中之一，我已經融入了

這個群體。我被學校開除，我離家出走，現在我每天喝酒、吞下那些彩色的藥丸和粉末。我就是他們所謂的「麻煩青少年」嗎？畢竟，我的同儕們都有目標，他們在學校努力念書，計畫著上哪所大學，以及以後如何生活。而我的計畫是死亡。但在死之前，我想嘗試自己從未嘗試過的所有事，感受冒險帶來的摧毀心靈的快感。

「艾瑞克！」艾力克斯說。

這一切的始作俑者面帶微笑來到我們身邊。「我很高興你們來了。你們拯救了我，演出結束後立刻就能拿到酬勞。」

「那說定了，」艾力克斯看著我和蕾貝卡，「喂，別抖了，去喝點東西，然後找人賣那東西。」

我們沒有回應他。我和蕾貝卡同時轉身向酒保走去。過了一會兒，兩杯淡綠色的酒放在我們面前。

「這是什麼？」蕾貝卡問道。

「瑪格麗特。試一下，你會喜歡的。」

我喝了幾口。這酒很好喝，但喝進喉嚨裡也火辣辣的。

蕾貝卡模仿我。喝了第一口後，她的臉扭成一團，然而她沒有停下來，一口氣喝完了杯中剩下的酒。我的下巴都要掉下來了。

「我還要……」

「貝卡，你還好嗎？」

「非常好。再給我些瑪格麗特酒！」

「聽著，如果你發生了什麼事，可以告訴我。」

「什麼也沒發生。只是沒有人喜歡我，永遠也不會有人喜歡我。」

「為什麼這樣說？」

「他不想告訴大家，和我一起度過了這個夜晚……他覺得我是個孩子吧？誰會需要我啊？」

「我需要你，而且我確定傑伊喜歡你。」

「但我不確定。」

我從專門為裝毒品而買的手提包裡拿出了一個袋子。

「你要幹嘛？」貝卡問。

「這次我不會在你的飲料裡面下藥，你要自己來。」

「我不想……」

「貝卡，我知道，毒品很不好，這些我們都知道，但也許在藥物的影響下，你會更有自信。」

我放了兩顆藥丸在我手上，把其中一顆放進我嘴裡然後配著瑪格麗特酒喝下。

「和酒一起吃這個藥簡直是在找死。」

「可能很值得喔。」我說。

貝卡從我手上拿走一顆藥丸，猶豫著，想了一下之後終於吃了它。

「你做得到的。」

艾力克斯是對的，喝了酒以後，我可以感覺到恐懼像是從來不存在般地消失了，一切再次變得輕而易舉。這種感覺曾經那麼獨特，如今卻成了常態。舞台上的人正在表演，大家都在聽他們的歌。甚至有人舉起手，隨著音樂的節奏揮舞著。我環顧四周，試圖評估來賓。當個販子可沒那麼簡單，你得找那些已經神志不清、會對任何事都說「好」的人。而我似乎已經找到了一個。

那是一個三十多歲的男人，孤身坐著，旁邊還有一個空的朗姆酒瓶。

「嗨，想來點樂子嗎？」我說，給他看了一眼包包。

「多少錢？」

「70。」

「我要兩個。」

我給他毒品，他給我錢，然後我們假裝什麼事都沒發生。我回想起艾力克斯的話：第一個買家之後，一切就會變得容易。確實如此，我也感受到狩獵的刺激。當人們同意從你這裡購買東西，並且給你相當不錯的金額時，那種無法形容的狂喜湧上心頭。我又找到了一個買家，然後一次又一次。最後，我的袋子空了。我現在有這麼多錢！我在人群中看到了蕾貝卡，她看起來非常滿意。她在跳舞，似乎很享受藥物帶來的效果。

　　「貝卡！」

　　「我幾乎賣完了！」她愉快地說。

　　「我也是，我們做得很好。」

　　「如果我媽看到我做了什麼……」貝卡笑著說。她甚至都不知道自己在做什麼。我喜歡看到她這樣，不再被自己的思緒困住，不再為她的問題煩惱。每個人一生中至少需要放鬆一次，即使這是在藥物影響下發生的。

—◆—

　　我們已經在這裡三個小時了，派對仍在瘋狂進行，不知道什麼時候會結束。我在這群醉酒和嗑藥的人中間跳舞。我從沒想過自己會成為這樣一群人中的一員。

　　突然有人抓住我的手，是艾力克斯，我們走到一旁的牆邊。

　　「如何？」

　　「太棒了！」我給他看我們的收穫。

　　「哇！我真的沒看錯你。」

　　「給你。」我給了他一半。

　　「那剩下的呢？」

　　「剩下的是我的。我們在同一條船上，記得嗎？」

　　艾力克斯困惑地看著我。

「嗯……至少這件事得謝謝你。我們得找到蕾貝卡。」

「等等，我要給你個驚喜。」

我從包包裡拿出一個藥丸，是我特地留給他的。

「我今天應該不需要。」

「艾力克斯，一顆而已。」

他看著我的眼睛，然後張開他的嘴。我用食指將藥丸放在他的舌頭上。這樣的動作讓人感到挑逗，我感覺我們兩個都察覺到了這股電流般的刺激，但我不打算順從這股衝動。昨天艾力克斯把我推開了，這意味著我身上有什麼問題。屈服於誘惑從來沒有好結果。

我靠在門上，靜靜地退後。

「外面有什麼？」我邊問邊打開門。

新鮮的空氣和濕潤瀝青的氣味。這裡是通往屋頂的出口。一條長長的樓梯通向一扇通往閣樓的小門。我走了上去。

「你要幹嘛？」

「我需要冷靜一下。」

艾力克斯跟著我，幾分鐘以後，我們站在這棟建築物的屋頂上。這一切讓我想起了我和麥特的那次約會，和我夢想中的那個人一起的時光。我內心再次感到一種奇怪的疼痛，來自過去的痛苦。這種痛苦只會在你渴望一切回到過去的時候出現，但那是不可能的，沒有人能掌控時間。我望著這座城鎮，對我來說它是那麼陌生，這裡的人也是那麼格格不入，完全不像布雷瓦德，這裡的空氣也很怪異。此刻，我的腦海中充滿了瘋狂的想法。我向前走了幾步，來到了屋頂的邊緣，然後我繼續往上爬，閉上了眼睛。

「格洛莉婭，下來這裡。」我可以聽到艾力克斯的聲音。

「我想飛……好高喔……每個人都會看著我……嫉妒我的翅膀……」

我的身體完全由酒精和毒品驅動，我的意識不再是自己的，我無法控

制自己。風讓我失去了平衡，我沒有注意到我的腳已經離開了地面。我睜開眼，看到自己離從高處墜落只有一步之遙。我並不感到恐懼。只需要一個動作，我的生命就會結束。雖然曾經有些人從屋頂墜落後倖存下來，但他們終身殘障，只能依賴他人的施捨生活。

下一刻，我感覺到艾力克斯緊緊抱住我的腰，我們一同跌回屋頂。主唱壓在我身上，我們兩個都大口喘氣。我看著他驚恐的臉，突然開始歇斯底里地笑。他往後靠，躺在我旁邊。該死，我原本可能正躺在地上，浸泡在自己的血泊中。人們會圍在我周圍，猜測我為什麼會這麼做。真是驚人，但艾力克斯把我從那一切中救了出來。此刻，感激和挫敗感在我心中交織。我聽到打火機的聲音。艾力克斯吸了一口菸，然後吐出一團煙霧。黑色的天空被煙霧染成了灰暗沉悶的模樣。

「你沒被教過應該要分享嗎？」

「我今天分享給你的已經夠多了。」

「就一口菸而已。」

「一口菸，一個藥丸。你吃藥的時候真的很瘋。」

「這話是從藥頭嘴裡說的。」

我們笑了起來。艾力克斯還是給了我一根菸。我們看著天空，絲毫不在意那冷濕的屋頂讓我們的身體不斷顫抖。

「對不起，昨天把你推開了。」

「我也很抱歉，有時候我太好奇了，反而害了我自己。」

「只是有時候嗎？」

「別這樣。我在試著用正常一點的方式道歉，你怎麼還對我冷嘲熱諷？」

「好吧。」

他很成熟，和他在一起非常舒服。我想知道，艾力克斯多大了？他看起來完全不像18歲。硬硬的鬍鬚、長長的黑髮和強壯的手臂讓他顯得非常

有男子氣概。

　　突然，我發現氣氛發生了一些變化。樓下沒有男低音，非常安靜，對於婚禮派對來說實在太奇怪了。

　　「沒有放音樂了。」我說。

　　「我去看看那裡怎麼了。」

　　艾力克斯起身走向門口。我坐了起來，雙手抱著膝蓋。太冷了！身體的每個毛孔都起了雞皮疙瘩。

　　「該死！」艾力克斯喊道。

　　「發生什麼事？」我跳了起來。

　　「那裡到處都是警察，有人發現了你們。」

　　一瞬間我就渾身燥熱起來。「……我的天哪！這不可能。」

　　「我們得逃跑了。」他開始尋找消防梯。

　　「貝卡還在那裡，我不能拋下她！」

　　「她和史蒂夫和傑伊在一起，他們會一起離開。」

　　艾力克斯的話對我來說似乎很有說服力。我跟著他，他緊緊地抓住樓梯往下走。「不要往下看。」他告訴我。

　　一瞬間，我覺得非常害怕，破壞我平靜的想法蔓延到了我的腦海。

　　我從一根鐵梁跨到另一根鐵梁上，手上還殘留著由於生鏽而產生的令人不快的黃色鏽跡的味道。我們已經在建築物另一面的地面上了。我和艾力克斯前往餐廳的正門，我數了數，大約有六輛警車。

　　「他們人可真多。」我說。

　　艾力克斯快速走向停車場，拿起一塊石頭，打破了其中一輛車的玻璃窗。

　　「艾力克斯，你在幹嘛，你打算偷走它嗎？」

　　「你還有什麼好建議嗎？」

「我們等等其他人，我們去旅館，待在那裡。」

「警察已經開始到處找我們，等到他們找到我們，我們就只能在監獄中度過餘生了。」

主唱坐進車內。我環顧四周希望看到蕾貝卡，但沒有人從建築物裡出來。我仍然別無選擇，上了車。艾力克斯正在弄電線以便發動引擎。我看到幾個警察走出大樓。

「快點！」我說。

引擎發動了，幾秒鐘後，我們開著車離開這個地方。

—◆—

夜幕中的城市、閃爍的燈光和一堆路過的計程車。過了一陣，我們到了城外。我們沒走高速公路，這裡沒有車，只有我們。我每分鐘都回頭看看警察是否跟著我們，幸好這條路完全空蕩蕩的。

「我們要去哪兒？」我問。

「我不知道。最重要的是，盡量遠離這個地方。」

「貝卡、史蒂夫和傑伊怎麼辦？」

「我告訴過你，他們會離開的。我們也要確保自己是安全的。」

我的額頭靠在玻璃窗上。車外死寂的環境讓我們的處境顯得更暗淡，我們正去向未知的地方。警察會搜尋我們，如果被找到，我和蕾貝卡將被送回佛羅里達州，在那裡比自殺更糟糕。我要把最後的日子過得自由自在，和人們在一起，而不是被困在一個混凝土做的牢籠裡，慢慢發瘋。

我能感覺到眼皮沉重地閉上。雖然我知道現在不能睡覺，但疲憊感已經淹沒了我。

—◆—

我沒有聽到引擎的聲音，額頭因為移動差點碰到玻璃窗。我睜開眼睛，車停在路邊，旁邊有一根燈柱，光線暗淡。艾力克斯不在位置上。我下了車，腳非常麻。我看到艾力克斯，他坐在柏油路上，深呼吸。

　　「我們為什麼要停下來？」

　　「我開始嗨了。」

　　我坐在他旁邊，冷得直發抖。我用雙手捂住鼻子和嘴巴來呼吸，但也無法暖和過來。

　　「以前我總以為我的生活一無是處，如果我逃走，一切就會變得更好……真是錯了。

　　「我們會找到出路的，我保證。」

　　「不是這個問題。」我站了起來。「問題是我變成了什麼樣子。我想要變得更好，但最終卻只變得更糟。我想要變得更堅強，但結果我變得更脆弱。我想要認識新的人，但我做的只是把那些好人推得更遠。」

　　「你在說什麼？」

　　「……我和史蒂夫上床了。」我不知道為什麼我要說這個，我只是不想再隱瞞任何事了，我想讓他知道真相。

　　「那又怎樣？一半的女生都和他睡過覺。」

　　他的回應讓我很困惑。「所以……這對你沒有任何意義嗎？」

　　「當然沒有。」

　　他的話就像在背後捅了我一刀。史蒂夫是對的，我對艾力克斯而言什麼也不是，什麼也不是。我覺得他開始厭煩了，很快他就會甩掉我。我的天哪！我怎麼總是選錯人？我早就該明白，所有人都只是想利用我的渾蛋。

　　「好吧，該走了。」

　　艾力克斯上了車，而我繼續站在那裡，內心充滿難以置信的噁心感。

　　「你還要一直站在那兒嗎？」

我多想迅速地離開和逃跑，但我知道自己一個人會完蛋，因為我無處可去。我爬進車裡，車開了。

我試圖看到窗外有什麼，但我仍舊什麼都沒看到。路上沒有燈光，只有車燈能救我們。我又睏了，但這次我不打算屈服於它。汽車突然開始朝不同的方向搖晃。我看著艾力克斯，他的眼睛紅紅的，臉上流著汗，樣子令人害怕。

「你不舒服嗎？」我問。

「沒事。」

「還是，我們停下來？」

「我說了，沒事！」

我閉上嘴。他真的感覺很不好。車急遽轉向對面的車道。

「艾力克斯，看路！」他沒有聽到我的聲音，感覺他的意識正在慢慢消失。下一秒，車子突然偏離了路面。我感覺短暫的失重，試圖弄清楚在這漆黑中發生了什麼。然後，我閃過一個念頭，我意識到我們正在墜落。

「艾力克斯！」我尖叫。

車輪劇烈地撞擊地面，隨後車子以極快的速度滑下坡道。艾力克斯猛踩剎車試圖停下車，但絲毫沒有減速。下一刻，車子撞上了什麼東西，翻了過去。我什麼也看不見，一切陷入黑暗，我失去了知覺。

　　　　　　　　　　　　　　　　　　　　　我選擇活下去

第35天

黑暗中，水冰冷刺骨，我的肌肉因寒冷而僵硬。四周一片漆黑，我什麼也看不見。胸中還有些空氣，但只是勉強維持著生存。我全身浸在水中，再過一分鐘，我將無法呼吸，肺部會充滿水，我會死。我抬頭，看見光亮，水變得稍微溫暖了些。我用手腳幫助自己，努力向水面游去。空氣從我口中逸出，但我得再忍耐一會兒。又一秒，然後再一秒，我終於能夠吸入空氣，猛地吸進肺裡。我出來了，我還活著。

— ◆ —

我睜開眼睛，氣喘吁吁。幾分鐘過去，我才意識到自己正頭朝下掛在車裡。每一次微小的動作都讓金屬發出刺耳的吱嘎聲。我被安全帶固定在車裡，整個人懸掛在車內。手上滿是血跡和刮痕，是被破碎的擋風玻璃碎片劃傷的。我費力地轉過頭，看見艾力克斯還是昏迷不醒。我伸出手去觸碰他，又聽到了那難聽的尖響聲。

「艾力克斯——」

我感覺不到任何疼痛，只有心跳聲在耳邊轟鳴。我活著，又一次倖免於難。我們在這輛車裡待了那麼久，隨時可能爆炸，必須得出去。我解開安全帶，用力踹卡住的車門。第一次沒有動靜，第二次也不行，但第三次，終於打開了。我成功把門踹開，勉強從這堆金屬中爬出來，跪倒在地，試著深吸新鮮空氣，想把車裡的燃料味排出肺部。我在地上蜷縮了好一會兒，恐慌淹沒了我。因為長時間倒掛，我的血液湧向大腦，感覺頭暈，甚至有點想吐。

我終於找到力量站了起來。我四處張望，什麼也看不見。沒有人，沒聲音。只有我、艾力克斯和這輛車的殘骸。我會不會已經死了？我的身體

哪裡都不痛。畢竟，在這樣的事故之後，我不可能什麼感覺都沒有，雖然可能只是因為太過震驚的關係。

我一瘸一拐地繞著車走，好不容易打開駕駛座的門，艾力克斯渾身都是凝固的血跡，有一刻我覺得他根本沒呼吸了，我又驚慌了起來。我緊緊地抓住艾力克斯，開始把他往車外拖。這比我想像中要難，整個身體因為過度的壓力而感到痠痛。我閉上眼睛，告訴自己別無選擇。我拖著他往外拉，感覺頭更暈了。坐在他身邊，我的恐懼感更深了，這情況像是一場噩夢。我們是因為吸毒才出事的。我真希望我已經死了。現在，艾力克斯的生死全都取決於我。

「艾力克斯，醒醒。」我一邊說，一邊拍著他的臉頰，「拜託，醒醒！」我淚如泉湧。他沒有呼吸，他的胸部根本沒有起伏。

我毫不猶豫地把雙手疊放在艾力克斯的心臟部位，然後開始胸外心臟按壓。與此同時，我吸氣並把空氣渡到他口中。上學的時候我們學過如何急救，我從沒想過這輩子會有機會派上用場。

「醒醒！」我喊著，繼續按壓他的胸膛。

「醒醒！」我哭了。我覺得手腕很痛，但我根本不在乎。

「醒醒！」我把手指放在他脖子上，檢查他的脈搏，我感受到了。我又開始做人工呼吸。終於，他睜開了眼睛。

「艾力克斯，你還活著！謝天謝地！」我擁抱他，淚流滿面。

我看著他，感受到他的疼痛。他慢慢地用嘴呼吸，轉過頭，看了看車，我看到他眼中充滿恐懼。

「幹⋯⋯」他平靜地說，「我想我的肩膀脫臼了。」

我輕輕地碰了一下他的手臂，摸到肩膀上的關節頭，艾力克斯的額頭冒著冷汗。

「是的⋯⋯我們得把它重新接上。」

「……你會嗎？」

「我試試看。」我不確定地說。

我一隻手緊緊握住他的一個手腕，另一隻手握住他的肩膀，數到「三」，我猛地拉了他的手臂。艾力克斯發出撕心裂肺的叫喊。我不知道我是怎麼做到的。我好像被某人附身了，一個更強大更勇敢的人。

「你力氣可真大。」艾力克斯痛得瞇著眼睛說，「……謝謝。你還好嗎？」

「還好。在這種情況下，只能說我們運氣好。」

我們倆都聞到更明顯的汽油味。

「該死！這裡馬上就要爆炸了！」艾力克斯喊道。

「來吧。」我幫他站起身，想盡快遠離車子，但不夠快，車子在我們身後爆炸了。我們被爆炸波震得倒地，耳朵嚴重耳鳴。一切都被黑煙籠罩住了。我看著艾力克斯，我們倆抖得非常厲害。

「早安。」他說。

我歇斯底里地笑了，他也跟著我大笑起來。很難描述我們現在的感受，這比恐懼、恐慌和所有這些合起來都更糟。

—◆—

我們小心翼翼地移動，互相幫助，邁出一步又一步，速度比世界上最年長的人還慢。終於，我們走到了馬路上。這又是個死氣沉沉的地方，一輛車也沒有，街道上灰濛濛的，潮濕不堪。我沒想到阿肯色會這麼陰沉。

「傑伊，我不知道我們在哪裡。我們開了大約100英里……」艾力克斯用好不容易在事故中倖存下來的手機說道。

「幫我問一下，蕾貝卡還好嗎？」

「小不點和你們在一起嗎？」他們稱蕾貝卡為「小不點」。非常可愛。

「對，她和他們在一起，每隔一秒都會問你的情況。」

我微笑著，鬆了一口氣。

「我很慶幸你們帶走了所有的東西，沒有人跟著你們吧？……太好了。等我們到了有人煙的地方，會立刻打電話給你們。」為了省電，艾力克斯掛斷了電話。

我們走在路中間。吹著冷風。因為太多的擦傷，我渾身沾滿了鮮血。只穿了一件鑲著水鑽的裙子，我覺得非常冷。

「你在想什麼？」艾力克斯問道。

「在想熱水澡、溫水、床和熱茶。」我邊說，牙齒邊打顫。

艾力克斯停下來，遞給我他的皮夾克。「穿上。」

「你也很冷。」

「穿上就是了，」他輕輕地替我穿上夾克，我覺得暖和多了，「你真的沒事吧？」

「我說過了，只是擦傷。」

我們繼續往前走。灰濛濛的天氣讓我覺得有壓迫感。

「你知道嗎？我剛想了想……你得回家。」

我震驚的眨眨眼。「為什麼？」

「我差點殺了你。」

「那是意外。」

「格洛莉婭——」

「怎樣？」我們停了下來，看著對方的眼睛，「你想甩掉我了？你不再需要我了？」

「你還小，你不懂。」

「夠了！不要像跟小女孩說話那樣和我說話。」

「你不是小女孩嗎？你和你爸爸吵架，離家出走——這就是一個典型青

少年的行為。」

「……你自己不也說過，我需要新的生活嗎？」

「我錯了，」艾力克斯再次向前走去，「等我們找到有人的地方，我會**攔輛車讓你離開**。」

我震驚地站在原地。「我哪裡也不去。」

「那我就得強迫你了。」

「那蕾貝卡呢？她會和你們在一起嗎？」

「我們也會和她說清楚。格洛莉婭，你要明白，我不想再傷害你了。因為這次事故，我們差點死了。」

「我寧願在那輛車上死掉，也永遠不會回到我爸爸那裡！我恨他！你聽到我說的話了嗎？我恨他！」所有的感覺突然回到我身上了，我感到側身一陣劇痛，好像有人在刺了我一刀還轉動刀子。

「你怎麼了？」

「……沒事。」我幾乎沒有力氣回答。

冷冰冰的雨從天而降，落在我的臉上，漸漸沿著我的下巴滑落下來。

「真好！這雨來得真及時。」艾力克斯憤恨地說。

我們繼續往前走。每一秒雨都下得更大，小雨變成了傾盆大雨。每走一步都會變得越來越困難。冰雨和風一起成了致命的混合物，傷口變得異常刺痛，似乎有人用針在扎我。路上一輛車也沒有，我們走在荒無人煙的地方。肚子餓得咕咕叫，我不記得最後一次吃東西是什麼時候了，我的頭開始暈眩，與此同時，我們也漸漸失去力氣。

我們很快離開道路，找到一棵大樹，樹冠很寬大，我們坐在樹下。疼痛隨著時間不斷加劇，連呼吸都很困難，我不知道這痛到底是哪來的。

「我覺得雨永遠不會停了。」艾力克斯說。

我看著前方，試圖忽略我正在經受的折磨。

「你打算這樣保持沉默嗎？」

「史蒂夫是對的……」

「什麼意思？」

「你對每個人都這樣，對所有的女孩。你先找到她們，扮演英雄的角色，然後拋棄她們，這就是你對我做的事。」

「胡說八道，」艾力克斯坐在我旁邊，「史蒂夫這麼說只是因為你和我要好，他嫉妒。」

「嫉妒？他就是一個被賀爾蒙和性慾驅動的機器，他不知道什麼是愛，也不會嫉妒。」

「你錯了……」

我說不出話來。史蒂夫喜歡我嗎？這不可能。他沒有愛人的能力。

「格洛莉婭，我之前覺得，如果你和我一起走，看見了真正一團亂的生活是什麼樣子，你就會回家，回到快樂的生活裡。」

「我在家永遠也不會快樂。」

「那查德呢？」

「查德？除了查德之外，在那等著我的還有要靠鎮靜劑生活的母親、暴君爸爸和繼母。我不想回到那裡。和你們在一起我覺得很好，我不再需要家人了。」

「我也曾經這麼說過。你知道嗎？我的爸爸比你的爸爸還要糟糕得多。他打我、媽媽和妹妹。我媽幾乎每年都會因為頭骨開裂進急救室。我受夠了這樣的生活，離家出走了。我認識了史蒂夫和傑伊，音樂讓我們湊在一起，我們決定離開這座城市並創作歌曲。一開始一切都很酷，後來我才意識到自己是個畜生，我拋棄了我的媽媽和妹妹，把她們交給了那個怪物。所以我回去了……但是我看到的是廢墟而不是我的家。那裡發生了火災，我爸媽被活活燒死。那時我才明白，當我說『我不需要家人』時，我有多白痴。」

我對聽到的話感到震驚。「那你妹妹呢？她在哪裡？」

「鄰居說，火災發生後她離開了，不知所蹤。我只剩下照片了。」

「這麼說……那個女孩是你的妹妹？」

「黛安娜。她有點像你，一樣的愚蠢……但堅強。」

最終，我知道了關於他的一切。他的生活、痛苦與失落，他所有的弱點。

「艾力克斯，我們的家庭不同。我家裡沒有發生這樣的事。相反地，只有我不在，他們才會生活得幸福。我想留下來，和你們在一起。」

艾力克斯沉默了。我沒有聽到他的回應。

「雨停了，我們得走了。」他說。

現在變得非常安靜，甚至連風聲都聽不到了。

—◆—

地上都爛泥，運動鞋滑滑的，連走路都很困難。我還是覺得很痛，每一步都讓我的身體無聲的尖叫。我很難從這個狀況中分心，只能試著假裝自己一切都很好。

「可以問一下嗎？」我說。

「你問題好多。」

我笑了起來，但當疼痛加劇時就停了下來。「你幾歲了？」

「好問題，我26歲。」

「天啊，你是個老頭！」我笑著說。

「呃，謝謝。」

「我開玩笑的。26歲……10年的差距……我猜這就是為什麼在你旁邊，我覺得有些不同，好像你是我的老師或是爸媽之類的。」

他停了下來。「我和你在一起也覺得不一樣。好像你是我的妹妹，我在

這個世界上剩下的最親的人。」

他的話讓我措手不及。「你試過找她嗎？」

「沒有意義，我已經永遠找不到她了。」

「你就試試看啊，不行嗎？」

下一刻，我們不敢相信我們的眼睛——一輛車出現了！我們站在路中間，開始攔車，一定得讓它停下。

幸運的是，車停了下來。

「喂，這種天氣，你們在這裡幹什麼？」大約50歲的男司機問道。

「我們的車壞了，能把我們帶到城裡嗎？」艾力克斯說。

「上來吧。」

這裡很暖和。放著廣播。因為潮濕和雨水的味道，我都要吐了。汽車開動了。我用雙手抱著自己。側腹痛得我想尖叫，但我忍著，深呼吸，看著窗外。

「該死的，阿肯色州真不是天堂，這裡整天下雨。你有聽天氣預報嗎？」

「沒有。」艾力克斯說。

「看得出來，你們不是本地人。」

「警方在繼續搜尋一群賣毒品的青少年。據推測，這群人當中有兩名女生和三名男生，暫時還沒有犯罪嫌疑人的畫像。請持續關注事件的進展。」電臺播音員播報著。我不寒而慄，我和艾力克斯相互看了對方一眼。

「這些青少年為什麼不能安靜地生活？他們總是在冒險。」

—◆—

很快地，我們來到一座小鎮。我害怕和人們視線相交，因為我覺得他們會立即知道我是誰並報警。艾力克斯一直在打電話，然後走到我身邊。

「我打電話給傑伊了，告訴他我們現在的位置。他們很快就來。」

「我想吃東西，我快餓瘋了。」

「我看到附近有一家咖啡館，走吧。」

我和他面對面坐著，吃著漢堡。食物讓我忘記了側腹的疼痛。

「艾力克斯……」

「什麼？你還想問我什麼事嗎？」

「猜對了……你曾經愛過嗎？」

「有啊，音樂。」

「我認真的。」

「答案是可能有吧。我總是盡量避免這種感覺，它會讓人變得軟弱。」

「我覺得，雖然軟弱，但是被人愛比一直孤獨更好。」

「當你長大的時候，就會明白事實並非如此。」

「你又要說我是個孩子嗎？我已經是一個成年人了，我什麼都懂。」

「是嗎？」

「是的。」

「你連好好地吃漢堡都還沒學會。」他伸出手，擦去我臉上的蛋黃醬。

「不用你教我，爸。」我邊說邊拿開他的手。

「怎麼愁眉苦臉的？笑一個，我命令你笑一個！」

「我才不要！」

艾力克斯站起來，用手指延展我的嘴角，讓我癢得笑了起來。

「這樣好多了。」他說。

側腹的疼痛突然加劇了三倍，我再也沒辦法控制自己的反應了，如果再繼續下去，我可能會哭出來。「我馬上就回來。」

我站起來，朝著廁所直直走去。謝天謝地！這裡沒有人。我走到鏡子前，脫下夾克，發現上面已經被血浸透了。然後我照了照鏡子，一半的連身裙上都是血。我慢慢地拉開側身的拉鍊，發現肋骨下方插著一塊玻璃碎

片。疼痛從劇烈變成難以忍受，我閉上眼睛，抓住碎片，用力拔了出來，我痛得大喊起來。血從傷口湧出來，碎片雖然看起來有兩英寸長，但並沒有刺得太深。我抓起紙巾，試圖止血。傷口痛得我淚流滿面，我很訝異自己竟然能忍這麼久，大概是因為太震驚的緣故。紙巾很快就被血浸透了，我拉上裙子的拉鍊，祈禱血快點止住。洗手時，我不斷告訴自己要堅強。唯一的安慰是，再忍一忍，我就會因為失血過多而死，只要再撐幾個小時就好。艾力克斯應該不會懷疑什麼，這樣我就能平靜地死去。

我回到座位。夾克已經扣好了，所以他看不到血跡斑斑的連身裙。

「你還要別的嗎？」他問道。

「不，我飽了。」我平靜地回答。

「你看起來很蒼白。」

「我只是累了。」

「我打算在其他人抵達前找一家汽車旅館休息一下。」

我兩眼發黑，頭暈，但我盡力不失去意識。艾力克斯牽著我的手。

汽車旅館看起來更像是一個廢棄的農場，但我們已經沒有其他選擇了。我感覺頭暈目眩，疼痛似乎消失了，或者我只是感覺不到了。我能感覺到力氣一直在流失。我低頭一看，血正沿著我的腿流下來，隨著每一步變得越來越多。我停下來，跪在地上。艾力克斯還在繼續往前走。

「怎麼了？」

「我綁一下鞋帶。」

「快點跟上。」

他轉過身。我試著把腿上的血擦掉卻搞砸了，血跡反而變得更紅。我站起來，邁出一步，感覺像是在飛翔，周圍的一切開始旋轉，腦袋裡傳來一種奇怪的轟鳴聲。這就是死亡的感覺嗎？沒有恐懼，沒有疼痛，只有輕鬆和一種平靜的感覺。當艾力克斯開好房間並從旅館櫃檯人員手中拿到鑰

匙時，我仍然勉強站著。但是當我們進入同一個房間時，我意識到我活不了多久了，甚至連深呼吸的力氣都沒有了。

「怎麼樣，這裡還不錯吧。」艾力克斯去檢查浴室，我倒在床上。我閉上眼睛。格洛莉婭，一切都很好。再撐一下，你就不會在這裡了。只是可憐了艾力克斯，他得把我的屍體藏起來，雖然我已經不在乎了。

「你要先洗澡，還是……」艾力克斯看著我，我的狀態出賣了我，「格洛莉婭……」他帶著驚恐的表情走到我身邊。

「我……等等再去。」

艾力克斯摸了摸我的額頭。「我的天哪！你在發燒……」

「沒關係，我要睡一下。」

艾力克斯解開我身上的夾克，我看到他眼中真實的恐懼。

「我的天啊！你為什麼不立刻告訴我？」

「只是劃到了而已。」

他迅速走到門口。

「你要去哪兒？」

「去找櫃台，讓他們打電話叫醫生。」

「我們正被通緝！救護車來了，警察就要來了……」

「你在說什麼？我才不在乎什麼狗屁警察，我會扛下所有責任！」

「艾力克斯，不要。拜託！」我倒在地上，艾力克斯跑到我身邊，雙手抱住我。

「沒事，一切都會好起來。」他的雙手撫摸著我的臉頰。

「……我想死。」

「什麼？」

「讓我……死吧。」

「你在胡說八道。」

「不，你記得嗎，你說……如果你……是我的話……你會自殺？……整整35天前……我就決定這樣做……我在幫自己倒數……50天……如果我早點死……也不會改變什麼……」

聽到這些話，艾力克斯睜大了眼睛。

「你……你太傻了！」他邊說邊親吻我的額頭。

「……讓我……死吧。」

一切都暗下來了。

「格洛莉婭，看著我……格洛莉婭！」

我失去了意識。

— ◆ —

「失血不是太嚴重，幸好你及時送來了，否則不輸血就不行了。她很年輕，會康復的。」一個有點禿頭、戴著眼鏡穿白袍的男人站在床邊，醫療器械散落在桌子上。我幾乎赤身裸體地躺在床單下。「你得帶她去醫院，這女孩需要靜養和進一步的檢查。」

「如果不去醫院呢？我保證會靜養和檢查，」一陣沉默隨之而來，「您為什麼這樣看著我？」

「我只是覺得這好像有點奇怪。女孩的傷口非常像刀傷，而且你偷偷地把我叫到這裡來。」

「等等，您想說是我用刀刺傷了她？」

「在我看來，好像是這樣。我聽說過這個藍頭髮的女孩，她的父母正在找她。」

「他沒有。」我脫口而出。

「格洛莉婭，我會處理的，」艾力克斯說完，突然打昏了醫生，「你還好嗎？」

「很不幸，我還活著。」

艾力克斯坐在我旁邊。「聽我說，記住這一點，永遠不要忘記。把那些關於死亡的蠢話拋到腦後。你必須活下去，你的人生才剛剛開始。」

「你憑什麼這樣說？」這50天裡，我無數次想要改變主意，但現在我有更多的理由結束自己的生命。

艾力克斯的手機鈴聲響了起來。

「好，我們出去，」艾力克斯掛掉電話，「是傑伊，他們到了。」

「太好了，我們要在他醒過來之前離開。」

我慢慢地從床上起來。醫生幫我打了一針止痛劑，所以很幸運，現在我沒什麼感覺。我穿上血跡斑斑的連身裙──雖然已經不能稱它為連身裙了，扣上夾克。當我打算走出房間的時候，艾力克斯抓住我的手。

「我想成為你活下去的原因之一，你只需要知道這個。」

——◆——

露營車裡是我的夥伴們，我好高興見到他們！真想快速忘記我和艾力克斯經歷的這場噩夢。

「終於來了！」傑伊愉快地一邊說，一邊朝我們走來。

他擁抱我和艾力克斯。蕾貝卡走出車廂。

「格洛莉婭！」她跑向我，差點摔倒。

「貝卡──」我們緊緊地擁抱。

「沒有你，我差點要瘋了。」

「你們是怎麼離開的？」艾力克斯問傑伊。

「走後門。在某個廢棄的建築裡待了很久，然後從旅館拿走了所有的東西。現在我們就在這裡啦。」

我們擁抱著走向露營車。我沒有看到史蒂夫，他甚至沒有出來找我

們。難道他真的生我和艾力克斯的氣？我對他的想法好像錯了。

—◆—

我仔細看了看我的側腹，縫合的痕跡很醜。傷口似乎很小，我甚至不敢相信因為它，我可能會死。到目前為止我仍然覺得很虛弱，洗完澡換好衣服後，我輕鬆不少。我身上穿著艾力克斯的長T恤，很舒服。

「格洛莉婭，大家正在吃晚餐，你來嗎？」蕾貝卡問。

「當然。」

我太想念這種氣氛了！我們都坐在廚房裡，吃吃喝喝，說說笑笑。不用躲避警察，不用對那些卑鄙的傢伙開槍，也不用跟著俱樂部音樂的節拍劇烈抖動我們的身體。

史蒂夫從駕駛室走回自己的房間，傑伊攔住了他。

「史蒂夫，和我們坐在一起吧。」

「先不要。」

「他怎麼了？」蕾貝卡問。

「我去和他談談。」艾力克斯從桌子邊站起來，向史蒂夫的房間走去。

幾分鐘後，我跟著他的腳步站在門口。我轉過身看了一眼，傑伊和蕾貝卡甚至沒有注意到我離開。他們笑著，不知道在聊什麼。

「你怎麼了？」我在門外聽到艾力克斯的聲音。

「沒什麼。」

「史蒂夫，你的行為就像一個幼稚的青少年。」

「兄弟，你打我欸！而且還是因為一個小妞？你從來沒有這樣做過。我們幾乎像是親兄弟一樣……但現在一切都變了。」

「史蒂夫，你很清楚，她不僅僅是某個小妞，你喜歡這個女生。」

接著是一段很長時間的沉默。

「可能吧，但這已經沒有任何意義了。她選擇了你，所有人都選擇你。你真是超級酷，除了你，別人完全都不存在。」

「我不是像你想的那樣看待格洛莉婭。當我第一次見到她時，我以為她和其他人一樣。站在人群中，聽著音樂，想著我們有多厲害。但當我在演出後走近她時，我意識到我錯了。她不一樣，她背負著無數問題，沒有人幫助她。她就像我妹妹，孤獨，與整個世界對抗。當我吻她的時候，感覺像是在吻黛安娜……所以如果你想要她，就去爭取吧。我不會阻止你。」

我喘不過氣，靠著牆站了很久，逐字逐句在腦海中回想著聽到的一切。

親愛的日記！

又是個糟糕的日子。是的，在這35天裡也有些美好的時刻。遇見了亞當，我的童年朋友，收養了一隻小貓，去了巴黎，和麥特的約會，與查德的那個夜晚，遇見了蕾貝卡。我會永遠記住這些。

但現在一切都變了。我感覺既奇怪又迷茫。艾力克斯對我像對待妹妹一樣。他愛她，而他的家庭情況也很糟糕。我從來沒有兄弟姐妹。我不知道那種愛他們或關心他們的感覺是什麼。以前沒有人像對待妹妹那樣對待過我。我不確定該怎麼回應。

但這不是最糟糕的。我告訴艾力克斯我的計畫了，現在他會看著我，這樣我就不能幹傻事。該死的！當我告訴他這些時，我到底在想什麼？

現在我想死更難了，但我希望自己能處理好它。

只剩15天了

第36天

深呼吸很痛，側腹的縫線讓皮膚被不舒服的拉扯著。我覺得有人在搖晃我的肩膀，我不情願地睜開眼睛。房間裡半明半暗，露營車停在原地。我很難辨認誰站在我面前。

「艾力克斯？」我在黑暗中說。

「噓——」他要我起來，「我們走吧。」

為了不吵醒大家，我們踮著腳，走出房間。我順便看了看手表。「早上五點？你想殺了我嗎？」我說。

「未來的自殺者沒有權利說這種話。」

我笑了。

艾力克斯打開天窗，拉出樓梯，幾秒鐘後，我們出現在露營車頂上。

我終於明白，為什麼他這麼早就把我叫醒了——是日出。天空同時呈現出粉紅色、橘黃色和黃色三種色彩，太陽躲在低矮的綠色山脈後，伴隨著清晨的寂靜和非凡的新鮮空氣。看到這些，我覺得有些震撼。

「哇！」我一邊說，一邊環顧四周。

「漂亮嗎？」

「非常漂亮。」

我們坐了下來。

「你知道，我還無法從你昨天告訴我的事情中回過神來。50天，計畫自殺，這是為了什麼？」

「我就是這樣決定了。」

「你有沒有想過你的父母和你的朋友？」

「有，想了很多次。爸爸有了新的情人，所以我是他的負擔。他也許會傷心一週，然後就會重新開始過正常的生活。媽媽生病了，她在這16年裡

不斷地說她是多麼討厭我，以及從她得知懷孕的第一天起，她就後悔沒能擺脫我。外婆要結婚了，我替她高興，我想這會幫助她忘記我。朋友？我幾乎沒有。最好的朋友看到我死掉應該會很高興，而我和蕾貝卡彼此還知之甚少，她會沒事的。沒了，沒有其他人需要我活著。」

「看看這個日出，這是讓人難以置信的奇蹟，這是你要活下去的理由。每天早上享受它，享受音樂，享受自由。你不需要誰才能快樂的活著，相信我。」

「艾力克斯，我們已經認識有一陣子了，你為什麼這麼關心我？」

「因為我不明白，為什麼一個年輕健康、充滿活力的女孩想要去死。」

「這是我的生命，只有我才能決定要不要去死。」

「我無論如何都不允許你這樣做。」

「反正我不想活了。有什麼意義？難道我們的人生就是要去那些糟糕的小鎮，去泡夜店，去喝酒吸毒嗎？這就是你所說的生活嗎？」

「不管怎麼樣，如果你自殺，就意味著你是個軟弱的人。」

「我不在乎。對，我很軟弱，我再也無法承受了。」

我們一陣沉默。清晨，一片死灰般的寂靜。

「人們在死之前，通常會列出他們死前想做的事情。」他說。

「我幾乎做了所有的事。我去了巴黎，和我的夢中情人接吻，向我爸說出了16年來累積的一切，還認識了這麼出色的音樂人。」

「還剩什麼沒有做呢？」

「嗯……我不會衝浪。」

「真的嗎？你在佛羅里達生活這麼久，從來沒有衝過浪？」

「對。」我笑了。

「那你更加不能死了。」

我抽著菸，風把菸灰吹了起來。

「你縫合的地方還好嗎？」

「還好。有點痛，但是可以忍受。你還好嗎？你的手怎麼樣？」

「很好……嘿，如果你想死，你為什麼要從車裡爬出來？它爆炸了的話，你所有的問題都解決了。」

「這樣的話你就會死，我不希望有人因為我的任性而受傷，絕對不行。」

—◆—

我醒了。房間變得非常明亮。在我與艾力克斯談完話後，大概已經過了至少五個小時。蕾貝卡不在身邊。我起床，打開門，發現傑伊和艾力克斯也不知去哪兒了。我聽到廚房裡有些沙沙聲，是史蒂夫。他站在爐灶邊，光著上身，下半身裹著一條白色浴巾。

「大家都去哪兒了？」我問。

「不知道。」

旁邊有一張字條，我拿起來看了一眼：**「我們去商店了，別丟下我們。」**

他還說他不知道。好啊，現在他要因為我在一夜的狂歡後離開他而報復我嗎？

「你應該穿個衣服還是什麼的。」

「哦，我的身體讓你不好意思了嗎？幾天前你還很享受。」我轉向他，「該死，你看起來好糟，我不知道我怎麼有辦法跟你這種樣子的上床。」

「噢，我冒犯了我們的光屁股先生的自尊心了嗎？」我笑著說。

「你根本比不上跟我睡過的那些女生。」

我打開冰箱，想拿火腿，但史蒂夫先一步搶了過去。

「真可惜，火腿不夠兩人份了。」

「你在開什麼玩笑？」

「你想要什麼？你不是一個人住，你在一個大家庭中，我們的座右銘是：趁機而為。」

我覺得我快要爆炸了。我走到爐灶邊，想拿咖啡壺倒咖啡，但史蒂夫推開我。「咖啡是我煮給自己的，抱歉。」

他得意地笑著回到他的房間。我從半空的冰箱裡取出一盒沙拉。肚子餓得咕咕叫，我拿起叉子，嚐了一下沙拉，然後發現沙拉發霉了！

「對了，沙拉是三週前的。」史蒂夫在門外偷看，看到我因這令人討厭的東西而扭曲的臉，得意的大笑。

太棒了，真是個美妙的早晨！

> 親愛的日記！
>
> 史蒂夫恨我。我不知道這會持續多久，但我相信為了讓我從他們的生活裡消失，他什麼事都有可能做。
>
> 艾力克斯繼續說服我不要自殺，我已經相當厭煩。他是唯一知道我想法的人。我犯了一個大錯誤，我不該告訴他這件事。現在，每天我都要聽他講課，講生活是多麼美好，而我是個多麼蠢的女孩。
>
> 我走路還是很痛，我已經在床上待了整整一個小時，睡睡醒醒的。我不想離開房間因為會看到史蒂夫，他會再次嘲笑我。如果再聽到一個他說的爛笑話，我絕對會踢他的蛋蛋。
>
> 還剩14天

「喂，瞌睡蟲，睡夠了吧！」蕾貝卡把我叫醒，「我們現在在一個很棒的城市。」

「貝卡，我的頭要裂開了，別大喊大叫，拜託。」

「抱歉。你還好嗎？」

「噢，我當然很好，我只是昨天奇蹟般地倖免於難。」

貝卡笑了。

「你睡覺的時候，我拿了潔澤爾的信用卡去商店。你不介意吧？」

「你都已經做完了，幹嘛問？」

蕾貝卡把從不同商店買來的一堆購物袋放在床上。「我買了連身裙，還有T恤和牛仔褲。我們的尺寸差不多，所以我們可以換著穿。我不想再穿一樣的衣服了，我決定更新我們的衣櫃。」

「很酷……」

「你不喜歡嗎？我是不是不該沒有徵求你的意見就拿了信用卡？」

「不，沒關係。」

「那麼試一下這些衣服吧，對了，今晚有一個海灘派對，你要和我們一起去嗎？」

「不，我想休息，遠離這些派對和人，就像一個正常人一樣。」

「好吧。」貝卡開始把衣服從袋子裡拿出來，放在架子上。

「你整個人容光煥發。」我說。

「我很高興，這一切都要感謝你。」貝卡把購物袋拋到一旁，在我身邊躺下。我抱著她。

「你和傑伊在一起了嗎？」

「還沒有，但是我們在一起的時候很快樂……你知道嗎？以前我害怕和男生在一起，我認為他們腦子裡只有一件事，但傑伊不是那樣的。」

「貝卡，你不能百分之百相信一個人。」

「你不是也想要我和他在一起嗎？」

「是……我現在也還是這樣想，但我希望你能快樂，不要像我那樣感覺

被背叛和拋棄。」

「你在我身邊時，我就會很快樂。」

我更加緊緊地擁抱蕾貝卡。「你想回家嗎？」我問。

「想……但不是現在。也許，一年以後。我會回到布里瓦德，讓我母親看看我變成了什麼樣子。你呢？」

「我不知道……一年是一段很長的時間。」

「嗯，你想像一下，你回到家，你的爸爸暈倒了，因為每個人都一定以為我們已經死了……但我們還活著，我們很幸福，也很自由。」

「我們很幸福，也很自由……」她的話在我腦海中迴響了很久很久。

—◆—

睜開眼睛，周圍一片漆黑。我看向時鐘——晚上十點。天啊！我睡了一整天，因此我渾身痠痛。我走出房間，這裡空蕩蕩的，所有人都去參加派對了。我開始思考自己一個人該在這裡做點什麼。我剩下的日子不多了，而我在家臥床休息了一整天，現在得找點樂子。我去洗澡，脫掉皺巴巴的衣服，驚訝的看著我在鏡子裡的樣子，我的全身布滿了傷口和瘀傷，看起來真糟糕。我打開水龍頭，看著那道縫合的傷口。它刺痛著，讓我不由自主地顫抖。這簡直是折磨，每一個小小的動作都會帶來劇痛。

—◆—

我打開衣櫃，新衣服的味道可真好聞。我仔細看了每一件新衣服，最後選擇了其中的一件。黑色的連身裙採用某種柔軟溫暖的材料，長袖，正是我需要的，我不希望大家看到我的傷痕。我把自己打扮好，梳好頭髮，整理好衣服。不過，史蒂夫是對的，我看起來真的很糟糕。

—◆—

　　我沿著黑暗的街道朝著音樂的方向走去。這個城市比之前的城市大很多，周圍環繞著美麗的山脈，佛羅里達州沒有這樣的山。我習慣了空曠的地方，習慣了一望無際的大海。而在這裡，似乎所有的空間都被壓縮了。

　　「嘿，寶貝，跟我們一起吧！」四個人在路的另一邊對我喊道。

　　我加快了腳步，幾分鐘後，來到了沙灘上。這裡被群山環繞，星空璀璨，黑暗的河流映照著一切，景色如此美麗。許多人赤腳在沙灘上跳舞。四周篝火熊熊燃燒，整個地方充滿了熱情。中央的DJ在引領整個活動，隨著音樂的節奏，所有人都沉浸在這片歡樂中。

　　有些人吃藥吃得神志不清，有些人喝醉了。這裡的每個人可能都有很多問題，但此刻，他們並不在乎這些。

　　我在人群中找到艾力克斯。「艾力克斯！」

　　他轉身走向我，我注意到他醉酒迷離的樣子。「哦，我們的睡美人醒了？」

　　「我從來沒參加過海灘派對。」

　　是的，我知道這聽起來不正常。我住在佛羅里達州，海邊通宵達旦地舉行派對，但當時我一直待在家裡，媽媽不准我去那兒，我只能偷偷地去潔澤爾的派對。

　　「你生活中沒有經歷的事還有很多，而你卻想要自殺。」

　　「……我們不說這個。」

　　我環顧四周，試著想要找到蕾貝卡，但艾力克斯分散了我的注意力。

　　「走吧。」他握住我的手，要帶我去某個地方。我們推開人群，爬上DJ所在的木造舞臺。

　　「瘋了！這裡每個人都會看到我們。」我說，藏不住自己的笑容。

　　　　　　　　　　　　　　　　　　　　　　　我選擇活下去

「你想像一下，這裡沒有別人，只有我們。這個音樂，這個空氣，這個夜晚，都只為了我們。」

我逐漸沉浸在今晚的氣氛中，雖然我移動很困難，但我還是讓自己的身體舞動了起來。

我們聽到下面對我們大喊大叫：「燃燒這個舞臺吧！」我完全跟隨音樂，看著艾力克斯，他看著我。今天我們是明星，感覺很好。

「你之前是怎麼教我跳舞的？」他一隻手抱著我的腰，另一隻手緊緊握住我的手心，雖然放著舞曲，但我們在它的伴奏下跳起了華爾滋。這其實非常荒謬可笑，但這一切讓我們大笑起來，並忘了最近幾天發生的事。

「你是一個有天分的學生。」我說。

我們跳著舞，DJ 特別為我們的舞混音。突然，艾力克斯臉色變了。

「你怎麼了？」我問。

「沒事，只是剛剛轉身太猛。」

從他的臉上可以看得出疼痛。「你確定嗎？」

「沒事，我們去喝一杯吧。」

我們從舞臺上下來，前往酒吧。我們花了幾分鐘選擇喝什麼，最後點了伏特加。當酒保把兩杯冰伏特加遞給我們後，我們深呼一口氣，喝下了整杯酒，嘴裡完全麻木了。一開始，酒精灼燒了我的舌頭、喉嚨和胃，然後我能感受到它對意識的影響。我們彼此對視，面帶痛苦的表情，然後一起笑了出來。接著，我一時不穩，撞到了艾力克斯，緊緊抓住他。我們離得很近，只差一點點，我們的嘴唇就要碰到了。我的眼睛微閉，滿心期待，但他卻推開了我。

「格洛莉婭，不。」

「為什麼？」

「你自己知道。」

「……艾力克斯，我不是你的妹妹！」

「我知道。」

「那你為什麼要像對小女孩一樣對待我？」

「因為我們都知道這之後會發生什麼。」

「……那又怎麼樣？」

「格洛莉婭，我不想把你和只想跟我發生關係的女孩相提並論。你很特別。」

「那我有什麼特別的？如果你覺得我對你沒有吸引力，就說啊。」

艾力克斯沉默了很久，看著我的眼睛，然後從他的口中脫口而出：「你不吸引我。」

他的話讓我感到一陣空虛，那種空虛的感覺令人作嘔。我轉身離開，他甚至沒有試圖阻止我。天啊，格洛莉婭，你在想什麼？你根本沒機會跟像艾力克斯那樣的男生在一起。你只能擁有像麥特這樣的男生，有美麗的外殼，但裡面空無一物。你只配擁有那些懦弱和背叛者，他們會為了維護那可憐的名聲，隨時拋棄你，不知去向。

我在人群中看到一個穿著可愛的天藍色連身裙的跳舞的女孩。是蕾貝卡。我走到她身邊，但她沒注意到我。她閉著眼睛，我覺得她的理智已經被酒精控制了。

「看，你在這裡玩得很開心。」我說。

「格洛莉婭，你還是來了！我就知道你穿這件衣服很適合。你有沒有喝過苦艾酒？」

「喝過……」我馬上想起了尼克的事件。

「很噁心，但喝進去還好。」她笑著說。

「你感覺像變了個人一樣。」一瞬間，我覺得我們互換了角色，她曾經那樣看著我，用鄙視和不解的眼神。

「你要嗎？」蕾貝卡遞給我一瓶苦艾酒。

「不，我已經喝夠了。我們去散步吧？」

「……我和傑伊打算沿著海灘走走，你看，星星、海浪的聲音，很浪漫。你不會生我的氣吧？」

「當然不會。」

傑伊來找我們。「對不起，格洛莉婭，但我不得不從你這兒偷走這位美女。」他說。蕾貝卡笑起來，他們和那些人一起一邊輕歌曼舞，一邊離開。

我開始感到不安。我又一個人了嗎？蕾貝卡逐漸變成另外一個人，史蒂夫恨我並且用各種方式表現，而艾力克斯……我根本不想想起他。我看到他在人群中擁抱著兩個女孩，讓我厭惡極了。我打算離開海灘，突然聽到身後傳來史蒂夫的聲音：「怎麼，被你的騎士和朋友拋棄了嗎？」

我轉向他。「你跟蹤我嗎？」

「哈，怎麼可能，我會跟蹤像你這樣的人嗎？太好笑了吧！」

「……什麼樣的人？」

「生活一團糟的小女孩。」

「你知道嗎？我們的感覺是一樣的，我也無法忍受覺得自己很完美的男生，其實只是個色胚。」

「哦，哦，有人要生氣了。」

「你真的讓我覺得很噁心。」

我轉身，但又聽到他回擊。「我很好奇艾力克斯在你身上看到了什麼？」

「那你又在我身上看到了什麼？」我轉身問他。

「你身上沒有什麼吸引人的地方。」

「是嗎？你超不會撒謊。昨天我聽到了你和艾力克斯的談話。」

史蒂夫向前朝我走了幾步。「你的外貌不怎樣，身材也很普通，你喜歡玩弄男生，只有白痴才會喜歡像你這樣的人。」

聽到這些話，我覺得很不愉快。我準備在他面前像一個孩子一樣放聲大哭，但我沒這樣做，看著他笑瞇瞇的眼神，我把自己的恨意和委屈藏了起來。「謝謝，史蒂夫。你可真會稱讚女生。也許，這就是你單身的原因，唯一能讓你容光煥發的就是與放蕩的女人和小女生發生關係。」

我再次轉身。

「你的屁股也不好看。」他說。

「你的太小！」

「什麼？」

「……腦子，史蒂夫，你的腦子。」

—◆—

音樂離我越來越遠。街上幾乎沒有人。年紀大一點的居民已經在家中睡著了，而年輕人正聚在海灘上。我只看到自己長長的影子。

「喂，看，就是她。」我已經聽到了那個聲音。我轉過身去，看到派對前糾纏我的那四個男生。我加快了步伐，但他們四個人跑到我跟前。

「別急，美女。」

他們身上散發著一股臭味，身上也髒兮兮的，這讓我更加反感。

「看看她的頭髮，她來自另外一個星球嗎？」一個尖細的嗓音說道。

另一個人抓住我的手，他呼出的氣息噴到我的臉上。因為厭惡，我瞇著眼睛，全力掙扎著要逃脫。

「走吧，我們去玩玩。」他說。

「想得美。」我憤怒地踢中了他的腹股溝，但他的一個渾蛋朋友推了我一下，我摔倒在潮濕的柏油路上。新的疼痛與昨日的疼痛夾雜在一起，我開始呼吸困難。我的天哪！為什麼我總是遇到這樣的事？

「如果她不想好好玩，那就換個粗魯的方式玩吧。」

我試著站起來逃跑，但失敗了。我希望他們直接殺了我。

突然，我們聽到從離我們幾公尺遠的地方傳來一個聲音。

「喂，哥們兒，你們看起來玩得很過癮，」我看向那邊，看到了史蒂夫，帶著他標誌性的自滿笑容，「我們來玩個遊戲，叫作『射穿垃圾的小弟弟』，誰要先？」

「去你的。」其中一個人說。

史蒂夫拿出一把手槍。「先熱身一下。」他向天空開槍，這群人立刻嚇得屁滾尿流。

「快跑！」他們喊道。

史蒂夫作勢追上去，然後停下來看著我。「需要我拉你一把嗎？」

我艱難地站起來，抖掉裙子上的污垢。「現在你還是沒跟蹤我嗎？」

「我只是想回露營車去。」

我對他的敵意和救我的感激之情混合在一起。「聽著……我明白了，你討厭我。不然我們就互相忽視算了？這樣對我們兩個來說都會輕鬆些。」

史蒂夫沒有回答我。他只是慢慢地走近我，看著我的眼睛。

「什麼？還有什麼？說吧，我是多麼可怕，你是如何瞧不起我！來吧！」我喊道，但就在這時，史蒂夫抱住我，吻了我。我很困惑，推開了他。「……這是什麼意思？」

「我是個白痴。」

「只有白痴才會喜歡你。」——我的記憶中浮現出這句話。史蒂夫現在看起來不太一樣了。他等著我的回應，但是我嚇呆了。為什麼他一整天都在找我的麻煩，挖苦我，羞辱我，難道他試圖以這種方式隱藏自己的感情？

「……我還沒跟你說謝謝。」

「沒事啦。」

我牽住他的手。「史蒂夫，別再扮演這種邪惡憤怒的角色了。我知道你

的內心深處是個好人，但你總是戴著面具。」

　　他看著我的眼睛。「我的天哪！我怎麼會喜歡上一個天真的小鬼！」

　　我們放開彼此的手。一切又回到了正常狀態。

　　「對，你就是個超級帥哥，每個女孩都想要你。」

　　「沒錯，每一個女孩，除了你！」史蒂夫向前走了幾步。

　　「露營車在另一邊。」我說道。

　　「我想把遊戲做個結束。」

　　我跑到他身邊。「不要這樣。」

　　「你想想看，如果我沒跟著你，會發生什麼事？」

　　是的，那些渾蛋可以對我做任何事，我甚至都不敢想。

　　「好吧，我們去哪兒？」

　　「我看到其中一人跑到轉角的一家酒吧去了。」

　　五分鐘後，我們也來到了同一個酒吧。我對聚集在這裡的敗類充滿了憤怒和前所未有的仇恨。

　　「他在那裡。」史蒂夫告訴我，我看到其中一個騷擾我的人。他在洗手間附近親吻一個女孩。

　　史蒂夫握緊拳頭，但我阻止了他。

　　「等一下，我想親自對付他。」

　　「啊，小朋友，你總是讓我驚訝。」

　　「把槍給我。」

　　史蒂夫順從地給了我武器，我朝洗手間走去，推了推那個渾蛋的肩膀。

　　「哦，又是你。要加入我們嗎？」

　　我假笑著，打開廁所門，他走了進去，我跟著他。

　　「滾出去。」我對那個一分鐘前正與他擁抱接吻的妓女說。

　　關上門，他立刻脫掉了自己的褲子。

「來吧，脫掉你的衣服。」我注意到他有一顆門牙沒了。從外表看，這個鄉巴佬大約30歲了，我無法形容和他一起在這裡有多噁心。我把手槍對準他的臉，他的眼睛驚恐地瞪得大大的，幾乎要從眼窩裡掉出來。

「搞什麼！」

我保持沉默。我的手在顫抖，不是因為恐懼，而是因為我身上燃起的熊熊怒火。他慢慢地走向門口。

「站住！靠牆，快！」

「我對你做了什麼嗎？我不想糾纏你，都是他們！」

我注意到他褲子口袋裡有一個錢包，我把它拿了出來，一分錢也沒有。

然後我在錢包的透明塑封下看到一張小照片，上面顯然是他與他的妻子和孩子。我腦海中立刻浮現出我爸爸的臉。這個渾蛋和我爸爸完全一樣，當他的妻子和孩子坐在家裡等他時，他正在外頭尋歡作樂。我恨這些畜生！

「敗類……」我說。

「你什麼都可以拿走，但不要殺我！我有孩子！」

渾蛋……現在他才想起來自己有孩子。我揮動手臂，用槍柄打在他的太陽穴上。

我呼吸沉重地走出洗手間，沉悶的空氣中夾雜著酒精和香菸的味道。我看到史蒂夫坐在吧台後面，當他看到我時，立刻跟了上來。

我們走到外面。我呼吸了一口冷空氣。

「你這麼快就解決他了，」史蒂夫走近我，「他有沒有碰你？」

「沒有……拿著。」我把槍遞給他。

「我們回露營車還是回海灘上去？」

「我有個更好的主意。」

「洗耳恭聽。」

「我也知道一個遊戲，叫做『真心話大冒險』。」

史蒂夫笑了。「你認真的嗎？」

「真心話還是大冒險，史蒂夫？」

「……真心話。」他不確定地說道。

我花幾秒鐘想了想問題。「你第一次喜歡的女孩叫什麼名字？」

「我的天哪！你不如問我第一次是幾歲。」

我瞪了他一眼。

「愛蜜莉……她的名字叫愛蜜莉。」

「她是你什麼人？」

「這已經是第二個問題了。」

「你選擇了真心話，快說！」

「……她是我的保姆。」

我一陣大笑。

「有什麼好笑的？我那時12歲，她是我的女神。」

「原來你12歲的時候有保姆，現在我明白為什麼你有這麼多不安全感了。」我一直在笑。

「真心話還是大冒險？」

「……大冒險。」我說。

史蒂夫環顧四周，然後說：「你有看到那個機車停車場嗎？」他用手指了指一棟樓，附近停著十輛黑色機車。

「有啊。」

「偷走其中的一輛。」

「我不會騎車。」

「你選擇了大冒險，所以抱歉囉！」

我不由自主地咽了咽口水。好吧，我自己選擇玩這個遊戲，我得完成

　　　　　　　　　　　　　　　我選擇活下去

它。我慢慢地走到停車場。史蒂夫站著，看著我，笑得花枝亂顫。

「閉嘴。」

「你看起來好嚴肅。」

「嘿，愛保姆的傢伙，拜託，閉嘴！」

我選擇了其中一輛機車，試著推走它，但它非常重。我的膝蓋都在顫抖。如果有人發現我，那我和史蒂夫就完蛋了。

我把機車推到他面前。

「現在呢？」

「坐上來。」他說。

我好不容易穿著短裙爬上閃閃發亮的黑色機車，然後我們背後傳來一個怒氣衝天的男人的聲音：「喂，你們幹什麼？這是我的機車！」

「抓緊了。」史蒂夫說，同一瞬間機車出發了。我們加速，我緊緊地抓住史蒂夫的背，我們兩人都腎上腺素飆升。風吹動我的頭髮，路上空無一人，飛快的速度帶來一種莫名的快感。

突然，我意識到路上不只我們，我回頭看，整群機車飛車族在追我們，他們看起來不太開心。

「史蒂夫，他們跟上來了！」

「對他們比中指！」

「瘋了嗎？他們會弄死我們。」

「來吧，數到三。」

「一、二、三。」我和史蒂夫同時向一群暴怒的飛車族做了這個不雅的手勢。我大笑起來，用手緊緊地抱著史蒂夫。他加快了速度，轉進一條狹窄的街道，再一次轉彎後停下來。我們看著追捕者經過，史蒂夫發動引擎，掉頭騎走了。

只有我們，獨自在這漫長的夜晚騎著機車，享受著拍打在臉上的強烈

刺骨寒風。過了一會兒，我們停了下來。

　　呼吸終於變得輕鬆，我們感覺自己無懈可擊，天不怕，地不怕。這真是不真實。

　　「看起來我們已經甩掉他們了。」史蒂夫說。

　　我開始慢慢地恢復過來。「真心話還是大冒險？」

　　「……大冒險。」史蒂夫說。

　　「你知道『小飛機』的遊戲嗎？」

　　「呃……『小飛機』？」他問道。

　　「是的，你伸開雙臂，並沿著斜坡跑下來，想像你是一架飛機。」

　　「格洛莉婭，我25歲了，我是搖滾音樂人……還是，我們乾脆扮成芭比娃娃算了？」

　　「怎麼，愛保姆的傢伙，你怕沒面子嗎？」

　　「如果我這樣做，你就不要再叫我愛保姆的傢伙了可以嗎？」

　　「……再說吧。」

　　我們正好在小山丘上。史蒂夫站在我面前，他向兩邊伸開雙臂，向下跑去。

　　「嗚，嗚，嗚，嗚，嗚，嗚！」他喊道。

　　我哈哈大笑。我也抬起雙手，跟著他跑了下去。我們尖叫，大笑。如果有人看到我們的話，我們就要被送往精神病院了。

　　我們很開心，也很自由。我們很開心，也很自由。

　　我忘記已經折磨了我兩天的痛苦，我很放鬆，我感覺很好。

　　我們停了下來，心臟在胸口怦怦直跳。一陣熱氣襲來，渾身都在流汗。

　　「我們都瘋了，」史蒂夫說，「真心話還是大冒險？」他氣喘吁吁地問道。

　　「真心話。」

「……你能和我一起逃走嗎？」

「逃走？」

「是的……逃離傑伊、蕾貝卡和……艾力克斯？」

「……這很蠢，我不想。」

史蒂夫呼出一口氣，轉過臉去。

「而且，」我繼續說，「……我愛另外一個人。」

「當然，你怎麼能不愛主唱！」史蒂夫憤怒地說。

「……不是艾力克斯。我過去的生活中有一個人幫助我改變。」

「如果你這麼愛他，為什麼還和我上床？」

「我想讓你幫我忘記他……但是我做不到。」

史蒂夫握緊拳頭，突然轉身看著我。「我不能忍受你利用我！」他把我推到一邊，朝機車走去。

「我以為你不一樣，我以為那天晚上過後你會忘記我！……史蒂夫！」他沒有回頭。

我覺得自己像個渾蛋。我也被利用過，不止一次，而現在我變得跟那些人一樣，做同樣的事情。潔澤爾利用我，我是她的小跟班。亞當利用我，只為了讓他和潔澤爾在一起……

史蒂夫坐在機車上。「我希望你沒有去那場演出，我希望我從來沒有遇見你。」

我什麼都沒說。我只是感到慚愧。我坐在後座上。

機車前進得飛快，然後越來越快。我們的騎車速度太快了，我都覺得這樣的速度能把我的頭皮都吹掉。

「史蒂夫，別騎這麼快！」我對他說，但他把速度加得更快。

「史蒂夫！」我覺得我們要飛起來了。我不怕死，我擔心他。他不應該死，他的時間尚未到來。

機車突然停了下來。我的頭髮變成了鳥窩，全身都在顫抖，雙手死死地抓著史蒂夫。

「不喜歡我這麼騎車？那就滾開。」

「好啊！」我用顫抖的聲音說。我下了車，搖搖晃晃地往前走。

「你要去哪兒？」史蒂夫問我，「你被那些渾蛋糾纏的時候我就不應該管你，他們搞不好可以讓你忘記你的前任。」他嘲笑道。

「我受夠了！」我大聲喊道，我走近他，用力推他，讓他從機車上摔下來。在他還沒反應過來的時候，我揮拳打向他的臉。我猛地把手收回來，痛得像是所有骨頭都碎了一樣。我尖叫，但史蒂夫毫不在乎地笑著，而我忍著劇痛不斷地捶打他的胸口。我停下來，困惑地看著他。

「來吧，再打一次。你生氣的時候看起來很可愛。」

我最後一次打了他的肩膀，然後轉身，但他突然抓住我的手，緊緊地抱著我，我們的嘴唇又貼在了一起。起初我想打他的胸口，讓他不再糾纏我，但這個吻就像毒品一樣，越來越蠱惑人心。我迷失了自己，完全順從於他。他強壯的手臂伸到我的脖子上，然後撫摸著我的頭髮。我們兩人靠得很近，讓我的全身像著了火一樣。我們停下來，彼此凝視著對方的眼睛。我想說些什麼，但嘴唇因為這個吻而變得麻木。我低下頭，坐上機車。

「走吧。」

「我們兩人在一起很棒，承認吧。」

「走吧，史蒂夫。」

「我不想。」

好吧，我想好好講話，但你非要逼我出手。

我們面前有一棟辦公大樓。我下了機車，拿起磚頭扔向這棟建築物的一個窗戶上。玻璃碎了，警報響了起來。

「你真該死，格洛莉婭！」

「現在你肯定會走了。」我這樣想著。

史蒂夫發動引擎，我們離開了這個地方。

—◆—

在海灘上。我們看到傑伊、蕾貝卡和艾力克斯坐在篝火邊，輪流喝著一瓶酒。我和史蒂夫騎著機車到他們身邊。

我坐在蕾貝卡旁邊。篝火散發著令人愉快的溫暖，沙子也暖暖的。海浪聲讓人不由自主地放鬆。

「這裡很棒。」我說。

「我們買了棉花糖。」蕾貝卡說。

我把美味的棉花糖穿在一根棍子上，把它們放在火上烤。這是我最喜歡的童年甜點。

「嗯，是史蒂夫？」蕾貝卡問道。

「什麼？」

「你選擇了史蒂夫？」

「……我誰也沒選。」

「格洛莉婭，算了吧，他們像看獵物一樣看著你。」

「或許你們可以講講剛才去哪兒了？」艾力克斯問道。

史蒂夫坐在我旁邊。「你不是我們的爸爸，我們不用向你報告我們做了什麼。」

「說到做了什麼，我們忘記了我們的遊戲。」我說。

「沒錯！繼續吧！傑伊，真心話還是大冒險？」

「嗯……真心話。」

「告訴我們……你怎麼稱呼你的小弟弟？」

「它沒有名字。」

「少來！」

每個人都盯著傑伊。

「搞屁啊！」

「遊戲就是這樣。你必須說實話。」我說。

傑伊沉默了幾分鐘。「……芭比。」

我們笑得前仰後合。傑伊臉紅了。我們笑得眼淚都流出來了。

「好吧，好吧。讓你們笑個夠，」傑伊尷尬地說，「史蒂夫，真心話還是大冒險？」

「大冒險。」

「……去吧，跳到水裡去……」

「太容易了。」

史蒂夫走向海邊，但傑伊攔住他，並增加了一個條件：「裸體。」

大家都僵住了。史蒂夫，拜託，聰明一點，別照做。

「沒問題。」他邊說，邊開始脫衣服。

我們都大喊大叫，大笑起來。

「我的天哪！我看不下去了。」蕾貝卡說。

史蒂夫脫下他的牛仔褲，T恤，接著是內褲。他把衣服都脫了，然後露著他肌肉發達的屁股，衝進了水裡。

我的嘴角都痛了。史蒂夫潛入水中，大喊著「耶！」。

「走吧。」傑伊抓住蕾貝卡的手。

「你瘋了嗎？水很冰。」

「你去不去？」

「不，我還沒有精神失常。」

「好吧。」傑伊抓住蕾貝卡的雙手，把她扛了起來。

「走吧！」蕾貝卡笑道。

他們加入史蒂夫，一起在黑暗冰冷的水中尖叫。我和艾力克斯坐在篝火邊，繼續笑著，看著發生的一切。

他喝了幾口酒，我嚼著熱乎乎的棉花糖。我們互相看著對方。

「你看他，雖然他有時表現得像個傻瓜，但他知道如何去愛。」

艾力克斯拿起瓶子，然後起身離開海灘。

「知道如何去愛。」

我忍不住又想吻史蒂夫了——那個火爆又衝動的音樂人，身材如同神祇般完美。他、貝卡和傑伊還在水裡嬉鬧，而我腦中突然冒出一個很糟糕的主意。史蒂夫的衣服還扔在沙灘上，我悄悄拿起它們，藏到一塊灰色大石頭後面。

最後，他們三人上了岸，所有人都瑟瑟發抖。

「太冷了。」傑伊邊說牙齒邊打顫。

「看，你的芭比沒掉。」史蒂夫笑著說。

「去你的！」

「我們得喝點熱的取暖，不然要感冒了。」蕾貝卡說。

史蒂夫環顧四周。「我的衣服去哪兒了？」

我靠近他。「沒有它們，你看起來很好。」

「是你做的？啊？因為你我快要變成冰棒了！」

史蒂夫顫抖著，我覺得他肌肉發達的身體都起了雞皮疙瘩。我碰了他一下，他好緊張，我喜歡。「……我會溫暖你的。」我說。

這次我把他拉到自己跟前。他冰冷的嘴唇覆蓋著我的，我感覺只要再小小推一把，就會發生更親密的事。

第九章

我們只想要幸福，
卻不知道幸福是什麼

我意識到有些事遲早都會發生，

每個女孩都會經歷這個，

這是成長的特殊階段，無法避免。

第37天

現在幾點了？大概是早上九點或十點吧。我不在自己的房間裡。我完全不記得我為什麼會在這。

我側身躺著，史蒂夫結實的手臂抱著我。顯然，我用這種姿勢躺了很久，因為我的全身發麻。我試著翻身背躺著，但史蒂夫立刻用手抓住了我。

「你想再次從我身邊逃開嗎？」他說，把我抱得更緊了。「我不會再讓你去任何地方了。」

史蒂夫抱著我的肩膀，我慢慢地融化了。

「我沒打算從你身邊逃跑。」我笑著說。我們互相看著對方很久，我第一次感覺和他在一起非常好，並且我準備好承認——他幫我忘記了查德以及我過去生活中發生的一切。

「你沒穿衣服看起來更漂亮。」史蒂夫說。我笑了。

「天啊，史蒂夫！你可以不要總是有這麼粗俗的想法嗎？」

「嗯，一個半裸的女孩躺在我身邊，我沒辦法有其他想法了。」

我端詳著他。他好可愛，睡眼惺忪，蓬亂的金髮，他似乎變得完全不同了，我真的非常喜歡這樣的他。

然後我環視他的房間。牆上都貼著海報和照片，營造出一種不普通的格調。我旁邊的牆上貼著一幅畫，畫著史蒂夫、傑伊和艾力克斯，每個人都拿著自己的吉他。

「這是你畫的嗎？」

「對，我知道，我畫得很爛。」

「什麼？才不會！很漂亮！」我用手指觸摸這幅畫，這張鉛筆素描栩栩如生，承載著完整的故事，讓人看了還想看。

「我還有其他的畫。」史蒂夫打開床頭櫃翻了翻，最後拿出另一幅畫。

他遞給我，畫的是我和蕾貝卡。我們站著，擁抱，無憂無慮地笑著。

「你畫了我們？天啊！」我沒有隱藏自己的笑容，這幅畫真的很漂亮。

「我看到新人或有趣的東西，就想在紙上記錄下來。」

「……你很有天賦。」我繼續看畫。

「你留著吧。」

「謝謝……」我小心翼翼地把畫折起來，「為什麼你不能總是像這樣？」

「什麼樣？」

「……開朗，溫柔。你為什麼想成為一個冷酷的渾蛋？」

「因為我就是這樣的人。」

「不對……你知道嗎？我想我是唯一一個看到你真實面目的人。」

史蒂夫用理解的眼神看著我。過了幾秒鐘，我開始尋找我的衣服。史蒂夫依然盯著我裸露的背部。

「你可以不要再這樣看著我了嗎？」

「不。」他微笑著說道。

「史蒂夫，你再不轉身，我就挖掉你的眼睛。」

他笑了起來，然後轉過身去。

在房間的一堆雜物裡，我沒找到我的黑色連身裙，地上有件亂扔的白襯衫，我撿起來穿在自己身上。

—◆—

我和史蒂夫走進廚房。艾力克斯、傑伊和蕾貝卡已經坐在自己的座位上，眼睛眨也不眨地看著我們。

「哦，看，誰來吃早餐了？我們可愛的小兔子！」傑伊笑著說。

「昨晚怎樣？噢等等，別說，我們什麼都聽到了。」貝卡說著，大家都笑了起來，除了我和史蒂夫。

「你也早安啊。」我說。

我們吃著早餐，繼續聽著大家的笑聲。這種感覺就像是在學校時，當某個女生或男生開始有曖昧關係，其他人都會嘲笑地看著他們，胡亂地跟他們開各種玩笑。雖然我和麥特的私情沒有被任何人開玩笑，但大家都知道了，因為潔澤爾在整個學校面前嘲弄了我們，讓我們成了大家的笑柄。

「小姐，您的火腿。」史蒂夫說。昨天我們還在為冰箱裡的剩菜而戰。

「哦，你在做愛之後總是這麼有禮貌嗎？」我問，艾力克斯、蕾貝卡和傑伊覺得很滑稽，再次瘋狂地笑起來。

「這種笑話沒什麼好笑的，只會讓人覺得無聊而已。」

「史蒂夫，別惹我。」

「你能拿我怎麼樣？」

我拿起一杯水，突然把它潑到了史蒂夫的臉上。他握緊了拳頭。

「嘿，你……」沒說完這句話，史蒂夫就起身，我也跳起來跑出了露營車。史蒂夫跟在我身後。

幾秒鐘之後，我才意識到我只穿了一件白襯衫就跑到了外面，有很多人在路上走，隔著襯衫都能看到胸罩和黑色迷你短褲。

我光腳跑著。雖然早晨的太陽才剛剛被喚醒，但柏油路上非常燙。我跑到沙灘上，發現史蒂夫的身影已經消失了。我稍微輕鬆了一下，但幾秒鐘之後，有人突然抓住我的手，笑得很邪惡。是史蒂夫。我用雙臂抱住他的脖子，我以為他要放開我，但史蒂夫抱起我沿著海灘奔跑起來。

太瘋狂了！海灘上有一大堆人，浪花拍打著海岸，炎熱的陽光與早晨令人愉快的涼爽混合在一起。我們瘋了似地大喊大叫，我緊緊地抱住他，海灘上的人都看著我們，但我們不在乎。這裡只有我們，這個世界只有我們，周圍的一切都只屬於我們。

「年輕人！你們可以安靜一點嗎？」一位白髮蒼蒼的老婦人跟著我們說。

我們停下來。然後，史蒂夫用力把我拉進他懷裡，我們在那個大喊大叫的老太太面前熱情地親吻起來。

「你們在幹嘛？你們沒有羞恥心嗎？」

「我要你。」史蒂夫說。

「那我們就在這邊做吧！」我回應他。

「我的天啊！」老太太一邊快步離我們而去，一邊繼續數落著我們。

我們目送她離去，大笑起來。她的反應太好笑了，我們甚至笑得喘不過氣來。

「我很喜歡你的想法。」史蒂夫說。

「想都別想！」我微笑著說。

親愛的日記！

我不想死！我以前覺得自己不幸福，但今天情況發生了巨大的變化。與史蒂夫一起度過的每一分鐘都變成了天堂。我想和他在一起，和他一起笑，只要看著他，就明白他想要的和我一樣。我忘了查德，他離我越來越遠。我們永遠不會再見面了，這是事實，所以我認為我沒有理由繼續想他，也不認為和史蒂夫在一起是對他的背叛。如果我不自殺，那麼我只能忘記自己以前的生活。現在我的新生活中出現了新的讓我幸福的人。

也許艾力克斯是對的，我犯不著去死。也許我的新生活為我準備了一堆驚喜，在剩下的13天中，一切都會改變。

還剩13天

小電視上播著新聞，佛羅里達州發生一起事故，幸好無人員傷亡。攝

影師匆匆地拍到了城市的全景，我看著螢幕下方的字幕「佛羅里達」，淚水在我眼中打轉。我很高興離家生活，但或多或少，我仍然感到悲傷，我永遠不會再回到那裡了。

「不敢相信我們曾經在那裡待過，而現在我們在這。」蕾貝卡說。

沒發現她就在我身邊，我嚇了一跳。「是的……」

「格洛莉婭，我得和你談談。」蕾貝卡平靜地說。

「好，我在聽。」

「別在這裡。」

我們走進我們的房間，蕾貝卡關上了門。

「發生了什麼事？」我問。

「……我，」蕾貝卡坐在床邊，「我甚至不知道該怎麼說……總之……我好像已經準備好了。」

「準備好什麼？」

「我的天哪！……和傑伊一起。我已經準備好了……」

「……失去童貞？」

「我的天哪！這麼說太糟糕了。」

我坐在她旁邊。「嗯……你是自己真的想要這樣的嗎？」

「我想是的。我看著你和史蒂夫在一起……你們很快樂。」

「等等，我和史蒂夫之間只是一場遊戲。」

「什麼意思，一場遊戲？」

「我和他在一起感覺很好，他和我在一起感覺也很好，暫時就是這樣，我們會扮演一對快樂的情侶。」

「為什麼只是假裝呢？他真的很喜歡你不是嗎？」

「貝卡，我們來談談你和傑伊。」

我注意到蕾貝卡臉紅了。「……我很害怕，但我真的想這樣。」

「那麼，勇敢一點。但我必須提醒你，只要你還沒有這樣做，你都還可以隨時改變心意。只是……我不希望你和我犯同樣的錯誤。畢竟，有些事再也回不去了，而心中的負擔和記憶，將永遠伴隨著你。」

「謝謝……現在我感覺更糟了。」蕾貝卡不自然地微笑著說。

「貝卡，這是你的生活，我沒有權力說服你這樣或者那樣，想想你自己想要什麼。」

房間裡沉默了好幾秒。

「難道你後悔跟查德在一起嗎？」

我的腦海中又浮現出自己試圖以一切可能的方式隱藏的記憶。

「如果你知道我當時是多麼歇斯底里的話，你就知道我有多討厭我自己。後來我意識到它遲早都會發生，每個女孩都會經歷這個，這是成長的特殊階段，無法避免。最重要的是確定那個你想要這樣在一起的人是真心的。這樣他才不會在第二天早上逃跑，或者像看待一個被他玩膩的玩具一樣看著你。」

露營車突然猛地停了下來。我和蕾貝卡莫名其妙。

「為什麼停車了？」蕾貝卡問道。我們走出房間，朝其他人走去。

「該死！我們必須八點準時到達那裡。如果我們取消這次演出，就要永遠跟這個樂團和音樂徹底告別了！」

「史蒂夫，不要這麼激動，」艾力克斯說，「傑伊，我們還有油嗎？」

「沒了，我們上路很多天了，都空了。」

「好吧，讓我們看看還能怎麼辦，」艾力克斯拿起地圖仔細查看，「好極了！幾英里外有一個小鎮，加油站應該在附近，我們會解決的。」

艾力克斯向門口走去，然後打開一個櫃子，從中取出幾個大油箱。

「我和你一起去。」我說。

「為什麼？」

「我想活動一下。」

「好吧,拿著油箱。」

「我也和你們一起去。」史蒂夫突然喊道。

艾力克斯不情願地同意,並給了史蒂夫幾個油箱。

「我們就留在這裡看車。」蕾貝卡說。

「好,你們要盡快回來。」傑伊說。

「看情況吧。」艾力克斯打開門,我們三個人下了車。

我不知道我們在哪兒。我們再次被綠色的矮山所包圍,前方延伸著一條熾熱的柏油路。史蒂夫專注地看著我和艾力克斯。我不懂他為什麼非要和我們一起去。想看看我是不是會和主唱做什麼傻事嗎?真搞笑!

「我和格洛莉婭也可以做的到。」史蒂夫說。

「真的嗎?你走兩步就會迷路。」艾力克斯嘲笑道。

「嘿,把地圖給我們,然後回到露營車上去。」

「首先,我哪裡也不去,再來,你搞屁啊?我根本沒有叫你來,你硬要跟著我來的。」

「硬要?你以為你是誰?」

「夠了!」我尖叫,「你們都是快30歲的人了,卻表現得像孩子一樣!」

我從他們手中搶過了油箱。

「你幹嘛?」史蒂夫困惑地問。

「我一個人去,你們回車上去!」我轉過身,快步走向前走去。

「格洛莉婭——」艾力克斯在我身後說,「也許你應該拿著地圖?」

「我自己會找到路!」

—◆—

我已經不再計算我走多久了。雖然油箱是空的,但提著它們也很累。

烈日炎炎，頭都在燃燒，我想喝東西，躺在冰床上，但我沒有停下。我看到面前有一個長長的村莊路標或類似的東西。

我的腦海中回想著不久前與蕾貝卡的談話。我與潔澤爾也進行過完全相同的談話。那時我仍然愛著麥特，聽到那天晚上他要和潔澤爾發生關係，我覺得非常痛苦。幸運的是，結果正好相反，潔澤爾和我兒時的朋友亞當上床了。總之，我們從中學開始就夢想在畢業舞會前，與佛羅里達州最酷的男生初嘗禁果。我和潔澤爾詳細考慮過這件事每一秒的細節，但都沒有按照想要的進行。我一直希望我的第一個男人是麥特。當潔澤爾與我分享她關於未來晚上的計畫時，我很羨慕她，並千方百計地企圖隱藏我的心情。最後，我的第一次是與查德，那個學校裡的書呆子和邊緣人。但我想第一印象往往是錯的。因為每個女孩都夢想著和一個特別的人度過她的第一次，而查德・麥庫柏正是這樣的人。所以我一點也不後悔，但是，不管有多難，我都應該忘記我們之間發生的一切。

我好不容易到達了小鎮，找到一個加油站，走了進去。這裡空蕩蕩的，有些莫名的氣味，像是某種油。我按鈴，門開了，一個大肚子的老男人走了出來。

「我能幫你什麼嗎？」

「請把這些油箱加滿。」

「車離這兒遠嗎？」

「很遠。」

「哦，真是太糟糕了。」老男人計算了一下。「一共是20美元。」

我遞給他信用卡，過了一會兒，他把卡歸還給我，然後拿起油箱去了某個房間。

我聽到汽車駛進加油站的聲音，小心翼翼地看著它——是警車。我的手立刻開始緊張地顫抖。我確定，每個警察都已經認識我、蕾貝卡和這些音

　　　　　　　　　　　　　　　我選擇活下去

樂人。我把帽T的帽子戴上。

「拜託，可以快點嗎。」我顫抖地說。

格洛莉婭，表現平靜一些，別讓他懷疑任何事。

警察走了進來。我背對著他站著，盡量讓他看不到我的臉。

「查理斯，幫我把我的破車加滿油。」

男人拿著已經裝滿的油箱從房間出來。

「哦，馬修，很久沒見到你了。工作還好嗎？」

「很好。現在很多青少年都在我們局裡，他們老想著和人打架、賣毒品或者偷東西。」

「拿著。」男人跟我說。

「謝謝你。」我平靜地說完，迅速打開門，然後走到外面。呼吸幾口新鮮空氣，幫助我冷靜下來。

我走了幾步，突然發現艾力克斯和史蒂夫站在我面前！

「你們在這兒做什麼？」

「我們來找你。畢竟，你是格洛莉婭，你老是陷入麻煩裡。」史蒂夫說。男生們走到我身邊，從我手中接過沉重的油箱。

「那裡有一個警察。」

「他認出你了嗎？」艾力克斯拿著最後一個油箱問。

「我還自由的站在這呢！你在想什麼？」艾力克斯突然踉蹌了一下，我再次看到他臉上出現很痛的表情，「怎麼了？」

「……沒什麼。」他快步向前走去。

「我們要趕快離開這裡。」史蒂夫說。

—◆—

我們看到了遠處的露營車。我和男生們真的受夠了這種「散步」。我走

在史蒂夫旁邊，艾力克斯與我們相距甚遠。

「你為什麼要和我們一起去？」我問。

「我想幫忙。」

「史蒂夫，你騙誰呢？你看起來就像在吃醋。」

「要吃醋，得先相愛才可以。」

他的話驚得我一時說不出話來。「……當然。」我勉強回了一句。

「等等。」史蒂夫抓住我的手。

「我們落後太多了。」

「你不需要假裝我的這些話刺痛了你！畢竟，我和你之間只是一場遊戲，不是嗎？」他的眼中充滿了恨意。

「……你偷聽我和貝卡的談話？」

「偶然聽到的。但我很高興我聽到了這些話。」

「史蒂夫，我……」

「閉嘴！你知道嗎？我真的以為你與眾不同，但你比他們更糟糕。你利用人，傷害他們。當你感覺不好時，你會跑來擁抱我，但是當你感覺好的時候，你要麼逃跑，要麼高揚著臉高高在上的樣子。你知道嗎？我也有感覺！我討厭被利用，我不喜歡有人傷害我！」

「你想從我這兒得到什麼？我覺得我在你面前是真誠的！我說過，我愛的是另一個人，我不能在接吻或者一些夜晚後馬上變成你的，我也有感情！」

「你不需要把事情說成對你有利的情況！好像我是一頭卑鄙的野獸，而你只是一隻不幸的小羔羊一樣……我不玩了！」

史蒂夫轉身向前走。

「史蒂夫——」我說，但他沒有回應。

我再次失去了想要活下去的理由。

—◆—

我們在露營車上。我冷漠地走進房間，蕾貝卡跟著我。「格洛莉亞，你還好嗎？」

「……是的，很好。」我極其厭惡地對自己說。

蕾貝卡開始翻衣櫃。「看，」她說，我轉身，蕾貝卡手裡拿著一件紅色的連身裙，「你覺得這件衣服適合今晚嗎？」

「……你決定了嗎？」我笑著問，蕾貝卡點了點頭。我從床上起身並擁抱她，「你穿這件衣服棒極了。」

「格洛莉婭，謝謝你聽我說。你知道嗎？有時我覺得，我已經認識你一百年了。」

「祝你好運，一切都會很順利的。」

—◆—

經過幾個小時的車程，我們到達了目的地。正如艾力克斯所說，我們現在所處的城市很大，今晚將有一些小有名氣的樂團舉辦演唱會，他們正在尋找贊助商來幫助他們的事業飛黃騰達。

我和蕾貝卡在換衣服。我幫她扣上她小巧玲瓏的紅色連身裙。而我穿著長襯衫和安全褲。

「先生們，今天我們必須征服新的觀眾。我相信我們會成功的。」艾力克斯說。

—◆—

巨大的演唱會場地閃爍著無數的聚光燈，一群人圍站在舞臺旁，女孩們坐在自己男朋友的肩膀上。每位在場的人手中都拿著一罐啤酒或雞尾

酒。在舞臺上，一組演出完，接著是另外一組。我們在城市的郊區，演唱會場地周圍山巒聳立，太陽正緩緩落到山後。

最後，艾力克斯、史蒂夫和傑伊出場，每個人都用瘋狂的歡呼聲迎接他們。他們緩慢優美的音樂吸引著每一個人。我甚至不敢相信，就在幾天前，我們彼此還不認識，我還像其他所有女生一樣看著他們，欣賞著他們的歌曲。

「天啊！他們有好多粉絲啊！」蕾貝卡說。

「是的，但他們是我們的。」

我看著史蒂夫，看到他對那些向他伸手的女孩拋媚眼，內心感到有點不自在。難道我吃醋了嗎？「必須相愛才會吃醋」這句話閃過我的腦海。不，我不喜歡他。這太複雜了。更重要的是，他不會再跟我說話了。我覺得自己很討人厭。

突然，在歌曲結尾時，艾力克斯手中的主吉他停了下來，他緊緊地抓住麥克風。史蒂夫和傑伊也疑惑不解地停止了演奏。艾力克斯看起來好像要暈倒了。

「我很抱歉。」他說完，就離開了舞臺。

沒有人知道發生了什麼事，包括我、蕾貝卡、傑伊和史蒂夫。

「他怎麼了？」蕾貝卡問道。

「我馬上就來。」

主持人出現在舞臺上，並宣布下一組樂團的表演。

我用雙手推開人群，跑到後臺。這裡有很多音樂人，我環顧四周，試圖找到至少一張熟悉的面孔。然後我看到艾力克斯，他走進了一個房間。我朝那邊走去。

我打開門，看到艾力克斯靠在牆上，呼吸困難。

「艾力克斯……」

「出去。」

「艾力克斯，你怎麼了？」

「我說了，出去！」

「不，」我走到他身邊，他瞇著眼睛，「你的臉色太蒼白了……」

「我很好。」

「很好？你從舞臺上逃跑了，我覺得你看起來很糟糕。艾力克斯，我很擔心你，我百分百肯定這是車禍的後遺症。」

「你想要我怎樣？」

「沒什麼。我去找醫生。」

「不……」

「不要阻止我。」

艾力克斯突然站起來，抓住我的手，把我壓在牆上。此刻門打開了。

「艾力克斯——」史蒂夫說，傑伊站在他旁邊。他們輕蔑地看著所發生的一切，艾力克斯繼續把我壓在牆上。

史蒂夫大口地呼氣，然後轉身離開。

「不，史蒂夫！……」我喊道，但為時已晚。

傑伊，一言不發，也離開了。

艾力克斯鬆開雙手。「對不起。」他說。

「你到底發生了什麼事？」他沉默，「我想幫助你，但你顯然不在乎。做你想做的吧，如果你喜歡忍受疼痛，那你就繼續吧，受虐狂。」

我走出房間，蕾貝卡站在後臺旁，她攔住了我。

「發生什麼事？」

「你看到史蒂夫了嗎？」

「看到了，他像個瘋子一樣跑出了房間，非常憤怒。」

「他去哪兒了？」

「好像從後門走了。發生了什麼事？」

「……一切都結束了，貝卡。」

我從後門跑出來，是一條荒無人煙的街道，人們留在舞臺的另一側。我向前奔跑，時不時轉身，希望能在某處看到史蒂夫，但我的期望並未實現。前面有一個火車站，這很可能是唯一能找到史蒂夫的地方，因為繼續走下去會是一條山脈，完全沒有人煙。我走近車站，結果證明是對的。史蒂夫坐在灰色的石板上。我久久都不敢說一句話，最後，我握緊自己的雙手。

「史蒂夫……我想向你解釋。」

「別管我。」

「拜託，你應該聽我說。」

「我不欠你什麼！」

「我和艾力克斯之間什麼也沒發生。」

「當然沒發生，畢竟我和傑伊不該在那時候出現！我受夠這些事了。我只想徹底停止這一切。別再折磨我了！」史蒂夫沉默了一會兒，然後低聲說：「走開。」

我沒在意他的話，走到他身邊，坐了下來。「我不想失去你。這樣對你是因為……因為我信任的人……我愛的人也用同樣的方式對我，我只想扳回一城。」

「你要什麼時候才懂我不是個玩具，我是個人？」史蒂夫跳了起來。

「我已經懂了……對不起。」史蒂夫默默地轉身背對著我。我走向他，用我的雙手擁抱他厚實的肩膀，將臉頰貼在他的背上。「對不起……」我又重複了一遍，但他沒有說一句話。「史蒂夫，如果你不原諒我，我就扭斷你的脖子。」

我覺得我即興的一句話應該可以把他逗笑，但他繼續保持沉默。我從

他身上挪開。

「怎麼樣？」

「……走開。」

我尷尬地咽了咽口水。早上我還想為這個男人活下去，但現在我已經完全失去他了。我們的沉默被火車靠近的聲音打斷了。

「好……」我說。

我跳了下去，走到鐵軌上，幾分鐘後火車就要靠站。我深呼吸，在史蒂夫眼前躺在鐵軌上。

「你在做什麼？」史蒂夫喊道。

「我會離開你的生活，史蒂夫。永遠。」

「快點起來，你這個神經病！」他跳到我身邊。我看到他眼中的恐懼。轉過頭，我看到還差一點點，火車就要過來了。我的心都要跳出來了。我很害怕，但同時也很有趣。

「快點起來！」史蒂夫猛地拉住我的手，但我緊緊地抓住鐵軌，用腿將他推開。

「不。」我笑著說。

「我原諒你了！」

「我不相信你。」

還有幾秒鐘，我將被火車輾過。

史蒂夫走近我，俯身吻我的嘴唇。鐵軌在我身下顫抖。火車離我們只有幾百公尺了。史蒂夫繼續吻我，然後迅速地抱住我，緊緊握住我的手，背倒在地上，我們跌到了鐵軌外。一列長長的火車呼嘯而過。我們喘著粗氣，兩個人都在顫抖。我明白我幹了些什麼。他擔心我，他原諒了我，我就是需要這樣。

「怎麼樣，害怕嗎？」我笑著。

「我的天哪！你這輩子有害怕過什麼嗎？」史蒂夫喊著。

「當然有，」我喘著粗氣說，「我害怕失去親近的人……我害怕回憶，就像我脖子上的套索一樣，逐漸扼殺我……並且我還害怕擁抱一個人時……他會同時在背後捅我一刀。」

這一刻，史蒂夫緊緊地抱著我。我覺得他的整個身體都在顫抖。

「我永遠不會這麼做。」

我回應他的愛，閉上眼睛，擁抱他。「我知道……」

「你永遠都是我的，你聽到了嗎？」

我們的心瘋狂而一致地跳動著。我們坐在石子路上，火車車廂繼續敲打著鐵軌，但我們根本不關心這個和整個世界。

—◆—

「在想什麼？你這個該死的極限挑戰者。」史蒂夫說。

他的手放在我的肩膀上。天已經完全黑了，但演唱會還在繼續進行，因為大麻和酒精而神智不清的年輕人越來越多。

「你要是能看到你自己的臉就好了，你看起來就像一個小男孩。」我笑了。

「這是任何正常人都會有的反應。現在我再也不會讓你離開我的視線了，你真的是瘋子。」

「怎樣，你要一直跟著我嗎？上廁所也要？我會突然淹死在馬桶裡嗎？」

「你發生什麼事我都不意外。」

我用手肘頂了一下史蒂夫的肚子，他把我拉到他身邊。

「喂！」傑伊和蕾貝卡跑到我們身邊，「你們有看到艾力克斯嗎？」

「沒有，怎麼了？」我問。

「他消失了，不接電話，不回訊息。」

「怎麼，該死的！如果他以為我們會追著他跑，那他就大錯特錯了。」史蒂夫說。

「沒錯。」

「等等，」我插一句，「我們必須找到他。」

「為什麼？」史蒂夫問道。

「他從舞臺離開是因為覺得不舒服，他不是第一次這樣了。」

「這是怎麼回事？」傑伊問。

「史蒂夫、傑伊，你們怎麼了？你們是好哥們！」

「格洛莉婭，我們已經受夠了跟在艾力克斯後面不斷奔跑，我確定他正坐在小酒館裡與某個脫衣舞娘親熱。」

「……好吧，你們是對的。艾力克斯是一個成年人，我們不應該只是因為猜測而打擾他。」我艱難地說。

「沒錯。那麼，誰有什麼晚上的計畫嗎？」

「可以去俱樂部。」傑伊建議道。

「或者就去個咖啡館吧。」蕾貝卡說。

「嘿，每天聚會難道你們都不會煩嗎？」我問。

「你有什麼建議？」

「我希望這個夜晚只有我們，沒有其他人，」我翻遍我的短褲口袋，拿出信用卡，「這張卡裡還剩很多錢，我們可以去把錢花光。」

「哇，哇，哇！」傑伊、史蒂夫和蕾貝卡齊聲喊叫起來。

—◆—

我們走在這座大城市裡，傑伊摟著蕾貝卡，史蒂夫摟著我。我們去市場買了香菸和兩瓶最貴的香檳。傑伊和史蒂夫同時打開它們，向我和蕾貝卡噴灑白色的泡沫。大家輪流喝酒，除了蕾貝卡之外，所有人都會抽幾口

菸，再倒酒喝。男生們開我們的玩笑，我們反過來也開他們的玩笑。在這樣的時刻，我又忘記了從前我的生活一團糟這樣一個事實。我想活下去，為了這些幸福的時光活下去，把它當成我生命中的最後一天活下去。但我又想起了艾力克斯，他在哪兒？他會發生什麼事？事故發生後，他救了我的命，現在我想做同樣的事，但他把我推開了。我腦子裡盤旋著很多問題：他消失去哪兒了？他為什麼消失？我很擔心他。

我們來到一條寬闊的大街上，旁邊有一棟最高的大樓，上面刻著「大殿堂」的字樣。人們坐在長椅上聊天，我們慢慢地從他們身邊經過，突然視線停留在附近一個年輕男子身上，他彈著吉他唱歌，顯然是他自己的作品。他本人穿著破破爛爛的衣服，腳邊放著一頂鴨舌帽，裡面有稀稀落落的幾枚零錢。除了我們，沒有人聽這個男生唱歌。

「我真替他可惜。」我說。

「他有一個美好的未來。」史蒂夫笑著說，然後他拉著傑伊一起，走到這個年輕的音樂人身邊。

「他們要做什麼？」蕾貝卡問。

傑伊從那個男生手裡拿過吉他，走到一邊。史蒂夫站在傑伊旁邊，開始唱歌。

> 所以你失去了信任，你不該這樣的，你不該這樣的，但不要為此費盡心力，如果你看到這個，不要回應。
> 穿著防彈背心，窗戶全都關著，我會盡力而為，很快再見到你，透過望遠鏡的鏡頭，當你只想要朋友時，我會再與你見面。*

---

* Coldplay— See you soon

一群人立刻圍在我們周圍，大家聽著史蒂夫美妙動聽的歌聲。傑伊閉著眼睛彈吉他，笑容十足。我和蕾貝卡站在他們對面，慢慢地融入音樂中。人們開始往鴨舌帽裡投硬幣，然後是紙鈔，最後都沒有多餘的空間投錢了。

　　史蒂夫唱完歌，大家都為他們鼓掌喝彩。那個男生笑得合不攏嘴，跑到他們面前。「謝謝！」他說。

　　「不客氣，奧古斯特・羅許。」史蒂夫說。

　　「你好棒。」我說。

　　「這是我最喜歡的歌曲！在場的人都以為真的是酷玩樂隊在這裡演出。」蕾貝卡歡天喜地地說。

　　「我曾經也在街上賣唱過，同樣也沒有人關注我。我希望這個男生有成果。」史蒂夫說。

　　「嘿，我有個主意，我們在那家飯店訂兩個豪華房間怎麼樣？這樣我們至少有一個晚上可以像個富二代。」傑伊說。

　　大家立刻都支持傑伊的提議。幾分鐘後，我們來到一個大飯店的大廳。這裡的所有人都用奇怪的目光打量著我們。

　　我們走到前臺。

　　「晚安。」櫃檯人員說。

　　「你們的房間多少錢一晚？」史蒂夫問。

　　「標準房每晚150美元。」

　　我們互相看了對方一眼。

　　「我們要兩個最好的套房。」

　　史蒂夫說得很大聲，所有人聽到後驚得幾乎下巴都要掉了。

—◆—

　　兩層寬敞的客房，暖米色的牆壁，中間有一張巨大的軟沙發，房間周圍有四盞落地燈，深褐色的木造樓梯。

　　「天啊！我已經忘記最後一次生活在這樣豪華的環境中是什麼時候了。」

　　我環顧我們的房間。「這裡有兩個浴室和一個按摩浴缸！」

　　「二樓有什麼？」

　　史蒂夫沿著長長的樓梯往上爬，我跟著他。我們有一間豪華頂層套房！四面都是全景窗戶，從這裡可以看到整座城市閃爍著無數的燈光，周圍群山環繞。

　　兩張床，一個小咖啡桌，房子中間還有一個小型按摩泳池。

　　「我要瘋了，這裡就像天堂，甚至更好。」史蒂夫說，我擁抱他，我們站在這裡看著城市的全景。然後我們聽到一聲巨大的濺水聲，一轉身，看到傑伊在游泳池裡嬉戲。

　　「夥伴們，我要永遠留在這裡生活！」他說。

　　蕾貝卡出現了，她手裡拿著一堆小瓶裝的酒。「我把我們的迷你酒吧都掏空了。」

　　每個人拿了一小瓶酒，直接穿著衣服助跑，跳進游泳池。我們靠在池邊，笑得像孩子一樣，同時相互潑水嬉戲。

—◆—

　　「我想活下去，我想活下去。」我腦子裡再次出現這樣的聲音。我們的背後出現了越來越多的小空酒瓶。

　　「傑伊，我們再去迷你酒吧看看。」史蒂夫說。他們爬出游泳池，身後留下濕答答的痕跡，一路走下樓。

只剩下我和蕾貝卡。

蕾貝卡的紅色禮服因為浸水變成了深紅色。藍色的泳池燈光將黑暗的房間氛圍變得神秘而浪漫。「我甚至沒想過可以這樣。」蕾貝卡說。

「這一切都歸功於我們『親愛的』潔澤爾。」我們笑了起來。「你害怕嗎？」我低聲問蕾貝卡。

「……現在不害怕了。我喝了酒，正漸漸變得和你一樣瘋狂。」

「蕾貝卡，不久前你還害怕喝酒。」我笑道。

「是的，然後我認識了格洛莉婭・馬克芬，變成了一個壞女孩。」

「哦，你……」我笑著濺了蕾貝卡一身水，她也同樣還擊我。

男生們很快就回來了。「喂，小姐們，要不要把泳池填滿巧克力奶油？這看起來會非常色情。」史蒂夫說。

「閉嘴，變態。」我說，然後把水濺到他身上。

我們又開了一批新的酒來喝。一下子開玩笑，一下子轉向嚴肅的話題，然後再次開玩笑和嬉鬧。

我想活下去，我想活下去。

—◆—

我打開落地窗，坐在最邊上。傑伊和蕾貝卡已經回到他們自己的房間。我的衣服還是濕答答的。我坐下來，從令人印象深刻的高度看著這座城市。史蒂夫走到我身邊，替我蓋上柔軟的毛毯，然後坐在窗戶的另一邊。

「我真想永遠在這裡生活。」

「當我成為一個真正的明星時，我們將會住在比這更好的飯店裡。」

我笑起來。「你的計畫真棒。」

「沒錯，名聲一直是我的追求，那你呢？」

「什麼？」

「你嚮往什麼？」

「……這是一個很複雜的問題……我從沒想過這個問題。」

「真的嗎？」

「嗯，我的夢想一直蠻平凡的。」

「哪些？比如？」

「……去愛吧，真正的愛，就像書中寫的一樣，感受你最喜歡的角色的感受。」

「你覺得有可能發生嗎？」

「可以吧。」

「過來。」

我慢慢地靠近他，把頭枕在他的膝蓋上。樓下傳來來往汽車的聲音，這座城市在另一個世界裡過著自己的生活，而我們也在我們的世界裡過著我們的生活。此刻感覺天空比大地更接近我們，這是一種難以置信且無法形容的感覺。

「……我會努力實現你的夢想。」史蒂夫低聲說道，彎下腰深深地吻我。

第38天

我比史蒂夫早醒來。我赤腳站在浴室冰冷的瓷磚上，鏡子裡看得到我們的床。我看著史蒂夫，覺得很感動。這個粗獷的男生無害地熟睡著。我細細打量著他身體的每一個線條，用手指觸摸鏡子，想像著此刻我能觸摸到他。我關上水，房間裡立刻變得安靜了。我脫下史蒂夫的T恤，最後換上了自己的衣服。房間裡的安靜被意外的敲門聲打斷，我輕輕地沿著深色地板走到門口，打開門，門口站著一個拿著托盤的服務生。

「您的早餐。」服務生熱情地微笑。

「謝謝。」

我醒來後立刻訂了早餐：兩杯熱茶、果醬、培根煎蛋和水果。托盤上的一切看起來都很漂亮。我把它放在靠窗的小桌子上。然後我走到床邊，快中午了，而我們還沒吃早餐。我向前走了幾步，突然跳到床上，然後在床上跳了起來。史蒂夫因此醒了過來，一隻眼睛不滿地看著我。

「……我的天哪！格洛莉婭。」

「早安！」我說，同時坐在他身上。

「我覺得我的頭裡好像有一顆很脹的氣球……」

「看來昨天某人喝得太多了。」

「你不會剛好有一把鋸子，可以把我的頭一起鋸掉，順便解決這劇烈的頭痛吧？」

「我有更好的東西。」我俯身輕輕地吻了吻史蒂夫的額頭。

「嗯，這很讓人愉快……但完全沒有治好我的痛苦。」

我笑了起來。「起床吧，不然早餐要冷掉了，」我拍了一下史蒂夫的胸口，然後從床上起來，「你先洗澡，我打電話叫客房服務，要他們送頭痛藥來。」

「你最棒了。」

—◆—

我們坐在桌旁津津有味地吃著早餐。

「我決定在這裡再住一晚。」

「好極了！我真想用這個世界上的一切，來交換我們再也不需要回到該死的露營車上。」

我咬了一口果醬麵包片，此刻史蒂夫正看著我。我的上嘴唇還殘留著一點果醬，而我慢慢地用舌尖舔了舔它。史蒂夫難為情地移開視線，呼吸加重了起來。

「怎麼了？」我問。

「你能正常一點吃東西，別引誘我嗎？」

「我吃得很正常呀。」

「不，你像一個色情明星一樣在吃東西。」

我嘲笑他形容的詞彙。「我吃得跟普通人沒兩樣，是你太色了。」

「你看看你是怎麼吃的。」史蒂夫在一片白麵包上塗上果醬，把它咬掉，然後用舌頭順時針舔著自己的嘴唇。

我看著他，大笑起來。「不是這樣，我不是這麼吃的！」

「就是這樣。」

我呼出一口氣。「我的天哪！我覺得我在和一個5歲小孩吵架。」

「我也是這種感覺。」

我移開椅子，然後轉身背對著他。「這樣有比較好嗎？」

「好很多。」他嘲笑般地笑著回答道。

我轉過身，從盤子裡拿起一塊煎透的培根，把它扔給史蒂夫，史蒂夫以同樣的方式回擊我。下一秒，我們的早餐變成了一場真正的鬧劇。我們

互相扔著食物，大笑起來，最後失去平衡，摔倒在地上，史蒂夫慢慢地將雙手伸到我的長襯衫裡，然後不知不覺地越來越往上。

「不，史蒂夫，等等……」

「怎麼了？」

「我……想要一些新嘗試。」

「新嘗試？」史蒂夫拉長了微笑。

「不，我不是那種意思。」我從地板上站起來，整理長襯衫。

「我不懂你的意思。」

「史蒂夫，我想要一個正常的關係。」

「你對這關係有什麼不滿意？」

「欸，我們甚至連一次約會也沒有。」

史蒂夫翻了個白眼。「為什麼我們需要這些約會？我們兩個人在一起不知道有多棒，大家都羨慕我們。」

「所有正常的情侶都約會。」

「我不希望我們是正常的一對，那很無聊。」

「好吧……當我沒說。」

「等等，你為什麼生我的氣？」

「為什麼？史蒂夫，我討厭像是搖滾音樂人的備胎的感覺。我想要一種認真的關係，你會尊重我。任何正常的女生都幻想著浪漫，幻想著真摯的感情。而我們之間都是性、衝動和玩笑。目前為止一切都還很好，但總有一天我們會厭倦，然後怎麼辦？」

史蒂夫默默地盯著我。

「……好，史蒂夫……算了。」

我打開門，走出房間，靠在牆上。我怎麼了？我想和他在一起，同時又把他從我身邊推開了，內心有一種莫名的空虛。我真的不想當他的玩具。

在我和麥特的事情發生之後，我不再相信別人了。我覺得，史蒂夫會因為一點點小事就像麥特一樣離開我。

我敲了敲蕾貝卡的門。一分鐘後，她打開門。

「早安。」我說。

「早。」

我想起我們昨天的談話。環顧四周，傑伊不在。蕾貝卡有點沒精神的樣子。「嗯……怎麼樣了？」我笑著問道。

「沒怎樣。」

「什麼意思？」

「就是什麼都沒發生。」

「為什麼？」

「傑伊喝醉了，我好不容易才把他拖到床上去。」

「……真遺憾。」

「但我不遺憾。」蕾貝卡走到我身邊，我們一起坐在一張小沙發上，「你知道嗎？我覺得這是一個預兆。萬一我錯了怎麼辦？搞不好我用不著這麼著急呢？」

我握住蕾貝卡的手。「對，用不著。你還會遇到很多人，你應該找到一個值得的人。」

突然，洗手間的門打開了，傑伊走了出來。

「早安，女孩們。」

「早。」我說。

「你還好嗎？」蕾貝卡問。

「糟透了，感覺就像有人用指甲銼鋸開了我的腦袋。」

我們笑了起來。

「史蒂夫在房間裡嗎？」

「是的。」

傑伊走出了房間。

「我們決定在這裡再住一晚。」

「很好，我已經開始厭倦那所『假房子』了。」

「……我可以在你的房間裡過夜，然後傑伊和史蒂夫住在一起嗎？」

「當然。發生了什麼事嗎？」

「我……我很糾結。一半的我想和史蒂夫在一起，另一半的我則把他推開。」

「我想我清楚知道是誰要推開他，」我困惑地看著蕾貝卡，「是查德。」

「拜託，別說這個。」

「來不及了，」蕾貝卡從沙發上站起來，「格洛莉婭，我不懂你。如果你還愛著查德，為什麼和史蒂夫約會？為什麼你和艾力克斯調情，同時又想要史蒂夫認真地對你？」

「我只是很茫然。」

「茫然？說得真輕鬆。你只是在欺騙所有人！」

「貝卡，我來這裡是尋求建議，而不是被教訓的。」

「想要建議嗎？這就是我的建議！弄清楚，你的，該死的，感情！選擇你真正需要的人，並停止折磨大家。」

聽完這些話，我喉嚨發乾。「好吧。」我靜靜地說道，然後從沙發上站起來，向門口走去。

「你要去哪兒？」

「我去散步。」

「我和你一起。」

「不，我想自己一個人。我需要想一想。」

「好，但拜託，請不要做傻事。」

—◆—

　前一晚下過雨，我走在潮濕的柏油路上。雖然已經快中午了，城市也相當大，但街上的人很少。即使有行人，他們也和我一樣，慢慢地走著，從容地想著自己的事情，享受著安靜的城市氛圍。

　我腦中有很多想法，但都是同一個主題。我真的對自己的感情感到很困惑，以前根本沒有人在意我，畢竟我只是潔澤爾的影子。後來，當我明白我也是一個人，並且有展現自己的權利時，男生們才開始注意到我。現在發生在我身上的情況與潔澤爾非常相似。畢竟，她也在麥特和亞當之間心猿意馬，當時我既同情又想指責她。而現在同樣的事情發生在我身上，我對查德和史蒂夫都有感情，要想清楚他們之中我真正需要誰，並不像想像中那麼容易。他們各自都填補了我，幫助我活下去。而艾力克斯，這完全是另外一個話題。他拯救了我，我對他充滿感激。多虧他，我才能夠遠離家，遠離我爸。我可以快樂地生活，而不是只能聽從那些愚蠢的指示。

　我完全沒有注意到時間過得飛快。我走到露營車旁，從窗戶外向內看了一眼，沒有人在。艾力克斯再也不會回來了吧？我又開始擔心他了。因為我沒有鑰匙，所以無法打開露營車的門，我沿著樓梯爬到車頂，打開天窗，跳進車內。我比較了一下飯店的豪華套房和露營車狹窄煩人的空間，然後查看了所有的房間，確定他不在這裡。我再次因為同樣的問題心煩，艾力克斯在哪兒？他怎麼樣了？他現在在做什麼？

　我待在他的房間裡。空氣裡充滿了他的古龍水香味。我坐在艾力克斯的床上，用手撫摸著溫暖的床罩，然後我把手心放在他的枕頭上，正當我打算把手移開時，枕頭下有什麼東西沙沙作響。我拿起枕頭，發現下面有一堆透明袋。我拿了一袋，最後明白袋子裡是什麼東西了。古柯鹼！難道艾力克斯在偷偷吸毒嗎？我覺得越來越不對勁，每一秒都出現更多的問題。

我把枕頭放回原位，走出艾力克斯的房間。廚房的桌子上放著某人的手機。看樣子，是傑伊的電話。我進入「連絡人」的頁面，找到了艾力克斯的號碼，遲遲無法按下撥出按鈕，我冷靜了一下，才按下撥號鍵。幾秒鐘後，我明白這沒有意義，因為我聽到了語音信箱令人討厭的聲音。

「喂，艾力克斯……是我。別玩捉迷藏了，我和大家都非常擔心你。請你回來吧。」

我結束了通話，重新把手機放回桌子上。

親愛的日記！

我覺得很害怕。我擔心艾力克斯。我們才認識幾天，但我已經非常依戀他。他發生了一些事情，這讓我很害怕。

此外，日記，我完全迷失了我的感情。史蒂夫對我來說很珍貴，查德也很珍貴。折磨史蒂夫的想法讓我不得安寧，我不知道該怎麼辦。我的腦子裡一直在想這個月發生在我身上的一切。想起我和麥特在游泳池親吻，然後是在森林裡，還有我們在屋頂的約會。

想起我和查德一起過夜，當我無處可去的時候，他讓我去他家，還得知是他寫了那些讓我差點瘋掉的匿名信。現在我和史蒂夫每天都在一起，我們之間有一些傷腦筋的事。而這一切都是為什麼呢？這一切都是因為我是個十足的傻瓜。我不想再傷害別人，我已經把這項任務完成得夠好了。我很喜歡史蒂夫，不能每天都因為自己的猶豫不決而一步一步地折磨他。那麼只剩一個辦法，我真的不喜歡，但我沒有找到其他解決方案。

我應該結束與史蒂夫的關係。

還剩 12 天

我拿起自己的包包，把日記扔了進去。然後打開衣櫃，替自己和蕾貝卡帶了些東西。

　　—◆—

　　我在飯店走廊的盡頭找到了蕾貝卡的房間。我打開門，但裡面沒人。

　　「貝卡、傑伊。」我說，但沒有人回答我。

　　然後我聽到陣陣水聲。我爬到二樓，蕾貝卡靠在游泳池的池壁邊，躺著漂在水面上，閉著眼睛，戴耳機聽著MP3。

　　我踮起腳突然抓住她的肩膀。她開始尖叫，在水中胡亂掙扎。

　　「你瘋了嗎！」蕾貝卡喊著。

　　「對不起，我以為你有聽到我的腳步聲。」

　　「我差點死翹翹了！」蕾貝卡好不容易從水裡爬了出來。「你去哪兒了？史蒂夫到處找你。」

　　「我在城裡轉了一圈，去了我們的露營車，拿了些東西。拿著。」

　　「太好了，我的衣服都要被龍舌蘭弄溼了。」

　　「……你說史蒂夫在找我？」

　　「對。」

　　我走到一邊。「我已經決定好了。我考慮了一下，做出了最終決定。我要和史蒂夫斷絕關係，並和艾力克斯解釋清楚。我真的是夠了！你是對的，我真的讓大家和我自己混亂。」

　　「好吧，我認為這是正確的決定。我很高興你聽了我的意見。」

　　「小姐們！」我們聽到傑伊的聲音。蕾貝卡驚訝地跳起來。

　　「傑伊！」她喊道。蕾貝卡消瘦的身上只穿了內衣和內褲，蕾貝卡千方百計地試著用雙手遮掩。

　　「對不起，我什麼都沒有看到，沒有，」傑伊害羞地說，「卡羅來納騙

子（Carolina Liar）今天在飯店有演出。」

「真的嗎？我很愛他們。」我說。

「他們非常棒，所有飯店的客人都可以免費參加。」

「酷！我去告訴史蒂夫。」

—◆—

我走進自己的房間。

「嗯，你終於來了。」史蒂夫走出浴室，身穿黑色優雅的西裝，他的頭髮沒有像往常一樣蓬亂，梳得很整齊。

「……史蒂夫？」

「怎樣，認不出我了，對吧？」

「你從哪弄來的西裝？」

「不重要。今天我將成為完美的男朋友，是你想看到的我的樣子。格洛莉婭，我可以邀請你去約會嗎？」

太意外了，我差點失去了說話的能力。「你是因為之前的事情才這樣做嗎？」

「不完全是，我是想要為你做一些事。」

哇，格洛莉婭，快點告訴他，快！

「史蒂夫，我……我有事要告訴你。」

「晚點！以後再說。快去換衣服，我在這裡等你。」

我呼出一口氣。好吧，讓我們看看結果會怎麼樣。我走進洗手間，在從露營車上拿來的東西中找到了一件小巧玲瓏的深藍色連身裙。我換上它，梳了個馬尾辮。我還在包包裡找到化妝包，我刷了些睫毛膏，覺得自己看起來很驚艷。但隨後我恐懼地意識到，我竟然沒有鞋子，我得穿著晚禮服配運動鞋！真是場噩夢，但我別無選擇。然後我因為意識到還沒想好

該怎麼告訴史蒂夫「我們分手吧」而感到頭暈。天啊，今晚肯定不好過。

我從洗手間出來。史蒂夫帶著可愛的笑容看著我。

「怎麼樣？」我問。

「你太令人驚豔了！」

我的臉紅了起來。「謝謝。那麼，我的完美男友，我是你的了。」

「等一下。」史蒂夫走進臥室，幾秒鐘後拿著一大束芍藥花回來。「這是給你的。」

「我的天哪！史蒂夫，你怎麼知道這是我最喜歡的花？」

「每個完美的男朋友都有特異功能。」史蒂夫吻了吻我的臉頰。

— ◆ —

我們沿著城市的林蔭大道散步。整個晚上，史蒂夫都說著很得體的話，他看起來完全不像自己。難道他真的決定要為我改變嗎？真見鬼！他越來越吸引我了，我不是很高興。

我們突然停了下來。史蒂夫笑了笑。

「閉上眼睛。」

「為什麼？」

「這是每個完美約會的細節。」

我閉上眼睛，史蒂夫牽著我的手，把我帶到某個地方。我感覺我們在過馬路，走了幾步，又停了下來。

「睜開吧。」我聽到史蒂夫的指示。

我睜開眼睛，發現我們站在一家很大的餐廳門前。

「你……你認真嗎？這是美國最昂貴的餐廳之一。」我說，掩不住笑容。

「我知道。我們的第一次約會應該來這裡。」

我們走進大樓，被帶到餐桌旁。服務員替我移開椅子後，我坐了下來。

「你怎麼來得及訂位？」

「完美的男朋友總是來得及。」

我環顧四周。人很多，他們都成對地來這裡。男士們穿著昂貴的西服，女士們穿著別緻的連身裙，而我……穿著球鞋。這太丟臉了！

「這裡真漂亮。」

「是的，我同意。」史蒂夫試著用各種方法獻殷勤，這讓我有些生氣。

「那麼你為什麼決定邀請我約會？」

「我想嘗試新的事情。」

「新的事情？難道你從來沒有邀請任何人約會過嗎？」

「沒有，我不喜歡這些過於溫情的東西。但對你例外。」

「這……令人印象深刻。」

我們花了大約十分鐘瀏覽菜單，很多菜色都價格不菲。

女服務生走到桌邊。

「晚安。已經決定餐點了嗎？」

「是的，」我說，「請給我一份鴨肉芒果沙拉和義大利海鮮燴飯。」

「我也要一樣的，再給我們這裡最好的酒。」

女服務生點點頭離開，我忍不住開始嘲笑整個情況。

「你笑什麼？」

「笑你。史蒂夫，要成為一個完美的男朋友，不一定要說漂亮話，我希望你做你自己。」

「好吧，那我就做自己，」史蒂夫用手撓撓他的頭髮，整齊的髮型從他頭上消失了，「你知道這家餐廳讓我生氣的點是什麼嗎？」

「什麼？」

「這裡的音樂太令人討厭了，感覺就像在某人的葬禮上。我還討厭聚集在這裡的所有人。看看他們，美學家，談論高雅，像看柏油路上的狗屎一

樣看著你。」

他大聲說出最後一句話，在場的所有人都轉身看向我們的桌子。

「哦，怎麼了，是不是我太大聲說了『屎』這個詞？」史蒂夫問客人們，我覺得我要笑死了，「對不起，請原諒我。」

我笑了，看著周圍的人投來不滿的眼神。「我更喜歡這樣的史蒂夫。」

過了一會兒，我們點的菜來了。

「人們在約會時會做什麼？」

「在第一次約會時，人們通常會相互瞭解對方更多資訊。比如，你最喜歡的作家是誰？」

「海明威。」

「真的嗎？他很棒。你最喜歡他的哪本書？」

「我不知道，我沒看過，我只是想看起來很聰明。」

史蒂夫讓我再次開懷大笑。

「你最喜歡的電影是什麼？」他問我。

「《驚魂記》。」

「你喜歡恐怖片嗎？」

「我非常喜歡。我喜歡把我認識的人想像成受害者，這樣電影就變得有趣多了。」

「好吧。」史蒂夫尷尬地咽了咽口水。

「你覺得我這樣很奇怪嗎？」

「也不會，我從一開始認識你就知道你很奇怪了。」

我又笑了。

「對了，我一直想問，你這個傷疤是怎麼弄的？」史蒂夫指著我的手腕。

「我那時狀況不太好。」

「開什麼玩笑，我來猜猜看。是跟朋友、男朋友，還是父母之間的那些

小事嗎？」

「猜錯了。有個渾蛋和他朋友想強姦我，為了避免這種羞辱，我決定割腕，那個時候比起被侵犯，死掉是更好的選擇。」

史蒂夫臉上的表情突然變了。「抱歉……」他內疚地說。

「沒什麼，別擔心。」

「我是個白痴，為什麼我要問這個呢……」

「史蒂夫，沒事，真的。」

他把溫暖的手掌放在我手上。

接下來的幾個小時，我們一直開心地聊天，並點了叫不出名字的菜肴。

史蒂夫跟我講他的生活，關於他最初如何成為一名音樂人，關於他們的困難時期。我懂，我和他有些類似，想和他分手的想法漸漸消失了。我無法想像以後如果沒有他，我會怎麼樣。畢竟，我和他在一起好得不得了。這個人給了我活下去的動力，如果我拋棄他，那將是我在微不足道的生命中犯下的最大錯誤。

雨滴開始敲打著窗戶，我們決定在天氣惡化之前返回飯店。此外，我們也還來得及去看演出。

女服務生拿來了帳單，史蒂夫開始翻口袋。

「該死……」他自己嘀咕著。

「怎麼了？」

「不，沒什麼。」

我看到史蒂夫的眼神變得焦躁不安。

「史蒂夫，發生了什麼事？」

「……我好像，把錢包忘在房間裡了。」

「什麼？你開玩笑吧？」

「很不幸，我沒有開玩笑。」

我閉上眼睛，靠在椅背上。

「我的天哪！……你怎麼，怎麼能忘記錢包？」

「我不知道，可能我太匆忙了，什麼都忘了。」

「你出門都不用帶東西嗎？」

「你為什麼要對我大喊大叫？」

「你還問？這是我們的第一次正式約會，你竟然破壞了它。」

「我不想破壞它，但結果就這樣了，這是意外。」

「……算了，對不起。」我充滿了令人不快的恐慌感。

「通常那些沒有付帳的人都會被迫去洗碗。」

「小酒館才這樣，史蒂夫。我們在高檔餐廳……他們會報警。」

我一想到這個，就感覺更糟了。如果警察過來，那我的整個天堂般的生活就要結束了。我和蕾貝卡將被帶回布里瓦德，然後會因為我們和這些音樂人一起的所作所為而被判刑。

「你沒有帶著信用卡嗎？」

「沒有，我以為我完美的男朋友記憶力很好。」

「那麼，別慌，我會想到辦法。」

過了大約五分鐘。

「我知道了，我打電話給傑伊，請他帶錢來這裡。」

「此路不通。」

「為什麼？」

「傑伊把他的手機放在露營車裡了。」

「你怎麼知道？」

「我今天去過那裡。」

「你去確認艾力克斯回來了嗎？」

「這有關係嗎？因為你，我們完全陷入麻煩中，所以好好想想現在應該

怎麼辦。」

　　史蒂夫環顧四周，然後突然抓住我的手臂。「我們走吧。」

　　「去哪兒？」

　　「相信我。」

　　我們一起從桌子旁邊站起來，走向門口。我覺得我的心瘋狂地跳著。

　　「史蒂夫，我們在做什麼？」

　　「安靜，表現得很自信。」

　　這時，我們突然被服務生攔住了。「站住，你們沒有付錢。」

　　「哦，是的，我們怎麼會忘記呢？我現在就去付錢。」史蒂夫轉身，然後揮拳擊中了服務生的下巴，他倒在地上，史蒂夫利用這個機會，抓住我的手，我們一起跑出了餐廳。

　　雨水打在臉上。冰冷的雨滴彷彿從天而降的小石頭。我轉過身，看到兩名保全正在追我們。我們加快速度，手仍緊緊地握在一起。我們跑過街道許多偏僻的角落，直到我發現我們已經甩掉了那些人。我鬆開手。

　　「史蒂夫！」我尖叫。他停下，朝我走來。我靠在磚牆上，因為寒冷的秋雨，身體在發抖，我用嘴呼吸。史蒂夫大笑起來。「你笑什麼？」

　　「我和你，就像邦妮和克萊德*一樣，只是更酷。」

　　我發出歇斯底里的笑聲。「我很害怕。」我說。

　　「算了吧，與我們遇到的所有麻煩事相比，這只是一件小事。」

　　「沒錯。」

　　「但是這次約會我們會記得很久。對了，你在房間裡想跟我說什麼？」

　　「嗯……沒什麼。史蒂夫，你是我遇到過的最瘋狂的男朋友……」我停頓了很長時間，後來我說：「我喜歡你。」

＊　　美國歷史上著名的鴛鴦大盜邦妮‧派克和克萊德‧巴羅。

史蒂夫擁抱我。我忘記了寒冷，身體裡好像著火了，我用手抓住他的濕夾克，現在我無論如何也不會把他從我身邊推開。

—◆—

飯店裡很吵。很多人聚在一起觀看卡羅來納騙子的優秀演出，他們正在演唱California bound這首歌，每三個觀眾就有一個人跟著主唱一起唱。

我和史蒂夫被雨淋得全身溼透，在人群中找到了蕾貝卡和傑伊。

「你們到底去哪兒了？」蕾貝卡問道。

「你們錯過了最精彩的時刻，查德·沃爾夫*將他穿破的襯衫扔進了人群。」傑伊說。

「我們有更重要的事情要做。」

「我們去約會了。」我說。

「是的，就像其他任何正常的一對一樣。」史蒂夫說。

「也就是說——」蕾貝卡拉長聲音說。

「也就是說，現在我們是真正的一對啦！」史蒂夫回答道。

蕾貝卡和傑伊互相看了對方一眼。

「恭喜你，兄弟，」史蒂夫和傑伊握了握手，「格洛莉婭，我希望你能讓這糊塗蟲按理智行事。」

「我盡力。」我笑道。

蕾貝卡把我帶到一邊。「幾個小時前，我怎麼聽你說你想和他分手？」

「不，你沒有聽錯。只是我發現我錯了。史蒂夫太瘋狂了，他可能是那個每天早上叫我醒來的人。只有和他在一起，我才會忘記我想做的事。」

「你想做什麼？」

---

*　查德·沃爾夫—Carolina Liar 樂隊的主唱。

我的嘴巴發乾，我發現自己對蕾貝卡說漏了嘴。我在腦海中盤算了各種如何改變話題的方案，我的眼神突然落在了門口，門口站著……

　　「……艾力克斯？」我大聲喊道。

第39天

　　我躺在水面上，閉著眼睛，一片寂靜，混雜著小水花濺起的聲音，讓人心平氣和，藍色頭髮和水的顏色結合在一起。在水中，呼吸困難，但我還是有辦法深呼吸。我無法聽到自己的想法，我沒有注意到水慢慢地流入我的耳朵裡。我的靈魂與身體彷彿分開了。

　　突然，遠處傳來響亮的聲音，然後我聽到了某人的腳步聲。我睜開眼睛……我看到爸爸站在我面前。我驚恐地看著他紅紅的憤怒的眼睛。他站著，向我俯身。

　　「爸？」我勉強說出話來。

　　「終於逮到你了！」他喊道，然後抓住我的脖子，沉入水中。我扯著嗓門大喊起來，水流進我的嘴裡，讓我喘不過氣。我爸想淹死我，我竭力掙扎，抵抗，但無濟於事，他用盡全力。我一直發出悲鳴，但他並不在意。

　　我猛地睜開眼睛，喘著氣，好像剛剛全速跑完一英里一樣。環顧四周，我在二樓的房間裡。整晚我都睡在窗戶旁的沙發椅上。我的天哪！難道這一切都是夢？雖然我命令自己冷靜下來，但我的身體在拚命顫抖。

　　「格洛莉婭，你怎麼了？」我沒發現蕾貝卡在這裡。她看起來非常擔心。

　　「怎麼了？我尖叫了嗎？」

　　「是的，我以為你被肢解了。」

　　「我做了一個噩夢。」

　　蕾貝卡坐在我旁邊的茶几上。「什麼樣的噩夢？」

　　「不重要。」

　　「講講吧。為了不胡思亂想，你需要與某人分享。」

　　「……我夢見了我的爸爸，他在這裡……要把我淹死在這個游泳池裡。」

　　「你經常想起他嗎？」

　　　　　　　　　　　　　　　　　　　　我選擇活下去

「我總是想起他。我覺得門好像隨時會被打開，他會來到這裡，自由的生活就結束了。」

「格洛莉婭，沒有人會找到我們。一切都會好起來，你只需要……忘記這個白痴的夢。」

我整理好自己的思緒，也漸漸變得輕鬆起來。這真的只是一個夢，我的爸爸在佛羅里達州，而我已經離他很遠了。

「我去其他人的房間，看看他們怎麼樣。」

「好，我在這裡收拾我們的東西。服務生說我們兩個小時後退房。」

「天堂般的生活結束了。」──這樣的念頭從我的腦中閃過。

—◆—

男生們的房間門開著。我走了進去，進入臥室，我看到的場景讓我大笑起來。傑伊和史蒂夫躺在同一張床上。傑伊的手輕輕地擁抱著史蒂夫，他根本沒有抗拒。我試圖忍住不發笑，我走近史蒂夫並低聲對他說：「史蒂夫，醒醒。」

他聽到了我的話，閉著眼睛微笑，然後轉身，仍然沒有睜開眼皮，對著傑伊，把手埋入他的捲髮。「寶貝……」他溫柔地說。

史蒂夫開始瘋狂地觸摸傑伊，然後猛地睜開眼睛，下一秒整個飯店可能都聽到了他的尖叫聲，然後我也笑得和史蒂夫的尖叫一樣大聲。

「你喊什麼喊？」傑伊不滿地小聲問道。

史蒂夫厭惡地將傑伊的手從他的身上移開。「你到底在我的床上幹什麼？我們已經說好了，你睡二樓！」

「艾力克斯在二樓睡覺，而且睡在地板上很不舒服，所以抱歉囉。」

「你們看起來很可愛。」我笑著說。

「我的天哪！他整晚抱著我……」史蒂夫遮著臉說。

「這不是我的錯，誰叫你的皮膚這麼柔軟。我以為我和一個漂亮的金髮女郎睡覺了。」

「現在這個漂亮的金髮女郎會踢你的雞雞，找死嗎？」史蒂夫從床上起來，「我去洗澡。」

他順道走近我並擁抱我。

「早安。」史蒂夫說。

「早安，金髮女郎。」我說，並拍了拍史蒂夫的屁股。他扭了過去，關上身後浴室的門。

「你們房間的浴室空著嗎？」傑伊問。

「嗯。」

音樂人穿著內褲走出房間。

我走出臥室，聽到有人下樓的聲音。是艾力克斯。我們相互看著對方看了很久。

「嗨。」我說。

「嗨。」

他昨天的出現太出乎意料了。當我看到他的時候，內心立刻覺得鬆了一口氣，和他在一起，一切都很好。

「我們昨天沒能好好說話，所以今天我不會錯過這個機會，」我走到主唱身邊，和他一起坐在沙發上，「艾力克斯，你去哪兒了？」

「你真的有興趣知道嗎？」

「不然呢？」

「我只是在城裡逛逛，思考一下生活，去了酒吧，總之，沒有什麼有趣的。」

「你為什麼離開？我們訂了兩個豪華的房間，你可以住在這裡。」

「我想自己一個人待著。」

　　　　　　　　　　　　　我選擇活下去

「好吧……那你現在覺得怎麼樣？」

「很好，還是我應該有什麼感覺？」

「艾力克斯……我一直很擔心你。我以為你遇到了麻煩，你不舒服，而你表現得像個渾蛋。」

「對不起。實際上，我想逃走，我厭倦了這一切。音樂，樂團，我周圍的人。你知道我為什麼回來嗎？更準確地說，因為誰回來嗎？因為你，格洛莉婭。」

「決定來檢查一下我是不是在某根桿子上上吊了？」

「差不多是這樣。你是個瘋狂的人，我知道你在想什麼，我永遠不會離開你。」

「有人會照顧我。」

「史蒂夫？」艾力克斯大笑起來，「拜託喔，他需要人照顧。」

「你和其他人談過了嗎？」

「沒有，他們都避開我。大家還是很生氣，因為我中斷了演出。」

「那你就向他們解釋為什麼你中斷了演出。」

「沒意義。」

「艾力克斯，我……」我剛想說關於我在枕頭底下看到的東西，房間的門就打開了。

「你們已經收拾好東西了嗎？」蕾貝卡問。

沉默占據了整個空間。我看著艾力克斯，他看著我，然後他迅速地把視線轉向一邊，離開房間的時候差點撞到蕾貝卡的肩膀。

「我可能來得不是時候，對吧？」蕾貝卡問。

「不，沒關係。」

「那你們在聊什麼？」

「我只是問他這段時間去哪兒了。」

「格洛莉婭，別再和他糾纏了。難道你不明白，和他來往，只會讓史蒂夫更生氣？」

「嘿，我們五個人是一體的，當有人遇到嚴重問題時，我們卻不知道，這才不正常。」

「每個人都有自己的秘密，如果他什麼都不說，那就意味著，就應該這樣。」

我呼出一口氣。「算了，都過去了。」

—◆—

剛離開飯店，在這裡的美好回憶就立刻湧現出來。我愛這些傢伙，和他們在一起的時刻都讓人難以忘懷。我們四個人朝露營車走去，看到艾力克斯已經站在車子旁邊。

「所以，我們又無家可歸了？我們現在要去哪兒？」傑伊問。

「或許，往拉斯維加斯方向？我一直夢想著去那裡參加最酷的派對。」史蒂夫建議道。

「是個好主意，我們要弄出一條路線。」傑伊說。

我和蕾貝卡相互看了對方一眼，握著對方的手，微笑著期待新的冒險。

「我加滿了所有的油箱，可以去任何地方。」艾力克斯說，但是其他人假裝沒有聽到他說話，爬上了車。

—◆—

「如果導航可信的話，那麼我們開車只要不到一天，而且我們半路可以在阿爾伯克基停留。」史蒂夫說。

「太好了，我開車，我們輪流。」傑伊說道。

「好。」

我走到史蒂夫身邊，擁抱他。「所以，拉斯維加斯？」我問。

「對，你去過那裡嗎？」

「一次也沒去過。」

「我也是，但有一個問題。」

「什麼問題？」

「為了在拉斯維加斯玩得開心，我們需要錢。」

「沒問題，我的信用卡上還剩下一些錢。」

「不，不，我們暫時不會亂花你的錢。我有另外一個主意，我們要把剩下的毒品賣掉。」史蒂夫打開櫃子，開始翻找。

「真的嗎？我以為我們已經不做這件事了。」

「我們還是得把它們處理掉，而且賣掉的話可以賺不少錢。」

「好吧。我再跟貝卡說。」

「不，不會叫你們賣。你忘了那場婚禮派對是怎麼結束的嗎？」

「好吧，就照你說的辦。」

史蒂夫打開衣櫃，開始在裡面翻找。「……我不懂。」

「怎麼了？」

「都不見了。」史蒂夫的目光在幾秒鐘內變得惡狠狠的。他用拳頭打向櫃門，迅速向門口走去。

「史蒂夫，你幹什麼？」

「是他！他拿走了所有的貨！」

我跟著史蒂夫，內心充滿了擔憂和焦慮。他去了艾力克斯的房間。

蕾貝卡不知什麼時候出現在我身後。「怎麼了？」

「史蒂夫！」我喊道，他用力打開艾力克斯房間的門。

「幹嘛？」艾力克斯困惑地問。

「貨在哪裡？」

「你要它幹嘛？」

「重要嗎？我問貨在哪？回答我！」

主唱沉默了。他的沉默讓史蒂夫更加憤怒。「你這個該死的渾蛋！」史蒂夫一拳打在艾力克斯臉上，然後又打了一拳，又一拳。他們扭打在一起，我和蕾貝卡站在一邊傻眼了。

「艾力克斯、史蒂夫！」我試圖阻止他們。

「我的天哪……」蕾貝卡邊說邊用雙手摀住臉。

「貝卡，去找傑伊，只有他能把他們兩人分開。」

蕾貝卡點點頭，離開。

「史蒂夫，求求你！」我不斷喊著。但他沒有聽到我的話。他們互毆到像是完全忘記他們曾經像親兄弟一樣要好。

傑伊衝進房間。「你們怎麼回事，哪根筋不對勁？」他喊道。傑伊的一隻手放在艾力克斯身上，另一隻手放在史蒂夫身上。「快點解釋到底發生了什麼事！」

史蒂夫擦了擦嘴唇上的血。

「他偷偷賣掉了所有的貨，拿走了所有的錢。」

「這是真的嗎？」傑伊問，但艾力克斯繼續保持沉默。

房間裡一片寂靜，每個人都站著，看著艾力克斯，而他還是一副冷漠的樣子。

「你為什麼沉默，啊？不敢承認嗎？」史蒂夫嘲笑道。

我內心的聲音要爆發了：「是時候告訴他們了！」我想起艾力克斯枕頭下的那些袋子，我的腦海中終於把所有線索都接上了。

「他什麼也沒賣。」我脫口而出。

「那是怎麼回事？」史蒂夫問道。

我看著艾力克斯，他也困惑地看著我。我推開傑伊，走到艾力克斯的

床邊，抬起枕頭。所有人都看到了枕頭下面的東西。

「這又是什麼？」傑伊問道，即使他其實已經什麼都明白了。

「艾力克斯，求求你，告訴我們一切。」我說。

主唱又看了我們很久。「給你們看看吧。」他最後說道。

我們不明白發生了什麼事。艾力克斯掀起他的T恤，我看到真相後，用雙手摀住了臉。他的胸部有一大塊深紫色的血腫。我們都不敢相信自己的眼睛。

「在那次事故中，我肋骨斷了。我中斷演出，只是因為藥物失效了，我沒辦法忍受這種疼痛。」

「……你為什麼不立刻告訴我們？」史蒂夫問道。

「我不想看起來很可憐……就像現在一樣。」

「你得去醫院。」我說。

「不，不一定。肋骨可以自己癒合，只是得忍耐。」

史蒂夫靜靜地看著艾力克斯，然後轉身離開房間。

「對不起，我們不該懷疑你。」傑伊說。

「沒事，一切都是我自己的錯。」

傑伊尚未從看到的一切中回過神來，慢慢地離開了房間，蕾貝卡跟著他。

剩下我們兩個人。

「你是怎麼知道的？」

「這重要嗎？我很驚訝，你怎麼有辦法一直忍受這種疼痛？」

「當你想活下去的時候，你就能忍受更糟的事情。雖然現在對我來說會困難得多。我已經沒有止痛藥了，我撐不了多久。」

艾力克斯躺在床上，把手放在肋骨的位置，和史蒂夫打了一架讓他的狀況變得更糟，我覺得他連呼吸起來都很困難。

「我該怎麼幫你？」

艾力克斯沉默了好幾分鐘，然後小聲地說：「格洛莉婭，如果我不是這樣的狀態，我永遠不會請你做這件事……」

「說吧，艾力克斯。」

親愛的日記！

最終我知道了艾力克斯身上發生的事情，坦白說，我們到目前為止仍然沒有從所見到的畫面中回過神來。

我不知道如何熬過今晚。我要去一個私人俱樂部找一個賣家，從他那裡購買艾力克斯的「止痛藥」。我非常害怕。儘管我已經和這群音樂人一起經歷了很多，並且陷入了各種可能發生的麻煩事，但我的內心還是洶湧澎湃。只有一個想法能讓我冷靜下來——我要幫助艾力克斯，我有義務這樣做。我要忽略瘋狂的怦怦直跳的心臟，忽略面對重大罪犯的恐懼，以及他們可能會對我做的事。艾力克斯救過我，現在應該換我救他，而且史蒂夫和蕾貝卡不能知道這件事，否則我將不得不聽他們每個人對我要做的蠢事，進行長達數小時的說教。

還剩11天

—◆—

「可憐的艾力克斯。」蕾貝卡說，但我完全沉浸在我即將要去做的事情中，沒有聽到她的話。

「什麼？」我問。

　　　　　　　　　　　　　　　　我選擇活下去

「我說可憐的艾力克斯。得擁有什麼樣的力量才能忍受這種地獄般的疼痛……」

是的……我合上日記，把它放在架子上。

「你總是和它形影不離。」

「你說誰？」

「我說你的日記。我想知道你在那裡面寫了些什麼？」

「關於周圍發生的一切，寫下來對我來說比較輕鬆。」我看向窗外。我們開車經過的地方毫無生氣。黃色，甚至是橙色的土地，上面生長著一些奇怪的植物，只有在遠處才能看到一些綠色的小山丘。

「我聽過很多關於拉斯維加斯的事。那兒有很多觀光景點！我很想知道人們在那兒要怎麼工作，畢竟，在有這麼多娛樂誘惑，怎麼可能有心情工作。」蕾貝卡所說的話都從我的耳邊飛馳而過，「格洛莉婭，你聽到我說的話了嗎？」

「什麼？……喔，我聽到了。」我撒謊道。

「你的手在抖。」

我看著自己的手掌，的確如此。手和身體的其他部位都在顫抖。我沒辦法描述我有多害怕去那個俱樂部。

這時，房間的門打開了。「你們在做什麼？」史蒂夫問道。

蕾貝卡小心翼翼地看著我。「只是在聊天。算了，我不打擾你們了。」她說完，走出房間。

史蒂夫坐在我旁邊，摟著我的腰。

「我們什麼時候抵達阿爾伯克爾基？」我問。

「再四個小時，我們就到那裡啦。」

四個小時。只剩下四個小時。我的天哪！太快了。我變得更害怕了。

「你和艾力克斯談過了嗎？」

「沒有。」

「嘿，他現在非常糟糕。他需要你的幫助。」

「如果他需要我的幫助，他早就會告訴我們所有的事情。」

我握緊他的手。「史蒂夫，難道你一點也不覺得他很可憐嗎？」

他重重地嘆了一口氣，知道自己怎麼都無法迴避我的質問。「好吧，我會跟他談談，但僅僅是為了你。」

「不，你不應該為我這麼做，你應該為了你們的友誼這樣做。」

史蒂夫吻了吻我的嘴唇，然後起身離開了房間。有那麼一刻，我忘記了即將來臨的夜晚。我躺在床上，閉上眼睛。

—◆—

窗外完全黑了，我可以看到遠處城市的燈光，我們離它越來越近。我睡了好幾個小時。那幾個小時很好，我什麼也沒想，意識暫時關閉了一會兒。我必須集中精神去做，不管發生什麼，我都必須去做。我開始準備。幾分鐘後，我穿上了我最喜歡的牛仔褲和一件灰色帽T。我拿起包包，把槍和信用卡放進去。然後，我把寫有地址的紙條放進牛仔褲的後口袋裡。我在床上坐了一分鐘，試圖讓自己冷靜下來。

露營車停下來的時候，我走出房間。

「女士們、先生們，歡迎來到阿爾伯克爾基！」史蒂夫說。

我們齊聲歡呼。傑伊和蕾貝卡最先跳下悶熱的露營車。

「好新鮮的空氣，我太想念你了。」傑伊說。

「艾力克斯，你要來嗎？」史蒂夫問道。

「不，你們玩得開心。」

透過他們的簡短對話，我明白他們之間終於沒事了。我非常開心。

我們走下車。

「去哪兒?」蕾貝卡問。

「我好餓。要不要去速食店?」傑伊建議道。

「你什麼時候能不想到吃的呢?我們在這裡不會停留超過15分鐘。」史蒂夫說。

現在不去就沒機會了。我腦子裡閃過這個念頭。「你們先去,我要去一下商店。」

「你要去幹嘛?」蕾貝卡問。

「我得買點東西,這是個什麼白痴的問題?」我差點尖叫起來,「我會趕上你們的。」

史蒂夫一言不發,疑惑地看著我,我轉身迅速離開。

在路上,我找到一台自動櫃員機並領了兩千美元。然後我向當地人詢問了俱樂部所在街道的位置。幸運的是,我很快找到了正確的路,過了一會兒,我發現自己站在目的地門前。我所看到的甚至不能稱為俱樂部——這是一棟高大的廢棄房子,地下室常舉辦派對。雖然我不在郊區,但這裡卻空無一人,這讓情況變得更加糟糕。我能感覺到自己像片樹葉一樣在顫抖。但是既然我已經下定決心,我就必須去做。

我打開門。這裡有好多人!震耳欲聾的音樂節拍,廉價酒精和香菸的味道。兩個女孩在中央的木桌上跳舞。一半的人在喝酒,或者已經胡亂躺在地上。我討厭這裡。

在人群中,我發現有一個人沒喝酒,也沒有與人擁抱接吻。好像他是這裡最重要的人。我走到他身邊。他看起來大約25歲,膚色黝黑,還有令人討厭的光頭,都可以倒映天花板了。

「喂!」我說,「我需要貨。」我盡量保持自信,但我的聲音仍在顫抖。

有幾個人站在他旁邊。當他們聽到我的話時,同時大笑起來。

「小傢伙,我可以讓你更快樂。」有個傢伙抓住我的手說道。

「滾開！」我厭惡地把他從我身邊推開，其他人的笑聲也立即停止。

「走吧。」老大說。

他打開一扇門，門後有一排長長的樓梯，我們走到最下面，我才明白，這是一個地下俱樂部。接下來有許多走廊，白熾燈照得人眩暈。我跟著老大，數著自己的每一次心跳。

「誰叫你來的？」

「沒有誰，我自己來的。」

「那你怎麼知道這個地方？」

「有個朋友跟我說的。」

「哪個朋友？」

「你問題很多欸。」

我們走到其中一扇門前，老大停了下來。

「我們不會隨便把東西賣給來路不明的人，所以，是哪個朋友？」

他盯著我，他的眼神讓我起了雞皮疙瘩。

「……艾力克斯，我不知道他姓什麼，他是玩樂團的。」

「早說嘛。」

男人打開了門，我們進到房間裡。哇，我沒想到艾力克斯竟然如此受重視。那個人手裡拿著一包古柯鹼。「六百。」他說道。我想起了艾力克斯的指示。

「我要先確認一下。」

「來吧。」

他在袋子上撕開一個小洞。我捏了一小撮古柯鹼，用小指塗抹在我的牙齦上。幾秒鐘後，我感到口腔有些麻木。

我從手提包裡取出錢，交給他，把貨放進口袋裡。

我朝門口走去，拉門把手，發現門鎖住了。「把門打開。」

「你很趕時間？」男人朝我走來。

「立刻把門打開！」

「噢，你很拘謹，但這也不是什麼大問題。」

當他又朝我走了一步的時候，我拿出槍，他舉起手，眼裡充滿了愉悅。「可憐的孩子，把槍放下。」

我們聽到一聲很大聲的警報聲。

「那是什麼？」我問。有人開始不停地捶門。

「走開。」老大把我推到一旁，打開門。門外站著一個年輕男子，看起來很驚慌。

「上面有很多警察，有人洩露了我們！」

「幹！」老大把我推出房間，把門鎖上。他跑了起來，我跟在他後面。他停了下來。「不，你待在這裡。」

「我該怎麼辦？」

「抱歉，孩子，我們只能各走各的路了。」

他們消失在走廊裡。我六神無主地站在原地，聽到女人的叫聲、開槍聲。此刻，我願意將我的靈魂賣給惡魔，只要能安全回到家裡，躺在我的床上。

我兩腿發軟，覺得自己動彈不得。我四下張望，整個走廊像個迷宮一樣，我不能上樓，但我也不知道這個地下室的出口在哪兒。我的天哪！我該怎麼辦？我覺得我要忍不住大哭了。

然後我覺得有人輕輕地撫摸著我的背，我大叫一聲，急忙轉身，竟然看到史蒂夫站在我面前！我好驚訝，他是怎麼找到我的？我的天哪……

「你在這裡做什麼？」我問他。

「我也想問你這個問題。」

我聽到有人打開通往地下室的門。「史蒂夫，我……晚點我會向你解釋

一切，但我們現在得先逃跑。」

史蒂夫和我沿著走廊東奔西跑，找到樓梯，爬了上去，再接著跑。

「這裡！」史蒂夫喊道，他打開門，過了一會兒，我們到了一個房間裡。這裡非常暗，只有一個地下室的小窗戶照亮了房間。

「你怎麼知道我在這兒？」我低聲問道。

「我跟蹤你，我不能讓你一個人。現在我知道你去哪個『商店』了，換你回答我的問題。」

「……艾力克斯需要止痛藥。」

「當然！艾力克斯！那個渾蛋非常清楚，這種俱樂部每天都會被搜查。」史蒂夫掏出手機打給傑伊，告訴他我們的位置。

「噓！」我說。我聽到門外的腳步聲和男人的聲音。

「這裡是空的。」

「我們要檢查所有房間。」

腳步聲越來越近。

「他們朝這邊來了。」我說。

史蒂夫明白我們走投無路了。他用手機照明，找到一把椅子，用它打破了窗戶。史蒂夫幫助我出去，然後我看到這時門開了，一名警察跑了進來。

「站住！」

史蒂夫立刻從窗戶鑽出來，我和他一起逃跑。我不想回頭看，因為我很害怕。雖然我已經氣喘吁吁，但我們並沒有停下來。幾分鐘後，露營車向我們駛來，我們迅速爬進了車裡。

「快點！油門踩到底！」史蒂夫喊道。

「我的天哪！這是怎麼了？」蕾貝卡問。

史蒂夫走進艾力克斯的房間。「該死的！你怎麼讓她去做那種事？」

「史蒂夫，離他遠點！」我尖叫。

「你知道我們捲入了什麼事嗎？」

「不要吼她，沒人知道有人要去搜查這個俱樂部。」艾力克斯說。

蕾貝卡跑進房間，眼淚順著她的臉頰流了下來。「夥伴們，那裡……有一大群警察跟著我們。」

我、蕾貝卡和史蒂夫走出房間，看向後擋風玻璃。我數了一下有六輛警車。我知道我們的旅程要結束了。

「不，他們不是要搜查俱樂部，他們是在等我們。」史蒂夫說。

我再次去找主唱。「艾力克斯──」

我看到他從我的手提包裡取出了貨物。「做得好，如果不是你，我不知道我該怎麼辦。」

「那現在我們要怎麼辦？」

艾力克斯看著窗外。「幾英里之後，我們會通過一座橋。只有我們死了，他們才不會再糾纏我們。」

「所以你覺得……」

「不，你去找史蒂夫和傑伊，建議他們假裝發生意外。他們不會聽我的，所以一切都掌握在你手中。」

我咽了咽口水。

── ◆ ──

我走出房間。蕾貝卡坐在地上號啕大哭。「我不想回家，我不想再回到地獄去了。」

「貝卡，我們不會回布里瓦德，你聽到了嗎？」

我去找傑伊。他在開車。「傑伊，我們很快就會到橋上，你得轉彎。」

「什麼意思？」傑伊瞪大眼睛問。

「字面意思。史蒂夫，打開所有的門窗。貝卡，收拾最必要的東西。」

「什麼，你瘋了嗎？這就是自殺！」蕾貝卡變得歇斯底里。

「會沒事的，只有用這種方式，我們才能結束這一切。」

主唱走出房間。

「艾力克斯——」

「我已經感覺好多了。你們站著幹什麼？沒聽到她說的話嗎？」

「這簡直是胡說八道！幹嘛，你要殺了我們嗎？要把我們的露營車、樂器和東西都沉到河底去？」

「對你來說什麼更珍貴，樂器還是自由？」

我走進我和蕾貝卡的房間，開始把所有重要的東西收進包包裡。因為抖得很厲害，所有東西都掉在了地上，這讓我更惱火了。

—◆—

我們站在傑伊身邊。警車仍在後頭追捕我們。

「……夥伴們，如果行不通的話，我們真的死了怎麼辦？」傑伊問。

因為他的話，蕾貝卡哭得更厲害了。

「我打開了所有的門窗，我們得在露營車落水前跳出去。」史蒂夫說。

還差一點點，我們就要到橋上了。我越來越喘不過氣來。

「傑伊，聽到我的指示，你就從橋上開下去。」艾力克斯說。

「我的天——」傑伊拉長聲音說。

每個人都充滿了恐懼。雖然我自己並不害怕，但是很擔心其他人。如果這是我們在一起的最後時刻怎麼辦？如果有人淹死了怎麼辦？我不想考慮這些，但是糟糕的想法一個接一個在我的腦海裡蔓延。昨天我們還愜意地在飯店休息，今天就要面對死亡。但這是我們逃離追捕的唯一方法。

「我不想死。」蕾貝卡淚流滿面地說。

「你不會死。最重要的是深呼吸，我會握住你的手。」

史蒂夫走到我身邊，擁抱我，在我耳邊呼吸，一言不發。我緊緊地依偎著他。

　　我們已經在橋上了。警笛仍在長鳴。

　　「來吧！」艾力克斯喊道。

　　傑伊轉了彎，露營車在水面上空盤旋了幾秒鐘。我深吸一口氣。

　　神啊，請拿走我的生命吧，但不要帶走他們，拜託。

第十章

生命的意義，
把他推入了深淵

既然我們自由的時刻如此短暫，

那我們必須讓它難以忘懷。

第40天

風吹起我的頭髮，讓它們看起來像觸角一樣。火車惱人地敲打著鐵軌，換軌的響聲吵醒了我。我靠在手肘上，明亮的陽光讓我睜不開眼睛。我緊緊抓住車廂壁，看著火車駛過的地方。懸崖峭壁上環繞著鬱鬱蔥蔥的樹木，遠處可以看到生長著黃色雜草的沙漠，我甚至猜不到我現在在哪裡。

13小時前

貝卡緊緊握住我的手。我的心都要從胸口跳出來了，我害怕來不及憋氣。只有在這一刻我才明白，我有多麼害怕。

「來吧！」艾力克斯喊道。

傑伊急轉方向盤。同時，我們打開露營車的門，感覺到露營車的輪子脫離了地面，失去重力。我再一次體會到失重的不愉快的感覺。我們同時跳出露營車，身體重重地落在水面，幾秒鐘後都無法回過神來。因為露營車沉入了水底，我也陷入水中，我和蕾貝卡的手分開了。我試圖找她找了很久，但都沒有找到。

我把所有的力量都集中到手上，試圖浮出水面，卻發現我的手提包（這是我唯一能從露營車上拿走的東西）被什麼東西勾住了。水不僅冰冷，而且很暗，我什麼都看不到。我竭盡全力拉扯著包包，但沒有用。我體內的空氣還剩下一點點。無奈之下，我甚至發出一些聲音。難道就這樣了嗎？難道我注定要這樣死去嗎？我閉上眼睛，漂浮在水中。幾秒鐘之後，我覺得有人抓住了我的肩膀。令我驚訝的是，手提包很快被拽開了，我向上游去，浮到了水面上，頭髮完全貼在臉上，我試圖咳出喉嚨裡的水。到目前為止，某人的手一直放我的肩膀上。是史蒂夫。他看著我，也呼吸困難。

「你沒事吧？」他問道。

「……還、還好。」我勉強回答道。我還沒能完全回過神來。

「格洛莉婭！」蕾貝卡喊道。

我們轉身看到艾力克斯和蕾貝卡坐在橋下，於是游到他們身邊。

「把手給我。」艾力克斯跟我說。

我們爬上一塊混凝土板。我忘記了自己的疲憊，忘記了我的整個身體都在瘋狂地顫抖。我擁抱蕾貝卡，她也擁抱我，不需要多餘的言語和情緒。我們做到了，我們活了下來。

「傑伊在哪裡？有人看到他嗎？」史蒂夫問道。

已經過了幾分鐘，但到目前為止他仍然沒有浮出水面。所有人都驚慌失措起來。「我的天哪！……」蕾貝卡淚流滿面。

「待在這兒。」艾力克斯說完，再次潛入河中。

我緊緊抓住蕾貝卡的手。「貝卡，他會沒事的。」

「我們同時跳下來的，他會發生什麼事？」

「噓！」史蒂夫跟我們說。

我們不再作聲，留心聽著。橋上聚集了一堆人。我們聽到警笛聲、談話聲和對講機的聲音。我們仍然處於危險之中。

幾分鐘後，艾力克斯浮出水面，幸運的是，並不只他一個人，而是和傑伊一起。我們幫忙把他們從水裡拉上來，但傑伊仍然昏迷不醒。

「他怎麼樣了？他還活著嗎？」蕾貝卡問道。

艾力克斯把大拇指放在傑伊的手腕上。

「還活著，他的頭撞到了什麼東西。」

人工呼吸。一次、二次，最終，第三次的時候，傑伊睜開了眼睛，他開始用嘴呼吸，同時吐出了嗆進去的水。

「傑伊！」蕾貝卡擁抱他，但他還沒有徹底清醒過來。

「……該死的，我們怎麼了？成功了嗎？」他問道。

　　　　　　　　　　　　　　　　　我選擇活下去

「成功了。」艾力克斯笑著說。

「哥兒們，你嚇到我們了。」史蒂夫說。

「別放鬆。我百分百肯定警察非常瞭解我們的計畫，他們很快就會開始仔細搜查沿岸，所以我們要盡快離開這裡。」主唱用指揮的語氣說。

「我們要去哪兒？」蕾貝卡問。

「城市離這裡有幾英里，我們得過去，等到那裡我們再看看該怎麼辦。」

艾力克斯從混凝土板上下來，到了地面上。

「傑伊，你怎麼樣？能走路嗎？」史蒂夫問道。

「可以。別擔心我，我很好。」

「等等，」蕾貝卡說，「你在流血。」她擦了擦傑伊額頭上的血。

「謝謝。」

—◆—

我們一個跟著一個走。渾身都溼透了，我的下巴冷得直打顫，一點力氣也不剩，但我知道，不能停下。否則，不僅自己為難，同伴們也為難。

森林裡漆黑一片。只有月光能幫助我們前行，烏雲滿天，我們不得不盲目地走著。艾力克斯手裡拿著打火機，它還能用，我們都跟著它小小的火焰走。我一直碰到帶刺的樹枝，它們肆無忌憚地刺入我的皮膚。

「該死……我什麼也看不到。」傑伊說。

「傑伊，別抱怨了，心裡想想就好。」史蒂夫說。

他們的聲音在我耳裡迴響。我不知道他們怎麼還有力氣說話。

我們離開河邊。我向天祈禱，希望這種耐力測試能快點結束。突然我聽到有人尖叫。幾秒鐘之後，我意識到這是蕾貝卡的尖叫聲。我停下來，藉著昏暗的月光找到了她。

「貝卡……」

她坐在木頭上，握著自己的手。「我的天哪！……」她說。

「大家等一下。」我尖叫道。

「你們怎麼了？」史蒂夫走到我們身邊。

「她跌倒了。」

「艾力克斯，照一下。」傑伊說。

主唱照向蕾貝卡的膝蓋，我們看到小傷口正在流血。

「普通的擦傷，」他說，「嘿，如果我們一直這樣停下來，肯定會被抓住。」

「那又怎樣！被抓住就被抓住啊！我受不了了……難道你們真的不明白，他們早晚會抓住我們嗎？我們只是在拖延時間罷了，一點意義也沒有。」蕾貝卡用雙手捂著臉哭泣，「我累了……」

「但如果……我們成功了呢？」我低聲問道。

「即使成功了，我們又要怎麼辦？我們什麼都沒有。沒有家，沒有衣服，只剩下一點點錢，但我們甚至不能用它，因為我們被通緝了！我們的生活只剩下逃跑了。」

蕾貝卡繼續歇斯底里。說實話，我有點支持她。我們真的什麼都沒了，而且警察早晚會找到我們，簡單來說我們可以向正常的生活說再見了。

「她是對的，」傑伊說，坐在蕾貝卡旁邊。「逃跑還有什麼意義呢？我們走投無路了。」

「不，傑伊，當我們被抓住時，才是走投無路了。」艾力克斯說，「而你，貝卡，還有你，格洛莉婭，現在你們也捲進來了，你們甚至無法想像，被抓住後，有什麼在等著你們。」

一片寂靜。我的內心波濤洶湧。為什麼在我們應該成為一體的時候，要分成兩個陣營？

「好，夠了。我們要逃跑，我們必須團結一致。去城市沒有幫助，我們

現在連手都看不清楚，所以得先找個地方過夜。」我說。

我往前走去，沒有人回答我的話，我就當他們同意了。

「停下來，」我聽到史蒂夫的聲音，「把你的手給我。」

他牽著我的手，我們一起走向森林深處。我轉身，看到其他人都跟著我們。我變得平靜一些。

—◆—

在林中迷路亂走了幾個小時後，我們終於找到了一個安全的地方，點燃了篝火。當然，以我們目前的情況，這也是一種愚蠢的行為，因為會很容易被發現，但我們都在發抖，很需要暖和起來。

我們坐在篝火旁，每個人都想著自己的事。我們都累了，甚至連很快又要上路的想法都要消耗體力。

「接下來去哪兒？」傑伊問。

「我說過了，去城裡。」艾力克斯說。

「去城裡……」傑伊笑了，「對啊，現在每三個人中就有一個人認識我們，那場車禍的把戲讓情況變得更糟了。」

「好吧，那你有什麼建議？」

「我們得待在森林裡，至少要待幾天。」

「我想知道，你如何在沒有食物的情況下在森林裡生活幾天？」

「如果願意，就能活下去。」

「不，艾力克斯是對的，我們要去城裡。警察會先在森林中仔細搜尋，我們先找一個小城鎮的房子藏起來，再看看要怎麼辦。」史蒂夫說。

貝卡躺在我的膝蓋上，她身體的顫抖傳染給了我。「我好累，我要是在那輛露營車裡被淹死了多好。」

「不要這麼說，我們做得到的，你聽到了嗎？」

「我很害怕，我不怕進監獄，但我害怕看到我母親的眼睛。」

「你們從露營車上拿了些什麼東西？」艾力克斯問道。

「打火機和證件，雖然可能也沒什麼用了。」史蒂夫說。

「我拿了地圖，當然，它被泡軟了，但仍然可以辨別方向。」

我打開我的手提包。「信用卡。」這是我抓到的唯一有價值的東西了。

「我們還剩多少錢？」艾力克斯問道。

「我不知道，但應該可以再生活兩個月。」

「非常好，主要是我們有錢，其他的事我們可以處理。」

事實上，信用卡不是我隨身攜帶的唯一東西，還有日記。它的封皮被泡漲了，紙變得很硬了，連我的字跡也模糊了。

「就這樣，我們先睡吧。等天亮了，我們就得前進。」史蒂夫說，「傑伊，把火滅了。」

傑伊熄滅篝火之後，眼前的一切都黯然失色，空氣再次變得涼爽。我們都坐在寒冷潮濕的地上。十五分鐘後，也許更久，我發現每個人都睡著了，除了我以外。我沒有合上眼皮，雖然我已經筋疲力盡。我能聽到自己強烈的心跳聲，肚子餓得咕咕叫的聲音。我的天哪！如果我現在不立刻睡著，明天早上我就會更像行屍走肉。當我的意識終於開始順從我的意志，就快要睡著的時候，我聽到一些聲音，像乾樹枝斷裂的聲音。我睜開眼睛，留心聽著，聲音沒有再出現。可能是我聽錯了。那麼，格洛莉婭，試著睡覺吧，求你了。

幾分鐘後聲音又重複出現了，它變得越來越近。我試圖在黑暗中窺探——什麼也沒看到。

「艾力克斯。」我低聲說道。

「怎麼了？」他問。

「那邊好像有人。」

我們一起仔細聽了聽，遠處的某個地方傳來一些人聲。

「你聽到了嗎？」

「媽的……」艾力克斯說，「史蒂夫、傑伊，醒醒。」

「貝卡，起來。」

「怎麼了？」史蒂夫問道。

「他們似乎找過來了。」

—◆—

我已經厭煩計算我們走了多少小時，我機械地往前走著。每一秒都覺得馬上就要倒下，再也起不來了，但我集中精神，鼓勵自己說，我們已經遠離追捕者了。天漸漸亮了，我們終於看到了前進的方向。我的想法一個個相互重疊，現在我在想食物，胃裡一片酸痛，因為無力而頭暈目眩。

「喂，看，那裡有光。」蕾貝卡說。

我們來到她身邊，凝視著遠方。真的，我們看到像燈籠一樣的東西，然後抬頭看到了電線。

「路，這是鐵路！」艾力克斯說。

「這麼說，我們離城市已經非常近了。」傑伊笑著說。

我們走到了鐵軌上，繼續沿著鐵軌走。

到目前為止，我們都沒有停下，直到我們聽到火車鳴笛聲。我們又走了幾公尺，看到我們面前停著一列貨物列車。

「這才是運氣好！」史蒂夫說，他和艾力克斯互相看了對方一眼，然後衝上前去。

我和蕾貝卡沒明白發生了什麼事。

「喂，走快點。」傑伊跟我們說。

「你們要幹嘛？」我問。

「沒有露營車時，我們只能這樣去不同的城市了。」

我們走到最後一節車廂邊。

「等等，你們要爬上去嗎？」蕾貝卡問。

「當然。」艾力克斯說。

「如果有人看到我們在這裡怎麼辦？」我問了一個問題。

「你知道有多少人這樣旅行嗎？我們真的很幸運！」史蒂夫說。

艾力克斯第一個爬進敞車。然後史蒂夫和傑伊幫助我和蕾貝卡一起加入艾力克斯的行列。敞車裡有一堆金屬廢料，但我們還是找到一個舒適的地方安頓下來。

火車開動了。我的腿痠痛難忍。我們正快速地離開這個可怕的地方。

—◆—

我熟睡了幾個小時。因此，當我醒來時，終於感受到期待已久的充沛精力。但還是沒能擺脫頭痛和胃痛。

除了蕾貝卡之外，大家都醒了。

「我想知道，我們要去哪兒？」傑伊問。

「我打賭我們要去德州。」史蒂夫說。

「不，看起來不像德州。也許，我們要去加州？」

「去哪兒有差嗎？最重要的是我們到目前為止沒有坐牢。」艾力克斯說。

其他人說話的時候，我又開始欣賞新的風景。火車駛過長長的橋樑，下方幾公尺處是寬闊的河流，風吹動藍色的波浪，與它們比起來，人就像一粒沙子那麼渺小。我瞬間屏住呼吸，再次充滿了對未知的恐懼。我們要去哪兒？會發生什麼事？

「洛莉，你怎麼這麼安靜？」史蒂夫問道。

「我沒有力氣說話。我現在好餓，我準備切了你的手，烤熟了吃。」

　　　　　　　　　　　　　　　　　　　　　　　我選擇活下去

大家大笑起來。

蕾貝卡到現在還沒有醒過來。她像一隻無家可歸的小狗一樣躺著，雙手抱住自己。她看起來像是生病了。皮膚變得更加蒼白，我看到她額頭上的汗水。她開始咳嗽，咳得很厲害，好幾次我們都覺得她嗆到了。

「貝卡——」我喊道，靠近她。她聽到了我的聲音，醒了過來。我摸了摸她的額頭，太燙了！我開始擔心。

「我的天哪！……她發燒了。」我說。

「怎麼了，我們到了嗎？」蕾貝卡問道。

「不，還沒有。」

「……我好冷。」

我和傑伊脫下身上的帽 T，蓋住蕾貝卡。

「嗯，她絕對是發燒了。太糟糕了。」傑伊說。艾力克斯看著蕾貝卡，從他臉上的表情，我明白我們現在的狀況有多艱困。

「該怎麼辦？」史蒂夫問道。

「我們得買一些藥……」

「燒得這麼厲害通常活不了多久。」傑伊說。

「閉嘴！」我嚴厲地說。

我明白蕾貝卡有多不舒服。在這種狀態下，她需要待在家裡，有溫暖的床和熱茶，而她卻躺在冰冷的敞車上，烈日只會增加她的溫度。

我覺得我得對蕾貝卡負責。因為我，她在這裡；因為我，她生病了。如果她發生什麼事，我永遠不會原諒自己。

— ◆ —

當天空中日落的色彩變得更濃厚時，火車停了下來。我們快速從車廂跳了下來，只希望沒人發現我們非法搭車。傑伊抱著完全虛弱的蕾貝卡。

「傑伊，放開我，我能走。」她說。

「你確定嗎？」

「是的。」

我們到達車站，嘗試找到一些指示牌或者標示，以便瞭解我們現在所處的位置。這裡人很多，他們都看著我們。這並不奇怪，畢竟我們身上的衣服很髒，看起來像街頭流浪漢。最糟糕的事情是——我們真的是街頭流浪漢，大家避之不及的邊緣人。

我們找到一個有城市名稱的標牌——奧克斯納德。

「我就說我們要去加州。」傑伊說。

「聽著，現在我們應該團結在一起。從容一點，不要看人們的眼睛。我們得找到市場和藥局。」

我們在小城裡瞎走了一陣，很快就找到了一家商店，我立刻去自動取款機取出卡裡所有的錢。沒剩多少了，五個人幾千美元，還要花很久。如果用完了，我們要怎麼辦？我又開始胡思亂想了。

— ◆ —

我、艾力克斯、傑伊和蕾貝卡從市場買了一大袋食物。我們買得不多：香腸、三明治、水、白蘭地和罐頭。我們要盡快吃飽。

「我買了退燒藥和抗生素。」史蒂夫說。

「好的。」我回答道。

「我們已經快破產了，你們為什麼要為我浪費錢？」蕾貝卡輕聲說。

「貝卡，別說了。你感覺如何？」

「我已經好多了，真的。」她反駁之後，再次咳嗽得很厲害。從她的情況來判斷，我覺得她快暈倒了。

「夥伴們，」傑伊向我們點頭示意，「看前面」。

我們看到一群警察。我們幾個同時轉身，神態自若地走向另外一邊。

「我們去找一個人少的地方。」艾力克斯建議說。

— ◆ —

海灘，奧克斯納德小鎮瀕臨大海。因為颱風多雲的天氣，海灘上沒有人。我終於感受到了自由。在經歷過去整整24小時之後，我們終於可以放鬆一下了。

我們來到棧橋碼頭下，升起篝火。用棍子穿好香腸，喝著白蘭地。我已經忘記了吃飽的感覺，也感覺不到惱人的飢餓感。和大家在一起，我感到很平靜。看著這些傢伙，我明白和他們一起真的不用害怕，這些天我們經歷了多少不同的麻煩事！我們似乎刀槍不入。我真的很喜歡這樣。

「我覺得自己像一個飢餓的非洲孩子。」傑伊說。

我們笑了起來。我把頭轉向另一邊，發現蕾貝卡和我們分開坐著，甚至碰都沒碰食物。「貝卡，你為什麼不吃東西？」

「我不想吃。」

「你得吃飯，聽到了嗎？」

「格洛莉婭，我真的不想吃。」

我拿起烤好的香腸。「如果你不吃，我真的會把食物塞進你嘴裡喔！」

蕾貝卡呼出一口氣，終於願意吃東西了。

「我不知道你們覺得怎樣，但我真的很討厭這些黏乎乎的衣服。」史蒂夫一邊說，一邊脫掉他的T恤。

「你要去哪？」艾力克斯問道。

「整個海灘都是我們的天下啦，怎麼可以不好好利用一下呢！」史蒂夫完全脫掉衣服，潛入大海。

「就像過去的美好時光一樣。」傑伊笑著說。

「我也需要涼快涼快。」艾力克斯說，抓住傑伊的手，他們一起穿著衣服潛入鹹鹹的大海中。

我看著他們，覺得很搞笑。他們已經是成年人了，儘管不得不經歷很多糟糕的事，但他們仍然開心地生活。我需要學著變成這樣。

「好了，我吃不下了。」蕾貝卡一邊說，一邊吃完香腸。

「喝點這個。」我把感冒糖漿倒進小藥瓶的蓋子裡，蕾貝卡乖乖地喝光了它。「很棒！現在你得睡一下。」

「好的，媽。」

我笑了起來。碼頭下面非常潮濕，我把自己的帽T鋪在地上，蕾貝卡躺了下來，我替她蓋上傑伊的帽T。我很難相信我們竟然必須在這樣的條件下生存。

親愛的日記！

我從來沒有嫉妒過無家可歸的人，有時甚至會批評他們選擇這樣的生活方式。雖然我還是無法把這稱為生活，但現在，我也變成了無家可歸的人。我在街頭睡覺，祈禱篝火永遠不會熄滅，而飢餓的感覺一直在折磨著我。我不知道最後會走向哪裡，我害怕入睡，因為總覺得警察隨時會找到我們，這種恐懼讓我精疲力竭，我從沒想過我的生活會變成這樣。我害怕失去這群夥伴，也害怕再次遇到我父親。我感覺自己好像站在懸崖邊，再往前一點，就會掉下去。

還剩10天

— ◆ —

我選擇活下去

我獨自沿著海灘散步，其他人在棧橋碼頭，有種平靜又恐慌的感覺。

風暴掀起的巨浪拍打著我的腿，把我推到了海邊，我抵抗著。我走到岩石邊，靠在上面，呼吸著鹹鹹的空氣。大海洶湧澎湃，掀起層層巨浪。天完全黑了，雲層暗沉厚重，似乎瞬間就要坍塌。我看著這一切，明白自己內心也是同樣的洶湧澎湃。

「啊，你在這裡呀！你在這兒做什麼？」我驚訝得跳起來。史蒂夫走到我身邊。

「享受平靜，對了，被你破壞了。」

「對不起。」他擁抱著我。

我回應他，擁抱他，閉上眼睛。我好想念這些，他的擁抱，他的愛撫。「你知道嗎？我現在才明白，我有多害怕失去你。」

「你這麼說，好像我們已經七老八十了。」史蒂夫笑著說。

「我很認真。如果被抓住，我們就永遠不會再見面了。我很怕我太依賴你。」

「我不想考慮這些，我已經賴著你不放了。」

我更加緊緊地抱著他，好像最後一次一樣。淚水掛滿臉頰，我為自己的多愁善感感到羞愧。

「喂，你怎麼了？」史蒂夫問道，擦去我臉上的淚水。

「只是想到一些事。」

史蒂夫吻我。我的手往下，伸進他的T恤裡。幾秒鐘後，我和他的T恤已經在地上了。我躺在沙灘上，史蒂夫繼續在我身上留下吻痕。海浪猛烈地拍打著岩石，風聲兇猛地咆哮著，因為暴風雨的關係，海洋的轟鳴聲越來越大。但我們對狂暴的大自然毫不在意。我們感覺很好，甚至在燃燒著。即使自由時間很短暫，我們也必須讓它變得難忘。

第41天

　　海浪撫摸著我的身體，早上的大海十分平靜。水很冷，但我很快就習慣了。我潛入水中，在水中漂浮了幾秒鐘，然後我浮出水面，吸點空氣再次浸入水中。海浪把我捲到遠處，已經離岸邊很遠了。我想漂走，找一個島嶼定居，沒有任何人打擾我。

　　我的東西留在了岸邊，我發現史蒂夫已經守護它們很久了。頑皮的海浪勉強同意讓我脫離它們的懷抱。我走向史蒂夫，鹹鹹的海水緩緩從身上滴下，冷得我直發抖。

　　「早安，美人魚。」因為陽光，史蒂夫瞇著眼睛說。

　　我對他微笑。側身的傷疤和身上的許多擦傷使我時不時地感到刺痛。

　　「大家都醒了嗎？」我問。

　　「對啊，我從他們那兒拿了兩個熱狗。」

　　這種感覺很愉快，手中拿著食物，愉快的飽腹感讓你覺得自己還是個人。史蒂夫試圖用他的擁抱來溫暖我顫抖的身體。我們坐在黃色的沙灘上，望著無邊無際的藍色大海。

　　「我真想留在這裡生活，蓋房子，買車。每天早上我都會沿著海灘跑步，白天我去買食物，晚上一邊吃晚飯，一邊欣賞海邊的日落。」

　　「我也想在這裡生活。」

　　「真的嗎？」

　　「是的，我厭倦了吵鬧的生活。我想要平靜，和諧……和孩子。」

　　「什麼？孩子？」我笑了，「我真沒想到你會這樣想。」

　　「不行嗎？我很快就要30歲了，是時候考慮這些事情了。」

　　「拜託，你自己就是個孩子。」

　　「但我們會有像你這樣很棒的母親。」

「是啊，被學校開除而且正在被警察追緝的未成年媽媽。」

我們笑了起來。

——◆——

我和史蒂夫朝著棧橋碼頭走去。傑伊和艾力克斯在討論著什麼。

「嗨，親愛的。」傑伊說。

「嗨。蕾貝卡醒了嗎？」

「不，我沒有叫醒她。多睡一點可能會讓她恢復得好一點。」

「你們已經定好今天的計畫了嗎？」史蒂夫問道。

「可以待在這裡，這裡感覺很安全。」

「還有什麼其他的選擇？艾力克斯，你的地圖在哪兒？」

「我去拿。」幾秒鐘後，艾力克斯手裡拿著一個手提包走到史蒂夫身邊，遞給他一張地圖。

「好，來看看該怎麼辦。」史蒂夫和傑伊站到一邊，討論行動計畫。

我和艾力克斯兩個人待在一起。

「我們得找個房子，蕾貝卡隨時都可能變得更糟。」

「我知道，」艾力克斯回答說，並走到離其他人更遠的地方，「你還剩幾天？」

我走到他跟前。「什麼意思？」

「你數數你還剩下幾天？」

他這個問題讓我有些措手不及。

「還剩九天。」

「你決定要怎麼做？」

「我不知道，你為什麼這麼問？」

「因為這件事讓我很難看著你，每次我都會想起你想對自己做的事。難

道你真的要離開史蒂夫和蕾貝卡嗎？」

「……艾力克斯，我現在不想談這個。」

他的手提包打開著，我發現裡面放著泡軟了的照片。

「她很漂亮……」我拿起照片，照片看起來充滿活力，描繪了一種真正輕鬆的生活。我已經忘了沒有煩惱、恐懼和極端的生活是什麼樣子了。

我偶然看到一張照片上有棟小房子。

「這房子是？」我把照片翻過來，背面用藍色圓珠筆寫著：**「棕櫚泉，第九區，46棟」**。

「這是我外婆家，我和黛安娜每年夏天都住在那裡。她的夢想是進入加州大學，在這棟房子裡生活。」

「搞不好她在那裡？」

「我不知道……我已經十多年沒去那裡了。」

「艾力克斯，一直以來，你都知道她可能會在哪裡，但是你沒去找她？」

「我一直很害怕再見到她，我沒辦法面對她。」

我從他身邊走開。

「夥伴們，把地圖給我。」拿到地圖後，我開始研究，「好，棕櫚泉就在這兒，而奧克斯納德在這兒。離得非常近。」

「你有什麼主意？」艾力克斯問道。

「我們得去那兒，只有你妹妹可以幫助我們。」

「如果她不在那裡怎麼辦？」

「我們總是得確認一下，這是我們唯一的出路。」

大家都滿懷希望地看著艾力克斯。

「我不能……我這麼多年沒有見過她了，而現在，我是個罪犯……不行。」他說。

「你真是個膽小鬼。」史蒂夫說。

「艾力克斯，就算不考慮自己，也請你考慮一下我們，考慮一下蕾貝卡，她沒辦法露宿街頭的。」傑伊說。

艾力克斯沉默了。難道他要這樣，餘生都只能看著自己妹妹的照片嗎？我們要錯失我們最後的機會了。我轉過身，試著接受這樣的事實。

「收拾東西吧，」我聽見艾力克斯的聲音，「我們去棕櫚泉。」

—◆—

我們在火車上，兩個小時後將到達棕櫚泉。我們分別坐在不同的地方，盡量像普通人一樣行事，以免引起懷疑。列車飛速疾馳。雖然我試圖表現得從容一點，甚至把頭髮藏在帽子裡，以防有人認出我，但害怕突然有人發現我們並立刻報警的疑慮一直折磨著我。我從未如此害怕過人群。

我快速打量了每一位乘客：有人在睡覺，有人在看報紙，有人正看著窗外。總之，沒有人對我們有興趣，沒有人看著我們，我變得平靜了一些。我把注意力集中在艾力克斯身上，我覺得他很擔心，那還用說嗎？無論是誰，站在他的角度都會覺得很煎熬，也不知道黛安娜是否住在那裡。

我睡了一會兒，突然的停頓感把我驚醒了。我們到了。謝天謝地！

我們跟著艾力克斯走了很久，一路上，我盡可能地觀察棕櫚泉。據說這裡是許多名人通常會來放鬆的地方。雖然加州和佛羅里達州有許多相似之處，比如都有海洋、棕櫚樹和大量遊客，但我之前從未來過加州，這兩個州顯然在許多方面還是有所不同。

「你真的還記得房子的位置嗎？」史蒂夫問道。

「當然，我對這個區域瞭若指掌。」

最後，艾力克斯停在了我在照片中看到的那棟房子對面。我們在門口站了十五分鐘，艾力克斯遲遲無法按下門鈴。

「我來吧。」我說。

艾力克斯搶先按響了門鈴。三分多鐘過去了，沒有人來開門。艾力克斯再次按了門鈴，但也沒有反應。

「裡面沒有人。」

我們所有的希望瞬間化為烏有。我們冒著危險，白白來這兒一趟。

艾力克斯失望地走到我們面前。

「怎麼辦，現在去哪兒？」傑伊問。

沒有人回答他。因為大家都知道我們無處可去。我們甚至無法住飯店，因為警察會立刻找到我們。我們再次陷入了走投無路的境地。

在我們要離開的時候，突然聽到開門的聲音。

門檻上站著一個黑色長髮的苗條女孩。

「艾力克斯？」

主唱呆了很久。

「黛安娜……」他終於說道。

—◆—

我們進了屋子。這裡很舒適，一切都打理得很好。這讓我想起了外婆家。

艾力克斯和黛安娜沉默了幾分鐘，我看到他們眼裡滿含淚水，然後他們緊緊擁抱在一起。非常感人的時刻，多年未見的親人，現在擁抱著他——這簡直不可思議。

「我以為你死了，這些年你去哪兒了？」

「我認識了傑伊和史蒂夫，我們在環遊世界。」

艾力克斯並沒有把目光從他的妹妹身上移開。我能理解，十多年來只能在照片中看到的人，真的出現在他面前了。

「我不敢相信這是真的，你就在這裡，在我旁邊。」

我選擇活下去

「我也是，」艾力克斯低聲說道，「黛安娜，我們需要你的幫助，警方正在搜捕我們。」

「我知道，新聞裡報導過你們的事。」

「我們能在你這裡待幾天嗎？」

黛安娜有些不知所措。我們聽到孩子大聲哭泣的聲音。

「那是什麼？」艾力克斯問道。

黛安娜沒有回答，她到二樓抱著一個嬰兒下來。「不是『那是什麼』，而是『那是誰』。這是克里斯多夫，你的外甥。」

艾力克斯沉默了好幾秒說不出話來。他聽到的這些話讓他魂不守舍。

「我的天哪！……我有外甥了嗎？」他笑著問道，伸手想要抱孩子。

「等等，先洗澡，你們也是。」她看著我們。

「這麼說，你讓我們……」

「是的，你們要在這裡住多久都可以。」

——◆——

我穿著柔軟的浴袍走進客廳。艾力克斯坐在沙發上抱著嬰兒。

「克里斯多夫的爸爸在哪兒？」他問道。

客廳與廚房連在一起。黛安娜站在爐灶邊煎東西，整個房間都散發著令人愉快的香味，激起了我的食慾。

「我和他的爸爸，我們愛得轟轟烈烈，但他一發現我懷孕，就立刻人間蒸發了。」黛安娜從爐邊走到我們身邊。

「黛安娜，謝謝你收留我們。」我說。

「不用客氣。對了，我們應該認識一下。」

我尷尬地笑了笑。「我是格洛莉婭。」

「很高興認識你。那個女孩，她怎麼了？她看起來無精打采的樣子。」

「她叫蕾貝卡，她生病了。我想問一下，你有藥和溫度計嗎？」

「當然。客廳有一個急救箱，你需要什麼就拿。」

「謝謝。」

「大家都過來吧，你們一定很餓了。」

我們都坐在小圓桌旁。每個人都津津有味地吃著帶醬汁的烤肉。黛安娜和艾力克斯聊著多年來的事情。其他人都靜靜地坐著，不去打斷他們的談話。

「為什麼你這麼多年都沒來找我？」

「我……不知道該怎麼辦。我覺得，你一定很恨我。」

「一開始我真的很恨你。爸媽去世時，只剩下我一個人，而你不在身邊。」

「……對不起。」

「艾力克斯，我早就原諒你了。」

—◆—

我、艾力克斯和史蒂夫坐在柔軟的地毯上和克里斯多夫一起玩。傑伊躺在床上，早就失去了知覺。

我終於穿上了乾淨的衣服。

「如果他成為一名音樂人，那會很酷。」史蒂夫說。

「不，不行，他要成為一名醫生，或者老師，或者是辦公室上班族，但我不希望他變得像我一樣。」

「我要去睡了。」我說。

黛安娜分給我們兩個客房。我去她分給我和蕾貝卡的那間。蕾貝卡在睡覺，仍然很虛弱很嗜睡。我躺在她旁邊。我的天哪！躺在床上太愉快了。你根本無法想像，在連續好幾個晚上睡在地上後，爬到真正的床上是什麼

樣的感覺。

房間的門打開了，黛安娜走了進來。「怎麼樣，安頓好了嗎？」

「是的，再次感謝。」

黛安娜點點頭，似乎打算離開，突然她停了下來。「格洛莉婭，你是艾力克斯的女朋友嗎？」

「不是。」

「那你為什麼和他們在一起？」

「……我和艾力克斯有類似的經歷，我也離家出走了。我和蕾貝卡去參加一場音樂會，在那裡認識了他們。」

「你多大了？」

「很快就17歲了。」

「太年輕太笨了，難道你不想家嗎？」

「……不。」

「我知道了。那好，休息吧，我不打擾你們了。」

黛安娜關上門。

我要自己放鬆並合上了眼皮。

—◆—

蕾貝卡咳得很大聲，讓我無法入睡。我摸摸她的額頭，她又發燒了。

「該死……」我說。

她需要退燒藥，我得去拿急救箱。我打開門，為了不吵醒任何人，我踮著腳走到樓梯口。我看到黛安娜，想開口叫她，但有件事阻止了我。她走到電話旁邊，撥了某個號碼。

「喂，警察局……」

我渾身發熱。有那麼一瞬間，我希望是我聽錯了，但沒有，她真的打

電話給警察了。我迅速走下樓梯，抓住電話，掛斷它，將電話扔到了地板上。黛安娜沒想到我會出現。她目瞪口呆地站在原地。

「你在做什麼？」我差點尖叫起來。

幾秒鐘後，艾力克斯、史蒂夫和傑伊出現在我身邊。

「發生了什麼事？」艾力克斯問道。

黛安娜沉默，警惕地看著每個人。

「她打電話給警察。」

「……黛安娜，為什麼？」

「我永遠不會在我家裡窩藏罪犯，你們讓我和我的孩子遭受到了危險。」

「所以你決定出賣我們？但我是你的哥哥！」

「當你拋棄我和媽媽時，你就不再是我的哥哥了。」

我覺得這些話傷害了艾力克斯，這就像是一把刀插在他的胸口上。我知道親人的背叛是什麼感覺，我非常理解艾力克斯。他的眼裡滿是淚水，但他忍住了。黛安娜曾經是他生命的意義，而現在這個人直接把他推入了深淵。

「黛安娜，求求你，只要讓我們離開就好，沒有人會知道。」我說。

「夠了，」艾力克斯說，「如果你想打電話，就打吧。我沒想到你會這樣對我。你撒謊騙了我們，從一開始你就想出賣我們。但你還記得嗎？我們小時候在這棟房子裡跑來跑去，發誓說我們永遠會在一起。」

「是你破壞了這個誓言！是你！」黛安娜歇斯底里地大喊大叫。「你逃跑了，你沒看到我是如何在太平間指認爸媽的屍體，你沒看到他們是如何被埋葬，你不知道我哭了多少天，我經歷了多少痛苦。對啊，你是音樂人，對而言，音樂比你自己的家庭更重要！」

我們聽到克里斯多夫在二樓的哭聲。艾力克斯爬上樓，然後抱著孩子下樓。

「⋯⋯打電話吧。你是對的，我真的是個渾蛋。我應該坐牢，應該經歷那裡發生的一切。我只求一件事⋯⋯如果可以的話，請原諒我，原諒我。」艾力克斯親吻克里斯多夫的小臉蛋，並將他交給黛安娜。

她站著，不自在地咽了咽口水，淚水順著她蒼白的臉頰滾落下來。她蹲下，撿起電話。我的呼吸快要停滯了。黛安娜把電話放回櫃子上。然後打開一個抽屜，拿出車鑰匙。

「走吧。」黛安娜說，遞給我鑰匙。

「黛安娜⋯⋯」我手足無措地說。

「立刻離開。」

我拿起鑰匙。黛安娜一邊抱著她的兒子，一邊拿起紙和筆，寫著什麼。

「去這裡。」她遞給艾力克斯一張字條，「這是一個人的地址，他可以提供房子給你門，而且給的錢夠多的話，他不會告訴任何人任何事。」

「⋯⋯你為什麼要這樣做？」艾力克斯問道。

黛安娜盯著他看了很久。「我不知道。你們遲早會被抓住的。」

— ◆ —

我們坐在車裡。艾力克斯遲遲沒開車。在場的其他人都沒說話。大家都明白這種情況有多困難。黛安娜站在門口，艾力克斯從汽車側視鏡中看著她，然後，當黛安娜關上門時，艾力克斯緩緩發動了引擎。車子開始移動，他打開包包，拿出照片，降下車窗，將它們扔出窗外。有幾張照片黏在玻璃上，但很快也飛走了。在那一刻，他和過去告別了，他放手了。沒有什麼比被心愛的人背叛更痛苦的了，我自己也深有體會。在那一瞬間，你失去了對一切的信任：愛情、信任、希望，還有那個曾經相信自己有一天會幸福的念頭。

我們離黛安娜家越來越遠。我不知道現在要去哪兒，我們能找到住所

嗎？我們會安全嗎？

　　我還剩下九天的時間，九天內我要決定是否死去。還有不到兩週的時間去思考，但我不知道我該怎麼辦，我甚至不知道要怎麼去做那件事。

　　我的意圖最終變得很混亂。

第42天

親愛的日記！

一切都漸漸回到原來的軌道。

我們在城裡的郊區租了一棟小房子，向房東支付了我們一半的積蓄。房子用淺色原木搭建，由兩個小房間和一個連著廚房的大房間構成。

我不知道我們會在這裡待多久。貝卡說得沒錯，我們的生活已經變成了一場大逃亡。有一部分的我其實喜歡這種感覺。難得的是，我對生活產生了興趣。我想在每天早上醒來，享受每一天的不確定性。我以前從未有過這種感受。我是否找到了人生的意義？如果這種感覺是真的呢？我越來越少想到自殺。事實上，情況正相反。我想去體驗、去奮鬥、去愛。

或許這就是為什麼我一開始倒數的原因，我需要明白生活可以是美好的。我仍然很希望在這剩下的八天裡，不會發生任何壞事，我能永遠忘記「自殺」這個詞。

還剩8天

—◆—

我坐在床邊一張破舊的沙發椅上，蕾貝卡把身體縮成一團在床上睡覺。雖然我和她年齡相同，但她在我看來還相當小，沒有人保護。我從未有過妹妹，我想把她當成妹妹一樣照顧。我總是需要這樣的朋友，簡單、

膽小、無私，我真的很感謝命運讓我和她相聚。

　　早晨的陽光透過泛黃的窗簾，輕輕地觸摸蕾貝卡的眼瞼，她猛地翻了個身。深吸一口氣，蕾貝卡揉了揉眼睛，注視著我。

　　「早安。」她用嘶啞的聲音說道。

　　「貝卡，你還好嗎？」

　　「除了嚴重的鼻塞，可怕的喉嚨痛和腦子裡的嗡嗡聲外……一切簡直太好了。」

　　「看來你的幽默感已經回來了，那就代表你正在康復。」

　　我走到她身邊，摸了摸她的額頭——不燒了。皮膚終於變成健康的顏色，不再蒼白。到目前為止，咳嗽仍然折磨著她，但有康復的跡象。我拉開窗簾。昨天我們很晚才抵達，天黑了，我還沒好好看看我們所在的地區。濛濛霧氣中，遠處依稀可見巨大的山脈。我們周圍都是小房子，住著和我們一樣的「隱士」。

　　——◆——

　　「這裡很平靜。」我說。

　　「……這種平靜會持續很久嗎？」

　　我轉向蕾貝卡，扯下她的被子。「起床吧，去洗個澡。」

　　「我可以多躺一會兒嗎？」蕾貝卡拉長聲音說。

　　「貝卡，我知道，你生病了，但你看看，你變得像什麼樣子？亂糟糟的頭髮，髒髒的衣服。我們終於能在人類該住的地方生活了，你也要符合這個環境。」

　　「你只是在開玩笑吧？」

　　「你忘了我曾和潔澤爾·維克利很好嗎？她教會我，即使被推土機撞倒，也要外表動人。」

我們笑了起來。

——◆——

廚房聞起來很香。史蒂夫坐在一張陳舊的咯吱咯吱響的沙發上，傑伊站在爐灶邊煎東西。

「早安，男生們。」我說。

「早安。我沒想到，你們女生可以睡這麼久。」傑伊說。

「你覺得女生不是人嗎？」

「不，我已經準備好了早餐，雖然這是你們的工作。」

「什麼？」我笑了。「我想知道你們的工作是什麼？」

「我們是男生，我們必須做的是保護你們。」

我忍不住又笑了。「那你們也沒有做好自己的工作。」

「什麼？」我沒發現史蒂夫出現在我背後。他抱起我，開始轉圈。我哈哈大笑起來。他放下我，雙手摟住我的腰。我閉上眼睛，瞬間感覺飛離了這個世界，我享受這個時刻。

「你們在幹嘛？跳求愛舞嗎？」蕾貝卡的聲音讓我重新回到現實。

史蒂夫和我害羞地笑了笑。

「來吧，坐下來嘗嘗我的招牌香腸。」傑伊說。

我們坐在小木桌旁。

「我都快吃膩了。」史蒂夫說。

「那你想吃什麼？這是家裡唯一剩下的食物。」

「艾力克斯在哪裡？」我問。

「他……吃飽了。」史蒂夫回答道。

「他還好嗎？」

「他很好，只是昨天他的親妹妹差點向警察出賣了我們。」史蒂夫脫口

而出。

我尷尬地咽了咽口水。

「我們該和他談談。」蕾貝卡建議道。

「沒用的，艾力克斯從不聽任何人的話。當他難受時，他就躲進自己的世界裡，然後再回到原來的軌道上來。」

我們的盤子逐漸被清空了。

「該去解放一下了。」史蒂夫說道。

「謝謝你喔，史蒂夫，給我們這麼詳細的資訊。」蕾貝卡一邊嚼著煎香腸，一邊說。

史蒂夫剛砰的一聲關上廁所的門，傑伊就低聲問我：「格洛莉婭，你想好史蒂夫生日送什麼禮物了嗎？老實說，我已經絞盡腦汁了，但我想不到。」

聽到他的話，我差點噎住了。

「什麼？史蒂夫生日？」

「對啊，明天。你不知道嗎？」

「……嗯，的確是不知道。」

「天啊！你們是在談戀愛吧，連對方什麼時候過生日都不知道。」

「這幾天發生了這麼多事，即使我知道，也一樣會忘記。」

「要不要幫他辦個派對？」蕾貝卡插了一句話。

「派對？警察正在追捕我們，我實在不是很喜歡派對的感覺。」

「貝卡是對的，」我說，「我們需要放鬆，否則我們會因為持續的恐懼徹底瘋掉。我們安排一個溫馨的派對吧，就像在家裡一樣，我們都非常需要這個。」

傑伊沉默了很久，然後他說：「好吧，你們說服我了，那我們今天有很多事情要做了。」

—◆—

我走到外面。完全看不到太陽的蹤影，天空烏雲密布，吹著強勁但溫暖的風。

艾力克斯坐在房子外面遠處的長凳上。我幾乎踮著腳走到他身邊。我喉嚨發乾，起初我十分局促不安，不知道該怎麼開口。

「艾力克斯……傑伊已經準備好了早餐。」

「我不餓。」他突然說道。

我坐在他旁邊。「聽著，我懂你的感受，但……」

「我的天哪！格洛莉婭，我想自己靜靜可以嗎？」

「……當然可以，對不起。」我慢慢地站起來。繞著長凳走，走到他身後時，我又停了下來。「該死的！艾力克斯！你要坐多久，也不知道你在想些什麼？我以為你會更堅強。」

「……如果不是你堅持，我們就不會去找她。」

「好啊！所以都是我的錯囉？」

「不，都是我的錯。我失去了生命中最珍貴的人。我現在什麼都沒有了。什麼都沒有。」

「你有我們。」我再次坐在他旁邊，把手放在他的背上。「這就是生活，艾力克斯。我們需要為任何事情做好準備。朋友、熟人、家人的背叛……甚至自己背叛自己。你應付的來……我知道。」

我覺得艾力克斯有變得輕鬆一些。他轉向我。「你說，傑伊準備好早餐了嗎？」

「是的，香腸。」我微笑。

「請幫我拿過來吧。」

「馬上來。」

我迅速站起來，跑回家裡。其他人都回到自己的房間去了。我用盤子裝了一些香腸，再次走到外面，但是……令我驚訝的是，我沒看到任何人。艾力克斯似乎消失了。我心不在焉地環顧四周，最後發現艾力克斯正朝著我們的車走去。食物從我手中滑落，掉在地上。我全力跑了起來。

　　「艾力克斯！」我喊道，他走到車旁，打開門，「艾力克斯！」

　　他沒有注意到我，我聽到引擎發動的聲音，連忙跑到汽車前，緊貼著引擎蓋，站在路上。我喘得很厲害，透過前擋風玻璃看著艾力克斯的臉。還差一點點，他就會撞到我。

　　他下了車。「你幹什麼？」

　　「這是我想問你的，你搞什麼鬼？」我尖叫。

　　艾力克斯沉默地盯著我。當我的呼吸平靜下來時，腦子漸漸清晰起來。

　　「……我懂了，你又想逃跑了。那好吧，繼續啊！」我向前走，推了他的肩膀一把。「你瘋了。你知道嗎，總有一天我們會厭倦一直追著你，到那時你會真正孤身一人。」我再次轉身，朝著房子走去。我聽見艾力克斯朝我跑來，然後他粗暴地抓住我的手臂，把我拖到車裡。

　　「你瘋了嗎？」我一邊大叫一邊推他。

　　他強行把我按進車裡，砰的一聲關上車門。直到現在，我還沒搞清楚是怎麼回事。艾力克斯坐在駕駛座上，發動汽車，我們出發了。

　　我坐在椅子上，不懂發生了什麼事。「我們要去哪兒？」

　　「你很快就會知道了。」

　　「我要跳車！」

　　「跳吧。」艾力克斯冷笑道，把車開得更快了。

　　我覺得非常憤怒。「艾力克斯！」在這種情況下，我無能為力，只能瘋狂地用腳踢車門。

　　主唱在雜物箱裡翻找，遞給我打火機和香菸。「給你，冷靜下來。」

「你真是個瘋子。」

「想自殺的女孩還好意思這麼說我。」他笑著說。

我從菸盒中拿出一根香菸,點燃它,抽了起來。每抽一口,我就越來越冷靜,我開始觀察我們走的路,猜測我們到底要去哪兒。

我們沿著一條小路行駛了一段時間,石塊不時地落下來。車蒙上了一層塵土。我抽完第三支菸,我和艾力克斯一路都沒說一句話。

很快就停了下來,我們同時下了車。我環顧四周,我們在一座山腳下。

「我們來這裡做什麼?」我問。

艾力克斯看著周圍的風景,微笑著。我對於他的奇怪行為很警覺。「你知道這座山的名字嗎?」

「我不知道。」

「聖哈辛托。這是我小時候一直夢想攀登的山。」

「艾力克斯,你為什麼帶我來這裡?」

他轉向我。「你會開車嗎?」

「……不會。」

「很好,我們來打賭:如果你爬到山上那塊石頭那兒,」艾力克斯用手指向一塊離我們大約十碼遠的巨大的淺紅色石頭,「我就把你帶回家,如果你輸了,你就走路回去。」

我站著,張大嘴,不明白發生了什麼事。

「艾力克斯,你的腦子被太陽曬壞了嗎?該死的你到底在幹嘛!」

「我給你十秒鐘考慮。」

「我不會爬到任何地方去!」

「還剩八秒。」

「去你的!」

我朝車子走去,打開門,坐進車裡。艾力克斯走到我跟前。

「時間到了。」

「艾力克斯，立刻帶我回家！」

「抱歉，但你輸了。」

他抱起我，把我拉出車外。

「放開我！」我尖叫。

艾力克斯砰的一聲關上門。

「祝你散步成功。」他說道，然後坐進車裡。

「白痴！」我聲嘶力竭地說。

環顧四周，沒有任何人，只有野鳥在山頂飛翔。我感到不安。我聽到引擎發動的聲音。

「好吧，等等！」我跑到車前，「我同意。」

我轉身背對著車，向山上走去，我聽到艾力克斯從車裡走了出來。

「我恨你。」我說完，然後開始爬山。

土壤鬆散，但很容易找到抓點。我緊抓住岩石，用雙腿的力氣把自己往上蹬。小時候我就是這樣爬樹和小山的，所以並不算太難。

「小心，那兒可能有蛇。」艾力克斯說。

「閉嘴啦！」

只差一點點了，我全身都被汗水浸透，努力不往下看，只看向前方。我現在很興奮，如果輸掉就太尷尬了。幾分鐘後，我到了艾力克斯指定的地點，我覺得自己像個英雄。

「好極了！」艾力克斯鼓掌。

「現在換我了，如果你不爬上來跟我會合，這座山上最大的石頭就會砸到你的頭上。」

艾力克斯笑了起來。

一　◆　一

　　我們在一個小斜坡上，這兒只有我們。遠處可以聽到汽車的聲音，但感覺這些聲音來自另一個世界。

　　「你知道嗎？你釋放壓力的方式太奇怪了。」我說。

　　「但你很喜歡不是嗎？」

　　我只能哼一聲當作回應。

　　艾力克斯抱著雙臂。這期間我們相互保持一定的距離，後來我決定靠近他。「你的肋骨還好嗎？」

　　「它好像被鑽了洞一樣，但我覺得好像已經習慣這種痛了。」

　　一開始，我因為艾力克斯那愚蠢的打賭而生氣，但後來我冷靜下來，意識到他至少暫時不再想著黛安娜了。

　　「接下來要怎麼辦？」我問。

　　「接下來？接下來我們回家，聽傑伊講白痴的笑話一整晚。」

　　我笑了。「你知道我在問什麼，我們會在棕櫚泉待很久嗎？」

　　「我不知道。有個人欠了我一大筆錢，我要聯絡他，叫他還錢。有了這筆錢，我們就可以奢華地生活一年。」

　　「如果他……」

　　「出賣我們？不會的。他和警方的關係也不是很好，這樣做對他沒好處。」

　　我的心情漸漸好了起來。我們已經克服了這麼多困難，終於可以享受人類的生活了。

　　我站了起來。風變得更大了，不停地吹動著我的頭髮、我的衣服，吹得臉上很舒服。我想起艾力克斯曾經跟我說過，我們得發現每件小事的樂趣：日落、日出、風、雨。現在我終於明白這些詞的含義了。

「你真漂亮。」艾力克斯突然說道。

我轉向他。一絡藍色的頭髮隨風舞動，撫弄著我的臉。

「你真的被太陽曬壞腦子了。」我說。

—◆—

天開始黑了。我們回家。我和艾力克斯幾乎一整天都在一起，遠離我們的家，遠離夥伴們和一點點的人類文明。

「明天史蒂夫過生日。」我說。

「我知道。」

「我們決定為他舉辦派對。」

「派對，我甚至忘了這個詞的存在。」

「你覺得他會喜歡嗎？」

「史蒂夫更喜歡去俱樂部，但派對也還行。」艾力克斯笑著說。

—◆—

車停在我們家旁邊。我和艾力克斯慢慢地走到門口，非常清楚前面等待我們的是什麼。其他人會詳細地審問我們去了哪兒，以及為什麼這麼晚才回來。這感覺就像我要回家見父母了。

我們的期望沒有被辜負，一跨過門檻，史蒂夫、傑伊和蕾貝卡都嚴厲地看著我們。

「喂，你們去哪兒了？我們還以為你們出了什麼事。」蕾貝卡說。

「我們……在附近散步。」艾力克斯說。

「對，沒發生什麼事。」我隨聲附和說。

「你們至少該說一聲吧！」傑伊抱怨道。

史蒂夫一言不發地走進我和蕾貝卡的房間，用力甩上門。我深吸一口

氣，集中精神，走進同一個房間。

「史蒂夫……」

「怎麼樣，這趟旅行很棒嗎？」

「史蒂夫，你怎麼了？」

「你認真的嗎？你問我怎麼了？沒什麼啊，只是我的女朋友大部分時間都和另一個男生在一起而已。」史蒂夫呼吸沉重，握緊拳頭。

「你又來了。」我閉上眼睛片刻，盡量保持自制力，「在我們經歷這麼多的事情之後，你為什麼還會吃艾力克斯的醋？我們只是朋友。」

「他看你的樣子不像朋友。」史蒂夫小聲說，轉身背對著我。

我走近他，把手放在他肩膀上，將臉頰貼在他身上。「聽著……我討厭這樣，」我低聲說道，「你要完全禁止我與男性交流嗎？」

史蒂夫猛然轉身，我差點來不及退開。

「別把自己當成一隻不幸的小羔羊！如果我和其他女生一起消磨時間，你也會吃醋！」

「不，我不會吃醋。」我用平靜的語氣說道。

「真的嗎？」

「是的，因為我相信你，而且我不打算限制你與其他女生交流。這很愚蠢。」

我們沉默了幾秒鐘。史蒂夫看了我很久，然後把手放在我的腰上，把我拉到他跟前，下巴抵在我的頭頂上。

「對不起，我發脾氣了。」

「我已經習慣了。」

史蒂夫用手捧起我的臉，然後吻了我，我抱住他。從來沒有人因為我對別人感到嫉妒過，而我也從沒想過這種感覺竟然這麼美好。知道並感受到有人需要你，心裡那個特別的人對你並不冷漠，這種感覺真是令人愉悅。

我們獨處的時刻被開門聲打斷了。

「格洛莉婭……我們談一談。」蕾貝卡說。

史蒂夫放開我。「哦，女生們的秘密。」他走出了房間。

我仍然陷在史蒂夫給我的平靜中。

「我們去城裡一趟，買明天的食物，還有一些東西。」

「好的，我去問問艾力克斯或者傑伊，看誰可以載我們去。」

「不，不要問任何人，我們自己開車去。」

「你會開車嗎？」

「會……我爸教過我。」

「好吧，我們走。」

我和蕾貝卡走進客廳。

「該死的電視！」傑伊打了電視一拳，哪怕有些圖像也好，再次出現的依舊是惱人的黑白條紋。

「傑伊，別管它了。」艾力克斯說。

「我們已經在這裡好幾天了，連一台正常的電視都沒有。可惡的地方！」

「我們要去城裡買食物。」我說完，朝前門走去。

「喂，等等，我們不能讓你們自己去。」史蒂夫說。

「史蒂夫是對的，太危險了。」艾力克斯補充道。

「對啊，都是女孩，一定會發生什麼事。」傑伊笑著說。

其他人都跟著笑了起來。這瞬間讓我抓狂。我抓住傑伊的脖子，把他壓在牆上。我的手緊緊地按住他，他無法動彈，眼看就要窒息了。

「繼續說啊。」我說。

「我開玩笑的，」幾秒鐘內傑伊的臉就紅了，「放開我，我快呼吸不過來了。」他勉強說出話來。

我順從地鬆開手。那傢伙摸了摸自己的脖子，試圖恢復呼吸。

「我們很快就會回來。」我說。

「小心點。」艾力克斯說。我和蕾貝卡沒回答他，默默地走出了房子。

雖然時間晚了，但外面相當暖和。在棕櫚泉，春天和夏天替代了秋天和冬天。這裡幾乎總是陽光明媚，暖暖的，像天堂一樣。

「你處理的很好。」蕾貝卡說。我得意地微笑。

「你確定你會開車嗎？」

「會啊。」

我們坐進車裡，找到地圖，尋找去城裡的路。蕾貝卡剛開動車，車子就猛地一震，保險桿撞到了什麼東西。

「噢，貝卡！你在耍我嗎？」我笑了。

「我只是有點不熟，現在我知道了。」

我們再次出發，這次總算成功避開了障礙物。我們住的地方絕對不是加州最好的區域，這裡幾乎沒有路燈。只有到了高速公路時，巨大的路燈才把道路照亮。我用地圖來導航。

「那麼，現在左轉。」我說。

蕾貝卡按照我的指示。「你確定我們走對了嗎？」

「地圖是這樣說的。」

到處都是纖細的棕櫚樹，黑暗的天空中散落著閃爍的星星。我打開車窗，把手肘放在車門上，探出頭去。我們開得很慢，蕾貝卡擔心會再撞到什麼人或者什麼東西。我呼吸著夜晚炎熱的空氣，享受這座城市的氛圍。

我們一到有許多商店的街道，我就開始環顧四周。

「看，空位很多。停在這裡的某個車位吧。」

「……我忘了。」

「忘了什麼？」

「我忘了怎麼停車。」

我狂笑起來。「好極了！貝卡，你殺了我吧。」

「嗯，等等……轉動方向盤……減速……然後輕輕地剎車。」

車停了。貝卡鬆了一口氣。

「哇！」我說，「幹得好！你通過路考了。」

「你儘管嘲笑我吧，我不在乎。」

我們關上車門，開始研究這些當地的商店。雜貨店讓我口水直流，從早上就沒吃什麼東西，我的身體現在似乎已經習慣了吃得很少，但仍然無法抗拒滿是食物的櫃檯。我們打包了許多食物，把所有東西放到汽車的後備廂裡。

我和蕾貝卡決定去小型購物中心。時間已接近午夜，但這裡人還是非常多。起初我很害怕，因為可能會有人認出我們，後來我意識到這些人並不在乎。他們逛著各式各樣的店鋪，採購需要的東西，他們並不關心誰走在他們旁邊。我們買了派對要用的小球和其他一些小玩意。令我們驚訝的是，他們賣了酒給我們，我們的購物車上裝滿了冰啤酒、龍舌蘭、香檳和馬丁尼。

「我們花了這麼多錢！」蕾貝卡看著我們的收據說。

「別擔心，艾力克斯說他會弄到錢。」

「他從哪裡弄到錢？」

「他有一個熟人，那人欠他一大筆錢，很快我們就會去找他並討回錢。」

「怎麼我覺得有點害怕。不知道他是一個什麼樣的人，我們又會遇到什麼事。」

「蕾貝卡，你沒發現嗎？是我們自己要變成這樣的。所以，我們不需要怕那些渾蛋，而是要怕看新聞的正常人。」

我們走進禮品店。在這裡一切都閃閃發光，令人眼花繚亂。蕾貝卡走到商店另一邊的盡頭，而我在飾品店停了下來，手鏈吸引了我的視線。皮

手鏈鑲著一個閃亮的鐵質字母 S。

「這是情侶手鏈，它們讓關係更牢固。」我沒發現女銷售員走到我身邊。

「你真的相信嗎？」

「說實話嗎？不是很相信。但它們看起來很有型，這是讓心愛的人心情愉快的好方法。」

我找到另一條帶字母 G 的手鏈。「我要這兩條。」

　—◆—

我們在烘焙店。這裡香味十足，我覺得我的胃要被這醉人的香氣折服了。結帳櫃台前有很多人，我們已經站了好幾分鐘了。

「格洛莉婭，我覺得好像有人在看我們。」蕾貝卡指著兩個盯著我們看的人。

「他們只是看看罷了。」

「已經五分鐘了……他們沒有把目光從我們身上移開。」

我的身體開始緊張得顫抖。我盡量不屈服於蜂擁而來的恐懼，但沒有成功。「好吧，我們走。」

我們推著裝得滿滿的購物車走到出口。蕾貝卡回頭看了一眼。

「哦，我的天哪！」她差點大叫一聲，「他們跟著我們！」

「噓……表現得好像什麼也沒發生一樣。」

我渾身發熱。傑伊是對的，真的不能放我們兩個人自己出來，因為我們就是兩個活生生的麻煩。我們走到外面，快速走到車子旁邊。曾經感覺溫暖的空氣也變得刺骨。我轉身看到那些傢伙繼續跟著我們。

「我不懂他們為什麼跟著我們？為什麼不立刻報警？」我問。

「他們想知道我們住在哪裡，然後出賣我們所有人……」

我們走到車邊，惶惶不安地將買的東西放入後備廂。裝作從容不迫非

常困難。蕾貝卡時不時看著他們的方向，而這時那些傢伙已經走到他們的車跟前。

「不要看他們。」我說。

「誰在乎！不管怎麼樣，都結束了……」

蕾貝卡的話讓我覺得更糟了。「……我們別回家。」我說。

「什麼……」

「我不希望因為我們，讓其他人受傷，我們走另一條路。」

起初蕾貝卡困惑地看著我，隨後她點了點頭。我們上了車。我覺得我們兩個人的心一致地怦怦直跳，非常害怕。

「我們停在這兒幹什麼？」我問。

「我沒辦法，」蕾貝卡拍打著方向盤，「難道就這樣了？難道就這麼結束了？」

我沒有回答她，只是把手伸向蕾貝卡顫抖的手心，並緊緊地握住了它。我們相互看了對方一眼，最後發動了車。這期間我看著後視鏡，發現那些傢伙的車跟著我們。現在我們得開快點了。蕾貝卡全力加速。我們不知道要去哪兒，總之，得擺脫這次追捕。我太累了，真想躺在溫暖的床上，不想任何事。想到眼前的局面，我眼中充滿淚水。接下來會發生什麼事？接下來我們還是要停車，那些傢伙可能已經報警，然後我們將被帶回布里瓦德。我逃離了這麼遠的家和生活，又重新回來了。

我們停在紅綠燈處，然後發現跟蹤者的車轉向另一條街道。我從窗戶探出頭，看到那些傢伙停在一棟有著閃爍招牌的建築物前。

「他們呢？」蕾貝卡問。

「……他們在俱樂部停了下來。」

「等等，也就是說我們……」

「是的，貝卡，我們是白痴！」

我們發出了歇斯底里的笑聲。我們不停地笑，喘口氣接著再笑。

「真是妄想症。」我笑著說。

我們改變方向，一路繼續嘲笑我們的驚慌失措。在發生這些事情之後，我們看每個人都像敵人。我們的車停在一條沒有燈光的街道上。這裡沒有其他汽車，也沒有人。經歷過這樣的夜晚後，我們決定稍微休息，聊一聊，因為與音樂人在一起，我們很少能夠互相聊聊亟待解決的問題。

我們放下座椅，躺了下來。我閉著眼睛，抽起菸來。

「你還記得我們是怎麼認識他們的嗎？……我們曾經很害怕他們，想逃離他們，」蕾貝卡說，「我們的父母可能已經瘋了。」

「我不這麼認為……我爸正在享受著沒有我的安靜生活。」

「格洛莉婭，不管他怎麼對待你，他仍然愛你。」

「你根本不認識他。到前段時間為止，我完全不覺得我還有個爸爸。只不過勞倫斯出現後，他才開始履行自己的義務了。他認為，爸爸的關心是日常的說教和懲罰，他有句最愚蠢的話：『我希望你成為一個正常的人。』胡說八道……如果讓一個自命不凡的暴君教育你，你怎麼可能成為一個正常的人？」

「你知道嗎？不管怎麼樣，你遲早還是會見到他。我真想用我的所有來交換，把我爸換回來，而你還有機會。」

我的肺部充滿了煙，我慢慢地吐了出來。

「算了，我們換個話題吧。你最好說說你和傑伊的事。」

「說什麼？什麼都沒發生。」

「他喜歡你，你也喜歡他。你們應該讓對方幸福！」

「……我怕真的愛上他。我瞭解自己，如果喜歡上某個人，我就會永遠記住他。等到我們分手時，我就會活不下去。」

「貝卡，你早就應該開始過一天算一天的生活了。誰會在意明天或一週

後會發生什麼？最重要的是你現在感覺很好。你只有一次生命，不該錯過那些快樂的時刻，因為它們永遠不會再重來了。」

蕾貝卡沉默了很久，接著說：「明天就要舉辦派對了……我會想個辦法的。」

「你早該這麼說了。」

我微微坐起身，又抽了一口菸。

「你看看，天空多美麗。我們坐在這輛該死的車裡，都沒有注意到這樣的美景。」我站起來，鑽出汽車天窗。

「你在幹什麼？」

「我想離星星更近一些。」我一邊說，一邊爬到了車頂上。

蕾貝卡下了車。「你好瘋！」她笑著說。

「……對，我很瘋！」我高高舉起雙手，閉上眼睛，大喊大叫。「我很瘋！」

蕾貝卡用雙手遮住臉，哈哈大笑起來。

「來吧，到我這兒來。」

「車頂上什麼也沒有。」

「誰在乎。」

我幫蕾貝卡爬到車頂上，然後我們開始轉圈，與她一起對著天空大聲呼喊。「我們必須活下去，為了每一個早晨，為了享受音樂，為了享受自由。你不需要透過別人來讓自己過幸福的生活。」我的腦海中回想起艾力克斯的話。

第43天

　　我踮著腳走進史蒂夫的房間。他還在趴著睡覺，雙手放在冰冷的枕頭下。我走到他身邊，輕輕吻了吻他的臉頰。史蒂夫醒了。

　　「早安，老頭。」我說。

　　他可愛地笑了笑。看著他昏昏欲睡的眼睛和笑容，我內心滋生出某種感覺。想要抓住他不放，永不放開。

　　「我不是老人，我只有26歲……等等，你知道我的生日嗎？」他問道。

　　「我什麼都知道，祝你生日快樂！」我擁抱他，他把我緊緊拉到身邊。

　　「誰告訴你的？」

　　「不重要。」

　　「傑伊？」

　　我笑了。「對，你真會猜！」

　　史蒂夫再次吻了吻我，但我阻止了他，因為我和夥伴們為他準備了一個小驚喜。

　　「好了，起床吧。」我趕緊下床，整理好衣服。我在房間裡找到史蒂夫的T恤。「接著。」我一邊說，一邊扔給他，但他沒來得及接住T恤。

　　他起床，臉上的表情突然變了。「背麻了。」

　　我大聲取笑這個「年輕的老頭」。

　　史蒂夫一穿上衣服，我們就打開房門，看到蕾貝卡、艾力克斯和傑伊站在我們面前，拿著一張巨幅海報，上面寫著「生日快樂！」。

　　「生日快樂！」他們齊聲說。

　　整個房間裝飾著無數五顏六色的彩球和彩帶。

　　「天啊！」史蒂夫像個小男孩一樣欣喜若狂。

　　「恭喜你，哥們兒。」傑伊擁抱史蒂夫說。

「你們怎麼來得及弄這些？」

「為了你，我們整晚都沒睡。」我說。

「你們是最棒的！」

我們坐在餐桌旁，雖然它很小，但可以放下一個大巧克力蛋糕、兩個水果盤、小圓麵包和香檳酒杯。

「史蒂夫，祝福你，歡迎來到26歲俱樂部，」艾力克斯說，「你現在完全是個大人了，你該開始認真對待自己的人生了。」房間裡的每個人都僵住了，然後所有人同時大笑起來。「我開玩笑的，你一直很瘋狂，這正是我喜歡你的原因。我希望你的人生一直都很棒。」

「謝謝。」史蒂夫笑著道謝。

「史蒂夫，我第一次見到你的時候，以為你是一個瘋狂的傻瓜……而且我沒弄錯。」大家又笑了起來。「你很開朗，我希望你和格洛莉婭好好的在一起。」

「謝謝，小不點。」

我們端起高腳杯，碰杯，喝了幾口。

「我們要給你一個驚喜。」傑伊說。

「還有一個？」

「是的，走吧，你先上車，我會帶我們需要的東西過去。」

—◆—

我們五個人一起開著車出去，離城市越來越遠。今天是陰天，不是很熱。在這樣的完美天氣裡，我們決定在大自然中度過一整天。傑伊帶了幾袋食物和酒，車上很吵，有人在笑，有人在說話，幾乎每個人手裡都拿著香菸。在我和音樂人一起度過的這幾週裡，我明白了一些事：趁你還年輕的時候，你要嘗試一切，做很多愚蠢的事情，這些都是人生的課堂。現在

　　　　　　　　　　　　　　　我選擇活下去

正是我們釋放所有不安分的惡魔的時候，因為以後會有家庭和孩子。年輕時，你必須透過派對、酒精和冒險行為來釋放你的愚蠢，這樣以後才能冷靜、智慧，成為你的孩子的好榜樣。

我們來到一個荒無人煙的地方，這裡偶爾會有登山遊客的車路過。我們找到一個舒適的小山丘。深褐色的土地，附近生長著和人一樣高的帶刺植物。我們鋪上毯子，安頓下來。

「這裡很酷。」史蒂夫說。

「我們盡力了。」我親吻他的臉頰。

我們在一座小山丘上，風一陣陣吹過，天空完全被厚厚的烏雲覆蓋住了。

我覺得很輕鬆。我閉上眼睛，手裡拿著一瓶啤酒，每隔幾分鐘就喝一口。夥伴們擺好食物，開著玩笑，在哈哈大笑聲中津津有味地吃著東西。

我試著釐清自己的思緒。我起身，翻遍我的手提包，最後找到一個小盒子，我特意為這個派對準備的。我走到夥伴們跟前。

「我們來玩個遊戲。」

「撲克？」史蒂夫說。

「轉酒瓶？」傑伊眨眨眼。

「大冒險。」我打開盒子，裡面有很多不同的任務紙片。

「嗚——」大家齊聲哀號起來，表示他們不喜歡這個主意。

「看看你們如何應付這些任務，我第一個。」我抽了一張任務籤。看完上面的字後，我很後悔自己自告奮勇第一個玩遊戲。

「喂，讀出來吧！」艾力克斯說。

「親吻坐在你右邊的人。」我轉身看到蕾貝卡坐在我的右邊。「不，我最好再抽一張。」

「呃，這不公平，你必須完成這項任務。」傑伊抗議道。

「不……」

「親下去，親下去，親下去。」夥伴們齊聲說。

「等等！沒有人在意我的意見嗎？」蕾貝卡說。

「的確，我不能強吻她。」男生們用看著我，我明白沒有別的辦法，只能這麼做了。我靠近蕾貝卡。

「格洛莉婭……」她說。

「對不起。」

我吻了她，起初她有些抗拒，但隨後她的嘴唇變得越來越柔軟。男生們看得津津有味。幾秒鐘後，我和貝卡結束了這個吻，他們甚至為我們鼓掌。

「接下來換我。」艾力克斯說完，抽了一張籤：跳脫衣舞，脫掉自己身上的三件東西。

艾力克斯站起來，我們都把注意力集中到他身上。傑伊和史蒂夫用掌聲伴奏。主唱脫下身上的T恤，然後解開皮帶並扔在了地上，輪到牛仔褲了。很快，艾力克斯只剩下一條游泳褲。

「謝謝你們的收看。」他說。

「呃，你才只脫了兩件東西。」史蒂夫說。

「皮帶也是一件東西。」艾力克斯迅速穿上衣服。

「哦，反正也沒什麼是我們沒看過的。」傑伊說。我和蕾貝卡相互看了一眼，大笑起來。

「貝卡，換你了。」我說。

她用顫抖的雙手抽了一張籤。「一口喝光一瓶啤酒。」

「很棒的任務。」傑伊說。

「不……我做不到。」

「不好意思，貝卡，但你必須完成這個任務。」艾力克斯一邊說，一邊遞給蕾貝卡一瓶啤酒。

「還是喝半瓶？」

我們都同時搖頭。

蕾貝卡呼了一口氣，打開瓶子，開始大口喝啤酒。

啤酒沫從嘴邊沿著身體流了下來。我不敢相信自己的眼睛，她真的要這麼做嗎？

蕾貝卡停下來，氣喘吁吁。

「怎麼，認輸了？」史蒂夫問道。

「不可能。」她說完，繼續喝酒。我們發現瓶子完全空了。直到最後一秒我才相信，她完全能做到。我們為她鼓掌。

「那麼，現在輪到我了，」傑伊說完，抽一張籤：脫光，雙手叉腰跑幾公尺。「哪個變態想出了這樣的任務？」

「謝謝你的稱讚，傑伊，」我說，「脫吧！」

我們大笑起來。傑伊毫不羞澀地脫光了，雙手叉腰，跑了起來，同時大喊大叫。這時，一輛滿載遊客的觀光汽車駛向山上，所有人都目不轉睛地望著傑伊。

「我的天哪！」傑伊尷尬地遮住自己私密的地方。我們都笑倒在地上。傑伊跑到我們身邊。「我恨你們⋯⋯」

我們沒有停止嘲笑他。

當傑伊再次穿好衣服時，我們的笑聲終於停下了，史蒂夫抽了一張籤。

「講一個你藏在內心最深的秘密⋯⋯好吧，我不知道有多少這樣的秘密，但我真的非常愛你們。你——傑伊，你——小不點，」蕾貝卡哼了一聲作為對他的回應，「你——艾力克斯，你一直是我的導師，雖然我們之前很常爭吵，但我仍然愛你，」然後史蒂夫看著我，「格洛莉婭⋯⋯我終於遇到了一個像我一樣瘋狂的人。總之，和你們一起慶祝我的生日，我非常高興。」

「我要去角落哭了。」傑伊打斷了他多愁善感的語調。我們笑了起來。

—◆—

「後天他會來棕櫚泉，我們會拿到我們的錢。」艾力克斯說。

天一黑，我們就決定回家。我們把音樂開到最大聲，在外面擺了一張桌子，津津有味地吃著烤肉排。十五分鐘前，蕾貝卡進去屋子裡，到現在還沒有出來。我扔下男生們，走進屋內。

「貝卡，」我說，她終於發現我的存在，「你在做什麼？」

「我在找藥丸。」

「為什麼？我吃了一顆後感覺很好。」

「我也是……我只是想關掉我的大腦，這樣就能和傑伊順利進行。」

我笑著靠近蕾貝卡。「貝卡，你不用再多吃藥了，你得品嘗那個時刻，好好享受。」

「你不知道我現在有多緊張。」

「嗯，我知道，因為幾週前我也跟你一樣。」我擁抱貝卡，「嘿，一切都會好的。你想想，你將和你的夢中情人共度一夜。」

蕾貝卡回抱我。「……會很痛嗎？」

「很快你就會知道。」我笑了。

蕾貝卡拉開與我之間的距離。「好吧……冷靜下來，蕾貝卡，」她自言自語，「這種感覺就像去看牙醫。」

「我們去找他們吧，否則我們的肉排就涼了。」

—◆—

晚上11點了，我們進了屋裡。我們每個人手裡都拿著馬丁尼。

我們一大清早就開始喝酒，我已經與清醒的感覺告別了。

我們玩起了「我從未……」的遊戲，這是一款非常殘酷的遊戲，它打敗

　　　　　　　　　　　　　　　　　我選擇活下去

了我頭腦中僅剩的清醒。

「我從未被女生挑逗過。」史蒂夫說。我、蕾貝卡和傑伊喝了一口酒。

「我從未殺過人。」我說。傑伊，艾力克斯和史蒂夫喝了一口久。

「我從未穿過裙子，哪怕是吵架的時候。」艾力克斯說。我和蕾貝卡又喝了一口。

現在輪到貝卡了。「報仇的時間到了。我從未有過……性經驗。」

大家沉默了幾秒鐘。

「節哀順變。」史蒂夫說，然後我和其他人喝完了瓶子裡的酒。

—◆—

我喝醉了，喝得太多了。我無法想像我的肝怎麼能承受這麼多酒精。我獨自躺在黑暗的房間裡，幾分鐘內就睡著了，但隔壁房間的噪音很快就把我弄醒了。我用手摸到床頭櫃，那裡面有兩條手鏈，我把它們放進口袋裡。我勉強從床上起來，站在鏡子旁，試圖在一片漆黑中把自己整理好。

我走出房間，看到眼前的景象，驚訝得差點下巴都掉到地上。整個房子裡到處都是喝醉的陌生人。大家隨著音樂起舞，喝著我們的酒，津津有味地吃著我和蕾貝卡準備的食物。有人胡亂躺在地板上，有人在桌子上跳舞。我真是太震驚了。

在人群中，我找到了一個音樂人。

「傑伊！」

「哦，我們還以為你不見了。」

「這些人都是誰？」

「我不知道。有個鄰居知道我們舉辦派對，把他的朋友也帶到這裡來了。」

傑伊開始晃動著腦袋跳舞。我與他拉開距離。音樂讓我的太陽穴怦怦

直跳，頭也開始暈了。蕾貝卡坐在沙發上，我跟她坐到了一起。

「太棒了！他們把我們的家變成了……」我勉強壓著怒火說。

「沒關係啦，和他們一起玩比較開心。」

我希望蕾貝卡支持我，但她還挺喜歡這個場面，這一切讓我更加惱火。突然，我的眼睛盯著站在對面牆邊的那個人，他的手摟著兩個金髮女郎的纖纖細腰。我吃驚地發現這傢伙是史蒂夫！

「我不懂……」我說。

「格洛莉婭，冷靜。」

「我非常冷靜。」

我迅速地離開，朝他走去。我聽到他和這些女孩子調情，我很討厭這樣。「史蒂夫，這是怎麼回事？」

「沒什麼，我正好想把你介紹給我的新女朋友。」他狡猾地笑著說。

我默默地轉身離開，史蒂夫抓住我的手。「等等，你要去哪兒？」

「你在乎嗎？繼續和這些蕩婦擁抱親吻吧！」

「啊哈，你吃醋了？你昨天不是跟我說，你相信我嗎？」

「所以你就這樣考驗我？」我覺得我就要大發脾氣了，「你這個渾蛋……」我說完，朝前走去。

「格洛莉婭……」我假裝沒有聽到。我走進廚房，看著眼前的混亂。房子裡到處都是垃圾。我們為了派對這麼努力裝飾它，現在被徹底毀了。我不小心碰到一對正在接吻的情侶，我的天哪！太噁心了！我旁邊放著一瓶龍舌蘭酒。我知道我已經喝得夠多了，但我想緩解我緊繃的情緒。我喝了幾小口，液體讓我的食道瞬間燃燒了起來。

我憤怒地推開人群，找到了主唱。

「艾力克斯，把這些人趕出我們的家！」

「你不喜歡嗎？」

「對，我不喜歡。我們想要舉辦一個小小的溫馨派對，而不是讓我們的家塞滿一堆毒蟲！」

「史蒂夫26歲了，他需要一個真正的派對，而不是13歲男孩的遊戲。」

「好吧，好吧……那祝你們玩得開心。」

我推開艾力克斯，朝前門走去。

「等等，你要去哪？」

「離這個妓院遠遠的。」

我跑出了房子，眼睛被淚水灼得生疼。我沒想到這麼美好的一天會變成這樣。我顫抖著走到長椅上，坐了下來。淚水越來越快地順著臉頰滑落，我已經無法控制。我從口袋裡掏出手鍊，把它們扔在地上，又喝了幾口龍舌蘭酒。

我吃醋，我真的吃醋了。當我想起他的手是如何輕撫那些女生時，我就氣得發抖。我甚至沒注意到自己已經哭得天昏地暗。

我聽見有人走近，回頭一看，是史蒂夫。

「走開。」我說。

他還是走了過來，坐在我旁邊。「嘿，我沒想到這件事會讓你這麼激動。我只是想給你上一課。現在你明白我看到你和艾力克斯見面時的感受了吧。」

「我和艾力克斯與你和這些妓女是兩件完全不同的事！」

「對我來說，不是，」史蒂夫把我拉到他身邊，「格洛莉婭，你是唯一一個讓我如此著迷的女孩。我沒覺得那些女生是誘人的美女……」史蒂夫親吻我的肩膀，「我需要你。」

他的話溫暖了我。我瞇著眼睛，試圖停止哭泣，但一切都是徒勞的。

「我也需要你……但和你在一起太難了。我就像在火山上一樣，我一直害怕它隨時會爆發。」

史蒂夫擦了擦我臉上的淚水。「對不起。」

他擁抱我，我開始冷靜下來。

「這是什麼？」史蒂夫俯下身，撿起一些東西。

「……手鏈，我給你的禮物……有人說，這會讓關係更進一步。」

「你真的相信嗎？」

我笑了。

「我也對店員說了同樣的話。」

「但我想相信它。」史蒂夫把帶字母S的手鏈戴在我的手腕上，然後我把帶字母G的手鏈戴在他的手腕上。

他看著我的眼睛。

「不要這樣看著我，我知道這禮物很蠢。」

「不，從來沒有人送我這樣的禮物。」

史蒂夫緊緊抱住我，我靠在他身上，終於冷靜了下來。我們就這樣坐著，周圍一片漆黑，嘈雜的音樂最終沒能讓我們放鬆和從這個世界消失。

突然，我覺得自己有些想吐。胃一陣酸疼。我縮成一團，閉緊嘴巴。

「怎麼了？」

「我好像要吐了。」

「格洛莉婭，你真擅長製造浪漫。」

「抱歉。」

史蒂夫抱著我，迅速帶我進屋，推開人群，走進廁所。我覺得這就是我今天的快樂馬上就會向外溢出的原因。

「史蒂夫，出去。」我勉強說道。

「我幫你抓住頭髮。」

「出去！」我沒忍住。

史蒂夫聽話地消失了，並幫我關上身後的門。接下來的十分鐘，我的

身體不斷地把體內的酒精排出，我感覺自己噁心透了。我下意識地打開水龍頭，盡力清洗自己，然後坐在地上，靠著門。音樂在我腦海裡迴響。我醉得動不了，也說不出話來。

「你還好嗎？」我聽到史蒂夫的聲音。

「……我好想死。」

「明天你會因為可怕的宿醉而死去。」

我又在地板上坐了幾分鐘，感覺我要睡著了。我強迫自己站起來，打開門。

「走吧，我帶你去床上睡覺。」史蒂夫說，並再次抱起我。

「我自己可以走……」

「你是要用爬的吧。」

那些人似乎並沒打算離開我們的家，但我已經懶得表達我的不滿了。

史蒂夫打開我和蕾貝卡房門，但我們不敢進去。我們看到蕾貝卡坐在傑伊的膝蓋上，擁抱在一起。我笑了。

「我們好像來得不是時候。」史蒂夫低聲說。

他把我帶到了男生們的房間，把我放在床上。我渾身無力，身體好像棉花一樣。史蒂夫脫下了我的衣服，只剩下一件內衣。

「去吧，玩得開心。」我說。

「我已經玩得很開心了。」

我看著史蒂夫脫衣服，當他脫掉身上的T恤時，我可以看到他的肌肉起伏。他躺在我身邊，我隨時都可以睡著。

「……抱歉，毀了你的生日。」

「這是我生命中最好的生日。我的好朋友在身邊，我最愛的女朋友和我一起躺在床上，我沒什麼好要求的了。」

史蒂夫吻了吻我的額頭，蓋上毯子。我只能讓我們的十指緊緊交握。

我們同時閉上眼睛。我聽到他平穩的呼吸聲，慢慢睡著了。

　　一天天過去，我對史蒂夫的感情以令人難以置信的速度在增長。現在我明白蕾貝卡的話了。我害怕真的愛上他，我害怕失去他。

第十一章

我們迷亂地走在人生路上，只為了尋找一個安全的地方

逃跑，逃跑，再次逃跑。我甚至不知道要去哪兒，去哪個州，去哪座城市。我想改變我的生活，但有時候又非常希望自己當個普通的青少年。

第44天

我在一陣噁心感中醒來，幾乎要睜不開眼睛。嘴巴乾得要命，口很渴，喉嚨像在灼燒。

史蒂夫還在睡覺。房子裡一片寂靜，沒有任何聲音和動靜，好像昨天的娛樂結束後，大家都死掉了。

我坐在床邊，雙手按著太陽穴，它怦怦直跳，痛得要命。疼痛猛烈襲來，我只想蜷縮在地板上，我從來沒覺得這麼糟過。我覺得像是有一片充滿酒臭的雲從我身邊向四周擴散。

我慢慢地站起來，隨著另一波疼痛襲來，我開始感到頭暈。我悄悄離開房間，盡量不吵醒史蒂夫。

客廳一片狼藉，我們的房子看起來像個垃圾場。到處都是空瓶子，紙張和菸盒散落在整個空間裡。桌子被掀翻了，地毯上有巨大的深色污漬，而地毯本來就已經很深色了。牆上居然還噴上了幾滴番茄醬，但也可能不是番茄醬⋯⋯我在桌上找到一瓶還剩一點龍舌蘭酒的酒瓶，喝了一口，感覺好多了。

我得洗個澡，我想跳進冰冷的水中，暫時忘記自己悲慘的狀態。我打開浴室的門，看到一個傢伙躺在地板上，他把浴室的地毯團成了一個枕頭。

「喂，起來！」我說，「快點起來！」我用力踢他的腿。

「⋯⋯走開。」

「如果你不立刻從我家消失，我就把你的腦袋泡進馬桶裡，明白了嗎？」我又花了六分鐘才把那個傢伙弄起來並帶出浴室，他不停地低聲咕噥著。

我關上門，照了照鏡子。我的天哪！我看起來也太慘了吧？浮腫的臉龐，無神的眼光，發紅的眼白，蒼白的皮膚，就像是屍體塗了層防腐劑。現在我能輕而易舉地通過一部超級可怕的恐怖電影試鏡。

「靠……」我看著鏡中自己的樣子說。

洗澡真的拯救了我。冰冷的水像是刺入我的毛孔，彷彿賦予我一副全新的身體，甚至是一個全新的人生。我慢慢開始感覺好很多了。

—◆—

柔軟的毛巾溫暖了我的身體。所有人都在睡覺。我再次環顧客廳，看到那些我們得收拾一整天的垃圾量，我覺得要暈倒了。

突如其來的敲門聲轉移了我對打掃的注意力。我靜靜地走到門口，仔細聽了聽，再次響起了重重的敲門聲，我甚至跳了起來。我瞥了一眼窗外，似乎沒有看到警車。也就是說，是其他人。也許，是那個睡在廁所裡的傢伙？或者是昨天那群人中的一個？算了，猜測是沒有意義的。

我打開門。門口站著兩個穿著黑色磨損皮夾克的大塊頭。

「艾力克斯·米德住在這裡嗎？」

「你們有什麼事嗎？」

「我問，是不是住在這裡？」其中一個大塊頭提高聲音，我開始害怕。

「……是。」

「里奇明天會在這個地址等他。」他給了我一張寫著街道名稱和號碼的字條。看來這個里奇是欠艾力克斯錢的那個人。

「我知道了。」

因為恐懼和不安，我完全忘記自己正裹著一條勉強能遮住大腿的小毛巾站在這些男人面前。他們開始打量我，我尷尬地翻了個白眼。

「祝你們一切順利。」我說完，然後關上了門。

親愛的日記！

　　我終於有精力來寫幾行日記。這是我們在這裡的最後一天，明天一切都將重新開始。逃跑，逃跑，再次逃跑。我甚至不知道這次我們要去哪兒，去哪個州，去哪座城市。我想改變我的生活，但有時候又很想讓自己當個普通的青少年。老實說，我已經忘了這是什麼感覺。

　　我現在生活在另一個完全不同的世界裡，這裡沒有過去生活的任何影子，甚至令人討厭的回憶也越來越少造訪我。我曾感覺自己像個囚犯。而現在，我感受到真正的自由。我終於明白了幸福生活是什麼樣的，在此之前它只是個詞而已。

還剩6天

—◆—

「傑伊，沙發下面還有兩個瓶子。

我坐在椅子上，雙腿翹在桌子上，看著男生們清理房子裡的垃圾。

「格洛莉婭，你是個惡魔。」傑伊說。

「我知道，但是我並沒有強迫你們邀請一群臭猴子來破壞房子。」

「欸，我覺得這個里奇有點奇怪。」史蒂夫說。

「拜託，他能做什麼？他只要把錢還給我們就好了。」

「那為什麼要這麼正式？」我問，「早上有人特地來找我們，給了地址。」

「不知道。里奇以前是個小罪犯，但看來他已經成了某個幫派的老大。」

「太棒了，我們又在自找麻煩了。」我說道。

「會沒事的。」

「我們不吵這個，只是不帶武器去個鬼才知道的地方……」傑伊說。

「傑伊、史蒂夫，你們怎麼了？還記得我們多少次陷入困境，卻總是能全身而退嗎？」

我們的談話被吱吱作響的開門聲打斷了。蕾貝卡一副沒睡飽的樣子，無精打采，頭髮蓬亂。我很好奇她和傑伊昨晚是如何度過的。

「早安。」她說。

「早安，拿個袋子開始收拾垃圾吧。」史蒂夫說。

「不行。今天你們要把房子打掃乾淨，而我和貝卡監督你們。這是你們應得的。」

「感覺我已經結婚了。」史蒂夫抱怨道。

我和蕾貝卡走進浴室，關上門。

「你覺得怎樣？」我臉上帶著微笑問道。

「什麼意思？」

「字面意思。感覺如何？」

蕾貝卡的臉瞬間變紅了，她專心地盯著地板，我覺得她有些不好意思。

「嗯……就這麼莫名其妙地過去了，我什麼也沒搞懂……而且我完全沒感覺到快樂。」

「這很正常，畢竟那是你的第一次……貝卡，我真的為你感到高興。」我抱住她。

「我感覺非常糟糕。我太尷尬了，不敢看傑伊的眼睛。」

「放輕鬆。去沖個冷水澡，試著習慣現在的自己。你已經跨越了從小女孩到真正女人的門檻。這是很難忘的，不是嗎？」

「是啊，我可真想再來一次呢。」

「別擔心，你會有很多精彩的夜晚。」

我們兩個都笑了起來。

—◆—

天氣非常陰。雖然現在才下午三點鐘左右，但由於厚重的雷雨雲，外面很黑。暴風雨敲打著小屋的屋頂，到處都是水。地面上雨水聚集成灘，混合著道路的泥濘。雷聲轟鳴，狂風拍打著窗戶，到處都能聽到轟隆聲。

但即使這樣我也不會被嚇到，我們五個人待在我們的避風港裡。知道他們在我身邊，我感覺更加放心。

我在和史蒂夫一起過夜的房間裡，鋪好床鋪，收拾一些東西。我打開小木櫃的一格抽屜，裡面有幾張白紙和完全被磨平的普通鉛筆。很快我發現這些不完全是白紙，上面有一個女孩的鉛筆素描，清晰溫柔地勾勒著眼睛和嘴巴的線條，細長的脖子，額頭上的小傷痕。我的天哪！這是我。我從沒想過史蒂夫是這樣看我的……美麗、溫柔、輕盈，太不可思議了。

門開了。

「我們把一切都清理乾淨了。」史蒂夫說。

「做得好。」

他發現我手中拿著他的畫，走到我身邊。

「喜歡嗎？」

「……非常喜歡。你怎麼有時間畫這些？」

「為了自己喜歡的事，隨時都可以找到時間。」

閃電照亮了房間，有幾秒鐘，我感覺自己彷彿失去了知覺。

「雨下得這麼大……感覺再這樣下去，我們和這房子都會被沖走。」我說道。

「你這裡有什麼？」史蒂夫盯著我的T恤。

「哪裡？」

「就是這裡。」他抓住我的手，把我拉向他自己。他的嘴唇輕輕觸碰我的脖子，接著是鎖骨。每一次觸碰都喚起我們內心強烈的渴望。

「史蒂夫，現在不行，其他人在隔壁。」

「這什麼時候阻止過我們了嗎？」

他溫暖的手指穿過我的頭髮，我吻上他的嘴唇。我們坐在地上，史蒂夫把我抱在他腿上。我脫下了他的襯衫，他也脫下了我的。感受著他的身體，吻著他每一寸肌膚，感覺到我們的身體一同緊繃，感受到他觸碰我時帶來的無比愉悅，這一切都讓我感覺無比美好。

他慢慢地脫下我的牛仔褲，一邊凝視著我的眼睛。我只是在等待我們的嘴唇再次熱烈相吻的那一刻。很快，那一刻來了。

我用我的吻帶給他快樂，我確定此刻他完全屬於我，只屬於我。我們試圖壓低愉悅的呻吟聲，但徒勞無功。

— ◆ —

真是令人愉快的夜晚。我的身體還沒從幾分鐘前我們之間發生的事中恢復過來。他的手掌輕輕觸碰我的腰，而我則撫摸著他的腹肌。

「跟你說，我覺得我們得分道揚鑣了。」史蒂夫說。

「分道揚鑣？」我問。

「明天拿到錢，我和你拿走一半。我們租一間小房子安靜地生活。」

「……蕾貝卡怎麼辦？」

「什麼，蕾貝卡？她現在有傑伊，他們可以一起離開。」

「史蒂夫，你可以過平靜的生活嗎？」

「和你一起，我可以。你改變了我，每一刻都在改變我。」

我微笑。「很難相信。在我看來，即使老了，你都還是個孩子。」

「你自己還不是個孩子。」

「不是這樣，女生比男生成熟得快得多。」

當他微笑時，我心都融化了。他的笑容很美，非常真誠。你絕對無法看出他才26歲。他的舉止比這個年齡顯得年輕得多。隨著他接近30歲，他的眼角開始出現淺淺的皺紋，但這些皺紋也讓我對他更加著迷。

「史蒂夫，你在我之前有過幾個女人？」

「你為什麼這麼問？」

「我只是想知道，有多少像我這樣天真、傻傻的女孩愛過你？你親過多少人，抱過多少人，對多少人說過甜言蜜語？」

「……說實話，這很難計算，但我可以肯定的是，我從未遇見過像你這樣的女孩。」

「真的嗎？」

「是的。我從來沒遇過一個這麼瘋狂的離家出走的藍髮女學生。」

我笑了。「好吧，謝謝。」

史蒂夫再次吻了我。

—◆—

「貝卡，把胡蘿蔔遞給我。」

我和蕾貝卡在廚房裡準備墨西哥風味的辣汁燜肉丁。男生們在另一個房間裡討論著明天的安排。夜幕降臨，但是暴雨完全沒有停止的跡象。

油噴到身上，香料炒出的蔬菜散發著令人愉悅的香氣。

「聞起來很香。」蕾貝卡說。

「可惜我們沒有羅勒，不然味道會更好。」

「……你有一種不祥的預感嗎？似乎會發生什麼事，但你又不知道是什麼事。」

「每個人都會有這樣的感覺，別嚇我，貝卡。」

「一大清早這種感覺就折磨著我。」

蕾貝卡開始把青菜切成絲，然後她猛地扔下刀，朝著前門走去。

「貝卡，你要去哪兒？」

「我媽說要擺脫不祥的預感，就要用某種東西打斷它。」

蕾貝卡脫下自己的Ｔ恤，打開門，赤腳跑到街上淋雨。

「你在做什麼？」我跑向她，她閉著眼睛向兩邊伸出雙臂，站在寒冷的熱帶暴雨中，好像什麼也沒發生過一樣。

「貝卡，快進來！你還沒有完全康復。」

「太棒了！」她轉著圈，大喊大叫。

暴雨壓低了所有聲音。

我走到外面，跑到蕾貝卡身邊，用手拖她。

「貝卡，走吧。」

「這只是雨水而已！」

水進入眼睛、嘴巴。在幾秒鐘內，我被淋透了。而蕾貝卡就像個小孩子一樣，跳著舞哈哈大笑。

「喂！你們在那兒做什麼？這種傾盆大雨的天氣，狗都不想出門。」傑伊說。

「到我們這兒來！」蕾貝卡喊道。

「夥伴們，叫救護車，這兩個真的瘋了。」

我們笑了，但是我們的笑聲沒持續多久，在離我們幾公尺遠的地方，我們看到一個撐著黑色雨傘的女人的身影，她目不轉睛地望著我們。

「那是誰？……」蕾貝卡問道。

女人走近了，現在我們終於可以看清她的臉了。

「你們好。」黛安娜說。

———◆———

「你怎麼來了？」艾力克斯問道。

我們在屋裡，看著黛安娜，無法理解她為什麼在這麼惡劣的天氣裡來找我們。

「請幫我倒杯茶，我要凍僵了。」她說。

艾力克斯帶著明顯的不滿去了廚房，幾分鐘後端著一杯熱茶回來。

「黛安娜，出了什麼事？」我沒忍住。

「嗯，有點事，」她喝了一口茶，「幾個小時前，警察來找我，問我是否知道你們的下落，」聽完她說的話後，我的心一下子沉了下去，「我什麼也沒有對他們說，但是他們好像起了疑心，你們得離開這裡，警察很快就會開始仔細搜索整個棕櫚泉，再來會到郊區。」

「我們明天就會離開。」艾力克斯說。

「去哪兒？」

「這個我們不能告訴你，我不會再相信你了。」

「……隨便你們。我只是想提醒你們而已。」

「謝謝。」我說。

黛安娜又喝了幾口茶。

「嘿，難道你們真的沒有受夠了這些事嗎？總是在逃亡，害怕有人經過？你們真的喜歡這樣的生活嗎？」

「喜歡，你還想說什麼？」艾力克斯猛地說道。

「艾力克斯……」我低聲喊道。

「艾力克斯……你知道，看著你有多讓我痛苦嗎？而更讓我心痛的是，發現你已經變成了什麼樣的人。」黛安娜把杯子遞到艾力克斯手中，然後朝門口走去。

「黛安娜，留下來，等雨停了再走。」史蒂夫說。

「不，我兒子自己在家裡，我得走了……祝你們好運。」黛安娜關上身後的門。

我們陷入了沉默。我們是有預感警察很快就會在這裡找到我們，但不是這麼快。

「我告訴過你我有種不祥的預感。」蕾貝卡悄悄地說。

「不要驚慌。不管怎樣，明天我們都會離開，沒人能找到我們。」艾力克斯說。

「是的，但還有整整一夜，什麼事都可能發生。」傑伊說。

「什麼事都不會發生，我們在這裡很安全。」

「他們怎麼知道我們在棕櫚泉？他們跟蹤我們嗎？」我問。

「或者有人告訴了他們……」蕾貝卡說。

「一晚，我們只要忍耐一晚。我們做得到。」

—◆—

我端著一盤剛燉好的熱氣騰騰的辣汁燜肉丁，走進我和史蒂夫一起住的臥室。他獨自一人坐在地板上想著什麼。

「史蒂夫，吃飯了。」

我走到他身邊，遞給他一盤食物。坐在他旁邊。

「你知道嗎？這是我人生中第一次感到害怕。以前我們唯一要做的就是逃避警察，我從來不怕任何東西。坐牢也不算什麼，我可以逃出來，重新開始新生活。但現在……我有了你，事情變得更嚴重了。」

他的恐懼影響了我，但我沒有表現出來，而是擁抱著他，把臉頰貼在他裸露的背上。「別這樣，傻瓜，一切都會沒事的。我們會永遠在一起，除非你受夠了我跑掉了。」

我們笑了，他牽著我的手。

　　「那麼，你同意和我一起離開嗎？」

　　「我同意，但不是現在。你明白嗎？史蒂夫，在這種情況下，我們必須團結在一起，然後我一定會和你一起離開。」

　　「好吃。」史蒂夫一邊說，一邊嚼著燉肉。

　　「真的嗎？我好像放太多鹽了。」

　　「嗯，是的，你鹽放得太多了。」

　　「該死……我是一個不合格的家庭主婦。」

　　「你知道嗎？即使你不小心加了洗碗精進去，我也會吃完。」

　　「你真可愛！」我更加用力地擁抱他。

　　房間的門打開了，傑伊走了進來。「史蒂夫，可以聊一下嗎？」

　　「傑伊，進來吧，你們聊。」我走出房間。蕾貝卡躺在客廳的沙發上。

　　「艾力克斯在哪兒？」我問。

　　「我猜是抽菸去了。」

　　我坐在沙發上，將蕾貝卡的頭放在我的膝蓋上，開始撫摸她的頭髮。「怎樣，你不祥的預感走了嗎？」

　　「沒有，我更害怕了。」

　　「貝卡，你只是在胡思亂想。」

　　「也許，但我上一次有這樣的預感，是在爸爸發生意外之前。」

　　「夠了，拋開所有不祥的想法，一起想想我們明天要去的地方。你比較喜歡哪個州？」

　　「有沒有聽不到警察這個詞的州？」

　　「我想沒有。」我笑道。

　　「那就沒有我喜歡的州了。」

　　「……我希望明天一切順利。」

「我也是。從橋上摔下來和在森林裡過夜後,我什麼都不怕了。」

艾力克斯出現在客廳裡,全身濕透,感覺就像穿著衣服在某個地方洗了個澡。「嗯,天氣真糟。」他說。

「我的天哪!艾力克斯,你趕快把衣服擰乾。」我走到他身邊,脫下他濕答答的T恤,沙發上有條舊的方格毛毯,我把它扔到他身上。

「不用。」

「我們已經有一個病人了,」我看著蕾貝卡,「我沒打算在這裡開醫院。」

艾力克斯走進浴室,關上門。

蕾貝卡臉上帶著難以理解的表情看著我。「嗯……你還真會關心人。」

「有什麼問題嗎?」

「嗯,沒什麼,你想想,你有男朋友,而你繼續和另一個人曖昧。」

「貝卡,別說了,我只是不想他生病。」

「你想想,如果是傑伊濕答答地進來這裡,你也會這樣對他嗎?」

「……你在暗示什麼?」

「我沒暗示,我直接說。」

「你是和史蒂夫串通好了嗎?我和艾力克斯之間什麼也沒有,我們只是朋友。」

「不,我們沒有串通好,只是他也感覺到了。格洛莉婭,他愛你,即使他是一個渾蛋,但他真的愛你,而你好像不在乎。」

「這不是真的!你從什麼時候開始成為人際關係專家了?怎麼突然變聰明了?」

蕾貝卡沉默了,我馬上明白我說了不該說的話。她從沙發上爬起來。

「貝卡……我不是真心的。」她沒有聽到我的話,砰的一聲關上了房門。

我覺得糟透了。該死的!為什麼我說話之前總是不思考呢?不能再這樣

了。史蒂夫是對的，為了避免關係破裂，我們得離開。

艾力克斯走出浴室，看著我。

「發生什麼事？」

「……沒什麼。」

「你很不會說謊。」他坐在我旁邊。

「我和史蒂夫決定明天離開。」

「……我有想到這件事。我們遲早會分道揚鑣。」

「是的，我認為這樣對每個人都會更好。」

「你確定你可以和史蒂夫一起正常生活嗎？」

「是的。他堅強、勇敢，我和他一起沒有什麼可怕的。」

「你愛他嗎？」

「什麼？」他的問題讓我措手不及，「為什麼這樣問？」

「好吧，那我問另一個問題：你跟他說過你準備在50天後自殺的事嗎？」

「沒有。為什麼他需要知道這個？我已經把這件事拋在腦後了，就只是……胡說八道而已。」

「胡說八道？格洛莉婭，你流過血，你經歷過半昏迷的狀態，一個正常人都會祈禱得救，而你告訴我先讓你去死。」

「艾力克斯，無論如何我們都會離開。」

「我哪裡也不會讓你去的。」

「憑什麼？我不是你的私人財產！」

「我知道，但我想確保你一切都好，所以史蒂夫哪裡都可以去，但你要和我在一起。」

「你憑什麼安排我的生活？你為什麼不能放過我？」

「是因為……不重要了，我已經說完了。」艾力克斯轉過身，去了男生

們的房間。又剩下我一個人。

—◆—

快午夜了。我們坐著喝茶聊天。

「哦，我轉到了一個頻道，」史蒂夫說，「該死的……是日語。」

我們笑了。

「格洛莉婭，可以問你個問題嗎？」傑伊走到我身邊。

「當然。」

「我想讓蕾貝卡高興，你也是女孩，你更瞭解她喜歡些什麼。」

「你知道嗎？雖然我不是這方面的顧問，但貝卡不像其他女生，她不需要奢侈品、昂貴的禮物和其他等等。珍惜她、在意她，與她進行簡單對話都能讓她快樂。」

「謝謝，我知道該怎麼做了。」

傑伊朝她的房間走去，但我阻止了他。「等等，我去叫她。」

我打開門。蕾貝卡躺在床上，假裝睡著了。

「貝卡……」她沒有回答，我走到床邊，坐了下來，「嘿，我不是故意的，」再次沉默，「你不跟我說話了嗎？嗯？」我站起身，「你知道嗎？我受不了你這種心胸狹窄的人。」我在她面前低三下四，求她別生氣了，而她卻故意忽視我。好吧，請便！我走到門口，「最後告訴你一件事，傑伊在客廳等你。」

我走了出去。五分鐘後，蕾貝卡走了出來。

「蕾貝卡，我有個驚喜給你。」傑伊說，並牽著她的手向前門走去。

「我們要去哪兒？」她問道。

「先去車上，只是我們得淋雨了。你準備好了嗎？」

「走吧！」

他們打開門，大聲呼喊著跑到車上。

「……嗯，愛情會讓正常人變成白痴。」史蒂夫一邊說，一邊朝我走來。

「你很有自我批判的精神。」我回答他。我們互相擁抱著，即使艾力克斯也在屋子裡。「不敢相信明天我們又要離開了，我已經習慣這個房子了。」

「我也是。」

「當一切都安定下來時，我想養一隻狗。」

「我對毛髮過敏得很厲害，但為了你，我會愛上這個討厭的毛茸茸的生物。」

我用手撫摸著他的臉，親吻他。

「晚安。」艾力克斯突然說道，打斷了我們的安寧。

剩下的時間，我和史蒂夫一直沒有分開。我們看了日本頻道，搞笑的詞語讓我們哈哈大笑。

又是一個令人難忘的夜晚。

第45天

森林裡布滿了霧。雖然這裡到處都是灰色高大樹木的枯枝爛葉，很難稱為森林。我環顧四周，不知道自己身處何方。陽光明媚的加州綠色山丘在哪兒？天空是深灰色的。熟悉的恐慌情緒壓倒了我。我不知道自己在哪兒，我不知道我在這兒做什麼。

我聽到慢慢靠近的腳步聲。一個穿著黑色大衣的男人遮著臉從我旁邊經過。

「喂，對不起，請問……」我跟他說話，但他好像沒有聽到我的聲音。

我跟著他。我們走了幾公尺，然後我看到一群人。而這些人一模一樣，都穿著黑色的衣服。我走到他們跟前。

「請問，這裡發生了什麼事？」我問另一個陌生人，但他也沒注意到我。

我就像一個幽靈，這讓我加倍害怕，膽戰心驚。

「喂，有人聽到我說話嗎？」我尖叫，但沒有一個人轉向我的方向。

我打量著這群人。臉上有眼淚、萎靡不振的目光，每個人都這樣。我認出一張熟悉的面孔。「媽媽？」我小聲地問，然後走到她身邊，不，我沒認錯，真的是她，蒼白的臉孔，因為流淚而紅腫的眼睛。

「媽，你在這兒做什麼？」她目不轉睛地看著，就像其他人一樣，沒有注意到我的話。

我推開人群。因為太多的黑色，我開始眼睛發花。最後，我終於看到這些人是為了什麼聚集在這裡。是一個墳墓，灰色的墓碑上刻著格洛莉婭·馬克芬。

我感覺不到自己的身體。我大喊大叫。為什麼？他們怎麼能埋葬我？我還活著！

—◆—

「格洛莉婭！」我覺得有人在搖晃我，原來是史蒂夫。

我睜開眼睛。整個客廳充滿了刺鼻的煙味。我開始咳個不停。

「什麼，這是怎麼了？……」我問，試圖弄清楚發生了什麼事。

「你做了點東西，睡著了，然後爐灶失火了，差點發生火災。」

爐灶旁是燒焦的桌子。

「我的天哪！真糟糕！……我們得賠錢了……」

「格洛莉婭，你有聽到我說的話了嗎？如果我們都在外面，而你一個人在這裡的話，你會被活活燒死！」

「……我不知道這是怎麼發生的。」

「算了，我及時把火撲滅了，主要是你沒事。走吧，你需要呼吸新鮮空氣。」

—◆—

我無論如何也無法從那個噩夢和這場火災中恢復過來。我為什麼會睡著？我怎麼會這麼冒失？

「你聞不到煙味嗎？」傑伊問道。

「不……我睡太熟了，感覺我已經很久沒睡覺了。」

「不知道像房東會要求我們賠償多少錢。」

「傑伊，閉嘴。」史蒂夫說。

蕾貝卡走近我們。「你什麼時候要去修車？」

「車怎麼了？」

「昨天我們開車出去，天很黑，我無意中撞到了某個土墩。現在引擎有點問題。」

「傑伊，你車開得比金髮女郎還差！」

「我說過了，天很黑。」

「好吧，我們去看看是怎麼回事。」

男生們留下我和蕾貝卡在一起。「你還好嗎？」她問道。

「……哦，你決定跟我說話了嗎？」

「不，我只想知道你怎麼樣。」

「……很好。」

蕾貝卡默默地轉身離開。

我又在外面待了很久。昨天的暴雨過後，空氣清新，綠葉蔥蔥。我的肺部充滿了煙霧，現在正用早晨涼爽的空氣清潔它。

「你不是縱火狂吧？」艾力克斯一邊靠近我，一邊問道。

「不，我只是做飯做得很糟糕。我們得賠很多錢，對嗎？」

「這沒什麼。我不會給一分錢，我們已經很大方地給了他很多錢了。」

「……我總是帶來麻煩。」

「史蒂夫沒讓你睡夠對吧，啊？」艾力克斯笑著說。

「去死啦！」

　　親愛的日記！

　　不知為什麼，之前的輕鬆感一下子離我而去。我想牽著史蒂夫的手，和他一起逃得遠遠的。我不需要其他人，我只需要他。我希望他只屬於我，好像這聽起來也並不自私。我覺得一切都可能隨時突然結束，而我將永遠失去他。我失去過很多次，我也已經習慣了，但史蒂夫不同。沒有他，我會非常困難。

　　我和蕾貝卡到目前為止還不說話，但我也需要她。我討厭自

己，討厭自己的行為。為什麼不能用手指撥一下，讓時間倒流？我根本不想在爭吵和算帳上浪費生命。今天，你可以告訴一個人自己靈魂深處的一切，明天這個人可能會被車撞了或被診斷出可怕的疾病。那又怎麼樣？這就是生活，要麼你去對抗它，要麼它來對抗你。但你只是一顆渺小的沙子。

因此，我必須與貝卡和解。她這樣的人，需要被珍惜。

還剩5天

—◆—

我們坐在桌旁。房子通了通風，但燒焦的味道並沒有散去。

「夥伴們，看看我找到了什麼。」傑伊說，從櫃子裡拿出半瓶威士忌。

我仍然能感受到已經過去的派對的氣息。

「嘿，也許我們不應該這樣？我們幾個小時後就有一場會面。」我說。

「相反，我們得準備一下。」史蒂夫說。

「而且，你根本不能叫這是個會面。我們只需要過去，拿了錢就自由了。」艾力克斯補充道。

「我們要去哪兒？」蕾貝卡問。

「這是一個驚喜。我的朋友在海邊有一所小房子。那裡有一個小鎮，人口大約三千。」

「你確定那裡安全嗎？」我問。

「格洛莉婭，如果他選擇了這個地方，那就意味著他確定。」蕾貝卡猛地說道。

「我沒問你！」

「喂，你們怎麼了？」傑伊說。

「沒什麼，只是格洛莉婭自以為了不起，她希望大家都聽她的。」

「貝卡，你胡說些什麼？」

「對，我在胡說八道，我們都在胡說八道，只有你一個人說的是對的，你說的不可能會錯！」

「冷靜一下。」艾力克斯介入。

「我為你做了這麼多，不敢相信你會這樣說。」

「你為我做了什麼，啊？你說出來提醒我一下！」

「傑伊，讓你那個歇斯底里的女人安靜下來。」史蒂夫說。

「你叫她什麼？給我把話收回去。」

「我不打算收回。」

「你有沒有想過，也許是她錯的？自從你開始跟她糾纏以來，你就被她牽著走。」

「閉嘴！」

「去死吧！」

史蒂夫撲向傑伊，打中了他的臉。對方立刻回擊，扭打在一起。

「史蒂夫！」我尖叫。

艾力克斯用力把他們拉開了，傑伊的鼻子和史蒂夫的嘴唇受傷了。

艾力克斯把男生們拉到一邊。「你們這兩個羅密歐聽好了，你們到底在幹嘛？今天是非常重要的一天，而你們表現得像個低能兒。」

「傑伊，你還好嗎？」蕾貝卡問道。

「還好。」

艾力克斯走進另一個房間。客廳裡充滿了令人窒息的氣氛。男生們互相看著對方。

「史蒂夫──」我輕聲說。

「拜託，現在別碰我。」他走到外面。

蕾貝卡抱著傑伊。我充滿了委屈和憤怒。

「我真沒想到你竟然這麼虛偽。表面上一起玩，卻在背後恨我？」

「我不討厭你，只是史蒂夫遇到你之後改變了很多，我不喜歡。」

我轉身走出了房子。史蒂夫站在離我幾公尺遠的地方，我走到他身邊。「你冷靜下來了嗎？」

「嗯，對不起。」

「為什麼？」

「因為我沒能控制住自己。」

「沒事。我知道你很瘋狂，擅長很多事。」我摸了摸史蒂夫腫脹的嘴唇，擦乾血跡，「走吧，這得消毒。」

「等等。我想知道一些事……告訴我，你愛我嗎？」

「……對你來說，愛是什麼？」

「嗯，可能是，當你思念一個人的時候，你想每秒鐘擁抱他不放手。他在你身邊，你就覺得很幸福。握住他的手時，你的內心就會洶湧澎湃，你會變得完全不同。為了這個人，你準備好做任何事……甚至是死亡。」

在我面前的是一個和我之前認識的完全不同的史蒂夫。現在我面前站著一個真正成熟的男人，聲音柔和，令人愉快。我對他的所有疑慮瞬間都消失了，只剩下一種感覺，如此強烈，不受任何人和任何事物的影響。

「……這代表，我愛你，史蒂夫。」

—◆—

蕾貝卡坐在床邊。我們兩人都累積了太多情緒，但我決定先向前邁進，去面對她。我再次超越了自己，畢竟我不能總是等待其他人先採取主動，雖然我喜歡等待。

我選擇活下去

我想我變得成熟了，而且我理解了真正的友誼和愛情是什麼。這是生活中的兩個伴侶，對你來說，每個伴侶都扮演著非常重要的角色。

我長大成人後終於明白，為了得到某些東西，你需要先犧牲一些東西。

現在我犧牲了讓我的生活不愉快的另一個伴侶——我自己的驕傲。

「我知道你不會跟我說話……你聽著就好。我和你相識並不久，但在這段時間裡，你已經成為我的親人。我不希望我們為一些小事爭吵。我沒留意自己說了什麼，因此有時候我會得罪人。也許，生活什麼也沒教會我。貝卡，我需要你，我不想失去你，因為像你這樣的人很少。善良，真誠，隨時準備放棄所有並幫助別人……我只想讓你知道這些。」

我已經準備好離開房間，但蕾貝卡的聲音阻止了我。

「……你救了我兩次。」

「兩次？」

「是的。首先，你幫助我離開布里瓦德，然後你從那些渾蛋手裡救了我，」蕾貝卡從床上站起來，走到我身邊，「我真是個傻瓜。你為我做了這麼多，我卻表現得這麼討厭。我也需要你。」蕾貝卡擁抱我。

我終於感覺輕鬆多了。「所以，我們和好了？」

「當然，和好。」

「謝天謝地！如果再一整個晚上不跟你說話，我會受不了的……真可怕，我們的男朋友因為我們打了一架。」我們笑了。

「我們得讓他們和解。」

「當然。也許我們可以做些好吃的？」

「做飯？格洛莉婭，你燒掉了半個廚房。」

「該死，我忘了。」

門開了，艾力克斯站在門口。

「你們女生真的很奇怪。一開始你們恨不得咬破對方的喉嚨，然後你們

又甜蜜地微笑。」

—◆—

史蒂夫和傑伊仍舊沒有和好。畢竟他們已經相識多年，這也不是他們第一次打架。但是，到目前為止，他們之間仍然不和睦，我感覺到了。

漸漸地，一切都開始好轉。我們收拾了一些東西，想出了下一步行動的確切計畫。我們還剩下一些食物和錢，這給了我們希望。

天黑了。我們最後一次檢查是否拿走了我們臨時避難所裡的所有東西。

每個人手裡都拿著一杯威士忌。

「乾杯！希望我們一切順利。」史蒂夫說。我們都喝了一口。

「史蒂夫，嘴很痛嗎？」傑伊嘲諷著問道。

「不，你說什麼呢。你的鼻子怎麼樣？腫得這麼厲害，跟《冰原歷險記》裡的樹懶一樣。」

「你們兩個換過尿布了嗎？」艾力克斯說。

我勉強控制住自己，沒有笑出聲來。

「你們修好車了嗎？」蕾貝卡問。

「當然，」史蒂夫說，「只是別讓傑伊靠近它了。」

「我只是撞到了土墩！」

「你的駕照是假的嗎？」

關上屋子裡的燈，大家都把東西放進行李箱了。而我站在房子對面，我們住在這裡的時間太短，不然一定有很多回憶。我沒想到，離開這裡會讓我覺得這麼難受。

艾力克斯開車，傑伊在他旁邊。我、蕾貝卡和史蒂夫三人坐在後排的座位上。收音機裡播放著巴布・馬利的一首很棒的歌曲，我們都一起跟著唱了起來。這多麼美好啊！我很高興見到這些人！他們從根本上改變了我的

生活，改變了我的世界觀。

史蒂夫握著我的手，我同意他的話，當我們的手十指交握時，我內心真的發生了某些變化。一種令人難以置信的力量在我身上洶湧，渾身都覺得暖暖的。我在心裡請求他不要放開我。

永遠不要。

—◆—

男生們下了車。

「你確定是在這裡嗎？」史蒂夫問艾力克斯。

「對。」

我和蕾貝卡打開車門。

「你們待在這兒，我們很快就回來。」傑伊說。

「不，我們和你們一起。」蕾貝卡說。

「你們去那兒也沒事可做，何況這是為了你們的安全著想。」艾力克斯說。

男生們離開了車。我們來到的好像是一個廢棄的加油站之類的地方。遠處亮著一盞燈，十分安靜，好像這裡的人都死絕了，雖然城市的中心離這裡並不遠。

「你覺得一切都會好起來嗎？」蕾貝卡問道。

「……當然。」

無論艾力克斯怎麼讓我冷靜，我仍然感到害怕。為什麼他們決定把見面安排在這樣的地方？這一切讓我焦慮不安。

我下了車。

「你去哪兒？」

「我不能安靜地坐在這裡等待，你留在這裡好嗎？」

「不，我和你一起。」蕾貝卡跟著我走下車。

我們牽著手，慢慢地、悄悄地朝前走。太陽穴裡的血管怦怦直跳。

「瘋了，這裡只能拍恐怖電影。」蕾貝卡說。真的。我們似乎進入了一座被遺忘的城市。遠處能聽到微弱的汽車的回聲。

「喂，等等我們。」我和男生們說。

他們轉過身來，在他們的臉上，我們看到了明顯的不滿。

「你們為什麼要跟過來？」史蒂夫問道。

「萬一發生了什麼事怎麼辦？」我說。

「講得好像有事你們會救我們一樣。」史蒂夫滿臉的嘲諷。

「算了，讓她們一起去吧。」傑伊說。

我們走到路燈旁，停了下來。

「所以，里奇在哪兒？」史蒂夫問。

「可能我們來得太早了，等一等吧。」

「還是不要這筆錢了，我們走吧？」蕾貝卡說。

「貝卡，你不知道有多少錢。沒有這筆錢，我們會一無所有。」

我們坐在這裡半小時了，或許更久。我開始討厭這死氣沉沉的環境。

我想要脫身，離開這裡，重新和大家開始在一起無憂無慮地生活，我希望很快能實現我的願望。

一輛車停在我們跟前。一個大約25歲的年輕人從車裡走了出來。他身材削瘦，但因為穿著貌似大了兩號的黑色皮夾克，顯得相當強壯。

「嗨，艾力克斯。好久不見。我們擁抱一下？」

「嗨，里奇。我們直接進入正題吧。」

「我看到你不是一個人來的。史蒂夫，我猜。這是傑伊，對吧？還有這些美女叫什麼名字？」

「這跟你無關。」

「好吧。跟我講講你的情況,你過得好嗎?」

「我很好。」

「我很高興。你不想知道這段時間在我身上發生的事嗎?」

「里奇,我們要走了。」

「但我還是要說,不會占用太多時間的。你知道他們想要殺了我嗎?他們把刀片架在我的喉嚨上,差點就要劃下去,但有人救了我。我得感謝他,現在我才能站在你面前。艾力克斯,你相信守護天使嗎?」

「不相信。」

「在此之前我也不相信。」

「里奇,我要我的錢。」

「別擔心,」那個人從夾克的內口袋裡拿出一個白色的信封,「在這裡,我都給你,我信守諾言,但你必須先認識一下我的守護天使。」

當另一個人走下車時,我停止了呼吸。我不敢相信他在這裡。我胸口像堵住了一樣。

「他們已經認識我了,里奇。你們都在這啊。」是戴斯蒙,那個導致我們遇到一堆問題的人。

「嗨,戴斯。」艾力克斯沉重地吞了吞口水,意識到情況有些不妙。

「嗨,你們不知道我找了你們多久。我甚至透過新聞來追蹤你們的位置,多虧了里奇,我才得知你們的下落。」

「你要什麼?」

「我跟你做筆交易。我給你們錢,你們安靜地離開。不錯,對吧?」

「我再說一遍,你要什麼?」

「我要她,」戴斯蒙指著我,我的嘴立刻發乾,「艾力克斯,我和你和平相處已經很多年了,並沒有相互為敵,但當她出現後,一切都變了。她破壞了我的威信。我不會原諒這樣的人,所以我要帶她走,你把錢帶走,

愛去哪兒就去哪兒。」

「有趣的建議。」艾力克斯說著，立刻猛力揮拳，他的拳頭擊中了戴斯蒙的下巴。

「你這個渾蛋！」史蒂夫也衝了上去。

從車上又下來幾個身強力壯的大塊頭，他們拖著艾力克斯和史蒂夫，抓住了傑伊，開始用棍子毆打他們。

我環顧四周，哪裡都沒看到蕾貝卡，她似乎人間蒸發了。戴斯蒙憤怒地抓住我的頭髮，我失去平衡，跪倒在地上。我的頭好痛，就好像要被剝下頭皮那麼痛。我大叫一聲，淚水不由自主地從我眼裡掉了下來。

「好吧，我想好好說話的，是你咎由自取。里奇！」

「我已經報警了，德斯，他們很快就要來了。」

戴斯蒙的人繼續毆打著男生們，他們已經無法反抗了。這一切都發生在我眼前。我看著史蒂夫被他們打的奄奄一息。而就在昨天，我才在無法抗拒的親吻、觸摸他的身體而已。

「別怕，寶貝，你要跟我一起走。」戴斯蒙對我說。

我把所有的憤怒和仇恨都化作力量，握緊拳頭。我試圖掙脫他的手。我踢他的腿，尖叫，最後明白這只會讓事情變得更糟。

戴斯蒙再次抓住我的頭髮，把我的頭往柏油路上撞。令我驚訝的是，我並沒有失去意識，但我的身體不再聽使喚了，我無法讓自己做出任何輕微的動作。戴斯蒙用腳踹我的肚子，一次又一次，某個瞬間我覺得我的內臟已經糊成一團。他又打了我幾分鐘，我只能祈求上帝拿走我的生命。

「你知道對於那些惹我麻煩的小人物，我會怎麼對付他們嗎？我殺了他們。」戴斯蒙從口袋裡拿出一把手槍，我聽到扳機扣響的聲音，然後……我無所謂了，我閉上眼睛。只要輕輕扣動扳機，一槍，我就不會存活在這個世界上了。

來啊，開槍啊！我想對著他大叫，但是，唉，我沒力氣。

「別碰她！」我聽到蕾貝卡的聲音，然後一聲槍響。

奇怪，為什麼我沒覺得子彈進入了我的身體？我已經死了嗎？為什麼我還能聽到聲音？我睜開眼睛，看到蕾貝卡倒在柏油路上，腹部鮮血直流。

不！我的天哪！不！這顆子彈是衝著我來的！是我！

我聽到戴斯蒙從我身邊離開。

幾分鐘後，我聽到一輛車離開的聲音。

我睜開眼睛。我的天哪！給我力量讓我起來。求求你！

我爬向蕾貝卡。我的身體仍然疼痛得讓我呻吟，但當我看到朋友的臉時，我再也感覺不到這些了。她臉上掛滿了淚水。她用嘴呼吸，每呼吸一次，我都能感受到她的疼痛。

她的眼睛裡充滿了恐懼，還沒弄清楚自己發生了什麼事。她稍微抬起頭，用眼睛尋找傷口。

我看著傑伊，他的眼裡也滿是淚水，他吻了吻蕾貝卡的額頭。她的身體抽搐起來，皮膚蒼白。我變得歇斯底里。

「你們坐著幹什麼？」我尖叫，「叫救護車！」

「格洛莉婭——」史蒂夫說。

「我們得幫她緊急止血！」

「格洛莉婭！」史蒂夫用手捧起我的臉，看著我的眼睛說：「……她快要死了。」

「不！」我把他推開，試圖用顫抖的手指摀住傷口，我的眼淚和她的鮮血混合在一起，「貝卡，看著我！再忍一忍，我求求你，忍一忍。」

「爸爸——」她說。

「什麼？」

「爸爸笑了。」

她的眼神變得停滯，胸口也不再跳動。

「貝卡！貝卡！」從這一刻開始，我的人生被分成了「之前」和「之後」。我從未感受到如此空虛和心慌意亂。好像有人拿走了我的靈魂，現在只剩下一具行屍走肉。

我抱住她的身體，用力尖叫起來。因為痛苦而尖叫，因為失去而尖叫。

「別離開我！別離開我！」我聲嘶力竭地說。

—◆—

我握著她的手掌，親吻她，她還是溫暖的。或許是我的熱淚讓它如此。警車來了。

「別動！」我耳邊傳來了回聲。

我閉著眼睛坐著，努力不相信正在發生的事。

「格洛莉婭，格洛莉婭！」我聽到史蒂夫的聲音，但沒回應他。

「女生們也和他們在一起，但其中一個已經死了。」

有人抓住我的手舉了起來。

「不……別碰我。」我用嘶啞的聲音小聲說。

我看著蕾貝卡的屍體，然後看看男生們。他們被戴上手銬，不知為什麼，沒有給我戴。

一個警察把我留在汽車旁，他去找他的同事。我尋找著史蒂夫，我們的眼神交會，然後他從一名警察的手中掙脫，顧不上被毆打的疼痛，朝我跑了過來。我也迅速迎了上去，我們擁抱著、親吻著，這個不幸的告別瞬間對我來說是永恆。

警方再次把我們分開。

「我們會再見面的！」史蒂夫喊道。

我目送著他。然後他們把我推進車裡，關上了門。

我選擇活下去

我好想要尖叫，我想向天空大聲呼喊，讓整個世界都聽見我的痛苦。但我只能哭，我的身體不停地顫抖，我寧願被一槍殺死。我的心被掏空了，我的命運比死掉還悽慘。

— ◆ —

藍色牆面的牢籠，我一個人在這裡，男生們在另一棟建築物裡。警察走了進來。

「明天你的父母會來。」他告訴我。

我站了起來。我看著牆壁。除了自己的心跳聲，我什麼也聽不見。

「這是一個夢。這只是一個夢。格洛莉婭，你必須醒過來。」我喃喃低語，眯著眼睛，幾秒後睜開。還是藍色的牆壁，冰冷的柵欄。一片寂靜。

不，難道這不是夢？我的天哪！難道這不是夢？我看著自己的雙手，它們沾滿了蕾貝卡的血。腫脹的眼睛再次淚如泉湧。即使喉嚨痛得厲害，我還是又尖叫了起來，好像吞下了一塊玻璃碎片般痛苦。

我走到牆邊，尖叫著用拳頭捶牆，捶一次牆，想起蕾貝卡的笑容；捶一次牆，想起史蒂夫的吻；捶一次牆，想起與艾力克斯的對話；捶一次牆，想起傑伊的笑話；捶一次牆，想起我們之前一切都很好，我的世界瞬間崩潰了。我用盡全力一直捶牆，即使這種疼痛也不能掩蓋我內心的痛苦。

我摔倒在地上，繼續號啕大哭。

一切又回到原地。我非常討厭這種空氣，我非常討厭這樣的生活。

那些我似乎已經擺脫的想法再次出現在我的腦海中。「5天，格洛莉婭，你還剩下5天了。」

第46天

　　白色的空間。撲面而來的是涼爽怡人的空氣。我環顧四周，想弄清楚自己在哪兒。感覺莫名的輕鬆，好像我飄浮著。或許我已經死了？我的天哪！最好是這樣。

　　聽到靠近的腳步聲。剎那間我的心跳加快，我再次環顧四周，但沒看到任何人。我怎麼了？

　　「醒了？」一個十分熟悉的聲音問我，我轉身看見蕾貝卡站在我面前。

　　她身穿長長的白色連身裙，與這裡的空間融為一體。我不敢相信自己的眼睛，起初我受到了驚嚇，隨後我的嘴角舒展開來。她站在這裡，站在我面前，完好無損。

　　「貝卡？」我小聲說，「我的天哪！貝卡！」我緊緊抱住她，感受到她的溫暖，她也微笑著回抱我。

　　「你怎麼了？」

　　「……我以為你……」我看著她的眼睛，它們散發著快樂的光芒。

　　我知道這是一場夢。她還活著！我真的做了一個不吉利的夢。

　　「格洛莉婭，你得走了。」她突然對我說。

　　「去哪兒？……等等，我們在哪兒？」我說完，再次環顧四周。

　　「你不能在這裡。」

　　「這裡是哪裡？」

　　蕾貝卡退後一步，然後又退後一步。她一邊倒著走一邊看著我。

　　「貝卡……」我說，搞不懂發生了什麼事。

　　「有人在等我，對不起。」蕾貝卡轉過身，飛速離開。

　　「貝卡！」我扯著嗓門大喊起來，「貝卡，求求你！別走！貝卡！」

　　又是藍色的牆壁。我整晚躺在冰冷的水泥地上，聞著令人討厭的氣

味。我覺得空氣稀薄，劇烈的疼痛感滲透全身，好像所有的骨頭都被折斷了。我看著自己的手，上面還留有已凝固的刺鼻的深紅色血液的痕跡。我的手指完全不能動彈，因為昨天捶牆的關係非常痛。

我的內心再次聽到槍聲，它每秒都重複一次。我聽到一聲槍響，想起她摔倒了；我聽到一聲槍響，想起她是如何死在我懷裡。當我明白，我再也聽不到她的聲音，再也看不到她的笑容、她閃閃發光的眼睛時，我開始全身顫抖、歇斯底里。由於聲音太過嘶啞，我已經不能再大喊大叫了，但我在自己的內心尖叫。我閉上眼睛哭了起來，欲哭無淚。也許，我已經沒剩什麼眼淚了，除了捶打的疼痛外什麼都沒剩下。

「我們會再見面！」這話在我的腦海中一閃而過。我看著帶著S字母的血跡斑斑的手鍊，分外痛苦，這就是他留給我的一切。我想起我們的最後一次擁抱，再次喘不過氣來。

我聽到柵欄門吱地響了一聲和某人的呼吸聲。

「馬克芬，出來。有人保釋你。」一個粗暴的男聲說道。

誰保釋我？當然，一定是我爸。他和南希已經來了。我想像著我們的見面場景，不寒而慄。

「把她弄起來。」同一個聲音說。

兩個人走到我面前，抬起我的肩膀。我差點因為新的疼痛而尖叫起來。我被人帶出囚室，步履艱難。

「靠牆。」一名穿著制服的兩公尺高的男人用命令的語氣跟我說。我服從他的命令。他鎖上了柵欄門。

「向前走。」

黑暗狹窄的走廊上光線昏暗，散發著潮濕的氣味，我的眼睛感到刺痛。

我的頭髮完全亂成一團，衣服已經很難被稱為衣服，像是穿著一大堆散發著令人不快氣味的髒抹布。我手上的皮膚緊繃得讓人不舒服，手指仍

然無法動彈。我不知道我現在看起來多噁心，爸爸會見到我這種樣子，我想像著他的表情，他可能會覺得自己的女兒真是讓人作嘔。

我們到了某間房間的門口。我如鯁在喉，心跳劇烈，每一次心跳都在我腦海中迴響。門打開了，刺眼的陽光射進我的眼睛。我向前邁出一步，一縷髒亂的頭髮落到臉上，遮住了我的眼睛。我試圖環顧四周，看看自己現在身處何地。一間小房間，一個穿著制服的中年男人坐在桌子旁，我爸爸坐在他旁邊的椅子上，勞倫斯則站在他旁邊。

他們三個人盯著我。我看著爸爸的眼睛，感到一片空虛。他看著我，臉上是那熟悉的冷峻表情。但我能感覺到他內心正在翻騰的情感。

「格洛莉婭──」南希走到我身邊，擁抱我。我像一尊雕像一樣站著，我甚至沒有向她伸出雙手，繼續看著我的爸爸。

南希移開我臉上的那綹頭髮，開始打量我。「我的天哪！她怎麼了？為什麼她以這樣的狀態出現在這裡？你不能把她送到醫院去嗎？」

「我們這不是慈善機構，」警探說，「格洛莉婭，坐下。」

我坐在他面前的椅子上。我覺得我爸爸要用眼神把我盯出個洞來。

「明天你們要在我們護送之下前往佛羅里達，你帶女孩的證件了嗎？」

「是的，帶了。」爸爸冷冷地回答。

「好的。」

「接下來會怎麼樣？」

「當地當局將負責處理您女兒的事，我建議你快點請律師。在這裡簽名。」警探遞給爸爸一些文件。

「……告訴我，蕾貝卡在哪兒？」我用嘶啞的聲音問道。

「她的遺體也將運回佛羅里達。」

當他說「遺體」這個詞時，我胸口感到一陣刺痛。我的嘴唇顫抖，我勉強控制住自己，以免在所有人面前大哭。

「我可以最後見一次艾力克斯、史蒂夫和傑伊嗎？拜託。」

「不，不可能。」

這一刻，我終於明白，我再也見不到我的同伴們了。胸口刺痛得更厲害了。「我求求你，一分鐘也好，我需要見見他們。」淚水不由自主地從我眼中滑落。

「我說過了，不可能。」

「難道我這麼求你也不行嗎！」我用嘶啞的聲音大喊大叫。

「格洛莉婭——」爸爸說，但我聽而不聞。

我跪倒在地，看著警探。「拜託，求求您，我必須見見他們！」

「格洛莉婭，冷靜一下。」南希說。

「我再說一遍，我們不是慈善機構，我不打算為未來的囚犯安排會面。」他的話帶給我就像背後被捅一刀那般的痛。

我慢慢地撐著膝蓋站了起來，直視這個無情之人的眼睛，然後抓住桌子的邊緣將它掀翻，所有人都驚慌地跳到一旁。隨之而來的是一聲巨響，可能整棟建築都能聽見。守衛衝進房間，用力將我壓在牆上，我的臉頰被牆面刮傷。

—◆—

我離同伴們越來越遠了。計程車行駛了半個小時左右後，到達飯店，爸爸和南希在這裡訂了一間房。

就這樣了，格洛莉婭。你努力逃避的一切又重新追上你。我感覺自己陷入了一個無法逃脫的困境，一次次襲來的痛苦，讓我逐漸變得麻木。至少，痛苦能讓我暫時忘記朋友們的命運，忘記蕾貝卡……忘記這一切很快就會結束。我可以失去自由，但沒有人能奪走我選擇死亡的權利。

南希說他們訂了一個兩間房的套房，所以我們不會互相打擾。

我們走進大廳，每個人都用好像看到一個幽靈一樣的目光看著我。我盡量不去在意他們。幾分鐘後，我們進到房間裡。

腦子裡一閃而過，想起我和夥伴們曾在飯店裡訂了豪華的房間，那時多好呀，什麼也不用考慮。然後我聽到一記響亮的槍聲，它又讓我重新回到了現實。

「你怎麼站著？過來，」爸爸對我說，「先洗澡，我們帶了乾淨的衣服給你。」

爸爸從我身邊走過，甚至沒有看我一眼。我再次對這個人充滿了仇恨。

我走進浴室，南希跟著我走了進來。

「東西在這裡。如果需要什麼就告訴我。」她關上門。

我面前掛著一面小圓鏡。我凝視著鏡子，驚嘆自己看起來是多麼可怕。冰冷的目光，臉上有不少血滴，皮膚已經髒得發癢。我開始急促地喘息，每一次呼吸都伴隨著疼痛。我恨我自己，恨我身體的每一個細胞。憤怒在我體內沸騰，與痛苦交織。我緊握拳頭，伴隨著一聲嘶吼，狠狠地砸向鏡子。細小的玻璃碎片刺進了我的手，新一輪的疼痛帶來了前所未有的快感，讓我暫時脫離了現實。但很快，我的意識又回來了。我倒在地上，所有的情緒都爆發了出來。我哭了，緊抱著流血的手哭泣。

南希跑進浴室。「我的天哪！格洛莉婭！」她跪在我身邊，抓住我血淋淋的手，盡可能地壓住傷口止血。「你對自己做了什麼？傻女孩。」

我把額頭靠在她的肩膀上，放聲大哭。我體內在喊叫：「停下來，格洛莉婭！你要接受這一切。」南希擦了擦我臉上的淚水。

「起來，」她打開水龍頭，清洗我的傷口，「脫掉你的衣服，我幫你洗。」

在這一刻，我才明白我有多傻。我總是說南希有多壞，但她還是花很多精力像對待小孩子一樣對我，無私付出，我自己的親生媽媽也沒像南希這樣照顧我。

她幫我脫掉衣服。我全裸地站在她面前，她驚恐地看著我。

「我的天哪！……你全身都是傷。」

「……我自己洗就好。」

「好，但我還是會留在這裡，以免又發生什麼事。」

—◆—

我用重新包紮著繃帶的手困難地梳好濕答答的頭髮。被打的疼痛束縛了我的一舉一動，但我已經習慣了，困難的是要怎麼不哭。我試著想一些膚淺的東西，例如，今晚會不會下雨或者隔壁房間的房客長什麼樣子。然後我想起了艾力克斯，他教我欣賞生活中的小事，享受我周圍的一切。「你再也見不到他了，格洛莉婭。」這樣的念頭從我腦子裡閃過，我想再次大吼大叫，盡情痛哭一場。但這次我克制住自己。

「格洛莉婭。」我聽到南希的聲音從隔壁房間傳來。

我打開門，看到一張小桌子，上面擺著放滿了食物的托盤。

「坐下，你需要吃點東西增加力氣。」

「我不想吃。」

「你都要沒體力站著了。」

我把她的話當耳邊風，然後朝自己的房間走去。

「站住！」爸爸硬邦邦地說。

我停下來，聽到他走到我身邊。

「看著我。」我聽了他的命令，「你以為我們會為你忙得團團轉？會一直心疼你？」

「大衛——」南希說。

「別說話！」他的目光刺穿了我，「事情不會像如你所願。我已經厭倦縱容你了。你現在遇到的所有問題，都是你自己的錯。所以別想在這裡裝

可憐。現在，趕快坐下吃飯，還是說你寧願讓我們浪費錢在你身上？」

冷靜點，格洛莉婭，別發火。我吞了口氣，走到桌邊，拿起一盤食物，我轉身準備回自己的房間。

「只有當我告訴你可以離開的時候，你才能離開，」我停了下來，「現在你還要記住一件事：你要是再有越軌的舉動，我會盡一切努力讓你坐牢。我不會幫你請律師，也不會簽任何文件。如果你想要徹底毀了自己的生活，我會幫你。」我打算再次轉身離開，他用力地抓住我的肩膀，我幾乎無法呼吸。

「你聽懂我的話了嗎？」

「……聽懂了。」他鬆開他的手。

我覺得自己馬上就要爆炸了。我好希望我不在的這段時間裡，他哪怕能理解一點並改變一點也好。但我只能痛苦地承認我又錯了。

「現在你聽我說，爸爸，如果你再碰我一下，你會非常後悔。」我揪住他的臉，用指甲刺進他的皮膚，「我再也不是那個無法保護自己的小女孩了，懂了嗎？你聽懂我的話了嗎？」

他沉默。我把手從他身上移開。因為我的指甲，他的臉上留下了一些小劃痕。

「祝你用餐愉快。」我說完，毫無壓力地走進房間。

—◆—

即使自昨天以來一口食物都沒吃過，我仍然一點也吃不下。在內心深處，當這一切還未發生時，我曾希望佛羅里達的家裡會有人想念我，希望我爸爸終於意識到我對他有多重要。但事實證明，什麼都沒有改變。他們找我只是因為他們必須這麼做，爸爸這麼做也只是因為那是身為父母應該做的正確的事，而不是因為他需要我，不是因為我是他的獨生女，而我可

　　　　　　　　　　　　　　我選擇活下去

能會遇到可怕的事情。不，僅僅是因為他必須這麼做。這一切徹底擊碎了我的希望。

「大衛，你在做什麼？她遭受了很大的壓力，而你……」

「你還護著她？我養出了一個怪物，南希。你看看她，她就是她母親的翻版。」

「不管她怎麼樣，大衛，她都是你的女兒！有人在她眼前被殺，你可不可以理解一下她所經歷的事情？我們都還不知道這些怪人在這段時間對她做了些什麼。你應該高興她現在還能和你一起在這裡，她一切都還好。」

「她不在這裡會更好。我受夠她了。」

「……受夠了？你受夠自己的孩子了嗎？她不是怪物，大衛，你才是。」

「南希，你要去哪裡？」

「我需要去走走……我的天哪！不久前我還想過和你生一個自己的孩子，但是，看看你是如何對待自己的女兒的，我現在不敢想這件事了。」

我聽到勞倫斯甩上房門。

我閉上眼睛，聽到自己緩慢的呼吸聲，「別哭，格洛莉婭，別哭。」

我走到窗前，再次試圖分散自己的注意力，看著來來往往的車輛和人群。然後我抬起頭，看向灰暗的天空，這對加州來說很奇怪。

「沒有你，一切變得好難，貝卡……」我看著陰暗的天空。「你一定沒辦法想像。」雲變得模糊，淚水模糊了我的視線。「上帝啊，你為什麼這麼殘忍？為什麼你奪走好人的生命，卻讓那些惡人活著？她到底對你做了什麼，啊？」我的聲音顫抖，與我的哭泣混在一起。我站上窗台。「帶走我！帶走我吧，我求求你！我不想再待在這裡了，我受不了了！」

突然，有人抓住我，把我從窗臺上拖了下來。是爸爸。我更憤怒了，我用盡全力，忍著疼痛，用雙腿和雙手踢他打他。

「放開！放開我。」

爸爸把我放在床上，竭盡全力讓我冷靜下來，但我沒有屈服。

「你幹什麼？我差點就跳下去了！我恨你，我恨死你了！別讓我活了，讓我死！」

爸爸用手掌緊緊壓住我的嘴，直到我不再掙扎。我哭到眼淚像要流乾一樣，眼睛因為流下的淚水而疼痛不已。

「哭吧，你會感覺輕鬆些。」爸爸說。

「輕鬆？爸爸，如果現在有人用槍朝我的頭開一槍，我才會感覺好多了。」

「聽著，我懂。看到另一個人被殺，比自己死掉更糟糕。但是不要把自己弄到這個地步，何況你認識這個女孩還不久。」

「你在說什麼，這跟我認識她多久有什麼關係？一天，兩天，還是一星期？她死了，爸爸。她救了我的命，這顆子彈是射向我的！我！我永遠不會原諒自己，與其每次閉上眼就看到她的臉和笑容，我不如死了更簡單……我不能……我再也受不了了，」我流著淚說，「我沒辦法接受。她……還很小，很脆弱，總是很開朗，為我這樣的敗類付出了生命，這不公平！你知道嗎？你是對的，我真的是個怪物。如果我有一個像我這樣的女兒……我會很早就想擺脫她。」

爸爸沉默了很久。

「……格洛莉婭，我說了不該說的話，我希望你原諒我。我知道這不容易，但是……這個女孩回不來了。這就是她的命，你必須明白這一點。」

在我生命中的16年裡，爸爸第一次傾聽我說話並理解了我。我像行屍走肉一樣坐在他面前，一句話也說不出來。

「躺下吧，閉上眼睛。你需要冷靜一下，我會一直在這裡。」

我的眼皮變得沉重，幾秒鐘內我便陷入了昏迷。

—◆—

　　我輕輕地朝出口走去。謝天謝地，南希回來了，爸爸和她都已經睡著了。我花了幾分鐘翻找爸爸的包，終於找到了香菸和打火機。我盡量輕輕地關上門，不發出任何聲音。

　　我穿過飯店黑暗的走廊，下到一樓，走到大樓外面。飯店附近有幾家小商店，我坐在其中的一家店裡，一片寂靜。我不知道現在幾點了，但這個城市似乎空蕩蕩的，只是偶爾有車經過。

　　我閉上眼睛。在加州的最後一晚，在距離我幾十公里的某個地方，史蒂夫、傑伊和艾力克斯在睡覺。每當我想到他們時，心裡就像沉入深淵一樣。與他們在一起的時光是美好的，我不後悔認識他們。有那麼一刻，我想像著如果我們沒有去見戴斯蒙德，會發生什麼。我們會待在溫暖安全的藏身處，蕾貝卡和我會在廚房為大家做晚餐。傑伊會取笑我們的笨拙。史蒂夫會走過來，慢慢地抱住我，輕輕親吻我的脖子。而艾力克斯則會像個「領袖」一樣，坐在沙發上，觀察著周遭。

　　我睜開眼睛，回到現實中。明天就要回家了，我不知道那裡等著我的是什麼。等待著夥伴們的是一個「美好的」刑期，而蕾貝卡……只能留在我最美好的回憶中。

　　「你什麼時候能不要再逃跑？」

　　我轉身看見爸爸在我旁邊，他盯著我手裡拿著的香菸。

　　「我很抱歉……對啊，爸爸，我抽菸了，你要罵我嗎？」

　　他默默地從我的手中拿走香菸，把它扔進了垃圾桶。

　　「去睡覺吧。明天會是艱難的一天。」

第47天

　　人們拖著大行李箱奔跑著。我聽不清楚機場廣播在說什麼，傳到我耳邊只是巨大的回聲。我進入了自動駕駛模式，對自己下了指令：「事情就是這樣了，照他們說的做吧。」兩名持槍的制服人員走在我前面，而南希和爸爸跟在後面。即使機場內混亂不堪、人群四處奔跑，路人們仍然抽空困惑地注視著我，滿眼的好奇或責備。但我不在乎，我只順從眼前的情況。

　　我沉默地走著，盡量不四處張望，避免吸引任何注意。我表面上裝作鎮定，內心卻波濤洶湧。我想像著自己掙脫看不見的枷鎖，拚命地逃跑。我奔跑著，懷著能再次見到那群人的希望。我跑著，笑著，瞥向那些茫然的路人臉孔。我跑著，早已在心中預見了我的自由。

　　但我很快就回到現實世界，一種不愉快的感覺揪扯著我的靈魂。

　　半個小時後，廣播通知我們登機，飛往邁阿密的180號航班。「就這樣吧。」再過幾個小時，我就會回到佛羅里達。真是奇怪，我感覺自己已經有好久沒有回去了。而且我好希望永遠不必回去。這座城市讓我厭惡，人們也讓我感到噁心。我記得和那些音樂人在一起的每一天，我們一起在陌生的城鎮裡兜風。眼淚再次湧上我的眼眶。終於坐上飛機時，我再也無法壓抑自己的情緒。我試圖掩飾淚水，但它們還是順著我紅腫的臉頰流下來。我緊抓著座椅，閉上眼睛，再次調整姿勢。這就是現實，格洛莉婭，你必須挺過去。

　　—◆—

　　我被叫醒的時候，飛機已經著陸了。迷迷糊糊中，我還沒弄懂是怎麼回事。最後，我清醒過來，發現自己要回家了。準確地說，再過幾個小時，我就會回到布里瓦德。我的內心翻攪不已，意識到自己再次回到這裡

　　　　　　　　　　　　　　　　　我選擇活下去

真是太痛苦了。

　　警察護送我們到家。突然，我們聽到車子周圍吵吵嚷嚷。我向車窗外看去，發現一群媒體和記者拿著大大的照相機、錄音機、攝影機和麥克風蜂擁而至。我神經質地笑了起來。瘋了！眼前的這一切都瘋了！這些小丑安排了一齣真正的馬戲。對他們來說，我的失蹤和蕾貝卡的死亡只是他們白痴報紙上的一篇新文章和一筆不錯的稿費。我的天哪！真是太卑鄙了。

　　爸爸第一個走了出去，兩名警察和他一起。

　　「你是大衛・馬克芬嗎？你對你女兒捲進此事有什麼要說的嗎？」

　　「你知道是誰殺死了蕾貝卡・多涅爾嗎？」

　　「格洛莉婭・馬克芬和蕾貝卡・多涅爾是被控制的嗎？」

　　「所有人都給我滾！」爸爸喊道。

　　警察推開所有人。

　　「格洛莉婭，我們一起下車，快點走進家門。別停下來，好嗎？」勞倫斯問道。

　　「好。」

　　我和南希下車，迅速朝著家門走去。眼前閃爍著令人眩暈的閃光燈，耳邊響著記者們七嘴八舌的聲音。一時間，我沒站穩，但勞倫斯的手扶著我讓我沒摔倒。我們回到家中，我試圖調整呼吸。

　　「真是個噩夢。」南希說。

　　「鎖上門，以免他們破門而入。」爸爸拉上窗簾說道。

　　終於還是回來了，這就是我的家。我想起我們在街上過夜，在寒冷潮濕的地上過夜，你知道嗎？我寧願再次忍受這些，也比回家好。我慢慢地爬上樓，走進自己的房間，關上門。

　　我看著我的床。太陽穿過緊閉的窗戶，照亮壁紙溫暖的色調，並在櫃子上留下眩光。一瞬間，我覺得自己好像哪裡也沒去，這只是一個夢，我

不想與之分別的夢。我靠在牆上慢慢向下滑，盤起膝蓋。好吧，現在我最重要的考驗開始了。我的生命還剩下幾天可憐的日子，我有義務不破壞它們並忍受它們。

—◆—

我們坐在客廳裡，我面前站著一個身穿黑色正裝的高個子女人。我猜這次談話不會很輕鬆。

「我叫凱特，我是負責青少年案件的督察。從現在開始，格洛莉婭，我們會經常見面，」這個女人坐在椅子上，用嚴厲的目光直視著我，「你們請律師了嗎？」

「還沒有。」爸爸回答道。

「那我們就言歸正傳吧。大衛，你的女兒犯下了持有和販賣毒品以及攻擊他人的罪行。你應該知道，這非常嚴重。由於格洛莉婭還未滿18歲，她會被關押在青少年拘留中心，然後根據審判結果，可能會被送往少年輔育院。如果法官們有憐憫之心，她可能會被判處居家監禁。但這不會改變你的處境，重點是，只要有任何前科，你在美國申請大學時都會遇到麻煩。此外，任何理智的雇主都不會願意聘用這樣的員工。」

「對不起，你為什麼要跟我們說這些？難道這是你和未成年人說話的方式嗎？」南希介入說。

「她不再是個孩子了，她是準罪犯。你不知道有多少這樣的青少年曾坐在我面前，每一個都認為沒有人理解他們，認為自己的生活有多艱難。但他們根本不知道什麼是真正的生活，什麼才是真正的問題！最終，你們不僅讓自己痛苦，還傷害了其他無辜的人。」

「……您是對的。」我平靜地說。

顯然，凱特沒有想到我會這樣回答。她的臉部表情瞬間從嚴厲變得柔

　　　　　　　　　　　　　　　　　　我選擇活下去

和了一些。

「你意識到這一點非常好⋯⋯格洛莉婭，我想你是一個聰明的女孩，你只是犯了錯，所以我想幫你。」

「怎麼幫？」

「我們可以扭轉局面，我們需要讓你成為受害者。你只需要簽署一份聲明，證明艾力克斯‧米德和其他同夥強迫你，他們威脅你，那麼這群人在監獄服刑的刑期會增加，而你將被無罪釋放。」

「這樣的話真是太好了，」南希說，「看看這些渾蛋對她做了什麼，他們每天都毆打她。」

「不是他們！」我脫口而出，「不是他們⋯⋯」

「那是誰做的？格洛莉婭。」凱特問。

「我只知道他的名字，他叫戴斯蒙。他有一個很大的幫派，他們攻擊我們⋯⋯也是他們殺了蕾貝卡。」

「格洛莉婭⋯⋯老實說，警方不會去找什麼戴斯蒙。所有線索都圍繞著你和那些販毒的音樂人。」

「可是為什麼？！為什麼你們要針對無辜的人？」

「格洛莉婭，聽我說。你想進監獄嗎？你知道之後等待你的會是什麼嗎？沒有教育、沒有錢，你會成為一個被社會排斥的人，而你的同儕都在建立家庭、生兒育女。你要做的就是簽署這份申請，這是你唯一能救自己的方法。」

我口乾舌燥，一句話都說不出來，內心洶湧澎湃。大家都看著我，等待著我的回答，而我⋯⋯我不知道該怎麼做。被剝奪自由還是背叛我愛的人？我眼前發黑，覺得很糟糕，每一秒都更加燥熱。決定吧，格洛莉婭，決定吧！最後，我冷靜下來，做出決定。

「不，我什麼也不會簽。我是經過自己的同意才做了這一切，沒有人強

迫我，我準備好接受懲罰了。」我每一個字都十分清楚地說道。

「對不起，能讓我和格洛莉婭離開幾分鐘嗎？」南希用顫抖的聲音問道。

「當然。」

勞倫斯牽著我的手，用力將我帶離客廳。我們關上門，她抓住我的肩膀，看著我的眼睛。「你在幹什麼？你知道自己在做什麼嗎？」

「我知道。」

「你根本不知道！格洛莉婭，好好想想，一不小心你就會毀了你的一生！」

「那又怎樣，我不可能去誣陷那些沒對我做任何壞事的人。」

「什麼？沒做任何壞事？他們把你拖進了這個泥淖，格洛莉婭！」

「是的，但他們給了我一個不一樣的生活，我願意付出任何代價，只要能回到他們身邊。」

我回到客廳。爸爸站在一旁，假裝我是個陌生人，假裝他不在乎我的結局。等等，不，他沒有假裝，他是真的不在乎。讓我驚訝的是，南希這個完全的陌生人，對我的命運並非漠不關心，而我的爸爸，卻毫不在乎。我的內心在憤怒與羞恥中燃燒著。

「怎麼樣，格洛莉婭，你改變主意了嗎？」凱特問道。

「不，沒有改變。」

「好吧……我已經盡力幫助你了，所以我問心無愧。離審判開始只剩一週時間了，你得好好準備。」督察從椅子上站起來，再次看著我。「還有，加州警方在調查你的車時發現了一些東西，」她翻找著黑色包包，取出了一樣東西。「這是你的嗎？」她拿著我的包，裡面裝著錢和日記本。

「是的。」

「拿回去吧，調查不需要這些。」

我們一起朝出口走去。

「現在你的房子已經被監控了。屋外的出入口由我們的人把守，以防有人逃跑。祝你好運。」

凱特坐進車裡走了。我們家附近站著幾名警察，一個在家門口附近，另外兩個在大門對面。

「大衛，你為什麼不說話？她做出這個決定時，你為什麼什麼也不說？」

「……她已經是大人了，這是她的人生。」爸爸說完，走進家門，南希跟著他。

我仍然站在門廊前，緊緊地抱著我的手提包。我簽下了自己的死亡判決，我這樣做是對的嗎？因為我一直覺得監獄比死亡糟糕一百倍。我一對自己說出「監獄」這個詞，我的內心就縮成一團。

「格洛莉婭・馬克芬？」一個警察小聲叫我，一時間，我有些不知所措。

「是的……」

「艾力克斯・米德要我把這個轉交給你。」穿著制服的男人從口袋裡拿出一個小信封。

「艾力克斯？……」

「如果有人發現我給了你這封信……」

「我不會告訴任何人。」我抓住信封，迅速走進屋內。

艾力克斯透過警察的幫助給了我一封信？但怎麼可能呢？……雖然我很驚訝，但畢竟是艾力克斯——利用自己的關係，他可以讓每個人都聽命於他。我緊緊握住信封，感覺變得非常溫暖和輕鬆，就像他和其他夥伴在我身邊一樣。我爬上樓，回到房間，我非常好奇這封信裡寫了什麼。

—◆—

我躺在床上，想起整整47天前，我決定開始「倒數」時，我也是這樣躺在床上，看著天花板，想著那些不值一提的小事，比如麥特，比如我穿

什麼衣服去下一個枯燥的派對。我的天哪！我過去真的是這樣嗎？膚淺又愚蠢。雖然……我從那時候起就改變了。

意外的敲門聲打斷了我的思緒。

「格洛莉婭，你在睡覺嗎？」我聽到南希的聲音。

「沒有。」我呼出一口氣。

「開門吧，有人來找你。」

我感到不安。「有人」是誰？外婆，還是媽媽？我根本不想見到任何人。但我還是走到門口，打開門。我面前站著的是……查德。他手裡拿著一束大紅色的玫瑰，臉上帶著靦腆的笑容。我想起不久前我離他而去，然後他幾乎每一秒都如影隨形，很難把他趕出我的腦海，但現在他再次真實地站在我面前，我簡直不敢相信自己的眼睛。

「嗨。」他笑著說，然後向前走了一步，擁抱我。

我還沒從震驚中回過神來，所以我沒有回應他的擁抱，只是一動不動地站在那裡。

「查德……」我低聲說。

「我好怕再也見不到你了，這是給你的。」查德把那束花遞給我。

「……謝謝，進來吧。」

沉默了一分鐘。查德關上門，坐在我身邊。我甚至不知道該對他說些什麼。激動、害怕和意外等各種情緒交織在一起。

「……你還生我的氣嗎？」他問道。

「沒有，查德。當然沒有，我很高興你來了。」

他坐得離我更近了，握住我的手。「你知道嗎？這段時間我幾乎都沒有睡覺，如果睡著了，我就會夢見你，」我的臉頰開始燃燒，「我可以再抱抱你嗎？」

我微笑，這次我也緊緊地擁抱他，完全沒注意到自己的眼睛又濕潤了。

查德看著我，用拇指輕輕地撫摸我滿是小擦傷的臉頰。「這是他們做的嗎？」

「沒什麼，會好起來的。」傷口因為鹹熱的淚水感到刺痛。

「接下來你會怎麼樣？」

「這已經不重要了。都是我的錯，現在最重要的是撐過這一切。」我閉上眼睛，開始哭泣。

「求求你，別哭。你不應該氣餒。」

「我做不到⋯⋯他們殺死了蕾貝卡。」

「⋯⋯我知道，新聞都報導了。嘿，你很堅強，你會撐過去的。」

查德把我拉到他身邊，我們彼此碰著額頭，靠得如此接近，我的唇邊感受到他的呼吸。然後我覺得他馬上要吻我了，所以我把他從我身上推開。

「不要，查德。」我從床上起來。

「對不起⋯⋯」他難為情地說，「我每天都會來找你的，我不想把你一個人留在這裡。」

「聽著，我覺得你再也別來這裡會比較好。」

「⋯⋯為什麼？」

「因為這是我想要的！」我無情地回答。「我已經毀了一個好人的生命，我不會讓這種情況再次發生。」

「但是格洛莉婭，我⋯⋯」

「查德⋯⋯」

「我愛你。」

「有些事我得讓你知道⋯⋯」

「你不可能毀了我的生命，你就是我的生命。」

「閉嘴！」我再也受不了了。「聽我說！⋯⋯我和另一個人上床了，而且你知道嗎？我很喜歡。我甚至都沒有想過你，我和他在一起感覺很好，

我把你從我的生活中刪除了。」我的聲音在顫抖，我覺得再一下下，我就會因為這個謊言喘不過氣來。

「你為什麼撒謊？」

「我沒有撒謊，查德。這是真的。如果你認為我仍然是你以前認識的格洛莉婭，那你就大錯特錯了。那個格洛莉婭再也不存在了，她死了，現在我代替了她，成為一個卑鄙齷齪的人。我利用過你，查德。愚蠢的小男孩免費帶給我快樂，你覺得我會和你在一起嗎？」我大笑了起來，「看看你自己，你只是一個可悲的笑話！」我看著查德的臉，繼續笑著。我看見他聽到這些話有多麼不愉快，而我說的這些話也讓我自己受傷。

他走近我。

「……我還是會再來找你。」查德說完就離開了。

我用手遮住臉，以免哭得更厲害。我跟他說了許多不應該說的話，但他仍然沒有放棄我。你做得對，格洛莉婭，他遲早會理解你並忘記你。他對我來說太珍貴了，最好讓他恨我，而不是因我而痛苦。

他的花束還躺在床上。我把花捧在手裡，從閃亮的沙沙作響的包裝裡拿出玫瑰花，刺扎進我包紮著的手掌心裡。

我走到窗邊，打開窗戶，看到查德從我家離開，往大門口走去。

「查德！」

他抬起頭看著我。我看到他臉上帶著微笑，但當我把那束玫瑰花扔下去時，他的微笑立刻消失了。他的眼裡閃爍著淚光……我關上了窗戶。對不起，查德。對不起。

— ◆ —

晚上。我、爸爸和南希坐在一起慢慢地吃著晚餐，死氣沉沉。每個人都試圖假裝我們暫時都很好。但我們都非常清楚，一點都不好，我們只是

假裝平靜。「快點吃完晚飯，回到自己的房間，就看不到任何人。」我腦子裡閃過這樣的念頭。

「蕾貝卡的葬禮會在明天舉行。」勞倫斯說。

我差點被一塊沒有完全嚼碎的肉噎住了。

「……我不去。」

我想像著自己看著她的瘦小而脆弱的遺體，閉著眼睛，再也無法睜開，雙臂交叉在胸前。這讓我感到不寒而慄。不，我真的受不了這個。

「格洛莉婭，我明白，這對你來說非常痛苦，但以後你會不止一次後悔，你沒有送她最後一程。」

「我不去。」我重複了一遍。

「……隨便你吧。」

當我聽到有人敲門時，我顫抖了一下。這又是誰？

「我去開門。」爸爸說，然後向門口走去。

「大衛……」我聽出這個熟悉的聲音。

「嗨，科妮莉亞。嗨，馬西。」

我從桌子邊站起來，外婆朝我跑過來。「格洛莉婭，寶貝！」我們撲進彼此的懷裡。

「嗨，外婆。」

「我好想你，」外婆用悲傷的目光看著我，「我的天哪！……他們對你做了什麼？你們帶她去看醫生了嗎？」

「沒有。我檢查過了，只有一些小瘀傷和擦傷。一切都會好的。」

「我們帶了一些東西給你。」馬西說。

「是的，我和馬西買了一件小禮物給你，想讓你高興一些。」外婆把一個禮物袋遞到我手裡，我拿出一個閃亮的白色盒子。

「這是什麼？手機？……」

「是的，最新款。現在所有名人都用這款，但還有其他的。」

我拿出另一個盒子。「攝影機，」我笑著說，「我一直很想擁有它。」

「我記得。你看，我還沒那麼老。」

「謝謝，外婆，但用不著這樣。」

「別說了，難道我不能讓我親愛的外孫女高興嗎？」

「我把這些拿到房間去。」

我爬上樓，把禮物放在床頭櫃上。我裝出來的笑容很快就消失了。「格洛莉婭，你得下樓，假裝你很開心。至少試試。」我命令自己。我走出房間，在樓梯上停了下來，聽到南希和外婆的談話。

「科妮莉亞，我們需要您的幫助。」

「怎麼了？」

「離審判只剩下一星期的時間，我們急需一名律師。他必須是一個善良可靠的人，能夠減輕格洛莉婭的刑期。我想您有很多關係，這不會讓您太費力。」

「……對不起，南希，但我幫不上忙。」

「為什麼？」

「你知道的，最近我沒有太多客戶，而在簽合約之前，他們會仔細審查一切，甚至包括我的外表、我的生活方式，還有……我的家人。」

「科妮莉亞，這和這件事有什麼關係？」

「因為如果我開始深入我的案子的細節，而他們發現我孫女和毒販有牽扯的話，他們可不會喜歡這樣。所以在這件事上我完全無能為力。」

我的下巴都快掉下來了。我簡直不敢相信外婆會這麼說。她是我最後的希望，而現在這些話讓我感到頭暈。

「好吧……」南希說。「不！等等！好什麼？天啊！科妮莉亞，您明白您在說什麼嗎？難道這些該死的合約比您的親外孫女更重要嗎？」

「當然不是，南希，但我不能犧牲自己的職業生涯。為什麼大衛不能接手她的事？」

「我是一名普通的律師，您別忘了，我沒有權利在刑事訴訟中成為被告的辯護人。」

「那你為什麼不去找一個律師事務所？」

「您自己也非常清楚，對他們來說最重要的是錢，而不是人的命運！」

「我愛格洛莉婭，我會盡力支持她。」

「您怎麼支持她？新手機和攝影機？她可能很快就會被關進監獄，您知道嗎？」

「不要用這種語氣跟我說話！」

我咬著嘴唇，握緊拳頭，覺得很痛苦。我實在太委屈了，很想用頭撞牆。我覺得坐在那裡的不是我的外婆，而是一個完全陌生的女人。在我內心深處，我對她寄予希望，我以為她會幫我，但我親愛的外婆把我排拒在外。沒有什麼比親近的人讓你失望更糟糕的了。我受夠了忍耐，我受夠了假裝，我受夠了！

我下樓，朝廚房走去。「外婆……我覺得你該走了。」

「格洛莉婭，你誤會了。」

「我沒有誤會，我一切都理解得很正確。原諒我，外婆。原諒我還活著，如果我被殺的話，你的客戶肯定會同情你並簽下所有合約。請原諒我，原諒我站在你面前。」我再次激動起來。

「格洛莉婭——」

「出去！」我尖叫。

我轉身沿著樓梯跑回自己的房間。

日記。

　　我沒想到我會再次把你拿在手上。現在我用歪斜可怕的筆跡寫下數行文字，因為我的手根本不聽我使喚，我很難握住筆，但我需要傾訴內心的一切。

　　現在我獨自一個人，我真正一個人了，這是我最害怕的。我的生活被撕成了碎片，我並沒有誇大其詞。爸爸看著我的眼神充滿指責，當然了，我是這個家庭的恥辱。大家都只談論我，更準確地說是譴責我。外婆也和我斷絕了往來。並不奇怪，誰需要像我這樣的外孫女？我就是一個巨大的負擔。只不過你知道嗎？日記，我覺得家人是無論你貧窮或富有，都會一直和你在一起，隨時支持你；無論你變成什麼樣，兇手也好，小偷也罷，對自己的家人來說，你永遠是一個可愛又善良的人。

　　但這絕對不是說我的家人。這讓我覺得更糟糕了。

　　我對南希感到很抱歉，她真的很純粹又善良。我很抱歉她夾在我們中間，因為我而受罪，南希不應該被這樣對待。

　　媽媽甚至沒有打電話來，我知道她在醫院，但難道她不想聽聽我的聲音嗎？該死的！她真的一點點都不在乎我了嗎？

　　總之，日記，我不知道我為什麼要回來。這裡沒有人等著我，這裡沒有人需要我。

　　一如往常。

還剩3天

第十二章

剩下的七十二小時

第48天

天快亮的時候，我才勉強睡了一會兒。我不停地折磨自己，想著接下來幾天會發生什麼事。我知道這個選擇對我來說不會輕鬆，我明知道這點，但還是選擇了它。

我勉強從床上爬起來，走進浴室，整理自己。側腹的縫線不時開始隱隱作痛，我很不喜歡這種感覺，呼吸也變得更加困難。我看著鏡子裡的自己。「格洛莉婭，看看你變成了什麼樣子，你給別人帶來了多少麻煩。你居然還無法決定要活下去還是死去？你真是個白痴！」

我走進廚房，勞倫斯正用著爐灶。

「早安。」我說。南希轉身走向我。

「早安，格洛莉婭。睡得好嗎？」

「還可以吧。」

「你覺得怎麼樣？」

「還行吧。」

「坐下吧，來吃早餐。」

我坐在桌旁，勞倫斯在我面前放了一盤火腿歐姆蛋和一杯柳橙汁。

「我爸呢？」

「他一大早去了律師事務所，他答應會找到最好的律師，這樣我們可以在沒有科妮莉亞的幫助下應對這些事。」

「你認為這會對我有所幫助嗎？」我嘲笑著說。

「當然會有幫助，你要有信心。」

我拿起刀叉，我的手在顫抖，完全不聽使喚。我注意到勞倫斯在客廳的大鏡子前打轉了幾分鐘，然後穿上一件黑色斗篷，拿起一個相同顏色的手拿包。

「你要去哪兒？」我問。

「……去蕾貝卡的葬禮。」

我如鯁在喉。「我知道了。」

「你真的不和我一起去嗎？」

「不要。」我好不容易才忍住眼淚說道。

「嗯，這樣也好。你已經經歷了很多了……」停頓片刻後，南希繼續說：「如果有事，打電話給我，好嗎？」

「好的……」

勞倫斯砰的一聲關上門，我再次屈服於情緒之下，我艱難地握緊拳頭，眯著眼睛，熱淚從臉頰上滾落下來。不，我不會去。對不起，蕾貝卡，但我不會去。去參加葬禮——這意味著放開你……永遠。我還沒準備好。對不起。

我無法將「葬禮」和「蕾貝卡」放在一起。

—◆—

我用盡力氣，最終冷靜下來。嗯，格洛莉婭，你所剩無幾了，而這些天來你甚至都沒去看你媽媽。

我想念她的聲音，我想擁抱她，但是……我很害怕。我害怕看到她再次被那些白色的牆壁包圍著，我害怕看到她無神的眼睛。但不管怎麼樣，我有義務去看她。

我在父母的臥室裡翻找了幾分鐘，找到了那家醫院的名片。

換好衣服後，我走到外面。這次只有兩名陪同人員站在大門對面。我走到他們身邊。

「我要去精神病院，這是地址。」我遞給警察一張名片。

—◆—

又是陰沉沉的令人感到壓抑的天氣，零零落落地下起小雨。我站在醫院對面，還沒有下定決心走進去。我要跟她說些什麼？我該如何看著她的眼睛？流浪的女兒回來的場景是什麼樣的？我感到不安。但我只是不斷地對自己說──這是和我母親的最後一次見面，我再也見不到她了。

「我可以一個人去嗎？」我問其中一個陪同人員。

「我們奉命隨時隨地陪著你。」

「拜託。我能從這兒逃到哪兒去？」

「⋯⋯好吧，給你半個小時。」

「謝謝。」

我握緊拳頭，走進醫院，來到登記台前。

「您好，我要探望一下茱蒂・馬克芬。」

他們用異樣的目光打量著我，好像我全裸站在他們面前一樣。雖然我很驚訝，但整個城市都知道我是誰、我做了什麼，他們這樣看我也不足為奇。

「跟我來。」

在醫院瞎走了幾分鐘後，我在其中一個房間的門口停了下來。我聽到女人的大笑聲。我問自己：「我的媽媽真的在這門後面嗎？」我打開門。媽媽正坐在床上，她旁邊有一個男人，他們正在聊天，不時地笑著，互相打斷對方。我認出了跟她說話的人。

弗雷德，我爸的弟弟，這個男人就是我媽媽為了報復我爸而出軌的對象。從一開始，弗雷德叔叔和爸爸就處不好。媽媽以前告訴我，她剛認識爸爸的時候，弗雷德也喜歡她，而爸爸感覺到了。弗雷德經常送花給媽媽，對她讚美不斷。自然地，爸爸非常厭惡這一切，兩兄弟之間經常為此爆發爭吵。

在我出生後，爸爸和弗雷德叔叔徹底斷了聯繫。我是透過媽媽的故事

才知道這位叔叔的。我懂了，這些年來，媽媽和弗雷德一直在背著爸爸私下聯繫，就像以前一樣。與此同時，爸爸對平靜的家庭生活感到厭倦，並迷上了外遇。媽媽發現後，便叫弗雷德回到佛羅里達。自那時起，我們家開始出現不和。事實上，我們只剩下「家」這個詞，卻已經沒有了它該有的意義。

我呆立在門口，一動不動。

「格洛莉婭！」媽媽走到我身邊，擁抱我。

「嗨，媽媽。」我說。

我的身上頓時覺得暖暖的，瞬間忘記了我在哪兒以及我身上發生的事。

「很高興見到你！」媽媽說。

弗雷德默默地坐在椅子上看著發生的事。

「嗯，坐吧，告訴我你的旅行怎麼樣？大衛說你和你們班同學一起去旅行了，對吧？」

坦白說，我對這個問題目瞪口呆。媽媽不知道我身上發生的事？爸爸騙了她？那好吧，也就是說，我不得不繼續這個謊言。

「是的，確實如此。我們去了……一個非常美麗的地方。」

「好極了！你有照片嗎？」

「……沒有，我忘了。」

「沒關係，下次吧。」

「……你怎麼了，不看電視嗎？」

「為什麼要看電視？他們不讓我上網甚至是閱讀雜誌，因為這對心理有負面影響，我需要好好保護它。」

難怪她對我的處境一無所知，這樣就沒什麼好驚訝的了。

「我覺得你現在看起來好多了。」

「對，醫生說我很快就可以出院。他還說我需要改變現在的生活，所以

離婚後，我和弗雷德會搬到加州去。」

「……你和弗雷德一起？那我呢？」

「你怎麼了？你會和你爸一起生活啊，畢竟你和他關係這麼好。」

「關係這麼好。」我想大笑。「……嗯，對，」我一下子忘記了等著我的刑期，媽媽的話讓我內心感到一陣刺痛。「只是爸爸現在有自己的家，我原本以為我會和你一起生活……」

「現在我有了自己的家庭，格洛莉婭。我想重新開始，我想忘記過去。」

「忘記過去」也意味著忘記我。你知道要承認你不是你父母愛的結晶，而是他們的錯誤，有多痛苦嗎？當父母忘記你是一個有血有肉的人時，那種疼痛如此強烈。爸爸有自己的家，媽媽也是。那我呢？我的天哪！我知道自己幾乎是個成年人了，我的大多數同儕也都離開父母自己居住，但該死的！每個人都應該擁有自己的家，無論多小。不管幾歲，18歲、30歲、50歲，每個人都需要一個家庭，而我卻沒有。除了那些記憶的殘骸，我什麼都沒有。

我從床上起身，朝門口走去，然後突然停了下來。不，我不能就這樣保持沉默，就是不能。

「媽媽，你不想問問，我這些傷疤、傷口、瘀青都是從哪兒來的嗎？你沒注意到它們嗎？」我把包紮過的手放在她面前。

「哦，我真的沒注意。你發生了什麼事？跌倒了嗎？」

我再次想要大聲喊叫。我全身都在顫抖，我希望自己不要失控。

「……對，我跌倒了，但沒有很嚴重。」我覺得我的眼睛裡充滿了淚水，「最重要的是你現在很好……你有了自己的家……我……我已經是個成年人……我為什麼需要一個家呢？……我自己能應付，」我慢慢地倒著走，繼續看著母親無動於衷的目光，直到碰到門，摸到門把，「再見，媽媽。」

我走到走廊上。深呼一口氣。冷靜，格洛莉婭，冷靜。現在你知道了，這個世界上沒有人支持你了，沒有任何事，沒有任何人。

「格洛莉婭，等等。」我聽到身後傳來一個男人的聲音。

我轉過身，弗雷德站在離我幾公尺遠的地方。他走到我身邊。

「我覺得你不應該再來這裡了。」

「為什麼？」

「你自己不明白嗎？茉蒂的主治醫生說，她需要盡可能減少負面情緒。如果她得知自己的女兒是罪犯，那麼……你完全清楚會發生什麼。所以別來這裡了……最好也不要打電話給她。」

我很想在這男人臉上吐口水。

「呵！現在你這麼關心她了啊？叔叔，當我媽開始用酗酒來忘記自己的痛苦時，你在哪？當她因為失去理智而去參加邪教時，你在哪？當她差點自殺時，你在哪？閉嘴，你憑什麼對我指手畫腳……不過你知道嗎？反正我不會再來這裡了。所以你們就快樂地生活吧，生一堆孩子，給他們一個美好的童年……再見！」

— ◆ —

坐在車裡。我用雙手捂著臉，深呼吸，只是為了不讓自己變得歇斯底里。

「我們要回去了嗎？」陪同人員問道。

「不，我要再去一個地方。」

— ◆ —

傾盆大雨，遠處雷聲轟鳴。即使如此，還是很多人穿著濕透的黑色衣服，圍成半圓站在一個新的墓穴旁。城市裡幾乎一半的人都來跟蕾貝卡告別，他們當中大多數人甚至從來沒有親眼見過她，可能只在新聞上看到過

她。他們都來這裡支持蕾貝卡的母親，表達自己的同情心。

　　我走近墓穴，淚流滿面，喘不過氣來。就在不久前，我還聽到她的聲音，握著她的手，和她一起笑，而現在……她躺在地下。我用手捂住嘴，這樣我的抽泣聲就不會那麼大。直到現在，我都覺得不是她躺在那裡，而是我完全不認識的另一個人。

　　勞倫斯走到我身邊。她撐著一把大雨傘，能讓我們倆躲避冰冷的雨滴。

　　「你還是來了。」南希說。

　　是的，我來了，因為在我死之前，我應該和所有人告別。嗯，或者至少嘗試一下。

　　我看到蕾貝卡的母親站在墓穴旁。她已經不再哭了，只是站著看著蕾貝卡的墓碑。她和我一樣，不相信已經發生的事。

　　「多涅爾女士，請接受我的哀悼。」我說。

　　她慢慢地轉向我。她的目光使我渾身燥熱，我從未見過這樣充滿仇恨的目光。

　　「你……你為什麼要來這裡？……」我沉默不語。「你為什麼要來？」

　　「多涅爾太太，我……」

　　「殺人兇手，是你殺了我的女兒！應該埋在地下的是你，而不是她！」

　　「多涅爾太太，你在說什麼？」勞倫斯介入說道，但多涅爾太太不理她。

　　「我痛恨我女兒遇見你的那一天！是你從我這裡帶走了她——我的寶貝蕾貝卡。離開這裡！滾！」

　　我迅速地跑開，感覺有一群人正用譴責的目光把我灼穿。

　　「你這該死的！你這該死的殺人兇手！」

　　我跑著，開始覺得空氣不足。雨滴無情地拍打著我的臉。我滑倒了，臉貼在潮濕的地面上。我強迫自己起來，沒注意到自己的衣服已經變成了一團泥。我跑到墓地的大門外，停在一棵樹旁，手用力地抓著樹幹，指甲

摳進樹皮裡。我尖叫了起來，我的尖叫聲伴隨著暴雨的聲音。我意識到要等待兩天再自殺實在是太久了。我不知道該如何度過這48個小時。這將會是我生命中最難以忍受的日子。

日記，48天前，我讓自己選擇：活下去或死去。那時我甚至沒想過這50天會發生什麼事。所有那些我一開始認為的「問題」，現在看起來非常愚蠢。都是我的錯，如果我能及時停下來，這一切都不會發生。每三個青少年中就有一個父母離婚，那又怎麼樣？他們難道都應該因此自殺嗎？每個人都經歷過單戀，但他們還是找到力量克服了這一切。我恨自己的軟弱。

蕾貝卡的媽媽說得對，我才是真正的殺人兇手。我把蕾貝卡拖進了這個漩渦，而現在她已經不在了。蕾貝卡，我親愛的蕾貝卡，請原諒我，原諒我對你所做的一切。我願意活埋自己，只為了贖清我的罪過。

還剩2天

—◆—

「格洛莉婭，這是你的律師，安東尼·普萊斯。」爸爸跟我說。

「你好，格洛莉婭。」

站在我面前穿著灰色西裝戴著細框眼鏡的男人，看起來大概35歲，他手裡拿著一個小公事包和一些文件夾。

「哈囉。」

南希、安東尼、爸爸和我坐在客廳裡。

「我已經研究過你的案卷了，我想說這個案子相當棘手。」

「所以你無能為力嗎？」

「不，為什麼這麼說？我會盡我所能。或許你不會被無罪釋放，但我可以爭取減刑。」

「減刑？那會判多久？」

「五到六年。」

我一時無法呼吸。失去五到六年的自由，而服刑之後，我將終身帶著「罪犯」的標籤生活。「格洛莉婭，販毒的刑期更重。而且你還參與了一起搶劫，這只會讓你的刑期增加。」

「你能保證她會獲得減刑嗎？」爸爸問道。

「我無法做出任何保證，我只能盡力而為。」

「這要多少錢？」

「等一下。」安東尼拿出計算機，嘴裡嘟嚷著，快速輸入數字。「大約是這個數目。」安東尼把金額給我爸爸看，他的下巴幾乎要掉下來了。因為我的原因讓他承擔這麼大的費用，我感到無比尷尬。

爸爸和南希交換了一個眼神。「大衛，價格重要嗎？最重要的是我們得成功。」

「確實如此。」律師說。

「好吧，我們同意。」

「不！」我盡可能大聲地說，「我們不需要你的服務。」

「格洛莉婭……」南希低聲說。

「我們為什麼要付這麼多錢給這個人，如果……如果這一切都是徒勞的？為什麼？」

「格洛莉婭，服刑時間有很大的區別。」安東尼說。

「我不在乎。對我來說沒有任何區別。讓他們給我一個免費的律師就

好，而你……你可以走了。」

「隨你。」安東尼走向出口，但在離開前，他把名片遞給了爸爸。「如果有什麼需要，我隨時樂意幫忙。」

南希重重嘆了口氣，離開了客廳，留下我和爸爸單獨相處。

「格洛莉婭，你到底什麼時候才能意識到這一切都是真的？審判的時候沒有人會看著你那雙漂亮的眼睛，也沒有人會對你有任何憐憫。」

「爸，我不需要他們的憐憫。就算幾年後我會獲釋，有什麼意義嗎？我依然會是一個社會邊緣人，一個恥辱，一個永遠的罪犯。所以就讓事情保持原樣吧。」

—◆—

我坐在沙發上，雙臂抱著膝蓋，聽著電視裡的主播說著無意義的話，同時看著雨滴拍打著玻璃窗。

「格洛莉婭，我和大衛要去買東西，你要和我們一起去嗎？」

「不，我不想去。」

「嘿，你需要散散心。今天太沉重了。」

「南希，我最近幾天想待在家裡。」

「……好吧。對了，我幫你買了鎮靜劑，」勞倫斯給了我一小瓶橙色藥丸，「這段時間內它會幫你擺脫有害的想法，還能助眠。」

「謝謝。」

「我們走吧？」爸爸問。

「好的。」

這段時間，南希和爸爸讓我一個人待在家裡。

我打開這瓶鎮靜劑，在手裡倒了一把藥片，然後看著它們。我手裡拿著過量的藥物，一杯水，幾口下去，一切就會結束。但我告訴自己，要撐

過最後兩天。我會熬過去的。

門鈴突然響了。很可能因為這樣的天氣，爸爸和南希取消了他們的行程。我把藥片倒回罐子裡，朝門口走去。我打開門，發現我猜錯了。

「嗨，」查德說，「這場雨有夠大，我已經濕透了，所以你必須讓我進去。」

查德進到屋子裡。

「我看到你父母出去了，會去很久嗎？」

「我不知道。查德，你想從我這兒得到什麼？」

「沒什麼。你還在這裡的時候，我只想待在你身邊。」

「……好吧，我去拿乾衣服給你。」

—◆—

查德在換衣服的時候，我在家中的吧台發現了一瓶酒。我走進客廳，查德穿著爸爸的襯衣，比他的尺寸大好幾倍。我給他爸爸的短褲，穿在他身上看起來像是一條傘狀裙。看著他，我想大笑。

「我看起來怎麼樣？」

「很好，」我走到他身邊，手裡拿著一瓶酒和一個高腳杯，「看我找到了什麼。」

我把酒倒入高腳杯中，遞給查德，自己直接拿起瓶子喝了幾口。

「我沒參加蕾貝卡的葬禮，他們說幾乎全城的人都去了。」

「我們不說這個，好嗎？」

「……格洛莉婭，我只是不懂，為什麼你和這些音樂人混在一起？」

「你知道嗎？起初我們自己也不理解這一點。我們甚至很害怕，想逃離他們……後來一切都改變了。我們依賴他們，他們也依賴我們。我們變得密不可分……我們去不同的城市旅行，覺得自己在跟這個世界對抗。我知道自

己被他們吸引了，他們那種悠然自得的生活方式很有感染力。在這裡，所有人都在奔走，匆忙前行，但在我們的世界裡，一切完全不同。」

「但他們是殺人犯！」

「查德，有些人沒有殺人，但比殺人犯更糟糕。如果你沒有遇到過這樣的人，那你很幸運。」

我們整個晚上都在談論著那些一直藏在心底的事情。終於，我感到了一些放鬆。我真的很想念這種簡單的交流。

「查德，你可以幫我個忙嗎？」

「當然可以，你需要什麼我都會去做。」

「那麼答應我，無論這個請求多麼不尋常，你都會幫我。」

「我答應……」

「好吧。首先，我得告訴你一件事。」

第49天

　　我醒了過來，因為有人搖我的肩膀。我睜開眼睛，發現自己躺在客廳的沙發上，旁邊亂扔了一個空酒瓶。刺眼的日光，加上隨之而來的頭痛。

　　「早。」爸爸用憤怒的語氣說道。

　　我揉了揉眼睛，強迫自己徹底醒過來。

　　「哦，爸爸，別這樣。我只是……」

　　「只是無聊了，只是喝了酒，然後睡著了。我完全懂。」

　　「你懂什麼？嗯，對，我喝了一瓶酒，那又怎樣？反正我之後好幾年都不會再喝任何一滴酒了。」

　　聽完我的話之後，爸爸好一陣子都說不出話來。

　　「……整理好自己，然後去吃早餐。」

　　我的日記，今天是我人生的最後一天。我臉上正帶著白痴般的微笑寫下這些話。我一直在盡力讓這一天快點到來，終於來了。

　　我有一個新的選擇：監獄生活或者自由，我選擇了後者。死亡就是自由，沒有人有權將它從我身邊奪走。

　　你知道嗎？日記，我一點也不害怕。相反地，我更擔心審判、監獄生活以及之後的生活。害怕我的生活會變得比現在更糟。

　　我唯一遺憾的是，在我死之前，我不能跟史蒂夫、艾力克斯和傑伊擁抱告別，我對此感到很心痛。

　　在這49天裡，我很想讓我的父母言歸於好，但他們終究分道揚鑣。也許這樣會更好。我就是一個大錯誤，是他們之間唯一的連結。我不在了，就不會有問題了。說實話，這很難承認。你知道嗎？日記，我仍然希望至少有人會為我哭泣。但媽媽，很可能，

甚至不會知道我死了；爸爸也許會傷心一段時間，但他會好起來的。也不會有陌生人為我難過，他們只會重複說著：「她活該，這是她應得的。」

我已經活了將近17年，又怎麼樣呢？我沒有為任何人帶來任何幫助，只帶來損失。我是一個沒用的人，是個垃圾，就是這樣。而現在問題是，像我這樣的人，值得活下去嗎？

還剩1天

— ◆ —

天氣出乎意料的晴朗，完全沒有昨日的痕跡。屋子裡飄來令人愉悅的烘焙香氣，陽光溫暖又明亮，這是我人生中第一次感覺到這個家的牆壁不再向我逼近。我終於感受到家的溫馨與舒適。我的眼眶濕潤了，因為今天是我在這裡的最後一天。

我走進廚房。勞倫斯一隻手拿著刨絲器，另一隻手拿著胡蘿蔔。

「你在做什麼？」

「胡蘿蔔奶油蛋糕。」

「嗯。」

「你吃過嗎？」

「沒有，」我笑著，「但聽起來不怎麼樣。」

「等你嚐了，你會改變主意的，你就等著瞧吧。」

「我來幫你吧。」

「那太好了。」南希的眼睛瞬間閃閃發光。

我從未和媽媽一起做過飯，我一直想知道，當你和你親人一起做某事

時，一起笑和互相幫忙的感覺。現在我知道這是什麼感覺了。但在這裡，一個完全陌生的人代替了我的母親。我從沒想過，我和我深惡痛絕的數學老師勞倫斯小姐會像這樣站在廚房裡，笑著做飯。在她身邊我覺得很溫暖。我從來沒有從我的親生母親那裡得到過這樣的溫暖和關懷。我萬分後悔自己為什麼從來沒有理解這一點。

「真想不到，你們竟然一起做飯？看來今天可能會下雪。」爸爸笑了。

我們跟著笑了起來。

「南希，今天我們來安排一頓慶祝晚餐好嗎？」我問。

「有什麼原因嗎？」

「……沒，我只是想要心情好一些。而且，我們從來沒有一起吃過晚餐，就像……一家人一樣。」

「噢，好啊！我當然贊成。我們可以做一堆好吃的，然後可以看部電影。」南希笑著說。

「是的，我還想邀請外婆和馬西。我總覺得我們在吵架之後分開是不對的。」

「我同意你的看法，我打電話給他們。」

響亮的門鈴聲打斷了我們的談話。我完全不知道可能會是誰，打開門，出於意外，我差點失去了說話的能力。

「……潔兒？」我說。

「嗯，嗨，朋友。」

我關上身後的門。

她真的在這裡嗎？我真的沒想到。我想知道她為什麼會來？來嘲笑我？看看我發生了什麼事，好再次證明她更好？我腦子裡累積了很多問題。我還沒能回過神來，因為她在這裡。

「我沒想到你會來找我。」

「我決定來看看你，還是我離開比較好？」

「不，不，等等，」我走到一個警察身邊，「有菸嗎？」他從菸盒裡拿出一根香菸遞給我，「謝謝。」

我和潔澤爾坐在門廊的臺階上。我點了一支菸抽了起來，潔澤爾關心地看著我。「你抽菸了？」

「它讓我長大。」我笑著說。

「嗯，你完全變了，我感覺好像20年沒見過你了。」

我又抽了一口，然後呼出了煙。

「學校裡大家都在談論你，甚至有些人很欽佩你。」

「那你是譴責我的其中之一嗎？」

「不，我跟他們不一樣。」

「你不怕他們知道你來找我，會跟你絕交嗎？」

「不怕，我不在乎他們對我的看法。」

「那你也變了，以前你擔心每個人對你的看法。」

我們的談話暫停了一分鐘。我仔細地看了看潔澤爾。她的金髮變得更亮了，短裙勉強能包住纖細的大腿，手上的皮膚保養得很好，閃閃發光。坐在她旁邊的我和她完全相反。我手上傷痕累累，藍色頭髮失去了光澤，隨便紮了起來。另外，我穿了一件比我大四個尺碼的T恤，以免帶傷的身體不舒服。

「我是來道歉的。這很有趣，我們對彼此做了很多討厭的事情，但當你被通緝時……我很擔心你。」

我不自在地咽了咽口水。「……真的嗎？」

「真的。即使你偷走我一堆男朋友還搞出一大堆事，我也不該對你無動於衷，所以，請原諒我。」

我不敢相信自己的耳朵。坐在我旁邊的真的是我曾經最好的朋友嗎？

聽到這些話，我覺得似乎我完全在和另外一個人說話。潔澤爾・維克利第一次後悔了。

「潔兒……也請你原諒我，」我的聲音顫抖著，「我是個白痴，你的父母因為我而離婚了。」

「沒什麼啦，」潔澤爾笑著說，「當然，一開始我很難過，但後來我接受了。爸爸留下了一棟房子和一輛車給我們，每個月都會支付一定的費用，所以沒有任何改變。」

我肩上的包袱漸漸消失了。

「對了，我不是自己一個人來的。」潔澤爾手裡一直抱著一個帶蓋的大塑膠籃子。當她打開它時，我的心臟瞬間停止了跳動。

「王子！」我邊說邊把手伸了過去。

「牠非常想你。」

「我的小傢伙……」

我已經認不出這個小白球了。牠明顯長大了，毛茸茸的，已經康復了。我把手放在牠溫暖的毛髮上，閉上眼睛。我至少給某人帶來了好處不是？我救了這個小傢伙的命，現在牠過得很好，吃得飽穿得暖。她關心牠，照顧牠。說實話，我以為我們吵架後，她會把牠丟掉來報復我。但，謝天謝地，我錯了。

「這太可怕了，蕾貝卡不在了。當我想起我對她做過的事時，我都很想撞牆。」

我的心再次感到憋悶，我決定盡快改變我們的話題。「你和亞當還在約會嗎？」

「是的……我們很好。我們甚至計畫一起搬到紐約，並在那裡上大學。沒錯，我還不知道上哪一所，但我和媽媽已經在紐約的豪華區買了一間大房子。」

「太棒了。」我失望地說。

我本來和其他同學一樣，可以準備考試，選擇大學，但現在通往光明未來的路對我永遠關閉了。

「我到現在還沒辦法確定我以後要做什麼。你記得嗎？我曾夢想成為一名時裝設計師。也許我應該試一試，你覺得怎麼樣？」

「我不知道。如果你喜歡的話，那就值得一試。」

「問題是雖然我很喜歡服裝設計，但同時我也想要演戲，我覺得可以成為一個好演員。」

「嗯……」我覺得眼淚馬上要落下來了。

「肖娜想開自己的糖果店，你能想像嗎？我笑了她很久，她甚至生我的氣了。你還記得瑪麗嗎？那個骨瘦如柴的人？她被邀請去米蘭擔任時裝模特，很幸運吧。」

好了，我不能再聽了，我沒有耐心了。每個人都有正常的生活、計畫和未來。但因為我的愚蠢，我什麼都沒有。我覺得委屈又痛苦，但此時我明白，一切都是我自作自受。

「潔兒，南希好像在叫我，我要回去了。」我從臺階上站起來。

「嘿，我還沒問你的事……」

「以後吧。今晚我們正要舉辦告別晚餐，所以你和亞當一起來吧。」

「好，他正好想來看你。」

我摸著門把手。「好……把牠帶走吧，」我把王子交到了潔澤爾的手上，「我想你可以照顧牠。」

—◆—

爸爸正在看報紙，我和南希站在爐灶邊準備牛排。

「你和潔澤爾和好了嗎？」勞倫斯問。

「好像是吧。」

「太好了！我相信一切都會變好。我要離開一下，幫我看著牛排。」

「好。」

南希走出廚房。

「離開庭還剩下四天。」爸爸說。

「那又怎樣？」

「安東尼可以解決問題，他可以找到一堆證據來爭取減刑。」

「爸，我們已經討論過這個問題了。」

「格洛莉婭，我見到了你的免費律師。他沒有採取任何行動來救你。」

「就這樣吧。」

「你想徹底斷送自己的一生，是嗎？」

「我已經做到了，爸爸。」

我們一陣沉默。和我爸爸在一起的最後一天，我有很多話想說，但不知為什麼難以啟齒。最後，我起勇氣，告訴他我早就打算告訴他卻無法說出口的事。

「爸，你知道媽媽和弗雷德叔叔……」

「我知道。」爸爸打斷我。

「你怎麼看？」

「我應該怎麼看？我和茉蒂只是法律上的夫妻，我們現在都有自己的生活。」

「爸爸，答應我，你別丟下她，打電話給她，和南希一起去看望她……我不相信弗雷德，任何事情都可能發生在媽媽身上。」

「……我答應你。」

—◆—

我選擇活下去

拉上窗簾，我在半昏暗的房間裡，躺在床上聽音樂，想起我和蕾貝卡去聽演唱會，認識了夥伴們，搭著車離布里瓦德遠遠的，像是去到另一個世界。我內心有些沉重，我希望這些事都沒有發生，我希望能擺脫那些一直以來折磨著我的回憶，但同時，我也希望門能打開，看到史蒂夫進來擁抱我。因為我很想再見到他、艾力克斯、傑伊和蕾貝卡一次，我的心碎成一片一片的。

　　房間的門被打開，與我的願望相反，門口站著的不是史蒂夫，而是南希。

　　「格洛莉婭，又有客人來了。」

　　我不情願地起床，然後走下樓梯，我真沒想到會見到眼前的人。

　　「嗨，洛莉。」麥特說。

　　我用前所未有的冷漠眼光看著他，沒有任何意外和驚喜。「嗨。」

　　「我很高興見到你。」

　　「真的嗎？」我嘲笑著問道。

　　麥特看起來變成熟了。他換了髮型，濃密蓬鬆的頭髮已經蹤影全無，下巴上淡淡的鬍鬚讓他看起來更加穩重。我甚至不敢相信這是曾經玩橄欖球並在學校派對上露面的那個人。

　　與他相比，我看起來像是剛從鐵路旁的破爛小旅館出來似的。他現在應該正在思考我和我的外表怎麼會這樣，但我完全不在乎。

　　「麥特，或許你該和格洛莉婭出去走走？她正好需要呼吸新鮮空氣。」南希說。

　　「真是個好主意。」

　　「我現在被監管中，如果你不清楚的話。」

　　「嗯，沒關係，和他們一起更開心。」

　　我沉默著，無動於衷地朝門口走去。

—◆—

　　我們開著車，這段時間裡，沒有人開口說一句話。還有什麼可說的？我甚至不知道他為什麼回到這裡。我內心充滿了委屈。我很想告訴他，當他離開時我想說的一切，但我再次忍住了。

　　「為什麼你把頭髮染成了這種顏色？」

　　「我喜歡啊，你不喜歡？」

　　「為什麼不喜歡？你染這種顏色更特別了。」

　　我只是哼了哼。

　　「有什麼不對嗎？你見到我不高興嗎？」

　　「很開心。還是我要開心得跳一段舞給你看？」

　　麥特沉默了。我終於達到目的了，讓他意識到他白來了，這裡沒有人在等他。

　　我們走進一家咖啡館，看哪裡有空位，我發現每個人都盯著我看。我變得非常不高興，甚至想轉身離開這裡。但我只是深呼一口氣，強迫自己冷靜下來，再次忍耐。

　　我們找了個空桌坐下。麥特一直看著我，我試圖假裝什麼也沒注意到。

　　「我真想念布里瓦德的小咖啡館。」他說。

　　「當然，畢竟在加拿大，一切都完全不同。」

　　「這你說對了，你不知道我花了多長時間才適應那裡的惡劣氣候。」

　　「太可憐了。」我挖苦地說。

　　「洛莉，說實話，你不高興我來找你嗎？」

　　「我不懂，你想要什麼？想要我奔向你的懷裡喊著『哦，麥特，你還記得我太好了！我非常想你！』嗎？你為什麼要來這裡？」

　　「我在新聞中看到你時，我差點要瘋了。我來看看你，是想確認你一切

都好。」

「我很好，麥特。你可以去買最近一班航班的機票了。」

「……算了，我們點菜吧。」

「我喝水。」

「好吧，我按照你的口味點一些東西。」

麥特剛要打開菜單，他的手機響了。「我馬上回來。」

他走到外面。我環顧四周，發現吧台後面站著幾名服務生，他們看著我聊著些什麼。旁邊座位的人也不時地看我一眼。格洛莉婭，冷靜，不要在意。生活在每一個迎面走來的人都認識你的小城市太困難了，如果你犯了任何錯，你會立刻被別人的譴責和流言蜚語所淹沒。想要充耳不聞，好像沒有這麼簡單。

我看著最遠處的桌子。桌子邊坐著一群比我年輕幾歲的女孩子。我能聽到她們的談話。

「……他跟我說要分手。你能想像嗎？我現在要怎麼活？」

我笑了起來。我覺得很尷尬，畢竟曾經我也以為這是一個大問題。現在……我明白真正的問題是什麼，是親人的死亡、失去家庭，是當所有人都認為你是個社會邊緣人時，那種你連敵人都不會希望他們經歷的可怕感覺。

咖啡館的門開了，我轉身，希望是麥特回來了，但不是他。潔澤爾的朋友肖娜和她的小跟班們走了進來。很不幸，她們發現了我。

「看，是格洛莉婭。」她們走到我的桌子旁。

「嗨，馬克芬。」

「肖娜，好久不見。」

她打量著我的每一個細節。「嗯，你知道你看起來像什麼嗎？幾乎全城的人都在說你是布里瓦德的恥辱。」她們尖聲笑了起來。

「如果我是你，就不會這樣跟我說話。你知道嗎？我跟你不一樣，我什

麼事都做得出來，」我起身，從鄰桌拿起一把刀，每個人都小心翼翼地看著我，有人因為恐懼很快從自己的座位上站了起來，「比如，割破你的喉嚨，或割下你的舌頭。」

肖娜和她的朋友瞪大眼睛，一言不發地離開了。我微笑著把刀扔在地板上，跑出了咖啡館。

「你怎麼了？」麥特問道。

「我不能再待在那裡了。我覺得很煩！所有人都看著我，好像我殺死了無數人一樣。我對他們做了什麼可怕的事嗎？」

「冷靜一下。他們怎麼看你與你有什麼關係？我們去公園散一下步吧。」

—◆—

我們沿著潮濕的小路，在明亮的綠草和樹木中，散了約一個小時的步。在我身後，離我們幾公尺遠的地方，是負責看著我的警察。

「找到女朋友了嗎？」我問道。

「沒有。」

「真的嗎？在加拿大沒有人配得上你嗎？」

「不是這個問題，只是我還忘不了一個有著奇怪顏色頭髮的女孩。」我微笑，「而你，真的不是在開玩笑嗎？離家出走，和罪犯混在一起。」

「那是我生命中最美好的時光。」

麥特突然停了下來。「洛莉，老實回答我，你是因為我離家出走嗎？」

「什麼？」我大笑起來。

「我說了什麼好笑的嗎？」

「麥特，我沒想過你會自戀到這種程度！你離開了，在整個學校都看不起我的時候，你像一個真正的懦夫一樣逃跑了。當我需要你的支持時，你留下了我一個人。我想你不知道，你在我眼裡有多卑劣。我承認，老實

我選擇活下去

說，從那一刻起，我變了，改變了自己的生活態度，改變了對周圍人的態度，但我離家出走並不是因為你，麥特。

「我只是想擺脫原本的生活，找到懂我的人，而且我找到了，但我的幸福很短暫……所以我回來了。麥特，忘了我，忘了這座爛城市，忘了這些不好的人。而我？我現在已經沒有選擇的餘地，我只能忍受一切。」

我轉身，麥特突然用力抓住我的手。

「格洛莉婭——」他靠近我，只差一點，他的嘴唇就會碰到我的嘴唇。但我掙脫了他，用拳頭打向他的下巴。麥特的嘴流血了。警察很快跑到我跟前，緊緊地抓住我的手。

「放開我！」

「我沒事。」麥特勉強說道。

「放開！」一個激烈的動作，我掙脫開雙手，盯著麥特，「……永別了，麥特。」

—◆—

我努力地擺好餐具，像準備重大活動一樣準備著晚宴。當然，這真的不是一個簡單的夜晚。當我想到這是我最後一次見到自己的親人時，雞皮疙瘩都起來了。到目前為止，我還是沒有辦法下定決心。我腦子裡也不知是怎麼回事，每當我有了「現在改變主意、不走這一步還為時不晚」的想法時，我又會對自己說：「坐牢比死亡更糟糕。」

「格洛莉婭，你為什麼這麼做？你很清楚，他們正監視著你的一舉一動。」勞倫斯說。

「我知道，但我沒有殺任何人，麥特不應該抓著我。」

「我求你，盡量保持冷靜好嗎？」

「好吧。」

「我聽說，如果被告沒有前科和其他不當行為，判決會減輕一些。」

我已經受夠了關於法庭、判決和監獄的談話！每當提起這些詞時，我的身體就會顫抖，嘴巴一陣發乾。

門鈴響了。我跑到門廊，打開門，門口站著潔澤爾、亞當、外婆和馬西。

「又見面了。」潔澤爾笑著說。

「嗨。」亞當一邊說，一邊緊緊地擁抱我。

「格洛莉婭！」外婆把我抱得更緊了，「請不要生我的氣，求求你。」她說道。我注意到她的眼睛含著淚光。

「外婆，別這樣，不要哭。我已經忘記發生什麼事了。」我說著謊，心跳加快。「那麼，大家都到廚房來吧。我和南希準備了一整天，我希望你們會喜歡。」

所有人坐了下來，只有一把椅子是空著的。我還沒時間思考，前門就打開了，爸爸走了進來。

「我不在你們就開始玩了？」

「爸爸，我們怎麼能忘了你？」

大家都在笑著聊天，家裡的氛圍如此溫馨。不知怎的，彷彿我把時間倒回到49天前，當時我還是一個有著普通女孩煩惱的普通學生。突然，我感覺到有什麼東西重重地壓在我的肩上，一種難以承受的重量，我再次想起明天會發生的事情。我咬緊嘴唇，掩飾情緒，開始假笑，將痛苦藏在這笑容背後。我看著外婆和馬西，又轉頭看著南西和爸爸。接著，我想起了媽媽和弗雷德叔叔。他們看起來都那麼快樂，雖然這話聽起來可能很糟糕，但我真的好嫉妒他們。我嫉妒他們的自由。我看向潔澤爾和亞當，真是好笑，我竟成了他們的媒人，如果不是因為我，他們根本不會認識。現在他們很幸福，一起規劃了未來，甚至有可能結婚，他們的愛情會隨著時

間越來越深。我回想起我和史蒂夫也曾經夢想過無憂無慮的生活，我還記得當他告訴我他想要孩子時，我笑得多麼開心。天啊……這些回憶折磨著我的靈魂。

「我們很幸福和自由」這句話並沒有離開我。到目前為止，我仍然聽到蕾貝卡的聲音，如此鮮活、響亮。直到現在都覺得她似乎就在我身邊。

天哪！格洛莉婭，你在對自己做什麼？為什麼要用這些想法來摧毀自己？我感覺自己快要變得歇斯底里了。

「晚餐後我們一起看電影。對了，你們晚上都可以在這裡過夜，我已經為你們準備好了睡覺的地方。」南希的聲音傳到我耳邊。

「通宵派對？我喜歡。」潔澤爾說。

「好極了！」外婆說。

「太好吃了。」馬西一邊嚼著一塊牛排，一邊說。

「對了，我們要看什麼電影？」亞當問道。

「格洛莉婭說她會選，是這樣吧？」

他們的聲音從我耳邊飄過。

「格洛莉婭？」最後，南希的聲音讓我回到現實中。

「什麼？啊……對不起，我離開一下。」

我移開椅子，發出吱吱聲，很快站了起來。我一越過廚房的門，淚水就好像收到指令一樣，從眼裡滑落下來。我跑進浴室，用雙手捂住嘴，最終陷入了歇斯底里的狀態。這一刻我明白了：不管我說多少次我討厭這棟房子、我的爸爸、我的整個家庭，但和他們分別讓我非常痛苦。即使我不自殺，我也還是要和這些人分開。

我太晚開始珍視我所擁有的東西了。

這讓我更加痛苦。

第50天

親愛的日記，這是我的最後一篇記錄。

我和你一起度過了這麼多天，描述了許多故事、想法和感受，只有你知道我內心發生了什麼事。對我來說，這50天就是永恆。我從未想過，我千篇一律的生活會有這麼多反轉。

你知道嗎？我現在完全不害怕了。我只想到一件事：這一切終將結束。

我不知道死後是否有另一個世界，但我希望從那裡看看這裡，看看地球上發生的一切。我想知道爸爸和南希、媽媽和弗雷德、我的朋友們、同學們……史蒂夫、艾力克斯和傑伊未來的生活。

我希望我死後這個世界變得更好。

再見，我的日記。

格洛莉婭，1996—2013

—◆—

早晨，廣播裡播放著令人精神振奮的音樂，廚房裡傳來洗盤子的聲音。南希起得比所有人都早，她的身體跟著音樂的節拍舞動，手不停地洗著碗。在她看來，家裡的一切都很美好。與格洛莉婭的關係有所改善，與大衛的感情每天都在增長，他們會組成一個完美的家庭。隨後南希回到現實中，離格洛莉婭開庭只剩下沒幾天，大衛很緊繃，殘酷的現實像利刃般刺穿她的心。

「早安，南希。」科妮莉亞在她身後說道，南西嚇了一跳。

「早，昨晚留下好多髒碗盤……」

「嗯，也就是說我沒白白起這麼早，我來幫忙。」

「不，不用。先開始做早餐吧，大家很快都會醒來。」

「好。」

科妮莉亞走到桌邊，看著南希，茱蒂的身影突然在她眼前閃現。幾年前，還是茱蒂在廚房裡忙碌，充滿活力，而現在，這個家的大門對她永遠關閉了。科妮莉亞很難接受自己已經失去了女兒的事實。

「我覺得你已經出色地取代了我女兒的位置。」

聽到這些話，南希僵在原地。「我沒占任何人的位置，我和大衛……」

「只是遇見了，墜入愛河並開始共同生活。」科妮莉亞笑著說。

「科妮莉亞，您有什麼不滿意的嗎？」

「冷靜一點，南希，我沒有別的意思。我希望你幸福。幸福，你明白嗎？而和這個人在一起，你永遠不會知道幸福是什麼。」

「大衛沒有你想的那麼壞，只是他和茱蒂沒成功。」

「嗯，當然，他們結婚了，一起生活了很多年，養大了女兒，他們什麼都沒成功。大衛不是一個忠誠的人，你很快就會發現這一點。」

南希和科妮莉亞的談話因潔澤爾和亞當出現在廚房而中斷。

「早安！」潔澤爾說。

「潔澤爾、亞當，先坐下，我們很快就可以吃早餐了。」南希很高興大家準時來了，她實在是無法忍受與科妮莉亞的對話了。

「昨晚是一個美妙的夜晚，」潔澤爾說，「我沒想過和你們在一起會這麼快樂。」

「和我們在一起，是跟誰在一起？和老女人嗎？」科妮莉亞問道。

「不，科妮莉亞，我不是這個意思。」

「你臉紅了。」

「該死的……」潔澤爾不好意思地笑了起來。

「好吧，無論如何我還是很高興。」

「大家早安。」大衛走進廚房。

「早安，親愛的。」南希說。

「馬西和格洛莉婭一如既往地打破了睡覺的紀錄。」科妮莉亞笑道。

「我去叫醒洛莉。」亞當說。

他爬上樓梯，走到格洛莉婭的房門口，敲了敲門。他還沒等到回應，就打開了房門。

「洛莉──」亞當目瞪口呆地站了幾秒鐘。房間裡空無一人。

他下樓，走進廚房。「格洛莉婭已經醒了，她可能正在洗澡。」

「潔澤爾，你有跟你媽媽說你和我們在一起嗎？」南希問道。

「勞倫斯小姐，我媽離婚後在溫泉度假村休假。」

「大衛，你什麼時候和茱蒂離婚？」科妮莉亞突然問道。

「一週後。」

「你等不及了，對吧？」

「科妮莉亞，又怎麼了？我以為我們已經解決這件事了。」

「不，只是所有的事都在同一個時間打擊我，格洛莉婭開庭，你和茱蒂離婚，我要怎麼承受這些……」

馬西突然出現在廚房裡，手裡拿著一條濕毛巾，穿著從大衛那兒借來的浴袍。

「哦，大家都在這？我還以為我是第一個醒的。」

看到他，亞當的腦海裡立刻出現了一個問題：「如果馬西在洗澡，那麼格洛莉婭在哪兒？」

「潔澤爾，你可以來一下嗎？」亞當和潔澤爾來到走廊。

「怎麼了？」

「格洛莉婭不在她的房間。」

「那又怎樣？她可能在某個房間裡。」潔澤爾走進客廳。

「洛莉！」潔澤爾轉身走上樓，格洛莉婭不在客廳。

亞當和潔澤爾走進南希和大衛的臥室，但他們又失望了。

「也不在這裡。」亞當說。

「但她也不可能人間蒸發了吧？」

「我有另一個看法⋯⋯」

「什麼？」潔澤爾還沒有等到亞當回答，已經明白了他的意思。不，她不能逃跑，這不可能。他們家24小時都有人守衛。

「我要告訴所有人這件事。」

「等等，我先打電話給她。」潔澤爾惶惶不安地撥打格洛莉婭的電話，但一切都是徒勞，沒有人接電話。

潔澤爾迅速走下樓。

廚房裡，大家都坐在大桌子旁聊天，哈哈大笑。潔澤爾站在他們面前，驚慌失措地看著大家，嘴巴一陣發乾。

「潔澤爾，出什麼事了？你們叫醒格洛莉婭了嗎？」南希問道。

「我不知道該怎麼說，但⋯⋯哪兒也找不到格洛莉婭。」

「哪兒也找不到是什麼意思？」大衛問。

「我和亞當找遍了整個房子，但她好像蒸發了。」

「天哪——」科妮莉亞用手捂住嘴，以便控制自己的情緒。

「我們不要慌，」馬西說，「她不可能離開房子，警察就站在外面。」

「那她可能在哪兒？」勞倫斯問。

「我打給她，電話通了，但我沒在房子裡聽到鈴聲。」

「喂，大家都到這兒來！」亞當喊道。

科妮莉亞、南希、潔澤爾、大衛和馬西同時從自己的座位上站了起

來，上樓走進格洛莉婭的房間。亞當站在他們面前，手中拿著科妮莉亞送給格洛莉婭的攝影機，上面貼著一張字條：「按『播放』。」

「看來格洛莉婭留言給我們了。」他說。

亞當花了幾分鐘將USB線連到電腦上，然後大家都坐在床上。亞當按了播放鍵，格洛莉婭出現在螢幕上。

大家好！你們想必會問我在哪兒？或者你們以為我只是在和你們開玩笑。不，這不是開玩笑。首先，我想跟你們講一個故事。

曾經有一個女孩，她以為她生活在一個充滿愛、關懷和理解的美麗世界裡。在童年時期，似乎每個人都以為世界是完美的，但長大後，遺憾的是，我們都明白並非如此。女孩體驗到了謊言、背叛和痛苦的滋味。她非常想找個人尋求幫助，但所有人都不理她。她的生活就像是一個坑，女孩在最底部，充滿黑暗和泥濘。其他人經過這個坑，都沒有注意到女孩的叫喊聲，沒有人想幫她。

所以，她決定結束這一切，更準確地說，是自殺。首先她開始了50天的生命倒數計時，用50天來瞭解自己，弄清楚她是錯的……

這個女孩的名字叫格洛莉婭，並且50天已經過去了。

你們會認為我瘋了，我需要治療，你們絕對是正確的。

你們知道嗎？有幾次我覺得自己的生活並沒有那麼糟糕，是我把自己逼得走投無路，最親近的人的死亡成了壓倒我的最後一根稻草。

我不能帶著這樣的心理負擔活著，這很難。我每次都看到她，她看著我，她的目光灼人，什麼也不說就離開了……

如果那天我沒有打電話給貝卡，她現在還活著。

我是兇手。我不值得活在地球上。我已經選擇了自己的判決。

昨天我特意把大家聚在一起，好和你們一起度過生命中的最後時刻。如果你們現在看到這個影片，那麼我就已經不在了。

請原諒我，原諒我做的一切！我真的希望你們幸福。我請求誰也不要責怪發生在我身上的事。

我愛你們。

永別了。

— ◆ —

影片結束。在場的人都呆滯了好幾秒鐘。

「這是什麼……一個玩笑嗎？」潔澤爾問。

「我去報警！」大衛迅速離開。

「不，大衛！你這樣做只會讓事情變得更糟。我們必須自己找到她。」南希幾乎喊了起來。

「我們自己要怎麼做？我們只會錯過時機。」

南希和大衛跑出房間。

「哦，我的天哪！……如果她發生了什麼事，我會受不了的。」科妮莉亞此刻忍不住自己的眼淚，她顫抖著。

「親愛的，冷靜下來。」馬西擁抱科妮莉亞，但他知道，他的支持一點用也沒有。

「等等，你們怎麼了，真的相信這個嗎？」潔澤爾喊道。「格洛莉婭不可能自殺。她做不到！昨天她還那麼樂觀，表現得根本不像一個打算自殺的人！她是怎麼逃走的？為什麼我們沒發現？」

「你怎麼了，你忘了和她來往的那些人嗎？」亞當問道，「是罪犯，想必她不是第一次逃離某個地方。」

潔澤爾的目光落在床頭櫃上的一本小書上。潔澤爾把書拿起來，打開。小書中有一堆記錄，潔澤爾認出是格洛莉婭的筆跡。她仔細閱讀每一個字，她的心瘋狂地跳動起來。

　　「該死……」

　　「怎麼了？」科妮莉亞問道。

　　潔澤爾走到她跟前。「這是她的日記……這裡的每一篇日記都在說她想自殺的事。她真的為此做好了準備……」

—◆—

　　我的手指抓著長橋冰冷的欄杆。在離我幾公尺遠的地方，站著三個男生，每個人都拿著一個銀色的軍用水壺，他們的聲音低沉地迴響在我耳邊。

　　我內心在尖叫，因為痛苦和懷疑而尖叫。我向下看去，因為懼高而頭暈目眩，河水的嘩嘩聲讓我的身體顫抖起來。我有似曾相識的感覺，我曾經多少次站在橋上，多少次試圖強迫自己這樣做。閉上眼睛，我短暫的生命在眼前飛快地閃過。

　　耶誕節，父母的禮物……我想起媽媽和爸爸在我面前親吻，而我用雙手遮住了臉。我又哭又笑。我的生命中畢竟有過美好的時刻，但為什麼一切都變了？爸爸媽媽，是他們摧毀了我的世界。我現在很害怕，害怕被囚禁，害怕被判有罪，並在自己的餘生中被打上這樣的烙印。

　　不，格洛莉婭，你早就決定好了。別回頭，跳下去，只要跳下去就可以了。你做不到嗎？

　　我聽到自己的手機鈴聲響了。我從口袋裡掏出手機，是潔澤爾打來的電話。那就是說，他們已經注意到我不在了，不能再拖了。我把手機放在橋上，擦乾眼淚。我走到那幾個男生身邊，把手放在其中一個人的肩膀上。

　　「可以請我喝點嗎？」我問。

「要喝多少都可以。」

他遞給我一個軍用水壺。我用顫抖的手接住它，喝了一大口。令人不愉快的灼燒感在嘴裡蔓延，我低聲呻吟一下，然後，鎮靜下來，我把水壺還了回去，轉身再次走向橋上的欄杆。

「喂，美女，你要加入我們嗎？」其中一個男生問我。

「……下次吧。」

我緊緊地抓住欄杆，跨了過去。只需縱身一躍，我就……自由了。

「你在幹什麼？」我聽到那群人中一個人的聲音。

我轉過身來，看到蕾貝卡在我身後。她看著我，點點頭。我微笑著，鬆開雙手，向下飛去。

— ◆ —

「天哪！」那個穿著紅色帽T的男生喊道。

他的朋友脫掉自己的T恤，跟著格洛莉婭跳了下去。

另外兩個男生還沒能從看到的場景中回過神來。

「看，」其中一個人說，俯身撿起格洛莉婭的電話，「有個叫潔澤爾的打電話給她。」

「快點，打電話給她，」年輕男生走到欄杆邊，「瑞恩！」

另一個男生忙亂地呼吸著空氣。

「我找不到她，這水流太急了！」

— ◆ —

「怎麼可以？你們怎麼可以放她出去？」大衛質問警察。

「我們整夜都在值班，沒有人從房子裡出去。」

「那我的女兒去哪兒了？」

「……我們不知道。」

大衛憤怒地敲打著桌子。

「我的天哪！這些人還自稱為警察！」

突然，潔澤爾的手機鈴聲響了。

「等等！是格洛莉婭。」

「你還在等什麼？快接電話！」大衛喊道。

潔澤爾接了電話。

「喂！喂，格洛莉婭？……」片刻之後，潔澤爾慢慢放下手機，她無法呼吸。一瞬間她好像馬上就要倒在地上。

「潔澤爾，求求你，快說話。」科妮莉亞說。

潔澤爾鼓足力氣，說出她聽到的事。

「……她從橋上跳下去了。」

—◆—

「我恨你，大衛。你拿走了我的一切，女兒、外孫女。你把她害到這樣的地步。」

科妮莉亞、大衛和南希來到了事發的橋上，救援人員和警察也和他們一起來到了這裡。

科妮莉亞坐在警車裡，她的時間靜止了。令人心碎的痛苦折磨著她。在她的內心深處，她有一個小小的希望，希望她的外孫女可以獲救。

「科妮莉亞，不要把錯都推到我身上。我並沒有強迫她和罪犯交往，並搞到這種局面。」

「因為你，她離家出走，因為你家暴她！」科妮莉亞慢慢變得歇斯底里起來，「還回來，把我的外孫女還回來！」她用雙手摀住臉，開始號啕痛哭。

大衛快速走向其中一名救援人員。

　　「您已經在這裡找了幾個小時，難道還沒有任何結果嗎？」大衛勉強控制住自己的情緒。

　　「先生，冷靜一下，我們做了所有我們能做的。我們的潛水員潛到了底部，但水流太強了。」

　　「你的意思是？」

　　「我的意思是，我們很可能找不到她的屍體。我很抱歉。」

　　聽到「屍體」這個詞，大衛終於失去了自制力。一瞬間，他的腦海中浮現出遙遠的回憶。茱蒂抱著小格洛莉婭坐著，大衛走到她們跟前，親吻小寶貝的臉蛋，她微笑著把小手伸向他。

　　大衛尖叫著，聲嘶力竭。尖叫著，旁若無人。

　　他從未體會過這樣的痛苦。

　　—◆—

　　「現在插播一則新聞：布里瓦德轟動一時的事件已經告一段落。幾個小時前，曾經是艾利克斯‧米德一行人當中的那名青少年格洛莉婭‧馬克芬，從橋上跳下，結束了自己的生命。到目前為止，救援人員還未找到她的屍體。」

　　「不幸的是，這已經不是第一次有違法的青少年在意識到自己處境的嚴重性後選擇自殺了，」警察說道。「格洛莉婭‧馬克芬並不是例外。艾力克斯‧米德一行人的事件將會是一個教訓，特別是對年輕人來說。違法不會讓你的生活變得更好，請記住這一點。」

　　—◆—

幾天前

「格洛莉婭・馬克芬？」警察小聲問我。

一時間，我有些不知所措。

「是的……」

「艾力克斯・米德要我把這個轉交給你。」穿著制服的男人從口袋裡拿出一個小信封。

「艾力克斯？……」

「如果有人發現我給了你這封信……」

「我不會告訴任何人。」我抓住信封，迅速走進屋內。

我關上房間的門，坐在床上，心忐忑不安地跳著。艾力克斯想告訴我什麼？一方面，我很好奇，但另一方面，相當害怕。我慢慢地打開信封，開始仔細閱讀他用奔放的筆跡書寫的文字。

> 格洛莉婭，這是我生命中第一次寫信給別人。
>
> 遺憾的是，我們沒來得及好好告別，我多想擁抱你……史蒂夫每一秒都會談起你，我已經不知道怎麼讓他閉嘴。你不知道，聽到他說他愛你時，我有多難受。
>
> 但現在不說這個。
>
> 我一直都在思考你要對自己做的事情。我求求你，格洛莉婭，把這些愚蠢的想法從頭腦裡刪掉。如果你死了，我也會去死，你是我生命的動力。想想蕾貝卡，她為你犧牲了自己的生命，為了讓你可以過著長久幸福的生活。難道她白死了嗎？你不應該這樣對她。
>
> 我知道，要立刻叫你把所有的計畫忘掉並不容易。更何況，你也和我們一樣，等待著審判。但是有一個辦法，格洛莉婭，你必須

自殺……

　　但不是真的自殺。

　　我知道，這聽起來像胡說八道，但我求求你，認真想想我的
話。

　　還記得當我們把整輛露營車從橋上拋下去時，我們是怎麼裝死
的嗎？那很難忘吧？當時我們沒有成功，但也許現在你會成功呢？

　　最重要的是，讓你的親人和警察都相信你是真的自殺了。如果
在橋上有人見證你的「自殺」，那就更好了，就不會再有人來找你
了。

　　下面我寫了我一個朋友的電話，他會為你提供新的證件和避難
所，你只要給他錢就可以了。我知道，這不是一件容易的事，但我
希望你能解決這個問題。

　　我們會被送到伊利諾州的馬里恩，我的人會把你帶到那裡。如
果你成功了，我們很快就會見到你，格洛莉婭。

　　我求求你，按我的要求去做。

　　死去吧，但會活著。

　　我朋友的電話號碼：188****8289

　　我坐了幾分鐘，什麼也沒想，頭腦裡一片空白。他怎麼了？真的要我
做這件事嗎？我想不通。決定吧，格洛莉婭，快點決定！我想見他，我想見
他和史蒂夫，我希望我們的故事繼續下去。

　　為了蕾貝卡的死，我們必須重新團聚在一起並報復戴斯蒙。自殺——這
意味著屈服於發生過的一切，而我不想屈服。

　　並且也不打算屈服。

我拿起自己的手機，輸入信中的號碼，然後按下通話按鈕。數聲令人煩躁的嘟嘟聲後，一個粗獷的男聲接了電話。「……喂，我叫格洛莉婭，艾力克斯說你可以幫我。」

—◆—

　　我和潔澤爾躺在我的床上，聽著音樂。已經這麼晚了，但我們沒在意時間。我們非常想告訴對方，說出一切。

　　「你還記得我們在學校打架的事嗎？」我問潔澤爾。

　　「很難忘記。」

　　「我的天哪！是為了誰，麥特・金斯——地球上最帥的帥哥？」我們笑了起來，「告訴我，你還愛他嗎？」

　　「不，你呢？」

　　「一樣，我根本不愛他。你也知道……」陷入了一分鐘沉默，「謝謝你。」

　　「為什麼要謝我？」

　　「為了亞當。你知道嗎？當你意識到你身邊有一個真正愛你的人，真的感覺非常好。」

　　「是的……」而我愛的人離我如此遙遠。我腦子裡閃過這個念頭。

　　「嘿，我可以去監獄看你嗎？」

　　「當然。」我笑了。

　　「那我每天都去找你，我確定這一定會讓你很煩。」

　　「毫無疑問。」

　　房間的門打開了。

　　「女孩們，你們還沒睡嗎？」南希問道。

　　「勞倫斯小姐，我們又不是在學校，不需要人監督我們。」

「潔澤爾,已經很晚了,我在客廳替你鋪好了床鋪。」

潔澤爾不情願地從我的床上起來,走向門口。

「晚安。」她說。

「晚安……」

我一個人待在房間裡。對我來說,這個夜晚注定不平靜。

過了幾個小時,我都沒闔上眼。我開始收拾東西,我拿出背包,把帽T和牛仔褲扔了進去,然後把手機塞到口袋裡,從我的存錢筒裡取出一些鈔票,把貼著字條的攝影機和自己的日記放在顯眼的位置。

必須快點,格洛莉婭。必須快點。

我默默地緊貼著牆根站了幾分鐘,覺得自己馬上就要哭出來。我永遠不會再回到這裡,我將永遠失去我的家,我將永遠失去我自己。

我打開通向後院的窗戶。我還很小的時候,多虧了潔澤爾,讓我練就了一身從家中悄悄逃脫的技能。我緊緊地抓住排水管,跳了下去,悄悄地走到房子的角落。我看到警察們笑著聊自己的事情,我得利用這個空檔。我用雙手緊緊地抓住柵欄,身體越了過去,跳下。落地沒成功,膝蓋一陣劇痛,側腹的縫合處又開始疼了,我覺得我差點就要被摔成好幾塊了。

我一鼓作氣跑了起來。我跑到路上,招手示意停車。天快亮了。我的天哪!幫幫我!

一輛車在我旁邊停了下來,我跳了進去。

—◆—

「你有東西忘在這裡了嗎?」司機按照我指的位置停車後問我。

「我想安靜地自殺。」我把從存錢筒裡拿的所有錢都給了司機。

「嗯,你很有幽默感。」

我下車後,車開走了。剩下我一個人,周圍沒有任何人。我自信地朝

前走去。外面天已經完全亮了。在我「消失」之前，我去了一個我不得不去的地方。我爬過窗戶，進入那個幾乎每年夏天我都在那裡度過的破舊木屋，在房間裡晃了一圈，試圖想清楚自己正在做什麼。我消失了，很快大家都會醒來，發現我不在。憤怒的警察會來找我，如果我不按照艾力克斯的要求去做，那我就真的結束了。而且因為我逃跑了，他們會給我更長的刑期。

我的天哪！我做了什麼？但已經沒有回頭路了。我不能再回家了，只不過我也無法逃跑，因為無論如何他們都會找到我。只有一個辦法：死亡。

—◆—

當人們開始陸續出現在街上時，我離開了這棟房子。走到附近河上的那座橋要一個小時。我記得剛來這裡時，有人告訴我一個男孩在河裡溺水，水流瞬間將他的身體沖走。

我走到橋的底部，看到橋上站著三個人。我笑了，太好了，我正需要目擊者。我走了幾公尺，把背包摘下扔在地上，然後再次回到橋上。

—◆—

我縱身一跳。

不知道為什麼，我的身體甚至沒有落到水面的撞擊感，即使橋相當高。我的腎上腺素前所未有地飆升。我的身體沒有屈服於湍急的河流。除了快速浮出水面外，我沒有感到恐懼，沒想到任何事。我覺得有人跟著我跳進了河裡。此刻我浮出了水面，游到岸邊，沒有任何疲勞的跡象，趁我有力氣的時候快跑。因為衣服都濕透了，跑也很困難。我及時找到了我的背包，抓起它又跑了幾公里，讓自己有時間喘口氣。我脫掉濕答答的衣服，從背包裡拿出乾衣服換上。

—◆—

我鬆了一口氣。我做到了，我成功了。我沒有讓艾力克斯失望。

我沒想過會這麼簡單。我到了電話亭，在背包裡找到寫著電話號碼的信，打了個電話。

「是我，你說的事我都做了。」艾力克斯的熟人告訴我等待他的地點和時間。

我掛斷電話。想起我還得打電話給一個人。我艱難地想起他的電話號碼，撥了出去。

「……我在貝爾伍德，我還是需要你的幫忙。」

—◆—

我走在一條空曠的被遺忘的路上。目前為止，我仍然不相信這一切都已經結束了。正如艾力克斯所說，我會去另一座城市。有了新的證件，我可以做任何事。如果我想要正常的生活，那麼我必須完成學業。我要去探望史蒂夫、艾力克斯和傑伊。我們無論如何都會在一起。

現在主要是要接受格洛莉婭已經不復存在，格洛莉婭已經死去，一切都已經結束了。我現在完全是另外一個人，很快我就會有一個新名字、新生活。

一輛小車開到我跟前，一個年輕人從車裡走了出來，他看起來與艾力克斯、傑伊和史蒂夫的年紀差不多。

「格洛莉婭？」

「……您好……那……」我小聲地說。

「別怕我，艾力克斯說我要用自己的性命對你負責，所以我別無選擇。」

我笑了。

「上車吧，我們得盡快離開這裡。」

我轉身看著道路。我還抱著希望，他應該會來的。

「格洛莉婭——」

我喘著氣爬上車。那傢伙在置物箱裡翻找了幾分鐘，然後他看著後照鏡。「這又是誰？」

我看向後風窗玻璃，看到查德朝車子跑了過來。我下車去迎接他。我們緊緊地相互擁抱對方。

「你還是來了⋯⋯」我低聲說。

—◆—

幾天前

「你⋯⋯你是認真的嗎？你在開玩笑吧！」

「我沒有開玩笑，查德。」

「你知道自己在說什麼嗎？你一直在計劃自殺，現在還要求我幫你偽造自殺！」

「拜託，別哭了。」

「格洛莉婭，你的人生不是好萊塢電影，不會一直按照完美劇本走。」

「你聽我說，我沒有其他人可以求助了。我需要錢，但我不能從爸爸那裡拿，因為他一旦發現錢少了，就會起疑心。」

「天啊，我真希望這只是一場夢。」

「查德，幫幫我。」

「如果一切都不如你所願呢？！『自殺』後你會有什麼樣的生活？」

「那我在牢裡會有什麼樣的生活？」

查德沉默了很久。「⋯⋯如果我把一切都告訴你爸爸呢？」

「你不會說的，我知道。查德，你愛我嗎？」

「你為什麼這麼問？你知道為了你我做什麼都可以。」

「那就幫我。如果你拒絕，我還是會去做……只不過是真的。」

查德默默地轉身，打開門，離開了我的家。

—◆—

我們的擁抱持續了幾分鐘。然後查德打開背包，遞給我一個裝滿錢的厚厚的信封。

「希望這對你來說夠用。」

「夠了，謝謝。」我微笑。

「格洛莉婭，你對我做了什麼？因為你，我都可以進精神病院了，」我們笑了起來，「我甚至不知道在你的『葬禮』上，要有什麼表現。」

「查德，答應我，你不會告訴任何人。」

「我保證，你也要保證會打電話給我，哪怕是偶爾。」

「我保證。」我再次擁抱他，親了親他的臉頰。

我轉身朝車子走去。又幾次轉身看看查德，我注意到他紅潤的臉頰流下了淚水。我覺得，我自己也快要哭出來了。不，我不能這樣。我迅速地爬上車，我們出發了。

好，格洛莉婭·馬克芬，歡迎來到新生活。現在開始一切真的都會變得不同。

我要去未知的地方，我必須花很長時間適應新的不同的生活，而不僅僅是和過去告別。

正如當時所說的，一切從一張白紙開始？好吧，我會這麼做。

「你已經替自己想好新名字了嗎？」

我微笑。

幾週後

大衛坐在沙發上，拿著格洛莉婭的照片。似乎已經過去了很多天，但失去女兒的痛苦並沒有離他而去。

「大衛——」南希走到他身邊，摟著他的肩膀。「不要折磨你自己……」

「她報復了我……而且她選擇了這種殘酷的報復方式……」

「大衛，遲早你也必須放開她……嘿，也許這不是時候，但我有話想跟你說。」

「什麼？……」

「……我懷孕了。」

「你認真的？」

「嗯，難道我在這種時候還能開玩笑嗎？」

大衛高興地哭了，一個成年男子像孩子一樣哭了起來。他擁抱著南希。

「我們會克服一切的……我們要繼續活下去。」南希說。

—◆—

潔澤爾和亞當站在格洛莉婭的墓前，潔澤爾伸手觸碰著刻有朋友照片的墓碑，眼淚讓她的眼睛開始發疼。「這太可怕了，亞當。我們甚至連好好跟她道別的時間都沒有。地下是一具空棺，而她的身體，天知道在哪。這太不正常了。」

「潔兒……」

「我沒有哭，我沒有。我可能永遠都無法接受她的死。」

「我就知道你們會在這。」亞當和潔澤爾轉過身，看到科莉妮婭。

「我們幾乎每天都來這裡。」亞當說。

「而我是最後一次來。」

「為什麼是最後一次？」潔兒問道。

「馬西和我要搬去義大利。我們打算在那裡結婚，開始新生活。」

「這樣很好。」潔兒說。

「科莉妮婭，為什麼格洛莉婭的母親沒有來參加葬禮？」

「她還不知道格洛莉婭去世的消息。和大衛離婚後，她和新伴侶去了加州。大衛和我商量好了，暫時不告訴她。她還沒做好準備。」

潔澤爾從包包裡拿出格洛莉婭的日記，那本她從頭到尾讀過的日記，放在墓碑旁邊。

「安息吧，我的女孩。」

微文學 67

我選擇活下去
倒數50天，女孩追尋生命解答的末路之旅
Я выбираю жизнь : 50 ддмс

作　　　者 ——	史黛西‧克拉默 Стейс Крамер
譯　　　者 ——	梁瓊
校　　　訂 ——	朱晏瑭
副 主 編 ——	朱晏瑭
責任企劃 ——	蔡雨庭
封面設計 ——	也津
內文設計 ——	林曉涵

總 編 輯 ——	梁芳春
董 事 長 ——	趙政岷
出 版 者 ——	時報文化出版企業股份有限公司
	108019 臺北市和平西路 3 段 240 號
	發 行 專 線 — (02)23066842
	讀者服務專線 — 0800-231705、(02)2304-7103
	讀者服務傳真 — (02)2304-6858
	郵　　　撥 — 19344724 時報文化出版公司
	信　　　箱 — 10899 臺北華江橋郵局第 99 信箱
時 報 悅 讀 網 ——	www.readingtimes.com.tw
電子郵件信箱 ——	yoho@readingtimes.com.tw
法律顧問 ——	理律法律事務所 陳長文律師、李念祖律師
印　　　刷 ——	勁達印刷有限公司
初版一刷 ——	2024 年 12 月 20 日

定　　　價 ——	新臺幣 650 元

（缺頁或破損的書，請寄回更換）

© Stace Kramer, 2016
This edition is published by arrangement with AST Publishers Ltd.
The traditional Chinese translation rights arranged through Rightol Media
（本書繁體中文版權經由銳拓傳媒取得Email:copyright@rightol.com）
本繁體中文譯稿由北京晨笛文化傳播有限公司授權使用。項目合作：
銳拓傳媒 copyright@rightol.com

時報文化出版公司成立於 1975 年，並於 1999 年股票上櫃公開
發行，於 2008 年股離中時集團非屬旺中，以「尊重智慧與創
意的文化事業」為信念。

ISBN 978-626-419-078-7　　Printed in Taiwan

我選擇活下去：倒數50天,女孩追尋生命解
答的末路之旅/史黛西.克拉默作；梁瓊
譯. -- 初版. -- 臺北市：時報文化出版企
業股份有限公司, 2024.12
　　面；　公分

譯自：Я выбираю жизнь : 50 ддмс
ISBN 978-626-419-078-7(平裝)

880.57　　　　　　　　　　　113018548